庶女攻略

第二版 （伍）

吱吱 著

浙江出版联合集团
浙江文艺出版社

目录 CONTENTS

第六十一章 嫁丫鬟秋红得善缘 001

第六十二章 遭暗算谆哥命堪危 021

第六十三章 无生机蠢妇将得报 037

第六十四章 述旧事文氏落心石 070

第六十五章 旧人去徐府得安宁 108

第六十六章 添新儿新人新气象 128

第六十七章 添枝叶徐府同欢喜 148

第六十八章 水平静暗波现端倪 160

第六十九章　世家事后院亦朝堂　178

第七十章　合眼缘谨哥得天心　194

第七十一章　想富贵三房生妄心　213

第七十二章　一朝倒猢狲何处散　232

第七十三章　心不安虚惊终过去　241

第七十四章　戏财迷妯娌送重礼　263

第七十五章　抓周礼谨哥惹人爱　288

第七十六章　婆刁钻方氏巧解难　311

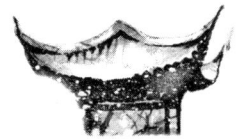

第六十一章 嫁丫鬟秋红得善缘

陶成到燕京来看母亲,晚上回去的时候马车翻了掉进了水沟里,人到如今还昏迷不醒。陶妈妈匆匆回了田庄,就连箱笼和太夫人、十一娘等人的赏赐,也是之后卢永贵断断续续地帮着陶妈妈送到田庄的。

陶妈妈已有些年没管事了,她的离开,只不过让元娘故居的那些丫鬟、婆子头痛了一阵子。先是十一娘派竺香接管了元娘故居的财物,她们对着账册把屋里的摆设收进库房,很是忙碌了一阵子。刚消停下来,原来在库房管事于妈妈手下当二等管事的汪妈妈被派过来管这边的事,大家拉近乎的拉近乎,走关系的走关系,生怕自己的差事丢了,又乱了一阵子。等安定下来,外院又传来二少爷徐嗣谕过了府试的消息,几个平日里与秦姨娘相熟的少不得要去恭贺一番。

秦姨娘勉强应付,好不容易送走了这群人,和留下来的易姨娘道:"陶妈妈走了,这些人也没有了往日的倨傲,竟然到我这里来讨赏赐了。要是搁在从前,何曾拿眼角看我们母子一眼。这也应了'三十年河东,三十年河西'那句古话了。"

易姨娘端着茶盅笑道:"这世间锦上添花的多,雪中送炭的少。这么多年过去了,你还没有看开不成?"然后说起徐嗣谕来:"听说过两天就要回乐安了,为什么不一鼓作气地把院试过了?二少爷的年纪也不小了,如果有了秀才的功名,说亲也顺当些。"

"天下的秀才多的是,有什么好稀罕的。"想着儿子自从去乐安读书,和自己就越走越远了,秦姨娘很不喜欢这个话题。

易姨娘也知道她的心思,笑着转移了话题,说起了太夫人的生辰:"这次应该会大办了吧?四夫人怀着身孕呢!"

"说只在当天请几个相好的。"秦姨娘摇头,"夫人自孩子上了身,就一直不舒服着。太夫人原本不准备过生辰的,还是侯爷把五爷唤去商定的章程。"

易姨娘"咦"了一声,道:"算算日子,也有四个月了吧,怎么还不舒服?是真不舒服,还是假不舒服?我看着陶妈妈走了,侯爷什么话也没有说,多半是顾及她怀着子嗣吧?"

"谁知道是真不舒服还是假不舒服的。"秦姨娘笑道,"只要她一天不舒服,侯爷也好,太夫人也好,就要把她当菩萨似的供着。我要是她,只盼着这日子慢些走才好。"说到最后,语气里带了几许嘲讽,"要不然,落地是个闺女,太夫人和侯爷只怕就没有这么好的脸色了。"

万义宗的大儿子、小女儿都在府里当差,万义宗家的想儿子、女儿身边有个照应的人,就让滨菊带儿子在永平侯府旁租屋住着。又因滨菊上有公婆,下有小叔、姑子,头胎又生了儿子,大家说起来都认为她是个有福气的,哪家的婚丧嫁娶,都喜欢让她去帮个忙。她性子爽利,手又巧,渐渐地,永平侯府的大丫鬟、小媳妇们都喜欢找她画个花样子,指点一下针线活,她又趁机从喜铺拿些活计来分给这些小丫鬟做,让这些小丫鬟赚个零食钱。渐渐地,她在永平侯府的仆妇中间有了些声望。

文姨娘要学做针线,秋红第一个就想到了她,请了她画花样子。秋红坐在文姨娘身边的小杌子上,一面对着明纸上的花样子走着针线,一面低声道:"姨娘,我去滨菊姐姐那里的时候,遇到了琥珀姐姐和竺香姐姐,三个人正关在屋里说着悄悄话呢!"

秋红不会无缘无故说这些。文姨娘斜了身子:"听到说了些什么吗?"

秋红也凑了过去:"听那口音,杜妈妈想给琥珀说门亲事,夫人就托万大显去打听了一番。结果琥珀不同意,滨菊和竺香在劝琥珀姐姐。"

"这都是些什么乱七八糟的。"文姨娘听着笑道,"你说清楚点,杜妈妈给琥珀说的是哪家的小子,琥珀为什么不同意?"

"为什么不同意我不知道。"秋红嘟了嘴道,"只隐隐听着提到白总管,好像是白总管的什么人。"

文姨娘脑子飞快地转了起来。说起来,秋红也不小了,只因她是自己看着长大的,总觉得这个不好,那个也不满意,怕她受了委屈,才留到了今天。杜妈妈出面,与白总管有关,说的又是十一娘身边的丫鬟,就是再不济,也比一般的小厮要强百倍。既然滨菊和竺香劝琥珀,多半与人品无关,是怕和白总管沾上关系,让人忌惮。她思忖片刻,下炕趿鞋:"让冬红跟着我,我要去夫人那里坐坐。"

秋红忙蹲下给文姨娘穿鞋,道:"这才未初过三刻!"

文姨娘也不说话,带着冬红去了十一娘处。

十一娘刚午睡起来,精神不错。徐嗣谆、徐嗣诫正围在她身边说话。

"二哥过了府试,大哥说去爬山庆祝,爹爹多半不会同意我和五弟跟着去,就算是我们跟着去了,他们腿长脚长,玩得高兴了,我们又要被撇了单。"徐嗣谆拉着十一娘的衣袖,半是撒娇,半是恳求地道,"母亲,您跟爹爹说说,去爬山太危险了,我们就在家里的后院烤肉吃好了!"

徐嗣诫也在一旁点头:"母亲我们烤肉吃!"

十一娘忍不住大笑:"你们到底是要出去玩,还是想跟着大哥、二哥他们一起去玩?"

徐嗣谆红着脸:"我们也要出去玩。"

"那就去西山别院好了。"十一娘笑道,"大哥他们去爬山,你们就留在别院里烤肉吃。"

徐嗣谆听了欢呼起来。

十一娘乐不可支:"快去上学去,小心迟了赵先生罚站。"

两个小家伙和文姨娘打了个招呼,笑嘻嘻地跟着南永媳妇去了双芙院。十一娘让小丫鬟端了锦杌给文姨娘坐。

文姨娘和往常一样,说了几句笑话逗十一娘开心后,就把自己的心思说了:"求您给找户好人家,也不求他根基如何,只求老实本分能过日子就行。"

十一娘有些意外,想到杜妈妈前几天跟她说的话:"白总管手下的一个管事,今年刚好二十,人长得相貌堂堂,又很机灵。白总管很赏识,托我给说门亲事。您也知道,太夫人有些日子不管事了,我年纪大了,府里那些小丫鬟都不认识了。思前想后,只有来求夫人。"说话的时候眼睛却一直瞟着琥珀。

她有些明白杜妈妈的意思,却没有给出个明确答案,私下却问琥珀的意思。

琥珀红着脸,强忍着羞意道:"夫妻两人不可同时在外院和内院做管事,我想跟在夫人身边。"

反而是十一娘有些犹豫:"我让万大显帮着打听打听,如果人的确不错,你也别一口回绝了。"不承想这件事还没个准信,文姨娘求上门来。她望着文姨娘微微地笑。

文姨娘也不相瞒,赧然道:"我也是听着些音,夫人要觉得琥珀不合适,跟我们家秋红说也是一样。杜妈妈也好、白总管也好,不过是想和夫人走得近一些罢了。"

她这话也有道理。可问题是,把秋红嫁过去,要能得到杜妈妈和白总管的认可才行。

"你也不要急在一时。"十一娘笑道,"说起来,我们院子里除了我身边的琥珀、红绣,还有你身边的秋红,乔姨娘身边的绣橼都是差不多的年纪。"

有人给琥珀提亲,绣橼也听说了,她没有把这些放在心上。差不多年纪的几个,琥珀是十一娘身边最得力的,谁能娶到琥珀,谁就可以一步登天,不知道有多少人看着。而十一娘向来疼爱琥珀,寻常之人只怕也不会允婚,前程自然光芒万丈。至于红绣,虽然没有琥珀那样的靠山,可到底是在正房当差的,不比她和秋红,是姨娘身边的丫鬟。而她和秋红又有些区别,文姨娘在府里人缘好,又出身扬州文氏,私蓄丰盈,就算在府里待不下去了,还可以投靠文家。而她呢,要人没人,要钱没钱,乔姨娘还因为忤逆十一娘被送到庙里静修,谁敢自找麻烦来惹她……说不定十一娘心里一个不痛快,就把自己配了瞎子、跛

子也不是没有可能的。想到这里,她不由怏然。

珠蕊在门口探头探脑的。

"怎么了?"绣橼放下手里的针线,"没个正经的。"

珠蕊走了进来,脸色有些凝重:"绣橼姐,姨娘今天又只是吃了一碗白粥、小半碟青菜。"

绣橼听着脸色微沉,丢下针线去了乔莲房处。乔莲房乌黑的头发整整齐齐地绾了个圆髻,穿了件半新不旧的月白色小袄,人比过年的时候又清减了几分,脸上的轮廓分明,一双大眼睛孤零零地,显得有些突兀。

炕桌上的残羹还没有收走,绣橼看了一眼,笑着上前喊了声"姨娘",道:"我今天特意让厨房给您做了个鸡蛋豆腐,您怎么没动?是不是厨房做得不好?"

乔莲房已放下了碗:"今天的鸡蛋腥味很重。"

前天说肉有膻味,昨天说鱼有腥味,今天连鸡蛋也有味道了……她心里一沉,笑道:"要不,明天让人炖个鸡汤吧?"

乔莲房对此毫无兴趣,起身去了内室。

"给我一杯清茶。"她吩咐绣橼,坐到了临窗的大炕上,打开炕桌上放着的一本《法华经》,认真地看了起来。

绣橼轻手轻脚地将茶放在了乔莲房的手边,乔莲房眼睛盯着书页,眼睛也没有抬一下。珠蕊望着绣橼的目光中就透出几分焦虑来。乔莲房已有快一个月没沾荤腥了,每天早起早睡,没事的时候就看经书或是抄经书,如在家的居士,让她们看着心惊。

绣橼也没有办法,退了出来,不死心地尝了一口那鸡蛋豆腐羹,又滑又嫩,十分爽口,哪里有半点的腥味。

"绣橼姐,这可怎么办啊?"一旁的珠蕊着急道,"要不,我们讲讲府里的事吧?说不定姨娘听了,会打起精神来……"

"那还不如不讲。"绣橼不以为然,"陶妈妈被夫人赶到了田庄上,原来四夫人屋里管事的换成了太夫人的人,陈设都收了起来……不说还好,恐怕这么一说,姨娘心里更冷了几分。"

"不是这个!"珠蕊低声道,"我是说侯爷……"

绣橼有些惊讶:"侯爷?侯爷怎么了?"

"我听田妈妈说,夫人六月间就会好了。"珠蕊轻声道,"到时候,侯爷也就不会这样天天待在夫人屋里了。夫人又没有给侯爷收通房,到时候我们姨娘也就有机会了!"

绣橼听着颇为心动,抬头正要细问,却看见乔莲房静静地站在门帘子前,也不知道她是什么时候来的,听到了多少。

"姨娘！"绣橼和珠蕊不约而同地打住了话题，背后议论被发现，都有些许的不自在。

乔莲房快步朝外走去："到了去给夫人请安的时候了。"

珠蕊忙"哦"了一声，疾步跟上。

她们到的时候，文姨娘、秦姨娘都已经到了。乔莲房行了礼，默默地坐在了给她空出来的那张锦杌上，听文姨娘和十一娘说话。

有小厮进来禀道："夫人，侯爷说，明天寅时就启程，让您派个得力的妈妈跟在四少爷的身边。"

十一娘点头，小厮恭敬地退了下去。

秦姨娘算算日子，明天元娘的十四天道场就做完了，徐嗣谆这是要去给元娘上香。

十一娘派了宋妈妈去。徐令宜和徐嗣谆在庙里盘桓了一天，黄昏时分才回府。

徐嗣谆去了元娘的旧居。院子里的冬青树叶片肥厚，依旧青翠可爱，但娘亲屋子里那些珠光宝气、熠熠生辉的摆设都不见了，只留下光秃秃的黑漆家具和一个个空荡荡的黑色多宝阁橱子，旁边低垂着半新不旧的靛蓝色幔帐，让原本光滑如镜的金砖也变得黯然失色，没有了从前的明亮。整间屋子如卸了妆的迟暮美人，骤然间失去了光彩，陈旧下来。

徐嗣谆站在厅堂的中央，怔怔地望着对他来说还十分空阔的五间正房，半晌无语。

汪妈妈就在一旁低声解释道："四夫人说，那些东西都十分名贵，又是世子爷娘亲留下来的东西，万一丢失了一件可不是好玩的，让我们收库里。等世子爷成了亲，再交给世子爷。"

那样好的东西，肯定有人觊觎。徐嗣谆点头，可不知道为什么，心里始终觉得有些难受。他站在娘亲的半身影像前，久久不愿意离去。

在太夫人那里吃了晚饭，大家坐在西次间喝茶，徐令宜提起徐嗣勤去爬山的事："这几天正是姹紫嫣红，谕哥又有这样的喜事，你们兄弟商量着庆贺一番，也是锦上添花的好事。只是你们兄弟里有长有幼，爬山之事对谆哥和诫哥来说，太过劳累。我看，就让赵先生陪你们去西山别院一天好了。"

徐嗣勤几个听了，吃惊之余不免有些失望。吃惊的是徐令宜怎么知道了这件事，还郑重其事地安排好了行程——他们原来准备借口陪徐嗣谕去拜访同年，偷偷溜出去玩一天；失望的是这件事不仅被徐令宜知道了，而且还安排了赵先生这个授业恩师陪他们一起去。到时候束手束脚，哪还有什么快活可言。但徐令宜开了口，他们也只能低头应"是"。

徐嗣谆却暗自高兴,知道自己跟母亲说的话起了作用。他没等喝茶的人散,就迫不及待地将徐嗣诚送回了十一娘处。

"母亲,母亲,"徐嗣谆拉着十一娘的衣袖,"爹爹今天说了,我们去西山。"又道:"不过,没说让我们烤肉。您再跟爹爹说说吧,到时候让我们在院子后头烤肉。"

"烤肉可以。"十一娘考虑到现在是春天,"只能吃一小块。"

徐嗣谆连连点头保证。他的肠胃不是十分好,想烤肉与其说是为了吃,还不如说是为了好玩。

"到时候我会吩咐雁容帮你准备的。"十一娘笑着应了。

徐嗣谆没有了遗憾,兴高采烈地回去了,半路经过元娘的故居,他的脚步不觉地停了下来。

"四少爷,我们快回去吧。"茶香不喜欢那间屋子,听说已故的四夫人就死在那里,她心里就有点发毛,"天色太晚了,明天还要早起去上课呢。"

徐嗣谆没有听从她的劝告,去叩了门。来应门的婆子是老人了,见是徐嗣谆,立刻吩咐人把屋檐下的灯笼都点了起来,提了盏八角宫灯陪着徐嗣谆去了内室。

徐嗣谆在娘亲的影像面前站了片刻,这才回了太夫人处。

第二天早上,徐嗣谆去给十一娘请安的时候,显得有些落寞,问十一娘:"陶妈妈什么时候回来?"

十一娘有些意外。满屋子的人却安静到了死寂。

徐嗣谆喃喃地道:"我想吃陶妈妈做的茯苓糕。"

"等陶成的腿好些了,应该就会回来了吧。"十一娘笑着拍了拍徐嗣谆的肩膀,"你中午放学的时候,我做茯苓糕给你吃。"

徐嗣谆"嗯"了一声,又高兴起来,和徐嗣诚讨论着过两天去西山要带些什么吃的东西去。

中午,十一娘依言做了茯苓糕。徐嗣谆掰开,中间雪白雪白的。他垂了眼睑,小口小口地吃着。十一娘看在眼里,让人打听陶妈妈的茯苓糕是怎么做的。

第二次在茯苓糕里用了些葡萄干。徐嗣谆吃了两个,从此再也没有说要吃茯苓糕的事。

孩子们从西山回来没几日,就是太夫人的生辰,之后又是送徐嗣谕启程去乐安,准备五月端午的节礼,见邵家来请安的妈妈。一桩桩,一件件,虽然不要十一娘亲力亲为,可也不能全然撒手不过问,她只好请了雁容多多留意徐嗣谆:"有什么,先来禀我,不要以为是小事,就马虎过去。"

雁容躬身应"是",和徐嗣谆身边的丫鬟茶香走得十分近。

日子转眼间到了五月初,余杭那边有信过来,不管是罗振兴还是五姨娘,字里行间都透着对十一娘怀孕的喜悦。徐令宜微微松了一口气,把信交给琥珀放到自己的书房里,自己坐在炕边望着十一娘已经微微有些凸起的小腹笑着:"是个有福气的!"语气颇为感慨。

十一娘一愣,徐令宜已笑着握了她的手:"马上要过生辰了,有没有什么特别想要的东西?"

十一娘对生日没什么感觉。从前,父母会送她一件昂贵的礼物,但除了那件礼物,好像和平常的日子也没有什么两样。别人还可以和母亲说说"孩子的生日是母亲的受难日"之类的话,她没有一个说话的对象,自然也就没有什么特别的期待。

后来和徐令宜生活在一起。第一年她及笄,他送她一块三羊开泰的玉牌,玉质极好,雕工也细,她很喜欢,挂在了身上。第二年,他问她"有没有什么特别想要的东西",在她的认识里,礼物都是别人送的,自己伸了手要,就失去了意义,笑着应了句"不过是散生,侯爷不用那么破费"。徐令宜也不追问,提前几天送了她一支做工细致的赤金佛手提篮的簪子,倒也没有特别之处。今年又问了同样的话,还颇有些完成任务的味道在里面。

十一娘哂笑,道:"又不缺什么,侯爷不必费心了。"

徐令宜点了点头没再说什么,过了两天送了支赤金玉兰花簪子。两个簪子摆在一起,长短、做工、分量差不到哪里去,如果不是花色不同,倒像是一对。十一娘怀疑徐令宜是不是一口气打了十支、八支,只是簪头不同,以后每年拿一支出来应付就行了。所以她让琥珀吩咐外院库房的帮她做了个紫檀木的长匣子,里面铺了大红的漳绒,把两支簪子并排放了进去。

"看我一共能收到多少支簪子。"她望着匣子里空出来的空间,笑着关上了匣子,递给琥珀,"收了吧!"

琥珀笑着应声而去。周夫人来访。

"这孩子,倒顽皮得很!"她见十一娘没有怀孕妇人的丰腴,反而比之前更清减了几分,知道她还没有缓过气来,笑着问她,"喜欢吃酸的还是喜欢吃甜的?"

"酸酸甜甜的都喜欢吃。"

两人笑说了几句闲话,周夫人拿了个红漆描金的匣子:"过两天你生辰,我只怕不得闲,就当是我提前给你祝贺了。"

十一娘的生辰正好是端午节。她笑着道了谢,让琥珀收了,留周夫人吃饭。

"你这样子,还是好好歇着吧!"周夫人执意要走,"等生了,我们再好好聚一聚。"然后

去给太夫人行了个礼,回了公主府。

周夫人前脚刚走,林大奶奶来了。

"几房住在一起,吃个饭,馒头都要蒸五大笼,还要给慧姐儿送凉席、蒲扇。你生辰那天我就不过来了,过些日子清闲了,我们再坐下来说说话。"

林大奶奶送了对五毒绒花簪子给她戴。那蜘蛛、蝎子做得栩栩如生,徐嗣诫见了躲在十一娘怀里大叫,大家看了哈哈大笑。

十一娘拿了簪子给他看:"是假的。"又叫他:"摸摸看,毛茸茸的,可有意思了。"

他怯生生地伸出小指头来触了一下,见那蜘蛛的脚抖了抖,又吓得把脸埋在了十一娘的怀里。须臾抬起头来,大着胆子又触了一下,发现那蜘蛛只知道抖动,并没有爬动的迹象,胆子渐渐大了起来,用指腹摸了摸蜘蛛的背,果然如十一娘所说,毛茸茸的,很有意思。他的胆子越发大起来,拿过簪子仔细地瞧。正好四喜端了碟黄灿灿的杏子进来,徐嗣诫眼珠子一转,猛地将簪子伸了过去,四喜骤然间见到个黑乎乎的蜘蛛,哪里能辨真假,吓得面色苍白,一声惊呼,手里的碟子哐当一声掉在地上碎成了几片,圆圆的杏子滚了一地。

绿云"哎呀"一声,忙蹲下去捡杏子,几个小丫鬟见了,也都跟着蹲了下去。徐嗣诫没想到会这样,吓得呆在了那里。

十一娘见了反不好教训,揽了徐嗣诫在怀里,一面对战战兢兢立在那里想哭不敢哭的四喜笑道:"没事,没事,把杏子拿去洗一洗就行了。"然后低了头对徐嗣诫道:"你看,闯祸了吧?以后可不能这样吓唬人了!"

徐嗣诫这才反应过来,连连点头,忙上前拉了四喜的手,把簪子伸到她面前:"你看,是假的!"

四喜吓得连退了几步,这才敢定睛看徐嗣诫手上的东西。见果真是支簪子,破涕为笑:"五少爷,您可吓死我了!"

徐嗣诫有些不好意思地垂了头。有小丫鬟进来禀道:"文姨娘来了。"

"让她进来吧。"

文姨娘撩帘而入,后面跟着梳了双螺髻、穿着水红色底衣摆绣草绿色水浪纹褶子的秋红。

"这是怎么了?"她笑吟吟目光一转,"谁这么不小心?"

十一娘指了炕前的杌子让文姨娘坐:"诫哥拿林大奶奶送的五毒簪子吓唬人了!"她简明扼要地说了一句,然后笑道:"今天怎么有空过来我这里坐?"却心知肚明地用眼角瞟了一下秋红——她正和几个小丫鬟一起蹲着捡杏子,手脚轻快又伶俐。

"过几天是夫人的生辰了,"文姨娘顺着十一娘的目光瞥了一眼,笑道,"也不知道送什么。正好前两天看见琥珀在给您绣帕子,您也知道,我的针线不好,我就让秋红帮着做了几方帕子。手艺粗糙,不成样子,倒也是我们的一片心意。"说着,拿了几块帕子出来。

月白、淡蓝、湖绿……都是十一娘惯用的素净颜色,或寥寥数针绣了个鹅黄色的小鸭子,或精耕细作地在帕子一角绣了两朵小小的并蒂莲之类。

十一娘有些奇怪。

文姨娘也不隐瞒:"是让滨菊帮着画的花样子。"

十一娘笑着收了。

文姨娘喊了秋红:"还不快来给夫人行个礼。夫人的针线在整个燕京城都是数一数二的,能收下你的东西,那可是你的福气。"

秋红神色微赧,上前给十一娘行礼。十一娘这才仔细地打量她,长得白白净净的,五官清秀,表情略见腼腆。

十一娘夸她:"这帕子绣得很好!"

"是!"秋红有些紧张地道,"我绣了好几天。"很老实地回答。

十一娘笑起来,让琥珀从自己的镜奁里拿了一对柳叶戒面的金戒指赏了秋红。秋红忙屈膝行礼道谢,站在了文姨娘的身后。

文姨娘和十一娘说了半天话,永昌侯府的黄三奶奶来了,她就起身告辞了。

待出了正院,秋红捂了胸口,长长地透了口气:"吓死我了!"

她的话还没有说话,文姨娘已去拧她的耳朵:"我是怎么告诉你的?你倒好,见到夫人一句奉承的话都没有说,还来了句'我绣了好几天'……"

秋红猫腰躲过文姨娘的手:"我、我还是第一次和夫人这样面对面地说话……"

"狗肉上不了正席的。"文姨娘听着气不打一处来,又见她弯腰把头上一支镶南珠的珠花滑落在了地上犹不自觉,不由睁大了眼睛瞪着她,"快把珠花捡起来,值六十几两银子呢!"

秋红"哦"了一声,忙蹲下去捡了珠花,又仔细打量有没有摔坏,拿了帕子出来擦拭灰尘。

文姨娘见她那样子,气呼呼转身进了自己的院子。

十一娘这边很热闹。

送走了黄三奶奶,几个管事的妈妈联袂而来,有的送上了自己做的鞋袜,有的送了自己做的五毒挂件,还有的送了五彩丝线夹着菖蒲、紫苏叶子打的络子。

"可巧您的生辰同了普天同庆的端午节。"领头的是管库房的于妈妈,自从上次十一娘为汪妈妈越级示下的事告诫了她以后,她遇到十一娘就分外地恭敬,"我们也跟着沾些

福气,把这生辰的寿礼和这端午节的孝敬放到了一块儿。"

其他几个妈妈听了都凑着趣儿跟着笑了起来。

"让几位妈妈费心了。"十一娘笑着让绿云端了小机子给她们坐。

几个妈妈一番推辞,半坐在了小机子上,个个口里如抹了蜜似的说着恭维的话。

徐嗣谆过来,妈妈们笑吟吟地给他行礼。

徐嗣谆微微点头,甩着微酸的手臂:"终于把先生规定的四张大字给描完了。"脸上露出如释重负的欢快笑容。

暮春阳光正好的下午,穿夹袄还有点热。十一娘掏出帕子给徐嗣谆擦了擦额头的汗,让绿云端了杯温开水给他:"润润喉咙,诫哥正等着你去蹴鞠呢!"

徐嗣谆听着眼睛发亮,匆匆喝了两口水,就跑去了徐嗣诫处。

妈妈们纷纷奉承:"我们四少爷有夫人带着,越长越精神,越来越懂事了。"

"是侯爷给四少爷找的先生好。"十一娘笑着应酬着。

那边徐嗣谆和徐嗣诫从后门去了花园,在碧漪闸前的一片青砖空地上蹴鞠,七八个丫鬟围在一旁拍着手,把附近的丫鬟、婆子都吸引了过来。

很快,两人都满头大汗。

南永媳妇忙上前劝:"四少爷、五少爷,歇会儿再踢吧!"

两人也着实有些累了,跟着南永媳妇到一边的凉亭坐了,茶香、绣儿忙上前服侍,或倒了温水给他们润喉咙,或拿了帕子帮他们擦拭后背。

徐嗣谆要去小解。净房就在花墙旁边,从碧漪闸过去,要穿过一条两边全是合抱粗参天大树的青石小径。有小丫鬟跑过去点了两支兰花香的熏香,茶香陪着去了净房。徐嗣谆坐在马桶上,可以听见外面沙沙的扫地声渐行渐近。

两个妇人正有一搭没一搭聊着天。

"这样说来,除了季庭媳妇,其他人都去了?"

"嗯!"另一个应道,"起头的就是管库房的于妈妈。"

"真的?"先前说话的语气里充满了惊讶,"她不是一向眼高于顶的吗?怎么这次竟然主动邀了大家去给四夫人祝寿?"

"她不是眼高于顶,她是看着菜下饭。"另一个笑道,"如今四夫人怀了身孕,又名正言顺地把陶妈妈送到了田庄里,她哪还敢在四夫人面前眼高于顶。"说到这里,赞了一声,"这府里上上下下的大丫鬟、小媳妇、管事的妈妈,我最佩服的就是季庭媳妇了。当年大家一窝蜂地往二夫人身边凑,有人就跟季庭媳妇出主意,让她抓住二夫人喜欢花花草草的机会想办法帮季庭谋个管事之职。她不急不躁,说季庭只会种花,别的,就是让他干也干不好。结果从头到尾没吭一声。后来故去的四夫人当家,大家又都往故去的四夫人身边凑。她也是不卑不亢的,该做什么做什么……"

好像有一千只蜜蜂在耳边嗡嗡地飞,徐嗣谆的注意力没有办法集中,两个妇人后来说了些什么,他全然不记得。

"茶香姐姐!"他拉了茶香的手,"她们说的都是真的吗?陶妈妈被送回了田庄?"

茶香是太夫人身边的二等丫鬟,太夫人特意调了来服侍徐嗣谆的。听徐嗣谆这么问,她忙道:"哪有这回事,四少爷不要听她们胡说。不是说了嘛,是陶成摔了腿,陶妈妈要去照顾他一些时日……"

"不对!"茶香的回答太过流利,让徐嗣谆本能地感觉到不够踏实,"有一年冬天陶成掉到河里差点淹死,陶妈妈在屋里把他大骂了一顿,可也没说去照顾他……"他目光中全是不解,"为什么这次就要去照顾陶成呢?"

茶香一怔,道:"我们在府里当差,就是府上的人了,哪能因家里的事耽搁了府里的事。如今四夫人看在陶妈妈曾经服侍过故去四夫人的分上,对她特别优待,准了她回去看儿子……"

徐嗣谆听了蹙眉:"娘在的时候,待陶妈妈也很好,还让我喊陶妈妈做'妈妈'……"

茶香没想到平时很好说话的徐嗣谆揪着这个话题不放,没等徐嗣谆的话说完,已笑道:"所以四夫人也特别敬重陶妈妈。"又怕他再问些自己答不出来的话来,忙转移了话题:"四少爷,我们还是快些回碧漪闸吧,五少爷还在那边等着呢!这四月间的天气,太阳落山寒气就起来了,您身上只穿了件夹袄,斗篷还放在四夫人那里呢!"

徐嗣谆不为所动,再仔细倾听,外面只有风吹过树梢的沙沙声,哪里还听得到别的什么声音。他有些失望,收拾收拾,慢吞吞地和茶香去了碧漪闸。

凉亭空空如也,只留下了猩猩红的坐垫和满石桌的狼藉,徐嗣诚身边服侍的早不见了踪影,原来无人的空地却被丫鬟、媳妇、婆子们团团围住,不时传来喝彩的声音,比刚才不知道要热闹多少。

徐嗣谆讶然。茶香已看到一个高挑的人影。

"四少爷,是五爷。"她眉宇间满是欢快,"是五爷在蹴鞠!"拉着他的手就往人群里挤。

大家看见是他们主仆,主动让出一条道来。

徐嗣谆就看见徐令宽一个"佛顶珠",用头把鞠高高地顶了起来,再看徐嗣诚,正目瞪口呆地望着徐令宽,满脸震惊。

徐令宽听到动静,眼角瞥过去,见是徐嗣谆,一个"旱地拾鱼",把鞠抛到了半空中,朝着徐嗣谆招手:"来,我告诉你怎么玩。"

如果是平时,徐嗣谆早就高高兴兴地跑了过去,可这次,他心里还惦记着刚才听到的闲话,犹豫了片刻才走了过去。

徐令宽伸手轻轻一钩,就把从半空落下的鞠接在了手里。

"怎么了?"他弯腰笑望着徐嗣谆,"今天好像有点不高兴的样子。"

"没有。"对着大人说谎,徐嗣谆很不自在,"我今天有点累。"

徐令宽可不敢勉强他,笑着将鞠抛给了一旁的小厮,道:"那就早点回去歇了吧!明天五叔再带你玩。"

徐嗣谆勉强地笑着应了一声,拉着徐嗣诚往十一娘屋里去。

围观的自然都散了。徐嗣诚犹回味着刚才所看见的:"四哥,我们明天还蹴鞠吧?五叔可厉害了。你刚才不在,我看见他手肘一拐,鞠就高高地飞到了半空中……"

徐嗣谆心不在焉地应着,和徐嗣诚进了院子。那些管事的妈妈正三三两两从正屋里出来,碰见他们兄弟俩,都笑吟吟地打着招呼。

徐嗣谆望着她们的面孔,眼神微黯,吧嗒吧嗒地朝正屋跑去。大家都吃了一惊。

十一娘让小丫鬟把屋子里的窗户全打开。几个管事的妈妈里有抽旱烟的,身上总有股味道。

徐嗣谆冲了进来:"母亲,我们把陶妈妈接回来吧?"

"什么?"十一娘愕然,"怎么突然想到要把陶妈妈接回来?"

"我想陶妈妈了!"徐嗣谆道,"陶妈妈一个人在田庄,就吃不到府里的八宝粽子了!"

十一娘笑道:"她在田庄,田庄也会包八宝粽子的……"一句话没说完,已捂了嘴。

绿云几个忙拿面盆的拿面盆,倒温开水的倒温开水,忙碌却不慌乱地服侍着十一娘。

徐嗣谆觉得自己有很多话要说,可眼前来来往往的人却没有一个注意到他。他悄悄地退了出去,迎面碰到徐嗣诚,诚哥道:"四哥,四哥,你去哪里?"

"要是受了委屈,一定要禀告太夫人和侯爷让他们给你做主……"不知道为什么,徐嗣谆脑海里突然冒出陶妈妈临走时所说的话。

"我要去找祖母。"

"哦!"徐嗣诚搔了搔头,"我、我还没给母亲问安,哥哥等我一会儿吧!"

平常这个时候两人会一起去给十一娘问安,然后一起去太夫人那里吃晚饭。

徐嗣谆胡乱地点了点头。徐嗣诚跑去给十一娘问安。

十一娘正不舒服。徐嗣诚担心地站在一旁,大气也不敢出一下。

徐嗣谆在外面等了一会儿,只觉得心急如焚,跟徐嗣诚的丫鬟绣儿交代了一声,匆匆去了太夫人那里。

"祖母,我们把陶妈妈接回来吧?"他像平常一样扑在太夫人怀里撒着娇,"我想她了!"

太夫人呵呵地笑："等过些日子陶成好了,再把陶妈妈接回来不迟。你想想,马上要过端午节了,总要让陶妈妈和陶成母子一块儿过个节吧。"

"那过了端午节,陶妈妈就能回来了吗?"徐嗣谆睁着一双清澈如镜的眼睛望着太夫人。

太夫人表情微滞,道："等陶成腿好了才能回来。"

"祖母,祖母,那您派人把陶妈妈接回来吧?"徐嗣谆求太夫人,"您要她回来,她不敢不回来的!"

太夫人闻言眉头微微蹙了蹙,又很快地舒展开来："谆哥今天是怎么了?怎么连祖母的话也不听了?"语气间不自觉地带了几分严厉,"陶妈妈要等陶成的病好了再进府,你如今都已经启蒙进了学堂,可不比从前,行事要沉稳些才是。"

这样的语气、这样的训诫是徐嗣谆从来没有听见过的。他表情有些错愕。

难道是有人在谆哥面前说了些什么?得把茶香叫来问一问才是!太夫人思忖着,哄了徐嗣谆："好了,快去净手,等会儿我们吃香酥鸭!"

旁边自有机灵的丫鬟上前半推半劝地把徐嗣谆带去净手。宝蓝色绘百卉的掐丝珐琅面盆倒了清水进去,那些原来看得不十分清楚的百合花、忍冬花、玉簪花突然变得清晰起来。

徐嗣谆放在面盆里的手轻轻一搅,那些花全变成了碎影,缓缓地荡漾开来。要不要跟父亲说呢?他有些迟疑,眼前浮现出父亲严峻的脸庞、清冷的目光……徐嗣谆不由打了个寒战,嘴紧紧地抿成了一条缝。

净了手,太夫人还在和茶香说话。玉版几个不敢把徐嗣谆领到内室去,拿了翻绳要和徐嗣谆到东次间临窗的大炕坐了去玩。

徐嗣谆却摇了摇头："我去看五弟怎么还没有来。"噔噔噔地往外跑去。

碧螺、雨花几个在身边服侍的丫鬟小跑着跟了上去。

玉版望着手里的大红络子："四少爷今天是怎么了?"

徐嗣谆一口气跑到了元娘故居的门口才停下来。他深深地吸了几口气,待呼吸平稳下来,这才慢慢地朝元娘的内室走去。

"去了大姐的故居?"十一娘怏怏地躺在炕上,有些烦躁。

雁容轻轻点了点头："太夫人身边的玉版会把四少爷找回去。"

十一娘微微点头："要是等会儿四少爷陪着五少爷过来,你就喊我一声。"

雁容应诺。十一娘疲倦地躺下,很快就进入了梦乡。

晚上徐嗣诫回来,雁容笑着问他："四少爷呢?怎么没有送五少爷回来?"

徐嗣诫笑道:"四哥说有点累,晚上只吃了小半碗白粥。"

雁容笑着送徐嗣诫回厢房歇下,想去给十一娘报个信,进了东梢间,只有盏小小的瓜型宫灯闪烁着豆大的灯火,十一娘睡得正酣。她想了想,轻手轻脚地退了出去。

第二天徐嗣谆来给十一娘问安,神色间已恢复了从前的沉稳。

十一娘想着昨天他追问陶妈妈的事,笑着问他:"陶妈妈不能在府里过端午节,你要不要差个人送些八宝粽子去田庄?也全了你的一番心意。"

徐嗣谆听着眼底绽开一个欢快的笑意:"好啊!"然后迫不及待地对碧螺道:"你带了雨花去田庄上给陶妈妈送粽子。"

碧螺笑着应"是",十一娘已道:"让茶香和雨花去吧。她是大丫鬟,年纪又长些。"

徐嗣谆无所谓,笑着点头。中午回来问茶香:"粽子都准备好了?"

"四少爷待陶妈妈可真好!"茶香笑道,"夫人让曹管事明天一早送我们去田庄。厨房里的妈妈说,寅时就开始蒸粽子,到田庄的时候粽子还热着。"

徐嗣谆很是满意,先是跑到元娘的影像面前说了半天话,然后才去睡午觉。

太夫人知道了叹气道:"难为十一娘,处处想得这样周到!"又问起十一娘的身体来:"还吐得厉害吗?"

杜妈妈笑道:"说只是早晚有些吐,比之前好多了。"又道:"亏得是四夫人,不管怎样不舒服,该吃的一样吃下去。要是别的哪个,早就拖垮了。"

太夫人点头,让杜妈妈把库里余下的几匣子血燕都送到十一娘处。

"您也是上了年纪的人,还是留些吧!"杜妈妈笑着劝太夫人。

"这些都是温补的东西,要每天吃一点,断了,等于没吃。"太夫人摇头,"都送过去吧!"然后吩咐:"你也看着点,要是东西快没了,就来跟我说,我舍了这张老脸帮她到宫里讨去。"

杜妈妈掩袖而笑,到底留了几两给太夫人应急。

茶香送了粽子到田庄,陶妈妈吃惊之余感激涕零,当时就吩咐小丫鬟生火,亲手做了五毒饼让茶香带回来。

雁容没等十一娘吩咐就尝了一个:"又香又酥,比外面卖的还要好吃。"

十一娘让茶香拿给徐嗣谆。徐嗣谆欢呼,让茶香送了徐嗣勤和徐嗣俭,还特意请了徐嗣诫去吃,赏了屋里的丫鬟、小厮。又想着还没有跟娘亲禀告这件事,带了徐嗣诫到元娘的影像前供了饼。

十一娘暗暗松了口气。

大家欢欢喜喜地过了个端午节。

余家开始和甘太夫人的娘家议亲,文姨娘见徐令宜不在家,常常找了借口到十一娘屋里坐,杜妈妈有事没事也过来陪着十一娘说话。

十一娘就找了琥珀说体己话:"女人支撑门户是很辛苦的,你要考虑清楚。"

"我有什么好?"琥珀微微垂了头,"别人苦苦相求,不外是因为夫人。我也想得很清楚了,有夫人的一天,就有我的一天。与其给人家做嫁衣了还要低三下四地服侍别人,不如自己抛头露面,在夫人跟前做个管事的妈妈,自由自在,不看男人的眼色。"

十一娘一向尊重别人的选择。

"那好吧!"她笑望着琥珀长长地透了口气,"我给你找个随你拿捏的。"

琥珀脸色绯红。

十一娘让宋妈妈去跟杜妈妈说:"琥珀我要留在身边。红绣有娘、老子,过几天就送出府去,我看秋红不错,要是他们也看得中,就让秋红嫁过去。"

杜妈妈那边立刻有了回音:"一切都凭夫人做主。"又提了个人,"白总管说,库房那边有个叫管青的,今年二十二岁,三岁时家里发大水,父母兄弟都没了。他一个族叔没子嗣,就把他过继到了名下,带到了府里。夫人要是觉得好,哪天把人带给夫人看看。"

十一娘有些意外,先把秋红的事跟文姨娘说了。

文姨娘得偿所愿,自然是喜出望外,朝十一娘谢了又谢,又怕这件事传出去中途有什么波折起了变化,天天在十一娘面前磨叨,巴不得立刻下了定就好。偏偏秦姨娘不知怎的突然变得非常殷勤起来,每次文姨娘刚刚坐下,她就跟着出现了,不是带了些自己做的婴孩袜子,就是带了自己做的婴孩帽子或衣裳,说是给还没出世的六少爷做的。

文姨娘不由暗暗奇怪。要说秦姨娘有争宠的心思,徐令宜一回来就随着她起身告退;如果没有争宠的心思,这些针线又不是一天两天就能完成的。既然做了这么多,为何不一口气拿过来,非要今天一件明天一件的……

秦姨娘哪里知道文姨娘的心思,每次来都要问十一娘:"夫人这些日子感觉怎样?六少爷还像以前那样顽皮吗?"

"还好!"十一娘表情淡淡的,"有田妈妈和万妈妈在一旁照顾,感觉好多了。"然后问文姨娘:"你的针线做得怎样了?"对秦姨娘的话好像并不十分热衷似的,

文姨娘乐得十一娘主动转移话题,忙见缝插针地说起自己的事来:"我的针线您也见过,也就私底下绣着玩,打发打发时间还行,哪能上得了台面?"说着,身子向前微倾,若有所指地道:"夫人,您说,我这两天到喜铺里订嫁妆,是不是早了些?"

十一娘想着低头娶媳妇,抬头嫁闺女,秋红的事怎么也要矜持些,拖到秋天再议,不承想文姨娘这样急。仔细一想也就明白过来,她笑道:"不迟,不迟,你这两天就把东西订

下来,绣娘们还得些日子,到秋天的时候正好拿货。"

文姨娘听着大喜:"那我就照夫人的盼咐行事了!"

下定的时候,文姨娘喜不自禁,八套衣裳还男方的礼。

十一娘和她开玩笑:"你这是成心拆我的台。"

红绣已经被父母接了回去,她身边只有一个适龄的琥珀了。

文姨娘就对着十一娘福了又福:"琥珀姑娘的嫁妆我来办!"

贞姐儿嫁妆是她在办,如今又揽了秋红和琥珀的在身上,十一娘哈哈地笑:"我看,你以后就专管家里的这些事好了!"

"夫人要是放心,我也敢管。"文姨娘倒是很爽快。

正说着,白总管把金鱼巷那边宅子需要修缮的地方列了个单子,让管青送过来给十一娘过目。

文姨娘见来者是个二十出头的年轻小伙子,长得白净秀气,腼腆斯文,大吃了一惊。见十一娘仔细打量,这才明白过来,也跟着十一娘把管青上上下下看了个遍,倒把管青看得面红耳赤,手足无措。

"夫人,我帮您打听打听。"待管青走后,文姨娘殷勤地道,"决不让琥珀姑娘吃了亏。"

十一娘也怕琥珀所托非人,想着文姨娘一向消息灵通,细细地叮嘱文姨娘打听些什么。

结果徐令宜回来的时候就看见十一娘正和文姨娘交头接耳地说着什么,眉眼间全是盈盈笑意。

"什么事这么高兴?"晚上,徐令宜支肘侧躺,习惯性地摸了摸她的肚子,笑着问她。

温暖的手心贴在她的肚子上,让她懒洋洋的,有些昏昏欲睡:"为了琥珀的事……"她打了个哈欠,把事情的经过告诉徐令宜。

"也不急着这一时。"徐令宜摸了摸她的额头,"等过些日子你精神好些了再说也不迟。"

"不把这件事办妥了,我心里不安。"十一娘应了一句,问起徐令宜来,"成哥儿小定的日子定下来了吗?"

"定下来了!"徐令宜笑道,"定在了五月十四。四姨特意找我问你的事,想到时候你也去凑个热闹。我没敢答应,自正月间你就没出过门。这几天天气好,要不趁着这机会出去走走。怡清那边又不是别家,多带几个丫鬟、婆子,四姨又有两个孩子。你有什么事,她也知道照顾你……你意下如何?"

那边没声音。徐令宜惊讶地望过去,却看见十一娘酣睡的脸。他不禁失笑,轻轻地帮她掖了掖被角,犹豫了片刻,亲了亲她的鬓角,这才吹灯歇下。

十一娘不知道徐令宜曾经提议一起去参加四娘儿子的小定仪式,她的注意力放在调查管青的人品、性情上了。

文姨娘十分上心。她总觉得,只有琥珀有了好归宿,秋红才能嫁得安安稳稳,喜气洋洋。

原来两人除了晨昏定省很少碰面,现在却一天要见好几次面,不免让人心里不安起来。

"姨娘,真的打听不出什么来。"翠儿颇有些无奈,"秋红要嫁了,把自己关在屋里,哪里也不去。"说着,嘟了嘴,"文姨娘本来就财大气粗,现如今秋红的婚事又得了夫人的青睐,眼睛都要望到天上去了。每日里议的都是怎样帮秋红置办嫁妆,哪里还会理会别的。文姨娘和夫人到底说了些什么,都不耐烦和我细说。"语气里带着几分抱怨,更多的,却是艳羡。

秦姨娘"啐"了她一口:"死丫头,不把事情问清楚了,我怎么知道文姨娘是走通了夫人的哪一条道才让夫人对她如此看重?你既羡慕秋红,也该花点心思才是,别总把我的话当成耳边风。"

翠儿被说得满脸通红,喃喃应声要退下去,却被秦姨娘叫住,犹不解恨似的道:"没脑子的东西,这个时候知道臊有什么用,等秋红、冬红一个个嫁了如意郎君,有你后悔的时候。"说着朝翠儿招手,"你过来,我有件事要嘱咐你。"然后对翠儿附耳道:"你做出一副闲着无事的样子,去夫人的小厨房打听打听,看夫人这些日子身子骨好些了没有,平常都用的是些什么……"

她的话还没有说完,翠儿已变色:"姨娘,这、这不太好吧?"

秦姨娘没好气地道:"冬红那里你问不出个所以然来,小厨房又怕去,你到底能干些什么?夫人如今怀着身孕,不在这上面下功夫巴结,还能从什么地方巴结啊!"

翠儿恍然大悟,悚然地应了一声,退了下去,出门遇到乔莲房和绣橼。她正犹豫着要不要上前行礼,绣橼虚扶着乔莲房已进了穿堂朝正房去。

翠儿松了口气,去了小厨房。

绣橼并没有注意到翠儿,她正压低了声音和乔莲房说话:"姨娘,夫人叫您去,也不知道有什么事。"语气很是担忧。

"去了就知道了。"乔莲房语气淡漠。

"姨娘……"绣橼听着眉头微蹙,正要劝两句,旁边有小丫鬟向她们行礼,到了嘴边的话又咽了下去。

乔莲房撩帘进了屋。十一娘在厅堂见了她。

"绣橼也到了放出去的年纪。我这些日子精神不济,有些事难免顾不上,所以找你来商量。绣橼是你从乔家带进来的,她的婚事是你做主帮她选一个呢,还是放回家由她娘、老子帮她做主?"

听口气是不想插手绣橼的事。乔莲房有些意外,但又觉在情理之中,她想了想道:"这些事我也不懂,如果夫人同意,我想和我娘商量商量。"

十一娘无所谓,当时就吩咐人去请乔太太过府,然后端了茶。乔太太得了消息,立刻就赶到了徐家。

小丫鬟去禀了十一娘。不一会儿,绿云撩帘而出,站在台阶上笑道:"我们家夫人正忙着。"说完,喊了个小丫鬟,说了声"带乔太太去乔姨娘那里",转身进了厅堂。

乔太太望着晃动了几下就安静下来的湘妃竹帘,一口气堵在胸口,偏生没办法吐出来,好一会儿才跟着那个未留头的小丫鬟去了乔莲房处。

十一娘正和文姨娘说着管青的事:"这样说来,倒是个老实人。"

文姨娘点头:"人不笨,就是家底太薄,做起事来不免畏首畏尾的,养成了谨慎的习惯。"

十一娘已有些悦意。因白总管让管青跟着负责修缮金鱼巷宅子的管事跑腿,十一娘特意交代了几桩事给他,他行事虽然不够老练,但也中规中矩,没出什么大碍,又找机会让琥珀看了管青一眼。

琥珀想着十一娘嫁到徐家来的时候前有狼后有虎的,如今还不是过得好好的,只问了管青待父母是否孝顺,其他的,倒也没什么要求。

十一娘就让宋妈妈传话给杜妈妈,想把这件事定下来。管家只当是天上掉了馅饼下来,喜得合不拢嘴。全府的仆妇都知道琥珀要嫁到管家来了,一些平日从不走动的媳妇、婆子都到管家恭贺,把太夫人也惊动了。太夫人特意喊了琥珀说话。

"长得可真是齐整。"太夫人携了她的手上下打量,又吩咐杜妈妈道:"把前几日清出来的那几件大红衣裳都赏了这丫鬟。"

杜妈妈笑着应声而去。琥珀红着脸,屈膝行礼,谢了又谢,拿了太夫人赏的衣裳回了十一娘处。

十一娘看那些衣裳都还新着,全是上好的绫罗绸缎,笑道:"这几天改一改,到了秋天正好可以穿。"

琥珀出嫁的日子定在了九月。绿云几个掩了嘴笑,琥珀面如霞飞。

徐嗣谆和徐嗣诚下学过来,看见十一娘炕上散着几件光鲜的衣裳,都问:"母亲做新衣裳了吗?"

和管青的婚事定下来了,琥珀像没事人一样依旧在十一娘面前当差,可大家看她的目光到底有些不同了。琥珀面上不显,心里还是有些难为情的,听徐嗣谆和徐嗣诚这么一问,怕绿云几个又说出什么让人害臊的话来,忙拉了徐嗣谆和徐嗣诚去洗手:"夫人吩咐厨房做了凉粉。"

两个小家伙欢欢喜喜地跟着琥珀走了。身后传来一阵窃窃的笑声。

茶香、绣儿几个怎么敢麻烦琥珀,忙道:"姐姐有事先去忙吧!少爷这边有我们呢!"

琥珀心虚,听茶香、绣儿这么一说,把徐嗣谆和徐嗣诚往她们这边一丢,说了句"你们服侍两位少爷,我去跟厨房说一声",匆匆转身出了厅堂。

难得见到琥珀这副窘迫的样子,茶香和绣儿面面相觑,打了水给徐嗣谆和徐嗣诚洗手。

徐嗣谆就问茶香:"琥珀姐姐这是怎么了?她好像很羞的样子。"抬睑却看见一个面生的丫鬟扒厅堂的帘子朝里张望。

这些日子府里放了好几个丫鬟出去,宋妈妈正在调教新丫鬟。

徐嗣谆没有在意,洗了手,要去东次间,却见那丫鬟朝着他招手。他微微一怔。那丫鬟已朝着他使眼色,神色间颇为急切。

徐嗣谆心中一动,脚下一缓,落在了众人的后面,笑道:"茶香,我要去净房。"说着,也不管茶香听没听见,急急出了厅堂,朝徐嗣诚住的厢房去。

茶香几个反应过来,已不见徐嗣谆的影儿。

一群人赶了过去,见个面生的小丫鬟服侍着徐嗣谆往徐嗣诚的厢房去,以为是新进的丫鬟,只是匆匆跟了过去。那丫鬟就立在门口帮她们打了帘子,茶香脚步微顿,看那丫鬟一眼。那丫鬟忙堆了笑,和所有的小丫鬟一样,露出阿谀奉承的样子。

茶香挺胸进了厢房。

徐嗣谆坐在马桶上,想着那丫鬟的话:"过几天是故去四夫人的生辰,到了六月间又到了世子爷的生辰。陶妈妈说,今年她不在府里,不能亲来庆贺,请世子爷多多担待。要是世子爷得闲,还请在故去四夫人的生辰之日到祠堂给故去的四夫人上炷香,故去的四夫人在天之灵也好保佑世子爷平安,不被小人所扰。"

久远的记忆被翻了出来。他一直记得,娘亲的生辰是五月二十七日。每到这一天,陶妈妈就会一大早给他换上新衣裳,把他抱到娘亲的屋里。走过屋檐时,立在屋檐下和院子里的丫鬟、媳妇、婆子,包括管事的妈妈在内,都会低下头。

娘亲那会儿坐在内室临窗的大炕上,炕桌上摆满了各种他最喜欢吃的吃食。他一进去,娘亲就会张开双臂。待陶妈妈把他放在娘亲的怀里,娘亲就会紧紧地抱着他,他的鼻尖就会萦绕淡淡的药香,让他感觉安定又宁静。

娘亲就会指了炕桌上的吃食细声细气地问他:"你要吃什么?"

陶妈妈就会嗔怪地走过来:"夫人,四少爷已经吃了半碗粥,再吃,要积食的。"

娘亲也不生气,只扬了脸笑。这个时候,爹爹的礼物也到了,常常是一张薄薄的纸。娘亲看也不看,就让陶妈妈收起来。

然后温柔地亲他的面颊:"这些都攒起来,将来全给我们谆哥儿。"

他已经多久没能再闻一闻娘亲怀里才有的那种充满温馨的淡淡的药香……他低下了头,眼睛有些湿润。

徐嗣谆从净房里出来,搓着澡豆问茶香:"你知道我娘亲的生辰是什么时候吗?"

茶香一愣。元娘主持中馈的时候她才进府,刚被拨到太夫人的院子,元娘就去世了,哪里记得这些。

"四少爷问这做什么?"她笑道,"要不,我去问问杜妈妈?"

也就是说,不知道了。徐嗣谆怏然:"算了,我只是随口问一问。"

茶香松了口气。回了东厢房,凉粉已经端了上来,雪白的凉粉,红褐的汤汁,让人看了食指大动。

十一娘却问徐嗣谆:"是不是哪里不舒服?"

徐嗣谆望着十一娘眸子里流淌的关切,脑海里珍藏的记忆如海水般汹涌而至,挂在墙上的影像与眼前的人恍恍惚惚重叠在了一起……

"怎么了?"十一娘担忧的声音把他从迷茫中拉了回来。

徐嗣谆仔细地端详着十一娘。母亲和娘亲是不一样的。影像上,娘亲眉目精致,目光平静,嘴角噙着一丝若有若无的笑,有一种悲天悯人的祥和。母亲也喜欢嘴角含笑,只是目光澄净透亮,显得神采奕奕。

"没、没什么!"徐嗣谆轻轻地摇头,第一次感觉到了娘亲和母亲的不同,"我挺好的!"

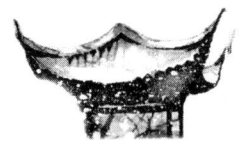

第六十二章　遭暗算谆哥命堪危

从十一娘的屋里出来,外面下起了小雨,淅淅沥沥打在竹梢蕉叶之上,有一种清冷的味道。

徐嗣谆问杜妈妈:"您还记得我娘亲的生辰吗?"

杜妈妈想了想,笑道:"是五月二十六。"又有点拿不定主意:"应该是五月二十七。"解释道:"妈妈年纪大了,记得不是十分清楚了,四少爷今天怎么突然问起这个来?"

"没什么!"徐嗣谆低垂着眼睑,浓密的长长睫毛像把小扇子,投下月牙形的阴影,十分可爱,"就是突然想起来了。"

杜妈妈爱怜地抱了抱徐嗣谆:"早点睡吧!明天一早还要去上学呢!"

"嗯!"徐嗣谆乖巧地轻轻应诺,窸窸窣窣地躺了下去。

杜妈妈帮他掖了掖被角,嘱咐了值夜的茶香几句,这才去了太夫人那里。

茶香关了门,歇在一旁的贵妃榻上。屋子里安静下来,檐头的水滴有规律地滴着,一声声,清晰可闻,吵得徐嗣谆睡不着,脑海里不时浮现管事妈妈们略带谄媚的笑脸。从前,这些都只属于他的娘亲,可现在,却属于另一个人。一想到这些,他心里就觉得难受。

"茶香,"徐嗣谆睡不着,"你娘亲是个怎样的人?"

床上的人一直翻来覆去,茶香没敢合眼。

"我娘亲啊!"茶香笑道,"从前也在府里当过差,服侍过太夫人。不过,她只做到了三等丫鬟就配了人。"她想到娘亲听说自己要到四少爷屋里当差时兴高采烈的样子,露出愉快的笑容,道:"逢人就说我有出息,比她那个时候强百倍,叮嘱我好好服侍四少爷,以后出去,也是个有体面的人了……"

徐嗣谆听了几句就有些心不在焉了。他的娘亲不是这样的,他的娘亲就是含笑坐在那里,也让那些管事的妈妈垂手而立,更别说是那些三等的丫鬟了;他的娘亲也不会逢人就说话,都是别人说,她神色怡然地听着,她一开口,所有人都安静下来,听她说话……想到这里,他心里突然有了想见见娘亲的念头,而且这念头随着时间的推移越来越强烈,越来越执着。徐嗣谆突然起身,趿着鞋子就爬到了临窗的大炕上。茶香来不及披衣,抓了搭在被子上的夹衫就跟了过去。

徐嗣谆撩了窗帘朝外望,雨好像停了,大红灯笼照在雨后的青石板上,泛着诱人的五彩光芒。

"茶香,我想去看看娘亲!"此刻,这念头是如此强烈,到了让他坐立不安的地步。

茶香却吓了一大跳:"四少爷,现在已经很晚了,我们明天再去吧……"

没等她的话说完,徐嗣谆已从炕上溜了下来,跑到一旁的衣架前扯了袍子就往身上套。

茶香忙跟了过去:"四少爷,要是让太夫人知道了,会生气的……"

徐嗣谆突然转身,目光定定地望着茶香,眸子如琉璃般清澈透明。

不知道为什么,茶香很是窘迫。

徐嗣谆已低了头:"我娘亲是五月二十七日的生辰,可大家都不记得了……"

有水珠坠下,落在她脚边,茶香心里不禁又酸又楚,耳边传来自鸣钟当当当的报时声,她不由咬了咬唇。现在才戌正,故去四夫人的院子就在太夫人院子的后面,那边院子住着汪妈妈等人,这边院子也有守夜的人……应该不要紧吧?

"四少爷,那我们得跟碧螺她们说一声才行……"

徐嗣谆抬起头来,被泪水冲洗过的眸子特别地润黑。他嘴角慢慢地翘了起来,弯成了一个愉悦的弧度。

雨的确停了,却刮起了风。

茶香牵着徐嗣谆的手,蹑手蹑脚地出了门。院子里静悄悄的,太夫人内室的灯已经熄了。

"四少爷,您仔细脚下。"她低声叮咛,和徐嗣谆拐过正房旁的耳房去了后院。

可能是傍晚下起了雨,丫鬟居住的后罩房虽然大部分都点着灯,但院子里却没有一个人影。

茶香站在窗下轻声喊值夜的婆子:"妈妈,我是四少爷屋里的茶香,有东西落在了四夫人那里,急着要去拿。"

婆子立马开了门,门轴转动的吱呀声传得老远,让茶香心里怦怦乱跳了好几下:"妈妈小声点,让杜妈妈知道了我可吃不了兜着走了!"

那婆子抬头看见跟在茶香身后的徐嗣谆,声音硬生生地低了八度。

"我知道,我知道!"轻轻解了腰间的钥匙,帮他们开了后门。

茶香塞了两块碎银子给那婆子:"妈妈等我们一会儿,我们马上就回来。"

婆子不敢要银子:"茶香姑娘快去快回,我在这里守着就是了。"脸上堆满了笑。

"这是我们四少爷的心意。"茶香又把两块碎银子推了过去。

那婆子这才喜滋滋地收了,殷勤地道:"四少爷只管放心地去,不会有人发现的。"

茶香笑着低声道谢,和徐嗣谆出了后门。两边是枝叶茂盛的大树,风吹过,树枝婆娑乱舞,发出沙沙沙的声音,有点像蚕吞食桑叶的声音,让人想着就有点胆寒。

徐嗣谆朝茶香身边靠了靠,茶香忙揽住了徐嗣谆的肩膀:"没事,是风!"声音有些颤抖。

"我、我不怕!"徐嗣谆此地无银三百两地道,眼睛却盯着不远处在风中摇曳的大红灯笼——那里就是娘亲住的地方了。到了那里,娘亲就会保佑我了。

茶香点头,不由加快了步子。突然,有一道黑影从林子旁蹿了出来。

"啊!"两人搂在一起,发出一声凄厉的尖叫。

那黑影好像被他们吓了一跳似的,猛地转身。苍白的面孔,黑漆漆的眼眶,嘴里还垂着个长长的红舌头。

徐嗣谆双眼一翻,人软软地瘫在了地上。

十一娘已经睡下,徐令宜还靠在床头看书。外面发出一阵声响。

"怎么了?"她支肘抬起了身。

"你歇着,"徐令宜眉头微蹙,放下书,"我去看看!"

十一娘复又躺下。

徐令宜刚趿了鞋,琥珀撩帘而入。她脸色很难看,草草地行了个福礼,低声道:"刚才太夫人那边的葛巾姑娘过来,说四少爷受了惊吓,让侯爷快过去看看。"

徐令宜闻言色变:"怎么会这样?"

"出了什么事?"十一娘心里一阵发慌,坐起身来。

徐令宜已弯腰穿了鞋,拽了一旁的袍子就披在了身上。

"有娘在,你先歇着吧!我去看看就来。"他交代一句,大步流星出了内室。

十一娘就喊了声"琥珀"。

琥珀忙上前帮十一娘穿了鞋,道:"葛巾什么也没有说,我也没时间细问。"她说着,扶着十一娘站起来,服侍她穿了褙子。

只有去了才知道到底发生了什么事。十一娘和琥珀去了太夫人处。

屋里屋外灯火通明,她们进门就看见太夫人屋里管值夜的婆子低垂着头,哆哆嗦嗦地跪在院子中间,平时服侍的几个丫鬟、婆子都战战兢兢地立在屋檐下。

听到动静,有机灵的小丫鬟迎过来扶十一娘,也有的打了帘:"侯爷,太夫人,四夫人来了!"

话音未落,玉版迎了出来。

"四夫人,您怎么来了?"一面说,一面把她请了进去。

"谆哥呢?"

徐令宜脸色铁青地站在厅堂中央,徐嗣谆的贴身丫鬟茶香满脸泪痕地跪在徐令宜的脚边。听到十一娘的声音,茶香的身子动了动,最后却依旧保持着卑怯的姿态没有回头。

徐令宜眉头紧锁:"你怎么也过来了?"又道:"正在娘屋里歇着。"

十一娘顾不得什么,转身去了太夫人的内室。太夫人低头坐在临窗的大炕边正抹着眼泪,只有杜妈妈在屋里服侍着。

"娘!"十一娘快步走了过去,看见了躺在炕上的徐嗣谆,他面如金纸,牙关紧咬,脸上还残留着受惊后的恐惧表情。

"可请了大夫?"

"你来了?"太夫人握住了十一娘的手,"白总管已经去请大夫了。"

杜妈妈已端了锦杌过来。十一娘也不客气,坐了下来。

"出了什么事?"

"茶香说,谆哥突然要去祭拜他娘亲,她想着时间还早,那边又有汪妈妈等人照应着……"把事情的经过讲了一遍,"待当值的婆子冲出去的时候,就看见谆哥和茶香都瘫在了地上。"

这分明是有人装鬼吓唬他们!十一娘脸色冷峻。时间、地点掐算得如此准确,可不是一般人能做到的。她心乱如麻地抬头朝太夫人望去,只见满脸悲伤的太夫人,眼底深处却闪烁着几分凛冽。

"那谆哥……"十一娘很是担心,也不知道中医有没有行之有效的手段治疗这样的情况。

太夫人没有直接回答,只是叮嘱她:"你是双身子的人,可经不起这样的折腾,快回去歇了吧!这边有我和侯爷,不会有什么事的!"

谆哥这样,她怎么睡得着。十一娘轻轻叹了口气:"我还是等大夫来了,看大夫怎么个说法再去歇息。"

"你这孩子。"太夫人能理解她的心情,拍了拍她的手,"要不就到我床上歇了!"

十一娘正要婉拒,徐令宜面沉如水地走了进来。

"怎样?"太夫人急急地站了起来,"可又问出些什么?"

徐令宜看了十一娘一眼:"守值的婆子说,她看见那黑影进了正房。"

十一娘骇然。徐家能称得上正房的,只有自己住的院子。

"我已经让人去叫小五了,"徐令宜表情冷凝,"让他帮着彻查此事。"他望着太夫人,说出来的话却是吩咐十一娘:"你让琥珀去给宋妈妈传个话,把正房进出的门全锁了,等小五过去。"

他这是在回避自己吗？十一娘目光微闪，可立刻就跟自己解释：如果换成自己，只怕也会如此想！她挺直了脊背，轻声地吩咐琥珀："你去给宋妈妈传话，让她把进出的门全锁了，吩咐院子里所有的人，不管是串门的还是在院子里玩耍的，全部待在原地不动。谁要是敢乱走动，先领十大板再说。"

徐令宜微讶地望着她，十一娘垂下了眼睑，心里有针刺般隐隐的细痛。琥珀黯然，应声而去。

屋子里就安静了下来，空气中弥漫着让人窒息般的凝重。

太夫人看了看面容平静却身姿如松的十一娘，又看了看欲言又止显得有些不自在的徐令宜，轻声道："好了，好了，你们都先坐下来吧！"打破了屋子里的宁静，让气氛缓了缓。

十一娘低声应"是"，重新落座，徐令宜想了想，坐在了十一娘身边的太师椅上。

屋子里再次安静下来。

徐嗣谆突然低低呓语："娘亲，娘亲……"手在半空中乱舞。

十一娘立刻奔了过去。

太夫人已握了徐嗣谆的手，在他耳边焦急地低语："谆哥儿，谆哥儿，我是祖母……"

徐嗣谆好像陷入了梦魇中，太夫人的话不仅没能安慰到他，他反而凄厉尖叫一声，挣扎着要摆脱太夫人握住他的手。

太夫人忙将徐嗣谆抱在了怀里，用脸贴了他的脸，不停地安慰着他："谆哥儿，别怕，别怕，有祖母在这里，谁也不敢乱来……"

徐令宜也赶了过来，他站在十一娘的身后，目带焦虑地望着自己的这个儿子。徐嗣谆被箍在太夫人的怀里，双目紧闭，满头汗水，乌黑的头发湿漉漉地贴在苍白的小脸上，不时露出惊恐的表情喊着"娘亲"。

十一娘泪盈于睫，喊了声"娘"，微微弯腰俯视着徐嗣谆："要不要点炉安眠香？"

太夫人嘴角微翕，正要说话，徐嗣谆突然一声厉叫，身子一挺，双腿乱踢——有一脚不偏不斜，正好踢在了十一娘的肚子上。

"十一娘！"太夫人和徐令宜都大惊失色。

十一娘本能地朝后一仰，脚踩在了徐令宜的脚背上。

徐令宜动也没动一下，一手扶了十一娘，一手挡在她的腹部："你怎么样？有没有哪里不舒服？"又见十一娘脸色煞白，抿着嘴半晌没说话，他再也顾不得什么，打横抱起了她。

"十一娘，十一娘！"他低声地喊着她，声音里带着一丝他自己也没有想到的惊慌，"你要不要紧？"一面问，一面将她小心翼翼地放在了太夫人的床上，然后坐在床边轻轻地抚着她的额头，"有没有哪里不舒服？"

太夫人见十一娘没有作声,徐令宜又露出少有的慌张,心急如焚。想过去看看,怀里又抱着徐嗣谆,一时间左也难,右也难,不禁老泪纵横,呵斥两个被吓傻了眼的丫鬟:"呆呆地站在那里干什么,还不过去看看!"

两个丫鬟一个激灵回过神来,慌手慌脚地上前察看。

徐令宜温暖的大手,带着怜爱的动作让十一娘的情绪渐渐镇定下来。她深深地吸了口气,感受了一下身体的状况,又动了动四肢,觉得没有什么异样,这才保守地道:"我感觉没什么,等会儿大夫来了让大夫帮我把把脉吧。"

徐令宜听着整个人就松懈下来。他帮十一娘脱鞋:"那你闭上眼睛歇一会儿。"

十一娘的嗅觉因怀孕变得十分敏感,太夫人的被褥熏着浓郁的百合香,让她觉得很不舒服。又想着今天发生的事,觉得有双看不见的手躲在自己不知道的地方,正轻轻地拨动着命运的琴弦,让人防不胜防……一时担心这百合香会不会对胎儿不利。但当着太夫人的面又不好说什么,只有悄声地对徐令宜道:"这百合香我闻着不舒服,你还是让我起来吧!"

徐令宜听着神色一凛。

十一娘还以为他因为自己嫌弃太夫人的熏香而不悦,刚想解释两句,徐令宜已指了一个丫鬟:"你去跟四夫人身边的琥珀说一声,让她把四夫人惯用的被褥抱一床来。"

这种是非场,丫鬟巴不得插了翅膀飞出去,立刻屈膝应"是",小跑着出了太夫人的内室。

徐令宜就对太夫人道:"娘,十一娘闻不得这百合香……"一面说,一面四处打量,想找个地方重新安置十一娘。

太夫人想了想,道:"那就把东梢间的美人榻搬过来。"

话音刚落,徐令宽撩帘而入:"娘,四哥,四嫂,"他神色凝重,"我都听说了,丹阳正在查我们屋里的大丫鬟、小媳妇、粗使的婆子,完了就过来陪娘和四嫂。"跑到炕前打量徐嗣谆:"谆哥儿现在怎样了?"

见徐令宽行事这样利落,太夫人和徐令宜都露出欣慰的表情来。

"已经去请御医了!"徐令宜站起身来,"你随我去正屋。"

徐令宽应诺,又犹豫道:"要不要请二嫂过来帮帮忙?"

徐令宜听了,表情迟疑地朝十一娘望去。

这件事已经闹得全府皆知,他还顾忌些什么呢?十一娘若有所思。

"我去东梢间歇会儿吧!"她沉吟道,"那边安静,派个小丫鬟守着就行了。要是有什么事,也可以随时叫我一声。"

徐令宜若有所思地点了点头,沉默片刻,低声道:"也好,等会儿琥珀来了,你身边也有个服侍的人。"

十一娘朝着他点了点头,和太夫人、徐令宽打了招呼,起身往东梢间去。有道目光灼热地落在她的肩头,让她感觉自己的肩头一片火辣。

太夫人的东梢间是个小小的宴息间。平时永昌侯黄夫人、中山侯唐夫人等人来家里串门的时候,太夫人多会留了她们在东梢间斗牌,或是请两个女先生来唱唱大鼓。屋子里陈设就以舒适为主。因是初夏,美人榻上猩猩红的褥子换了粉色玉石穿成的芙蓉簟,弹墨的迎枕套上了姜黄色细葛布套子。

琥珀进去的时候,十一娘正歪在美人榻上发呆。

"夫人,"她不由蹙眉,急急地走了过去,"这才刚入夏,您小心凉了身子骨。"

"哦!"十一娘笑着站了起来。

琥珀忙叫了立在门口的小丫鬟进来帮着把十一娘惯用的被褥铺上,然后服侍十一娘倚坐在了美人榻上。

小丫鬟倒了热茶进来,就乖巧地退了下去。

"夫人,照您的意思,所有的人都在原地没动。"琥珀立刻道,"我让雁容查了查,我们院里的人除了两个告假回家的,一个在上夜处打牌的,其他人全都在。"

十一娘没有作声,端了茶盅,用盅盖拂着水面上的浮叶玩。

琥珀见她一副不以为意的样子,又想到刚才出门时碰到徐令宜和徐令宽联袂去了正屋,喊了声"夫人",嘴角微翕,又不知道该说些什么好。

十一娘就把满满一盅茶递给了琥珀,歪着身子倚在了美人榻上。

"你来之前,我正在想这事。"她仰头望着屋顶承尘上用蓝绿色颜料画着的八宝水草纹,"既然有这么大的胆子设了这个局,肯定还有后招。别说是人影闪进了正屋,就是在我屋里搜出个画了鬼符的面具也不稀奇……"

"夫人,"琥珀听着急起来,"不会的,我们屋里不会有那吃里爬外的人!"

"什么吃里爬外的!"十一娘听着笑了起来,"又不是我们做的!"

琥珀惊觉自己说错了话,忙道:"不是,不是……"

十一娘安慰地拍了拍她的手,"好了,好了,我知道你的意思。"她说着,神色渐渐正了起来,"你们我都信得过。可你别忘了,我们院子里可不只住了我们一家。"

"这样说来,四少爷是真的出了事了?"文姨娘的表情显得惊疑不定。

"嗯!"冬红低声道,"不仅如此,除了琥珀姐姐陪着四夫人在太夫人处,其他的人都待在院子里等着。"她的话音刚落,玉儿闯了进来:"姨娘,不好了,不好了,侯爷和五爷第一个审的就是宋妈妈!"

文姨娘一听,脸色大变,"腾"地站了起来,哆哆嗦嗦地指了冬红:"快、快去……再

打听!"

冬红拔腿就往外跑。

文姨娘忐忑不安地在屋里转起圈来,一边转,一边喃喃自语道:"这是谁干的?到底是谁干的呢?"……

可还没走上两圈,冬红又跑了回来。

"姨娘,姨娘,门被锁了,我们出不去了!"

"门锁了?"秦姨娘吃惊地望着翠儿,"谁锁的?为什么要锁?"

"是侯爷身边的临波带人锁的。"翠儿的表情有些惊恐,"说是四少爷被人惊吓,有人看见吓四少爷的人跑进了正屋,要一间一间地搜人。"

"阿弥陀佛!"秦姨娘听着双手合十,"这是谁作的孽!四少爷从小就体弱多病的,哪里经得起这样的事!"然后吩咐翠儿:"我要去给菩萨敬炷香,让菩萨保佑四少爷快点好起来才是!"

翠儿心有余悸地应了一声"是",点了盏瓜形宫灯移到了暖阁。

秦姨娘恭恭敬敬地跪在观世音菩萨面前磕了三个头,上了三炷香,起身由翠儿扶着进了内室。

"什么时候搜到我们院?"

"没有!"翠儿低声道,"只说让我们待在院子里哪里也别去,到时候自然有人会来叩门。"

秦姨娘点头,打了个哈欠上了床:"那我们先歇了吧!平生不做亏心事,半夜不怕鬼敲门。"

翠儿见秦姨娘不以为意,渐渐镇定下来。虽然应诺着服侍秦姨娘歇了,但到底是个年轻的小姑娘,好奇心重,哪里睡得着,支了耳朵听外面的动静。

绣橼也支了耳朵听外面的动静。

"姨娘,人走远了!"半晌,她回屋禀了乔莲房。

乔莲房披衣坐在床上,闻言眉头微蹙:"你帮我穿衣吧。"

绣橼微怔。

"既然是要搜,少不得要进内室。"乔莲房道,"与其到时候慌慌张张地让人看笑话,不如梳妆好了等她们来。"

绣橼听着有道理,喊了珠蕊进来,帮乔莲房梳头、更衣。乔莲房坐在镜台前,表情有些茫然。

"姨娘,您在想什么呢?"

自从那天乔太太来,乔莲房请乔太太帮绣橼找门好亲事后,绣橼一直悬着的心总算是落了地,人也开朗了不少。

"我在想,"乔莲房沉吟道,"长春道长的话还真的灵验了。"听乔莲房提起长春道长,绣橼就想到乔莲房没了的那个孩子,眼神不由一沉。

"说起来,这天下没有十全十美的事。"乔莲房表情有些怅然,"像四少爷,还没有出生就被人期盼着,谁知道出生了,却是个体弱多病的。偏偏侯爷只有这一个嫡子,谁见了不恭恭敬敬的。可好景不长,生母去世了,姨母做了继母。这也算是不幸中的大幸了,却又无端端地被人惊吓……可见这人生在世上,就是受苦的。"语气很平淡,说出来的话却颇为消沉。

"姨娘说的也不全对。"绣橼只好笑道,"这世间的事,本来就是福祸相依。要不然,怎么有塞翁失马之说呢? 有句古话说,大难不死,必有后福。我看四少爷过了这个关口,以后就是康庄大道了……"

乔莲房没有作声,望着镜子里侃侃而谈的绣橼笑了笑。

"我仔细想过了,"十一娘支肘托腮,露出戴着枚碧汪汪翡翠手镯的手腕,"这件事绝不可能是早有预谋的。太夫人的后门离大姐故居的前门不过十来丈的距离,平日里都有丫鬟、婆子走动,那人不可能整日拿着那么扎眼的面具在那里等着。更何况听茶香的说法,谆哥此举不过是临时起意,想瞒着大人,所以才会走了平时不走的后门。退一步说,如果那个人还有同谋,看到谆哥再去报信,时间上是绝对不够的。"

琥珀听着眼睛一亮:"这么说,夫人知道是谁了?"

"我怎么知道?"十一娘笑道,"我只是按常理推论罢了。"

琥珀的表情又黯了下去。十一娘也陷入了沉思。

站在门外的小丫鬟就小心翼翼地道:"夫人,大夫来了。"

"哦!"十一娘想到自己曾对徐令宜说过让大夫顺便给自己把把脉的事,示意琥珀放了落地罩旁的帷帐,隔着诊了脉。

"夫人脉象有力,估计没什么大碍。"

十一娘一听就知道是刘医正,她忙低声道:"世子爷的病情怎样了?"

"夫人不用担心,只是惊吓过度,点了安眠香,吃几剂安神的药,再慢慢养些时候就好了。"

十一娘松了一口气,送走刘医正就躺下了:"侯爷回来你再喊我吧!我现在睡一觉。熬了夜,又该吐了。"

琥珀应诺,把灯芯拧小,坐在十一娘身边,守着她睡。

西次间太夫人的内室,杜妈妈把灯芯拧小,走到了炕边。灌了药,点了安眠香,徐嗣谆沉沉地睡着了。

太夫人爱怜地摸着他的额头,悄声吩咐杜妈妈:"你去看看十一娘现在怎样了。"

杜妈妈轻轻应了一声,正要出门,五夫人赶了过来。

"娘,怎么会出这种事?"她表情急切,"我那边查过了,除了两个在上夜处打牌,其他人都在,没有谁出去过。"说着,问起十一娘:"四嫂呢?怎么没见四嫂?回了正屋吗?"

徐令宽让五夫人查自己的院子,不过是以防万一而已,太夫人也没有指望她那里能有什么发现。

"她在东次间歇着。"太夫人把当时的情况说了说,"被谆哥无意间踢了一脚,还好,太医说没事。"

"这可真是不幸中的万幸。"五夫人听着也不由鬓角生汗,"要不然,家里可乱了套了。"

"可不是,这要是十一娘有个三长两短的……"太夫人说到这里,突然停了下来,露出若有所思的表情来。

五夫人也意识到了。如果谆哥有什么不妥,十一娘再出事,那永平侯府的嫡支就算是全军覆没了。她打量着太夫人有些阴沉的脸,正思忖着说些什么开心的话逗逗太夫人,太夫人突然道:"这边有老四和小五,歆姐儿一个人在家,你早些回去吧!"

毕竟是四房的丑事,太夫人不想让自己知道也是常理。五夫人恭顺地应"是",退了下去。

外面又下起了淅淅沥沥的小雨,灯光下,雨丝如绣花针般密密匝匝地落下。

不是说一直不舒服吗?怎么被踢了一脚,却什么事也没有?……按道理,十一娘正怀着身孕,还不知道是男是女,暂时不会动谆哥。可这天下的事,往往会出其不意,所以才会措手不及,失了阵脚。可再仔细一想,又不像十一娘平时缜密的做派……她沉思着,脚步不由缓了下来。撑伞的荷叶不知道五夫人要去哪里,见雨丝都飘了进来,打湿了五夫人的裙裾,低声道:"夫人,我们这是去哪里?"

五夫人神色一振,抬头看见了花墙后翠叶摇动的青竹。

"去二夫人那里!"这个时候,她很想和人说说话。

"是!"荷叶应着,和五夫人去了二夫人处。

二夫人还没有歇息,正伏案写着什么,听说五夫人来访,她难掩惊讶,在宴息处接待了五夫人。

"二嫂,有件事您可能还不知道。"五夫人把自己知道的都说了,"您说,四房出了这样大的事,明天见面,我们这些妯娌该怎么办好?"

"家丑不可外扬。"二夫人除初听徐嗣谆被吓时露出吃惊的表情来,其他的时候都淡淡的,"说是四房的事,何尝不是你我的事,我们一切听太夫人的就是了。"

五夫人对这样的答复并不满意,可见二夫人一副不欲多谈的样子,说了几句闲话,只好起身告辞。

结香送五夫人出门,二夫人端坐了好一会儿才回到书房。

"夫人,您早点歇了吧!"结香劝她,"明天一早太夫人肯定要喊您去说话的。"

二夫人这才放笔。结香服侍二夫人梳洗,几次欲言又止。

"怎么了?"二夫人索性主动地问她。

结香还是犹豫了好一会儿才道:"二夫人,您说,侯爷这样,是不是在怀疑四夫人?"

"怀疑四夫人?"二夫人听着笑了起来,"你怎么想到侯爷在怀疑四夫人?"说完,她意味深长地看了结香一眼:"侯爷要是什么都不查,那才是在怀疑四夫人。"

结香不解地望着二夫人。

二夫人淡淡地道:"你想想,拔出了萝卜还带着泥。要是侯爷不相信四夫人,就会像当年一样,不仅不会查,还会帮着藏着掖着,想办法把这件事快点糊弄过去。"她露出沉思的表情来:"侯爷这个人,看上去很温和,骨子里却很自负。明知道那人进了正屋,他不仅要查,还把五爷也找过去当帮手,大张旗鼓地查,而且第一个查的就是四夫人住的正屋。别的不敢说,至少,他相信四夫人与这件事绝对没有关系。要不然,他也不会在这个时候把四夫人托付给太夫人了……要说我们四爷最相信谁,恐怕就是太夫人了!"说着,她神色一肃:"希望这次侯爷没有看错人才好!要不然,事情闹得这么大,可没法子收场了。"

结香想到当年的事,不由沉默下来。屋子里就安静下来,只听见竹涛声声,铺天盖地地砸过来。

杜妈妈立在太夫人面前,听着雨打枝叶的沙沙声,饶是多年的老人,也禁不住胆战心惊。

"睡着了?"太夫人低头望了眼徐嗣谆。

"是!"杜妈妈的应答声里比平常多了几分小心,"琥珀说,四夫人太累了,知道四少爷没事,歪在美人榻上就睡着了。我见四夫人睡得正熟,就没让喊醒。"

太夫人眼中精光一闪,站了起来:"走,我们去看看!"

杜妈妈大气不敢出,随着太夫人去了东梢间。豆大的灯光,昏昏黄黄地照着满室的静谧,十一娘的睡颜恬淡又安详。

太夫人站在榻前凝视良久,如来时一样悄无声息地退了出去。琥珀松了口气。

太夫人在厅堂停住了脚步:"你去正屋那边看看,看查得怎样了。"

杜妈妈低声应"是",疾步出了厅堂。

太夫人子身独立良久,缓缓地去了内室。

徐嗣谆睡得很安稳。太夫人轻轻地坐在了他的身边,帮他掖了掖被角,然后闭目靠在了炕头的迎枕上。灯焰跳跃着,发出噼里啪啦的声音。

杜妈妈蹑手蹑脚地走了进来。

"太夫人,"她的声音里有无法掩饰的担忧,"五爷在雁容住的屋子后头,发现了一个面具。"

太夫人猛地睁开了眼睛,昏暗的屋子里,却透着刀刃般的锋利:"侯爷怎么说?"

杜妈妈顿了顿,低声道:"侯爷让再查。"

太夫人又缓缓地闭上了眼睛。再查,是因为查下去他也有信心这件事不会涉及十一娘呢,还是因为他对这种事一而再、再而三地发生有些不耐烦了,下决心整改一番呢?

屋子里的自鸣钟当当当地响了九下。

杜妈妈踌躇半晌:"太夫人,这也不是一时半会儿能有决断的,我看,您不如先歇会儿。四少爷这里我看着,明天早上四少爷醒了,还得您亲自指点我们帮四少爷压惊呢!"

太夫人轻轻摇了摇头:"我就在这里等着!"态度很坚决。

杜妈妈不敢多说,拿了床薄被搭在了太夫人的身上。

太夫人幽幽地开了口:"你说,这件事与十一娘到底有没有关系呢?"语气中充满了怀疑。

杜妈妈全身汗毛都竖了起来,"四夫人是个聪明人,"她斟酌地道,"应该不会做出这样的事来。"

只说聪明,不说敦厚。太夫人扭头朝徐嗣谆望去。

"这孩子,到底是个福薄的。"嘘唏中带着几分可惜。

杜妈妈猜不透太夫人的意思,低声劝道:"四少爷有太夫人,怎么会是个福薄的? 您只管安下心来。那长春道长不也说了吗,四少爷有'三灾',这正好应了那无妄之灾。四少爷过了这道坎,以后也就好了……"

太夫人听得并不认真,没待杜妈妈的话说完,突然道:"要是这件事真的与十一娘有关,我是睁只眼闭只眼呢,还是……插手管一管呢?"

太夫人早年也是顺风顺水过来的,很有些脾气。后来因为二爷病逝、老侯爷被牵连、侯爷远避老家……出了一大堆事,太夫人才慢慢敛了脾气。可到底是从小养成的气性,要不然,当初也不会死了命地和元娘到处求医问药,硬生生地求了个四少爷来。说到底,太夫人这就是不服气,不信自己没个嫡孙。如今年纪大了,又应了"老小"一说,这脾气也就越发地不受约束。别人不清楚太夫人的变化,杜妈妈却是心知肚明。如果太夫人下定决心插手管一管,早就派她去问了,又何必这样踌躇不前?分明是怕这件事与十一娘有关,起了和稀泥的心思。可想到从小就失去了娘亲在自己身边长大的徐嗣谆,不免有些愧疚,一时有些拿不定主意罢了。

"应该不会吧?"她模棱两可地道,"侯爷和五爷已经去查了,明一早就应该有消息过来了。"

太夫人并不需要杜妈妈的回答,管还是不管,是个两难的决定,她只是想更坚定自己的决心而已。

"不管与她有没有关系。"太夫人喃喃地道,"仅她这沉稳,足已挑得起这副家当了……我年纪大了,怡真毕竟只是嫂嫂……名不正,言不顺,就容易出乱子……"老人家说着,目光重新落在了徐嗣谆熟睡了的面孔上:"可这孩子怎么办……难道就真的任他自生自灭不成……"说到这里,眼角不由滴下两滴泪来,"命里有时终须有,命里无时莫强求。这件事,原是我做得不对……"

心里有事,十一娘睡得并不踏实。小憩了两个时辰,她醒了过来,侧头看见琥珀呆呆地坐在榻边。

"现在是什么时辰了?"十一娘轻声地问。

琥珀吓了一跳,定了定神才去看了落地钟:"亥正过三刻。"然后转身去为十一娘倒了杯温开水。

十一娘喝了水,懒懒地问她:"那边可有什么消息过来?"

琥珀迟疑了片刻,低声道:"听玉版说,五爷在雁容的厢房后面发现了一个面具。"

十一娘神色一肃,坐了起来:"侯爷怎么说?"

"侯爷,"琥珀吞吞吐吐地道,"侯爷让继续查!"

十一娘怔了怔,半晌,才轻轻地倚在了美人榻上,眼角眉梢却像止不住似的,竟然有了浅浅的笑意。

琥珀看得奇怪,出了这样大的事,夫人不急着想办法,竟然一副无事人似的。

十一娘已吩咐她:"去看看有没有什么吃的,我肚子有点饿。"

琥珀愣住。

十一娘道:"不吃饱了,等会儿怎么干活?"又嬉笑道:"快去!"言行举止间有少见的活泼欢快,没一点担心的样子。

琥珀满心不解地吩咐门外的小丫鬟去问。小丫鬟不敢怠慢,忙去禀了杜妈妈。

杜妈妈张口结舌:"肚子饿了?"雁容住的屋后搜出个面具的事,是杜妈妈照着太夫人的吩咐才透露给十一娘听的。

她不由朝太夫人望去，太夫人微微颔首，看了一眼徐嗣谆，眉眼间隐隐露出几分毅然之色来："看她想吃些什么，让小厨房给她做。"

杜妈妈应声而去。

"不用那么麻烦。"十一娘笑道，"看小厨房里给太夫人准备了些什么，弄些来垫垫肚子就是了。"又问："太夫人歇下了吗？谆哥怎样？"

"四少爷吃了药已经睡下了。"杜妈妈想着太夫人的嘱咐，笑道，"太夫人也歪在四少爷身边睡着了。"又想着这时候生灶火做要花时间，小厨房今天为太夫人备了枸杞莲子人参乌鸡汤、山药糕，都是补气又容易消化的，就让小丫鬟去端了来。

十一娘移到临窗的大炕上坐了，刚喝了几口鸡汤，外面一阵响动。琥珀正要出去看看，徐令宜撩帘而入。

两人见面，都有些惊讶。

这个想着，既然出现了意外情况，这查检的时间肯定有些长，没想到他这么快就出现了；那个想着自己走时她孤身一人避到了东梢间，虽然刘医正说没事，可心里还是有些不放心，不承想竟然没事人般地坐在炕上大吃大喝。

"侯爷饿不饿？"十一娘先反应过来，"要不要加一点？熬夜的人喝鸡汤最好了。"

"哦！"徐令宜在短暂的无措后很快恢复了常态，"你吃吧，我不饿。"说着，目光落在了她的腹部。

十一娘忙道："侯爷放心，刘医正说没事，我也觉得挺好。"然后把他走后的情况说了说。

徐令宜听说她还睡了一觉，眼底闪过一丝笑意，坐到了她对面的炕上："那就好！"

坐得近了，十一娘发现他发梢上还有些许的水汽，吩咐琥珀："打了热水来给侯爷擦把脸。"

琥珀应声而去。十一娘见徐令宜没有反对，知道他并不是坐坐就走，待小丫鬟上了茶，问徐令宜："侯爷见过谆哥了吗？"

"见了！"徐令宜喝了口茶，然后长长地透了口气，眉宇间有浓浓的担忧，"要看明天醒了才知道怎样。"

言下之意，徐嗣谆的情况并不明朗。十一娘默然。

琥珀打了水进来。徐令宜擦了脸，重新落座，见十一娘的筷子放在一旁没动，指了洁白如雪、做成海棠花样子的山药糕："快吃吧！冷了小心噎住。"

十一娘也不客气，连吃了两块，又喝了几口鸡汤才放了箸。

"侯爷这个时候回来，可是那边的事已经有了眉目？"她望着徐令宜，目光隐隐含着关切，"我听小丫鬟说，在雁容的屋后发现了一个面具，或者侯爷是有什么话要问妾身？"

没有喊冤,也没有叫屈,十一娘不紧不慢地道来,态度诚恳而坦然。徐令宜颇有些吃惊。他走的时候,十一娘看似温顺的背后却透着拒他于千里之外的冷漠与疏离,可一转眼,甚至是在知道了雁容屋后查出面具的情况下,十一娘对他的那种冷漠与疏离却突然冰释前嫌般地消融了,反而有种相濡以沫的同声共气。

自己反反复复的,不怪徐令宜狐疑。十一娘想到他在涉及子嗣安危的情况下还能信任自己,再想到自己对他的怀疑,心里就隐隐有些愧疚。有错就改,善莫大焉。何况自己并不是那么小气的人。她思忖着,大大的杏眼就斜斜地瞥了徐令宜一眼,然后微赧地垂了眼睑,讷讷地道:"我先前看侯爷盼咐我却看着娘,以为侯爷怀疑我与此事有关,不免有些心灰意冷……"

徐令宜错愕。他没想到十一娘会这样坦诚地对他说出自己的不悦,可更多的,却是因十一娘赤诚待他而从心底涌现出来的悸动。

"小傻瓜。"徐令宜的声音不觉低了下去,温醇而又厚重,像浓浓的褐色巧克力,温暖人心,"我当时见谆哥临时起意出门却被人惊吓,怕有人浑水摸鱼吓唬你,所以托娘照顾你。"又觉得十一娘赔着小心的模样非常可爱,笑着揉了揉她的头,忍不住问:"那你是什么时候知道我不是怀疑你的呢?"

十一娘将着头发,嗔怪地喊了一声"侯爷",这才道:"我听小丫鬟说,您在雁容的屋后发现了一个面具,却让人继续往下查,这才知道我误会侯爷了。"她面颊绯红,"侯爷要是怀疑我,大可让雁容做了替罪羊就此打住。可纸包不住火,雁容做替罪羊的事迟早会被人发现,到时候我免不了会被人指指点点。侯爷因为相信我与此事无关,因为不想让我白玉有瑕,所以在听说那人影闪到正屋的时候才会发了狠往下查……"

自己的良苦用心能被人感受到,徐令宜心底涌动着喜悦。他把十一娘抱在了怀里:"你啊,后知后觉,太迟钝了!"说着责怪的话,语气却很亲昵。

十一娘不好意思地揽了徐令宜的腰,把脸伏在他的肩头笑。又想着自从嫁到徐家来,她从来没有做过什么让人振聋发聩的事,徐令宜却这样地相信自己,还是有些轻率。在心里忍了两个回合,因之前话说得坦率,到底没有忍住,低声道:"侯爷怎么就相信这件事与妾身无关呢?"

徐令宜轻轻地搂着她:"我们的十一娘,又娇气,又矫情,可骨子里却不屑做出这样的腌臜事来!"

十一娘突然觉得眼睛有点涩。她闭上眼睛,心中没有倾盖如故的惊喜与感动,有的是纷乱如麻的情绪。

徐令宜不明所以,只觉得伏在自己怀里的身子此刻软若无骨,好像全靠着自己的支撑才不至于融成了水,不由轻轻拍着她的身子安慰她:"没事,这件事有我呢!"

十一娘给了自己片刻的放纵,然后收敛了情绪坐直了身子,轻声地道:"对了,可曾查出是谁吓唬谆哥的吗?"

提到这件事,徐令宜的表情也微微肃然。

"暂时还没有查出来。"他声音有些低沉,"我先是锁了门,让屋里的丫鬟、婆子们互相作证,看有没有谁落单。"说着,他皱了皱眉:"查出戌正左右不在屋的只有雁容和秦氏。"

"秦姨娘!"十一娘愕然,有什么东西在脑海里一闪而过,又消逝得无影无踪,让她抓也抓不住。

"嗯!"徐令宜微微颔首道,"秦氏屋里的翠儿说,秦氏去三哥屋里的易姨娘处串门了,我喊了易姨娘来问,易姨娘和翠儿的话吻合。后来问雁容,雁容说她去了曹安处,让曹安帮着给家里带封信去。临波去问了曹安,曹安的说辞和雁容一样,还拿了书信为证。"

十一娘认真地听着,道:"既然都不在院子里,那守门的婆子应该知道她们是什么时候出的门,又是什么时候回来的,是从前门走的还是后门走的……"

徐令宜见她一句接着一句,却句句说得在理,先浅笑着说了句"你倒懂得多",然后道:"问了,可巧的是两个人都走的后门,秦姨娘先出的门,不到一盏茶的工夫,雁容也出了门。因两人都嘱咐帮着留门,那婆子想着时候还早,就没有锁门,只是虚掩了。至于两人什么时候回来的,要不是雁容喊她锁门,她只怕还会继续和人斗牌,哪里说得清楚两人当时是什么时候回来的。"

"那鞋呢?"十一娘微微蹙了眉,"前头下了雨的。听茶香说,当时黑影是突然蹿出来的,那肯定没有穿木屐。旁边树下又全是青苔,鞋上怎么也会沾些泥土、青苔之类的东西。"

"查过了。"徐令宜道,"两人都说穿了木屐出去的,而且她们的鞋底虽然都有些湿,却也干干净净,没什么泥土之类的。"

"这样说来,所有的矛头都指向了雁容?"十一娘的脸色有些沉重起来。

"我也知道,如果是雁容,那面具丢哪里不好,何必要带回来?"徐令宜神色冷峻,"所以我让查检的人都散了,只留临波和照影在厢房看守被拘了起来的雁容,又让小五到事发的地方去看看,看能不能找到些什么东西,我自己则回了这边。"

欲擒故纵。这样一来,那个人也许会放松戒备,露出马脚来。

"那侯爷是先歇了,还是等五爷的消息?"十一娘问徐令宜。

"还是等小五的消息吧!"徐令宜沉吟道,"一场雨接着一场雨,今天晚上不好好查查,明天早上起来,只怕会被雨水冲洗了。"又道:"你早些歇了吧!别陪着我熬夜了。"

十一娘顾着肚子里的那个,刚应了一声,有小丫鬟进来禀道:"侯爷、夫人,文姨娘身边的冬红求见!"

第六十三章　无生机蠢妇将得报

这个时候,派了个丫鬟过来? 徐令宜和十一娘都有些意外。

十一娘想到文姨娘也是正屋的一分子,心中微动,吩咐小丫鬟:"让她进来!"

小丫鬟应声而去,领了冬红进来。

"侯爷,夫人。"她战战兢兢,眼睛只往徐令宜身上睃,一副害怕的样子。

十一娘笑望了徐令宜一眼,招了冬红:"来,到我身边来。"

冬红如临深渊般地走到了十一娘的跟前。

"文姨娘可是让你来见我?"十一娘亲切地携了她的手。

冬红忙不迭地点头,眼睛又朝着徐令宜瞟过去。徐令宜哪里还不明白,咳了一声,去了东次间。

冬红见屋里只有她和十一娘,心中大定,不由长长地透了口气,忙附在十一娘的耳边道:"姨娘说,让我只告诉夫人,前些日子,秦姨娘让她帮着兑了很多金子,不过两三个月的时间,前前后后加起来有二百多两的样子,也不知道秦姨娘要这么多银子干什么。"

十一娘微愣,见冬红小心翼翼地打量着她,忙露出个笑脸:"你去回文姨娘,说我知道了。"

冬红如释重负,笑着屈膝行礼,退了下去。

徐令宜进来,十一娘把冬红的话告诉了徐令宜。

徐令宜一听,眉头就紧紧地锁了起来:"秦氏?"

"嗯。"十一娘沉吟道,"文姨娘一向八面玲珑,这个时候递了这样的口信过来,只怕不是那么简单的事。"

徐令宜微微颔首,正要说什么,外面传来一阵急切的脚步声。守在门外的小丫鬟刚喊了一句"五爷",帘子一撩,徐令宽闯了进来。他头上、身上湿漉漉的,脸色铁青,进门就喊了一声"四哥",嘴角微翕,正欲说什么,抬头看见十一娘,嘴一抿,把话给咽了下去,然后表情微顿,放缓了声音,恭敬地喊了一声"四嫂"。

"五爷!"十一娘笑着和他打招呼,吩咐琥珀上茶。

徐令宽望着徐令宜,眼底闪过一丝焦虑,显然有要紧的话跟徐令宜说。

"我去吩咐小丫鬟给五爷打盆热水来擦擦脸。"十一娘找了个借口去了东次间。她刚

站定,就听见里面"咣当"一声,发出掷瓷的声响。

"你说什么?"徐令宜低沉的声音浓得如密布的乌云般,隔着帘子都能感受到那种被其压顶的抑制。

十一娘心中一颤,侧耳倾听,却只听到徐令宽一阵含糊不清的声音。

琥珀已领着小丫鬟打了热水进来,十一娘示意她不要进去,两人在东次间里等。眼看着铜盆里腾腾的热气渐渐散去,帘子轻垂,屋子里还没有动静。

十一娘心中暗急,不由胡思乱想起来。徐令宽到底发现了些什么呢,竟然能让一向冷静的徐令宜发这么大的脾气?这么久都没有出现,证据是对雁容不利呢,还是对秦姨娘不利呢?或者,又有了新的发现?还有文姨娘,急巴巴地让冬红给自己递了这样一句话,她是不是在提醒自己,要重点注意秦姨娘呢?文姨娘到底又发现了些什么呢?如果自己去问她,不知道她会不会和盘托出……这件事要真是秦姨娘做的,她又是怎么办到的呢?

她想到之前佟姨娘的死,想到徐令宜抱着她说的那句"我欠碧玉"的话,想到秋罗的死,想到秋罗儿子的死,甚至想到了元娘的死……从前,她觉得只要自己不好奇地去翻动那些发黄的记忆,这些事就会随着时间的推移慢慢地湮灭。可现在,冥冥中好像有一条线,把前尘后事穿在一起,让人逃也逃不掉,避也避不了。

思忖间,帘子唰的一声被撩开,神色端凝的徐令宜和徐令宽一前一后走了出来。

"侯爷!"十一娘不由自主地站了起来,眼中露出几分担忧来。

徐令宜看得分明,安慰似的朝她点了点头,道:"小五在娘的后门台阶旁发现了写着谆哥生辰八字、扎着针的小人。"

巫蛊!十一娘脑海里一下子就冒出了秦姨娘的名字。她询问似的朝徐令宜望去,徐令宜目光冰冷,表情生硬,看不出悲喜。徐令宽则眼神微黯。

"四嫂,这件事涉及挺广的。"他低声道,"您如今正怀着身孕,这些乱七八糟的事您就别操心了,有我和四哥呢!时候不早了,您早点歇了吧!"

十一娘咬了咬唇。找出了扎针的小人,与装鬼吓唬人的性质完全不同了,就是太子涉及其中都会被废,难怪徐令宜会大发雷霆。这件事自己的确也不适合插手。

她朝着徐氏兄弟点了点头,正要开口表明立场,谁知道冷眼冷面的徐令宜却突然向她解释道:"那些东西肯定会藏在隐秘处,最好的办法就是屋里屋外仔细地搜查一番。可就这样胡乱搜一通,未必能搜得出什么来。我们准备让太夫人把易姨娘叫来问一问,看她知不知道些什么。"

十一娘立刻明白过来。他们虽然怀疑秦姨娘,可毕竟只是怀疑。挖地三尺搜出证据来,那是应当;搜不出证据来,却是徐氏兄弟无能,说不定还会传出徐氏兄弟这样做,是为洗清十一娘,栽赃嫁祸给秦姨娘的传言来。这让远在乐安的徐嗣谕知道了情何以堪?而且还会打草惊蛇,说不定永远也找不出巫咒的施术者来。

最好的办法是从和秦姨娘交好的易姨娘那里下手,但易姨娘是三房的人,他们兄弟出面去问不太合适,只有请了太夫人出面。纵然冤枉了易姨娘,可叫她来问话的是太夫人,别说易姨娘只是一个儿子的妾室,就是儿媳妇三夫人,太夫人给的委屈也只能忍着,倒也不会显得太过失礼。

既然太夫人要出面,那昏迷不醒的徐嗣谆谁来照顾呢?十一娘思忖道:"那谆哥那边……"

"有杜妈妈。"徐令宜道,"你好生歇着吧!别那个还没有醒,你又倒下了。"徐嗣谆的那一脚,始终让他有些不安。

也是,这个时候大家正忙着,不给他们添乱就是帮忙了。"那就劳烦侯爷和五爷了!"十一娘和徐令宽寒暄了两句,由琥珀陪着去了东梢间。

家里出了这么大的事,就是瞎子也知道小心翼翼了。太夫人的住处静悄悄的,一点点细微的声音都被放大。

十一娘躺在东梢间的美人榻上,听见小丫鬟禀"易姨娘来了",听见太夫人含糊不清的呵斥,听见易姨娘惊恐的辩驳和悲怆的哭声……待那边安静下来,已经是第二天的寅正了。

"夫人,我去看看动静!"琥珀的心一直揪着,希望这件事快点有个结果。要不然,时间一长,雁容被拘的事被传得沸沸扬扬,吓唬徐嗣谆的事不是她们做的也会被传成是她们做的。

不管什么时候,八卦人人都爱,何况是这种涉及继母嫡子之间夺爵、争产、谋杀等的豪门秘辛。自然是越早有个结论越早平息,把事态控制在一定的范围内越好。

"你小心点!"十一娘叮嘱她,"不要勉强。"免得看到了什么不该看的,听到了什么不该听的,反把自己给绕了进去。

"奴婢省得!"琥珀明了地点了点头,轻手轻脚地出了门。

大约过了半盏茶的工夫,她折了回来,"夫人!"她眼睛亮亮的,脸上充满了喜悦,"侯爷和五爷去了秦姨娘那里。"

这样说来,徐令宜和徐令宽已经拿到证据了。

"哦。"十一娘精神一振,指了美人榻前的小杌子,"快说说看,到底是怎么一回事?"

琥珀半坐在了小杌子上,低声道:"太夫人一发脾气,那易姨娘就如竹筒倒豆子似的,全说了……"

照易姨娘的说法，秦姨娘一直很惦记远在乐安的徐嗣谕，就想请人帮徐嗣谕做几场法事，保佑徐嗣谕远在他乡能平安顺利。偏偏遇到了太后娘娘生病，济宁师太被建宁侯请了去，不得闲。秦姨娘无意间和她说起来，她想着原来常与三夫人母亲走动的朱道婆，擅长求平安符、念清心咒，很得三夫人母亲的推崇，而且比济宁师太要价便宜多了，就把朱道婆介绍给了秦姨娘。结果秦姨娘和朱道婆两人一见如故，常来常往。秦姨娘常给朱道婆的道观添些香油钱，朱道婆则帮徐嗣谕点了长明灯，每日早晚为徐嗣谕念一遍平安咒。

因为徐令宜不喜秦姨娘烧香拜佛，秦姨娘不敢把朱道婆领到家里来，只在后门见一见。有时候不方便，就托了她这个中间人帮着递句话，或是递递香油钱。后来不知怎的，秦姨娘突然开始几百两、上千两银子地打赏朱道婆。她起了疑心，几经追问，才发现秦姨娘按照朱道婆教的，在暖阁神龛背后安了几个神位。

她也是懂这些的人，一看就知道是施展巫咒的阵势，不由吓得胆战心惊，苦口婆心劝了几次，秦姨娘却置之不理。她想把这件事告诉太夫人，又想着这朱道婆是自己牵线和秦姨娘认识的，怕被牵连进去，又不敢说。这样犹犹豫豫的，就拖了下去。

昨天晚上，秦姨娘来她屋里串门，她又劝了秦姨娘半天，秦姨娘听得不耐烦，坐了没半盏茶的工夫就走了。徐令宜派人去问的时候，她当时不知道是什么事，也没多想，就含含糊糊地应了一声。

"也就是说，这件事根本与她无关了？"十一娘笑着，嘴角不由闪过一丝讥讽之色，"不仅与她无关，她还曾苦口婆心地劝过秦姨娘了。"

琥珀一愣，迟疑道："夫人是说，易姨娘没有说真话吗？"

"真话假话都不要紧，"十一娘淡淡地道，"只要能帮着侯爷把证据找到就成了！"

琥珀点头，道："夫人，那您歇了吧。这眼看着就要天亮了，今天晚上太夫人折腾了一宿，明天四少爷那边只怕还要您帮着照看照看。您要是担心秦姨娘那边，我在这里守着您；要是有什么动静，我立刻叫了您起来。"

"你也歇会儿吧。"十一娘听着躺了下去，"侯爷做事谨慎、缜密，既带了五爷去了秦姨娘那边，肯定有几分把握。我们等着那边的消息就是了。"

琥珀很累，却不敢睡，坚持在一旁守着。

十一娘想着要是明天秦姨娘施巫蛊的事东窗事发了，不知道还有多少事要做，而且琥珀今天晚上熬了夜，明天白天让她好好睡一觉也就补过来了。也就不多说，闭上眼睛，慢慢地睡了。

十一娘感觉自己刚眯了一会儿就被琥珀推醒了。

"夫人，侯爷和五爷回来了！"她在十一娘耳边低声地道。

十一娘一个激灵,完全醒了过来:"人呢?"

"去了太夫人那边。"

是去商量该怎么办了吧?秦姨娘毕竟是徐嗣谕的生母,这件事要是与她有关,私下不管怎样处置,面子上却得有个冠冕堂皇的说法。

十一娘思忖着,打着哈欠问琥珀:"现在是什么时辰了?"

琥珀跑去看了落地钟:"卯初差三刻。"

十一娘失声道:"这么快就回来了!"

琥珀以为十一娘心中不安,道:"要不,我去看看?"

"不行!"十一娘态度分明地阻止了琥珀,"这个时候,侯爷正和太夫人商量事情,你去打探,不免有刺探之嫌,太不妥当。"然后想了想,道:"我要抓紧时间睡觉,侯爷过来了,你再喊我。"

琥珀应诺,刚想帮十一娘掖掖被角,外面传来靴履的声响和徐令宽的告辞声:"那我就先回去了。"

这么快就商量好了吗?十一娘讶然,坐了起来。外面已传来徐令宜不高不低、不紧不慢的送客声:"路上小心点!"听不出情绪来。

徐令宽应了一声,随着关门的响动,徐令宜进了东梢间。看见十一娘还没有睡,他并没有露出惊讶的表情,想着这个时候,就是镇定如太夫人,也在等候最后的结果,何况是十一娘。他吩咐琥珀打水更衣,表情一如往昔般冷峻中带着几分威严。

琥珀忙屈膝应"是",退了下去。徐令宜就坐到了十一娘的美人榻边。

十一娘刚喊了一声"侯爷",徐令宜已朝她摆了摆手,沉声道:"东西都搜出来了,人是不能再留了,至于怎么个处置法,明天再说吧。"不过短短的几句话,他骤然间像老了几岁似的,好像之前一直强撑着,这一刻放松下来,突然就恢复了原貌。

毕竟是跟了自己十几年的人,走到这一步,又怎么会没些伤心?十一娘不由握了他的手:"侯爷折腾了一夜,快些歇了吧。有什么事,明天再想吧。"声音比她想象中的还要柔和几分。

徐令宜望着掌心里柔软素白的小手,不知道为什么,心里突然觉得好受了些。他的大拇指轻轻地在那凝脂般细腻的肌肤上细细地摩挲了一会儿,这才攥了她的手:"你也早点歇了,小心肚子里的孩子又闹腾你。"

他这么一说,十一娘才惊觉,从昨天事发到现在,这孩子竟然一下也没有吵她。念头一闪而过,眼角眉梢已有了抑制不住的笑意:"这孩子,也不知道是欺软怕硬还是乖巧懂事,知道我们有事,竟然乖乖的,一点也没吵闹。"说着,手已搁在了腹部。从眉宇间流溢出来的笑容,柔柔的,如开在三月里的花,娇嫩中带着几分羞涩。

也许是男女有别，徐令宜比十一娘要冷静理智得多。他首先想到的是徐嗣谆的那一脚……心里突然刺痛起来，轻轻地把妻子揽在了怀里。

"真的？"他的手不禁覆在了十一娘的手上，"多半像他娘亲一样，是个乖巧懂事的。"说话间，脑海里已止不住地勾勒出一个小小的如十一娘模样的影像来，他的神色突然间也变得柔和起来。想着那小人儿会和十一娘一样娇憨，三五岁时会坐在他的膝头学写字，然后因为手酸不想写了，泪盈于睫地拉着他的衣袖撒着娇儿……心就像泡在了油酥里似的，一软再软，贴了十一娘的脸讷讷地道："我们先生个女儿……生个贴心的小棉袄，再生个儿子……"刚才的不快如抛在了九霄云外，心情突然明朗起来。

十一娘掩了嘴笑。徐令宜就有些不满地捏了一下她的手。

十一娘的生物钟早已被调整，虽然夜里几乎没睡，但卯初时分，她还是睁开了眼睛。琥珀正坐在榻前的小杌子上打哈欠。

因歇在太夫人这边，两人不好意思同床共枕，徐令宜睡在了徐嗣谆屋里。她笑着喊了声"琥珀"，吩咐她打水服侍自己梳洗，又道："等会儿你回正屋，让竺香帮我和侯爷都拿套衣裳过来。你就留在屋里歇了，不用过来服侍了。"

查出徐嗣谆被惊吓的事的元凶固然困难，可善后，更困难。十一娘怀着身孕，夜里又只是断断续续地合了几次眼，身边需要精力充沛的人照顾和打点。她没有推辞，服侍十一娘梳洗后就换了竺香和绿云过来。

竺香让绿云将徐令宜的衣裳送过去，自己一面帮着十一娘更衣，一面低声道："雁容还被拘在屋里。昨天晚上侯爷和五爷后来虽然又单独搜了秦姨娘的院子，却没有留什么人在那里看守，秦姨娘屋里的人还能自由自在地进进出出。"言辞间颇为担心雁容的处境。

"没事！"十一娘安慰她，"雁容是我们屋里的人，侯爷不会让我们屋里的人和这件事扯上关系的。"

得了这句话，竺香才彻底地放了心，还欲说什么，太夫人内室突然传来一声尖锐的叫声。

十一娘脸色大变："是谆哥儿。"顾不得褙子还没系好，匆匆去了内室。

太夫人正抱着挣扎不止的徐嗣谆哄着他："好孩子，祖母在这里呢。"玉版在一旁帮忙，抱了徐嗣谆的腿。

老人家梳好了头，却穿着中衣，显然是在梳洗中听到动静赶过来的。

十一娘忙走了过去，在离徐嗣谆三步远的地方停了下来："娘，要不要把谆哥儿的乳娘叫进府来？"

徐嗣谆启蒙后,徐令宜怕徐嗣谆身边的人娇惯他,把原来在他身边服侍的人都换了,乳娘也被送出了府。

太夫人点头,忙吩咐杜妈妈去把徐嗣谆的乳娘叫进府来,又扭头对十一娘道:"这边你别管,好生歇着就是。"

说话间,徐令宜已赶了过来。他披了竺香带过来的袍子,表情凝重,上前接过徐嗣谆:"娘,我来吧!"

太夫人松了口气,坐到了炕尾。葛巾端了药进来。

徐令宜捏了徐嗣谆的下颌,屋里一个老成的妈妈帮着灌了药。

徐嗣谆翻腾了半炷香的工夫,渐渐安静下来,昏沉沉睡了。

徐令宜也好,太夫人也好,大家的脸色都很差。徐嗣谆的病情显然比大家想象的要严重得多。

沉默中,徐令宜站了起来:"先吃饭吧!等会儿还有很多事要处理。"他眼角虽然还带着几分阴霾,但神色间已恢复了往日的从容。

太夫人叹了一口气,由玉版扶着进了净房。竺香忙上前帮十一娘系了褙子的带子。

有小丫鬟小心翼翼地进来禀道:"侯爷、夫人,二夫人来了!"

二夫人一贯地干净利落,进来就问:"谆哥儿现在怎样了?"

徐令宜把情况简短地说了说,领她到徐嗣谆安睡的炕前。不过一夜的工夫,徐嗣谆刚刚养得有点圆润的脸又尖了下去。

二夫人坐到炕边,爱怜地摸了摸徐嗣谆的额头,问十一娘:"娘呢?"

话音未落,太夫人从净房出来:"怡真来了?"神色间带着几分倦意。

二夫人忙上前扶了太夫人。太夫人坐到了炕边的太师椅上,见十一娘尾随在徐令宜的身后,忙指了自己对面的太师椅:"你也坐。你现在是双身子的人,不为自己着想,也要为孩子着想。"又问她:"饿不饿?"没待她回答,扭头吩咐小丫鬟:"去,让婆子们摆了早膳,四夫人饿不得的。"

小丫鬟应声而去。大家围着太夫人坐了。徐令宽夫妻过来了。因为徐嗣谆病着,五夫人没有带歆姐儿来,还解释道:"怕吵着谆哥儿。"

是担心徐嗣谆吓着歆姐儿吧?大家心知肚明,都能理解。

徐令宽就望了徐令宜:"四哥,我告几天假吧!有什么事,我也可以帮着跑跑腿。"

"不用了。"徐令宜神色冷峻,"你该干什么就干什么去吧。大张旗鼓,反而容易把外人的目光引过来。"

徐令宽略一思忖,低声应了声"是":"那四哥有什么事就吩咐我。"

徐令宜"嗯"了一声。而太夫人看着两兄弟有商有量,又想着徐令宽昨天晚上表现不

俗,露出宽慰的表情来,叮嘱了徐令宽几句"要好好当差"之类的话。婆子们把早膳摆好了,杜妈妈也折了回来:"已经安排马车去接四少爷的乳娘了。"

太夫人颇有些无奈地点了点头,留杜妈妈照顾徐嗣谆,一行人去东次间吃了早膳。

徐令宽要去当值,五夫人不想涉及其中,朝着二夫人使了个眼色,二夫人却没有要走的意思。五夫人也不勉强,借口歆姐儿还一个人在家,和徐令宽一起告辞了。

徐令宜就把十一娘托给太夫人:"正屋那边的事还没有完,待过两天,风平浪静了,我再来接十一娘。"

"你去忙你的吧!"太夫人忙道,"这边有我呢!"

徐令宜就深深地看了十一娘一眼,起身辞了太夫人。

太夫人、二夫人和十一娘重新回了内室,在炕边坐下,二夫人这才道:"到底是怎么一回事?"然后把五夫人去她那里的事说了。

太夫人也不瞒二夫人,把事情原原本本地全告诉了二夫人。

听说秦姨娘屋里搜出了施巫蛊的东西,她难掩惊骇的表情:"她是不是疯了?"想到这几年秦姨娘偶尔在她面前露出来的失常举止,又觉得在情理之中,不禁轻轻摇了摇头:"她的胆子也太大了些!"

"谁说不是!"太夫人苦笑,"原以为她人老实本分,到底还是根基太差了,略有动静,人就张狂起来。说到底,还是命薄,受不住这福气。"

二夫人想到徐嗣谕,在襁褓的时候,从来不哭不闹,乖乖地睡在炕上,看到有人过去就咯咯地笑。后来长大些了,十分顽皮,再送到她那里,一刻也坐不住,拿着书本就趴在桌子上睡着了。她拿戒尺打他的手板心,他嘴巴倔强地抿成一条缝,无论如何也不开口认错。到现在,从乐安回来,彬彬有礼地给她请安,温文尔雅地和她讨论学问,那些喜怒哀乐全被深深地藏在了眼底,让别人一不小心就会错过……她的眼睛突然感觉有点涩涩的。有这样一个生母,让他情何以堪!二夫人低下头,眨了眨眼睛,再抬头的时候,已是一贯的风轻云淡。

"那这样说来,雁容还被拘在厢房?"她问十一娘,"这种事,时间越长,越多流言蜚语。有些人,都是看戏不怕台高的,没事还传出个事来,更何况你身边的丫鬟确确实实被卷了进去。我看,得赶紧找个借口把雁容放出来才行。"语气真诚,略带些许的担忧,"还有易姨娘,得让人快马加鞭给三叔送个信去才行。不管她怎么说,知情不报,就这一条,已容她不得。可她好歹服侍了三叔一场,虽然有娘做主,于情还是要知会三叔一声才是。怎样处置易姨娘,少不得要跟三叔和三弟妹商量。"

二夫人考虑得很周详,十一娘也赞同她的这种处理意见,只是这件事得和徐令宜商量才成。

"二嫂说得有道理。"她婉转地道,"侯爷已经去处置了。何况昨天到底发生了些什么,我也不是十分清楚,说出来的话难免会顾此失彼,不如听侯爷的意思。"

二夫人知道这个话题不适合再说下去了,笑着说了一声"那就好",然后转移了话题,关切地对太夫人道:"娘,您年纪大了,四弟妹又是双身子,五弟妹还挂念着歆姐儿。我横竖没事,您和四弟妹都去歇了吧,谆哥儿这里有我看着。"

太夫人也不和二夫人客气,闻言道:"也行。"然后对十一娘道:"你去睡个回笼觉吧,我也歇会儿。谆哥儿这里,就让怡真帮忙看着。"

十一娘怕腹中的孩子受不得累,略一思忖,笑着应"是",向二夫人道了谢,由竺香和绿云服侍着回东梢间去睡觉了。

太夫人则去暖阁歇了。

十一娘睡到自然醒,正好是快用午膳的时间。

竺香一面服侍她梳洗,一面低声道:"琥珀姐姐让小丫鬟过来传话了,说侯爷一早就去了正屋,多的话一句也没有说,让人把雁容放了,然后让白总管派了几个粗使的婆子把易姨娘给拘了起来。写了封信,拿了自己的名帖,让人借官衙的驿道,六百里加急给远在山阳的三爷送信。府里都在议论,说惊吓四少爷的是易姨娘。还说,易姨娘无儿无女,又被三夫人丢在了燕京,人都有些疯魔了,遇到人就乱咬!"

十一娘抹汗:"这样的话,府里的那些仆妇都相信吗?"

"相不相信不知道。"竺香强忍了笑,"反正大家都在说这件事,而且你添一句,他添一句,人人都觉得自己说的是事实,越说越离谱。连前些日子,易姨娘罚一个打破了碗的小丫鬟跪院子都被说成易姨娘想当主母想疯魔了,趁着三夫人不在家的时候要主母的威风,连这种鸡毛蒜皮的小事都抓着不放。还说,有一次易姨娘明明吩咐厨房里给她炖鸡蛋,结果厨房里做了送过去,她偏说吩咐的是炸鹌鹑,为这件事,还到厨房里去闹了一场,说不定那个时候脑子就有点不好使了。"

沉默,果然能让谣言满天飞啊!

"那秦姨娘呢?"十一娘沉吟道,"秦姨娘那边怎样处置了?"

"侯爷什么也没做。"竺香脸上闪过敬佩之色,"琥珀姐姐说,早上侯爷让宋妈妈给几位姨娘传话,说四少爷受了惊吓,夫人要在太夫人这边照顾四少爷,这几天的晨昏定省就免了。到秦姨娘院子里的时候,秦姨娘脸色蜡黄蜡黄的,鬓角贴了膏药,像大病了一场似的,人也像老了十岁,惶惶如惊弓之鸟。拉着宋妈妈就说自己快要死了,求宋妈妈给她找个大夫,又让宋妈妈给远在乐安的二少爷带信,让二少爷回来见她最后一面。"说着,眼神微黯,道:"还有翠儿,宋妈妈一进门就抱了宋妈妈的大腿,说秦姨娘的事她什么都不知道,更别说她家里的人了。求宋妈妈跟夫人说一声,赏碗药给她喝,别牵连她家里人,来生做牛做马都报答夫人的恩情。"

十一娘听了不由默然,良久才幽幽地道:"你跟翠儿说一声,想到时候能被赏碗药喝,这个时候就什么也不能说。"

竺香点头。两人默默地梳头插簪,去了太夫人的内室。二夫人坐在炕边看书,徐嗣谆还睡着。

见她进去,二夫人放了手中的书,指了指墙角正燃着的一炉香,然后悄声上前,道:"之前谆哥儿有点不安生,杜妈妈抱着哄了半天,我就点了一炉自制的安眠香。"

十一娘点头,二夫人示意她出去说话。两人到西次间坐下。

"我想了半天,谕哥儿那儿,得给他带个信才好。"

说徐嗣谕是在二夫人膝下长大的,也不为过。秦姨娘出了事,她想到怎样安抚徐嗣谕也是人之常理。十一娘自己也在考虑这个问题,现在听二夫人提起这个话题,也想听听二夫人的意见,她斟酌道:"二嫂的意思是?"

二夫人沉吟道:"谕哥儿也不小了,又在姜先生门下读书。我看,这件事就一五一十地跟谕哥儿说了吧!他知道了内情,一是免得回府听到些流言蜚语放在心里暗自琢磨,坏了他和侯爷的父子情分;二来也让他知道自己现在的处境,纵然秦姨娘曾在他耳边嘀咕过些什么,也都是镜中花、水中月,不如踏踏实实地做学问,想办法自立门户;三是他如今在乐安,有什么想不通的地方,还可以请教姜先生。有姜先生的开导,也不至于消沉至颓唐的地步。"

二夫人的确考虑得面面俱全,但十一娘还是有点担心徐嗣谕知道后的反应。徐嗣谕不管怎么说,也只是个十四岁的少年,何况还关系到他的生母。她模棱两可地道:"等侯爷回来后,我跟侯爷说说。"

二夫人见她说话间带着几分敷衍的味道,笑了笑,端了茶盅闲闲地喝了口茶:"也是,跟侯爷商量总不会错。"

正说着,有小丫鬟进来禀道:"四夫人,大小姐、大少爷、三少爷、五少爷来看四少爷了!"

早上当着孩子们只说徐嗣谆病了。徐嗣勤、徐嗣俭懂事些,却住在外院。徐嗣诚虽然住在内院,却年纪小,懵懵懂懂的。加之徐嗣谆从小就体弱多病,三个孩子倒没有疑心。只是徐嗣诚,徐嗣谆待他一向亲厚,平时还不觉得,这时徐嗣谆病了,他这才有了些孤单的感觉。

"母亲,四哥什么时候能好?"

十一娘怕他们看出破绽,带着徐嗣勤几个看了徐嗣谆一眼就领出了内室。见徐嗣诚目含担忧,笑着摸了摸他的头:"祖母、二伯母,还有母亲,都在这里照顾谆哥儿,谆哥儿很快就会好起来的!"

徐嗣诚点头,乖巧地道:"母亲,我不吵您,也不吵四哥,我乖乖地跟着南妈妈睡觉。"

十一娘给了他一个大大的拥抱。徐嗣诚笑了起来,眉宇间一片欢快。

二夫人不由侧目。贞姐儿站在一旁什么也没说,只是走的时候紧紧地牵着徐嗣诚。

十一娘送他们几个出去:"等过几天谆哥儿好了,你们再好好聚聚。"

徐嗣勤和徐嗣俭笑着应了,徐嗣勤更是道:"四婶婶不用担心五弟,我和三弟会好好看着他的。"

"你们兄弟齐心,我还有什么不放心的。"十一娘笑着目送他们离开。

有青帷小油车疾驰而来,和往外院去的徐嗣勤、徐嗣俭两兄弟擦肩而过。

徐嗣勤不由看了一眼,就见徐嗣谆的乳娘没等跟车的婆子放下脚凳就从车上跳了下来。

"四夫人。"她眼睛红红的,显然哭过,"四少爷怎样了?"吃着她的奶,从襁褓带到牙牙学语,蹒跚学步,哪能没有感情。

"没事。"站在太夫人的院门口,还有来往的丫鬟、婆子,十一娘粉饰太平,"让你过来帮着照顾几天。"

乳娘松了一口气,跟着十一娘进了屋,待见到徐嗣谆,乳娘刚刚落下的心又悬了起来,眼泪也忍不住簌簌落下来。

二夫人觉得乳娘情绪太激动,直皱眉,十一娘也怕她把徐嗣谆吵醒了,小声地提醒她:"谆哥儿这才睡下。"

乳娘忙捂着嘴,无声地哭了一阵子,这才道:"四夫人,大夫怎么说?"

"说受了惊吓。"十一娘也不瞒她,"如今人有些糊涂,妈妈是从小把他带大的,最是知根知底,所以特意请你来安安哥儿的心。"

"四夫人放心,"乳娘说着,让小丫鬟给她找件杜妈妈的干净褙子换上,这才坐到了炕边,又吩咐小丫鬟打了热水给她净手,这才摸了摸徐嗣谆的额头,"哥儿交给我就是了!"

十一娘见她极为细心,放下心来,请二夫人到次间坐:"二嫂也辛苦了一上午,这会儿歇歇吧!"

二夫人却惦记着太夫人,两人去了太夫人那里。

太夫人刚起床,正在梳洗,知道徐嗣谆的乳娘过来了,赶过去看了看,见乳娘正细心守在一旁,嘱咐了几句,让杜妈妈安置乳娘歇息的地方:"帮着照顾几天。"

乳娘很愿意,福身称"是",说了些"请太夫人放心"之类的话。

五夫人过来看望徐嗣谆。

进屋就道："可好些了没有？"见徐嗣谆的乳娘在，笑道："妈妈可赶过来了。"见徐嗣谆没醒，又安慰了太夫人一通。

太夫人看着天色不早，留五夫人吃饭，让小丫鬟去问徐令宜在哪里用午膳。

小丫鬟去了快一炷香的工夫才折回来："太夫人，侯爷出了门。"

在这种情况下还出门？十一娘有些意外。

太夫人则沉吟道："那就摆饭吧！"

小丫鬟应声而去。二夫人搀着太夫人，十一娘和五夫人跟在后面去了东次间吃了午饭。

饭后，大家去看了看徐嗣谆，见他还睡着，五夫人就回了自己的院子，二夫人、十一娘陪太夫人在一旁坐了。

刘医正来了。二夫人和十一娘避到了暖阁，太夫人陪在一旁。

刘医正见徐嗣谆还没有醒，有些惊讶。

二夫人隔着槅扇把徐嗣谆中途醒过一回，后来又怎样的情况详细地告诉了刘医正，然后道："妾身见四少爷睡得不安稳，就点了炉自制的安眠香。"

刘医正不由抹汗，低声道："不亲眼见见四少爷的病，我不好开药方。"二夫人倒有些弄巧成拙了。

她"哎呀"一声，忙道："还请医正大人不要见怪。"忙吩咐小丫鬟熄了香炉，道："过几刻钟四少爷就应该能醒了。"

刘医正怎么好意思和太夫人对坐着，起身道："那我先到院子里站站，等四少爷醒了，太夫人再差人喊我进来好了。"

几个人就这样等徐嗣谆醒过来。

十一娘那边的琥珀过来，道："太夫人、二夫人、四夫人，易姨娘闹着要见侯爷，几个婆子不让，她就在那里寻死觅活的。还说，要是婆子们不去禀告，可别怪她有什么话说什么话。几个婆子怕不好交差，把她按着堵了嘴。"说着，望了太夫人一眼，"偏生侯爷走的时候又特意交代，好好看着易姨娘，别让易姨娘有个三长两短的，到时候不好跟三爷交代。几个婆子特意让我来回太夫人、二夫人、四夫人一声，还请太夫人示下，这件事该怎么办好？"

太夫人听着冷冷地"哼"了一声，道："有什么不好办的，就这样堵着她嘴，五花大绑地丢在屋子里，只要三爷的回信到时还有口气在就行了。"

琥珀躬身应"是"，退了下去。

太夫人就喊了杜妈妈："你亲自去问白总管，看写往山阳的信几时能有回音，快点把这件事办了,免得夜长梦多。"语气越发地冷了。

徐嗣谆的乳娘听着这其中有蹊跷,不敢节外生枝,忙低下头去打量徐嗣谆,装作没有听到的样子,却发现徐嗣谆眉头微皱,不安地低声梦呓着。她心中一惊,用比平常略高的声调喊着"四少爷",把太夫人、二夫人和十一娘都吸引了过去。

徐嗣谆果然如二夫人所说的,渐渐醒了过来,乳娘抱着他不停地安慰着。

或者是因为自婴孩时就藏在心底深处的温暖记忆,他被乳娘抱着,虽然还迷糊着,却没有像之前那样使劲地挣扎。刘医正看着心中一松:"不要紧,不要紧,有贴身的人陪着,渐渐就会好了。"然后开了些安神的药,告诉乳娘一个偏方,让乳娘在午正时分用大拇指搓徐嗣谆左、右手的食指靠近大拇指的地方一百二十八下:"帮四少爷行气。"

乳娘很认真地跟刘医正学了。

太夫人就进了暖阁和十一娘说话:"我看,快点把家里的事理一理,请济宁来帮着安安神,做做法才好。"

巫蛊这事干系太大了,不把这个事理顺了,要是被外人看出些什么来可就不好收场了。"侯爷一回来我就与他商量。"这件事是徐令宜经的手,现在进展到了一个什么情况,是个什么状况,十一娘还真不好说。

太夫人想到徐令宜此刻还不见踪影,不免有些嗔怒:"这孩子,也不知道去哪里了,家里一大摊子的事等着他呢!"

十一娘不好回答,正想安慰太夫人几句,一旁的二夫人已低声道:"多半是去处理朱道婆的事了——这件事,可不好假手于人。"

太夫人听了神色微霁,十一娘却是心中一阵乱跳。这件事,不知道怎样才算完结……

徐令宜很晚才回来,他神色自若,看不出有什么异样来。

十一娘忍不住询问:"侯爷,见到朱道婆了?"

徐令宜没有否认,低声道:"你放心,没留下任何痕迹。"然后一副不愿意多谈的样子,轻轻抚了抚她的腹部:"今天有没有吵你?"

十一娘明白这种手段是必须用的,可心里还是有几分唏嘘。见徐令宜转移了话题,干脆顺着把心里的那点感慨抛到了脑后。

"算是很乖的了。"她笑道,"只是在吃午饭的时候调皮了一下。"

"哦?"徐令宜很感兴趣地挑了挑眉。

十一娘笑道:"娘怕我闻不得鱼腥味,特意吩咐不让做鱼,做了盘新鲜上市的凉拌千金菜,平时我也很喜欢吃的,谁知今天闻了却特别不舒服。"

徐令宜听了笑起来。

十一娘就趁机和他说起徐嗣谆来:"刘医正说,会慢慢好起来的。"然后说到徐嗣谕:"照二嫂的意思,还是把这件事开诚布公地告诉谕哥儿的好……"把二夫人的话原原本本地说给了徐令宜听。

徐令宜沉思了半晌,道:"那你的意思呢?"

"我的意思,"十一娘沉吟道,"与其写封信去,不如让谕哥儿回来一趟。有什么事,我们一家人关起门来好商量。"

徐令宜微微颔首:"那就让他回来一趟,也正好让他和秦氏见上一面。"

一句"那就让他回来一趟,也正好让他和秦氏见上一面",让十一娘心惊。她不由喃喃地喊了一声"侯爷",再望过去的时候,只见徐令宜面沉如水,放在膝上的手已紧紧地攥成了拳。这真不是个好话题。十一娘岔开了话题:"您走后,易姨娘闹着要见您。"把当时的情况告诉了徐令宜。

徐令宜听了冷冷一笑:"不外是说些辩解的话。可说一千,道一万,是她把朱道婆引进的门,就冲着这一点,已是罪不可赦。说什么也没有用!"又道:"要不是我需要她帮着转移一下大家的视线,早就把她处置了,还等到今天!一个疯姨娘闯了祸,总比家里出了巫蛊之事要好。"说着,他眉眼间露出几分犹豫来。

十一娘看了沉吟道:"侯爷可有什么为难之事?"

徐令宜想了想,低声道:"明天早上,你回去换件衣裳。几位姨娘见了,估计都会来给你问安,问谆哥儿的情况。你不妨给几个姨娘找点事做,别让她们乱窜。"这样也免得卷到这件事里去。

"侯爷放心。"她沉声道,"妾身省得。"

徐令宜点头,十一娘一向明白他的心思。如果不是这件事把她给扯了进去,如果不是她怀着身孕,有些事,他早就交给她办了。

"至于秦氏那里,"徐令宜徐徐地道,"她做过什么,她心里最清楚。她在我身边服侍了这些年,我的脾气、性情她也能猜到几分。我要是说她几句,待我脾气过了,这件事也就算了。我要是一句话都不说了,这件事只怕就没那么容易过去。可平日我看在谕哥儿的分上,对她多有忍耐,她心里只怕还存着一份念想。这样把她晾一天还好说,如果晾得时间长了,她在情急之下,只怕会乱嚷嚷。"他说着,语气微顿:"现在府里都在传,把谆哥儿吓着的是易姨娘。我们要是派人看着她,太扎眼。我看,你见到她,不妨以她和易姨娘交好为借口,好好地数落她交友不慎……人就是这样的,以为有一线生机,就不会轻易放弃。先稳她几天,等这件事的风头过了再说。"又道:"她身边是不是有个叫翠儿的贴身丫鬟?你给这个丫鬟递个音吧,事完了,我会把她家里人送到江南的田庄去。"

这样说来,翠儿是肯定留不住了。十一娘凛然:"妾身明白了,我会见机行事的。"

徐令宜满意地微微颔首,问起琥珀来:"定在了什么时候?"

十一娘毛骨悚然。琥珀是知道内情的人之一,难道琥珀也……"侯爷有什么吩咐?"语气里隐隐含着几分警戒。

徐令宜正想着事情,并没有注意,低声道:"把琥珀早点嫁了吧!还有那个秋红,待她嫁了,小一点的雁容、绿云也都可以配了出去,到时候你身边的人该换的就换了吧!"

十一娘松了一口气,好在雁容早和曹安有了婚约,到时候暗示曹家早点来提亲,也不算突兀。她轻轻点头:"妾身这两天就把婚期定下来。"

正说着,琥珀隔着帘子低声道:"侯爷、夫人,奴婢打了洗脸水来了。"

十一娘不知道徐令宜交代完了没有,看了他一眼。徐令宜微微点了点头,十一娘这才喊了琥珀进来。

在这边洗了手、净了脸,徐令宜去了徐嗣谆那边,十一娘尾随其后。

徐嗣谆睡着了,屋里并没有点安眠香,乳娘在炕边守着徐嗣谆,太夫人和二夫人则并肩坐在一旁的太师椅旁悄声说着话。

看见徐令宜进来,二夫人忙站了起来。

"谆哥儿没事。"太夫人道,"下午睡得还算安稳。"

徐令宜轻轻"嗯"了一声,走到炕边凝视着徐嗣谆,眼底流露出几分淡淡的悲凉。

"既然谆哥儿应了长春道长的'无妄'之说,我看,不如就把长春道长请来帮着做几场法事好了!"

屋里的人俱感惊讶,二夫人已目露赞赏:"侯爷这主意好!我看,事不宜迟,明天一早就去请长春道长来作法。"又对太夫人道:"娘,您看,我们要不要到庙里去拜拜菩萨?"

"去。"二夫人的话提醒了太夫人,"怎么不去!不仅要去,还要悄悄地去!"

第二天一人早,徐令宜先派了赵管事去乐安接徐嗣谕,然后去了外院,和白总管商量着怎样请长春道长,怎样安排太夫人、十一娘等人去慈源寺上香的事。十一娘则回了正屋。

琥珀服侍她更衣,趁机低声道:"昨天中午,我差了小丫鬟去打探易姨娘那边的动静,结果发现三房那边的丫鬟、婆子全都不见了。"

"全部?"十一娘的动作僵了僵。

琥珀点头。

文姨娘一直注意着事态的发展,听说十一娘回来,第一个来问安。

"四少爷怎样了?"

十一娘没瞒她:"现在还昏迷不醒。不过,不用点安眠香了,在一点一点地好起来。"

文姨娘松了口气。

十一娘趁机和她商量秋红的事:"我想,要是过几天谆哥儿还不好,不如办几场喜事。你那边,也正好添几个人。"

文姨娘可能是最了解内幕的了,听了立刻点头:"我这就和那边商量,下午就给夫人回信。"

两人又商量了一些细节,秦姨娘和乔莲房一前一后地来了。

十一娘就把徐嗣谆还病着的事说了:"太夫人年纪大了,我这几天会在太夫人那边照顾谆哥儿,院子里有什么事,你们就问文姨娘吧!"

几位姨娘面面相觑,文姨娘突然被委以重任,很是意外:"夫人……"

十一娘一个眼神阻止了她。文姨娘突然坦然起来,自己在家时也曾学过怎样主持中馈的,临时帮着管几天难道还会拿不起不成?念头闪过,大大方方地站起来应了声"是"。

秦姨娘心正虚着,坐在一旁大气也不敢出一下;乔莲房无所谓。

十一娘单留了秦姨娘说话:"听说你嚷着生了病,要见二少爷一面?"

秦姨娘穿了件殷红色的杭绸素面褙子,如竺香所说,脸色蜡黄,左右鬓角各贴了块膏药,目光躲闪,人如打了霜的茄子,全然没有了从前的镇定悠然,闻言忙摆手:"没,没,没。"话一出口,又觉自己说得不对,忙点头道:"有些头痛,贴两块膏药就好了。"

十一娘听着脸色一沉:"一会儿有,一会儿没的,你到底有病没病?"

这样咄咄逼人的问话,秦姨娘还是第一次从十一娘嘴里听到,加上这两天发生的事,她慌慌张张地道:"一点小病,一点小病,夫人不用挂怀。"

十一娘不再理睬她,吩咐琥珀:"去,拿了我的名帖,让外院的管事帮秦姨娘请个大夫来瞧瞧。"然后又道:"有病治病,怎么像个无知的村妇似的,胡乱贴些膏药在头上了事!"

秦姨娘听着脸涨得通红,低声道:"夫人,四少爷正不安生着,我这要是再寻医问药的,岂不是给家里添乱嘛,所以才想着自己贴两副膏药完事的,不用请大夫来瞧了!"

"既然知道家里事正多,就应该好好请大夫瞧瞧才是。"十一娘并没有因为她的一番说辞脸色有所缓和,恰恰相反,十一娘的脸色带着几分凝重,"你和易姨娘,到底是怎么一回事来着?"

秦姨娘如受到惊吓的小白兔,眼底露出几分惶恐,期期艾艾地道:"不知道夫人问的是哪桩事?"

十一娘道:"她精神不好,半夜三更在院子里乱窜,惊了谆哥儿。你和她一向交好,难道易姨娘平日里就没有流露出一丝不对劲的地方?"

秦姨娘听着，如三伏天里喝了碗冰镇的绿豆汤，全身都服帖了，急急地道："夫人，我虽与易姨娘交好，可也只是些平常针线上的来往，绝对没有多的瓜葛，还请夫人明察。"

十一娘见目的已经达到了，端起茶盅轻轻啜了一口茶："易姨娘如今被拘在屋里，只待着三爷来了好发落。你这几天好好待在家里，别到处乱走，丢了二少爷的颜面……"

她话没说完，就看见帘子微闪，露出竺香略带焦急的脸。十一娘不动声色，又训斥了几句，这才让秦姨娘退了下去。

竺香进来附耳道："夫人，陶妈妈来了！"

从事发到现在，不过一天两夜的工夫，陶妈妈就赶了过来。

"人呢？"她声音不觉冷了几分。

"外面只传四少爷病了。"竺香道，"她连夜赶过来，含含糊糊地说了几句，守门的见四少爷的乳娘昨天早上刚被接进府，今天一早就传出侯爷要请长春道长来作法，太夫人要亲自到庙里去给四少爷祈福的事。以为四少爷病得不轻，陶妈妈奉命而来，就放了进来。如今正往太夫人那里去。"

十一娘眉头微蹙。

竺香道："夫人，您要不要过去瞧一瞧？"

"不用。"十一娘道，"那边有太夫人，自有太夫人做主。"

竺香遂不再说什么。

十一娘遣了她出去，只留琥珀说话，把徐令宜的打算一五一十地告诉她："原想把日子拖一拖，也嫁得金贵些，谁知道竟然更是急切了。"

琥珀红了脸，但想着这是府里的大事，十一娘又诚心相告，忍了臊意道："能帮着四少爷冲喜，原是我的体面。夫人这样说，倒让我心里不安起来。"说完顿了顿，声音低了几分："只是雁容走了，夫人这边……谁来上手好？"

十一娘拿了盅盖轻轻地拂着茶盅上的浮叶，碰瓷间发出清泠泠的声音，为安静的屋子平添了几分清冷："你让雁容帮着挑一个吧！"

琥珀想想，这倒也是件恩泽，雁容走得也尊贵，又问："夫人的心意，要不要奴婢告诉雁容？"

曹家那边得有个人去暗示，不管谁说这话，总是有痕迹，不如雁容和曹家商量着办。十一娘想了想，轻轻点了点头，把琥珀叫到跟前来低声道："翠儿那里，你带个口信过去。侯爷说了，过些日子把她家里人送到江南的田庄上去。她要是应诺，就多劝劝秦姨娘，好生在家里待着，别到处乱跑乱说，有二少爷在，总还有一线生机。要是纸包不住了火，纵使有二少爷，侯爷的性情在那里，只怕也没有好果子吃。"

这件事宜早不宜迟。琥珀应诺，去了秦姨娘处。

那天晚上到底发生了什么,屋里的丫鬟、婆子并不十分清楚。

徐令宜突然进来,屋里服侍的都被遣到了院子里,屋门口又有临波和照影守着,远远地,只听见秦姨娘一阵哭。待候爷出门来,沉着脸问谁是秦姨娘屋里贴身服侍的,吩咐翠儿:"谁也不许进去,你好好地看着你们姨娘,她什么时候想通了,你什么时候去禀了我。"

院子里的仆妇想到刚才查检院子的事,自然是能躲多远就多远。待传出易姨娘半夜在家里乱逛冲撞了徐嗣谆,想到秦姨娘和易姨娘情分非同一般,知道秦姨娘多半被牵怒,又惦记起徐嗣谆的病来——这样要是徐嗣谆有个三长两短的,秦姨娘也别想有好日子过了。

院里有受了秦姨娘恩惠感叹她运气不好的,也有平日里巴结奉承想着要不要到秦姨娘面前讨个好的,还有平日里受过气想着快点走的。只是徐嗣谆那边没个准信传过来,大家不免都在那里观望。见琥珀过来,自有机灵的婆子迎了上前,琥珀就低声吩咐她:"我有几句体己的话要跟翠儿说。"

那婆子想到翠儿平日里遇到琥珀左一个"姐姐"右一个"姐姐"的,多有奉承,此刻正是情况不明时,定是琥珀要关照关照翠儿。翠儿得到好处,也就是秦姨娘得了好处,到时候大家也都可以跟着沾沾光了。那婆子喜笑颜开,连声道:"姑娘放心,姑娘等一等,我这就悄悄叫了翠儿姑娘出来。我屋里腌臜,门口有风,姑娘好歹进去避个风……"

十一娘喊了宋妈妈进来说话:"绿云年纪不小了,你帮着寻门好亲事吧。"

宋妈妈在徐家,也是经过事的人,心里千转百回,却不多问,屈膝应了"是",十一娘由竺香陪着回了太夫人处。

玉版正站在屋檐下,亲自帮十一娘打帘,笑道:"陶妈妈刚来,和太夫人在内室说话呢。"

十一娘朝她点了点头,进了内室。陶妈妈压抑而悲怆的哭声扑面而来。

十一娘这才发现陶妈妈正伏在炕边拉着徐嗣谆的小手哭得悲痛欲绝。太夫人和二夫人则站在她的身后,前者正拿着帕子抹着眼泪,后者眉头微蹙,低声劝着前者。反把徐嗣谆的乳娘挤到了一旁,藏在角落里流眼泪。

见十一娘进来,二夫人明显地松了口气,劝道:"娘,四弟妹来了,您这样,她该伤心了……"

一句话没有说完,有道眼神射过来,阴森寒冷,让十一娘一惊,下意识地捂住了肚子。再望过去,那眼神已掩在了松弛的眼睑之下,脸上已换了悲哀的表情。

"四夫人!"陶妈妈站起身来,抽泣着上前给十一娘行了礼,"前几日得您的恩泽,四少爷赏了奴婢一大筐粽子,奴婢心里感激不尽。偏生山间乡野,没什么好东西,屋后住的芭蕉树长得正好,就让陶成摘了几片叶子,做了几把蒲扇,让人带进府里给夫人、少爷、小姐们玩个新鲜。谁知道送扇子的人刚进城就听说四少爷病了,就赶回去告诉了我。我心里急,连夜就赶了过来。夫人……"说着,已是泪水纵横,"我走的时候都好生生的,怎么一眨眼的工夫,就变成这样了!"

十一娘语凝,说到底,是自己太疏忽了。这件事,完全是可以避免的。她不由黯然。总觉得徐嗣谆在太夫人身边,有杜妈妈这样经验丰富的人看着,应该不会出什么事。却不曾仔细考虑,杜妈妈也是年过五旬的人了,要照顾太夫人,要照顾徐嗣谆,还要管着太夫人屋里大大小小的事情,哪能日日夜夜面面俱到。如果当时她再细心点,给徐嗣谆配个像南永媳妇那样敦厚老实又本分的妈妈在屋里就好了!可现在说这些,还有什么用!

陶妈妈看着,那自从听到徐嗣谆病了之后就如油煎似的心不仅没有平静,反而腾腾腾地冒起了油烟。她泪水滚滚,趴到徐嗣谆的炕边又低低地哭了起来。

太夫人心里也不好受,几个儿子、孙子里面,还没有谁像徐嗣谆这样让她费尽了心思。可到头来,这孩子还是和自己没有缘分。见陶妈妈哭得悲戚,太夫人也不由一阵心酸,眼睛模糊。

二夫人忙搀了太夫人:"娘,您快别伤心了,刘医正不是说了,谆哥儿没事,很快就会好起来的……"一面说,一面用眼神示意十一娘阻止陶妈妈,别再这样哭哭啼啼的了,心里却在腹诽罗家的这些陪房,一个两个都是些没规矩的。

十一娘暗暗叹一口气,上前几步,低声道:"陶妈妈快别哭了,谆哥儿受了惊吓,正是要静心修养的时候。你这样,把谆哥儿吵醒了怎么办……"

听十一娘提起"惊吓"两个字,陶妈妈的心像开了的水似的翻滚个不停。惊吓!你还好意思提惊吓!要不是你,谆哥儿会被人惊吓吗?在内院,仲夏时候,戌正时分,谆哥儿竟然被人吓成了这样……说是无意的,谁会相信?还说我把谆哥儿吵醒了?到底是谁想他不得安生……陶妈妈勃然大怒,想到太夫人对十一娘的喜欢,想到徐嗣谆以后还要仰仗太夫人良多,她强忍着站了起来。转身却看见十一娘停在离徐嗣谆四五步的地方,手放在腹部,做出一个护卫的姿势。她脑子"嗡"的一声响了,为什么会发生这样的事?不就因为她怀了个孽种,以为自己就可以为所欲为,看徐嗣谆不顺眼起来,甚至要把徐嗣谆除之而后快?全然忘了当初她是怎么进府的,大姑奶奶又是怎样待她的!白眼狼!可怜大姑奶奶一世英明,要不是时不待她,又何至于把这个白眼狼给招了进来!大姑奶奶要是在地下有知,只怕没有一天能安宁!陶妈妈的面孔扭曲,表情变得狰狞起来。

"十一娘,你这个贱婢!我和你拼了!"

与其这样被十一娘拿捏着,不如就此一拍两散,至少可以把她肚子里的那个孽种给弄下来,让她也知道一下什么是切肤之痛、什么叫刻骨之恨……电光石火中,她已不顾一切地朝十一娘扑了过去。

十一娘不由呆住,两世为人,从来没有人对她动过手。

而太夫人和二夫人发现情况不对时,陶妈妈的手离十一娘的脖子已是触手可及。两人大惊失色,张皇失措地喊了一声"十一娘"。

徐嗣谆的乳娘也被这变故吓得目瞪口呆。

十一娘自从被徐嗣谆踢了那一脚,就开始对人保持一定的距离。陶妈妈面如厉鬼般朝她扑过来时,她虽然一时惊呆,很快就反应过来,隔着的几步距离又为她争取了时间,想到身后是太师椅,她立刻蹲了下去。

陶妈妈扑了个空。十一娘下意识地想猫身跑开,却忘了自己正怀着身孕,不比从前,一时竟然没站起来,反而跌坐到了地上。

陶妈妈顺势弯腰,掐在她的肩膀。十一娘暗暗喊糟,抬腿就准备狠狠朝陶妈妈踢去。

谁知道"咣当"一声,陶妈妈头顶粉瓷乱飞,陶妈妈两眼一翻,慢慢地瘫了下去。

十一娘就看见拿着半个花瓶瓶口、满脸无措的二夫人。她不由错愕。

二夫人忙丢了花瓶的瓶口,喃喃地道:"我,我这还是第一次……"

古代的大家闺秀大门不出二门不迈,经历的事情更少,二夫人长于书香世家,讲究"君子动口小人动手",她恐怕和自己一样,从来没有遇到过这样的架势。

十一娘不由讷讷地说了声"我也是"。

一时间,两两相看,不知道为什么,好像都在对方的身上看到了平时看不到的一点点真性情。

屋子里就安静下来。太夫人慌慌张张地走了过来。

"十一娘,十一娘,你怎么样了?有没有什么地方不舒服?"老人家脸色苍白,一面说着,一面蹲下去扶她。

十一娘回过神来,静静地坐了一会儿,没有感觉到什么异样,这才借力站了起来:"好像没什么事。"

"还是请个大夫看看!"说话间,二夫人已恢复了原来的风轻云淡,轻声呵斥呆若木鸡的乳娘:"还站在那里干什么!陶妈妈伤心过度昏了过去,还不去把结香和竺香叫进来,也好有个服侍的人。"

乳娘一个激灵回过神来,一面迭声应"是",一面转身去叫了结香和竺香进来,又怕这事传出去自己脱不了干系,脚步也不停。在结香和竺香之前进了内室,见十一娘和太夫人并肩坐在太师椅上,二夫人站在太夫人身边,太夫人正拍着胸脯说着:"我活这么大岁数,还是第一次遇到有人敢在我面前动手的。"

太夫人接过茶盅却递给了十一娘:"来,你喝口茶,定定神。"又关心地道:"刚才吓坏了吧?"

十一娘点头,喝了口茶,感觉好了很多。

结香和竺香进来。两人看到眼前的情景不免面面相觑。

虽然一个是自己贴身服侍的,一个是十一娘贴身服侍的,二夫人还是选择了什么也不解释。吩咐结香把现场收拾干净,让竺香去十一娘屋里唤几个得力的人来把陶妈妈架走:"哭得昏了过去,跟外院的管事说一声,让请个大夫来瞧瞧。还有四少爷这边,刘医正怎么还没有来复诊?"

借口,该怎样行事,全都安排好了。好在竺香是个伶俐的,立刻就领会了二夫人的意思。她朝十一娘望过去,待十一娘吩咐她一句"你去吧",这才急急出了内室。

二夫人看着微微点头,觉得这丫鬟还不错。

结香和乳娘忙拿了东西收拾地上的碎瓷。

二夫人就吩咐那乳娘:"东西不用你收拾,你帮忙看着陶妈妈就成。"

乳娘不敢违背,忙到陶妈妈身边守着。躺在炕上的徐嗣谆有些不安稳地呻吟起来。

太夫人和二夫人、十一娘一听,立刻围了过去,太夫人更是一把将徐嗣谆抱在了怀里:"谆哥儿!谆哥儿!祖母在这里呢!"

徐嗣谆睁开了眼睛。他原来清澈的目光此刻是浑浊的,以一种陌生的表情迟缓地打量着众人。太夫人心里一沉,这样子,分明还没有清醒过来。

乳娘听着很是担心,想过去看看又不敢走,跂了脚张望。倒在地上的陶妈妈突然声若蚊蚋地呻吟了两声。

乳娘大吃一惊,顾不得许多,忙道:"太夫人,陶妈妈醒过来了。"

太夫人等人都望过来。

二夫人见一个抱着徐嗣谆,一个大着肚子,只好硬着头皮道:"没事,有我呢!"说着,目光四顾,落在了炕几旁一尊尺高的四方青花花斛上。她心中略定,有些犹豫地拿了花斛。

徐嗣谆却迷迷糊糊地喊了一声"陶妈妈",嘴里嘟囔着:"有鬼!有鬼!"

太夫人和二夫人听着不由对视一眼,太夫人忙安抚着徐嗣谆:"没事了,没事了!"

二夫人则毫不迟疑地上前,闭上眼睛朝陶妈妈就是一击。陶妈妈手指动了动,安静下来。

结香忙收拾残局。徐嗣谆却被碎瓷的声音吓了一跳,他身子抽搐了两下,眼睛竟然开始渐渐恢复焦距。

"谆哥儿……"发现异常的太夫人喜出望外,忙唤二夫人和十一娘,"你们快过来!谆哥儿是不是醒过来了?"

两人走过去,看到这样的情景心里不免也生出几分期盼来。

竺香的声音隔着帘子响起来："太夫人、四夫人、二夫人，宋妈妈过来了。"

十一娘扬声让宋妈妈进来，宋妈妈和带过来的两个粗使婆子把陶妈妈扶到了太夫人的退步。白总管请的大夫也来了，把了脉，开了几服定神的药。宋妈妈打发了一个粗使的婆子跟着去取药，自己守在陶妈妈身边。

那边徐嗣谆"哇"的一声哭了出来，紧紧地抱住了太夫人："祖母，祖母，我好害怕，我遇到了鬼！"

"胡说！"太夫人又惊又喜，抱了徐嗣谆嗔道，"是易姨娘，半夜睡不着在院子里逛。哪里是鬼！守门的婆子都看见了！"

徐嗣谆含泪的眼睛望着太夫人："真、真的吗？"他表情困惑，"可我、可我看见长长的舌头……"

"你啊！"太夫人慈爱的笑容里带着几分无奈，"背着祖母和杜妈妈偷偷跑出去，心里害怕，胆子又小，听到个风吹草动的就慌了手脚。你可知道你昏迷几天了？整整两天两夜！可把祖母、父亲、母亲、二伯母、五叔和五婶吓坏了！"

徐嗣谆心有余悸，觉得当时自己看到的并不是这样的，闻言有些不相信，却又不好质问，低声道："那、那茶香……"

"你还知道关心茶香啊！"太夫人沉了脸，"半夜三更的，她还带你出去乱逛，我把她罚到洗衣房去了。"

在徐嗣谆的印象里，太夫人是从来不罚人的，他知道这次祖母动了怒，想着只有以后找机会帮茶香求情了，低了头，不敢再提。

二夫人看着打圆场："谆哥儿刚醒，娘有什么话，等会儿再说。"又道："谆哥儿快躺下，小心着了凉——这一桩还没有好，又添一桩，让太夫人为你愁白了头。"

毕竟两天两夜没有吃东西，徐嗣谆刚才是强撑着，听二夫人一说，才觉得浑身没劲，乖乖地躺了下来。

太夫人帮着掖了被角，忙吩咐结香去端碗白粥来。

乳娘过来，望着徐嗣谆含着眼泪笑："四少爷！"

徐嗣谆有些惊讶，他在梦中看到了娘，看到了陶妈妈，看到了乳娘，还看到了梳着丫角的小芍……没想到，乳娘真的回了府。

"乳娘，"他脸上露出几分兴奋，"我在梦里看到你抱着我，那不是梦啊？你真的抱着我啊？"说着，又伸长了脖子朝她身后张望，"那陶妈妈是不是也来了？她听说我病了，肯定会来看我的！"

乳娘表情微微有些不自然，正寻思着怎样回答好，太夫人已笑道："果真是睡糊涂了！大兴离这里一去一回要一天的工夫，昏了两天两夜，陶妈妈怎么知道！"

徐嗣谆表情一黯，低声道："原来是我记错了。"

说着，结香端了白粥进来。太夫人让出地方给乳娘服侍徐嗣谆吃粥，这才让小丫鬟去禀了外院的徐令宜。

不一会儿，徐令宜陪着刘医正来了。这次太夫人和十一娘、二夫人避到了暖阁。

"陶妈妈行为乖张，谆哥儿性格温和，两人太过亲厚。"太夫人踏进暖阁就目光如炬地望向了十一娘，"谆哥儿以后是要掌管永平侯府的人，岂能让个妈妈给拿捏住！"

十一娘黯然，死去的人凝固在时间里，总是显得特别完美。当时花了大力气留下陶妈妈，就是希望等徐嗣谆大些了，有明辨是非的能力之后，让徐嗣谆来决定陶妈妈的去留。可现在……她在心里暗暗叹一口气，难保没有人为了利益在徐嗣谆面前搬弄是非。他不懂事的时候还好说，等到他大了，恐怕还会有一番周折。这也就是人算不如天算吧。十一娘思忖着，低声应了句"是"。

太夫人不再说话。

晚上，陶妈妈醒过来，身边没有一个人，只有盏燃着豆大灯火的油灯伴着她。她想着今天发生的事，不由心乱如麻。想起来叫个人问问徐嗣谆的情况，突然觉得肚子一阵剧痛，忙奔到床头布帘子后的马桶蹲了半天，感觉好了一些。可刚躺下，肚子又痛起来。这样反复几次，到了早上，人像焯了水似的，蔫了下来。

杜妈妈带了小丫鬟端了早餐过来："你也曾是先头四夫人身边的得力妈妈，多的我也不说了，吃了这顿早饭，就回田庄去吧！以后不要再来了！"然后把抓的药也一并给了陶妈妈，"这是活血通络的。"

陶妈妈冷冷地望着杜妈妈，没有接药，也没有吃早膳，转身出了徐府，雇了辆马车回了庄子。

半路上，又拉了几次肚子，晚上回到家，竟然开始拉血。

陶成看着心惊，问陶妈妈到底发生了什么事，陶妈妈觉得和自己在永平侯府有关，可又说不出个所以然来。请了大夫来看，说是痢疾，吃了好几服药，换了几个大夫也不见好转。陶成为这件事还专程到府里求白总管给找了个御医去看，可一样不见好转，拖到六月中旬，人就没了。

陶妈妈那边自有人去料理，太夫人等人的注意力都集中在了清醒过来的徐嗣谆身上。那刘医正更是笑得如弥勒佛："世子爷这两日受了周折，饮食上尽量清淡些，我再开两服补气益血的方子，吃了也就没什么大碍了。"说到这里，他语气一顿："不过，世子爷这不足之症是从娘胎里就带出来的，药补不如食补，不如找个擅长做药膳的人照顾世子爷，

必可起到事半功倍的效果。"

徐令宜把这话听到了心里,送走了刘医正就和太夫人商量:"这件事只怕还要娘帮着操操心。"

太夫人却把目光落在二夫人身上:"怡真,你可有认识的人?"

二夫人想了想,道:"我试试看吧!"

大家不再说什么,这件事就交给了二夫人。

徐令宜说起关于请长春道长作法和去慈源寺上香的事来:"那个长春道长,没事都能说出个有事来。既然谆哥儿醒了,我看也不必请了。"语气间透着几分不耐烦,"何况请了人来家里做法事,不免要专门辟了院子,到时候人来人往,繁杂得很,要有走错了地方就不好了。到时候我让白总管封个大红包给他就是了。慈源寺那边,原定在明天早上去的,这件事倒不必再改动——那边一向女眷众多,问起来,就说去还愿好了。"

所谓的"走错了地方",是指怕有人发现易姨娘被拘在屋子里;所谓的女眷众多,是指燕京的很多公卿之家、高官权贵之家的夫人、小姐们都喜欢到慈源寺上香——这也正好是个辟谣的好机会。

徐嗣谆醒来,太夫人觉得全身都轻松起来,闻言笑道:"那就这么说定了。"又道:"是该去慈源寺给菩萨上炷香了。谆哥儿能逢凶化吉,真是得了菩萨的保佑。"然后笑着吩咐葛巾和玉版:"去给丹阳那边送个信,让她好放心。还有勤哥儿、俭哥儿、诫哥儿、贞姐儿那里,都派人去送个信。"说完,见时间不早了,加了一句:"我看,这马上就到吃午饭的时候,吩咐厨房里做几个菜,让丹阳他们都来,我们围着好好吃顿饭。"

葛巾和玉版笑着应声而去,一个指派小丫鬟去传话,一个吩咐厨房里加菜。

屋子里再次安静下来。徐令宜就扶着太夫人去了东次间,太夫人却一直朝东梢间去。

"刚才陶妈妈来过了。"太夫人坐在美人榻上,徐令宜、十一娘、二夫人围着太夫人团团坐了,"她含含糊糊地说是十一娘带了信给她,我就让她进来了……"

太夫人把刚才发生的事一五一十地告诉了徐令宜。徐令宜并没有十分惊讶。

竺香没有直接找白总管帮着请大夫,而是找了徐令宜身边的照影,不仅如此,还把当时的情景全部都告诉了照影——照影知道了,徐令宜也知道了。当着众人的面徐令宜不好说什么,晚上拉了十一娘的手悄悄问她:"当时吓着了吧?"

十一娘点头,徐令宜把她搂在怀里轻轻叹了口气:"再忍两天,很快就可以回正屋了!"

"没事!"十一娘觉得自己在太夫人这里好生生地待着,让徐令宜放心就是在帮徐令宜的忙,"这边也挺好,还可以帮着照看一下谆哥儿。"

徐令宜没有作声。

第二天十一娘留在了家里,二夫人和五夫人陪着太夫人去了慈源寺。待刘医正给徐嗣谆复诊后,请刘医正帮十一娘把脉。

刘医正哪里清楚情况,不由在心里嘀咕徐令宜太过担心,委婉地劝徐令宜:"是药三分毒。尊夫人脉象沉稳有力,从医理上看不出有什么阻碍之处。我看,不如和四少爷一起吃药膳好了。"

徐令宜真就考虑了这个问题,后来请了两位极善药膳的师傅,一个在徐嗣谆身边服侍,一个就在十一娘身边服侍。这是后话,暂且不提。只说徐令宜送走了刘医正,白总管满脸苦笑而来。

"侯爷,长春道长说了,他什么都没做,怎么能接侯爷的赏银。要是侯爷真有心,请侯爷让人做块鎏金的匾额送过去,就算是圆了他和四少爷的一场俗缘。"

徐令宜听了很是不快,却还是应道:"你看着弄几个字好了!"

白总管知道他不喜欢长春道长,来的时候还打着小鼓,没想到他一口应了,生怕他改变主意,忙笑应着出去了。

徐令宜就跟十一娘道:"你看着,长春道长得了我们家的匾额肯定到处大肆宣扬,说他如何如何未卜先知,我如何如何感激他。"语气颇有些愤然。

十一娘粲然:"可这样一来,大家就更加相信谆哥儿的出事是天意了。"

徐令宜道:"要不然,我还能让他这样胡来!"

结果事情比他们想象的还要复杂些。长春道长接了徐家送去的匾额,对他的信徒宣称,为了感激永平侯府对他的知遇之恩,他决定亲自到徐府,免费给徐嗣谆做一场祈福会。

这样一来,事情又回到了原点,而且还让徐令宜不能拒绝——既然送了匾额,就是认同了长春道长;既然认同了长春道长,如果再拒绝长春道长为徐嗣谆做祈福会,岂不是自相矛盾?这对徐家来说实际上是个让众人转移视线的好机会,但因为这个人是徐令宜最讨厌的长春道长,他气得在书房来回踱了半天步子才勉强忍下了怒火。

十一娘听了笑得直不起腰来。太夫人等人从慈源寺回来知道了,也笑了一回。

就在这个时候,三爷的回信到了,他让徐令宜全权代他处理此事。

徐令宜放下书信就吩咐白总管准备车马:"到底服侍过三哥一场,谆哥儿又没有什么大碍,送易姨娘去山阳吧!交给三哥处置好了。"

秦姨娘听了惴惴不安:"翠儿,你去打听打听,到底是送到了山阳,还是送到了别的地方?"又喃喃地道:"山阳千里迢迢,穷山恶水,路上不会出什么事吧?"

翠儿现在谁也不敢见,怕到时候连累了别人。见秦姨娘要她去打听消息,满腔的怨怼。要不是她,自己又怎会落得这样一个下场? 可一想到家里的父母、兄弟、姊妹,翠儿又不敢不劝。琥珀的话说得明白,自己如果能看住秦姨娘,就是大功一件,到时候家里的人不仅有活路,侯爷还会好好地照顾他们。如果看不住……翠儿不敢想下去。

"姨娘,"她道,"这个时候,我们躲还来不及,怎么好去打听易姨娘的消息?您可别忘了,上次四夫人还专程为这件事问过您,别又惹出一些是非来!"

秦姨娘不再坚持,想着她一生慎重,只在易姨娘面前漏过几句口风,偏偏是这个人把她的事说了出去。如果是送到了山阳还好说,为了活命,易姨娘肯定什么也不敢说。如果不是送到山阳,狗急了跳墙,要是易姨娘把她的事和盘托出,徐令宜十之八九不会放过她。

她躺在床上翻来覆去睡不着,半夜喊翠儿:"你说,怎么才能让二少爷回来呢?"

虎毒还不食子。侯爷就是再铁石心肠,也不可能当着儿子的面杀了他生母吧? 翠儿用被子捂着头,听说灌了药的人是肝肠寸断而死,会痛上三天三夜才断气。要不然,怎么大家一听说要被灌药都吓得半死? 一想到这里,她就开始瑟瑟发抖。

秦姨娘连喊了翠儿两声她才听到,不耐烦地敷衍她:"姨娘一向主意多,我也不知道。"到底有几分怨气。

"你这是怎么了?"秦姨娘现在有些听风就是雨,忙坐了起来,"是不是听到了些什么?"

"奴婢什么也没有听到。"翠儿知道此刻应该放缓了声音,柔和些,可说出来的声音还是有些哽。

秦姨娘就更忐忑了,她起床坐到翠儿的身边,低声道:"你这孩子,到底是怎么了?"

翠儿想起两人往日相处的情景,秦姨娘也是这样喊她,何承想,就是眼前这个笑容温和亲切的人让她落到了今日这个田地。她看都不想再看她一眼,扭了头去:"姨娘快些睡吧,我真的什么也没有听到!"

秦姨娘哪里肯相信,翠儿怕自己忍不住跳起来掐了秦姨娘的喉咙,找了个借口打发秦姨娘:"听说秋红姐姐的婚期定在了六月初六,琥珀姐姐的定在了八月初一……"

"原来是为这事。"秦姨娘恍然,回到床上躺下,想着自己的心思,没再多问。

翠儿却几乎将嘴唇咬破。文姨娘好本事,一般人比不上。那乔姨娘呢? 难道秦姨娘你一个生了庶长子的还比不过一个无儿无女又失了宠的乔姨娘不成? 想那乔姨娘还因为自己的母亲要把绣橼许配给程国公府一个小厮而驳了母亲的话,提了四色礼品上门求杜妈妈帮绣橼找门好亲事。你秦姨娘呢,自己是丫鬟出身,对她们这些丫鬟却没有个体己的话儿……想到这些,更是恨自己跟错了主子,睁着眼睛一直到了天亮。

外院就有时隐时现的锣鼓声传过来。

打水进来服侍她们梳洗的小丫鬟就喜滋滋地告诉她:"四少爷好了,主子们都高兴,请了那个全燕京城最能掐会算的长春道长来给四少爷做祈福法会了!"

翠儿现在对这些消息都不感兴趣,她只盼着现在的生活能有点变化。她轻轻地"嗯"了一声,意兴阑珊将牙粉撒在牙刷上,使劲地刷着牙。

十一娘则怔怔地望着牙刷发呆。

竺香看着吓了一大跳:"夫人,您这是怎么了?"

"竺香。"十一娘的声音带着几分惊喜,"我、我好像什么感觉也没有了!"

"没感觉了?"竺香听十一娘语气里带着几分喜悦,想着这肯定不是件坏事,但也得知道个清楚才行,"夫人,您看要不要把田妈妈叫来问一问?"

"不用了。"自怀孕后每天早上起来就堵在胸口的浊气突然没了,整个人都感觉轻松起来,加上徐嗣谆清醒过来,十一娘眼角眉梢都舒展了不少,"今天长春道长来家里做法事,大家正忙着。我们这么一嚷嚷,大家又要过来看我。"

竺香笑着应诺。住在太夫人这里就是这点不方便,只盼着这件事早点平息,大家就可以恢复之前平静的生活了。

徐令宜天刚刚亮就去了外院。十一娘梳洗过后,就去了太夫人那里。

太夫人早已起床,正坐炕边看着乳娘喂徐嗣谆吃早饭,看见十一娘进来,笑着打了声招呼:"过来了?"然后吩咐杜妈妈:"让小丫鬟们传早膳吧!"

杜妈妈应声而去。把嘴里米粒吞下去的徐嗣谆就喊了声"母亲"。刚从昏迷中醒过来,他显得有些苍白、虚弱。

十一娘笑着问他:"还好吧?"

徐嗣谆有些羞涩地点了点头。

太夫人坚持说徐嗣谆看错了。谎言重复一千遍,有时候连说谎的人都会相信,何况当时徐嗣谆正是惊慌失措之时。他不再说遇到鬼的事,算是默认自己弄错了。

乳娘笑道:"四少爷昨天吃了小半碗白粥,半夜醒了喊饿,又吃了一块米糕。"然后把还只剩两调羹白粥的碗给十一娘看,"大半碗,只剩这一点点了。"

正说着,南永媳妇抱了徐嗣诚过来给太夫人问安。

两兄弟牵了手,一个问"你这几天有没有好好上学",一个问"四哥是不是好了",看见他们兄友弟恭,太夫人有些阴霾的心情终于晴朗起来。

吃过早膳,徐嗣勤、徐嗣俭、贞姐儿陆陆续续地来了。

易姨娘半夜逛院子把徐嗣谆吓着的事已经传遍了,徐嗣勤、徐嗣俭见到徐嗣谆不免有几分羞赧,徐嗣谆却表现得很宽和:"原是我不好,胆子太小,不关易姨娘的事。"

徐嗣谆这样一说,徐嗣俭还好说,大一点的徐嗣勤更加羞愧,忙道:"我爹已经给四叔写信,让四叔全权处置这事。四叔决定把易姨娘送到山阳去,以后再也不会发生这样的事了!"

"好了,好了!"太夫人不希望孩子们过多地关注这些事,她笑着插言,"这些都是过去的事了,说清楚就行了。兄弟之间,不用放在心上。"又道:"今天你们上不上课?长春道长已经在外院设了坛给谆哥儿做祈福法会,你们要不要去看看?"

徐嗣俭听了眼睛一亮,随后又黯然失色,怏怏地道:"今天还要去上课。"

太夫人见了呵呵地笑道:"那中午的时候去看看!"

徐嗣俭又高兴起来。

大家说笑了一会儿,杜妈妈送几位少爷出门去双芙院上课。贞姐儿嘱咐了徐嗣谆几句"好生休养"之类的话,也起身告辞了,她从头到尾都表现得很沉默。

十一娘暗暗奇怪,贞姐儿平常可不是这样的……

五夫人抱着歆姐儿来了。

"娘,我们去看看长春道长做法事吧!"她邀请太夫人,"也正好让长春道长给我们歆姐儿看看相。"

据说长春道长给人看相是讲机缘的,你捧了千金去请,他未必会给你看;你一文不出,迎面碰上,他有时会拉着你长篇大论一番。因此很多人喜欢抱着孩子去看他做法事,希望能得长春道长一两句指点。

太夫人知道五夫人为歆姐儿求福的心,笑道:"你和歆姐儿去吧!我就在家和十一娘打叶子牌,和谆哥儿说说话。"

徐令宜把这一大一小交给了太夫人,太夫人是怕她走后自己和徐嗣谆没人照顾吧?十一娘忙道:"娘,您就和五弟妹去吧!这边有我呢!"

一个年轻妇人跑到外院去看道士作法,五夫人毕竟有些心虚,闻言在一旁拉了太夫人的衣袖撒娇:"娘,您就陪我去看看嘛!"

太夫人不免有些犹豫。十一娘就笑着推太夫人出门:"您走了,我和谆哥儿也好海吃海喝一番。"

太夫人被逗得呵呵笑,和五夫人去了外院。

十一娘就坐在炕边,一面做针线,一面和徐嗣谆有一搭没一搭地说着闲话。乳娘则端了个小杌子坐在十一娘的脚边,借了小丫鬟的针线帮徐嗣谆做袜子。

说着说着,徐嗣谆睡着了。

有小丫鬟进来禀道:"夫人,琥珀姐姐在外面等您很久了。"

十一娘听着微怔,转身去了西次间。

琥珀上前附耳道:"易姨娘说,有件关系到大姑奶奶的秘事要跟您说。"

"大姐?"十一娘听着微愣,"秘事?"

"嗯!"琥珀点头,"说这件事在她心里藏了很多年了,怕这次不说,就没有机会再说了,请您无论如何都要见她一面。守值的婆子不敢做主,特意来禀了我。"

十一娘眉头微蹙。昨天晚上徐令宜收到了三爷的信,本准备今天一大早就送易姨娘去山阳的。可天刚亮,长春道长就领着一群道士浩浩荡荡地上了门,只好安排易姨娘明天启程。听易姨娘这口气,显然已经知道了徐令宜的安排。在这个时候,这种情况下,易姨娘竟然说要告诉她一件关系到元娘的秘事……到底是真的,还是假的呢?

如果是真的,她为什么选择这个时候说?会不会与徐令宜对她的安排有关系呢?如果是假的,她又有什么把握能瞒天过海,让自己相信呢?十一娘很是犹豫,徐令宜已经很明确地告诉她,易姨娘留不得,那所谓的把易姨娘送去山阳,根本就是一句掩人耳目的话。如果易姨娘想告诉她的事是真的,她不去,可能会永远失去知道的机会。她想到自己初进府时太夫人对元娘的态度,想到了徐令宜对自己的偏见,想到了二夫人对自己的轻视……元娘,留下了很多秘密。如果是从前,她肯定不会去。她总觉得,过去了的事,就让它过去好了。可自从发生了陶妈妈的事以后,她深刻地体会到,从前的事,正要慢慢地影响着她以后的生活。如果是假的……十一娘微微叹了口气。好像也没什么损失吧?不得不承认,易姨娘这句话说得真是有技巧。

十一娘带着琥珀去了拘禁易姨娘的屋子。

可能之前决定今天送易姨娘走的,易姨娘穿了件崭新的殷红色的焦布比甲,头发梳得整整齐齐,身上还洒了淡淡的玉簪花露,看上去干干净净的。可她皮肤蜡黄,目光无神,嘴角不停地抽搐,仿佛一下子苍老了十岁似的,难掩颓败的模样。

看见十一娘,她眼睛一亮,立刻扑了过去。给她们开门的婆子水桶腰一扭,门板似的身材就挡在了十一娘的前面。

十一娘眼前一花,就听见"扑通"一声,易姨娘跪在了地上:"四夫人,四夫人,我是冤枉的,您要给我做主啊!"

开门的婆子看了十一娘一眼,询问十一娘该怎么办。十一娘朝着她微微点头,那婆子默默地退到了一旁。

琥珀就端了一把太师椅放到十一娘身后,然后掏出帕子拂了拂椅面,朝给她们开门的婆子使了个眼色。

那婆子怕易姨娘发起疯来伤了四夫人,可想到四夫人单独来见她,肯定是有隐秘之事说……犹豫了片刻,就笑着退了下去。

十一娘慢慢地坐在到了太师椅上,目光冷冷地望着易姨娘,并不作声。一时间,屋子里静悄悄的,只有易姨娘自己略显粗笨的呼吸声。

易姨娘不知道她是什么意思,目光开始有些躲闪,喃喃地道:"四夫人,我、我有件事要跟您说!"

十一娘依旧没有作声,过了片刻才慢慢地道:"有什么话,站起来说吧。"

"是!"易姨娘期期艾艾地站了起来。

"你说有一件关系到我大姐的秘事。"十一娘这才徐徐地道,"不知道是件什么事?"

"四夫人,说起来,秦姨娘下巫蛊害四少爷的事与我真的没有关系,我是冤枉的。"易姨娘说着,神色又激动起来。琥珀看着,不动声色地朝着十一娘处挪了挪。

"秦姨娘狼子野心,早就有谋害世子爷之心。我是上了秦姨娘的当,没有办法了,这才帮她找的朱道婆。四夫人,请您看在我没读过书,人糊涂,不知道轻重的分上,跟侯爷说说,怎么罚我都行,别把我送出府去!"说着,跪在地上磕起头来,"四夫人,我求求您了,我求求您了!"

犯了罪的人通常都不认为自己有罪。十一娘坐在那里不动如山,看着她额头磕得通红一片,这才不紧不慢地道:"易姨娘,我是看在你曾经服侍过三爷一场的分上,以为你是个伶俐人,这才来的。这说话虽然不比写字,可也讲究真凭实据。你这样信口开河,我看,"她语气一顿,"你也不是什么明白人。你的话,我不听也罢。"说着,起身就要离开。

易姨娘一见,急急地站了起来。

"四夫人,四夫人!"她上前几步,伸手去抓十一娘的衣袖,"我没有信口开河。当年大家都说是令姐害得佟姨娘小产而亡,实际上,这件事是秦姨娘干的。她浑水摸鱼,害死了佟姨娘,却嫁祸给令姐,让令姐背了这么多年的黑锅……"

元娘害得佟氏小产?十一娘很是惊讶。当年在小院的时候,她就发现徐令宜和元娘的关系已经到了剑拔弩张、水火不容的地步。婚姻走到这一步,当然不是哪一个人的责任。

当时的徐令宜,功成名就,位高权重。前者会让他对自己的所作所为很自信——因为这正是他成功的原因。这种人,又怎么会认为自己的性格或是行事方法有不对或是不足之处?而后者又让他身边充满了阿谀奉承、曲意逢迎的人,大多数时候,别人都会以他的喜好马首是瞻,让他可以不必看人的脸色,按照自己的心愿行事。积习之下,又怎么会忍让、退步,委屈自己?

她没有带任何希望地嫁了进来。在这个夫为妻纲的社会里,想不在这桩婚姻里淹死,唯一的办法只有自己去适应他,他决不会来适应自己。后来的事情却发展得有点出乎她的意料。徐令宜并不是个小心眼的人,虽然话很少,但只要你说得在理,他也愿意听取。

她一直就有些纳闷,他和元娘的婚姻怎么就走到了那一步的?徐令宜和元娘之间到底发生过一些什么不可调和的矛盾……难道怀有身孕的佟姨娘之死就是根源不成?念头闪过,她立刻察觉到易姨娘的话里有很大的漏洞。

先不说易姨娘此刻的立场,就说当年,徐令宜在老家,前程未卜,元娘膝下空虚,按常理,那些怀有子嗣的妾室们应该是全府保护的对象才是——因为生下子嗣不仅仅是徐家后继有人,而且万一徐令宜在这三年的守孝期里面有个三长两短,元娘也有个依靠,她为什么会选择在那个风雨飘摇的时刻出手呢?何况当时还有文姨娘和秦姨娘。相比之下,文姨娘的出身虽然也低,但比婢女出身的佟姨娘和秦姨娘却要高,如果仅仅是为了立威,应该拿文姨娘开刀才是,怎么就单单害了佟姨娘?

十一娘突然想到那天徐令宜酒后提及对不起佟姨娘的事……她有些心乱如麻。有个一直被她忽视的念头止不住地冒了出来。或者,佟姨娘对徐令宜有着特殊的意义,所以才会被元娘所不容?

十一娘不由朝易姨娘望过去,就看见一双急切到了有些发红的眸子。她一个激灵,如瓢冷水淋下来,浑身都透着几分凉意。现在是什么时候,自己怎么仅凭易姨娘的几句话,就没有根据地胡乱揣测呢?她收敛着情绪,很快恢复了理智。

"易姨娘!"她望着被琥珀拦在身后的易姨娘,表情有些不以为然,"你也不用欺负我年纪小,以为我不知道当年的事就在这里胡言乱语。我姐姐为人宽和大度,那个时候又正是徐家风雨飘零之时,怎么会去害一个妾室……"

"四夫人,我没有骗您,我真的没有骗您。"见十一娘不相信,易姨娘急了起来,"这件事,秦姨娘曾经亲口对我说过!"

那个连对贴身丫鬟翠儿也不说实话的秦姨娘,会对易姨娘说起自己当年的所作所为,授柄于人?十一娘很是怀疑。

"我说过了,"她徐徐地道,"你说话要讲究真凭实据才行!"

易姨娘见十一娘神色有所缓和,心中一喜,忙道:"夫人,您想想,要不是秦姨娘害了佟姨娘,秦姨娘又怎么会在慈源寺悄悄给佟姨娘点了盏长明灯,而且一点就是十几年?要不是当年做了对不起佟姨娘的事,又怎么会每年中元节都为佟姨娘做道场,求菩萨保佑她能重新投胎转世,数年来从不间断?而且我们每次说起佟姨娘的时候,她都不作声……"

这些事,十一娘并不十分清楚,可这也不能证明秦姨娘当年害了佟姨娘。

"我听人说,佟姨娘比秦姨娘早两年进府。"十一娘沉吟道,"秦姨娘到了侯爷屋里以后,就由佟姨娘带着,两人的感情非常好。佟姨娘死于非命,秦姨娘希望佟姨娘早点转世投胎,脱离苦海,全了姊妹之情,也不为过吧?怎么能因为这些,就说秦姨娘害死了佟姨娘呢?"又道:"你既然说秦姨娘曾经对你说过这件事,那当时是个怎样的情景?秦姨娘又是怎样害死佟姨娘的?又是怎样嫁祸给我大姐的?想来你也知道得很清楚。你不如仔细给我讲讲,也免得我们都猜东猜西的,却没一桩事值得推敲!"

"我,我,我……"易姨娘目光躲闪。

秦姨娘那个人,除了自己,谁也不相信,又怎么会对她说这些?要不是因为自己无儿无女的,三夫人待人又苛刻,她想给自己攒笔棺材本,也不会被秦姨娘那几百两银子打动,帮她介绍朱道婆了。原以为照秦姨娘谨慎小心的性子,绝对不会被发现,不承想她竟然胆大包天,亲自下手去惊吓世子爷,这才有了今天的局面……

现在所有的事都抖了出来,她要是不想办法,就算徐令宜看在兄弟手足的分上放她一条活路,把她送去山阳,以她和三爷的情分,三爷只怕会亲手处置了她给徐令宜一个交代。她现在唯一的指望就是激起十一娘对秦姨娘的不满,待她把责任都推到秦姨娘身上后,十一娘为了打击秦姨娘帮她在徐令宜面前说上几句话,凭徐令宜对正室的尊敬,她也许还有一线生机。秦姨娘压根儿就没有和她说过这些事,她又何来的真凭实据?易姨娘不由汗流浃背。情急之下,她突然想起一件事来。

"夫人!"如抓到了根救命的稻草似的,她精神一振,"佟姨娘当年没的,可是个男婴!"

十一娘讶然。这件事,她还是第一次听到。

"男婴?"在徐家最需要儿子的情况下,小产了一个男婴。

"不错!"易姨娘看十一娘的样子,心里又充满了希望,"您要是不相信,可以去问太夫人,当时太夫人也在场。还有二夫人,二夫人也知道。要是佟姨娘的孩子平平安安地生下来,就是长子了,哪里还有秦姨娘什么事!秦姨娘就是为这个要害佟姨娘的。对,她就是为这个害佟姨娘的!"易姨娘越说越肯定,"秦姨娘自己也装着动了胎气的样子,所以她才会被太夫人送到了二夫人那里,由二夫人亲自照顾她的。"

"那个时候,佟姨娘不过怀了四个多月吧?"十一娘轻轻地望着她道,"秦姨娘又怎么知道佟姨娘怀的是个男婴?"又道:"我要是没有记错,三夫人也正怀着身孕,不知道那会儿易姨娘在哪里?又在做些什么?难道没有在三夫人跟前服侍不成?四房的事,三房的人怎么知道得这么清楚?"

易姨娘鬓角有汗。

"我,我是听我们三夫人说的。"她磕磕巴巴地道,"三夫人说,就是因为这样,所以太夫人对故去的四夫人一直有些不满。觉得故去的四夫人目光短浅、心胸狭窄,没有容人之量,只有小家没有大家……"说到这里,她突然看见十一娘微微一笑,灵机一闪,顿时觉得自己说错了话,不由张口结舌:"不、不过,太夫人、太夫人对故去的四夫人,还是、还是挺好的,把当初知道佟姨娘被罚的人全都处置了,后来还陪着故去的四夫人到处寻医问药,这才有了四少爷的……"

易姨娘前言不搭后语的话里透露出很多信息。十一娘脑子飞快地转着,"哦"了一声,冷冷地打断了她的话,质问道:"照你这样说来,当初我姐姐曾经罚过佟姨娘,而佟姨娘流产,正是与此有关喽?"

又说错了话!易姨娘恨不得把舌头咬下来。

"不是罚佟姨娘。"她慌乱地辩道,"是立规矩,给姨娘们立规矩!"

"一派胡言!"十一娘神色一凛,望着她的目光冷冷的,"立规矩能立到把怀了四个月的孩子给立没了?那是些什么规矩?为什么文姨娘没事?为什么秦姨娘没事?偏偏就佟姨娘的孩子没了?"

易姨娘看着心里直打鼓。这个四夫人,平时没什么接触,不承想竟然这样难缠。这些说不清道不明的事还是早点揭过去为好,要不然,总在这上面打转,什么时候是个尽头啊!思忖间,她已大声喊委屈:"四夫人,文姨娘是正正经经抬进门的姨娘,进门就安置在了后院的西厢房,配了服侍的丫鬟、婆子,和婢女出身的佟姨娘、秦姨娘不同。佟姨娘后来虽然升了姨娘,可依旧和秦姨娘一起挤在暖阁,是怀了身孕才和秦姨娘一起搬到后院的东厢房的。待三个月一过,就开始像做丫鬟时一样在屋里立规矩。这些事,别人不知道,陶妈妈是知道的。就算陶妈妈支支吾吾的不说实话,还有文姨娘啊,她当时就住在西厢房。别人不清楚,她是最清楚的了!"

第六十四章　述旧事文氏落心石

难怪出了巫蛊之事，徐令宜问也不问一声，直接把相关的人全处置了。查来查去，只会如多米诺骨牌似的，全倒下。这又牵扯出了文姨娘来。

"四夫人，"易姨娘生怕十一娘不相信，越说越大声，"秦姨娘早就心怀叵测，图谋不轨了。这些年，她念念不忘的就是怎样让自己生的二少爷登上世子之位。请朱道婆扎小人，全是她一人所为，与我真的没有任何关系，我也是受害者。"说着，她"扑通"一声跪在了地上，急道："四夫人，我与您近日无仇，往日无怨的，害了四少爷，与我有何好处？可秦姨娘就不同了。四少爷要是有个三长两短的，虽然与夫人无关，可夫人作为继母，不免有失察之责。人在屋里坐，突然有这样的天灾从天而降，您就是心胸再宽广，受了这样的冤屈，只怕也要气得一佛出世，二佛升天了。搁在平常，躺上两三天，吃些理气的药，和贴身的丫鬟说几句心里话，这事也就渐渐过去了。偏偏您正怀着身孕，还正是身体不适、胎位未稳之时。您能忍得下这口气，没出来的六少爷能忍得下这口气吗？要是肚子里的六少爷因此闹腾起来……"她口气一顿，捣蒜般地磕起头来："四夫人，这件事，从头到尾只有那秦姨娘讨了好去。您可一定要睁开眼睛看个清楚才是，可不能让亲者痛，仇者快，白白便宜了那些小人！"

一旁听着的琥珀心里"怦怦"乱跳。易姨娘这话说得有道理，谁都知道四少爷身体虚弱，被五爷抱着在空中抛了两下都能病好几天。如果因为被人惊吓逝世了，或是精神恍惚而不能担任世子之职，十一娘恐怕难逃失察之责。十一娘如果因此又急又怒以至于小产了……想到这些，她突然记起前些日子秦姨娘总是有事无事地问起十一娘的身体状况。难道那个时候开始，秦姨娘就有所预谋了？琥珀忧心忡忡地望向十一娘。

"易姨娘起来说话吧！"十一娘的表情有些凝重，"你的意思我都明白了。这件事，我会跟侯爷说的。要是没有别的什么事，我就先告辞了。四少爷歇下有些时候了，我还要回去照顾他。"说完，朝着琥珀使了个眼色，转身就出了屋子。

"四夫人，您听我说……"易姨娘不甘的声音紧紧地追了过来，十一娘已朝着快步迎上前的粗使婆子低声地道："别让易姨娘乱说话。"然后带着琥珀快步出了院子。

太阳已经升了起来，热腾腾地照着后院台阶旁碗口粗的香樟树，樟树特有的香味被烘烤得更为浓郁。十一娘在台阶上站定，透过香樟树叶隙的斑驳阳光静静地洒落在她月白色的衣裙上,干净整洁。

跟在她身后的琥珀不知道她为什么停在了这里,踮了脚,顺着她的目光望过去,就正好落在爬在粉墙上的绿色凌霄花藤上。粉墙里面,住着文姨娘。

"夫人,"琥珀猜测着十一娘的心事,"您看,我们要不要去文姨娘那里坐坐?说起来,秋红那边的添箱您还没赏呢。择日不如撞日,我看,就今天去吧!"

十一娘想了想,道:"你去开了我的镜奁,把那对赤金丁香花的簪子用荷包装了,算是送给秋红的添箱吧。"

琥珀应诺,小跑着去了正屋。微风吹过,整个东小院静悄悄的。

秦姨娘院门紧闭,乔姨娘院门半掩,有两个未留头的小丫鬟在两院间的大树下玩拾沙袋,好像听到了什么,一个小丫鬟慢慢地站了起来,垂头丧气地进了乔姨娘的院子。十一娘微微地笑了起来。

琥珀折了回来:"夫人,东西装好了。"然后将荷包递给十一娘看。

十一娘没有打开,点了点头,和琥珀去了文姨娘的院子。文姨娘正在清点秋红的陪嫁,桌子上、椅子上、茶几上……都放着东西。

"我们内室坐吧!"十一娘笑着去了内室。内室也好不到哪里去,临窗的大炕东边整整齐齐地码了十几匹绫罗绸缎。

文姨娘忙将十一娘让到了大炕的西边,自己把布料往里推了推,半坐在了东边。

"夫人可是有什么事?"她笑着接过冬红手里的茶盅,恭敬地放在了十一娘的面前。

"这几天事多,"十一娘笑道,"也没心情到你这里来坐坐。"说着,示意琥珀将添箱的物件给文姨娘。

文姨娘自然是谢了又谢,又把秋红叫出来给十一娘磕了三个头。

十一娘笑着受了,端了茶盅细细地啜茶。文姨娘是个聪明人,使了眼色让屋里服侍的都退了下去。

十一娘就轻声问她:"听说,文姨娘刚进门的时候和秦姨娘、佟姨娘住在同一个院子里?"

文姨娘笑容微敛,在心里暗暗叹了口气。有些事,想躲也躲不掉啊!不过,这样也好。与其总在心里这样压着,不如告诉十一娘,让十一娘把当年的事查个清楚,自己也可以睡个安心觉。她点头:"家里的人从来没有想过我会到侯府做妾室,原来准备的那些陪嫁都用不上了,只是对身边服侍的几个丫鬟、婆子有些舍不得。又因是从南方嫁到北方来,生活习性多有不同,家里的人跟太夫人说了说,太夫人答应让我把惯用的人带过来。又按照府里的惯例给我安排了丫鬟、婆子,我身边的人多,就一个人住了西厢房。佟姨娘和秦姨娘身边配了两个丫鬟,两个粗使的婆子,人手少,就住了东厢房。"

按惯例,姨娘身边应该有一个三等的丫鬟,两个小丫鬟,两个婆子。"怎么没给佟姨娘和秦姨娘按惯例配丫鬟、婆子?"十一娘放下手里的茶盅,细细的碰瓷声清脆而清冷。

"当时家里不太安稳,总有人走。太夫人正病着,三夫人怀着身孕,都要人手。二夫人要照顾太夫人,帮着太夫人管理外院。先夫人又刚主持中馈,难免有一时照顾不周的地方,只好先委屈自己屋里的人了,就从外院调了几个刚进府的在佟姨娘、秦姨娘屋里服侍。"

文姨娘目光清明,态度坦荡,与平常嬉笑中带着几分疏离与戒备的神色大相径庭。十一娘知道她此时说的是体己话,也不和她绕圈子,坦诚地道:"我虽然与大姐只有几面之缘,却觉得她是个精明能干又聪明伶俐的女子。照常理,别说是在侯府当时那种风雨飘摇之时,就是平时,姨娘们怀了身孕,正是小心照顾的时候,怎么会让姨娘们去立规矩?这规矩是怎么个立法?"

"先夫人给我们立规矩,也不过是早晚晨昏定省、安桌放箸、奉羹端汤、女红针黹之类的事罢了。"文姨娘道,"只是我初来乍到,在家里做大小姐做惯了,一时改不过来,加之进府没多久就有了身孕,怀象又不好,不过服侍了先夫人几天罢了。不像佟姨娘和秦姨娘,从小就做习惯了,让她们歇着,反而有些手足无措。又见先夫人日忙夜忙的,见身体没什么大碍了,就去了先夫人屋里服侍。"说着,她语气一顿,又道:"侯爷走后,把外院的事交给了白总管。可那个时候,外面的人都传永平侯府要倒霉了,外院就有几个管事看着徐家的正主子不在,只有妇孺,渐渐有些不安分起来。把自己的那一摊子管得个水泄不通,指望着徐家败落的时候可以卷了走人。白总管又是刚升的总管,这些不安分的管事里又有几个曾在老侯爷手里当过差的,白总管渐渐有些镇不住了。太夫人只好拖着病体出来管事。在太夫人面前侍疾的二夫人因为会算术,太夫人精神不济的时候就偶尔帮着算点小账,后来太夫人的病越来越重,外院的一些事就交到了二夫人和白总管手里。

"内院的管事妈妈们见了外院的情况,也有几个资历老的起了异心,一会儿说香烛没了要添,一会儿说东西碎了要买,天天嚷着要钱,又交不出账来;也有几个原是二夫人重用的,突然换了主子,行事做派又完全不一样,想着这差事还不知道当不当得长,做一天和尚撞一天钟;还有在一旁看热闹的,让她做什么都不求有功,但求无过,拖拖拉拉的。先夫人按下了这个又浮起了那个,十个指头都不够用。时间一长,不免有些着急。想着在二夫人手里的时候府里事事顺当,怎么到了自己手里就转不开了?谁也不告诉,怕别人知道了笑话,憋了一口气和几位管事的妈妈斗来斗去,回到屋里躺下就睡,连话都不愿意多说,太夫人那里也去得少,哪里还有精力管我们?屋里的事,全托给了陶妈妈。"

十一娘有些意外。不知怎的,就想到了大太太。

"那陶妈妈对你们……怎样?"

"说是托给了陶妈妈,实际上陶妈妈大部分时间都在帮着先夫人和那些管事的妈妈斗法,或是调理先夫人的身体——那时候,先夫人虽然小产快一年了,身上却不干净,不是早了,就是晚了,有时候还拖上十天半月的。陶妈妈急得不得了,对我们的事也只是隔三岔五地问一问。有什么话,就让先夫人安置在我们各自屋里的妈妈帮着传一声。"

也就是说,几位姨娘属于放牛吃草的状况。十一娘沉吟道:"那佟姨娘又怎么会小产的呢?"

"具体的情况我也不十分清楚。"文姨娘坦率地道,"我只能把我当时知道的告诉夫人。"

她回忆道:"我记得那是建武五十三年的仲春,太夫人因二爷突然病逝,四月初八就改到药王庙去拜药王。一大早,我们几个姨娘过去给先夫人请安的时候,先夫人正和陶妈妈商量着安排去药王庙的车马。陶妈妈就让先夫人也跟着太夫人一起去药王庙拜一拜,给自己求个安康。先夫人听着有些心动,又担心自己走了家里没个管事的人,不免有些犹豫。陶妈妈就拍胸,说家里的事有她。先夫人这才下了决心跟太夫人一起去药王庙拜药王。

"陶妈妈就高高兴兴地去了外院传话。我们几个服侍先夫人早膳,当时先夫人心情很好,还说佟姨娘肚子尖尖的,说不定是个儿子,赏了佟姨娘和秦姨娘每人一碟松仁糕。吃完了饭,还让小丫鬟端了杌子给我们坐,饶有兴趣地问起孩子的情况……"

十一娘听着突然打断了文姨娘的话:"赏了佟姨娘和秦姨娘松仁糕,那赏了你什么?"

文姨娘表情微窘:"我当时怀着身孕,乳娘让我别乱吃东西。我又怕大家误会,当着外人只说没食欲,时间一长,大家也就不勉强我吃东西了。"

是怕有人在饮食里做手脚吧?凭元娘的聪慧,不可能看不出来。她既然看出来了,以她的性情,又不可能自降身份,明面上去为难一个小妾。十一娘微微地笑。

文姨娘也不否认,斟酌着道:"先夫人很有些脾气,进门没多久,就把佟姨娘和秦姨娘训得服服帖帖的。我初来乍到,不免有几分戒心。"表情到底有些讪讪然。

十一娘能理解,微微点头:"那后来又发生了什么事呢?"

文姨娘道:"我当时饿得很,就借口不舒服回了屋子。待中午过去服侍午膳的时候,却发现气氛全变了——先夫人盘坐在临窗的大炕上,放在炕桌上的手紧紧攥成了拳,正面沉如水地望着立在她面前的陶妈妈。而陶妈妈呢,脸色铁青,嘴角不停地哆嗦着,一副气急败坏的样子。佟姨娘和秦姨娘则如履薄冰般并肩立在落地罩旁,大气也不敢出一下。我看着情况不对,又不知道到底发生了些什么事,正寻思着说些什么好,就看见佟姨娘对我使了个眼色。"说着,她眼神微黯,轻如春风般地叹了口气,道:"碧玉这个人,不仅模样儿好,待人也厚道,就是性情太温顺了些……"她语气一顿,欲言又止。

是因为听者是元娘的妹妹有些不方便讲,还是因为没办法用语言准确地表达对佟姨娘的感受呢? 十一娘端起茶盅来啜了口茶,这才发现茶早已经凉了。

"我看着,就悄悄地走到了一旁。"文姨娘低声道,"刚刚站定,先夫人突然冷冷地扫了我一眼,吩咐陶妈妈摆膳。陶妈妈很不甘心的样子,半晌才低声应'是',退了下去。佟姨娘看了忙上前给先夫人重新斟了杯热茶。先夫人喝了茶,脸色好看了不少,气氛也缓和了不少。我就趁机上前说了几句笑话,正好陶妈妈指挥着粗使妈妈端了午膳进来。我们几个帮着安了箸,先夫人就挥了挥手,让我们退下去,单留了陶妈妈说话。

"我就悄悄地问佟姨娘出了什么事。佟姨娘告诉我,说陶妈妈为了四月初八的事到外院去找管事安排车马,结果管车马的管事一会儿说有几辆马车车轴坏了还没修好,一会儿说赶车的车夫人手不够白总管还没有招人,推三阻四的,总之是凑不到需要的马车来。陶妈妈没有办法,去找白总管。白总管亲自带了贴身的小厮去马棚挑马、选马车,这才把马车的事定了下来。

"谁知道侯爷特意去请的姨夫人,也就是太夫人的堂妹这个时候来了,太夫人少不得要请这位姨夫人一起去逛药王庙。只是这样一来,就要再加几辆马车才行。先夫人想着如果再加几辆马车,又要费一番周折,回到屋里就对陶妈妈说,不去药王庙了。

"陶妈妈不同意,说,如果有人不去,那也应该是孀居的二夫人不去,或是怀了身孕的三夫人不去,怎么也轮不到主持中馈的夫人不去。还说,要是先夫人不好意思对二夫人去说,她去说。

"先夫人听着就急了起来。说,要是二夫人问为什么不让她去,难道说差马车不成? 二夫人既主持过内院的中馈,又帮着太夫人管外院,家里什么情况,她最清楚。这话一出,岂不被她笑掉了大牙,说我一个堂堂永平侯夫人竟然连家里的几辆马车也调拨不动。

"陶妈妈觉得有道理,就提议让三夫人不去。先夫人也不同意,说,三夫人为人最是小气,一点点的亏都不肯吃。若知道家里的人出去逛禅院单单不让她去,她还不闹到太夫人那里去? 到时候太夫人问起来,更没脸。

"陶妈妈也急起来,说,天大地大,不如子嗣大,难道就这样让了不成? 先夫人听着脸色就变得难看起来,半晌没有说话,最后还是决定不去了。陶妈妈就为先夫人抱不平起来。"

"这么说来,我大姐和陶妈妈都是因为这件事不高兴了?"十一娘问文姨娘。

"而且一直不太高兴!"文姨娘点头,"下午管针线的妈妈过来说,按惯例,往年的这个时候早把做秋裳的衣料定下来了,问今年怎么办。要是让外院的管事们帮着定,就要拿了对牌去跟外院说一声;要是内院自己定,也要早点下定金。要不然,秋裳就赶不出来了。

"本来是件很寻常的事,却惹得先夫人发了一顿脾气。佟姨娘和秦姨娘吓得不敢过去,就在我屋里做针线。当时我看佟姨娘脸色有些不好看,神情间也很疲倦,就让她到我床上去歇一会儿。她却说没事。因我们三个都怀着身孕,有些事,我也不好勉强。她说没事,我也就没再多问。到了黄昏时分,我们三个一起去服侍先夫人用晚膳,晚香说先夫人正和陶妈妈算账,让我们在外面等等。

"我们几个一直等到了掌灯时分,正屋还没有动静。我站得脚都痛了,佟姨娘和秦姨娘也比我好不到哪里去,不时地换着脚。我看这不是办法,就说肚子疼,要上净房,然后在马桶上歇了大半个时辰才出去。

"谁知道先夫人还在和陶妈妈算账,我们又大眼瞪小眼地站了好一会儿。我看一向老实的佟姨娘和秦姨娘都有些摇摇欲坠的样子,正想暗示她们也去上上净房,结果正房的门开了,陶妈妈出来吩咐小丫鬟上晚膳,这话也就咽了下去。

"吃过晚饭,陶妈妈陪着先夫人去了二大人那里,我们也各自回了屋。我梳洗一番就躺下了。随我从扬州来的妈妈坐在炕边守着我,一面和我说话,一面给孩子做针线。秦姨娘过来借花样子,我披衣坐在床上和她说话,妈妈去找花样子。我就问秦姨娘,佟姨娘在干什么。秦姨娘说,佟姨娘觉得有点累,已经歇下了。我想到刚才那一通站,就问秦姨娘,佟姨娘没事吧?秦姨娘说,有先夫人派过去的妈妈在屋里照顾她,不会有什么事的。"

文姨娘说着,眉宇间染上了几分恍惚。

"我们正说着话,服侍秦姨娘的小丫鬟突然跑了过来,惨白着脸说佟姨娘见了红。我们都吓了一大跳。秦姨娘拔腿就往屋里跑,我也想去看看,却被我的妈妈一把拉住。她说,三更半夜的,哪里去请大夫,佟姨娘的孩子只怕是保不住了,别人洗干净还来不及,你还傻乎乎地往浑水里跳。"

文姨娘低下了头:"我犹豫了半天,心里还是觉得过意不去,甩了妈妈的手爬到了临窗的大炕上,趴在窗棂上朝外望,就看见秦姨娘一个人急匆匆地去了正屋。

"院子里始终静悄悄的没有人来。我觉得膝盖跪得有点僵,坐下来想换个姿势。佟姨娘身边服侍的小丫鬟跑了过来,她神色惊恐,说佟姨娘出血不止,先夫人派在她们屋里的妈妈也不知道该怎么办了。求跟着我从扬州来的妈妈过去帮忙看看,我的妈妈想也没想就拒绝了。那小丫鬟'扑通'一声就跪在了地上,求我派个小丫鬟去找找秦姨娘。说,秦姨娘去找人了,到现在也没有回来。又挺着个大肚子,万一有个三长两短的,她们满屋子的人就都别想活了。我的妈妈一句话也没说,直接把小丫鬟推到了门外。"

文姨娘的声音低了几分:"我和妈妈面对面地站了一会儿,又趴到窗棂上往外看,只见对面东厢房灯火通明,窗棂映着屋里人影交错。陶妈妈带着两个丫鬟沉着脸走了进

来,不一会儿,先夫人也来了。又过了大约一炷香的工夫,二夫人扶着太夫人来了……没过两刻钟,西厢房就传来了秦姨娘撕心裂肺的哭声和小丫鬟们的嘤嘤低泣声。

"我的妈妈也坐不住了,差了人去打听。说佟姨娘没了,落下来的是个男婴!"

文姨娘抬头望着十一娘:"再后来,秦姨娘空手跟在太夫人和二夫人身后去了太夫人的住处。"

十一娘一直认真地听着,待文姨娘说完,她垂睑沉思了半晌,然后沉吟道:"我有几件事不明白。"

文姨娘身子微微向前倾了倾,道:"夫人请问。"

"你说,佟姨娘和秦姨娘在我大姐面前服侍惯了,所以怀孕的时候也一样去服侍。那你呢?你身边有从扬州带来的妈妈,怀孕又是特殊时期,怎么也跟着去服侍?"

文姨娘有片刻的不自然:"我一个,她们两个……"

十一娘轻轻摇头:"文姨娘可知道我为什么会来?"没待文姨娘回答,她把易姨娘让婆子给她带话的事告诉了文姨娘。

文姨娘没想到十一娘会把秘辛告诉她,她非常惊讶。

"姨娘虽然八面玲珑,可不该说的话从来没说过一句,我就知道姨娘是个心里有数的。有些事,我也就不瞒着姨娘了。"十一娘说着,很快又把话题转移到了陈年旧事上,"先前听姨娘话里的意思,我大姐进门就把佟姨娘和秦姨娘训得服服帖帖的,要是我没有猜错的话,我姐姐对两位姨娘定是十分严厉,令两位姨娘从心底感到害怕。所以身体略微好些,就到我姐姐身边服侍,而我姐姐也没有拒绝。你从扬州带来的妈妈看在眼里,深知其利弊,所以也劝你跟着一起去服侍。我说的可有错?"她想到了罗家的几位姨娘。

文姨娘沉默了一会儿,想到她刚进门时佟姨娘和秦姨娘在元娘面前战战兢兢的样子,低低应了声"是"。

"这就对了,要不然,没办法解释之后发生的一切。我还有一点不明白。"十一娘思忖道,"按道理,我姐姐嫁过来,应该带了体己的贴身丫鬟,怎么会抬了佟氏为姨娘,而不是从自己的丫鬟里找一个?"她很想知道徐令宜和元娘的矛盾到底是从哪一件事起的因。

"侯爷对这种事一向不太上心。"文姨娘有些尴尬地道,"听说先夫人刚嫁进来的时候,也曾安排自己的贴身丫鬟侍寝,侯爷觉得麻烦,宁愿去佟姨娘和秦姨娘那里,这件事也就不了了之。"说着,想到十一娘问话的犀利,说话的坦诚,觉得自己这样遮遮掩掩的,反显小家子气,略一沉思,索性直言道,"后来两家说定我进门,太夫人怕我进门后逞娇斗媚,想找个人压我一筹,又怕先夫人镇不住,就指了性情温顺、模样又好的佟氏做了姨娘。不用再纳新人进门,从两个服帖了的通房里抬一个,先夫人也乐见其成。"

这已是十一娘第二次听到文姨娘说佟氏性情温顺,道:"这样说来,佟氏能做姨娘,全是因为性情温顺的原因?"

"嗯!"文姨娘点头,"就是秦姨娘,也是因为看上去圆润好生养,又老实木讷。"说到这里,她颇有些感慨地道:"要不然,别说是先夫人了,就是太夫人,也不会饶过她们。像三爷身边的两个通房,就是因为争风吃醋,被三夫人打发配了人。还有二爷身边的两个通房,二爷死后,由二夫人做主配了人。要不是出了这件事,佟姨娘和秦姨娘倒是结局最好的。"

从老实木讷到买通道婆对徐嗣谆施巫咒之术,这就是通常所说的"人心不足蛇吞象"吧!十一娘轻轻叹了口气。

两人都沉默下来。

"你说,秦姨娘一个人去了正屋报信。"过了一会儿,十一娘又道:"我记得当时你们就住在正屋的后院,最多不过一盅茶的工夫就到了,你却说你跪得脚僵了都没有看到有人来,秦姨娘怎么去了那么久?"

"佟姨娘落的是个男婴,又一尸两命,太夫人以先夫人精神不济为由,把秦姨娘交给了二夫人照顾。"文姨娘道,"二夫人一直精心照顾着秦姨娘的起居,直到二少爷生下来,秦姨娘和二少爷才搬到二夫人住的西厢房。我一开始是为了避嫌,没去看秦姨娘,后来贞姐儿出世,二少爷成了侯爷唯一的子嗣,我就更不能往前凑了。晨昏定省时在先夫人那里碰见,也只是点个头就各自匆匆散了,连句多的话也没有,渐渐也就没有了来往。后来还是侯爷回来,重修徐府的正院,我和秦姨娘都搬到了正院的东小院住,这才又重新开始来往。只是当年的事牵扯太多,我们两人都没再提起。有些事,是我屋里的妈妈打探到的,也不知道对不对。"

文姨娘喝了口茶,发现茶早就凉了,歉意地对十一娘笑了笑,亲自去沏了壶热茶。

"佟姨娘见了红,她屋里的妈妈气得暴跳如雷,只顾质问当时在佟姨娘身边服侍的小丫鬟,还是佟姨娘感觉很不舒服,让服侍秦姨娘的小丫鬟去把秦姨娘叫回来?"她重新给十一娘换了杯茶,十一娘低声道了谢。

"秦姨娘回去后,看见佟姨娘的亵裤里不停地渗出血,吓了一大跳,不敢指使屋里的妈妈,吩咐两个小丫鬟照顾佟姨娘,自己去了正屋。"文姨娘坐下来喝了口茶,"先夫人从二夫人那里回来刚刚歇下。秦姨娘说佟姨娘有些不好,让小丫鬟去通禀一声,小丫鬟说,先夫人刚发了好大一顿脾气,要是没有什么要紧的事,不如明天再说,或者去找陶妈妈也一样。秦姨娘就问陶妈妈在哪里,小丫鬟说,陶妈妈刚回了自己的屋。秦姨娘又去了陶妈妈那里。陶妈妈正在梳洗,小丫鬟让她等了一会儿才去通报。陶妈妈问秦姨娘什么事,秦姨娘这人本来就不会说话,陶妈妈的样子又十分严厉,她磕磕巴巴的,说了半天也没说明白。陶妈妈烦起来,让她到院子里站着,什么时候想明白了,什么时候再来跟她说。秦姨娘当时只好跪了下去,求陶妈妈去看看佟姨娘。陶妈妈这才换了件衣裳,跟着秦姨娘去了东厢房。"

"但是已经来不及了!"十一娘沉声道。

"佟姨娘已经小产,而且出血不止,人也昏死过去。"文姨娘点头,"陶妈妈这才急起来,忙差人去报了先夫人。先夫人匆匆赶来,佟姨娘已是进气少出气多,眼看着活不成了。先夫人不敢隐瞒,忙差人去报了太夫人……"

"那时候,徐府正是危急之时。"十一娘喃喃地道,"老侯爷去世,七皇子陷入夺储之争,侯爷前程不明,侯府此刻最需要的就是一个男孩。一来是侯爷承了爵,就是嫡支了,三爷也好,五爷也好,都成了旁支。侯爷有了后代,嫡支血脉得续。二来先帝要是不愿意放过徐家,侯爷有后,至少可以想办法周旋,保住徐家的爵位。要不然,侯爷无嗣,师出无名,纵然有力也使不上劲。永平侯府也就只能成历史了。"

"嗯!"文姨娘微微颔首,"那时候五爷年纪还小,没有子嗣;三爷只有一个长子,总不能把大少爷过继到侯爷名下,断了三房的香火吧?所以太夫人一见,气得浑身发抖,一句话也没有说,转身就要走。伏在佟姨娘床边哭得死去活来的秦姨娘突然昏了过去……"

"昏了过去?"十一娘吃惊地望着文姨娘。

"昏了过去!"文姨娘很肯定地道,"是二夫人,又是掐人中,又是用绣花针刺她的中指,这才把人给救过来。"

"所以太夫人决定把秦姨娘交给二夫人照顾?"十一娘思忖道,"结果二夫人不负太夫人所托,秦姨娘平平安安地生下了健康活泼的长子徐嗣谕。"

事情到这里,已经有了一个淡淡的轮廓。元娘因为对两位婢女出身的姨娘很是严厉,连带着影响了仆妇对两位姨娘的态度,当偶然因素碰到了必然结果,就产生了质的变化。秦姨娘虽然有些木讷,但并不糊涂,在太夫人和侯爷、二夫人这样精明的主子面前有些胆怯,可十一娘曾经听见她和文姨娘说话,言词虽然说不上伶俐,可也清楚明白。佟姨娘见了红,这么大的事,她就算是再害怕,哭也要把元娘哭起来才是。怎么那小丫鬟一说,她就乖乖地去了陶妈妈那里?而且陶妈妈身边的小丫鬟让她等,她就乖乖地等在那里?

再联想到易姨娘的话,和自己要秦姨娘去祭拜五房去世小妾时她心虚的样子……十一娘心中微动,问文姨娘:"出了这样的事,侯爷回来,太夫人是怎样回的侯爷,你可知道?"

"知道。"文姨娘道,"太夫人说,佟姨娘怀象不好,孩子到四个月的时候小产了。因是晚上,大夫来得不及时,大人也没能保住。"

"那侯爷,"十一娘道,"侯爷没有多问吗?"

"没有。"文姨娘道,"侯爷没有多问,只应了太夫人一句'知道了'。"

十一娘默然。如果换成自己,回到家里,走时三个怀着身孕的小妾,现在一个一尸两命,一个关起门来只管过自己的小日子,一个被母亲送到了二嫂那里照顾,而母亲却告诉自己,一切都很正常,死的那个,完全是意外……作为儿子,作为丈夫,作为永平侯府的当家人,除了一句"知道了",恐怕也无话可说。可敏锐的徐令宜会因此而什么也不想吗?十一娘很怀疑。要不然,对于没有任何特殊意义的佟姨娘,他又怎么会说出"对不起"的话来?

走出文姨娘的屋子,赤日当空,树荫合地,静无人语,让人的心也跟着安静下来。十一娘缓缓地回了太夫人处。

徐嗣谆依旧睡着,被五夫人拉去看长春道长做法事的太夫人还没有回来。

玉版见十一娘额间有汗,脸上红扑扑的,忙打了水进来服侍十一娘梳洗:"今天的天气真热,夫人脸都红了。"并不问十一娘到哪里去了。

"是吗?"十一娘笑着净了脸,重新换了件衣裳,太夫人和五夫人回来了。

"说我们家歆姐儿的命格有六斤。"五夫人抱着歆姐儿,眉宇间无限欢喜,"当初长春道长给我看命的时候,我才四斤八两。"

太夫人呵呵地笑,问十一娘:"谆哥儿没吵你吧?"

"没有!"十一娘简短地应了一句,吩咐玉版打水来帮太夫人和五夫人等净脸,又问起外院的情况来,把话题岔开了。

待晚上遇到徐令宜,她把易姨娘叫她去的事告诉了徐令宜。

徐令宜听着不屑地冷笑:"这种人,为了活命,什么话都说得出来,你别听她胡说八道。"又道:"以后再遇到这样的事,你怎么也要知会我一声。要是她狗急了咬人,伤着你或是孩子怎么办?"

十一娘心里有事,轻声应了句"是"。想到徐令宜这十年来对秦姨娘的维护,显然在徐令宜的心里,秦姨娘并没有错。她不禁道:"侯爷,当年到底发生了什么事?"语气里透着几分迟疑。

徐令宜的表情就渐渐凝重起来:"你想说什么?"那种严厉的态度刺痛了她。

十一娘笑道:"没什么,就是有点好奇。"说着,站起身来,"我叫小丫鬟进来服侍侯爷梳洗吧。听五夫人说,长春道长明天还要在家里做一场法事。侯爷明天还有一天要忙,早点歇了吧!"

她心情不快的时候,就会笑得很明艳,然后噼里啪啦地说上一大堆的话。徐令宜上前两步,拉住了转身要去喊小丫鬟的十一娘:"十一娘,你是不是听到什么流言蜚语了?

你姐姐……虽然有些任性，却不是那种……"

却不是那种什么？十一娘猛然醒悟，她抬睑直直地望着徐令宜。他在为元娘辩护。也就是说，徐令宜觉得这件事是元娘的错。可秦姨娘就真的没有一点错吗？

清透黑亮的眸子里，映着他的倒影，澄澈得让想起从前那些旧事的他有些自惭形秽。元娘最后变成了一个什么样的人，没有人比他更清楚了。要不然，十一娘怎么会嫁他为妻？要不然，十娘又怎么会年纪轻轻就守了寡？可逝者已逝，再去追究从前的事，已没有了任何的意义。徐令宜叹了口气，轻轻地把十一娘搂在了怀里，"好了，别生气了。明天我要送易姨娘走，做法事的事，已经推了。"又道："那些都是从前的事了，知道内情的人我都处置了。就是有人说三道四的，我们不理，自然也就平息下去了。"

知道内情？知道什么内情？难道还有什么自己不知道的？自己也是因为秦姨娘这次对徐嗣谆施展巫咒之术所以先入为主了？不知道为什么，十一娘心里总觉得怪怪的。她轻轻推开徐令宜，把文姨娘告诉她的事理了理思路，简明扼要地告诉了徐令宜："在我看来，姐姐当年错在太过疏忽大意，文姨娘错在太过小心谨慎，秦姨娘错在行事呆板，太不灵活。就是去世的佟姨娘，也不是一点错也没有——她怀着子嗣，没有比这更大的事了，既然不舒服，就应该说出来才是。姐姐知道了，决不会放任不管的。虽然各有不是之处，作为主母，姐姐的责任更大一些。可我听侯爷的口气，好像这件事全是姐姐的错，这到底是怎么一回事？"

徐令宜望着她义正词严的小脸，表情有些怅然。如果当初，元娘也能这样坦然地望着他……

"我不相信你姐姐会做出那样的事来。"他声音低沉而缓慢，如凝滞了的河水，"我只要她一句话。可她声色俱厉，不是说那些妈妈懒惰怠慢，就是说秦姨娘没有把话说清楚，甚至连二嫂也责怪上了，说二嫂不该插手管四房的事，就是没她自己什么事……"语气有难掩的失望，"她是永平侯夫人，这个家以后都要靠我们两个支撑起来。就算这件事她有错，我和她是夫妻，她为什么不能明明白白地告诉我，我们一起想办法把这件事解决！而不是一会儿责怪这个，一会儿责怪那个。别说二嫂当时是奉娘之命接手照顾秦姨娘的，就算是二嫂僭越，管了四房的事，看在二哥已经去世了，二嫂又没有孩子，孤零零的一个人，以后要靠我们生活的分上，为什么不能宽容些？"多年来藏在心底的话，一旦有了宣泄的地方，就会以不可阻挡之势奔流而下，"让秦姨娘带孩子跟着二嫂生活了一年多，这让外人知道了会怎么看？又会怎么想？让那些仆妇知道了会怎么做？她这不是把刀柄递到别人手里，好让别人随时可以捅她一刀吗？为什么不能大度些，低头向娘认个错，向二嫂说几句感激的话，再把秦氏母子接回来……又何至于闹到最后不可收拾的地步！"

徐令宜面沉如水。

"我甚至希望这件事还有挽回的余地。"他眸子中闪过一丝羞愧,"竟然私底下去问秦氏,按照秦氏所说的,从东厢房到正屋,再到陶妈妈的住处,来来回回地走了好几遍……不仅没能证明秦氏所说有不实之处,反而还问出来……"他欲言又止。

"问出什么来?"十一娘不由紧紧地攥了拳。

徐令宜沉默半晌。

"元娘屋里值夜的丫鬟听见秦姨娘在外面哭!"

值夜的丫鬟通常都睡在床踏板上。十一娘吃惊地望着徐令宜,徐令宜微微点头。十一娘垂下了眼睑。

"你知道我回来,"徐令宜沉声道,"娘对我说什么了吗?"不待十一娘回答,他已道:"娘让我好好劝劝元娘,让她别像小孩子似的,七情六欲全都上脸。高兴的时候就对姨娘们又是赏又是笑的,不高兴的时候对姨娘们又是板脸又是不理的,和那些人生气,哪有一点主母该有的心胸气度。我当时听着,恨不得有个地缝钻进去才好。要知道,当年二嫂刚进府的时候,娘可是手把手地告诉二嫂如何行事,和二嫂像母女似的,不知道有多亲热。可元娘呢……娘有话要对她说,竟然要我帮着传。"

徐令宜坐到了美人榻上,眉宇间有着浓浓的倦意。十一娘不由走过去坐在了美人榻旁的锦杌上。

"侯爷,那个时候,我姐姐也不过十六七岁的年纪吧?"她声音轻柔,如徐徐轻风,"她不想告诉侯爷,肯定是怕侯爷责怪。如果侯爷当时清清楚楚地告诉姐姐,就是姐姐有错,也会原谅姐姐,也会帮姐姐善后,姐姐为了侯爷,肯定什么事都愿意去做。"

徐令宜神色一震。

"这天下哪有委屈。"十一娘柔声道,"只有值得不值得!"

徐令宜愣愣地望着她,半晌没有说话。

第二天一大早,在徐令宜屋里值夜的小丫鬟悄悄地告诉十一娘:"四夫人,侯爷一夜都没有睡。"

十一娘笑着点了点头,赏了那小丫鬟一把糖。小丫鬟笑嘻嘻地走了。

吃早膳的时候,十一娘就打量徐令宜,皮肤白皙有光泽,目光明亮而有神,哪里看得出来是一夜没睡的。难道太夫人也是这样教徐令宜的——要七情六欲不上脸?好像自己也达不到这个标准。胡思乱想的,抬头看见太夫人笑眯眯的,正饶有兴趣地望着自己。十一娘有些摸头不知脑。

太夫人已转头去问徐令宜:"今天一早送易姨娘去山阳吧?"

徐令宜应了一声"是":"巳初左右出城门,那时候的人正好不多不少。"

太夫人点了点头,笑着望了十一娘一眼,道:"易姨娘走了,你们也回正屋去歇息吧!免得一个在我的东梢间,一个在我的暖阁,把我的丫鬟指使得团团转,我晚上都没个端茶倒水的人了。"

自己不是带了丫鬟过来的吗?虽然只有两个,但也没敢使唤太夫人身边近身服侍的人啊!十一娘躬身应了一声"是",想着大家都是成年人了,各有各的生活习惯,他们在这里,太夫人也许感觉有些不方便,所以用了这个借口让他们快点回去吧!

"娘,"徐令宜却另有理解,"这两天白总管正要挑丫鬟,要不要给您屋里多添几个,月钱从我的体己银子里出。"

立在旁边的杜妈妈就"扑哧"一声笑了出来。十一娘和徐令宜两人面面相觑。

太夫人已哈哈大笑:"这两个呆头鹅!"

十一娘和徐令宜被太夫人、杜妈妈笑了一通,始终没明白为什么会被笑。

吃过早饭,徐嗣勤、徐嗣俭、徐嗣诚来看徐嗣谆,太夫人叫了徐令宜和十一娘去东梢间坐。

"易姨娘走了,勤哥儿和俭哥儿住在外院,三房的院子也就空了出来。"太夫人坐在美人榻上,笑道,"我想,以我们老三媳妇的精明能干,屋子里该收的东西应该都收了,也不用怕被谁顺了去。"说着,望着十一娘,道:"我看,你找两个粗使的婆子帮他们把那些香案、石凳看着就行了!"

难得太夫人心情这样好,打趣起三夫人来。十一娘笑着应了声"是"。

太夫人微微点头,渐渐敛了笑容:"我听说你屋里的秦姨娘这些日子身体不适?"

十一娘微怔,不由抬睑朝徐令宜望去,徐令宜神色平静,只是没有像往常那样很敏锐地回应她。她在心里暗暗叹了口气,正要应答,太夫人对她道:"有病早治,免得拖来拖去的,拖成了大病。这件事,你要放在心上。要知道,你院子里除了秦姨娘,还住着文氏、乔氏。要是秦姨娘过两天还不见好,就暂时搬到后花园的君子轩去住,要是还不见好,就搬到落叶山那边的别院住些日子。免得谕哥儿回来看见秦姨娘病着,还和其他姨娘挤在一起,心里难受!"

一时间,屋子里静悄悄的。十一娘犹豫着应了声"是",眼睛还是止不住朝徐令宜瞥去。徐令宜正看着她。两人的目光就在空中碰了个正着,徐令宜就朝着她点了点头。

送易姨娘的马车刚出了京师地界就与另一辆迎面而来的马车相撞,易姨娘坐的马车翻到了一旁的小沟里,易姨娘运气特别不好,一头栽进了水沟里,等马车从沟里拉起来,易姨娘早就没气了。易姨娘去世的那天,正是秋红三朝回门的日子。宋妈妈是她干娘,在家里设了宴席招待新女婿,又请了白总管两口子、赵管事两口子、杜妈妈、万大显两口子、琥珀的未婚夫管青、雁容的未婚夫曹安等人作陪。

大家见过了礼，新女婿留在宋妈妈家里待客，秋红去了内院，给十一娘和文姨娘问安。

看见穿着大红色焦布比甲、戴着大红石榴绢花的秋红走了进来，文姨娘眼睛都有些湿了。她没等秋红行礼，已起身上前拉了秋红的手，上上下下地打量了一番，回头对十一娘笑道："夫人，您看这孩子，做了大人就不一样了，可比从前漂亮了！"

十一娘有意和她凑趣，笑道："秋红原就很漂亮。照你这样说，倒是新女婿家养人，嫁过去不过三天的工夫，倒比在你身边养了十几年更水灵。"

文姨娘很自然地奉承十一娘："这也是夫人的功劳——要不是您把她配了这样一户好人家，她又怎么有这样的好日子过？"说着，已放了秋红的手，"还不去给夫人好好磕个头。"又道："要是没有夫人，哪有你的今天。你日子过好了，可别忘了夫人的恩典。"

文姨娘的话音未落，她已跪下去恭恭敬敬地给十一娘磕起头来。

十一娘起身去携她，一旁的琥珀见了忙上前几步，赶在十一娘前面把秋红扶了起来。

"你不要听你们家姨娘的。"十一娘笑道，"她是但凡人有三分好，就要说出六分来。"

秋红不敢在两人面前随意，唯唯应诺，把屋里服侍的人都逗得笑了起来。

十一娘知道宋妈妈等人还等着新媳妇回去好开席，留秋红说了几句话，就端了茶。

毕竟情分不同，文姨娘把秋红一直送到了垂花门才折回去。进门的时候，正好碰见十一娘屋里新进的小丫鬟藿香正领着那个有名的大嘴向婆子往十一娘处去。

文姨娘奇怪着："这是做什么？"

向婆子忙上前给她行了个礼，谄媚地笑道："夫人说，三房的院子空着，得找几个信得过的人帮着看院子。"说着，指了指藿香："让这位小姐姐差我去问话呢！"然后咧了嘴笑："我这也算是老来行运，得了这样一个美差，等会儿要好好给四夫人磕几个头，保佑我们四夫人生个少爷才好！"

怎么找了这样一个人！文姨娘哼哼两声，回了自己的院子。等晚上去给十一娘问安，知道向婆子已经接了差事，她不由道："夫人也不找人问问，那个向婆子，是出了名的多嘴。只要是她知道的事，就等于全府都知道了。"

十一娘笑道："我也听说过。不过，她家里实在过得艰难。三房那边又是空院子，我已经嘱咐她没事少串门了。"

既然十一娘决定了，文姨娘也就不再说什么，可心里总觉得不踏实，私底下又跟琥珀等人说了一声。

琥珀知道十一娘把向婆子找来，就是想让她传话。可这事却不好对文姨娘说，笑着应了，把文姨娘的好意告诉了十一娘。

过了两天,雁容的娘来领雁容出府。

十一娘赏了一对赤金一点油的手镯,一对赤金丁香花的簪子,二十两银子:"定了婚期,记得跟我说一声。以后遇到什么为难的事,也不要藏着掖着,只管来找我。"

雁容的娘听了千恩万谢的,放下心来——之前还以为雁容做了什么事被撵了出来,现在看来,又是赏首饰,又是赏银子,根本是自己多心了。又想着,等会儿回去的时候,要把这些东西拿出来好好炫耀一番才是,也免得有人说三道四的。

雁容想着自己一心一意准备做到一等的丫鬟再出去的,最终还是功亏一篑。又想自己在四夫人身边这些日子,四夫人虽然从来没有说什么,可吃的穿的却比照一等的丫鬟,从来没有漏过她。想到这一出府,以后也不知道有没有缘分再见,眼睛不由一红,跪下去结结实实地磕了三个头,这才站了起来。

有小丫鬟在湘妃帘外张望。琥珀轻手轻脚地走了过去。

"翠儿姐姐说,秦姨娘有些发热。"小丫鬟低声道,"想让夫人请个大夫过去瞧一瞧。"

雁容听得清楚,心念一转,已有些明白,知道这个地方她再不能待下去。她朝着母亲使眼色,立刻辞了十一娘,和母亲出了院子。

十一娘让琥珀拿了对牌去请刘医正:"说是家里的姨娘病了,让他老人家好歹派个明白人来。"

琥珀应声而去。刘医正派了个十七八岁的小伙子过来。那小伙子红着脸,低着头走了进来,眼睛也不敢乱晃一下,一直盯着自己的脚步,在湘妃帘外道:"刘大人说,既然病的是家里的姨娘,我来就可以。还让我问夫人一声,姨娘得的是什么病?"

这个刘医正,难怪能掌管太医院。十一娘隔了湘妃帘道:"说是发热,反反复复有几回了。我看要是再不好,只怕要搬到别院去避一避了。"

那小伙子低声应"是",跟着小丫鬟去了秦姨娘那里。

秦姨娘觉得自己病得有些莫名其妙,明明好得很,可翠儿偏说她身上发烫。她仔细摸一摸,又感觉的确有点发烫。这样反反复复的,翠儿突然脸色发白:"姨娘不会是得了疟疾吧?"

秦姨娘也被吓着了,忙让翠儿去请个大夫来。

大夫一来,却说她是受了凉,开了几服无关痛痒的药就走了。

秦姨娘心里不由打鼓。难道自己得了疟疾,看病的大夫又得了十一娘的吩咐把自己当成风寒来治?她这时想起易姨娘来,有她在,至少有个商量的人。她只好吩咐翠儿:"你别声张,先去抓药、煎药。"

可药煎好了,秦姨娘却把药全倒到院角的花树下。这样过了两天,翠儿哆哆嗦嗦地走了进来:"姨娘,我今天早上发了一回热,中午发了一回冷,现在身上又觉得有点热,你帮我摸摸看。"

完了,完了,这不是二夫人曾经提过的疟疾还是什么?而且还传给了翠儿。她一把抓住翠儿:"快,快去跟夫人说,要她把刘医正请来给我看看!"

可没等十一娘把刘医正请来,院子里已经传遍,说秦姨娘得了疟疾,还把翠儿给传染了。

一时间,院子里人心浮动。

文姨娘急急赶到了十一娘处,十一娘抬头,对着文姨娘道:"你来得正好,这件事,只怕还要你帮忙。"

文姨娘毫不含糊:"夫人,您请说!"

十一娘吩咐琥珀去把秦姨娘屋里服侍的人员名册誊了一份给文姨娘:"还请姨娘帮着把这些人都移到后院的君子轩去。待刘医正来了,再一个一个地问诊。染上的,先留在君子轩医治,没染上的,到君子轩旁的紫苑居住几天,到时候再听候差遣。"

君子轩在后花园,徐家有人病了,都是先移到那里住些日子,还不好,再送出府去。

文姨娘应声而去,不到两个时辰就把名册上的人都移到了君子轩。十一娘这才轻轻地透了口气,吩咐竺香几个领着婆子用石灰在院子里撒一遍,然后把秦姨娘住的地方上了锁。

晚上,琥珀悄悄地跟她说:"翠儿说,她有一个妹妹,叫杏儿。这次白总管选丫鬟,被她娘、老子送进了府,想求夫人给个恩典,送她到针线上去当差。"

是怕她走了自己的老路吧?在主子跟前服侍,虽然月例高、体面,嫁个好人家的机会多,可背黑锅、被牵连的机会也一样地多。

十一娘微微点头:"我知道了!"

第二天,两个自称是刘医正差来的太医过来问诊,先是给没事的人问诊,然后去了君子轩。

不一会儿,差了人来给十一娘回话:"好像是疟疾,还请夫人早做决定。"

十一娘立刻去禀了太夫人,然后吩咐白总管安排车马,晌午就把人转到了落叶山的别院,又让赵管事帮着买了何首乌、当归、人参、陈皮回来,让外院灶上的妈妈帮着加生姜煎水给府里上上下下的喝。

这一下,连隔壁威北侯林家也惊动了,特意派了林大奶奶来问。

"没事。"十一娘安抚着林大奶奶,"只是为了以防万一。"

林大奶奶想了想,索性也要了方子回去,照着十一娘的样子熬了一大锅分给府里的人喝。住在前面的定国公郑家知道了,也派了人来讨药方,然后煎水给家里的人喝。

十一娘不由嘀咕:"还好是中药,又稀释了好几倍,不然,真要喝出个毛病来就糟糕了。"

这样闹腾了两天,落叶山那边有消息过来,翠儿不堪病痛折磨,上吊死了。

十一娘沉默半晌。等候的滋味太不好受了,何况是等死的滋味……她这样,也算是一种解脱吧!

望着翠儿在半空中晃动的双脚,秦姨娘全明白过来了。疟疾虽然厉害,可也不是没有药可治的,她年纪轻轻的,死什么死!秦姨娘只觉得两眼冒金星,脑子"嗡"的一声响,昏了过去。

等她醒过来,已经是黄昏时分,屋子里静悄悄的,平时服侍她的两个婆子正坐在门外叽叽喳喳地说着闲话。秦姨娘再也忍不住,从床上一跳而起,直奔房门,用力一拉门闩——门纹丝不动,显然是被人锁了。她气得全身直抖,脸像火一样地烧。

"开门,给我开门!"又胡乱地去拉门闩。

她要把那小贱人从棺材里揪出来,扒开她的心看一看,看看是红的还是黑的,枉她对她那么好!旧衣裳全赏了她,逢年过节从来不忘给红包。她是得了十一娘的什么好,竟然要这样陷害她!

她当时就纳闷了,明明好好的,那小贱人为什么非说她发热,还脱口而出"疟疾"这个病。要知道,当年她还是从二夫人口里听到的这个病,还说,这病会传人。二夫人说这话的时候,西山正好走人瘟,要不然,她也不记得。翠儿一个没识字的小丫鬟,怎么就知道得那么清楚。现在回想起来,分明就是受了人的指使。可恨自己日防夜防,没想到家贼难防。最后竟然在翠儿这个小贱人手上翻了船。

秦姨娘的叫嚣声让两个婆子的闲聊戛然而止,一个讪讪然地道:"姨娘,您也别为难我们,我们也是奉命行事。"另一个附和道:"是啊,姨娘,您有什么话,只管对我们说,我们帮您传到就是了。至于开门,那可不敢。万一把我们给染上了,我们可不像姨娘您,可以请了太医来问诊,人参、何首乌敞开了地吃。我们可没这样的家当。"

"我呸!"秦姨娘气愤地拍着门,"我根本就没病,是哪个短寿的说我有病,等我儿子回来,小心他来找你们算账。"

"儿子?"一个婆子哂笑道,"姨娘哪来的儿子?就是生过儿子,那也是四夫人的儿子,什么时候成了你的儿子?我看,你不仅有病,而且还病得不轻……"

秦姨娘手也拍痛了,可外面的两个婆子就是不理睬。她的心渐渐沉了下去,那些仆妇最会逢高踩低。从前,那些人看她生了二少爷,二少爷又得候爷喜欢,纵然不对她巴结奉承,可也不敢对她冷言冷语……她瞪着槅扇外的两个婆子,再看着拍门拍红了的手掌,一屁股坐到了地上。

"怎么会这样？怎么会这样？"如果在府里，太夫人顾忌着家里的风水，还会收敛一二。可现在，却是偏僻的落叶山的别院，叫天天不应，叫地地不灵。别说是杀个把人，就是放把火，不烧上个半天，只怕也没有人发现。

自己怎么这么蠢了的。念头闪过，只觉得自己像是砧板上的鱼，跳来跳去都难以逃脱被开膛剖腹的命运。不，不，不，自己不能认输，也输不起。何况，她还有二少爷。信已经送出去了，只要二少爷回来了，她们就不敢把她怎样。念头一闪，她刚刚放下的心又揪了起来。那封信是托翠儿送的，要是翠儿根本就没有把信送出去呢？那、那她不是只有等死的份？可菩萨怎么会让她死呢？这么多年了，菩萨样样都遂了她的心愿，这一次，肯定也会遂了她的心愿的。一想到这些，她立刻跌跌撞撞地进了后面的暖阁。暖阁空空的，什么也没有！

她这才意识到，这里是落叶山的别院，不是她在永平侯府的家。可她的菩萨呢？她的菩萨到哪里去了？留在了燕京的家里……她走的时候全忘了……是不是因为这样，所以菩萨嫌她不够诚心，要惩戒她一下？

对，一定是这样。要不然，她怎么会那么大意，竟然被翠儿忽悠了呢？最后落得个被困落叶山的境地呢？秦姨娘不禁跪在了暖阁的中央，对着东面双手合十，闭着眼睛念叨起来："菩萨，信女秦氏，这么多年来潜心向佛，香烛鲜花，从未曾断过。这一次没带您一起来，全是那个罗十一娘……"

她的话音未落，暖阁外传来开门的"吱呀"声，秦姨娘跳起来就冲了出去，看到一张熟悉的面孔。

"杜妈妈！"她满脸错愕。

"秦姨娘！"杜妈妈笑吟吟的面孔依旧那么亲切、和蔼，可在这个时候，出现在这个地方，却让秦姨娘生生地打了一个寒战，"我奉了太夫人之命，来看看姨娘的病怎样了。"杜妈妈说着朝后退了一步，立刻有两个身体魁梧如男子般的婆子走了过来，一左一右地架了她的胳膊。

"杜妈妈，你不能这样！"秦姨娘立刻明白过来，她挣扎着大喊，"二少爷回来不会放过你的！"

杜妈妈笑了笑，从怀里掏出个手掌般大小的玻璃瓶子，拔了瓶塞，上前一步捏了她的下颌……

此时，十一娘正接到陶妈妈的死讯，她去了太夫人那里。

徐嗣谆自从被惊吓后，就一直卧病在床，没去上课。胆子比从前更小了，略有点风吹草动的，都要紧张地拉着身边人的衣袖。

天气很热,因顾及徐嗣谆的身体,太夫人只在东北墙角放了一块冰,在屋里待久了不觉得,从外面进来,还是感觉到了丝丝的凉意。

徐嗣诚和徐嗣谆兄弟俩肩并着肩、脑袋挨着脑袋靠在迎枕上,前者正叽叽喳喳地和后者说着什么。

听到动静抬头,看见进来的人是十一娘,徐嗣诚立刻从炕上溜了下来朝她跑来:"母亲!"

躺在床上的徐嗣谆也弱弱地喊了一声"母亲"。十一娘摸了摸徐嗣诚的头,朝着徐嗣谆点了点头,问他们兄弟俩:"在干什么呢?"

"给四哥讲赵先生上的课。"徐嗣诚牵着十一娘的手让她在炕上坐了,自己又爬上炕坐到了徐嗣谆的身边。

"哦。"十一娘笑着和他们闲聊,"赵先生都讲了些什么?"

"赵先生给我讲了孙仲谋、曹操的故事。"

十一娘略一思忖,笑道:"赵先生已经在给你们讲《幼学》里的祖孙父子篇了?"

徐嗣诚点头,目露钦佩:"母亲好厉害,一听就知道赵先生给我们讲了什么。"

"那是因为母亲也读过《幼学》啊!"一旁的徐嗣谆插嘴道,"自然一听就知道赵先生讲了什么。"

徐嗣诚嘻嘻地笑。十一娘问起徐嗣谆的身体来。大家说说笑笑的,气氛十分融洽。

陶妈妈的死讯在十一娘的舌尖打了个转,又重新回到了她的喉咙里。事情就这样一直拖到吃了晚饭,十一娘来和徐嗣谆道别。

"母亲,您是不是有什么话要和我说?"徐嗣谆乌黑的眸子认真地望着十一娘。

"你看出来了?"十一娘坦诚地道,又觉得有点好奇,"你是怎么看出来的?"

徐嗣谆抿了嘴笑:"因为母亲今天有点心不在焉。"

真是个敏锐的孩子。念头掠过,十一娘更生几分不忍。可如果他从别人那里听到了陶妈妈的死讯,恐怕会更伤心吧。

"我是有件事想和你说,可不知道该怎么开口好。"十一娘语气虽然迟疑,但还是告诉了他,"中午的时候,陶成来报丧。说,陶妈妈病逝了。"

她一面说,一面小心翼翼地观察着徐嗣谆的表情。徐嗣谆恬静的神色凝固在那里,然后慢慢换成了惊讶,慢慢换成了痛苦……十一娘紧紧地把他搂在了怀里:"得了痢疾,白总管还帮着请了太医过去瞧病……"

徐嗣谆的身子一抖一抖的,哽咽道:"所以我病了,陶妈妈才没有来看我。"是个肯定句,不是个疑问句。

十一娘心中酸楚。徐嗣谆,也不过是个等爱的孩子。

"不是。"十一娘的声音低沉而镇定,"她来看过你,你那时候正昏迷不醒。"纸是包不住火的。与其到时候解释,还不如此刻坦承。

徐嗣谆抬起头来,脸上泪迹斑斑,目光中充满了疑惑。

"陶妈妈看见你这样,哭得昏了过去。"十一娘柔声地解释,"我们怕她吵着你,第二天就让她回去了。"

徐嗣谆立刻释怀。太夫人最不喜欢别人哭哭啼啼的,特别是他病的时候,说,这样不吉利。

"那,茶香还能回来服侍我吗?"他殷切地望着十一娘。

自从那天晚上徐嗣谆出事之后,十一娘再也没有见过茶香。在生存面前,每个人都是蝼蚁。十一娘不想徐嗣谆过早地接触这些,可也不想骗他。

"茶香是你的贴身丫鬟,她的责任是好好地照顾你。半夜三更,她带你出去不禀告太夫人、杜妈妈,做了自己不该做的决定,已是失职,不可能再回来服侍你。"

徐嗣谆愣住。他问过很多人,包括杜妈妈在内,都说,只要他好好地休养,等身体好了,太夫人一高兴,说不定就重新让茶香回来服侍他了。还是第一次有人这样明确地告诉他,茶香不可能再回来了。

"可是,"徐嗣谆不由为茶香辩道,"是我让她带我出去的,茶香只是奉命行事。"

"她比你年纪大,懂得比你多,所以太夫人才让她到你屋里服侍,而且还让她管着碧螺几个。"不管是大人小孩,人与人之间能这样沟通,已是难得的机会,十一娘很耐心细致地回答着徐嗣谆,"你错了,她应该指出和制止才是。如果因为主仆有别,她没办法制止你,就应该告诉管她的杜妈妈,而不是私下做决定,带着你出去。"

徐嗣谆垂下眼睑。母亲说得有道理,可不知道为什么,他心里总觉得怪怪的,想了半天,道:"可、可她只是个丫鬟。"

"是啊!"十一娘笑道,"所以有的丫鬟、小厮做到管事、妈妈,有的小丫鬟到了年纪就放出去配了人,小厮到老也只能帮那些管事跑跑腿。有的丫鬟、小厮每个月可以拿二两的月例还常得主子的打赏,有的丫鬟、小厮没有月例还常常被罚。这也和做事的人用不用心有关系。"

徐嗣谆听着,缓缓地点了点头。

十一娘就笑揽了他的肩膀:"好了,早点歇了吧!明天一大早,我们还要吩咐外院的管事给陶妈妈送三牲祭品去。"

徐嗣谆脸上又露出戚容。

有些事,要慢慢地来。十一娘看着徐嗣谆躺下,帮他盖了薄被,把灯移到了外间,吩咐了乳娘几句,这才出了房门。

太夫人还没有歇息,正和杜妈妈说着什么,见十一娘出来,老人家笑着朝她招了招手:"过来坐!"

十一娘笑着坐到了太夫人的身边,太夫人就携了她的手:"去跟谆哥儿说陶妈妈的事了?"

十一娘点头:"说了。"又道:"见他歇下,我才出来。"

太夫人轻轻叹了口气,然后道:"今天杜妈妈去见了秦姨娘,她情况不太好。说话颠三倒四不说,连杜妈妈都不认得了。我看,你还是再派个人去趟乐安,让谕哥儿早些赶回来才是。"

秦姨娘有没有病,在座的人都知道。杜妈妈从落叶山回来,秦姨娘的病就加重了……十一娘神色微黯,应了声"是"。

晚上十一娘想着这段时间发生的事,没有一点睡意,又不想吵醒身边的徐令宜,一动不动地盯着帐顶的香囊发起呆来。

徐嗣谕可不是徐嗣谆,哄几句就能过去。读万卷书不如行万里路。这两年,他在燕京和乐安两边跑,又跟着那个名动天下的姜先生读书,早就不是当年那个被妇人养在侯府里的二少爷了。偏偏府里的人与他交流又很少,对他的变化并不十分了解。把秦姨娘的所作所为一五一十地告诉他,对于徐令宜也好、太夫人也好,甚至是她自己,虽然把责任划清了,可感情呢?感情是能用责任就划清的吗?谁又来安慰、开导这个只有十四岁的少年呢?

十一娘想到二夫人。她还记得徐嗣谕要换小厮的时候,秦姨娘曾急巴巴地带信给远在西山的二夫人……秦姨娘不找太夫人,不找徐令宜,单单去找了二夫人。而二夫人也不负她所托,立刻安排了小禄子在徐嗣谕身边服侍。是不是在秦姨娘心里,二夫人是个比太夫人、徐令宜更让她信赖的人呢?还有徐嗣谕,因为听了二夫人的一席话,打消心结,高高兴兴去了乐安。每次从乐安回来,都会恭恭敬敬地去给二夫人请安,和她讨论学问上的事。是不是在徐嗣谕的心中,二夫人是个比徐令宜、秦姨娘更值得信任的人呢?

当秦姨娘的所作所为一览无余地摊在徐嗣谕的面前时,以二夫人和秦氏母子的关系,能不能请她出面来安抚徐嗣谕呢?思忖间,有双健壮的手臂轻轻地搂了她。

"想什么呢?"徐令宜醇厚的声音低沉地在她耳边响起来,有一种安定的温暖,"睡不着?"

"嗯。"十一娘朝着徐令宜的怀里靠了靠,"想着这些日子发生的事……"

徐令宜沉默了片刻,道:"我也知道……你现在正怀着身孕……有些事,应该让娘帮你管管的……可这些事你迟早要接手的……"语气间有少有的迟疑。

"侯爷不用担心我。"的确,这是她的责任之一,十一娘低声道,"我只是有些担心谕哥儿,怕到时候知道秦姨娘……"

徐令宜微微低头,亲了亲十一娘的额头,"谕哥儿不像谆哥儿。"他低低地道,"他聪明伶俐,心细缜密,又性情坚毅。这件事,他有没有涉足还是两说。"

十一娘愕然。

徐令宜已道:"就算他这两年跟着姜先生明了事理,你不对他明说,他肯定会猜来猜去,反而容易引起一些风波来。说不定,若干年后还会无意间把巫蛊之事给挑出来,反而坏事。明说了,他纵然伤心难过,可以他的性格,很快就能走出来,对他以后反而更好。"

这还是徐令宜第一次在她面前这样坦诚地评价徐嗣谕。如果除去嫡庶之别,在徐令宜的心里,恐怕觉得徐嗣谕比徐嗣谆更适合成为永平侯府的继承人吧?是不是因为这样,所以他的感触就特别地深呢?十一娘握了徐令宜侧放在自己腰间的大手:"我觉得,谕哥儿不是那种人!"

徐令宜知道她指的是什么。在情感上,他不相信;可在理智上,没有证据,他都要怀疑。这种事,想想都让人觉得不舒服。徐令宜不想和十一娘多谈。

"快睡吧!有什么事,等他回来了再说。"

也是,现在说什么都是杞人忧天,只有等徐嗣谕回来才知道。

日子很快到了六月下旬,碧漪河里的荷花开得正盛,满院子都飘散着荷花浓到极致的晚香。

沧州来人商量下聘礼的事。豪门之家嫁女,礼数极多,又讲究抬头嫁姑娘,低头娶媳妇。矜持之余,一门亲事议个三五年也是有的。算算当初和邵家约定的日子,这会儿也到了两家坐下来商量婚事的时候了。

亲事到了这个程度,就不是女人们的事了,自有徐令宜和外院的管事们负责。文姨娘却很紧张,反反复复地和冬红几个核对嫁妆单子,生怕有所遗漏。

十一娘算了个账。徐令宜先拿了两万两银子出来,后来又追加了一万两。可见文姨娘给贞姐儿准备的嫁妆,没有个四五万两银子,只怕是拿不下。加上徐令宜还给贞姐儿准备了大约两万余两银子的田亩房产……贞姐儿,俨然已是个小小的富姐了。她不由在心里暗暗思忖,徐嗣谕、徐嗣谆、徐嗣诚,加上还在她肚子里的这一个,徐令宜得花多少钱才能把这几桩任务完成了?

抽着空,十一娘去了趟宫里。

大公主长得粉妆玉琢,活泼可爱,皇上和皇后都爱若珍宝,一反常态,没有另辟宫室交给教养嬷嬷,而是在坤宁宫跟着皇后娘娘。

十一娘去的时候，一岁多的大公主正由皇后娘娘牵着在练习走路。皇后娘娘免了她的礼，和她到偏殿说话："这么热的天气，又是这么重的月份，你有什么事，差了徐把总进宫跟我说一声就是了。"

徐把总，是徐令宽。

十一娘想到皇后娘娘和二夫人私交很好，而二大人又是个比较直接的人，笑道："我是无事不登三宝殿，哪里还敢劳动五爷。"

皇后娘娘果然不恼，还笑了起来，让宫女端了锦杌给她坐，又吩咐黄女官端莲子百合汤给十一娘用。

十一娘道了谢，半坐在了锦杌上，吃过莲子百合汤，说了来意："贞姐儿正要和邵家议亲，想托您的福，赏了第一抬的福禄寿三翁。"

"这是个什么事，还要你进趟宫。"皇后娘娘笑道，"我等会儿到库房里仔细瞧瞧，找三尊个头不大，但工艺精湛的。"

正合了十一娘的心意，十一娘脸上的表情就松了些。

皇后娘娘看着暗暗点头，和她拉起家常来，这话题自然就转到了怀孕生产上来："是十月初吧？侯爷子嗣艰难，刘医正来禀了我，我就算着日子了。宫里有个彭氏，我生产的时候就是她接的生，她还懂些医理。我瞧着不错，就暂时把她留在了宫里，就是准备等你生产的时候给你用的，到时候让她去给你接生。乳娘也不用担心，到时候在奶子府里选两三个相貌好的去服侍。"

正说着，皇太子妃那边有内侍过来。

"恭喜皇后娘娘，太子妃有喜了。"

"啊！"皇后娘娘和十一娘都很惊讶。

皇后娘娘更是笑道："这俩孩子，感情倒好……"又对十一娘道："希望这次能天赐麟儿。"

回到荷花里，十一娘立刻把这个消息告诉了太夫人。

太夫人双手合十，说出了和皇后娘娘一模一样的话："希望这次能天赐麟儿。"

杜妈妈笑着应和。

有小厮跑进来："太夫人、夫人，二少爷回来了！"

屋里服侍的或朝太夫人、十一娘望去，或垂了眼睑装作没听见。太夫人脸上的笑容微微一敛，原本欢愉的气氛骤然冷了几分。

小厮不知所措。

十一娘忙道："还不快请进来！愣在这里做什么！"

小厮如释重负地跑了出去。

十一娘又吩咐琥珀:"去跟二少爷屋里的莲娇说一声,让她们快备了热茶热水,二少爷回了屋,也有个伺候的。"

屋子里的气氛这才一松,给徐嗣谕屋里报信的去报信,准备茶点的去准备茶点,笑容重新回到众人的脸上。

徐嗣谕疾步走了进来。

"祖母,母亲!"他匆匆给太夫人、十一娘行了礼,"姨娘现在怎样了?"

他穿着件宝蓝色净面茧绸直裰,满面风尘,眼睑下一片青色,神色憔悴。太夫人看了他一眼,慢慢端起茶盅轻轻地啜了一口,然后徐徐地道:"可见过你爹了?"

徐嗣谕的脸"腾"的一下绯红,神色间闪过一丝羞愧,刚要开口说话,太夫人已道:"你也有些日子没在家了,既然回来了,按理呢,应该先去给你爹问个安,看看你爹有没有什么话要说。他虽然不说,可心里一直惦记着你。你也要让他看看你在乐安过得好不好吧。还有勤哥儿和俭哥儿,从小一起长大的,情分非同一般,怎么着也要去打声招呼才好。再就是贞姐儿、谆哥儿和诚哥儿那里……"说着,语气微微一顿,目光落在了徐嗣谕的身上,"这样慌慌张张的,像什么样子!"

徐嗣谕鼻尖早已有汗珠沁出来。太夫人的话刚说完,他立刻躬身道:"都是孙儿鲁莽,这就回屋换件衣裳去见爹爹,再去和大哥、弟弟妹妹们打声招呼。"

太夫人满意地"嗯"了一声,道了句"去吧"。徐嗣谕不紧不慢地行了个礼,退了下去。

太夫人神色有些黯然,叫了十一娘到跟前说话:"我看他这样子,只怕一刻也等不得,你等会儿安排个人跟着他一起去。秦姨娘虽然糊涂了,可见到了儿子,谁知道她是变得更糊涂还是突然醒过来。到时候说了些什么话,做了些什么事,要一五一十地全报上来,也免得我们以为他什么都不知道,实际上却什么都知道。"

是怀疑徐嗣谕到底有没有参与到其中来吧? 心念转动间,十一娘不由暗暗揣测,让秦姨娘和徐嗣谕见最后一面,是为了母子情分的悲悯之举呢,还是想知道徐嗣谕在巫蛊之事中是否扮演过什么角色的求证呢? 她下意识地摇了摇头,忙把这念头压在了心底深处,思忖起派谁跟徐嗣谕去落叶山别院好。秦姨娘、徐嗣谕见面,如果秦姨娘只是说了几句糊涂话还好说,如果说了些不该说的,那这个派出去听话的人恐怕也会落得和茶香一个下场……十一娘眉头微锁,半晌无语。

太夫人见她没有吱声,瞥了身边的杜妈妈一眼,低声道:"我看,也不用差其他人了,就差谕哥儿屋里的那个莲娇吧! 她是谕哥儿屋里的人,文竹几个服侍谕哥儿一路从乐安赶回来,车马劳顿,她们几个常年在家的也应该帮着文竹几个换换手才是。"

十一娘压下心中的异样,应了声"是"。

太夫人事后不免和杜妈妈感叹:"什么都好,就是心肠太软了。"

杜妈妈笑道:"这世上哪有十全十美的人,何况各人有各人的做派,您瞧着不好,说不定侯爷看中的就是心肠软呢!"

太夫人微微点头,不再作声。

落叶山在燕京城外的西南,离燕京城还有三十几里地。因土质不好,就是风调雨顺,田里也没有什么收成,略有点力气的人都跑到燕京城里做事去了,空出大片的地,显得十分荒凉。徐家在落叶山的产业原是徐令宜曾曾祖母的陪嫁之一,虽然有百来亩田产,别院却不过四五亩大。

徐嗣谕等人到的时候,正是黄昏时分,有几只乌鸦扑棱扑棱地飞过。小禄子不由打了个寒战,上前叩了门。别院这边早得了消息,立刻有婆子来应门。

"二少爷,您可来了?"婆子用帕子擦着眼角,"我们秦姨娘一直等着您呢!"

徐嗣谕背着手站在大门的台阶上,居高临下地望着眼前这个面生的婆子,嘴角向下一撇,表情显得有些冷峻:"服侍姨娘的那些丫鬟、婆子呢?"并不急着进门。

婆子微微一怔,道:"有两个没被染上的,早被接回了府。还有几个运气不好,早就没了……"

没等她的话说完,徐嗣谕已咄咄逼人地道:"这样说来,除了一开始两个没被染上的,姨娘身边的人都不在了?"

那婆子也是个精明人,把徐嗣谕的话在脑子里过了一遍,觉得没什么问题,这才应了一声"是"。

徐嗣谕面无表情,突然抬脚就朝里去。婆子忙小跑几步到了徐嗣谕的前面,帮他带路。徐嗣谕没有作声,默默地跟在婆子身后。

"翠儿是什么时候死的?"走到拐弯处,他突然问婆子。

徐嗣谕的脚步很快,那婆子稍不留神就被徐嗣谕赶上,一路上都是走几步跑几步。徐嗣谕问她话的时候,她正加快脚步朝前走,注意力全放在脚上,闻言忙道:"翠儿在来的第二天就死了。"

"怎么死的?"徐嗣谕的脚步又快了些。

那婆子也只好加快了脚步,却有些力不从心,开始喘息起来:"是吊死的!"

徐嗣谕毫无预兆地停下了脚步:"疟疾虽然不好治,可以我们家的财力、物力、人力,又不是治不好,她为什么要上吊?"

婆子松了口气。这些话,杜妈妈之前都交代过她怎么答:"她脸上开始长东西,一时想不开,就上了吊。"

徐嗣谕点了点头,身姿如松地朝前去。婆子忙跟上,把徐嗣谕一行领到了秦姨娘住的偏厢房,然后道:"二少爷,您小心被染上了。我把窗开了,您就站在窗户边和秦姨娘说话吧!"说着,推门进了屋。

一股带着药味的浊气扑面而来。徐嗣谕站在门口打量屋子。大热天的,窗棂紧闭,糊着高丽纸,光线很暗,好在屋顶很高,屋子里也还阴凉。黑漆的家具有些陈旧,却收拾得干干净净,很整洁,只是香案桌几上光秃秃的,没有一件摆设,显得有些冷清。

"姨娘有点糊涂了,"婆子顺着他的目光望过去,笑着解释道,"所以东西都收了起来。"说着,小心翼翼地侧了侧身子,道:"二少爷,前两天杜妈妈奉了太夫人和四夫人之命来探病,也只是远远地看了一眼,您……"言下之意是让他看一眼就走人好了。

徐嗣谕根本没有听清楚她在说些什么。挂着青色棉纱布帐子的黑漆架子床靠墙横放着,看不清楚床上的人,却有只戴着翡翠镯子的手臂软软地垂在床边。他认得那只手镯,那是多多所有赏赐中姨娘最喜欢的一件首饰,碧汪汪的,像一泓春水。姨娘常揽镜自赏,说:"我胖乎乎的,戴这个最好看。"

念头闪过,徐嗣谕的眼前一片模糊。镯子还是那枚镯子,碧绿清透,可手臂,却瘦得如芦柴棒了……似乎连那镯子的重量都不能承受了,无力地垂落着。徐嗣谕喃喃地喊了一声"姨娘",跑了进去。但很快,他怔愣在床前。徐嗣谕不认得床上的那个人了——蜡黄的皮肤,深陷的眼眶,突起的颧骨……静静地躺在那里,胸腔甚至没有一丝起伏。

"姨娘!"他有些慌张地跪在床前,一只手紧紧握住了那只垂在旁边、瘦骨嶙峋的手,一只手轻轻地放到了秦姨娘的鼻下。

秦姨娘突然间就坐了起来,徐嗣谕被吓了一大跳。

秦姨娘已以超乎他意料的劲道抽出了被他握着的手:"谁?谁?谁?"她的声音凄厉又仓皇,"你是谁?"

秦姨娘一边质问,一边手脚并用地朝后挪,缩到了床角:"我是永平侯府二少爷的生母,你要是敢害我,二少爷回来了,会找你算账的。"

徐嗣谕满脸震惊地望着秦姨娘——秦姨娘目光呆滞,没有焦距。她瞎了!如鲠在喉,徐嗣谕没办法说话。

秦姨娘没有等到如往日一样的冷嘲热讽,她不由侧耳倾听。屋子里静悄悄的,只有细细的呼吸声和空气中浮动的淡淡的青草味。

"二少爷!"她露出惊喜的表情,"二少爷,你回来了?你回来看我了?"她的双手在空中胡乱地挥舞着,"我就知道,你一定会回来看我的。"

徐嗣谕握住了那双急切又没有目的的手。

"姨娘,"他的声音有些哽咽,"我回来了,回来看你了!"

秦姨娘却猛地甩开了徐嗣谕的手："不,不,不,你不是二少爷。二少爷还在乐安,翠儿那个小贱人把我的信给了夫人。我知道,她把我的信给了夫人,怕我找她算账,所以就上吊死了。我都知道,我都知道,我不告诉你们……"她开始神色有些慌乱,说到最后,露出一副似笑非笑的模样,配着她那张瘦骨嶙峋的脸,让跟着徐嗣谕进来的莲娇和小禄子不由心中一悸,两人对视一眼,不知道该听还是不该听的好。再回头,门不知道什么时候已经关了,领他们进门的婆子早不见了踪影。

徐嗣谕却只觉心如刀绞。他爬上床,再次抓住了秦姨娘的手："我是谕哥,我真的是谕哥。接了你的信,就赶了回来。你要是不信,摸摸我的头。"说着,低下头,握着秦姨娘的手在自己的发间摸索。

长长的一道疤,还是小时候掏鸟窝摔的,差点丢了性命。

"你是二少爷,你是二少爷。"秦姨娘狂喜地叫着,把徐嗣谕抱在了怀里,"我就知道,你一定会回来的。你不会像那些人,看我出身卑微就丢下我不管,你知道我病了,一定会回来看我的……"她说着,突然表情一凛,露出警戒的神色:"还有谁在那里? 还有谁? 是不是太夫人派来的人?"脸上渐渐有了几分恐惧之色。

姨娘很怕太夫人,总觉得太夫人很厉害,一不高兴,就能让她们这些姨娘、丫鬟、婆子全都没命。实际上,这世间万物,从来都是一物降一物的。对姨娘来说,太夫人是个遥不可及、打个哈欠就能决定她生死的人。可对于太夫人来说,她上面还有皇上、皇后,还有徐家百年的声誉,也不可能随心所欲的。这也许就是姜先生所说的,人的眼界有远有近,心胸也就有宽有窄。

徐嗣谕捋了捋秦姨娘凌乱的头发,轻声道:"没别人,就小禄子和莲娇,他们是陪我来看你的。"

秦姨娘听了不仅没有松懈下来,反而更紧张了。她神色惊慌地嚷着"让他们出去,让他们快出去",然后表情一正,低声对徐嗣谕耳语:"我告诉你,那些丫鬟、小厮都是墙头草。你看,我对翠儿那么好,她还害我……这些人都不能相信的。"

徐嗣谕有些尴尬。从前他身边的丫鬟、婆子都是元娘安排的,一味地纵容他。他那时候小,不懂其中的用心。后来大些了,又跟着二伯母读书,虽然知道利害,却无力改变些什么。好不容易盼来了二伯母推荐的小禄子,不仅对他忠心耿耿,而且他有什么想不到的地方,还会委婉地提醒他,根本不是那些只知道巴结奉承或是唯唯诺诺的寻常仆妇可比的。

姨娘这样说,岂不是让小禄子伤心? 想到这里,他不由扭头朝身后望去,屋子里静悄悄的,并没有小禄子和莲娇。小禄子一向精明能干,又知道察言观色,可能是出去了吧? 念头闪过,不知道为什么,徐嗣谕就暗暗松了口气。

自从进门,小禄子就觉得秦姨娘给人的感觉怪怪的,可她毕竟是二少爷的生母,少爷肯定不想别人看到秦姨娘狼狈的样子。他轻轻拉了拉莲娇的衣袖,示意他们一起出去。

莲娇却想着来时琥珀的嘱咐:"秦姨娘现在根本不认得人了,你等会儿别离二少爷太远,小心秦姨娘发起疯来伤了二少爷。"

她反把小禄子叫到了一旁,把琥珀的话说给他听:"一个清醒的,一个糊涂着;一个是生母,一个是……"

莲娇的话还没说完,小禄子就听见秦姨娘说翠儿害她的话,他立刻道:"我们到旁边的落地罩躲着,要是秦姨娘……你去拉二少爷,我去拦秦姨娘。"

莲娇点头,和小禄子轻手轻脚地站到了落地罩旁的帷帐后面。

徐嗣谕低声安慰秦姨娘:"没事,没事,他们都是我身边的人。姨娘有什么话,只管说就是了……"

姨娘一向就对身边的人不放心,总觉得那些人对她别有用心。在他看来,虽有些过于谄媚,但要说什么陷害之类的事,从前的嫡母元娘当家时还兴许有之。十一娘骨子里却有些傲气,倒不是没手段,而是颇有胜之不武,不屑为之的味道。

秦姨娘听着却怪叫一声推开了徐嗣谕:"你不是二少爷,你不是二少爷。"她神色惶恐地重新缩回了床角,紧紧地搂着被子,喃喃地道:"二少爷是不会对我说这样的话的!我知道,我什么都知道,你们装成二少爷骗我……"

"姨娘!"徐嗣谕惊愕地望着秦姨娘,感觉到情况有些不对。

他望着像孩子一样、毫不掩饰地露出害怕神色的秦姨娘,略一思忖,轻轻地爬到了秦姨娘的身边。

"你这是怎么了?"他柔声道,"你不是写信给我,说你心悸的老毛病又犯了,让我快点回家的吗?怎么自己反而不记得了?"

秦姨娘就歪了头,皱着眉想。

徐嗣谕声音更加轻缓:"你还记不记得,我小的时候,我们有个约定。"他说着,下意识地扭头朝身后看了一眼,"那年桂花开得好,你偷偷渍了桂花糖埋在树下,到了春节的时候拿出来做了桂花酥。大夫人把我交给二伯母管,你不敢随意到我屋里来,就趁着下大雪,看着院子里没人,把桂花酥揣在怀里,偷偷拿给我吃,反复地叮嘱我,这件事谁也不能告诉,要是太夫人知道了,你就再也不能来看我了。这件事,我到现在都没有告诉过别人,姨娘可曾对别人提起?"

秦姨娘听着,脸上就露出了柔柔的笑容:"我记得,是冬天,我怕桂花酥冷了不好吃。隔着我的小衣揣着,回去后胸前红了一大片。"她说着,眼睛茫然地搜索着徐嗣谕:"我也从来没有对别人说过。你是二少爷,你是二少爷……"

徐嗣谕握紧了她的手，想到父亲说的，姨娘命不久矣，他的眼眶微微有些湿："姨娘有什么话要嘱咐我呢？我也会像从前一样，谁也不告诉的。"

秦姨娘听着就笑了起来，她把怀里的被子推到了一旁，攥着徐嗣谕的手，一双看不见东西的眼睛左右张望起来："你别作声，我听听，有没有人！"又做出一副倾听的样子，听了半天，这才直起腰来，肃然地道："我听过了，没有人！"然后顺着徐嗣谕的手臂摸索着，把双手搭在了徐嗣谕的肩上，扳直了徐嗣谕的身子，正色道："二少爷，你仔细听好了，这件事，很重要。"她说着，语气一顿，更显几分郑重，道："你才是永平侯府的世子爷！"

又来了……徐嗣谕不由长叹口气，无奈地道："姨娘，我已经跟你说过好几次了。我虽然是长子，却是庶子。立嫡不立庶，立长不立次。这是规矩……"

"不是，不是。"秦姨娘大声反驳道，"那是算不得数的。就像皇帝，谁来做皇帝，是天意。谁来做永平侯府的世子，也是天意。你就是上天选中的永平侯府世子。以后，你还会是永平侯，继承徐家百年家业……"

徐嗣谕大喊了一声"姨娘"，好像要把生母从梦中叫醒般："徐嗣谆已经是世子爷了，父亲已经立了徐嗣谆做世子！"

秦姨娘听着却咯咯笑起来："我说了，那算不得数的。"

徐嗣谕心中一震。他想到来时父亲的话："你生母见识浅薄，做错了些事。可看在她病入膏肓的分上，我也就不多追究了。我知道你心里着急，你先去看看她。等回来，我们父子再好好说说。"又想到祖母对他比平常严厉，十一娘有些回避的目光，徐嗣谆突然生病……

"你干了些什么？"质疑的话脱口而出。

"我没干什么！"秦姨娘诡异地笑，"我什么也没有干！"

徐嗣谕愣愣地望着她，往事如走马灯似的在脑海里转起来。

"你要听二夫人的话，好好地跟她学，她可是能管外院的女人，是有本事的女人。到时候，侯爷见你连外院的事都懂，就知道这个家到底得由谁来支撑着。"

"你父亲打了胜仗，一定很高兴。他胆子很大，所以也喜欢胆子大的人。你等会儿去给你父亲问安，千万不能害怕。你一害怕，他就不喜欢你了。你可千万别像谆哥似的。"

"这后院里，太夫人最大。只要你能讨太夫人的欢喜，你嫡母也拿你没有办法！"

"你怕什么，你本来就比谆哥聪明，比他能干……他是嫡怎么了？你还是长呢！"

他的鬓角有细细的汗冒出来。

"姨娘，"徐嗣谕嘴里苦涩，"你，你是不是……"是不是做了什么对不起徐嗣谆的事？可心里却残存着几分侥幸。不会的。秦姨娘虽然一直希望他能做世子，可也只是在他面前嘀咕嘀咕，她遇见了太夫人和二夫人等人，如老鼠见了猫似的，大气都不敢出一下。别人不知道,他是知道的。

秦姨娘望着他笑:"我什么也没有做,真的,我可以在菩萨面前发誓:我什么也没有做!我要是做了什么,当年佟姨娘死的时候,你父亲就发现了,还会让我活到现在?"

说到这里,她像想起什么似的,又咯咯咯地笑起来。

徐嗣谕望着乐不可支的秦姨娘,只觉得心怦怦怦跳得厉害。他很小的时候就听人感叹过,如果佟姨娘的孩子不死,生下来的就是长子了……可他从来没有怀疑过——秦姨娘为佟姨娘点了一盏长命灯,而且每年都会为她做一场法事。他也曾问过秦姨娘,佟姨娘是谁。秦姨娘说,佟姨娘是她最好的姊妹,还说起佟姨娘长得怎样漂亮,针线是如何的好,性情是怎样的温和,待人又是如何的宽厚……时至今日,他还记得秦姨娘当时温柔缅怀的神色。

可现在……他心中一寒,不由抓住了秦姨娘的胳膊,喊了一声"姨娘",想问些什么,又不知道该如何问起。

秦姨娘却对徐嗣谕的举动置若罔闻。她自顾自地笑了一会儿,突然脸色一沉,喃喃地道:"我好羡慕碧玉姐的。什么事,她一看就会,什么话,从她嘴里说出来就比我的柔和。太夫人喜欢,二夫人喜欢,侯爷也喜欢。当我听到夫人说她肚子尖尖,怀的是儿子时,心里就想,怎么有的人命就这么好,能事事样样都占了个先。

"回到屋里,她又说有些不舒服,让小丫鬟打水给她泡泡脚。那些小丫鬟都是新进府的,很蠢笨。每次让她们打水,不是太热,就是太冷,还要我教。而且教几遍也干不好。那天我也很累,不想帮她打水,像个小丫鬟似的服侍她泡脚,就去了文姨娘那里。"

她身子向后,靠了床挡板上,然后窸窸窣窣地摸了被子,搭在了身上。

"结果……"秦姨娘的声音低了下去,"我回到屋里的时候,她下身已经全是血了……夫人派来的那个妈妈,并不是服侍孕妇的妈妈,而是专管人事的妈妈。她根本不知道怎么救人,只知道把屋里的丫鬟、婆子都叫到跟前,商量着等会儿怎样回禀夫人,好推脱责罚……我只好挺着个肚子去了正屋……

"夫人根本不理我,小丫鬟还把我往陶妈妈那里推……那天晚上,没有月亮,天上只有几颗星星,黑漆漆的。我也是怀着身孕的人,怕有个三长两短的……就求那丫鬟好歹跟夫人说一声……她就嘲讽我,说我是不是跟两位姨娘在一个院子里住久了,以为自己也是姨娘,让去喊个人也差不动了……我气得哭了起来……一面哭,一面往陶妈妈屋里去……心里却觉得十分委屈……文姨娘我是比不得的……我也的确不如佟姨娘。可不管怎么说,我毕竟怀了侯爷的子嗣。何况平时三个人在一起的时候,有什么事总是我去做,我怎么就学姨娘的派头了……

"我当时就想着,我一定得生个儿子才行。生了儿子,太夫人为了孙子,肯定会抬我

做姨娘的。到时候也让那些人看看,我也是正经的姨娘,不是借着怀孕就飞扬跋扈之人。最好还是长子……"

说到这里,她声音一顿。

徐嗣谕只觉得嗓子眼干得像冒烟似的,声音卡在喉咙里,半天也说不出一句话来。

"去陶妈妈住处的夹道又黑又长。"秦姨娘讷讷地道,"我一手捧着肚子,一手扶着夹道旁的青砖,小心翼翼地往前走。四周静悄悄的,只有我的脚步声。"她情绪有些激动起来,道:"我越走越害怕,越想越气恼。佟姨娘见了红,又不是我连累的,我好心来报信,却白白受了小丫鬟的这样一番排揎不说,明知道我怀着身孕,还指使我去陶妈妈。如果去报信的是文姨娘,夫人会不理吗?那个小丫鬟敢这样教训吗?说到底,不过是欺负我是个通房罢了……再说了,如果佟姨娘出了事,又不是我一个人的错。作为主母,夫人难道就没有错吗?作为当值的小丫鬟,她们就没有错吗?她们都不急,我急什么?既然让我去找陶妈妈,我就去找陶妈妈好了……"秦姨娘说着,又停顿下来。

这一次,她停顿的时间比较长,嘴紧紧抿成了一道缝,眉宇间透着几分固执。

徐嗣谕看着心里直打战。直觉告诉他,接下来,肯定不是什么好事,应该就此打住,不要再听,可心底止不住冒出来的好奇如惊涛骇浪般把直觉淹没。

他听见自己声音嘶哑地道:"那、那后来怎样了?"

"后来……"秦姨娘嘴角微微地翘了起来,露出一个若有所思的笑容,"我一个怀着身孕的妇人,又是夜深人静的时候,自然只能扶着墙,慢慢往前走……"

那笑容,是如此的刺目,徐嗣谕只觉眼睛生痛,他不禁厉声道:"你怎么能这样?"

严厉的口吻,让秦姨娘神色一变,她答非所问地大声辩驳:"我没有,我没有害死碧玉姐!是夫人,是夫人害死的碧玉。我只是不想她生出长子而已。"她说着,眼角眉梢都流露出几分执拗,"而且夫人也说了,就算是把大夫找来,孩子也保不住了。害死碧玉的是夫人。夫人看见碧玉姐血流得满床都是,连大夫也不叫一个,还是太夫人和二夫人赶过来以后,让人去叫的大夫。"

徐嗣谕面色复杂地望着眼前这个神色慌张的妇人,慢慢地低下了头。一时间,屋子里静悄悄的,只有秦姨娘急促的喘气声。躲在落花罩帷帐后的小禄子和莲娇战战兢兢,大气也不敢出一下。沉寂的空气压得秦姨娘心里发慌。

"这就是命!"她外厉内荏地嚷起来,"她不舒服的时候就只知道忍着,我看着夫人脸色铁青,就装不舒服倒在了地上。所以我平平安安地生下了长子,她却死了……甚至连个申冤的地方都没有!"

秦姨娘双手在空中挥舞,抓住了徐嗣谕的衣襟,她低声道:"这就是命!"语气里带着些许的哀求,好像在恳求一向对自己的话有些不以为然的徐嗣能够理解似的,"我躲在二夫人的屋里,一步也不敢踏出房门,好不容易生下了你。太夫人却让二夫人给夫人传话,让夫人把我们母子接回去,我吓得半死。怕她和我秋后算账,又怕她对你不利,整夜整夜地睡不着。日日给菩萨上香,求菩萨保佑,别让我们回去。结果呢……"她笑起来,"夫人说,她身体不好,需要调理,家里的事又多,实在是忙不过来,请二夫人帮忙,继续照顾我们母子一些日子。"她用暗淡无光的眸子找着徐嗣谕:"你看,这是不是命?"她并不需要回答,继续自言自语地道:"后来,侯爷回来了,和夫人大吵了一架,又发现文姨娘背着徐家在外面和文家的人做生意,连带着连文姨娘也恼上了,索性搬到了半月泮住。我那时就在初一、十五吃了长斋,求菩萨保佑夫人能平平安安就这样和侯爷白头偕老……"

徐嗣谕还记得,当时他是父亲唯一的儿子,嫡母对他很冷漠。每次去请安的时候,嫡母总是点点头,就让乳娘把他带走。后来,在二伯母的建议下,太夫人单独给了他一个院子,姨娘依旧跟着二夫人住在太夫人的新居,有时候想来看他,都要偷偷摸摸的。可就是这样,姨娘每次见到他,都是兴高采烈的,不像后来,嫡母生了徐嗣谆,姨娘虽然搬到了他前面的院子里居住,却是愁眉不展的时候多,欢欣的时候少。也就是从那个时候开始,姨娘常说些被二伯母称为"僭越"的话;也就是从那个时候开始,二伯母开始给他讲《仪礼》,让他知道,他离世子的位置到底有多远……

思忖间,就听见秦姨娘不悦地道:"谁知道突然冒出来了个秋罗来。"

徐嗣谕的心一下子提了起来。秋罗,也和佟姨娘差不多——自己没了,孩子也夭折了!

他面如金纸地望着秦姨娘,就见秦姨娘眉头微锁,道:"我急得不得了,可没有什么办法。而且这次夫人一反常态,不仅对秋罗十分照顾,还派了陶妈妈在她身边服侍。我也好,文姨娘也好,连句话都搭不上。没过多久,秋罗就怀上了。"她语气里有微微的失望,"我掐着指头算生产的日子,每天求神拜佛,希望她生的是个女孩……待稳婆进了府,我又多方结交,想找个机会见那秋罗一面。"

"那,你见到了没有?"徐嗣谕察觉到自己紧张地问。

"稳婆说,孩子生下来之后,如果是女孩,夫人肯定会很失望,立刻就走;如果是男孩,夫人肯定会抱去给侯爷、太夫人看。不管是哪种情况,夫人身边服侍的都会跟着走。到时候,我可以趁着这个机会见到秋罗。"秦姨娘表情有些怪异地道,"我赏了那个稳婆五十两银子。可到了生产的那天,我却被二夫人留在屋里帮她磨墨。从早上秋罗开始阵痛,一直到秋罗生下儿子,整整两天两夜,我都在帮二夫人磨墨。"

徐嗣谕呆住,好一会儿才道:"两天两夜?"

那天的情景好像还残留在秦姨娘的记忆中似的,她甩了甩手臂,喃喃地道:"二夫人还派了结香在一旁看着我。我打盹或是偷懒都可以,就是不让离开书房。就是上净房,

也由结香跟着。"

徐嗣谕长长地透了一口气。至少,秋罗的死与秦姨娘没有任何关系。

"酉初时分,秋罗生下个男婴。"秦姨娘喃喃地道,"小丫鬟来报信,二夫人要去看看孩子。我也很想去,就像往常一样,跟在了二夫人的身后。二夫人见了,也没有吱声,我就这样跟着二夫人去了夫人处。

"果然和稳婆说的一样,夫人抱着孩子在西梢间的宴息处,太夫人、侯爷、三爷、五爷、三夫人,还有服侍的大小丫鬟、婆子们,除了陶妈妈,都在场。见我们进去,夫人显得很高兴的样子,抱了孩子过来给二夫人看。我趁机踮起脚来看了一眼——那孩子又瘦又小,看上去不过三四斤的样子,怏怏地躺在夫人的臂弯里,像霜打了的茄子似的,有气无力的。

"二夫人轻轻地瞥了一眼,淡淡地说了几句'这孩子长得很秀气'之类的话,就有小丫鬟跑进来,说秋罗产后出血不止,在产室照顾秋罗的陶妈妈让人赶紧找个大夫来给秋罗瞧瞧。"

虽然早已知道结果,但听到当年的事,徐嗣谕还是支起了耳朵。

"大家都很意外。"秦姨娘道,"三夫人更是'哎呀'一声,说,刚才都好好的,怎么突然出血不止了?屋里的人听了,都朝夫人望过去。只有二夫人,看了我一眼,低下头去喝茶。

"二夫人一向很厉害,我不知道她为什么要看我,心里很害怕……我也没有别的意思。就是想看看秋罗……夫人嫁进来的时候,她还只是个七八岁的小姑娘,可已经出落得十分水灵……比碧玉还要漂亮几分……如今又得了夫人的抬举,生了儿子,十之八九是要抬姨娘的,要是她再生下个一男半女的……我不敢看二夫人,低了头,屏声静气地站在那里。就听见夫人吩咐人去请大夫,还对太夫人说,要去产室看一看。

"太夫人听着就站了起来。对夫人说,你既然忙,那大家就都散了吧!等过两天来参加孩子的洗三礼。然后又对二夫人说,总觉得背有点疼,上次二夫人帮着捶了捶,感觉好多了,这次让二夫人再帮着捶捶。三夫人一听,立刻上前挽了太夫人,问太夫人哪里疼,要不要紧。她那里还有个楠木镶白玉石的美人槌,是她的陪嫁,说对老年人特别地好……态度很是殷勤。五爷也上前拉了太夫人的衣袖问……一时间,倒把秋罗的事抛到了一边,拥着太夫人出了门。

"二夫人就吩咐结香,让她带我回屋去。还说,让我帮着把剩下来的墨磨完。五爷就好奇地问二夫人,这个时候磨墨干什么?二夫人说,她想在墨里加石榴花汁,看墨的颜色能不能更妍丽。五爷就嚷着,要是墨成了,得送他两块。他们说说笑笑去了太夫人屋里。没有人再多看我一眼……我跟着结香回了屋。结香端了个锦机给我,我就坐在书案前磨墨。一直到很晚，打了三更鼓，二夫人才回来。见我还在磨墨，她点了点头，由结香服侍着去了净房梳洗。我已经磨了好几天墨了，上眼皮和下眼皮早就在打架了。二夫人这样，我也不知道该怎么办好——继续磨下去，手又酸又胀又痛，不继续磨下去，又怕二夫人生气。想了半天，我就大着胆子放了墨条，轻手轻脚地去了净房。

"二夫人正和结香说着什么，听到动静，立刻就打住了话题朝我这边望过来——二夫人的脸色，很难看。见是我站在门口，二夫人神色缓了缓，问我有什么事。我磕磕巴巴说了。二夫人让结香和我一块儿去歇了，叫个小丫鬟来服侍她梳洗就行了。

"结香犹豫了一下，就和我回屋歇下了。"说到这里，秦姨娘眉宇间露出几分得意之色，"实际上，我听见二夫人和结香说的话了。"

自从踏进了这间屋子，就好像推开了一扇被尘封了十年的门，不仅有厚厚的蛛网，还有不知名的飞禽迎面扑来。

现在，又涉及了二伯母！徐嗣谕的手握成了拳："二伯母和结香，说了些什么？"

"只有一句话。"秦姨娘眉宇间的得意之色更浓了，"二夫人说，刚才陶妈妈端给秋罗喝的鸡汤里发现了大黄。"说着，她笑起来："你知道大黄是什么吗？"

徐嗣谕不知道，但他知道，二伯母懂点药理。如果二伯母觉得有不妥当，那肯定是有问题。

他轻轻地摇头。秦姨娘看不见，却和徐嗣谕想到一块儿去了："我不知道大黄是什么，可我看二夫人的脸色那么难看，就知道这不是什么好东西。我躺在床上，睡不着，又不敢翻身，怕惊动了身边的结香，想着有大黄的鸡汤，想着产后出血的秋罗，还有那个比一般婴儿都瘦小的孩子……眼睁睁地看着天色渐渐发白，心里想着，怎么还没有动静……就在我忐忑不安的时候，有小丫鬟跑过来，说，秋罗产后血崩死了。"她说着，露出一个微笑，又道："没几天，那孩子也因为身体虚弱夭折了。"

徐嗣谕面无表情。他老实木讷，遇到太夫人、父亲就胆战心惊的生母秦姨娘能在佟姨娘遇难时落井下石，为什么他骄傲自大的嫡母就不能变得心狠手辣呢？现在，没有什么能让他惊讶了。徐嗣谕听见自己用一种平静得几乎有些呆板的声音道："为了让孩子以后只念养恩不念生恩，所以陶妈妈给秋罗喝了有大黄的鸡汤，结果，大人死了，孩子也因为身体太弱没能活下来！"

秦姨娘点头："二少爷，你说，这是不是天意呢？"她摸索着拉了徐嗣谕的手臂，"我出身卑微，相貌寻常，只因做事本分，被太夫人调到了侯爷屋里，又机缘巧合被指给了侯爷做通房。按道理，待侯爷娶了嫡妻，生了嫡子，我的年纪也大了，又没有子嗣，十之八九会被放出去随便配了人。可不承想，先是夫人在二爷无嗣而逝的时候小产了，后又有老侯爷病危，我被停了药……"她语气微微顿了顿，把中间的一些事跳了过去，道："我怕自己生的儿子不是长子,就出了佟姨娘那件事;我怕夫人抬举秋罗的儿子来压制你,那孩子就夭折了;我怕长春道长为夫人求来儿子,结果谆哥生下来就有不足之症,养不养得活还两说,而且把夫人的身子骨给掏空了。我那天只不过是想把朱道婆给的东西按照朱道婆说的埋在谆哥住的附近,又怕被人撞见,就把你小时候玩的一个面具带在了手里,准备有人看见,就吓唬吓唬他。谁知道刚埋好东西起身,却遇到谆哥带着个小丫鬟私自在外面溜达……你说,这是不是天意呢?"

"你说什么?"徐嗣谕神色大变,脑海里有无数个念头跳了出来,反手抓住了秦姨娘的手臂,"什么朱道婆?你埋的是什么东西?还有徐嗣谆,他的病和你有什么关系?"

他一句句咄咄逼人,秦姨娘被吓得呆住,尖叫一声,挣扎着要甩开被徐嗣谕抓住的手臂。躲在帷帐后的莲娇看了就要冲出去,却被小禄子一把抓住。

"别,千万别!"他声音微弱,满头是汗,好像得了什么大病似的。

莲娇张口就想问他怎么了,却被小禄子捂了嘴,附耳道:"什么也别说,什么也别说……我们得想个办法走出去才行。"

徐嗣谕一开始吓了一大跳。他没有想到秦姨娘会对他的话产生这样大的反应,又怕有人进来听到不该听的话。后来见屋子里静悄悄的没有动静,知道仆妇们早遵着嘱咐避开了,这才松一口气。温言细语地安抚了秦姨娘半天,好不容易才让秦姨娘安静下来。

可秦姨娘刚才所说的一切却深深地印在了他的心底,让他心潮起伏,不能自已。父亲所说的"出事",是不是指的就是这件事呢? 想到这里,他的薄唇紧紧地抿了起来。君子有所为而有所不为。与其回避,还不如了解。至少,可以在和父亲谈话时掌握主动。想到这里,徐嗣谕不禁柔声问秦姨娘:"朱道婆给了你什么东西?"

秦姨娘听了面露戒备,立刻道:"没,没给我什么东西!"

是什么东西,会让姨娘这样小心翼翼? 徐嗣谕更是狐疑,知道勉强问下去也不会有什么答案,想了想,转移了话题:"这么说来,徐嗣谆被你吓着了?"

"你小点声!"秦姨娘转动着浑浊的眸子,低声道,"这件事,你可别对人说。"

徐嗣谕点头:"我不对别人说。"

秦姨娘想了想,朝着徐嗣谕招手:"你过来,我告诉你!"

徐嗣谕凑了过去。

秦姨娘小声道:"我把谆哥吓死了,侯爷大发雷霆。夫人怀象不好,胎位还没落定,也小产了。"她说着,露出愉悦的笑容,"二少爷,现在你又是侯爷唯一的儿子了,永平侯府的世子爷,以后的永平侯了!"

徐嗣谕匪夷所思地望着秦姨娘,张口结舌。

"秦姨娘说,谆哥儿死了?四夫人小产了?"太夫人望了一眼杜妈妈。

杜妈妈面带微笑地立在一旁,眼角眉梢都没有动一下。莲娇怯生生地点头,目光却瞥向一旁垂着眼睑的十一娘:"姨、姨娘是这么说的。"

"看样子,秦姨娘真的是糊涂了。"太夫人叹了口气,让莲娇退了下去,问杜妈妈:"谕哥儿现在在哪里呢?"

昨天中午徐嗣谕从乐安赶了回来,给家里的长辈问了个安就去了落叶山,今天下午才从落叶山回来,太夫人就叫了莲娇来问话。

杜妈妈笑道:"侯爷正和二少爷在书房里说话呢。"

太夫人点了点头,对一直沉默不语的十一娘道:"父子俩难得见次面,看样子,这话一时半会儿也说不完,我们也不等了。"说完,吩咐小丫鬟摆饭。

十一娘应诺,和太夫人去了东次间,草草吃了点东西,就领着徐嗣诚回了自己的院子。

一路上,徐嗣诚不时小心翼翼地打量着十一娘的神色。

十一娘笑着问他:"怎么了?"

徐嗣诚犹豫了一会儿才道:"母亲,您不高兴吗?"

十一娘有些意外。

徐嗣诚见她沉默,更加肯定自己猜对了,忙道:"母亲,我吹笛子给您听吧?我一吹笛子,就觉得很高兴,您也会高兴的。"

十一娘很感动,刚才的不快淡了很多。她摸了摸徐嗣诚的面颊,笑道:"好啊!"

徐嗣诚高兴起来,拉了十一娘的手往前跑:"那我们快回家去!"

吓得南永媳妇忙拦了他:"五少爷,您小心点,您小心点,夫人还怀着身孕呢!"

徐嗣诚忙放了十一娘的手,紧张地问:"母亲,母亲,我拽着您了吗?"

"没事!"自从那天早上起来晨吐莫名其妙地好了以后,十一娘能吃能睡,动作虽然没有从前灵活,可也并不笨拙,见徐嗣诚担心,她牵了他的手,"我没事!"

徐嗣诚放下心来,蹦蹦跳跳地和十一娘回了屋,吹了好几首曲子给她听。

十一娘有些诧异。这些日子忙着徐嗣谆的事,她有些日子没仔细听徐嗣诚吹笛子了,没想到他又学了好几首新曲目。她不免有些心虚,把徐嗣诚搂在怀里:"诚哥儿进步好快!"

徐嗣诚有些得意地笑:"先生也说我很厉害。别人学一个月,我只要三四天就学会了。过两天就开始教我弹琴。"他说着,语气一顿,又道:"不过,先生说,这件事得父亲同意才行。"

"是指学弹琴的事吗?"十一娘有些不解——当初徐嗣谆和徐嗣诚跟着他学笛子的时

候可没有这样郑重。

"嗯!"徐嗣诚道,"先生问过我,问我愿不愿意拜他为师学弹琴。我说愿意。他很高兴,摸了摸我的头,说,等他跟父亲商量了再说。"

是那种讲究传承的正式拜师吗?十一娘有些好奇起来。这位赵先生,看样子不仅博学,而且多艺。

正说着话,徐令宜回来了。他脸色有些凝重,看见徐嗣诚依在十一娘怀里说话,神情缓和了很多。又见徐嗣诚手里拿着个笛子,以为他刚刚在练习吹笛子,叮咛了他几句"以后不要吹得这么晚"之类的话,然后让南永媳妇带他下去歇了。

待徐令宜梳洗完毕,夫妻俩就靠在床头说话。

"侯爷去给娘问过安了?"

"去了!"

也就是说,他已经知道秦姨娘的情况了。那有些话就不用多说了,十一娘沉吟道:"谕哥儿怎么说?"

徐令宜沉默了片刻,低声道:"他开门见山地问我,秦氏是不是用巫蛊咒谆哥儿?"

这孩子,原来只是很聪明,现在却很锐利。"那,侯爷怎么说?"

"他既然猜到了,我也没有瞒他。"徐令宜道,"他低头默默地坐了一会儿,然后问我,这件事对外是怎么说的。我见他头脑明晰,就摘了些要紧的告诉他。他听了就给我跪下磕了三个头,求我同意他去落叶山服侍秦姨娘。"他说着,怅然地叹了口气:"说话、行事沉稳得像个大人似的。"

对比身为世子却还像孩子似的徐嗣谆,徐令宜又怎能不怅然?

徐嗣谕觉得自己的衣襟已经全湿透了。第一次,他主动和父亲说话;也是第一次,父亲看自己的目光中不再是欣慰,而是赞赏。他仰面倒在床上,秦姨娘的面孔在脑海里闪烁,眼眶立刻就湿了起来。

文竹忙蹑手蹑脚地上前给徐嗣谕脱鞋,又见徐嗣谕闭着眼睛,满脸的疲倦,犹豫了一会儿,轻轻地帮徐嗣谕搭了薄被。

徐嗣谕突然道:"你去收拾收拾,明天一早我要去落叶山。"又道:"让莲娇和我一起去。"莲娇知道了那么多,性命肯定不保了。与其再把谁扯进来,还不如就她好了。

文竹微愣,低声应"是",然后关心地道:"二少爷,您吃过晚饭了吗?我昨天向厨房要了些新麦粉,要不我给您做碗面饼吃……"

"不用了。"徐嗣谕打断了文竹的话,"我在外院和父亲吃的。"

他的话音刚落,沁香进来:"二少爷,大小姐来了。"

这个时候？徐嗣谕惊讶地坐了起来，让沁香请贞姐儿到厅堂坐了，自己由文竹服侍着梳洗更衣，这才去见了贞姐儿。

几个月不见，贞姐儿更显白净。

"听说二哥回来了，"贞姐儿浅浅地笑道，"拿几个黑绷筋西瓜过来给二哥解解暑。"

徐嗣谕道了谢，让文竹去打点井水来浸瓜，强打起精神来招待贞姐儿："大妹妹也别忙着走，我这里借花献佛，请你吃西瓜。"

"好啊！"贞姐儿爽快地应了。又问起秦姨娘："还好吧？"

"还好！"除了这一句，徐嗣谕也不知道该怎样回答好，他心里乱糟糟的，也不想多谈。

"那就好！"贞姐儿笑着点了点头，和徐嗣谕说起乐安的事来，"见过姜家九小姐没有？她应该长高了些吧？有没有跟着姜先生读书，还是跟着姜家姊姊学女红？你平时和同窗都去哪里玩？"

很多问题。徐嗣谕和她应酬："请教姜先生功课的时候，见过几次。因为没有仔细看，不知道长高了没有。她没有跟着姜先生读书，而是跟着师母读书。"说到这里，他想起一件事来，道："有一次，师母还特意把我叫去问母亲的女红是不是很好。还说，她在燕京的时候，常听人说起母亲的针黹，号称是燕京第一。"

"燕京第一？"贞姐儿笑起来，"我还是第一次听说。"

"我根本就没有听说过。"徐嗣谕想起当时的情景，眼底就有了些许的笑意，"跟师母说是夸大其词。师母却有些担心，请了乐安最有名的绣娘在家里教九小姐女红。"

文竹端了西瓜上来。兄妹俩吃了两块西瓜，贞姐儿问，徐嗣谕说，讲了些乐安的事，贞姐儿看着天色不早，起身告辞。

徐嗣谕送贞姐儿到门口。贞姐儿始终没有提来此的目的，好像真的就是为了送两个西瓜似的。他不由暗暗奇怪。

回到屋里，看见文竹和沁香两个正在收拾箱笼——好在他们刚回来，箱笼里的东西还没有全拿出来，略一整理就行了。好像每次回来都这样，并不急着清理箱笼，总觉得过些日子还要回乐安，到时候东西又要重新装箱。

不知道为什么，徐嗣谕心情好了不少，然后他一怔。为什么感觉好了不少呢？徐嗣谕想到刚才，自己总是说得很多，贞姐儿多半时间都只是安安静静地听着。贞姐儿来，难道仅仅就是为了安慰安慰他吗？那贞姐儿又知道了多少呢？徐嗣谕呆在那里。

第二天，徐嗣谕去了落叶山。

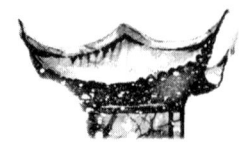

第六十五章　旧人去徐府得安宁

虽然有心理准备,但消息传来时,十一娘还是有些意外:"这么快就没有了……"

"该见的人已经见着了。"宋妈妈低声道,"自然就安心去了。"

正说着,太夫人差了身边的玉版请她过去说话。

"是病死的,又在那边停了床。我看,丧事就在那边办了吧!"

十一娘应诺,回去叫了宋妈妈商量怎么办丧事。

"毕竟是上了族谱、生过儿子的妾室。别家不管,可这三亲六眷却是要去说一声的。"宋妈妈说着俗礼,"上头还有太夫人、侯爷。我看,八人的小抬起杠,请慈源寺的师父来帮着念《往生咒》,头七过了就下葬,您看怎样?"

十一娘微微点头。

宋妈妈又道:"至于孝期,按律先夫人不在了,二少爷应该服斩衰三年,可有您,也可以服齐衰杖期丧一年。还有四少爷、五少爷和大小姐……全看家里怎么安排了。"

十一娘让人给在外院的徐令宜递话。

临波来回:"侯爷说,二少爷服一年的齐衰杖期丧好了!"

十一娘怀着身孕,这些都不能直接参加,让文姨娘帮着走趟落叶山:"谕哥儿不管怎样也只是个半大的小子。有些事,还得长辈去帮着镇一镇才好。"

文姨娘和秦姨娘一个院子里也住了十几年了,本就没有什么直接的冲突,现在人死了,也不免有些黯然。叹着气点了头,换了件素净的衣裳,带着是庶子的徐嗣诚和庶女的贞姐儿去灵前拜了拜。

徐嗣谕在那边守灵,府里的生活虽然没受到什么影响,可少了一个人,大家的情绪都有点低落。

哭孝、念经、发丧,过了"头七",徐嗣谕穿着素服回了府。

"我已经给姜先生送了封信过去。"他人瘦了很多,目光却更显得沉稳,"把家里的事告诉了先生,让先生给我开个书单。我想在落叶山结庐为姨娘守孝,也正好趁着这机会好好读些书。"

徐令宜望着这张和自己相似、轮廓已渐有棱角的面孔,轻轻叹了口气,点头应了。

徐嗣谕恭敬地给父亲行礼,去了内院。他先去见了十一娘,把自己要在落叶山结庐、读书的事告诉了十一娘。

成功的人,都有坚强的意志力,闭门读书一年,对徐嗣谕也未尝不是一种考验。十一娘微微点头,望着他年轻的脸庞,忍不住告诫他:"你既然已经做了决定,以后遇到困难的时候,就不要忘记了自己的初衷。"

徐嗣谕目光微闪,微微点了点头,静静地坐在那里低头喝茶。屋里的空气显得有些沉闷起来。

十一娘总觉得徐嗣谕像迷宫,弯弯曲曲的,藏着很多的秘密。她自己是这样的人,反而不喜欢同性格的人,更喜欢温和单纯的徐嗣谆和真诚开朗的徐嗣诫。她笑着打破了安宁:"落叶山那边听说很久都没有人住了,我也没去过,不知道是个怎样的情况。你这一去,虽然只住一年,可也不能马虎。哪里该添置,你只管差了人来回我就是。"

徐嗣谕听着思忖了一会儿,道:"我还真有件事想求您。"

十一娘认真地听着。

"我想带两个小厮,两个小丫鬟,两个婆子,两个苍头过去。"徐嗣谕慢慢地道,"最好婆子和苍头是两口子,这样也简单些。"并不指名道姓,一副让十一娘重新安排的口吻。

十一娘想到莲娇,想到小禄子……隐隐有些明白。

"我原来屋子里的人,想带文竹过去。她在我身边服侍得最久,又一直跟我在乐安,我屋里的事她也是最熟悉的。有她跟着,丫鬟、小厮、婆子什么的,也有个管束的人,我也可以安下心来读书。"

也行,就重新开始吧。十一娘点头:"我知道了。"

她就看见徐嗣谕长长地舒了口气。两人又说了几句话,徐嗣谕起身告辞。十一娘陪着去了太夫人那里。

太夫人知道他要去落叶山结庐,点了点头,吩咐他:"要跟你二伯母说一声才是。"

徐嗣谕应诺,去了二夫人那里。

太夫人留了十一娘说话:"那就赶在谕哥儿去落叶山之前把丫鬟、婆子都换了吧!新人新气象,有些角角落落的东西,该清理的都清理一番吧!"

十一娘应诺,让贞姐儿和宋妈妈帮着各房的挑丫鬟。

宋妈妈知道十一娘这是想让贞姐儿练练手,在一旁细心地指导,花了四五天的工夫,挑了十几个丫鬟,分到了各房里。又送一些年长的丫鬟出去,也有些被发放到了田庄,或病死,或出了意外的,这都是后话。

徐嗣谕给新去的丫鬟按照文竹的名字取了叫"湘竹",两个小厮一个叫"墨竹",一个叫"丝竹"。

"希望你们能像文竹似的,经雪而不败,凌寒而更绿。"

三个人的父母都只是府里的低等仆役,能被选中已是一团欢喜,齐齐应"是",满脸的高兴。

徐嗣谕盯了三个人一会儿,歪在临窗的大炕上,随手拿了本书翻起来。文竹忙带着新进的几人退了下去。

徐嗣谕就放下了书,望着窗外郁郁葱葱的香樟树发起呆来。姨娘走的时候,很痛苦,整夜地呻吟,大口地吐血,不停地喊着他的名字……他不敢去深究,姨娘吐血到底是病入膏肓,还是别的什么原因。只能紧紧地抱着姨娘,任眼泪唰唰地往下落。

徐嗣谕闭上了眼睛,二夫人的话在他的脑海里回荡:"人和人讲缘分,你和姨娘,也许就只有这几年的缘分。就像小禄子,我把他送到你身边,原是想你有个什么事,也有人给我报信。谁知道他自己却把自己给绕了进去。这也是你们之间没有主仆的缘分,你不必放在心上。世间万物,自有轮回,如花开花落,有盛放的时候,也就有凋零的时候,只不过有的花期长,有的花期短罢了……"

小禄子是他最亲近的人,就算知道了那些事又有什么?如果他不是在自己身边当差,而是在父亲身边当差,或是在五叔身边当差,结果恐怕又不一样吧?想到这里,他心里有些堵得慌。

有人轻手轻脚地走了进来:"二少爷,大少爷和三少爷来看您了。"

"请他们进来。"徐嗣谕侧过脸去,偷偷擦了擦眼角,这才坐起身来。

"为什么要去落叶山?"徐嗣俭一如往日爽快,"在家里不也一样吗?何必拘于这种形式?"

"主要还是想清净清净。"徐嗣谕指了指他们面前的茶盅,示意他们喝茶,"也想沉下心来想一想,以后该怎么办。"

"你这完全是杞人忧天。"徐嗣俭颇有些不以为然,"你都还要担心,那我们怎么办?"他说着,叹了口气,道:"甘老泉这次奉爹爹之命,回燕京准备送忠勤伯府老伯爷祭礼,我听他那口气,爹爹的处境如今十分地艰难。娘让他带信给外祖父和舅舅,让外祖父和舅舅帮着在燕京置个小宅子,准备把家里一些贵重的东西运回来,免得到时候慌手慌脚落了东西。"

徐嗣谕听着微愣:"有这么严重吗?"

徐嗣俭叹气:"我也不知道。"

两人都朝大一些的徐嗣勤望去。徐嗣勤不想谈这些,笑道:"娘一向小心,这次也只是担心而已。"然后转移了话题,问徐嗣谕:"落叶山那边方便吗?我们以后能不能常去看你?"

"方便。"徐嗣谕一向和徐嗣勤默契,自然看得出他的心意,也随着他说话,"而且很偏僻,是个读书的好地方。"说着,他语气一顿:"我今年都十四岁了,一年出孝,就十五了……我不想到知天命的年纪还要下场。"既然走上了这条路,不金榜题名,就不可能自立门户。

徐嗣勤明白徐嗣谕的意思,道:"也好,家里要应酬的事太多了。"又想着弟弟徐嗣俭说话一向随意,怕再说深了,徐嗣俭无意中说的话给别人听到,被有心人拿来做文章,让徐嗣谕为难,道:"那你什么时候走?到时候我们兄弟俩给你送行!"

"慈源寺的师父会在'二七'的时候过去给姨娘念一天《往生咒》,我明天就过去。"

说着话,贞姐儿过来了。

"那地方很偏,我想蚊虫肯定很多。"她带了几盒驱虫的香,还有衣裳、鞋袜,"二哥将就着用。要是好,我再帮着做。"

徐嗣谕很是感激,因内外院有别,只留贞姐儿喝了杯茶,徐嗣勤很热忱地送贞姐儿出门。

"听说大妹妹这些日子帮着四婶婶管着家里的事?"

贞姐儿笑道:"也谈不上'管'字。只是母亲这些日子精神难免不济,宋妈妈又是仆妇,只是借了我的名头使一使。"语气很是谦和。

徐嗣勤有些心不在焉地点了点头,道:"那、那大妹妹还常随四婶婶出门吗?"

贞姐儿一怔。

徐嗣勤已道:"我是说,大妹妹随四婶婶去看过甘太夫人吗?"

有些事,贞姐儿隐隐听说过一些。徐嗣勤的外祖父又为分产的事和现在的忠勤伯闹得很不愉快,两家现在的交情还比不上隔壁的邻居。

贞姐儿听他这么问,想到昨天在十一娘屋里,十一娘和简师傅说起甘家老伯爷下个月就要除服了,忠勤伯与夫人正为三姑小姐曹娥的嫁妆和大小姐娴姐儿的嫁妆置气的事。

她委婉地道:"母亲自怀了身孕,还没有出过门。不过,我听简师傅说,甘家准备先嫁三姑小姐,再嫁大小姐。娴姐儿的婚事,恐怕要到明年开春了。"

徐嗣勤若有所思地颔首,一直把贞姐儿送到垂花门前都没有再开口说话。

贞姐儿望着徐嗣勤的背影轻轻地摇了摇头,去了十一娘那里。

徐嗣谆和徐嗣诚正坐在临窗的大炕上,一面喝着莲子百合羹,一面和十一娘说话。

"母亲,您说,叫绿雪和峨蕊怎样?正好和碧螺、雨花配。"这是徐嗣谆病后第一次出门,他刚得了两个小丫鬟,正想着给丫鬟取名字。他说着,语气微顿,道:"和茶香也配。"

十一娘觉得名字是父母所赐,是在这个社会里独有的符号,身边的丫鬟原来叫什么名字,到了她身边依旧叫什么名字。太夫人、二夫人却不同,身边的丫鬟都按自己的喜好重新取名,徐嗣谆这也是受了太夫人的影响。不过,这在大周富贵之家也是常事。十一娘笑着问他:"满屋绿茶?"

徐嗣谆就抿了嘴笑。

徐嗣诫看看笑吟吟的十一娘,又看看很是高兴的徐嗣谆,高声道:"母亲,我也要给丫鬟取名字!"

这一次,徐嗣诫屋里的丫鬟并没有换。

十一娘笑道:"等你屋里新进了小丫鬟,你再给她们取名字不迟。"

徐嗣诫很是失望,眼角的余光瞟到立在一旁的四喜,他眼睛一亮,忙道:"母亲,我给四喜取个名字好了!"

被点到名字的四喜有些目瞪口呆。

十一娘也有些啼笑皆非:"四喜已经有名字了,而且大家都叫顺了口。"

四喜听着,胆子大起来,小声嘀咕:"我在家里排行第四,又是唯一的姑娘,爹爹高兴,才取了'喜'字……"

徐嗣诫很失望:"那、那怎么办?"

徐嗣谆想了想:"要不,你从绿雪和峨蕊里挑一个吧?"

"可她们已经有名字了。"徐嗣诫依旧觉得这是个问题。

十一娘大笑,摸了摸徐嗣诫的头,小丫鬟打帘服侍贞姐儿进来了。

徐嗣谆和徐嗣诫争着喊"大姐"。

贞姐儿笑着抱了徐嗣诫,问徐嗣谆:"你可好些了?"

徐嗣谆笑道:"我明天就去双芙院上课了。"

"那你可要用心读书,"贞姐儿笑道,"把落了的功课赶回来才行。"

徐嗣谆不住地点头。

贞姐儿说起徐嗣谕:"说明天就走。我去的时候大哥和三弟正与二哥话别。"

十一娘略一思忖,提议:"那我们明天一起去送他吧。"

这是贞姐儿希望看到的,而徐嗣谆和徐嗣诫因为是十一娘说的,自然也没有什么异议。大家就商量着明天送什么东西给徐嗣谕好。

贞姐儿就把徐嗣勤问她的话告诉了十一娘。

十一娘不由叹气。说起来,媛姐儿是忠勤伯的庶女,徐嗣勤娶了也不委屈,只怪三夫人和甘夫人的性子都太要强了。又想到周夫人也好,黄三奶奶也好,都很关心徐嗣勤、徐嗣俭的婚事,可太夫人一副不愿意插手的样子。不仅周夫人和黄三奶奶拿不定主意,就是别家看了,也不好多说什么,硬生生把这事就搁了下来。不过,算算日子,也到了三爷回京的时候,太夫人多半打定主意等到三爷和三夫人回来再说。

"媛姐儿要是定了日子,我会告诉你的。"当年闯了那么大的祸,知道媛姐儿平平安安、顺顺利利地嫁了出去,也能略微安心一些了吧。

贞姐儿微微颔首。

那边徐嗣谆过来拉了她的手:"大姐,大姐,我和五弟合做一盏花灯送给二哥怎样?"

"正月十五早过了,八月十五还早着。"十一娘笑道,"做什么花灯啊,想想别的。"

这两人,自从那年中元节放河灯得了全府交口称赞,最喜欢干的事就是做花灯、灯笼了。

徐嗣谆不好意思地笑。

贞姐儿就笑道:"二哥喜欢读书,我们送他些文房四宝吧。"

大家你一言我一语的,又议了半天。到了黄昏时分,去太夫人那里吃饭,热热闹闹的,让太夫人喜上眉梢。

第二天一大早,十一娘和贞姐儿、徐嗣谆、徐嗣诚把徐嗣谕送到了大门口。十一娘送了两支狼毫笔,贞姐儿送了四刀澄心堂纸,徐嗣谆送了一个荷叶笔洗,徐嗣诚送了一个竹笔架。徐嗣勤和徐嗣俭则把徐嗣谕一直送出城门。

贞姐儿看着门口停着的两辆青布帷帐马车,不由心中微酸,叮咛文竹:"你要好好照顾二少爷,有什么事,就及时回来报个信。"

徐嗣谕见她很是伤感的样子,安慰道:"落叶山离燕京不过半日的工夫,何况马上又要到中秋节了,我过些日子就回来了。"

中秋节讲究团圆,徐嗣谕肯定是要回府过节的。

贞姐儿这才不再多说,待徐嗣谕走后,徐嗣谆和徐嗣诚去了双芙院,贞姐儿扶着十一娘慢慢回了正屋。

白总管派了小厮过来,说十一娘金鱼巷那边的宅子落成。

十一娘很高兴。那是自己名下的产业,给她一种退一步还有落脚之处的安全感。她就想去看看。

徐令宜不准:"天气又热,车马劳顿的,等生了再去。"又道:"我让他们把屋子空着,等你什么时候方便了,什么时候再去布置就行了。"

十一娘就在家里空想,让人拿了金鱼巷的模型过来,没事就和贞姐儿、琥珀几个商量着哪里摆什么东西。

日子渐渐就到了中秋节,屋前屋后都有了蝉鸣声。

先是忠勤伯府为老伯爷举行了除服仪式,然后是甘老泉背着徐家的人为三爷在离金鱼巷不远的石矶巷置了个三进三间的小宅院,再就是兰亭为曹娥的嫁妆跑到十一娘这里来吐了吐槽。

十一娘听着心惊,晚上和徐令宜道:"为了给娴姐儿做面子,竟然把曹娥生母留给她的几件首饰给了娴姐儿。曹娥气得躺在了床上,还好有兰亭这个有脾气的,把东西给要回来了。曹娥可是伯爷的同胞妹妹,蒋家的两个妈妈也还在曹娥身边。甘夫人这样,也太过分了些!"

徐令宜望着她因为怀孕而比往日丰腴却也更为白皙细腻的面庞,有些心不在焉地握了她的手,笑道:"原来甘家的三姑小姐叫曹娥啊。"

十一娘有些窘迫。古时闺女的芳名是不轻易示人的,自己这样,倒显得有些轻佻了。转念又想到徐令宜怎么知道她说的是甘家的三姑小姐,分明早就知道曹娥的闺名,嗔道:"你如果不知道甘家的三姑小姐的闺名,又怎么知道我说的是曹娥?"

徐令宜见她眼睛忽闪忽闪亮晶晶的,像天边的星辰,突然有种心满意足的感觉——如果十一娘永远能这样,多好。他笑着捏了捏十一娘的手:"歇了吧!明天一早还要去后花园散步呢。"

自从她怀孕进入八个月,田、万两位妈妈就每天早、晚陪着她在后花园里走上半个时辰,据说这样有助于顺产。十一娘笑着躺下。徐令宜去吹了灯,习惯性地把手放在了她的腹部。

十一娘拉了拉薄被,就听见徐令宜"哎呀"一声,坐了起来。

"怎么了?"十一娘问道,就感觉徐令宜的一双手在自己的肚子上抚摸起来。

"刚才他踢了我一脚!"徐令宜的声音非常兴奋,"我清清楚楚地感觉到他踢了我一脚。"又喃喃地道:"咦?怎么没动静了。"然后起身去点了灯,仔细地抚着她的肚子,想再感受一次孩子的胎动。

只是这孩子动得很少,十一娘遇到的都不多,更何况是徐令宜了。她笑着坐了起来,靠在了床头的迎枕上:"他有点懒……"话音未落,只见徐令宜满脸惊喜:"他又踢了我一下!"然后指了地方给十一娘看:"就这……"说着,目光中流露出几分困惑:"不过,之前好像是在这里……"手又挪到了另一侧。

十一娘觉得向徐令宜解释这些有点困难,笼统地道:"田妈妈说是这样的。"

"是吗?"徐令宜望着她愣了一会儿,又轻柔地抚摸,"你说,他是不是感觉不舒服?要不然,为什么要踢人?"

"可能是一个人不好玩吧。"十一娘随口道。

徐令宜想了想,略略加重了手上的力道,温柔地在她的肚子上抚摸起来,孩子却再也没有动一下。

接下来的几天,肚子里的孩子像和徐令宜捉迷藏似的。徐令宜不经意间把手放在了十一娘的肚子上,孩子就会即兴地动一动。如果徐令宜仔细地抚摸,他反而一动不动。

徐令宜对这个孩子很是期待:"定是个性子十分活泼的!"

十一娘笑容粲然。活泼和调皮,也只有一线之隔吧!

不几日,甘家送了大红洒金请柬过来,曹娥的婚期定在了九月初十。

"早点嫁出去也好。"十一娘和徐令宜感叹,"在那个家里待着,还不知道会出些什么事!到夫家虽然人生地不熟,可有陪嫁捏在手里,心里到底踏实些。"

徐令宜笑着没有作声,并不是家家面对媳妇的陪嫁都能不心动的,没有个强有力的娘家人,女人想保住自己的嫁妆是很难的。

"曹娥出嫁,你要送她吗?"他现在担心这个问题。

十一娘知道徐令宜的心意,笑道:"她出阁的那天我就不去了。可添箱的东西却想亲自送过去,也趁着这机会和曹娥道个别。"

曹娥可是嫁到福建,也许这辈子就再也没有见面的机会了。徐令宜微微点头。

十一娘趁着个雨后天凉的日子去了忠勤伯府。府里没有嫁女的喜庆,丫鬟、婆子的脸上反而处处透着几分小心翼翼的惶恐。

甘夫人接过十一娘给曹娥的添箱——内造的梅花凌寒粉彩茶具,露出个有些勉强的笑容:"还麻烦四夫人专程来一趟。"然后陪着十一娘去了曹娥那里。

曹娥看甘夫人的目光有些冷,亲手给十一娘斟了杯茶,表情柔和了不少,问十一娘:"你还好吧?"目光落在她凸起的腹部。

"挺好的!"十一娘笑着,婉转地说了自己的来意。

曹娥已猜到了来意,笑道:"只怪我自己选得不好。"

甘夫人听着就有些不悦,道:"这日子是请钦天监算的。要是听你大哥的定在十月,正好是四夫人生产的日子,那就更不可能来了。"

曹娥看也不看她一眼,更别说是搭话了。等她说完,笑着对十一娘道:"只是没想到你这么早就过来了。"然后吩咐身边的小丫鬟:"去,把我那个宝蓝色的包袱拿出来。"又扭头望着十一娘,道:"母亲说自己是孀居之人,怕不吉利,所以托我帮未出世的小少爷做了些衣裳鞋袜……还有个斗篷,就差最后几针了。等过两天我做好了,差小丫鬟送过去。"说着,小丫鬟抱了个大包袱进来。

十一娘很是感激,忙起身道谢:"你自己也有女红要做,还麻烦你帮着我做小衣裳。"

"我的东西先母早就准备好了。"曹娥笑道,"不过从库里拿出来罢了,四夫人不用客气!"

字字句句都针对甘夫人,甘夫人在一旁讪讪然,脸色很不好看,当着十一娘的面又不好说什么。

家家有本难念的经。十一娘只当没看见,让竺香代自己去给甘太夫人行了个礼,就起身告辞了。

回到家里,换了妇人装扮的琥珀正和宋妈妈在屋檐下说话,看见十一娘,两人忙上前行了礼,宋妈妈笑道:"特意来给您请安,结果您去了忠勤伯府。"

七月底,十一娘托了文姨娘操办琥珀的婚事,让白总管给琥珀腾了三间厢房做了新房。八月初一,欢欢喜喜地把琥珀嫁了出去,嘱咐她到了十月再回屋里当差,没想到今天就来了。

"怎么也不说一声!"十一娘由琥珀扶自己进了屋,"可是有什么事?"

"是有桩事要求您!"琥珀说着,笑嘻嘻地望了宋妈妈一眼。

宋妈妈也抿了嘴笑。

十一娘有些笨拙地上了炕,笑道:"什么事,神神秘秘的?"

宋妈妈就笑着遣了屋里服侍的:"管青家的想请夫人留个人。"

管青家的,就是琥珀。十一娘片刻后才适应这个称呼。这些日子,她屋里正在选丫鬟。

"这件事,是我无意间听说的,这才起了心。"琥珀低声解释道,"有个叫秀莲的,打小就和外院随侍处的一个叫吴六的护卫定了亲。我听管青说,这吴六的父亲原是镖师,家传一身好功夫,极得随侍处的管事器重。秀莲呢,我也悄悄去见了见,人长得白净,针黹也好,性情更是温顺。能不能做到大丫鬟,就要看她的造化,可做个二等的丫鬟却是担得起的。"

侯府外院有一名总管,统管外院的庶务,手下有十三名管事,分别管着回事处、随侍处、书房、司房、库房、祠堂、厨房、茶房、针线房、更房、马房、田庄、铺面。其中,回事处管着府里的人情来往,待客接物;司房管着府里的账册,银钱往来;随侍处负责府里的护卫。这三处,最能反映出整个侯府的动向。

如今万大显在司房,管青、曹安在库房,常学智在回事处。管青又因为琥珀的原因,不可能再待在库房。回事处和田庄油水最重。前者有客人的红包可收,后者可以虚报田庄租金从中牟利。这两处不是太夫人的人,就是徐令宜或者徐令宽的人,插进去不太容易,也打眼,加之管青没有武技傍身,最好的结果就是安排到附近的商铺或是田庄。

秦姨娘的事,让十一娘深刻地感觉到了尊卑等级之下生命的脆弱。也许这种事在她原来讲究平等自由的社会一样存在,可她不是特殊阶层的人,冲击也就没有这次强烈。这也让她更坚定了自己的打算——既然做不到太夫人那样的杀伐果断,还是待姜家九小姐进门以后,就慢慢把主持中馈的权力交给世子夫人吧。

可十一娘心里又很明白,人是随着环境的变化而变化的。当她把权力交出去以后,如果全指望徐嗣谆的孝道来过上有尊严的生活,那只能是理想,只能变成第二个甘太夫人而已。她需要随时掌握徐家的动向,做到事事心中都有数。在遇到矛盾时做出正确判断,保障自己的权益。要不然,怎么会有"害人之心不可有,防人之心不可无"的警句呢?可想做到这一点,是需要人脉的。确切地说,是要有人在司房、回事处和随侍处……十一娘没有任何犹豫,就吩咐宋妈妈:"这件事,你亲自来办。"

宋妈妈肃然应"是"。

十一娘去了太夫人那里。

"琥珀今天特意给我问安。"她趁着一局叶子牌打完的时候对老人家道,"想给他们家管青谋个差事。我想着他们这才刚成亲,又是少年夫妻,特意来请太夫人给个恩典,就在京城里给管青个差事干干。"

太夫人听了笑道:"我现在可不管这些事,你跟老四商量着办就是了。"

十一娘坐到太夫人的身边,道:"还是您跟侯爷提提吧!"一副不好开口的样子。

太夫人看着呵呵笑,晚上特意和徐令宜说起这件事。

徐令宜微讶,看着与太夫人亲亲热热携手并肩而坐的十一娘,躬身应了。

回到屋里不免笑她:"你倒知道讨好娘!"

"什么讨好!"十一娘嗔道,"我这是尊敬!"

"哦?"徐令宜扬了扬眉,似笑非笑地望着她,神色暧昧,"那你怎么尊敬一下我这个安排事的人?"

十一娘就想到这几天早上起来他贴在自己股间那蓄势待发的亢奋……脸不由通红,却不接他的话,顺手接了小丫鬟的茶递给他,恭敬行礼:"侯爷请喝茶!"眼睛却亮晶晶的,带着几分戏谑。

徐令宜哈哈笑起来,把她拉到怀里搂了,重重地在她面颊上亲了一下。他觉得这样机敏的十一娘很可爱。

没几日,十一娘屋里的芳溪、秋雨升了二等丫鬟,又新添了秀莲、玉梅、红纹三个小丫鬟。

十一娘把精力放在给绿云找婆家的事儿上,不知不觉到了赏菊花、吃螃蟹的时候。

季庭早就种了些名种,在太夫人院子里堆起一座小小的菊花山,又在各房屋里摆上了菊花。放眼望去,整个永平侯府内院到处是菊花。又有南京的宏大奶奶让人送了四篓螃蟹过来,徐令宽就嚷着要在家里开宴,听戏,赏花,吃螃蟹。

螃蟹是凉物,十一娘是凉不得的,徐嗣谆是不敢沾的。

太夫人听了笑道:"四篓螃蟹开什么宴?你们想吃想玩的,到外面去折腾,不准在家里馋人的嘴。"让杜妈妈把四篓螃蟹送人:"一篓给红灯胡同的老侯爷,一篓给永昌侯府的黄夫人,一篓给隔壁的林夫人。"

而五爷徐令宽得了太夫人的话,借着由头每日在外面和同僚、好友游玩,有几次还让五夫人也穿了小厮的衣裳跟着一起去。这让徐嗣俭十分羡慕,直嚷着应该给赵先生放假,这样,他也可以扮成小厮跟赵先生一起出门登山、观景、访友了。

徐嗣勤颇有些哭笑不得,可徐嗣俭的话也提醒了他。他在暖房找了几株名菊,趁着休沐,拉着徐嗣俭去了落叶山。

徐嗣勤、徐嗣俭兄弟到达落叶山的时候,徐嗣谕正在读书,看见两人,高兴地迎了出来。

徐嗣勤看着他书案上堆着的书,砚台上搁着的笔,心里颇有些不是滋味。自从徐嗣谕到落叶山后,他来过好几次。每次来,徐嗣谕不是在读书,就是在写字。相比他们五天一小休,十天一大休的轻松惬意,辛苦很多,却也给人一种正朝着目标慢慢靠近的踏实感。而自己,和这个从小一起长大的弟弟的距离也越来越大了。

他忍不住道:"二弟,姜先生收学生有什么条件吗?"

徐嗣谕微愣,想了想,道:"好像没什么条件,只要你交得起束脩,按书院的规矩行事就行。"说完,又觉得不对:"有的交不起束脩的,姜先生就让欠着。"这样说好像也不对:"也有欠着没还的,姜先生就让人把记的账册烧了。"他想到徐嗣勤问这话的用意,轻声道:"大哥也想去书院读书吗?"

徐嗣勤点头,轻声道:"你都这样上进,要是我还得过且过的,实在不配做兄长。"

徐嗣俭听着忙道:"大哥对我们很好,总是很照顾我们,怎么能说不配做兄长呢?"然后对徐嗣谕道:"二哥,要不我们一起去谨习书院读书吧?说不定,我们也能考秀才,中举人呢!"

"光耀门楣为首孝。"徐嗣谕微微点头,"大哥和三弟愿意去,我也有个做伴的,再好不过。不过,这件事还是私底下先问问三伯父为好。"

徐嗣勤点头,只觉得坐在这里都是耽搁了好光景,借徐嗣谕的笔墨写了封信给三爷,回府就差人送去了山阳。

徐令宜去净房洗了把脸,换了件细葛布的家常袍子出来,坐到临窗铺了竹簟的炕上,接过小丫鬟端的绿豆汤喝了一口,说起进宫的事来:"你猜猜看,皇后娘娘叫我进宫有什么事。"

十一娘笑道:"皇后娘娘有什么吩咐?"

徐令宜望着她呵呵地笑道:"让我进宫,专程领了两个稳婆、一个医婆回来。"

是上次说的那个什么彭医婆?十一娘听了忙道:"人进府了吗?"

徐令宜道:"她们还要去内府领牌子,过一会儿应该就到了。"

十一娘喊了宋妈妈进来,让她把人安排到前院的东厢房:"嚼用都比照太夫人身边的杜妈妈。"

宋妈妈听说皇后娘娘赏了人,喜上眉梢。

那边太夫人听说了,亲自过来见了三个宫里来的人。两个稳婆都胖墩墩的,看上去很老实。医婆姓彭,长着张鞋拔子脸,人又黑又瘦,偏生穿了件茄色的褙子,乡土气很浓厚。

太夫人私下嘱咐十一娘:"那个姓彭的要么运气十分好得了皇后娘娘的青睐,要么十分有本事。不管是哪样,能来我们府就是缘分,你都要敬着些。"怕十一娘以貌取人。

实际上太夫人也为十一娘找了两个稳婆。

十一娘笑道:"娘放心,既然是皇后娘娘赏的,我会吩咐丫鬟、婆子客气相待的。"

太夫人点了点头:"我看,产室就设在耳房好了。"

古时认为生产是污秽之事,有条件的人家会专辟一室。

徐令宜想到十一娘一向讲究细枝末节,问她:"你觉得呢?"

十一娘觉得耳房有些简陋,不过,布置布置也一样:"娘是有经验的人,听娘的准没错。"

徐令宜点了点头,隔天却发现十一娘开了库房布置耳房,微微愣了愣后,忍不住笑了起来。

临窗的大炕上铺着石青色的锦垫,窗台上摆了一红一黄两盆菊花,靠墙一张六杜架子床,挂了石青色的帐幔。帘子上绣着一排白色的仙鹤,帐幔两边垂着鎏银海棠花的帐钩。床对面摆着两张太师椅,一旁是屏风,屏风后面是个小小的净房。

十一娘点了点头,指了大炕和床中间的一面粉墙:"挂个四屏的瓷屏,拿个花几,摆一盆米兰,再在花几旁摆几棵冬青树。再添几个锦杌,到时候有人来探望,也有个坐的地方。"

季庭媳妇笑着应"是",领着婆子去搬米兰和冬青树。竺香则带着小丫鬟去开库房拿瓷屏、花几、锦杌。

十一娘和宋妈妈去了正屋。宫里来的两位稳婆和太夫人请的两个稳婆都说她的肚子已经落了下去,临盆就在这些日子了。她自己照了半天镜子也没有看出有什么不同之处。

由宋妈妈扶着坐到了炕上,十一娘问起绿云的婚事来:"听你这口气,倒也是个殷实的人家。"

宋妈妈亲手奉了杯茶给她,笑道:"如果不好,也不敢跟夫人提。"

十一娘笑道:"那就把绿云的娘、老子叫来商量商量。"

宋妈妈笑着应了。

简师傅和秋菊过来了,两人各提着两个大包袱。

"我们自己铺子里有五十几个绣娘,难不成还要你一个怀着身孕的亲自动手做衣裳不成?"简师傅说着,让秋菊打开包袱,炕上全是小孩子的衣裳,做工精细不说,色彩斑斓,绚丽夺目,看得人眼花缭乱。

"可以一直穿到五岁。"秋菊听了掩嘴而笑。

秋菊长高了不少,眼角眉梢再也没有做丫鬟时的怯意,看上去神采飞扬的。她正在议亲,对方是简师傅在江南的好友,家里在湖州有间小小的绣铺,两人也算是门当户对。简师傅提出要对方入赘,那家人有些犹豫,这件事就这样搁了起来。

十一娘听了骇然,笑道:"不会是连生意也搁下,专做这些小东西吧?"

简师傅笑道:"全是秋菊帮着做的。"眉宇间露出与有荣焉的骄傲,"说不定我们以后还可以专做小孩子的衣裳。"

大家听着都笑起来。

简师傅的话若干世纪后可以实现,现在却不行。有购买能力的都有自己的针线房,没能力的,都是大的穿不了小的穿。何况还有"会打扮打扮十七八,不会打扮打扮月子里的娃"的俚语。

竺香让秋雨去搬两个箱笼进来装这些小衣裳。

简师傅笑着问起十一娘的情况,又说了些铺子里的事,看着天色不早,说铺子里还有事,和秋菊告辞了。

简师傅如今已经不太拿针线了,但铺子里绣出来的东西全得经她查看过之后才会卖出去。这个时候,正是要验绣品的时候,十一娘也不留她,让竺香送到垂花门,她自己则叫了秋雨、秀莲、玉梅几个过来帮着收拾。

不一会儿,贞姐儿过来问安。小姑娘家,谁不喜欢这些小东西。她啧啧称奇,帮着秋雨几个叠衣裳。

徐嗣谆和徐嗣诫下了学,两人看着大感兴趣。徐嗣诫正色地问十一娘:"弟弟又没有出生,要是做小了怎么办?"

十一娘还真有点不好回答,正思忖着,徐嗣谆已道:"所以大大小小的做了这么多,这就叫作有备无患。"

徐嗣诚听了很认真地点头:"四哥好聪明。"

把十一娘等人笑得前俯后仰,眼泪都出来了。

待去太夫人那里吃饭的时候,贞姐儿又讲给太夫人听,把太夫人、五夫人也逗得乐不可支,就连二夫人,也露出灿烂的笑容来。

日子转瞬间就到了十月初,家里的人都紧张起来,太夫人还在初一的早上去慈源寺烧了一炷头香。

不知道是因为产期临近,还是因为周围人的态度,十一娘也开始变得有些不安起来。

半夜,徐令宜被辗转反侧的十一娘惊醒,把她抱在怀里:"怎么了?"

十一娘不知道该怎么说好。说自己担心孩子生出来少胳膊少腿的,说自己怕孩子生产的时候缺氧智障……都不吉利。可这些念头又在脑海里盘旋不去,特别看到宫里来的稳婆让宋妈妈准备一把新剪刀的时候——她在一本书里看到过,从前有很多婴儿夭折就是因为用剪刀剪脐带,让脐带感染了。

徐令宜见她不说话,也不作声,一直静静地抱着她,亲着她的额头,安慰着她。

天快亮的时候,十一娘突然醒过来,感觉腹部一阵阵地疼。她忙推身边的徐令宜:"侯爷……"

十一娘一动,徐令宜就醒了,刚叫一声,那边已忙道:"怎么了?"

"我肚子痛。"

算算日子,也到了生产的时候。如果是其他情况,自然不必急,如果是发作了,头胎生产的时间长,何况稳婆、医婆都在前院候着。

徐令宜披衣起床道:"我去叫人!"语气镇定,举止从容。

十一娘心中大定,让小丫鬟喊了已是妇人的琥珀进来:"等会儿你和我一起去产室。"

琥珀有些紧张,连声应"是"。

说话间,阵痛已经过去。十一娘梳洗、穿衣。

宫里的两个稳婆在前,彭医婆、太夫人请的两个稳婆,田、万两位妈妈紧随其后,鱼贯着进了内室。

十一娘又感觉到了腹痛。

其中一个摸了摸她的肚子,道:"去产室吧!应该是发作了。"

彭医婆听着上前把了把脉,也点头:"应该是发作了。"

十一娘点了点头,歪在炕上歇了一会儿,等阵痛过去,才由田、万两位妈妈扶着去了产室。

此时太夫人已得了消息,由杜妈妈搀扶着,在丫鬟婆子的簇拥下进了正院,看见徐令宜站在屋檐下,忙道:"怎样了?"

"说是发作了。"

太夫人松了口气,安慰徐令宜:"你也别急,一时半会儿还生不下来。"想了想,道:"我们去屋里坐吧!"

"您回去歇了吧!"徐令宜道,"我在这里守着就行了。"

太夫人摇头:"我在屋里也不安心,还不如就守在这里。"吩咐杜妈妈:"你去产室问问,看现在是怎样一个情景。"

杜妈妈笑着应"是",疾步去了产室。

徐令宜扶着太夫人去了正屋的东次间坐下,又有小丫鬟们上了茶点,然后吩咐白总管拿了帖子去太医院请两位太医来坐诊。

不一会儿,杜妈妈折回来:"才刚开始。"

太夫人双手合十,朝西边揖了揖:"菩萨保佑,平平安安,顺顺利利。"

二夫人、五夫人也得了信,二夫人因是孀居,派了丫鬟过来问,五夫人则带着石妈妈亲自过来。

"要不要石妈妈进去看看?"

"现在不用。"太夫人笑道,"就是快,也是今天晚上或明天早上的事;要是慢,估计明天下午或是晚上,也有可能拖到后天早上……"

五夫人想着自己生产的时候,闻言笑道:"那我让石妈妈吃了晚饭过来。晚上有老成的妈妈在身边,胆子也大一些。"

太夫人"嗯"了一声:"那晚上就让石妈妈和杜妈妈在这里照顾。"

石妈妈笑吟吟地应"是",回去好好地睡了一觉,掌灯时分过来。太夫人歪在正屋的暖阁里,侯爷在书房里写字,她给两人问了安,去了产室。

产室静悄悄的,太夫人请的两个稳婆坐在床前的小杌子上,琥珀则坐在床边,拿着帕子帮十一娘抹着额头、脖子上的汗。田妈妈端了铜盆在一旁服侍,并不见宋妈妈、万妈妈和宫里来的两位稳婆、彭医婆。

听到动静,田妈妈朝着石妈妈轻轻地点了点头。石妈妈蹑手蹑脚地走了过去,见十一娘闭着眼睛,好像睡着了。她小声在田妈妈耳边道:"怎样了?"

"多半要到明天。"田妈妈悄声道。

石妈妈还要问,琥珀已抬头,朝着她们两人做了个"别说话"的表情,两人不约而同打住了话题,待琥珀帮十一娘擦拭完了,石妈妈跟着田妈妈一起去泼水,这才有机会说话。

"夫人还好吧?"

"夫人胆子可真大。"田妈妈说着,眼中露出佩服的神色,"比我们几个还沉得住气。说既然生产是明天的事,让万妈妈和宫里来的人去歇了,还说,免得大家都拖疲了,到生产的时候反而没了精神。疼了一天,抽着空就睡觉。我用红糖打了六个荷包蛋,夫人连汤带蛋一起全吃了。"

石妈妈很是意外,却也松了一口气。十一娘明理,她们也轻松些。

就看见有小丫鬟跑了进来。没待她开口,田妈妈已笑道:"明天早上再来问吧!"

小丫鬟笑着应诺,一溜烟地跑了。

田妈妈抬头,看见石妈妈惊讶地望着自己,笑着解释道:"是文姨娘身边的小丫鬟——一早就差了小丫鬟来问,侯爷看见也没有拦。"

石妈妈听了低声笑道:"这个文姨娘,倒是个角色。"

田妈妈不好说什么,笑了笑。

文姨娘安安心心去睡觉了。乔莲房却想到自己怀孕那会儿府里上上下下的另眼相待——要是十一娘这次生下的是儿子,这后院,十年之间都是她的天下了。想到这里,她不由自嘲地笑了笑。

十一娘不知道自己还能忍受多久,疼痛好像没有尽头,一波接着一波,让她筋疲力尽。她皱了皱眉,喊琥珀,声音有些嘶哑。

琥珀忙坐到了床边:"夫人,您有什么吩咐?"

"等会儿,你记得让稳婆用烧刀子把剪刀擦几遍……"

田妈妈说,要让夫人好好休息,免得生产的时候没有了力气。

"夫人放心。"没等十一娘说完,琥珀已经接了话茬,"您说的,我都记得,要用烧刀子擦剪刀,所有的帕子都放到水里煮开,稳婆给您检查的时候要用盐水洗手……"

她不放心,一夜没睡,一直守着十一娘,神色显得有些疲惫。十一娘点头,不再说话,嘴唇却紧紧地抿了起来。

琥珀知道她又开始痛起来,和她说着话,转移她的注意力:"太夫人一直在正屋的暖阁,五夫人吃过早饭也来了。听秋雨说,书房昨天晚上一夜都没有熄灯。文姨娘,今一早又派了小丫鬟来问……"

十一娘尽量忽视身体的不适,听琥珀说些家长里短的。

"杜妈妈昨晚在这里照顾我,太夫人又歇在我屋里,那谆哥和诚哥谁在管?"

"昨天晚上,五爷把四少爷接到了自己屋里。五少爷那边有南永媳妇帮着照看。"

十一娘在心底叹了口气。一个稳婆赔着笑脸走了过来:"管青家的,我来看看夫人。"

琥珀站起身来，把地方让给了稳婆，就听见那稳婆惊呼一声："羊水破了！"隐隐含着几分惊慌。

十一娘心里"咯噔"一下，琥珀已急声道："那是好还是不好？"

"没事，没事！"稳婆笑道，"是快要生了！"

十一娘却觉得稳婆的声音里带着几分勉强，正想仔细问问，就见另一个稳婆快步走了过来："羊水破了？"神色很平常，就像在问吃过饭了没有。

万妈妈也围了过来。那稳婆却向两人使了个眼色，笑道："快要生了，快要生了！"

十一娘看见万妈妈和后来的稳婆神色微微一愣，沉默下来。她心中警铃大响。

那稳婆已道："夫人再忍忍，很快就要生了。"说着，转身和万妈妈商量："您看，要不要把宫里来的两位请进来，再烧些热水？"

万妈妈忙道："那是自然。"吩咐小丫鬟烧开水，转身叫了宫里的两位稳婆进来。

太夫人请的两位稳婆就站在门口和宫里来的两位稳婆说了几句话，宫里来的一位稳婆这才上前给十一娘检查了一下。她的神色有些凝重起来，走过去和另外三位稳婆、万妈妈小声说了两句。

十一娘心里已经很肯定事情有些不妥当，偏偏听不清楚几个人在说什么，吩咐琥珀："请万妈妈过来说话。"

琥珀也感觉到了异样，立刻起身去叫了万妈妈来。

"到底是怎么一回事？"十一娘想用一种冷静而理智的声音说话，谁知道说出来的声音却带着无法掩饰的颤抖。

万妈妈笑道："没事，没事……"

如果真的没事，万妈妈肯定是欢天喜地跑出去告诉太夫人她要生了，又怎么会像现在似的，几个人神色忐忑地凑到一起耳语。

十一娘心里发寒："万妈妈，我要听实话。你不说，等会儿我也会知道，你告诉我了，我至少知道等会儿该做些什么。"生死关头，只有自己能救自己。

万妈妈想了想，不得不承认十一娘说得有道理，她低声道："夫人，真的没什么，只是羊水破得有点早，可能到时候您要吃点苦头。"

吃苦头？生孩子，怎样才叫吃苦头？电光石火中，十一娘沉声道："是不是难产？"

万妈妈表情有些讪讪然："那也不一定。如果生得快，羊水早一点破，晚一点破，都没有什么大碍。"

可如果生得晚呢？思忖间，就有稳婆吩咐彭医婆去煎了催产的汤药进来。

十一娘喝了药。几个婆子轮流在床前细细地打量她。

时间一点点地过去，十一娘没有任何感觉。

稳婆让彭医婆又煎了碗药进来。十一娘还是没有什么感觉。

几个稳婆的脸色都有些凝重，其中一个去禀了太夫人："请太医院的两位太医帮着开两剂催产的汤药才好！"

太夫人让杜妈妈去请了太医。两位太医就站在屋檐下问诊。

宫里来的一个稳婆去答了话："从太医院带来的催产汤药，吃了两剂，都没有效果。羊水已经破了两个时辰了。"

"换几味药吧！"两位太医交头接耳一阵子，重新开了催产的汤药。

十一娘吃下去痛了一阵子，又没了动静。

两位太医又换了几味药。十一娘阵痛更明显了些。大家都松了口气。

可到了下午，还是没生。

太医的脸色有些难看："药剂不能再加了……"

十一娘脸色煞白。在她有限的认知里，孩子能在母亲体内存活，靠的就是羊水。如果羊水没了……她问稳婆："还没有生产的迹象吗？"

几个稳婆你看看我，我看看你，就有一个强露了笑脸，道："夫人别急，快了，快了！"

十一娘的心凉飕飕的。她是不是要死了？就像上一次，一次次的手术，一次次的化疗，让她头脑清晰地经历着死亡。从前的痛苦，难道又要重来一遍？

她会再次穿到另一个人的身体里，在陌生的空间里重新经历世间的悲欢离合，荣辱得失？一时间，她如同回到了童年。衣香鬓影的大厅，琥珀色的香槟，塔夫绸的舞裙，男人窃窃私语，女人掩扇而笑……她穿着雪纺纱的公主裙，小小的身影从大厅的这边走到那边，又从那边绕到这边，没有人多看她一眼，像个过客。是，她是个过客，没有爱人，没有家庭，没有孩子……上一世的她，如水过无痕，什么也没有留下。

思忖间，她的手碰到了高高凸起的肚子。不，不，不，这一世，她还有个孩子。她可以死去，却不能让这个在她身体里慢慢孕育长大的孩子跟她一起陨灭。

"侯爷呢？"十一娘听见自己哽咽着问万妈妈，"我要见侯爷！"在她所认识的人里，只有这个人，能保护这个孩子不受伤害。

屋里的人面有难色，产室是污秽之地，男人进来，是要染霉运的。

"夫人，"万妈妈硬着头皮笑道，"侯爷就在书房，您有什么事，我去帮您传一声就是了！"

"我要见他！"一向温和的十一娘此时态度坚决，"你去跟他说，我要见他！"

万妈妈站在一旁，左也不是，右也不是，求助似的朝琥珀望去。

琥珀望着满脸是泪的十一娘，咬了咬牙："夫人，我去叫侯爷！"

万妈妈大急。年轻媳妇子，什么也不懂。侯爷可是府里的主心骨，要是他出了什么事，这府里的好日子也就到头了。怎么能听夫人胡闹！

"管青媳妇！"她叫了一声，刚想提醒一句，琥珀已小跑着出了产室。

万妈妈一跺脚，追了上去。

生个孩子要这么长的时间吗？徐令宜望着书案上微黄的宣纸，不禁在心里嘀咕。这都过去一天半了，不知道还要待多久。他想了想，放下了手中蘸了墨汁的毛笔，吩咐小丫鬟："去看看，夫人那边怎样了。"

小丫鬟刚应了声"是"，门帘子"唰"的一声被掀起，琥珀急匆匆地走了进来："侯爷，您快去看看吧！夫人她，夫人她……"眼泪已止不住地落下来。

徐令宜心里一寒，就看见杜妈妈跟了进来。

"侯爷，您别急。"她目含警告地瞥了琥珀一眼，道，"她们年轻人，不懂事，我这就去看看！"

琥珀看得清楚，心里更明白，如果徐令宜去了产室，最后十一娘又有个三长两短，她是嫁到徐府的媳妇子，不再是十一娘的陪房丫鬟，徐家的人想怎样处置她就能怎样处置她。可一想到满脸是泪的十一娘，她哪里还顾得上这些，反驳的话就脱口而出："不是，侯爷，是夫人要见您……"

她的话音未落，徐令宜已大步出了书房。杜妈妈望着琥珀就叹了口气。琥珀却是心中一喜，一面抹着眼角，一面小跑着跟了上去。

十一娘感觉到身下的被褥越来越濡湿，她的心也一点点地凉了下去。情况是不是已经很糟糕？她不怕面对厄运，她怕自己对即将到来的厄运一无所知，只能被动地接受。徐令宜为什么还没有来？是琥珀没办法把话传到，还是徐令宜犹豫着要不要见她？念头在脑海里盘旋，就听见门帘子一响，徐令宜面沉如水地走了进来。

"徐令宜！"十一娘讷讷地望着他。

徐令宜看见过她巧笑嫣然的样子，看见过她骄傲隐忍的样子，看见过她愤然失望的样子，却从来没有看见过她现在的样子，噙满泪光的杏眼无助地望着他，充满期待。

他心中一滞，目光凌厉地望着几个稳婆，道："怎么回事？"声音不再是往日惯有的威严，而是隐隐中带着几分慌张。

他微微一愣。再凶险的场面他都见过，有什么好慌张的？徐令宜来不及理清自己的思路，他看见几个稳婆都垂了头，那彭医婆更佝偻着身子悄悄地朝后退了几步。

他指尖发冷，耳边传来十一娘羸弱的声音："侯爷，我可能难产了。"

虽然已经有情况不妙的心理准备，可听到这话从十一娘口里说出来的时候，徐令宜的脑子还是"轰"的一下，片刻才缓过神来。

"难产？"他的身姿更显几分挺拔，望向稳婆的目光就有了几分凛冽，"什么叫'可能难产了'?"

空气为之一冷。几个婆子缩成了一团,战战兢兢,大气也不敢出一下。

徐令宜的目光就落在了彭医婆的身上。彭医婆"扑通"一声就跪在了地上,"侯、侯爷,羊水破得早了些,催产的汤药也吃了,太医院的太医也来问过诊了,可孩子、孩子还没有动静。"她磕磕巴巴地道,"要是、要是再不生产,夫人就有些危、危险……"一面说,一面用眼角朝着徐令宜睃去。

听说太医院的太医也来问过诊了,徐令宜心中一震,望着彭医婆的目光显得有些生冷:"这样说来,没什么办法了?"

声音平平的,甚至有些呆板,可听在彭医婆的耳朵里,却如落在了冰窖里一样,全身发冷。她一咬牙,随手就拉了身边的一个稳婆:"侯爷,奴婢是医婆,会医小儿急症,却不会接生。"

那稳婆一听,知道自己要倒霉了,浑身像抽了筋似的软了下去,道:"侯爷……侯爷……"身子筛糠似的抖了起来。

徐令宜眼底闪过一丝戾气,朝另外三个稳婆望去。三个稳婆心中一颤,忙跪在了地上,头在青石砖上磕得"嘭嘭"直响:"侯爷饶命,侯爷饶命!"

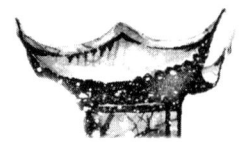

第六十六章　添新儿新人新气象

徐令宜望着匍匐在他面前的几个婆子，冷冷一笑，让琥珀去叫了太医过来。

"只有用虎狼之药。"太医斟酌道，"到时候，孩子多半是……大人恐怕也有凶险！"

徐令宜半晌未语，目光凛冽地落在了稳婆身上。

"看来，你们都没有什么办法了！"他吩咐琥珀，"把白总管叫来，让他把宫里来的三位送回宫去，就说我们永平侯府用不上。"

她们是奉了皇后娘娘之命来当差的，"用不上"，听在宫里那些贵人的耳朵里，和"倨傲不服管束"有什么区别？得了皇后娘娘的胞弟，当今国舅爷的这样一句话，会有什么样的后果，已是不言而喻。就算皇后娘娘不追究，自有想奉承永平侯的人替永平侯抱不平！三个婆子筛糠似的抖了起来。

这话既是说给几个稳婆听的，何尝不是说给他们听的？两个太医面面相觑。

琥珀已应声而去。

与其到时候生死两茫茫，还不如想办法放手一搏。其中一个太医开了口："侯爷，有、有偏方！"

如果是个全无风险的法子，稳婆早就用了，何至于到此刻才说出来。徐令宜面无表情。

太医已道："我们请稳婆帮夫人揉搓一番，帮着把孩子早点生下来！"

徐令宜朝稳婆望去，她们神色很是慌张。他又朝万妈妈望去，万妈妈脸色有些发白，双手紧紧地绞在一起，显得很紧张。

也就是说，万妈妈也是知道这个法子的！徐令宜的目光重新回到太医身上，两个太医已跪下。

"侯爷，这法子虽然凶险，可不是没有用过的。"太医的声音有些颤抖，"当年孙贵妃生六皇子，曾用过这法子。"

彭医婆听着心中生寒，忙推了推身边的稳婆，小声提醒她："到时候，可是你们接的生。"

那稳婆打了一个寒战，立刻道："侯爷，这法子太凶险了，是实在没有办法的时候才用的。因是揉下来的，孩子多半都会夭折。"

"不行!"十一娘听得清楚,想想都心痛,立刻道,"这个法子不行!"她要把孩子生下来。

徐令宜回头,望着泪眼婆娑的妻子,明眸澄净得如涧间的泉水,似忘忧水,是让他的心都跟着清澈起来的人。眼角的余光瞥过高耸的腹部,在他的抚摸中一点点地长大,顽皮地和他嬉戏的,是他的骨血……徐令宜脸上露出痛苦的表情:"还有没有其他的法子?"

稳婆却捕捉到徐令宜声音里的犹豫。这个时候,什么也不做,肯定是死;顺着侯爷的心意去做,说不定还有条活路。何况,子嗣才是大!就是宫里,也是这样取舍的!

她拿定主意,轻声道:"还、还有个法子!"

徐令宜目光一亮。

"用剪子剪开……"稳婆小声道,"只是大人……"

徐令宜明白过来:大人和孩子,只能保一个!

十一娘也明白过来,她打了一个寒战,没想到自己这一世会死得这样狼狈。她自嘲地笑了笑,手轻轻地落在了腹部。没有母亲的孩子,生活会很辛苦,哪怕物质上再满足,心里也始终会有一个小小的缺憾。只可惜自己和徐令宜做夫妻的时间太短了些,如果时间再长一些,记忆也深一些,念着夫妻一场,孩子又自幼丧母,他以后就算是再有妻室、子女,也会对这个孩子多有容忍吧?想到这里,她不禁轻轻地抚了抚肚子里的孩子。以这个孩子的出身门第,如果太过容忍,只怕会养成骄纵跋扈的性子,可如果太过严厉,又多半会养成胆小懦弱的性格,被人欺负……得找个可靠的人守在孩子身边才行。

滨菊、万大显都是忠厚有余,机敏不足;琥珀倒是很机敏,可她嫁到管家,就是徐府的人了,徐令宜要是娶了继室,多有牵制,未必是个好选择;竺香年轻还小,自己不在了,她的婚事自然由徐令宜或是罗家的人做主,由不得她,未来如何,还是个未知数……一时间,竟然没有一个十全十美的人。

不过,宁愿愚笨些,也不能选那种灵活机变、审时度势之人。情况随时变化,谁知道这种人什么时候就起了异心。她突然想到了陶妈妈,当初,元娘是不是也面临着与自己一样的困境和选择呢?十一娘愣了愣,就看见徐令宜慢慢走过来。他的步子不大,可步伐却很坚定,眉宇间透着毅然,让他的表情显得有些郑重——分明是已做了决定。

她怀孕时他的微笑,抚摸着她肚子时的满意,感受到孩子胎动时的喜悦……走马灯似的在她眼前掠过。人为什么一定要面临考验?难道不能就这样花团锦簇地过一生吗?十一娘望着坐在她身边的徐令宜,静静地说了句"我要孩子",已悲从心起,泪如雨下。

徐令宜望着刚才还情绪激动,知道另有法子保住孩子后却突然安静下来,默默流着眼泪的妻子,并不觉得意外,只是心痛难忍。他帮她擦拭着腮边的泪珠,"十一娘!"徐令宜望着她的目光有些幽远，语气有些苦涩，"你一向明理……刚才太医、稳婆的话你也听见了……如果用剪子，你肯定会……如果让稳婆帮你揉搓，孩子有可能……"他微微一顿，半晌才艰难地道："还是让稳婆帮你揉搓……"

十一娘睁大了眼睛，心里乱糟糟的，不知道是什么滋味……只是"他要放弃孩子"的念头如潮水般席卷了一切，心中所有的感想都为它让路。

"不行，不行！"她大声地道，"我怀了他十个月……他已经会翻身了，还会和我们做游戏。"她说着，握住了徐令宜的手，"你不记得了……你的手放在左边，他偏偏朝右踢；你的手放在右边，他偏偏朝左踢……你还说他性子活泼、聪明可爱……"

徐令宜眼角有泪光闪动，可一心一意只想说服他的十一娘并没有注意。

"侯爷……"她殷切地望着他，只希望他能改变主意，"他已经足月了，生下就能活……"

屋子里落针可闻，所有的人都战战兢兢地等候着，徐令宜有些无力地靠在床头的架子上，听见落地钟敲了九下。他慢慢地站了起来，吩咐稳婆："你们动手吧！"声音有些嘶哑，语气却很是镇定，身姿笔直如松，又带着一分决然。

"不行！"十一娘再也顾不得什么，挣扎着拉住了徐令宜的衣袖，"不行……"

徐令宜望着泪如雨下的十一娘，重新坐下来，抱了她，"十一娘，你听我说，"他眼底深处有着难掩的哀恸，道，"如果让稳婆动手揉搓，你和孩子都有可能活下来……如果用剪子，只有一个结果。用汤药，更凶险。既然有一线生机，我们总要试一试！"

谁又不想活下来！算生存概率，徐令宜分析得很有道理。可理智是一回事，情感又是另一回事。她不敢试……她承受不了另一个结果！

"不行，不行！"十一娘抱住了徐令宜的胳膊，小声地哭泣起来，"我不能……"

琥珀捂嘴哭了起来，万妈妈侧过脸去。

"默言！"徐令宜郑重地喊着她的名字。

十一娘不由抬头。

"我陪着你！"徐令宜平静地望着她，"我们一起！"他紧紧地攥了她的手，"你要相信我。"

十一娘怔怔地望着他。

"我不知道经历过多少血雨腥风。"徐令宜让她靠在自己怀里，紧紧地揽了她的肩膀，"法善和尚曾经给我算过命，说我是武曲星下凡，那些牛头马面、妖魔鬼怪遇到我都要避开……"他的语气坚定而从容，"我在这里陪着你，你一定会没事的！"说着，已朝那个献计的稳婆点头。

稳婆一咬牙，捋了袖子就走了过去。

稳婆的手很重，刚揉搓了几下，十一娘就后悔了。她抓住了稳婆的手："不行，这样孩子会受伤的！"

稳婆有些为难地看了徐令宜一眼。徐令宜保持了沉默。稳婆就避开了十一娘的目光，低头使劲地揉搓她的肚子。

十一娘心中一颤，抬头望向徐令宜，他下颌绷得紧紧的，嘴唇抿成了一条缝，目光如眺望般愣愣地直视着前方，不知道在看些什么。

十一娘不由紧紧地抓住了徐令宜的手。他的手指节分明，宽厚而温暖，此时却如秋风中的落叶，止不住地哆嗦着。

"侯爷！"她失声痛哭起来。

徐令宜身子一震，回过神来。他搂着她，把脸贴在了她的脸上，柔声地安慰着她："你别哭，等会儿没力气了！孩子生不下来，你也会很凶险的！"

用剪子，孩子会没有任何风险地生下来；用这种方法，孩子有可能夭折，大人也会因为力竭而亡。两相比较，前者才是明智之选。她从来没有像此刻这般了解徐令宜的用心。她是孩子的母亲，他是孩子的父亲，做出这样的取舍，她悲痛欲绝，他何尝不痛苦万分。

"徐令宜！"她含泪望着他，"我要吃东西！"

"吃东西？"徐令宜又惊又喜。他最怕的是十一娘不配合，忙道："想吃什么？我让万妈妈帮你准备！"

"什么都可以！"这个时候，哪里还知道饿，只不过担心到时候自己没有了力气。

十一娘想到肚子里的孩子被这样折腾一番，还不知道是个怎样的情况。但事已至此，三心二意，只会让她和孩子都陷入困境……只能毫不犹豫地做出选择，主动调整姿态，方便稳婆用力……心却如刀割般地痛起来，眼泪不受控制地乱涌。

稳婆看着松了口气，忙道："给夫人含片人参吧！提提精神就行。要不，喝些红糖水也行。"

人参自然更好，可人参补强不补弱。

徐令宜盼咐琥珀："你去问太医，夫人这样能不能含人参。"

琥珀很快折了回来："太医说，含参片更好一些。"

这些东西早就备好了的。赶过来的田妈妈忙拿了参片给十一娘含，另两个稳婆胆子也大了起来，一个过来帮忙，一个观察着十一娘的反应。

屋子里的光线渐渐暗了下来，婆子们开始上灯。

十一娘无力地瘫在徐令宜的怀里，大口地喘着气。两个帮着揉搓的稳婆也大汗淋漓。

徐令宜接过琥珀手中的帕子帮她擦着额头上的汗。她好生生一个大人都精疲力竭了，何况是个未出生的孩子。

"这样下去不行！"十一娘强忍着泪水，"让太医给我用汤药，我怕等会儿没力气了！"

人参都没办法，再用，只能是虎狼之药。

"你闭上眼睛歇会儿！"他把帕子递给琥珀，握了十一娘的手，"实在不行了，我们再用汤药。"

"我现在感觉就不行了……"十一娘喃喃地道，耳边突然传来稳婆的惊呼："侯爷、夫人，宫口开了。"

十一娘和徐令宜闻言都精神一振。十一娘更是支肘要坐起来，急得那稳婆忙将十一娘按了下去："快躺好，快躺好。"

其他几个稳婆也围了过来。这个在架子床上悬了白绫好让十一娘有个借力的地方，那个帮着在十一娘身下垫了干净的棉布，还有的拿了厚厚的迎枕放在十一娘的背后。徐令宜坐在那里，倒显得有些碍手碍脚起来。

徐令宜干脆把地方让了出来，田妈妈趁机就坐在了床边，先是塞了片人参给十一娘，然后开始告诉她怎样用力。

接下来，相比之前的折腾，顺利得让人有点不可思议。

不过一炷香的工夫，稳婆就看见了孩子的头，中途除了孩子的肩膀被卡了一下，没再出现任何的异样情况。

随着一声"生了、生了"的欢呼声，十一娘只觉得身子一轻。她还记得剪脐带的事，急着提醒琥珀："剪刀、剪刀……"

琥珀慌慌张张地去拿了剪刀。

稳婆哪里敢拒绝，接过剪刀剪了脐带，提了孩子的脚，朝着屁股就是两巴掌。待听到孩子洪亮的哭声，一颗悬着的心这才落下来，抱着身上还沾着秽物的孩子给徐令宜看："恭喜侯爷，贺喜侯爷，是个公子，是个男丁！"

徐令宜望着脏兮兮、哭得正欢的小家伙，百感交集，不由伸手摸了摸他湿漉漉却乌黑浓密的头发，转身对十一娘道："是个男孩子！"

十一娘好像跑完了一场超过自己承受能力的马拉松，虽然全身都像散了架般，动下手指都觉得累，可精神却很亢奋，闻言伸出手臂："给我看看！"

"夫人别动！"照顾她的稳婆却笑道，"胎盘还没有出来。"

徐令宜听着心里一紧，忙道："要不要紧？"

"没事，没事。"稳婆说着，笑道，"已经落下来了。"

这也算是母子平安吧！徐令宜露出愉悦的笑容。

屋子里一改刚才的沉闷，人人脸上洋溢着笑容，喜气洋洋的。

自有小丫鬟跑着去给太夫人、二夫人和五夫人报信。

万妈妈和琥珀则帮十一娘收拾，田妈妈和稳婆抱着孩子到一旁去清洗。

十一娘很疲惫，却安不下心来，问田妈妈："说肩膀卡了一下，你看看他的手能不能动？"又问："他有没有其他什么毛病？"然后没听见孩子的哭声，支肘就要坐起来，又问："他怎么不哭了？"

徐令宜见她脸色苍白，神色倦怠，按了她的肩："你顾着自己就行了！孩子那边有田妈妈呢！"

田妈妈听了忙笑道："夫人放心，小少爷好得很，知道我们在给他洗澡，哭也不哭了，睁着双黑溜溜的大眼睛，到处看呢！"说着，啧啧道："小少爷长得可真漂亮！这头发，乌油油的；眼睛，亮晶晶的；皮肤，红红的——生下来皮肤白的，越长就越黑；生下来皮肤红，就会越长越白。"说着，瞥了徐令宜一眼，道："我看这五官像侯爷，这头发、皮肤却随夫人。"

其中一个稳婆也直点头："我看也是。我接生过这么多次，还从来没有看见过谁家的孩子一生下来就睁眼的。这孩子，精神头可真足，长大了只怕和侯爷一样，也是个大将军。"

虽然是恭维的话，可知道孩子身体好，十一娘还是忍不住露出一个欢欣的笑容来，在温热的帕子的擦拭中，迷迷糊糊地睡着了。

再醒过来，已是半夜。远处传来隐隐的更鼓声，昏黄的灯光中，身材颀长的徐令宜抱着孩子在屋里走来走去的，还不时停下来笑着端详一下襁褓中的孩子。十一娘看着心里暖暖的，嘴角弯成了一个愉悦的弧度，轻轻地喊了声"侯爷"，道："屋里服侍的人呢？"

"你醒了？"听到动静，徐令宜抱着孩子笑着坐到了床边，"饿不饿？要不要吃点东西？"

他这么一说，十一娘还真感觉有点饿了，但大红底绣着福禄寿三星翁牵梅花鹿的包被就在眼前，她一心只想看看孩子，支肘就坐了起来："给我看看！"身体麻麻的，感觉很吃力。

"你快躺下！"徐令宜忙道，"太医说，你身子骨本来就弱，这次又受了这样的折腾，没有两三个月的精心调理，休想恢复元气。"一面说，一面将孩子抱到了她的面前。

孩子睡得正香，神态很恬静。小脸红红的，五官还没有长开，但鼻子高挺，看得出来，像徐令宜，头发乌黑，应了田妈妈那句"乌油油"的话。

就是这个小家伙，把自己折腾得够呛！十一娘想着，没有一点点的不快，只觉得甜滋滋的。她不由俯身，小心翼翼地用鼻尖碰了碰他的面颊。

突然被人打扰了睡眠，虽然是自己的母亲，但孩子还是很不给面子地皱了皱小鼻子，然后不满地嘟了嘟小嘴，头在包被上蹭了蹭，又沉沉睡去。十一娘心里柔柔的，能滴得出水来。

"很有趣吧？"徐令宜望着眼角眉梢温柔如水的十一娘，笑道，"他刚才还朝着我吐了个泡泡。"说着，指了孩子的右嘴角，"就在这里，小小的，米粒大小。"

小婴儿通常吃了奶或是喝了水以后，唇边有残留的奶水才会吐泡泡。

十一娘忙道："他吃了东西没有？"

孩子出生之前她看了几个乳娘，但因为初乳最好，所以想找个和她产期最接近的，就没有定下来。

"没有。"徐令宜有些担心的样子，"他一直在睡。前头找的三个乳娘都试着给他喂奶，他都不肯吃。田妈妈说，可能还不饿，就喂了点水给他喝，倒一股脑儿全喝了。我看，说不定他是不喜欢这几个乳娘，我已经吩咐下去了，明天一早就从奶子府里找几个来再试试。"又道："你躺下吧！稳婆说你身上有伤，让你别乱动的！"

他这么一说，十一娘又想起屋里服侍的人来。

徐令宜笑道："我见你屋里平时值夜的丫鬟都睡在外间。我怕她们吵着你，让她们在外面守着。"

十一娘这才想起来，刚才徐令宜的脚步异常轻盈，根本听不到什么声音。

思忖间，徐令宜已轻声叫着"田妈妈"，道："夫人醒了！"然后又和十一娘说话："娘和二嫂、五弟妹都来看过你了。见你睡着，就没吵醒你，说明天一早再来看你。谆哥儿和诫哥儿也来看了弟弟，"说着，笑了起来，"两个都稀罕得不得了，问能不能跟弟弟一起睡。"

想到那两兄弟，十一娘浅浅地笑了起来："他们还好吧？"

"挺好的。"徐令宜笑道，"两个天天一起上学，一起放学，一起吹笛子、做花灯……没想到诫哥儿竟然和谆哥儿处得这样好。"颇有些感叹。

"这也许就是缘分吧！"十一娘当初也没想到徐嗣诫能这么快地融入这个家庭，说起来，徐嗣谆的友善也是个重要的原因。她心中一动，趁机道："谆哥儿虽然性子柔和，却有容人之量。对一般人来说，也就得个宽厚之名，可对世子来说，却是难得的美德。"

徐令宜不由沉思。

宋妈妈和田妈妈端了小米山芋粥进来。

田妈妈见徐令宜还抱着孩子，笑道："要是侯爷不放心，奴婢帮着抱一会儿吧！您也好歇一歇。"

孩子还没有出生，屋里的丫鬟、婆子都已经选好了。十一娘既不用给孩子哺乳，也不用亲自照顾孩子，想见的时候让乳娘抱过来就行了。就是身体不好的徐嗣谆，也是照此行事。其他公卿、富贵之家也是如此，她却想自己带孩子。这是两个观念的碰撞。每个人都有她认为舒服的生活方式,她无意改变什么,也不想让自己变成异类。只好曲线救国——借口没有合适的人选,没有把孩子屋里的管事妈妈定下来。寻思着到时候生了,暂时在自己屋里养些日子,等有个两三岁了,再选个管事的妈妈也不迟。如今没个老成的人在屋里看着,难怪徐令宜不放心把孩子交给孩子屋里的人。

古代讲究父不抱子,她没想到徐令宜会亲自带孩子。十一娘有些内疚,不等徐令宜回答,已道:"侯爷,您把孩子放在我床上吧!"

"没事,"徐令宜道,"他还没把剑重。"但想着母子连心,这孩子得来不易,自己看着都欢喜,更何况十一娘,还是把孩子放在了十一娘的枕边。

宋妈妈服侍十一娘喝粥。

因为刚生产完,身体正虚着,不能吃太油腻的东西,多用米酒、鲫鱼催奶。小米山芋粥清淡,补气血。看这吃食就知道,没人指望着她哺乳,十一娘想了想,道:"我想喝点鸡蛋米酒。"

徐令宜朝田妈妈望去,示意她去端米酒来。

田妈妈忙道:"那是燥热之物。太医说了,您体寒。要是实在想吃,等过几天,您身上干净了,我做给您吃。"

她和万妈妈都是有经验的老人,太夫人专程差了来照顾十一娘的,自然最有发言权。

徐令宜就笑着问十一娘:"你还想吃什么?"意思是让她换别的东西吃。

十一娘只好在心里暗暗叹了口气:"没什么想吃的了。"

晚上,田妈妈和孩子屋里的丫鬟红纹,十一娘身边的秋雨、秀莲在屋里服侍,徐令宜歇在了书房。

望着熟睡的孩子,十一娘虽然感觉到自己好像没什么奶水,却还是不死心地试着给孩子喂奶。孩子却侧了头去睡,根本不理她。十一娘心中暗着急,却也没有办法。思忖着是不是难产,身体太虚,所以没有奶水;或者是没有及时催奶,耽搁了时间……

太夫人那里,叫了二夫人做伴。

"还好是有惊无险,把我吓了一身冷汗。"

二夫人帮太夫人掖了被角:"大难不死,必有后福。侯爷几次征战全身而退,是个有后福的人。您不必担心!"

太夫人"嗯"了一声,道:"你不知道,我当时想,要是十一娘有个三长两短的,老四岂不要背上个克妻的名声?当时真是为他难受!"

"现在不是没事了嘛。"二夫人拉了太夫人手,"您且放宽了心,好好保重身体,还要看着重孙出世呢。"

太夫人就想到了刚添的孙子，脸上平添了几分笑意："你瞧他，不早不晚，选在了十月初十落地。头发又黑又浓，额头宽宽的，鼻梁高高的。我看，以后也是个有福的。"

二夫人想着那个刚出生就睁开了眼睛的小家伙，嘴角也翘了起来："他要不是个有福的，怎么会托生到四叔的屋里。"

两人说话的时候，五夫人和石妈妈也在说话："说起来，她运气真不错，头胎就是儿子。我看，以后谆哥儿的日子不好过。"

"这过日子，也和这喝水一样，是冷是热，只有自己知道。"石妈妈笑道，"四少爷是世子，踏踏实实地过日子，有什么不好过的。"说着，转移了话题："我看您这个月的小日子迟了大半个月，明天太医院的太医要来给四夫人问诊，您看要不要叫过来给您把把脉？"

五夫人知道石妈妈的意思，懒懒地道："怀歆姐儿的时候，一上身就不舒服。这次，什么也没有。我看，还是待些日子再说，免得弄错了。那边又刚生了儿子，还以为我在和她打擂台，白白让人看笑话！"

石妈妈点了点头，五夫人能这样想最好。这妯娌之间，一如邻里，虽不在一起过日子，可低头不见抬头见，要是事事都要争先，哪有安宁的时候？关了门，好好过自己的日子才是正经。

"您往常的日子对得准，这次就没一点动静？"石妈妈把话往五夫人最关心的子嗣方面引。

"什么动静也没有！"五夫人叹气，"还不知道到底怎样，说这些，都早了些！"

到底把这话引开了。

第二天一大早，宋妈妈奉命去给亲朋好友送红蛋，徐令宜则坐在床头和十一娘商量着孩子的名字："先前也准备了一些，女孩子的多，男孩子的少，我昨天又梳理了一下。你看看取哪个字好？"

徐令宜递给她一张白色笺纸，上面写着"诚""谨""谦""谅"……一口气写了十几个。他还在一旁解释："诚，诚者自成也；谨，谨身节用，以养父母；谦，谦谦君子，用涉大川；谅，众信曰谅……"然后又道："我觉得'谦'字好，以谦逊温和之姿行事，才能海纳百川，胸怀山川……"

但还可以解释为国君奉行谦逊的政策，才能威加四海，才能使邦国前来归附臣服。十一娘笑道："还是叫'谨'吧！百善孝为先，希望他以后是个孝顺的孩子。"

徐令宜立刻明白过来，眼底闪过一丝黯然。

十一娘握了他的手："我希望他能在我身边长大，等我老的时候，能承欢膝下。"语气十分真诚。

徐令宜反握了十一娘的手,半晌没有说话。

睡在十一娘身边的孩子就大哭了起来。十一娘慌手慌脚地抱了孩子,道:"从昨天到现在,什么也没有吃。"

听到动静的万妈妈已小跑着进来。

"我来,我来!"她笑吟吟地去抱孩子,"怕是饿了,我抱去给乳娘们喂喂。"

十一娘却道:"你让乳娘进来吧。"到底为什么哭,她看着,心里也踏实点,一面说,一边轻轻地拍着孩子。

万妈妈忙去叫乳娘。

徐令宜高声喊了临波:"奶子府那边还没有动静吗?"

临波隔着窗棂答道:"天刚亮就送了五个乳娘过来,正在外院候着。"

"把她们都叫进来!"

临波应诺而去。

孩子哭得更大声了。十一娘焦急地坐了起来。

"我来!"徐令宜忙在她身后垫了个迎枕,把孩子抱在了怀里。

十一娘倚了迎枕。徐令宜抱了孩子,一面走,一面轻轻地拍着。孩子却依旧哭个不休。

他声音洪亮,哭得伤心,在这安静的空间就有了几分惊心动魄。不过几息的工夫,十一娘已觉度日如年。徐令宜眉宇间更是有了几分焦虑。

一旁的红纹几度欲言又止,被秋雨看了个分明,她轻手轻脚地走了过去,耳语道:"怎么了?"

红纹怯生生地道:"会不会是撒了尿?"

秋雨怔了怔,想着给六少爷挑丫鬟时,选的全是那些年纪在十三四岁、曾在家里带过弟弟妹妹的,觉得她的话有几分可信,想了想,上前悄声道:"夫人,红纹说,六少爷会不会是撒了尿?"

十一娘此刻只求孩子别再哭了,忙喊了徐令宜:"抱过来看看!"

徐令宜也听到了秋雨的话,将孩子放在了床上。两人有些笨拙地解了包被,果然是尿了。解了包被,孩子就不哭了,睁了乌黑的眼睛,小腿乱蹬。

徐令宜望着那双比花生大不了多少的小脚,有些手足无措,问十一娘:"怎么办?"

能找到孩子哭的原因,全因有红纹的建议,十一娘朝红纹望去。红纹疾步上前,战战兢兢地道:"万妈妈说,要洗一洗,然后换了干净的尿片,重新包上。"

话音未落,万妈妈走了进来,看着不由"哎呀"一声——不过转身去盼咐了小丫鬟一声,回来就全变了。她忙把孩子抱在怀里,将小包被掩得实实的:"小心着了凉,那可就麻烦了。"

十一娘解释道:"他尿尿了!"

万妈妈已经看见了,笑道:"我这就帮六少爷换个尿布。"

那边红纹早已拿了干净的尿布出来,又喊了小丫鬟打了热水进来,和万妈妈一起帮孩子换尿布。

徐令宜道:"这样不行,得快点把奶娘和屋里管事的妈妈定下来才好。"

万妈妈听着心中一动,正思忖给十一娘推荐个人,就听见十一娘道:"您看滨菊如何?她有经验,做事我也放心。"

徐令宜觉得滨菊太年轻,何况这中间还隔着个万大显,他帮十一娘拉了拉被子,见万妈妈和红纹、秋雨正专心在给孩子打包,低声道:"过了年,司房里有个一等的老管事因年纪大了要回家荣养,司房里的人要动一动。万大显这两年做事也算勤勉,我准备让他做个二等的管事……"

这样一来,滨菊就不适合在内院当差了,特别是在嫡次子身边。十一娘虽然有些失望,但想到万大显得了重用,又觉得有些高兴。想着徐令宜刚才说话的声音,猜着这件事只怕还没有最后公布,也学着徐令宜的样子低声笑道:"没想到万大显竟然有这样的福气……我一时只想到滨菊。要不,先把乳娘的人选定下来再说?反正孩子还小,天气又越来越冷,我想让他暂时就住在正屋的暖阁。我闲着,有乳娘,还有宋妈妈、琥珀和竺香几个,难道还看不住一个孩子不成?侯爷,您意下如何?"

徐令宜想想,也觉得有道理:"那就先把乳娘的人选定下来。"又笑道:"吃饭是大事!"

十一娘听着笑起来。

万妈妈把孩子重新包好,抱了过来。

徐令宜见他又睡着了,不由笑道:"可真是娇气,一点点委屈也受不了。"眼睛盯着十一娘看。

十一娘脸色一红,娇嗔道:"他尿湿了,不舒服,自然就要哭了!"

徐令宜只是笑。十一娘的脸更红了。

正好临波领了奶子府的乳娘来,又有小丫鬟领了先前三个乳娘过来了,徐令宜这才敛了笑容,道:"我去趟娘那里,先把孩子的名字定下来,再和她老人家商量商量洗三礼的事。你正坐着月子,少不得要请娘帮着出面应酬应酬。"

选乳娘毕竟是内宅的事,徐令宜自然不好插手。十一娘点头,待徐令宜走后,让万妈妈把几个乳娘叫了进来。八个乳娘一字排开,环肥燕瘦,都有一个共同的特点:二十一二的年纪,五官端正,皮肤白皙,胸脯鼓鼓的。

十一娘问了她们几句话,选了两个口齿伶俐、产期和自己比较接近的,让她们试着给孩子喂奶。

孩子只顾着睡，好不容易弄醒了，不满地大哭。万妈妈忙抱了他哄。

其中一个姓顾的乳娘就笑道："夫人，小少爷正想睡，被弄醒了自然要发脾气。他要是饿了，自然会醒的，等小少爷醒了再喂奶也不迟啊。"

十一娘急道："你不知道，他已经有一天没吃东西了，就喝了两口水。"

顾乳娘就笑道："可能是刚生下来，胃口还没有开，夫人不如请大夫开两剂调脾胃的汤药。"

十一娘见她说话行事很有主见，对孩子的事好像也比较在行，不由多看了两眼，顾乳娘穿了件靛蓝色粗布小袄，黑色八幅湘裙，裙子有点短，露出了黑色的布鞋和浆洗得干干净净的白布袜子。

十一娘暗暗点头。

有小丫鬟进来禀道："夫人，太医来了。"

十一娘让万妈妈先把孩子抱出去给太医看看，但万妈妈很快就折了回来："太医说，太医院的吴大夫擅长看小儿疑难杂症。"十一娘为之气结，让秋雨拿了自己的对牌差外院的管事去请吴大夫，只留了田妈妈在一旁服侍。然后放了帐子，在手腕上搭了帕子请太医诊了脉，开了药方。

田妈妈服侍十一娘吃了药。二夫人搀了太夫人过来。

孩子刚哭过，正醒着，一双眼睛睁得老大，清澈得能映出人的倒影。太夫人看着不知道有多喜欢，道："刚才老四去我那里，说给孩子取名叫'谨'？"

十一娘笑着应"是"："侯爷和我都觉得这名字好。"

二夫人看着就淡淡地笑了笑。

太夫人眼底闪过一丝欣慰，笑呵呵地冲着孩子道："那我们以后就叫'谨哥儿'，你说好不好？"

孩子张着粉红的小嘴就打了个哈欠，然后闭上眼睛，睡着了。

太夫人看着心都软了，对十一娘道："要是你照看不过来，就抱到我那里去，来年谆哥儿也要搬到外院去住了。"

吓了十一娘一身冷汗，忙道："您年纪大了，孩子太小，不免有些吵吵闹闹的，等大些了再去也不迟。"然后忙转移了话题："听说昨天晚上诫哥儿歇在您那里，没有吵着您吧？"

"没有，没有！"太夫人笑道，"两兄弟在一起，都很听话，吹了会儿笛子，背了会儿书，就歇下了。一大早，谆哥儿也没让人叫，自己爬起来了不说，还叫了诫哥儿，倒比平时还乖巧几分。"

二夫人笑道："两兄弟在一起，谆哥儿是哥哥，自然不能像在您跟前似的总是个

孩子。"

太夫人笑着点了点头,问起孩子的情况来。知道他因为撒了尿大哭了一场,就笑着对二夫人道:"你看这孩子,多聪明!"知道谨哥儿还没有吃奶,跟着着急起来:"得找个太医来看看才行。"

"已经差人去请太医院的吴太医了。"

说着,五夫人抱了歆姐儿过来。歆姐儿睁大了眼睛,好奇地打量着太夫人怀里的谨哥儿,见祖母、二伯母、四伯母和母亲都在说话,悄悄伸了白嫩嫩的指头,轻轻地戳了戳谨哥儿的脸。谨哥儿嘴角翕了翕,继续睡。歆姐儿觉得有趣,又戳了戳谨哥儿的脸。谨哥儿皱了鼻子,好一会儿才舒展开来。歆姐儿更觉得有趣,连着戳了谨哥儿两下,谨哥儿"哇"的一声哭了起来,反把歆姐儿吓得呆在那里。

太夫人忙哄着谨哥儿:"没事,没事,你姐姐逗你玩呢!"

五夫人则脸面涨得通红,忙抱了歆姐儿,劈头盖脸就把旁边的小丫鬟训了一通:"把你带在身边是让你看着二小姐的,你倒好,只知道呆呆地站在那里。"又忙着对十一娘道歉:"小孩子不懂事,四嫂别放在心里!"

歆姐儿还是个孩子,十一娘怎么会为这个生气。可看着谨哥儿哭,她还是觉得心痛,嘴上道:"歆姐儿也是因为喜欢才逗他玩的嘛!"

五夫人到底有些讪讪然,说了几句话,借口屋里有事,带着歆姐儿走了。

这样应酬了半天,十一娘倦意丛生,掩袖打了个哈欠。

二夫人看着就轻轻地拉了拉太夫人的衣襟,说起洗三礼的事:"娘拟了个单子,四弟妹看还有没有要添减的?要是没有,下午就拿去回事处下帖子。"

也就是说,必须在下午以前把这件事落实了。十一娘笑着应诺。

太夫人说了几句"好生休养""太医怎么说,到时候给我报个信"之类的话,起身和二夫人回了屋。

十一娘困得不行,吩咐万妈妈:"你好生守着谨哥儿。如果醒了,就让那个姓顾的乳娘先给孩子喂奶,如果他不吃,再抱给其他人试一试。"

万妈妈知道她这是看中了姓顾的乳娘,笑着应了,抱着孩子到临窗的大炕上坐了。

十一娘抬眼就能看见孩子,安下心来,渐渐睡着了。

蒙蒙眬眬中,十一娘好像听到了孩子的哭声。她猛地坐了起来,却看见万妈妈神色安详地坐在炕上,正轻轻地拍着怀里的谨哥儿。

"夫人,"一旁服侍的秋雨忙走上前去,"您这是怎么了?"

听到动静的万妈妈也循声望了过来。日有所思,夜有所梦。孩子不吃,她哪里能睡得安生!

"没事,没事。"十一娘缓缓地靠在了迎枕上,"谨哥儿怎样?"

秋雨听着神色一黯:"中途醒过一次。万妈妈让那个姓顾的乳娘给六少爷喂奶,六少爷没有吃,万妈妈只好喂了点清水。"

十一娘急起来:"现在是什么时辰了?"

秋雨道:"午初还差一刻。"

"可让吴太医瞧过了?"

秋雨轻轻摇了摇头:"小厮说,吴太医今天在宫里当差,要到未正才能出宫。"

出了宫,再到荷花里,岂不到了申初?

万妈妈抱着谨哥儿走了过来:"夫人别担心,侯爷一听说,立刻去了宫里。"

十一娘大吃一惊:"什么时候的事?"

万妈妈道:"巳正就去了。"

也就说,走了有半个时辰了。递牌子、见皇上、请旨、回荷花里……这一件事一件事地下来,就算是顺顺当当,也要未正了。到时候,吴太医也该出宫了。与其进宫去请皇上下旨,还不如派了管事在宫门外等!心里算着,十一娘微微一愣。徐令宜经常出入皇宫,利弊自然比她更清楚,可他还是去了……是因为与其等着,还不如做点事更让人安心吗?

十一娘接过万妈妈手中的儿子,望着他睡意正酣的小脸,不由俯身亲了亲他的面颊。面颊软软的、柔柔的,有着小婴儿才有的嫩滑。从出生到现在,已经七个时辰了,却只喝了几次清水……你到底怎么了?是不想吃乳娘的奶,还是哪里不舒服?偏偏又不会说话……想到这里,她有些不安地掖了掖孩子的包被。

有小丫鬟进来禀道:"夫人,大小姐来了!"

秋雨忙在一旁解释道:"夫人,您刚歇下,大小姐就来了。见您和六少爷都睡着了,大小姐看了会儿孩子就先回去了,说了等会儿来看您的。"夫人醒来就问孩子,她当时没有机会说,从一旁装孩子衣物的高柜里拿了个小匣子来,道:"这是大小姐一早送过来的。"

十一娘打开,是一对小小的赤金手镯,悬了一簇小小的海棠花,非常漂亮。她很是意外:"快请大小姐进来。"

贞姐儿穿了件白色的绫袄,玫瑰红的比甲,在初冬的季节,显得温暖而明亮。

十一娘让秋雨端了锦杌给她坐,指了匣子道:"这是什么?也太贵重了些。"

贞姐儿闻言微微有些不安,低声道:"是二哥去落叶山之前给我的,说是给六弟的。"

是吗?十一娘望着手镯上悬着的海棠花。悬海棠花,多半是送给女孩子的。那个时候孩子还没出生,根本不知道是男是女,她的孩子又是嫡次子。以徐嗣谕谨慎的性格,就是要送,也只会送个雕了什么"岁岁平安"或是"吉祥富贵"之类绝不出错的金锁片才是……怎么会送了悬着海棠花的小手镯?莫非是贞姐儿自作主张?这手镯原是她小时候戴过的？想到这里，她笑道："你怎么这个时候才来？"

贞姐儿听了，不免有些如坐针毡起来："我、我昨天一直等这边的信……睡晚了……起来得也有些晚。"越说越心虚，想着平时十一娘教她的——不知道说什么好，就别说，也比虚情假意的好，忙微微坐直了身子，微微拔高了声调，笑道："母亲，我听万妈妈说，父亲给六弟取名叫'谨'，是真的吗？"

十一娘更加肯定自己的猜测没有错。她虽然不知道两个孩子葫芦里卖的是什么药，但贞姐儿这样维护徐嗣谕，总比落井下石的强。她也就顺着贞姐儿的话道："你父亲和我都觉得这个名字好……"

话音还没有落，谨哥儿突然哭了起来。

十一娘忙抱了谨哥儿，喊万妈妈："是不是又尿了？"

万妈妈快步上前，散了包被，尿片干干的。

"是不是要喝水？"万妈妈犹豫道。

"那就给他喂点水喝！"

贞姐儿好奇地在一旁看着。

谨哥儿嚅着小嘴，把喂的水给吐了出来。

"是不是饿了？"十一娘道。

红纹一溜烟地去叫了顾氏来。这次谨哥儿顺利地含了奶头，可吮吸了两下，又放声哭了起来。

顾氏脸色有些发白。万妈妈顾不得这些，又叫了另一个乳娘来。谨哥儿侧过脸去大哭，不仅如此，还像呛着了似的，咳了起来。

万妈妈竖抱着孩子轻轻地拍着他的背，他哭得更大声了，一边哭，还一边咳了起来。

"又不是尿了，又不是渴了，吃了两口奶又不吃了，这到底是怎么了？会不会是有其他的什么毛病？"想着稳婆说出生的时候肩膀卡了一下，十一娘撩了被子要下床。

"夫人，您不能起来！"万妈妈急得大叫，"太医说了，您要好好躺几天才行，要不然，会落下月子病的。"想把孩子送过去，又见孩子咳得厉害，不敢让孩子躺着，想过去阻止十一娘，又不能把孩子交给别人，只好喊了"秋雨"："快服侍夫人躺下。"

孩子哭得十一娘肝肠寸断，本来就听不进去，执意起床抱了孩子不说，还一边走，一边轻轻地拍着他。

万妈妈头都大了，又想到徐令宜在产房里陪着十一娘生产，听说孩子病了就急急进宫请旨……这要是夫人有个三长两短的……只盼着在小厨房里指导厨娘给十一娘做吃食的田妈妈早点来。

而贞姐儿开始见乳娘给谨哥儿喂奶，有些不好意思，后来见谨哥儿哭得厉害，又有些担心起来,拉着万妈妈直问:"这如何是好?"

万妈妈心急如焚,却也灵机一动,咬了咬牙,道:"夫人,您看,要不要让那彭医婆来看看?"

十一娘有些意外:"彭医婆还在府里?"

万妈妈点头:"两位稳婆和彭医婆都在府里。"说完,怕十一娘不明白,又道:"侯爷高兴,让她们过了六少爷的洗三礼再走。"

洗三礼由稳婆主持,到时候"添盆"的东西稳婆都可以拿走。想到生产那天彭医婆的举动,十一娘有些犹豫。

万妈妈此刻只想先把十一娘安抚着上床躺下。

"那彭医婆不是说了吗,她不会接生,皇后娘娘让她来,全因她会看小儿之病。"她上前搀了十一娘往床边去,"既是宫里出来的,肯定有几分见识,要不然,太医院的那些太医也容不得她。您不如让她来看看,要是说得有道理,我们照着行事就是;要是说得没道理,我们全当是请了郎中来问了诊的。"

十一娘望着大哭不止的儿子,又想着徐令宜那边就算是一切顺利,等吴太医来,也是两个时辰以后的事了。难道就眼睁睁地看着儿子这样哭上两个时辰不成?这样一想,不再犹豫:"让她来看看!"

红纹听着,没待人吩咐,就跑了出去。

万妈妈松了口气,抱过啼哭不止的谨哥儿,耐心地哄了起来。

十一娘感觉下身有些痛,由着贞姐儿服侍上床歇了。

没半盏茶的工夫,彭医婆就来了。她这次穿了件真紫色的褙子,看上去依旧带着点怪异。

万妈妈把孩子抱给她看。她在路上已经问明了叫她来的原因,进屋就给谨哥儿把脉。

孩子的手臂小,彭医婆的指头粗,十一娘见她根本没有搭在寸关尺脉上,心里就有了几分不满。又见她眼睛乱转,不像专心诊脉的样子,正怀疑她是否真的能诊出脉象来,她已经得出了结论:"六少爷这是生产的时候呛了东西在喉咙里。我有祖传的回春丹,六少爷吃上三粒就没事了。"说着,从随身的荷包里掏出三粒鹌鹑蛋大小的蜡丸来,道:"化成水,分三次喝下就成了。"

如果是平时,十一娘打发几两银子就让她走了,可这一次,她不由气恨难平。你想骗银子也要看场合,竟然还拿了药丸给孩子吃。要是吃出个什么毛病来到时候怎么办?这样也太不负责任了!她脸色沉了下去,也不让人接蜡丸,道:"浮脉如木之漂于水面;洪脉如洪水般波涛汹涌;虚脉浮而无力,且大且迟。不知道我们谨哥儿脉象如何?"

彭医婆愣住,她没有想到会遇到个懂医理的。伸出去的手缩回来也不是,继续那样伸着也不是,脸色涨得通红。

十一娘越发肯定这个彭医婆是个浪得虚名之人。她目不转睛地盯着医婆,表情如冰似霜。

一时间,屋里的人都屏气凝神地望着她们,只有谨哥儿,依旧放声大哭,又因大家都静下来,哭声比刚才显得更洪亮,也更为悲切。

十一娘的心被揪得紧紧的,脸上的表情渐渐变得有些严峻起来。屋里弥漫着一触即发的紧张气氛。

彭医婆就想到了在产室时徐令宜那杀气腾腾的目光,她不由打了个寒战,后悔自己不应该贪图侯府的赏赐跟着稳婆留了下来,又想到徐家那些已被她装到包袱里的丰厚赏赐——难道入宝山空手而归不成?念头一起,她不由硬了头皮道:"小公子的脉象很好……没什么不妥的……平稳又有力……"

十一娘听她犹在那里强辩,心里的火腾的一下就烧了起来。

"秋雨,"她不紧不慢地打断了彭医婆的话,"你去侯爷书房拿了侯爷的名帖,让白总管把人送到内府去。然后跟内府总管说一声,让他们好歹给我个交代。"

彭医婆听着心里一颤。宫里的那些贵人要往死里处置宫女的时候,怜悯眼前的人就要死了,有些事也就不计较了,就会用这种口气说话。她吓得"扑通"一下就跪在了床前:"夫人,夫人,我说实话,我说实话。"彭医婆一心想着要打动十一娘,眨巴着眼睛,眼泪就落了下来,"我们彭家的回春丹,是祖传的秘方。传儿不传女,传媳不传婿。不管是什么病,只要三粒就行。如果吃不好,再多吃几粒也一样不好。"

十一娘错愕。

彭医婆一看,哭得更大声了:"夫人,我真的没有骗您。当初小公主腹泻,太医院的太医看了大半个月也没有看好,就是靠这三粒回春丹救的性命。后来太子爷家的小郡主停痰不出,也是靠我的三粒回春丹。"

她这一说,十一娘就有些相信了。

彭医婆原在乡间给人算命卜卦兼看小儿杂症,最会察言观色,见十一娘脸色微缓,立刻道:"我从前见过和小少爷一样的病症,这才敢拿了药丸出来。要是等会儿小公子服了药丸还不见好,您再把我送到内府,我哆嗦一下就是个小人。"

十一娘望着哭得已经有点声嘶力竭的谨哥儿,想到民间藏龙卧虎,中药药性多半温和,心一横,道:"是每粒分三次喝下,还是共分三次喝下?"

彭医婆大喜。屋里的气氛却不见轻松。

"每粒分三次喝下去!"彭医婆生怕十一娘反悔似的,殷勤地道,"我这就去帮小少爷弄药。"

十一娘点了点头。红纹立刻奉了热水上来。化了药丸,彭医婆捏了谨哥儿的下颌灌药。

谨哥儿哭丧着脸,却偏偏不能动弹,小小身子在包被里扭来扭去,又被裹得严密,看着就让人难受。

十一娘不停地在一旁嘱咐彭医婆:"你轻点,你轻点!"

灌进去的汤药一滴也没有洒出来,孩子也没有被呛到。十一娘心里就有了几分期待。

酒盏大小的一杯汤药灌完了,彭医婆就斜抱着孩子在屋里走来走去的。

"这是做什么呢?"十一娘紧张地问。

彭医婆道:"得把他喉咙里呛的东西吐出来才行。"正说着,谨哥儿打了个嗝,大口大口地往外吐着褐色的汤药。

屋里的人大惊失色,彭医婆却欣喜若狂:"好了,好了,有效。"

原来彭医婆也是在撞运气!念头在万妈妈脑海里一闪而过,她已来不及细想,忙叫小丫鬟去打水进来给谨哥儿换洗。

半个时辰之后,谨哥儿开始狼吞虎咽地吃奶。大家齐齐松了口气。

十一娘忙吩咐秋雨:"到外院去跟白总管说一声,派个小厮守在宫门口,候爷一出来,就跟候爷说一声,免得候爷担心。"

秋雨应声而去。

十一娘这才发现自己的额头有汗。她抱着吃饱了沉沉睡去的儿子,长长地吁了口气,笑着吩咐万妈妈:"去跟白总管说一声,就留了顾氏吧!"

顾氏是从奶子府里出来的,既然要用,应该还有手续要办。掩了衣襟的顾氏忙跪下来叩谢。

万妈妈笑着应诺,带着顾氏下去,谨哥儿屋里的另一个叫阿金的丫鬟给她讲府里的规矩,安排她歇息的地方。差了秀莲去太夫人那里回音,玉梅去小厨房里传膳。

玉梅应声而去,万妈妈就看见琥珀和竺香肩并着肩,小声说着话走了过来。

十一娘生产的时候,琥珀在屋里,竺香在屋外,两个人跟着熬了两天两夜,天快亮的时候才去歇了,没想到这个时候又来了。

万妈妈笑着和她们打招呼:"怎么也不多歇会儿?"

琥珀惦记着谨哥儿:"六少爷开始吃东西了没有?"

万妈妈把刚才的事绘声绘色地说了一遍,顺便夸了夸自己在这件事中起的作用。

两人听了都面露喜色,说了几句"还好有万妈妈守在身边"之类的话,和万妈妈一前

一后进了耳房。

十一娘眉目含笑地靠在床头的大迎枕上，贞姐儿则坐在床边，正笑吟吟地打量着谨哥儿，"母亲，您看六弟的发际，和我像不像？"说着，捋了自己刘海给十一娘看。

"真有点像。"十一娘笑道，看见琥珀几个进来，也有些意外，道："这么早就过来了？"想着时间不早了，关心地道："你们吃了午饭没有？"

两人给十一娘行了礼，道："吃了午饭。"

然后异口同声地问起谨哥儿："听说六少爷开始吃奶了？"

十一娘点头，笑道："总算守得青天见明月了。"是她真实的感受。

琥珀几个却笑了起来。

十一娘则想起一桩事来，对琥珀道："你不来，我也准备让人去找你。"然后指了床头柜，"洗三礼的名单在里面，你对一对，看有没有遗漏的地方，未正之前交给杜妈妈。"

琥珀笑着应是。

田妈妈和玉梅指挥着粗使的婆子端了炕桌进来，玉梅和小鹂服侍贞姐儿在炕上用午膳，田妈妈服侍十一娘在床上喝粥："用乌鸡熬了汤，然后去渣留汤，用小米、黑米、糯米熬了粥。您尝尝，看好不好吃。"

十一娘现在看什么都顺眼，何况那粥的确香糯润口，笑着点头："给贞姐儿也盛一碗。"

贞姐儿笑道："那是给母亲做的……"

"反正是滋补的东西。"十一娘笑道，"吃些也无碍。"

两人说说笑笑的，太夫人和二夫人过来。

"说开始吃奶了？"无限欢喜。

十一娘笑着应"是"，正想问太夫人吃了午饭没有，徐嗣谆和徐嗣诫来了，看见太夫人在，两个人都瑟缩了一下。

太夫人看着好笑，板了脸："不是让你们别吵着母亲，一下学就到我那里去的吗？怎么又跑了过来？"

徐嗣诫和太夫人并不十分亲近，一向有点怕太夫人，闻言拉着徐嗣谆的衣角就躲到了他的身后。

徐嗣谆可怜兮兮地望着十一娘，期期艾艾地道："我们、我们看弟弟一眼就走，马上就去吃饭，也不会耽搁午觉的时间。"

太夫人在心里笑，道："看过就快些回去，杜妈妈还等着服侍你们用膳呢！"

兄弟俩都松了口气，笑逐颜开地跑到了床边看谨哥儿。见弟弟在睡觉，徐嗣谆很是失望，小声嘀咕着："为什么我每次来他都在睡觉。"

十一娘揽了揽他的肩膀:"因为弟弟还小。等大些了,瞌睡自然少了。"

"所以祖母的瞌睡最少?"挤在徐嗣谆身旁的徐嗣诚突然道。

屋里的人都笑了起来,就连太夫人的脸也板不下去了。

徐嗣诚看着胆子越发地大起来,道:"本来就是,我昨天晚上看见祖母起来给我们掖被子了!"

徐嗣谆一听,忙去捂徐嗣诚的嘴。屋里的人都很是惊讶。

太夫人想到徐嗣谆那次就是半夜出的事,这次南永媳妇跟着在屋里服侍,不由神色一肃:"那么晚了,你们怎么还没有睡?"其他的人不由支着耳朵听。

徐嗣谆不敢作声,太夫人望着徐嗣诚。徐嗣诚见徐嗣谆不作声,抿了嘴,一副宁死不屈的样子。

太夫人又好气又好笑。

十一娘忙道:"做错了改正就是。要是知错不改,还不跟长辈说实话,祖母可要生气了!"

徐嗣谆像泄了气的皮球:"我和五弟想给六弟做个大花灯。"

"做花灯?"

徐嗣谆垂了头:"想在六弟做满月的时候挂。"

是想给大家一个惊喜吧? 十一娘揽了徐嗣谆的肩膀:"反正他现在睡着了,也没有听见,我们都不告诉他。这样也不算是泄密,你说是不是?"

徐嗣谆听着脸庞亮了起来。

"不过,你们可不能用晚上睡觉的时间做花灯。要做,就白天做。晚上睡不好,怎么能好好听赵先生讲课? 赵先生要是知道他讲课你们都没有听,不知道该有多伤心呢。"

徐嗣谆连连点头,就是徐嗣诚,也跟着点起头来。

二夫人看着,眼中闪过异彩。

第六十七章　添枝叶徐府同欢喜

太夫人见十一娘和贞姐儿的饭还只吃了一半,站了起来:"谨哥儿好了,我们也就放心了。你正在月子里,好生歇着。"说着,看了徐嗣谆和徐嗣诚一眼:"你们两个呢,跟着我回屋去吃午饭、歇午觉,下午还要去上课呢!"

徐嗣谆见祖母不再追究,喜上眉梢,拉了徐嗣诚的手连连点头。

十一娘不好留太夫人,让贞姐儿帮着把人送出了门。

徐令宜风尘仆仆地进门,看见大红迎枕上并排着一大一小两张脸,同样乌黑的头发,同样安详的神色,他不由露出会心的微笑。

竺香忙迎了上去,还没有开口,徐令宜已摆手,示意她别说话,然后轻手轻脚地退了出去。

"孩子怎么跟着夫人?乳娘呢,还没有确定下来吗?"徐令宜到了正屋。

"留了个姓顾的乳娘。"竺香忙道,"夫人说,六少爷才吃了一服药,先留在身边看看。"说话间,小丫鬟已打了洗脸水进来。

她服侍徐令宜梳洗了一番,叫小丫鬟端了饭菜进来,徐令宜匆匆扒了两口,去了耳房。

听到孩子要请吴太医,他没有多想,直接去了宫里。在等皇上召见的时候,心里不停地琢磨着等会儿见了皇上怎么说——不管那个吴太医进宫是给谁看病,都要把人给要到手才行。

再看见这两张脸,平安无事地躺在床上……心里突然觉得很宁静,很满足……不由伸出手去轻轻触了触儿子的小脸。

十一娘却猛地睁开了眼睛:"侯爷!"她吃惊地望着他,眼睛亮晶晶的,绽开了笑容,眉宇间就有了欣喜,"您什么时候回来的,怎么也不叫醒我?我派了小厮去给您送信,您见到人了没有?"说着,坐了起来,强调道:"谨哥儿吃了彭医婆的药,已经没有事了。"

好像一直等着他回来,好把这件高兴的事和他分享。不知道为什么,徐令宜的情绪突然高了起来,他按了她的肩膀:"别总顾着孩子,也要顾着自己,快歇下!"又道:"你派去的小厮我见到了,知道谨哥儿平安无事,我在宫门口就和吴太医分了手。"

十一娘不由侧头——她忘了自己在耳房,没有看见落地钟的影子,哑然失笑:"现在是什么时辰了？侯爷吃饭了没有？"

"吃过了。"徐令宜掏了怀表看，"现在申时还差两刻。"然后问她："怎么了？"

申时还差两刻……他已经吃了饭，换了衣裳……也就是说，早就回来了……他是怎么跟皇上说的呢？有没有强求呢？十一娘有很多话想和徐令宜说，又不知道该说些什么好。她的手轻轻地落在儿子的头上，抚了抚顺滑的发丝。

万妈妈端了药汤走了进来。

"这药还要喝几天？"十一娘一饮而尽。

万妈妈笑道："恶露去了就可以停药了。"

那边顾妈妈已把孩子包好送了过来。十一娘亲了亲儿子的小脸，掖了被角，放在了自己的被窝里。

顾妈妈欲言又止。按道理，孩子应该跟着乳娘睡。可这几天，夫人像不知道有这样的规矩似的，孩子跟了夫人睡，她则在床边的一张美人榻上安歇。

十一娘只当没有看见。已经三天了，她肯定自己不可以给儿子哺乳。作为母亲，她如果不争取和孩子多待些时间，只怕孩子记忆中全是乳娘的气味了。

芳溪和秋雨都得了琥珀的暗示，知道十一娘的心意，一个笑吟吟地帮顾妈妈抱了铺盖进来，一个提醒顾妈妈："时候不早，早些梳洗了就歇下吧！"

顾妈妈不敢多说一句话，屈膝行礼退了下去。

万妈妈见了就笑道："夫人这样太辛苦，我有一句话，不知道当讲不当讲。"

十一娘也不是个喜欢为难人的，顺着她的话道："万妈妈有话只管说。"

万妈妈矜持地笑道："我看着六少爷屋里没有个主事的人，您事事操劳，我就想给您推荐个管事的妈妈。"说着，也不待十一娘问话，径直道："常言说，举贤不避亲。我第三个媳妇，正是花信年纪，生了两儿一女，人长得白净端庄不说，行事又干净利落，街坊四邻的看了无不交口称赞。要是夫人瞧得上眼，我哪天领进来给夫人看看。"说完，期待地望着十一娘。

十一娘非常意外，没想到万妈妈竟然会以这种方式推荐自己的儿媳妇。她念头一转，觉得这样也不错。万妈妈年纪大了，再过两年就不能当差了。听说她几个儿子都老实，在府里做些跑腿的杂事。她冒着这样大的风险推荐自己的儿媳妇，估计也是实在没有办法，铤而走险为家里以后的生活谋个出路。

"那哪天有空，妈妈就领进来我看看吧。"

万妈妈喜出望外，谢了又谢，退了下去。

琥珀不免皱眉："这个万妈妈，说起来还是太夫人身边的人，怎么这样不知道轻重？

她这样直接到您面前这么一求,您不答应,驳了太夫人的面子,您答应,要是人不合适怎么办?我看,不如到时候直接回了算了。反正是得罪人——与其到时候人不好用了再说送出府之类的话,还不如一开始就一口回绝了。"

"没见到人,也不用急着下结论。"十一娘笑道,"万妈妈急成这样子,可见对这差事志在必得。我也仔细想过了,管事的妈妈这样悬而不决,不知道多少人打主意。今天万妈妈大着胆子到我面前说了,如果太夫人、二夫人或是五夫人也有个什么人想推荐,我们是答应好还是不答应好呢?不如就用了万妈妈的儿媳,只要她听话就好。"

十一娘最终的目的是把儿子留在身边,万妈妈虽然受太夫人重视,说到底,还是因为在照顾孕妇、产妇上颇有些心得,谈不上府里掌握实权的管事妈妈。

琥珀点头。

十一娘问起徐令宜:"侯爷还在半月泮吗?"

洗三礼、满月、舅母娘坐上席,看的是女眷的戏,来的都是女客,徐令宜一早就避到了半月泮。

"侯爷还在半月泮。"琥珀笑道,"今天一天都没有出来。"

可能还在月子里,十一娘总觉得很疲倦,吩咐了琥珀几句"侯爷回来了你们小心服侍着"之类的话,就和孩子睡了。

正是秋高气爽、菊花满园的时候,徐令宜画了幅菊花图,回到屋里。见耳房昏黄的灯光透过窗棂洒落在青色的石砖上,朦胧中透着温暖,他不由脚步一转,去了耳房。

守值的是芳溪,看见徐令宜大吃一惊,徐令宜却示意她别作声,轻手轻脚进了屋。

顾妈妈刚来,还没有摸清楚十一娘的性子,又这样住在一个屋里,哪里能真正睡着。听到动静就起来了,忐忑不安地和芳溪守在一旁,就看见徐令宜坐在床边,仔细地端详了十一娘和谨哥儿半晌,轻轻拂了拂儿子的头,这才起身出了门。

第二天一大早,皇上和皇后前后脚差了内侍来问谨哥儿的病情。徐令宜想着那天要不是皇上开恩,立刻传了吴太医跟他出宫,哪能那么早就出了宫。他干脆进宫去谢了恩,出了宫门又遇见顺王、余怡清和金翰林,大家许久没见,几个人一起去了春熙楼。

万妈妈则把她的三儿媳带了过来。果如她所说,这个媳妇子看样子就是个机敏干练之人。

十一娘笑着问她:"你从前可曾在府里当过差?"

"当过。"她笑道,"在外院当过二等的丫鬟,专司花厅里端茶倒水。"

"那你知不知道做管事的妈妈最要紧的是什么?"

来之前万妈妈早已反复叮嘱过了,她想也没想地道:"听从吩咐,谦虚顺和。"

十一娘微微颔首，半是告诫，半是若有所指地道："你可要记住这句话。"然后让琥珀领着万家媳妇去太夫人那里，算是把这件事应了下来。

事情这样顺利，万妈妈自然是喜出望外。等得了太夫人"可以"的话，十一娘又给了万家媳妇五天的时间把家里的事安排好。婆媳跪下来磕了头。

没几天，罗振声等人到了京，还带了个小客人——还差余月就两周岁的英娘。

"哎呀，说起来，我们英娘和谨哥儿都是初十生的。"罗四奶奶抱着谨哥儿，左瞧右看的，不知道有多喜欢，"余杭那边还没有得到信吧？早知道这样，就应该连夜赶路，说不定还能赶上谨哥儿的洗三礼呢。"

十一娘摸了扶着她床站着的英娘，问罗四奶奶："家里一切都好吧？我听大哥说，有产业要处置，所以要到腊月中旬才能来。是什么产业要处置？"

罗四奶奶笑容微僵，又粉饰太平般很快展颜："具体的，我也不太清楚——你是知道的，我和你四哥都是闲人。这种事，唯恐避之不及，哪里还会去问。"最后一句，却颇有些自我打趣的味道，让屋里的气氛变得活跃起来。

十一娘知道这其中有蹊跷，可见罗四奶奶的样子，只怕也问不出什么来，索性不问，和她说些家常话："五姨娘还好吧？"

罗振声在家里不受重视，有些话，还是等罗振兴来燕京后亲自和十一娘说比较好。罗四奶奶也不想和十一娘多说，闻言笑着转移了话题："姨娘挺好的，每天在家里带带七弟，做做针线，偶尔和六姨娘一起出去庙里拜拜菩萨。"说到这里，她"哎呀"一声，道："看见谨哥儿我只顾着高兴，倒把这件事忘了。"把谨哥儿给了一旁服侍的顾妈妈，掏了个小小的玫瑰红的海棠花荷包递给十一娘，"五姨娘在慈云寺求的平安符，让我带给你，保佑你和孩子都平安顺利。"又笑道："虽说这平安符来得晚了点，好歹是送到了，也是片心意。"

十一娘笑着道谢接了过去，海棠花瓣一片叠着一片，经络清晰，栩栩如生。她郑重地将荷包放在了枕头下面，问起家里的情况来。

英娘长得像罗家的人，雪白的皮肤，大大的杏眼，和并排而坐的十二娘有几分相似。

十一娘笑着问她："酥饼好吃吗？"

英娘点头："好吃！"声音爽朗，却像罗四奶奶。

十一娘笑起来。

罗四奶奶却有些不好意思，道："在家里野惯了，让她小点声音，总是改不过来。"

十一娘却很喜欢："女孩子性情开朗些好。"罗家的女儿都很憋屈。

"姑奶奶是自家的人，自然这么说。"罗四奶奶嗔道，"她以后要嫁人的，哪个婆婆喜欢这样雀跃的性子。"

"她年纪还小,慢慢教就是,一口也吃不成个胖子。"

太夫人身边的玉版过来:"四夫人,太夫人知道亲家奶奶来了,请亲家奶奶并亲家小姐、表大小姐过去说话。"

十一娘不方便,笑着吩咐一旁的贞姐儿:"你陪着四舅母和英娘去一趟吧!"又对罗四奶奶道:"等会儿过来吃午饭吧!"

罗四奶奶笑着应了,去了太夫人那里。给孩子见面礼、叙旧,闲话说到快到响午,徐嗣谆和徐嗣诫下了学。

太夫人招了两兄弟过去:"快来见过你四舅母、十二姨和大表妹。"又对英娘说:"这是你四表哥、五表哥。"

徐嗣谆还记得罗四奶奶和十二娘,却是第一次见到英娘;徐嗣诫则是全无印象,相比之下,比自己小的英娘就成了他关注的重点。兄弟俩的目光不约而同地落在了英娘身上,只见她梳着丫髻,穿了件大红底绣牡丹花的小袄,项上挂了赤金如意的项圈,手上戴着赤金长命锁的手镯,圆圆的脸庞像玉簪花的花瓣般白皙细腻,大大的杏眼水一样明亮又清澈,十分可爱。

英娘不怕生,见徐嗣谆和徐嗣诫瞧她,笑着大声喊"四表哥、五表哥"。清脆响亮的声音让两兄弟微微有些窘迫,心里又觉得高兴,都露出略带羞赧的笑容来。

太夫人留罗四奶奶等人吃饭,并笑道:"我也知道,十一娘肯定留了你吃饭。我让人去跟她说一声,中午你就留我这里,晚上再去她那里。"

长辈赐,不敢辞,何况太夫人是在抬举罗家的人。罗四奶奶笑着应"是",在太夫人屋里吃午饭。

英娘自己拿勺子,没有一颗米粒掉在桌子上,青菜也吃,肉也吃,和谈姐儿的娇气形成了鲜明的对比。徐嗣谆饶有兴趣地打量着她。

饭后,徐嗣谆和徐嗣诫留在太夫人屋里睡午觉,罗四奶奶几个去了十一娘处。英娘上眼皮和下眼皮打架,伏在乳娘的身上昏昏欲睡。

十一娘让顾妈妈带着英娘去暖阁歇下,安排罗四奶奶在西厢房歇息。

十一娘觉得自从生了孩子,身体好像一下子变得差了很多。她想了想,让人拿了镜子过来,素白的脸,眼睛大大的,下巴尖尖的,嘴唇的颜色淡淡仿若梨花,只有一双弯弯的秀眉依旧如往昔般乌黑柔顺,显得特别醒目。她轻轻地把靶镜反手覆在了锦被上,映入眼帘的是只苍白的手,静静地落在大红的锦被上,握着把古铜色的靶镜,青色筋脉微微凸起,有一种静谧的脆弱。

十一娘沉默半晌,让小丫鬟叫了万妈妈进来,她低声把自己这些日子的身体情况告诉了万妈妈："你说,这种情况正常吗？"已经有七八天了,恶露却越来越多。

十一娘身体很虚,有些事又说得含糊糊,她们还以为是生产受了折腾,只在饮食上精心调理,却不承想……万妈妈脸色微变,立刻道："我看,还是请刘医正来诊诊脉吧！"

也就是说,不太正常了。十一娘让芳溪拿了对牌："去请刘医正来。"

芳溪应声而去,帘子一撩,却和徐令宜碰了个正着,看见芳溪手上的对牌,他随意笑道："这是怎么了？"

"有些不舒服,让芳溪去请刘医正来看看。"十一娘一副不愿意多谈的样子,轻描淡写地说了一句,然后笑着问他,"侯爷今天怎么这么早就回来了？可有什么收获？"

徐令宜这几天心情极好,连着几天带了小厮去逛东大街旁专卖古玩字画的潘楼巷胡同,每到酉时才回。今天比往常早一些。

"没有。"徐令宜笑着坐在了床边,"不过是些西贝货罢了。"见谨哥儿在十一娘被窝里睡得熟,笑道："这小子,一天十二个时辰,他倒有十一个时辰在睡。"语气里隐隐带着些许的怜爱。

"小孩子都是这样的。"

两人正说着话,有小丫鬟进来："侯爷、夫人,落叶山那边的文竹过来了,说奉了二少爷之命,给六少爷送东西。"

徐嗣谕因在落叶山守孝,没有回府看谨哥儿。

十一娘想到贞姐儿代徐嗣谕送的东西,不由笑起来,盼咐小丫鬟："让文竹进来。"心里想着,也不知道徐嗣谕是否知晓……要是也送了金手镯来……侧了头对徐令宜道："也不知道送的是什么。"眸子一闪一闪的,好像非常感兴趣的样子。

徐令宜眼底就有温和的笑意。生产的时候一波三折,虽然最后母子平安,可十一娘好像伤了元气似的,人苍白羸弱不说,精神也很差,常常说着话眉宇间就露出倦意来。难得她有这样的好心情,他柔声道："你想要什么？"

"什么？"十一娘一时没有会意过来。

徐令宜轻轻摸了摸她的头,笑着低声又问了一遍："你喜欢什么？"

是要送她东西吗？十一娘很是意外,愣愣地望着徐令宜,一时不知道该说什么好。

徐令宜就携了她的手,十一娘的手纤细柔软,从前是很温暖的,现在指尖却有些冷。他握了手,她的手被攥在了他的掌心。

"我在潘楼巷看到不少好玩的东西。"他轻声道,"有桦木雕的木鱼,用络子穿着,挂在床边做饰物;有用瓷做的小鸡啄米,小鸡啄下米,就咯咯地叫;有用琉璃烧的胆瓶,轻轻吹气进去,瓶底振动,会发出咕咕咕的声音;还看见一个烧玻璃的胭脂盒,被当成珐琅来卖,不过,还是挺漂亮的……"

十一娘渐渐缓过来："那，侯爷觉得什么东西有趣，就带一个回来吧。"难得他一片好意。

徐令宜颔首，文竹进来。

"夫人，侯爷。"她屈膝行了礼，将徐嗣谕送的东西奉上，"二少爷亲手雕的一尊罗汉，说是祝六少爷笑口常开。"

用竹子雕的一尊袒胸露腹的罗汉，刀法粗犷，罗汉眉宇间流露出来的乐观开朗却跃然而出。看得出来，徐嗣谕在雕刻方面很有些造诣。

"雕得可真好！"十一娘赞了一句，笑着收下罗汉，把它摆在了床头，问起徐嗣谕的情况来，"如今入了冬，那边的银霜炭可够烧？二少爷的暖耳、皮袄可都带了过去？落叶山偏僻，我让人每隔三天就送些水菜过去的，管事们做事可尽心？"

"回夫人的话，"文竹毕恭毕敬地道，"九月初的时候针线房就将二少爷的冬衣都准备齐全了。入了冬，曹管事更是每隔三日过去一次。每次去，都要到柴房看看烧火墙的炭够不够用。少爷又说'天将降大任于是人，必先苦其心志，劳其筋骨'，除了暖砚炉，并不常用银霜炭，不仅够用，而且有多的。"说话清晰有条理。

徐令宜多看了她两眼，等文竹退下，问十一娘："这小丫鬟叫什么名字？"

"叫文竹。"十一娘笑道，"是太夫人亲自挑的，在谕哥儿身边服侍也有三四年了，如今拿二等丫鬟的月例。"

少爷、小姐身边最高级别也就是拿二等月例的丫鬟了。徐令宜道："我瞧着这丫鬟举止倒挺大方。"

十一娘笑道："跟着谕哥儿去过乐安，见了世面，自然不是一般的丫鬟可比。"

两人这边议着文竹，出了十一娘院子的文竹转身去了贞姐儿处。

"二少爷说了，让我进府一定要代他给大小姐道声谢，奴婢也不知道该怎样道谢才不失礼数。"说着，跪在了地上，"只有给大小姐磕个头了。"

她跪下去的时候，小鹂已上前去搀了她。

"你这是做什么？"贞姐儿嗔道，"倒像我是个斤斤计较、心胸狭窄之人似的。"

文竹忙道："大小姐千万别误会二少爷，这全是奴婢的主意。"说着，眼角微湿，"患难见真情。除了大小姐，又有谁记得我们二少爷的难处，想着帮二少爷送份贺礼给六少爷。"

"既然领了我的情，多的话就不要说了。"贞姐儿颇有些唏嘘，"二哥在落叶山可还好？"

"挺好的！"文竹噙泪笑道，"每天早起早睡，读书写字，初一、十五、逢七的时候到田庄后头秦姨娘的坟前上炷香。"

秦姨娘死后,并没有埋在徐家的祖坟里,而是在落叶山田庄附近找了块地做了坟茔。贞姐儿叹了口气。

黄昏时分,刘医正赶了过来,把了脉,看了看十一娘正在吃的药,沉吟道:"夫人这是脾虚下陷,我给夫人开些补气升阳的药,先吃几服看看。"

先吃几服看看,也就是没什么把握了？十一娘不动声色,道:"那我这是什么病呢？"

"产后体虚。"刘医正道,"补气固本就行了。"然后唰唰地开了方子,起身告辞。

十一娘只好低声吩咐琥珀:"你等会儿去外院,让抓药的小厮问清楚了,刘医正开的是治什么的药。"

琥珀跟了十一娘五六年,又一直贴身服侍,对十一娘很了解。十一娘越是这样冷静淡定,情况就越糟糕。她心里"咯噔"一下,脸色微变,匆匆应"是",去了外院。

比琥珀早一步出垂花门的刘医正则被临波请到了外院书房。

"夫人是什么病？"

刘医正见徐令宜神色间透着几分焦急,暗暗叹了口气,低声道:"多半是血崩。"

徐令宜神色大变,"腾"的一下站了起来:"怎么会是血崩？血崩不是分娩后才得的吗？她如今已经七八天了！"

刘医正犹豫道:"男女有别,有些症状,我也不好多问……看脉象,倒是很像。"

徐令宜愣在那里,表情有些变幻莫测,好半天才轻声道:"要是真是血崩……你有几成把握？"

谁敢给这种承诺？刘医正委婉道:"先吃几服药,然后再慢慢地调养,有了三五年,夫人渐渐恢复了元气就好了。"

徐令宜垂了眼睑。

刘医正轻轻地摇了摇头,作揖告辞:"侯爷要是没有其他的事,下官就先告辞了,明天再过来给夫人复诊。"

徐令宜却猛地抬了头,神色冷峻,道:"你跟我来！"说着,昂首出了门。

刘医正不知其意,疾步赶了上去。出了小书房,徐令宜上了东边的抄手游廊,过了一道夹巷,就看见了正屋的黑漆如意门。

刘医正愕然。

徐令宜淡淡地道:"等会儿你有什么话要问,只管告诉我,我来问夫人！"说着,他声音渐渐严厉起来,道:"把这病给弄清楚了,别总是好像、大概的！"

刘医正唯唯应诺。

十一娘憋红了脸却难开口。

"默言……"徐令宜皱了眉。

十一娘侧过脸去,小声说了,却声若蚊蚋。徐令宜听不清楚,凑过去,却看见十一娘连脖子都是红的,他不由抚了她的脸,脸热得烫手。

"和我也不能说?"徐令宜笑望着十一娘,表情温柔。

十一娘垂了眼睑:"你、你还是让别人来问我吧!"

徐令宜一愣。为什么?念头一闪,别有滋味在心头。

"我怎么就不行?"他凝视着十一娘,表情显得有些严肃,醇厚的声音因为低沉而让人觉得温暖。

因为太过难为情!十一娘有些不知道该怎么跟他说,只好道:"反正你让别人来问好了!"表情带着点娇羞,就有了撒娇的味道。

徐令宜的目光骤然变得深邃起来:"那,我让宋妈妈来传话?"

十一娘想了半天,破釜沉舟地道:"那就让宋妈妈来问话吧!"

徐令宜笑起来,轻轻地把她抱在了怀里:"傻瓜!"

指尖划过脊背,脊骨凸起,有些硌手。

"默言……"他微微一愣。什么时候十一娘瘦成了这个样子!徐令宜觉得喉咙有些堵,不知道说什么好。

别人来问,虽然有些不好意思,却不会像徐令宜问她似的,让她觉得手足无措、备感尴尬。两相比较,她宁愿宋妈妈来问。也许因为两人是夫妻,就更不想把一些生活的细节暴露在对方的眼里吧?

十一娘被徐令宜抱得有点透不过气来,她轻轻地推了推徐令宜,小声地提醒他:"刘医正还在罗帐外面候着呢!"

徐令宜缓缓地放开了她,十一娘松了口气。

徐令宜却突然俯身在她面颊亲了一口,把刚才刘医正问的话又问了一遍。

"侯爷……"十一娘讶然。怎么又改变主意了?

徐令宜望着她的目光有些深远。

"别让我担心!"他幽幽地道,"谨哥儿还这么小!"

十一娘突然泪盈于睫,她想到了病逝的元娘,想到了羸弱的谆哥儿……十一娘凑到徐令宜的耳边,小声地回答了刘医正的话。

徐令宜就笑着把十一娘抱在了怀里:"闭了眼睛,就不觉得难为情了。"

"是血崩。"刘医正这次的回答很肯定,"先用补中益气汤,如果不行,再加附子。"

徐令宜已镇定下来,想了想,道:"她这种情形,能不能用针?"

刘医正大吃一惊,好一会儿才道:"如若用针,需在脾俞、隐白、百会、气海、足三里……"

脾俞在背,隐白在脚,百会在头,气海在腹,足三里在腿。徐令宜没有犹豫,只问"有没有效果"。

刘医正想到刚才徐令宜在中间传话的事,道:"自然比用药要快、要好。"

"那就施针。"徐令宜态度坚决地道,"夫人那里,我来说。"

刘医正望着徐令宜的目光慎重了很多,躬身道:"请侯爷派个人到我府上去取针,我这就为夫人施针。"

徐令宜点了点头,进了罗帐。

十一娘怎么也没有想到。她望着徐令宜,表情有些复杂。

"我知道这有些惊世骇俗。"徐令宜却怕她不同意,反复地劝她,"只是孩子还小,血崩之症又极凶险。为了孩子,你怎么也要试一试才是。"又握了她的手,"医者父母心。在医者的心里,病人都如自己的孩子,不分男女。何况刘医正施针的时候,我也会在场的。要是你实在害臊,我让刘医正开服药给你吃,等你睡了再施针好了。"

"不用了!"十一娘浅笑着回握徐令宜的手,"我听侯爷的就是。"

徐令宜如释重负,看着时间不早,去刘医正府上拿针的人还要一会儿才能来,请刘医正在正屋的厅堂喝茶,又细细地问了十一娘的病平时要注意些什么。

"夫人的病虽然是生产时落下的,可这病,最忌多思多虑。"刘医正道,"又常觉得困倦乏力,怠惰嗜卧。侯爷劝夫人多休息、少操心,针药同下,相信很快就能好起来。"

徐令宜点头,又问了饮食上应该注意些什么。两人说了大半个时辰,小厮送了银针过来,刘医正反而有些犹豫起来。

徐令宜没有丝毫迟疑,起身去了耳房。

十一娘低声问徐令宜:"连中衣也要脱了吗?"

"你看到过谁是隔着衣裳施针的吗?"徐令宜笑道,"只留一个兜肚。"

好吧! 就当是去游泳了。十一娘脱了衣裳,面朝内侧卧着。

徐令宜望着那单薄的身影,不禁俯身,轻轻地在她的背上吻了一下,像蝴蝶的驻足,虽然轻,稍不留神甚至会忽略过去,却如烙在背,炙热得让人感觉有点痛。她轻轻地打了个战。

刘医止的手并没有接触到十一娘的肌肤,却能准确地入针,而且针入体后,针尖所在的部位很快就有酸麻胀重之感,然后缓缓地扩散开来,有一种泡在温泉里的舒适感。

十一娘从前也看过中医,她知道自己遇到了一个高手,身心都松懈下来,对治愈病情更有信心了。她闭上眼睛,竟然睡着了。

刘医正满头大汗。他之前还担心要隔衣施针,没想到……这样一来,施针也就更准

确了。刘医正长舒口气。

施针最怕患者紧张,不仅达不到效果,而且容易出错。徐令宜有些担心,一直小心翼翼地打量着十一娘的神色,见她的脸开始还绷得有些紧,很快就眉目舒展进入了梦乡,就轻声地问了句"怎样了"。

"没事,没事。"刘医正轻柔地捏着针,"睡了更好。"

徐令宜不再问什么,待刘医正施完针,留了琥珀在一旁服侍,他则陪着刘医正出了耳房。

有婆子走了进来,看见徐令宜,忙低头垂手地避到一旁,贴着墙站了。

"是连着施几针,还是隔三岔五地施针?"徐令宜一面和刘医正说着话,一面往正屋去。

"最好是连着施几针。"刘医正此刻又恢复了往日的机敏,"如果隔三岔五地施针,也可以。"

徐令宜笑起来:"还是连着施几针吧!"

徐令宜去了耳房。谨哥儿刚洗完澡,十一娘正哄着他玩,看见徐令宜进来,她笑着指了徐令宜:"看,爹爹来了!"

谨哥儿瞪着乌溜溜的眼睛望着徐令宜。徐令宜心都软了,摸了摸谨哥儿的头,轻声问他:"你吃饱了没有?"

谨哥儿眼也不眨地瞪着他。徐令宜笑着亲了亲他的小脸,抱过孩子坐到了床边:"感觉好点没有?"

"施针的时候很舒服。"十一娘笑道,"其他的,倒没有什么感觉。"话音刚落,就看见谨哥儿在襁褓里扭着身子。

"快,快,快。"她忙将孩子抱了过来,"我们谨哥儿要出恭了。"一面说,一面解了束缚襁褓的带子。

金黄色的液体在空中画着弧线落在了打磨光滑的青石砖上。

"这小子!"徐令宜笑道,"倒挺聪明的!"语气里隐隐带着几分宽慰。

十一娘不由笑起来:"小孩子都是这样的好不好。"

"怎么可能?"徐令宜把孩子又抱了过去,"我看顺王家那个小子,生下来半个月才睁眼,一百天的时候还乱撒尿,哪有我们家谨哥儿聪明!"

果然孩子是自己的好!

徐令宜饶有兴趣地逗着孩子,谨哥儿却不怎么买账,打了个哈欠,嘟着小嘴睡着了。

十一娘看着,就掀了被角:"把谨哥儿放下吧!总这样抱着,小心成了习惯,一旦没人抱,就要哭闹。"

徐令宜有些意外:"孩子跟着你睡吗?"

十一娘没有直接回答,而是笑道:"我舍不得他嘛!"

徐令宜想到那次十一娘睡着了,他刚伸手摸了一下谨哥儿她就醒了……像母狮子,有人碰触小狮子就会伸出利爪……他动作轻柔地把孩子放在了被窝里,侧身吩咐一旁的秋雨:"叫小丫鬟打水进来服侍我洗漱吧!"

屋子突然陷入沉寂。田妈妈急得朝十一娘直使眼色。

十一娘也觉得有些不方便——他要是晚上歇在这里,那顾氏怎么办?顾氏不在,谨哥儿半夜醒了怎么办?

"侯爷!"她笑道,"谨哥儿半夜要醒好几趟,吵得很……"

是不是因为这样,所以十一娘一直没有休息好,别人生了孩子都胖起来,只有她,越来越瘦。

"我现在赋闲在家,又不用上早朝。"徐令宜不以为然地道,"他要是晚上吵得厉害,我正好可以帮你哄哄他。"

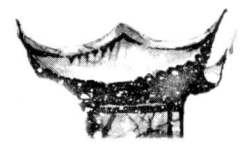

第六十八章 水平静暗波现端倪

十一娘摸了摸并没有汗的额头,有些磕巴地道:"不,不用了,有顾妈妈帮忙……"只是没待她的话说完,徐令宜已淡然却坚定地说了声"那就这样了",打断了她的话。

秋雨不敢迟疑,忙叫了小丫鬟进来服侍徐令宜梳洗。

田妈妈则语重心长地反复叮嘱十一娘:"还是身体要紧。有些事,夫人可不能由着侯爷的性子来。要是实在不行,把文姨娘叫进来服侍也是一样。"

十一娘语塞,心里却隐隐有种感觉,觉得徐令宜不会如此……抬头看见顾妈妈在美人榻上铺了被褥,忙吩咐芳溪:"竖个屏风挡一挡吧!"

大户人家,主母行房,旁边有贴身的丫鬟服侍,本是惯例。只是十一娘性子有些怪,不管徐令宜在不在房里歇着,都不喜欢值夜的丫鬟和自己睡在一个屋里。大家也就见怪不怪。芳溪指挥几个粗使的婆子把东次间沉香木雕的四季如意屏风搬了过来。

满屋的黑漆家具,倒显得有些碍眼。

"我记得库里有架黑漆牙雕走百病的屏风,"十一娘道,"明天找出来换上。"

芳溪笑着应"是",徐令宜从净房出来:"找什么出来换上?"

今天的话怎么这么多?十一娘笑道:"这沉香木的屏风放在这里不合适,让她们到库里找个黑漆的换上。"

徐令宜微微点头,坐在床边看谨哥儿:"你觉不觉得他越长越白净。"

十一娘仔细看了看,眉目比刚出生那会儿是舒展了很多,可白净,还真没有瞧出来。

"可能是天天在我眼前晃,我没看出来。"她婉转地道。

"所以我说他越长越白净了。"徐令宜更加肯定自己的说法,笑着摸了摸孩子的头发,脱衣上了床,"让谨哥儿睡我们中间吧!"非常喜欢的样子。

"要是晚上不小心把他压着了怎么办?"十一娘委婉地拒绝,"还是让他睡到我旁边吧!"

"那就睡我旁边吧!"徐令宜低声道,"难怪越来越瘦……我看你就是操心操多了,说不定晚上根本就没有睡好。"说着,也不管十一娘同意不同意,把孩子抱到了他那边。

十一娘支了肘:"你小心点!"

"放心吧!"徐令宜学着十一娘的样子把谨哥儿放在了自己的枕头边,"当年行军的时候,人不解甲,剑就压在枕头底下,略有风吹草动就醒了。"说着,把十一娘按下,"你就安安心心地睡一觉吧!"

十一娘还是有点不放心,反复叮嘱:"那你注意点!"

"你就安心睡吧!"徐令宜帮她掖了被角,"别七想八想的。"

十一娘只好闭上了眼睛。

徐令宜眼角一瞥,就看见了枕头边的儿子,觉得很有趣,索性侧了脸盯着他看,皮肤吹弹可破,淡淡的眉毛,直挺的小鼻子……越看越觉得有趣,干脆轻手轻脚地坐了起来。

十一娘本来就没有睡着,他一动,立刻就睁开了眼睛:"怎么了?"

"没什么。"徐令宜笑着,低头看见一双蒙蒙眬眬的眼睛,像笼雾的晓月,静谧而美丽,他的心也跟着宁静起来,"就是觉得谨哥儿很有意思。"突然间没有了一点点睡意,想到两人很久都没有像现在这样安安静静地说话了,就很随意地拿了个大迎枕靠在身后,道:"为什么要把谨哥儿放在枕头边,放在被窝里岂不更暖和一些?"

十一娘也不知道。只是从前去探望生了宝宝的同学或是同事,大家都这样放孩子,想着总有点道理,就有样学样了。此刻徐令宜问起来,她一时也不知道怎么回答,沉吟道:"这样孩子一睁开眼睛就会看到父母,不会害怕吧?"语气里到底带点犹豫。

徐令宜笑起来,不管多明理、果敢的母亲,碰到孩子的事,都会流露出柔弱的一面来。

两人正有说有笑的,一旁的谨哥儿醒了,眼睛乌溜溜地转了半天也没有人理睬,"哇"的一声大哭起来。

徐令宜忙慌手慌脚地抱了孩子:"这是要吃奶还是要撒尿?"

听到动静就跑了过来的顾氏隔着屏风道:"侯爷,六少爷要吃奶了。"

"哦!"徐令宜应了一声,十一娘起身去抱孩子,"我送去给乳娘!"

"我来吧!"徐令宜抱着孩子跂了鞋,"你歇着。"把孩子递给了顾氏。

顾氏喂了孩子,徐令宜重新抱着孩子上了床:"他每晚要吃几回?"

"吃两回。"十一娘道,"亥初一次,丑正一次。"

徐令宜默默记在心里,学乳娘的样子哄着孩子,见孩子睡了,将孩子放在了枕边,笑道:"快些睡了吧!明天一早罗四奶奶还要来串门。你也别强撑着,要是觉得累,就少说点话好了。"

"妾身知道了。"十一娘笑道,想着明天刘医正还要给她施针,"那明天侯爷还在场吗?"

"我自然在场。"徐令宜道,"你用不着害怕,刘医正很擅长针灸。"

这一点,十一娘也看出来了。

"给你施针的时候,只有琥珀在屋里服侍。"他又低声道,"当着太夫人,我只说是要望

诊……你见了娘,可别说漏了嘴。"

"知道了。"十一娘的声音轻轻柔柔的,像春天的风,扑面暖人。

第二天,太夫人和二夫人来探病。

"你只管静养就是。"太夫人推了十一娘的手,"家里的事有我,把身体养好才是正经。"

二夫人则道:"病最怕误诊。既然知道毛病出在什么地方,对症下药就是了,你不必太过担忧。"

十一娘笑着谢了二夫人。

石妈妈过来。

"太夫人和二夫人都在啊!"她笑着屈膝行了礼,将手中的红漆描金的匣子递给琥珀,"听说四夫人身子骨不好,五夫人特意让我把家里藏的两支百年的人参拿来给四夫人补补身子。"又道:"我们家五夫人一早就起来了,原准备由奴婢服侍着亲自过来探病的,可巧有些不舒服,奴婢只好自己来了,还请四夫人见谅!"

太夫人一听就急起来了:"丹阳怎么了?"

石妈妈却眼角眉梢都溢出喜色来:"我们家夫人怀了身孕。"

"哎呀!"太夫人听着喜道,"这可真是件大好事。"然后急急地问:"什么时候的事?可请大夫诊断过了?"

"有些日子了。"石妈妈笑道,"可这次和上次不一样——上次闹得天翻地覆似的,这次却是一点动静也没有。今天早上刚请大夫瞧过了,要不然,哪敢乱说啊!"

太夫人听了喜出望外,在十一娘这里略坐了一会儿,就起身去了五夫人那里。

有小丫鬟进来禀道:"罗四奶奶来了!"

两人说着话,谨哥儿醒了。十一娘忙喊了顾氏帮着端尿。

罗四奶奶看着就说起五娘的儿子鑫哥儿来:"可顽皮了,两个婆子都看不住,还好有灼桃,要不然,还真没有人哄得住。"

"灼桃?"十一娘笑着,脑海里浮现出那个穿着淡绿色棉纱小袄的小姑娘,"今年也有十二三岁了吧?"

"十二岁。"罗四奶奶笑着点头,"长得可水灵了。"

"她从小就长得漂亮。"十一娘笑道,"去年穗儿也嫁了出去。跟着五姐从余杭过来的,也只有灼桃一个了!"

"我就说,这丫头做起事来怎么就那么伶俐。"罗四奶奶笑道,"鑫哥儿吵着要吃面条,她怕烫着鑫哥儿,拿了扇子在一旁扇凉了再喂。"说着,又道:"鑫哥儿倒不像五姑爷,像庶哥儿,一个模子里印出来似的。"

"姑舅老表骨肉亲,怎么不像!"十一娘笑着,问起钱明来,"五姐夫可在家?"

"不在家。"罗四奶奶笑道,"说到城外一个叫什么铁山寺的禅院去读书了——五姑爷在家,人来人往的,又都是些好友,不见谁都不好,见了面少不得要吃吃喝喝的,耽搁了举业,只好避居禅院,专心读书。"

但愿他真能专心读书。十一娘微微颔首。

罗四奶奶却笑容微敛,道:"我也去见了十姑奶奶。"说着,眼角有泪光闪烁,"人瘦得只剩副架子了,好在精神还不错,有银瓶和金莲两个能干的帮着她,家里的事也算是有条不紊的,比当初王太夫人主持中馈的时候还要强一些。"

徐家有粗使的婆子和王家的仆妇常来常往,有些事,也传到十一娘耳朵里。自王承祖过继到十娘名下后,姜夫人王琳回娘家也只是看望母亲、祭拜父亲,再也不理娘家的琐事。十娘以茂国公嫡母的身份主持王府的中馈。她虽然不懂庶务,却知道节流,把茂国公府在燕京的几处空着的房产都卖了,撵了一批仆妇,家里过得很俭朴,却也不像从前拆了东墙补西墙,日子反而过得踏实起来。

"说起来,你们姊妹都挺能干的。"罗四奶奶笑道,"希望我们英娘长大以后也能像姑姑似的就好。"

说起英娘,十一娘笑起来:"哪天闲下来,就带她来玩。"

"既然来了燕京,少不得要吵你们的。"罗四奶奶笑着,和十一娘说了会儿孩子,起身告辞,"哪天把事情定下来了,再来回姑奶奶的信。"

十一娘有些疲惫,也没有多留,让秋雨送了罗四奶奶出门。

刘医正来了。没有徐令宜在场,就算是她愿意接受刘医正给她施针,只怕刘医正也不敢给她施针。她吩咐秋雨去请徐令宜。

徐令宜在外院,拿着大红洒金请柬走了进来。

"今年是什么年?"他笑道,"昨天李总兵家娶媳妇,今天忠勤伯家嫁女儿。"

"娴姐儿吗?"为了她的婚事,忠勤伯才急急地把曹娥嫁出去。

徐令宜不知道忠勤伯的女儿叫什么,道:"可能是吧!说是长女。"然后坐在床边,轻声地问她:"你想不想去?日子定在了十二月初四。"

十一娘脱了小袄:"我这样子,能走哪里?"

徐令宜眼睛微黯,吩咐琥珀端个火盆进来:"等会儿小心着了凉。"

"还是别点火盆了。"十一娘轻声道,"谨哥儿还小,屋里烧了地龙又点火盆,小心孩子上火。"

"要不让乳娘带着谨哥儿到正屋暖阁去歇着。"徐令宜帮十一娘脱了中衣,"你也不用顾忌这顾忌那的。"

十一娘伏在了床上:"我坐月子也不好玩,他陪陪我,我也不会那么无聊。"

徐令宜让琥珀去传了刘医正进来,笑道:"他除了睡就会哭,能陪你个什么?"

正说着,有靴子摩擦地面的声音。十一娘知道是刘医正进来了,不再说话。

施完针,徐令宜送了刘医正出去。琥珀见十一娘睡着了,蹑手蹑脚地帮她盖了被子。

晚上徐令宜依旧歇在十一娘屋里,谨哥儿睡在他的枕边。

"你说,他这样捆着,会不会很难受?"徐令宜倚在床头的迎枕上和十一娘说话。

十一娘也觉得谨哥儿会不舒服,但田妈妈和万妈妈都是有经验的,说徐令宽就是这么捆着长大的……想到徐令宽高高大大的样子,她还真没有反对的立场。

"田妈妈说,满月就可以了。"她道,"是为了避免孩子成了盘腿。"

"他倒乖。"徐令宜笑道,"这样也不哭闹。"

两人说着闲话,十一娘迷迷糊糊地睡着了,猛然醒来,竟然天色大白。十一娘大吃一惊,怎么睡得这样沉?谨哥儿晚上要醒两次,也不知道是谁在照顾他,谨哥儿有没有哭。思忖间,已扭了头去找孩子,床上空空的,就是徐令宜,也不在,她有些慌乱地坐了起来。黑漆屏风挡住了视线,看不到那边的情况,十一娘高声喊着"顾妈妈"。

顾氏和琥珀都从屏风后面绕了过来。

"夫人,您醒了?"琥珀笑道,"侯爷说您睡得沉,不让我们叫您。"

顾氏则笑道:"六少爷刚吃了奶,侯爷正逗着六少爷玩呢!"

话音刚落,徐令宜抱着孩子走了进来:"也不知道怎么有那么多的瞌睡。我说我的,他睡他的。"说着,坐到床边,弯腰轻轻地把孩子放在了十一娘的枕边,"昨天睡得还好吧?"

十一娘望着他温和的眸子,缓缓地点了点头:"昨天晚上侯爷在照顾谨哥儿吧?"

不同于平常的璀璨,十一娘的眸子有些深沉,甚至带点肃然的味道。

徐令宜有些惊讶:"怎么了?"

"没什么。"十一娘嘴微翘,脸庞就明亮起来,"就是睡得很好!"

徐令宜觉得妻子今天的态度有点奇怪,但仔细一看,又和平常没什么两样,说不出哪里奇怪。

"那就好!"他笑了笑,站起身来,"我等刘医正来给你看过病了再去外院。"

徐嗣勤隔着屏风,问十一娘的身体,问谨哥儿怎样,说徐嗣俭这几天和徐嗣谆、徐嗣诚混在一起做花灯,兜兜转转的,半天也没有说明来意。

十一娘只好遣了屋里服侍的。

徐嗣勤这才期期艾艾地道："我听外祖父说,大表妹的婚期定在了十二月初四。那、那之后是不是要嫁媛表妹了?"

竟然是为了这件事。十一娘突然意识到,媛姐儿那件事给徐嗣勤带来的愧疚可能比他们想象的都要深得多……

"我这些日子身体不太好。"她有些担忧地道,"娴姐儿的出阁,可能去不了了……"

"四婶,"徐嗣勤有些急迫地打断了十一娘的话,"我没有别的意思。"他显得有些激动,"我、我就是想问……当初没有多想……"说着,声音渐渐低下去,有了几分沮丧,"以为娘看在我的面子上,会退一步的……如今她要出阁了,我想请四婶添箱的时候,帮我把这个给她。"说完,转身就跑了,十一娘叫也叫不住,只好让秋雨把东西拿进来,是个草绿色绣着红梅的荷包,里面装着七八张银票,或十两,或二十两,一共有二百多两。

十一娘不由暗暗摇头,如果当初三夫人退一步,这未尝不是件好姻缘。她叫了琥珀进来:"你把这银票退给大少爷,就说,有时候,不知道也是种幸福。"媛姐儿就要嫁了,何必再让她心里起涟漪。

琥珀狐疑地把银票拿给了徐嗣勤,徐嗣勤捏着银票垂头站在屋子中央,半晌无语。

芳婷几个不敢打扰,还是徐嗣俭回来拍了他一下:"哥哥你这是怎么了?"眼角瞥见徐嗣勤手里的银票,用力一抽,夺了过去,"好啊!上次大表哥让你买酒,你说没钱——竟然有这么一大笔银子。"

徐嗣勤望着兴高采烈的徐嗣俭,淡淡地道:"你们的花灯做得怎样了?"

徐嗣俭见哥哥神色悻悻的,敛了笑容:"怎么了?刚才都好好的。"说着,露出恍然的表情,"是不是爹爹不同意我们去谨习书院,所以你有些不高兴?"

"没有。"徐嗣勤轻轻摇了摇头,转身进了内室,连徐嗣俭手里的银票也没有要。

三爷在九月初就有信来,对徐嗣勤两兄弟说,开春他就要回京察考,读书的事,到时候再说。为这件事,徐嗣俭郁闷了很久,还是徐嗣勤开导他,这才好了些。这次看哥哥不愉快,他原是想打趣打趣哥哥,没想到如一拳打在软棉花上了,徐嗣勤根本没有反应。

徐嗣俭想了想,也撩帘进了内室,只见徐嗣勤仰面躺在临窗的大炕上,眼睛盯着承尘发着呆。

"哥哥,我听到一件事。"徐嗣俭想了想,坐到了徐嗣勤的身边,"李霁,就是那个从前常和中山侯府唐六公子在一起的李霁,你还记不记得?"

"不记得了。"徐嗣勤语气敷衍。

徐嗣俭却不放弃:"他就要娶安成公主家的十小姐了。"

"哦!"徐嗣勤听着心里更是烦乱,四婶婶托林大奶奶和周夫人给他说了几门亲事,可话传到母亲那里,不是嫌人家门第低了,就是嫌人家家底太薄,以至于现在四婶婶都不好

管这件事了。

"我听大表哥说,那李霁在福建立了大功,破格做了泉州指挥使,授了正四品的衔,还被皇上召见。"语气很是羡慕,"不过也有人说,他根本没有剿倭五千,那五千人有一大半是靖海侯家的护院。"

"你听谁说的?"徐嗣勤一下子坐了起来。

靖海侯前朝就镇守福建,所谓的护院,实际也是靖海侯府的家将。因福建隔得远,只要靖海侯不闹出什么事来,历任皇帝对这件事都是睁一只眼闭一只眼的。

"听唐六公子说的啊!"徐嗣俭道,"要不然我们怎么知道!"

"他这个人,心胸狭窄,妒贤嫉能。"徐嗣勤有些沮气,"说出来的话未必就能全信。"

"可他说得有鼻子有眼的。"徐嗣俭道,"有几个倭寇、几个区家的人、几个平民……一清二楚!"

"这些事你别管。"徐嗣勤比徐嗣俭大一些,一听就觉得这事有点不对劲。这样重要的事,怎么就传了出来的,"也许是别人妒忌他,所以有意中伤他。我们这样传来传去的,和那些小人有什么区别?"又道:"何况四叔也说了,我们家和别人家不一样,我们行事更要低调沉稳一些才是,免得被有心人利用,连累了大人。"

徐嗣俭微微颔首,迟疑道:"那,那李霁的婚礼,我们去不去呢?"

徐嗣勤奇道:"有人给你送帖子了?"

徐嗣俭点头:"前几天我在大表哥家里遇到了定国公家的十九,他问我去不去参加李霁的婚礼。我说我没帖子,昨天他就给我送了三张来——还有一张是给二哥的。"

徐嗣勤想了想,道:"还是别去了吧!我们和他本来就没什么交情。况且他们那帮人最喜欢到翠花胡同喝花酒,到时候我们去也不是,不去也不是。"

"那怎么跟十九说啊?"徐嗣俭有些为难,"他也是一片好心……"

徐嗣勤沉吟道:"要不我们去落叶山吧?"话一出口,更觉得可行,"就说四叔让我们去落叶山读书好了。这样一来,他们总不好勉强了吧?到时候我们闭门不出,他们难道还能跑到我们家里来对质不成?"

那一帮人平时看着耀武扬威的,可都是当家的长辈哼一哼就吓得瑟瑟发抖的人。徐嗣俭听着眼睛一亮:"大哥这主意好,那就这么说定了。"

福建总兵李忠的次子李霁娶亲,据说场面很大。女方第一抬嫁妆进了位于桂树胡同李家的新房,最后一抬还没有出安成公主府。李家更是连摆五天的流水席,都是四冷荤压桌,八大碗,两海碗,又请了燕京三大戏班轮流唱堂会。公卿之家去了安成公主府,那些大小官员则去了桂树胡同。一时间,满燕京都在议论这场婚事。

相比之下,谨哥儿的满月礼就显得有些冷清。十一娘只请了些亲朋好友,外院开了十来桌,内院的花厅开了十几桌,下午则由德音班的班主周德惠和长生班的班主庚长生各唱了一场堂会。

太夫人和郑太君等人在点春堂听戏,周夫人几个则聚在十一娘屋里说话。

"洗三礼的时候我就觉得你有些不对劲。"黄三奶奶打量着十一娘,"想着你刚生产,有些话就没有说。怎样?现在可好些了?"很担心的样子。

"已经好多了。"十一娘笑道,"刚开始的时候,刘医正每天都来问诊,现在每五天来一次。"

"那就好!"周夫人笑道,"刘医正掌管太医院二十年,医术高超。你也别急,慢慢来。"

林大奶奶则开玩笑:"我嫂子还一心一意盼着早点把媳妇娶回家,等着你到时候主持大局,你可不能马虎。"

"放心,放心。"十一娘和她打趣,"我怎么也不能耽搁了孩子们的好事。"

谈笑风生间,顾妈妈抱着孩子进来,后面跟着万妈妈的媳妇万三家的。她托了个红漆海棠茶盘,满满堆着各式的金锁、银锁,金光灿灿的,十分耀眼。

"哎呀!我们的小寿星来了。"周夫人笑着迎了上去,"我来看看,和刚出生的时候有什么不同了。"黄三奶奶和林大奶奶也都围了过去,"眉眼长开了,人也白净了,越长越像侯爷了!"

万三家的则小心翼翼地将托盘托了过去:"夫人,这是各位大人、老爷赏的。"

徐令宜的好友都嚷着要看看孩子,刚才顾妈妈特意把谨哥儿抱去给外院的人瞧了瞧。

十一娘这才发现茶盘里还夹杂着几块上好的羊脂玉佩、金银手镯等物,笑道:"你把这些东西都收起来,等会儿让竺香告诉你怎样上册。你既然在六少爷屋里服侍,有些事也要管起来才是。"

万三媳妇听了,忙屈膝应"是"。

有小丫鬟跑了进来:"夫人,梁大奶奶来了。"

兰亭!十一娘笑道:"快请进来。"话音刚落,穿着大红万字不断头暗纹团花缂丝小袄的兰亭就走了进来。她肤光如雪,眉宇间一派明媚,像待字闺中的还有些天真烂漫的千金小姐,哪里像是做了母亲的人。

"你可来晚了!"十一娘笑道。

兰亭已盈盈福身,道:"各位姐姐千万毋怪,等会儿我罚酒三杯。"一来就把其他人的话都堵在了嘴里。

黄三奶奶不想她就这样溜过去,笑道:"这可是你说的,到时候可别找借口推辞。"

"姐姐什么时候看见我说话不算话了?"兰亭笑着挽了黄三奶奶的手,"姐姐放心,到时候定和姐姐并肩坐了,随姐姐督促。"

黄三奶奶扭了头对周夫人道:"兰亭这张嘴,越来越厉害了。"

兰亭笑着,将谨哥儿抱在了怀里:"这小子,倒挺沉手的。"然后笑着对十一娘道:"比我们家彤哥儿小了一岁又五个月。"

十一娘正要应一句,小丫鬟进来禀道:"甘夫人来了!"

兰亭听了,眉头就几不可见地蹙了蹙。

甘夫人走了进来,目光落在兰亭身上,表情微微一松,笑着和众人见了礼,去见谨哥儿:"这孩子,长得可真好。"

抱着孩子的兰亭笑了笑,将孩子递给了十一娘。

黄三奶奶就问道:"那边的戏散了吗?"

"还没有。"甘夫人又看了兰亭一眼,"庚长生上了场——我不喜欢听昆山腔。"

"我觉得还是周德惠唱得好一些!"说起听戏,大家开始各抒己见,如同议论自己最喜欢的歌手一样,对各种曲目如数家珍。只有兰亭,显得有些沉默,还有甘夫人,显得有些心不在焉的。

众人七嘴八舌地说了半天,宋妈妈过来请她们去花厅——要吃晚饭了。大家笑着和十一娘告辞。

兰亭却笑道:"我来得晚,陪十一娘坐会儿。你们先去,我马上就来!"

甘夫人听着,脚步一滞。

黄三奶奶不依,笑道:"看看,看看,我说到时候要推托的吧!"

兰亭眉宇间闪过一丝懊恼,又很快展颜笑道:"黄姐姐放心,我要是等会儿不去,你差人来揪我就是!"笑容到底有些勉强。

黄三奶奶还要说什么,周夫人已轻轻拉了她的衣袖:"你一个做姐姐的,哪有和妹子斤斤计较的。"又招呼其他人:"我们快点吧!在这里躲了半天,要是晚饭还去迟了,太夫人等人只怕要罚我们的酒了。"黄三奶奶是个机敏的,哪里听不出来,掩袖笑着和周夫人出去了。

甘夫人走在最后,看了正和十一娘说话的兰亭一眼,犹豫了片刻,这才转身离去。

"出了什么事?"十一娘关心地问兰亭。

兰亭也不瞒她:"大哥和扬州半塘龚家的人做生意,想我公公跟泉州市舶司打个招呼。我试了试公公的口气,公公不仅很为难,还委婉地告诫我,让我别插手福建的事务。"她苦笑道:"我跟大哥说,大哥不仅不听,反而说我没有尽力。刚才我一下轿,大嫂就找我说这件事。我怎么解释也解释不清楚,只好躲到你这里来了。"

十一娘听着不由叹了口气,把当初徐令宜曾借甘太夫人之口告诫忠勤伯的事说了:"也不知道福建现在是个什么样的局势,有的人生怕沾上,有的人则趋之若鹜,真是让人担心。"她说这话的时候,想到了区家。

兰亭就凑在她耳边低声道:"上次姐姐来信说,区家的人斗得很厉害。福建略有些名望的家族都被牵扯进去,还有些人则避到江南一带。就是蒋家,也告诫子弟拘俗守常,不得做出飞扬跋扈之事。如若惹了是非,立刻逐出家门。"

十一娘脸色微变,朝代变更,只有家族是永远的依附。逐出家门,等于被弃于社会。但区家内乱,对徐家来说却是好消息。

"没想到事态这样严重。"她沉吟道,"曹娥在那边还好吧?"

"怎么可能好!"兰亭无奈地道,"三姐夫已有两个庶子,一个庶女。"

"蒋家怎么能这样?"十一娘眉头微蹙——嫡妻没有进门,就允许妾室生下庶子、庶女。

"三姐嫁过去的时候,三姐夫都是二十好几的人了,房里怎么可能没人。"兰亭苦涩道,"那几个庶子女,最大的不过一岁多。"

一岁多……算算日子,正是甘家闹分产,蒋家派教养妈妈过来之后。

两人说着话,甘夫人折了回来,道:"兰亭,那边太夫人问你呢。"竟然催来了。

兰亭求救般望了十一娘一眼。

十一娘立刻笑道:"我正巧有些事要兰亭帮帮我,还请甘夫人先行一步,我们说完这几句就散了。"

甘夫人没有办法,讪讪然地走了。

兰亭携了十一娘的手:"让你为难了!"

"有什么为难的!"十一娘笑道,"我也不太喜欢你这个嫂嫂。"

兰亭大笑起来。十一娘留她吃了晚饭,两人又说了半天的话,到了掌灯时分,差了小丫鬟去花厅那边打探甘夫人的行踪。

"还没有走。"小丫鬟道,"陪着太夫人、黄夫人说话呢!"

"看样子,她是铁了心要和你碰面。"十一娘道,"这样僵着也不是个事。我看,你不如从后门回去——彤哥儿还在家呢!"

兰亭神色微黯,轻轻点了点头。

晚上徐令宜回来,十一娘把兰亭的话告诉了他:"福建的形势真的这样复杂吗?"

徐令宜显然对此很了解,淡淡地道:"说不上复杂,只是不想扯进去,各扫各的门前雪罢了。"说着,坐到了床边,笑道:"我今天听到一个好消息,邵仲然中了武举。"

"真的?"十一娘很高兴,"刚才林大奶奶来都没有提起。"

"我刚得到消息。"言下之意,林大奶奶肯定没有他的消息快。

十一娘笑得粲然。

徐令宜道:"就这么高兴?"

"当然了。"十一娘道,"这样贞姐儿嫁的时候,也体面些。"

徐令宜道:"那索性给他谋个差使好了……成亲时就更体面了。"

"别,"十一娘道,"人一生长着,拔苗助长有什么好的。我瞧邵仲然这样就挺好,考了武秀才再考武举人,中了武举人再考武进士,中了武进士再谋差使。一步一步的,该干什么的时候就干什么,心里也踏实些。何况人生不过是个过程,要紧的是知道欣赏身边的风景。"

"你还挺多新鲜话的。"徐令宜笑了笑,问起谨哥儿,"人呢?乳娘抱去喂奶了?"

话音一落,突然意识到十一娘有很多怪癖——她不喜欢看见乳娘给谨哥儿喂奶,所以乳娘喂奶的时候,都会避到一旁去。

十一娘"嗯"了一声,就看见顾氏把谨哥儿抱了进来。

徐令宜上前抱了儿子,对十一娘笑道:"今天我们谨哥儿可出风头了!"口气里充满了为人父的与有荣焉,"老卓那嗓门,硬是没把他笑醒,蒋飞云夸他'泰山崩于前而面不改色'呢!"

十一娘笑道:"人家说的是客气话!"

"我知道是客气话。"徐令宜笑着坐在了床边,"不过谨哥儿也有点胆色——从前在军营,大家最怕的就是老卓的嗓门,他兴致高昂地嚷起来,像在打雷,别说是睡觉了,就是听一听都让人觉得难受。"说着,亲了睡得正酣的谨哥儿一口,"可见蒋飞云的话也有几分道理。"

十一娘大笑,说到底,徐令宜还是觉得蒋飞云夸谨哥儿的话有道理。是不是做了父母,对自己的孩子总有份偏心呢?

"侯爷快去换件衣裳吧!小心身上的酒气熏了孩子。"

徐令宜"嗯"了一声,还是抱了谨哥儿半天才去净房。

十一娘让顾妈妈端了温水进来给谨哥儿擦了擦脸。

顾妈妈在一旁笑道:"我们侯爷看见谨哥儿眼睛都笑起来,不知道有多喜欢呢!"

十一娘拿着帕子的手微微一顿,半晌才低声道:"这种话,以后都别再说了——孩子多是恃宠而骄,可别把他养成个骄横的性子才是。"

顾妈妈是乡野出身,并没有多想,笑着应"是",奉承十一娘:"夫人这样,比得上孟母了。听说她为了孩子,曾经搬了三次家呢!"

十一娘听着笑道:"孟母可比不上,不过要跟孟母学一学。你们可别阳奉阴违的,到时候孩子看见我严肃,在我面前一个样;看见你们溺爱,在你们面前又是一个样。到底难成气候,毁了他的一生。"

顾妈妈忙道:"夫人放心,您有什么吩咐,我一定不会违逆的。"

十一娘笑着点了点头。

既然出了月子,每天的晨昏定省就不能免了。

第二天一大早,十一娘带了抱着谨哥儿的顾妈妈去了太夫人那里。

太夫人见了嗔道:"你这孩子,这么急干什么!先把身体养好再说。"携了她的手坐到了炕上。

"不过是从正屋到您这里。"十一娘笑道,"不碍事,何况天天在床上躺着,人都要发霉了,正好走动走动。"

"就是走动,也不用这样早。"太夫人说着,示意顾妈妈把谨哥儿抱到自己面前,"我知道你们孝顺,可孝顺有千百种。晨昏定省是一种,你把身体养好了,照顾老四、教养子嗣、主持中馈,让我能安安心心地颐养天年,这也是一种。"说着,把谨哥儿抱在了怀里,"你听我的话,先好好养上三五个月,待身子骨好一些了,再来给我请安也不迟。"

十一娘听着有些羞愧,自己病着,家里的事全搁在了太夫人身上。认真一想,她的孝顺倒流于表面了。她脸色微红,低声道:"娘说的是。"

太夫人见了笑着微微颔首,低头看睁着眼睛的谨哥儿:"瞧这双眼睛,又黑又亮,不知道有多精神。"

一旁的杜妈妈见十一娘面露尴尬,忙凑趣似的道:"可不是,我越瞧越觉得像侯爷小时候。"

正说着,有管事的妈妈来请太夫人示下。十一娘起身告辞。

太夫人却要留了谨哥儿:"你好好去歇了吧!谨哥儿给我做个伴。"十分喜欢的样子。

老人都喜欢孩子,谨哥儿又是家里最小的。十一娘想到五夫人正怀着身孕,说不定那边生了,太夫人对谨哥儿的关注又小了些。她心里虽然舍不得,又不忍让太夫人伤心,只好反复叮嘱顾妈妈、万三媳妇、红纹、阿金等人好好照顾谨哥儿,自己屈膝行礼退了下去。

出了门,乌云密布,一阵北风刮过来,有些刺骨的凉。

"看这样子,怕是要下雪了。"琥珀望了望天。

十一娘掖了掖披风,笑道:"瑞雪兆丰年。我们正好可以赏雪景。"说着,往后院去,"我们去看看五夫人吧。从前我在月子里不便拜访,如今出了月子,怎么着也要去看看

才是。"

"是!"琥珀应着,扶着十一娘去了五夫人处。

五夫人看见她有些意外,客气地把她迎到临窗的大炕上坐下,让小丫鬟上茶点。

十一娘笑道:"歆姐儿呢?怎么没见歆姐儿?"

听到有人提起自己的宝贝女儿,五夫人的表情都缓了缓,笑道:"她是个坐不住的,妈妈陪着出去玩了!"

十一娘就问起她的身体来。

"我这次和上次截然不同。"五夫人笑道,"上次吐得不行,这次一点反应也没有,我挺好的。"又道:"你身体不好,这些事就别操心了,还是养好身体要紧。"

两个人寒暄了半天,歆姐儿回来,不知道为什么,有些闹情绪,让她叫人也不叫,还吵着要五夫人抱,十一娘就告辞回了屋。

竺香迎出来,道:"正想去找您。林大奶奶来了,知道您去了太夫人那里,等了有半炷香的工夫。"

十一娘有些惊讶,快步进了屋。

林大奶奶看着迎了上来,不待十一娘开口已笑道:"我是个沉不住气的,知道仲然中了举,就立刻跑来告诉你了!"

这样说来,林家也知道了。

十一娘笑道:"既是你外甥,也是我们家大姑爷,我们同喜,同喜。"

林大奶奶听了掩袖而笑:"我们两个倒像王婆似的,自家夸起自家的来。"

两人相视一笑,在西次间临窗的大炕坐下。林大奶奶就说起邵仲然如何孝顺、行事又如何沉稳来。

十一娘明白了她的来意,也顺着她的话说。林大奶奶见十一娘言词诚恳,心中微安。

李霁的婚事弄得尽人皆知。别人不知道,林大奶奶心里却很清楚。要不是当初她插了一手,李霁说不定就是徐家的女婿了。虽然她觉得邵仲然不比李霁差,可现在李霁功成名就,为大家所熟知,邵仲然毕竟少了一份认同。她怕十一娘心里不舒服,亲自来向十一娘道喜,也有报信的意思。

十一娘想着既然沧州那边有邵仲然的消息过来,更应该有慧姐儿的消息,说了说邵仲然,就转移了话题,问起慧姐儿来:"她还适应沧州的生活吧?"

"邓家原和邵家是通家之好。"林大奶奶想起女儿眼角眉梢已满是喜悦,"她也算争气。去了之后孝敬公婆、尊敬丈夫,与族里的婶娘、妯娌们处得也很好,邓老太君不知道有多喜欢她。别说是我了,就是慧姐儿的舅舅、舅妈们都吓了一大跳,没想到她能有今天的。"

"孩子在父母眼中总是个孩子。"十一娘笑道,"实际上离了你,她有主见得很。"

"可不是这个道理。"林大奶奶听着直点头,说起贞姐儿,"你也该放放手了。"又道:"我还指望着她早点嫁过去,我们慧姐儿也有个伴。"

十一娘主要是担心贞姐儿太早生产——她自己就遇到了这样的坎,却不好跟林大奶奶说。她身边的女孩子多是十四五岁就嫁了,说多了,大家不免会觉得她怪异。她笑道:"正教她怎么管家呢!"

"你倒会说我,轮到自己,和我一样了。"

两人说着,笑了起来。

有小丫鬟进来:"夫人,汤药煎好了。"

林大奶奶听着就站了起来:"那你先喝药吧!我去太夫人那里,也和她老人家絮叨絮叨去。"

十一娘这样一圈跑下来,也的确感觉有点累,笑着送了林大奶奶出门,吩咐竺香送林大奶奶去了太夫人那里。自己回屋喝了药,换了件衣裳,沉沉睡去。

再醒过来,十一娘眼角的余光就瞥见了睡在自己枕边的谨哥儿。她忙坐了起来,对在床边服侍的秋雨道:"六少爷回来,你怎么也不跟我说一声。"

秋雨忙道:"太夫人见您睡得熟,不让我们叫。"话音刚落,有小丫鬟隔着帘子道:"夫人,甘老泉家的来给您问安。"

自从甘老泉私下为三爷在燕京置了宅子以后,十一娘都有些拿不准甘老泉到底待在山阳多一些还是待在燕京多一些。

"请她进来吧!"十一娘倚在迎枕上,懒懒地道。

小丫鬟应"是",打了帘子,甘老泉家的进来给十一娘磕了三个头:"快过年了,三夫人派奴婢两口子领着人回燕京给太夫人、侯爷送年节礼。奴婢进来给夫人磕头,问个平安。"

十一娘让小丫鬟端了杌子给她坐,问起三夫人两口子的情况来。

"三爷、三夫人都好。"甘老泉家的笑道,"就是想起大少爷和三少爷的婚事还没个着落,说起来就长吁短叹地伤心一番。"

十一娘不由猜测甘老泉家的进内院问安是不是受了三夫人所托,催他们帮徐嗣勤两兄弟快点订门婚事。

思忖间,那甘老泉家的笑道:"还好前些日子三爷的上峰做媒,把邻县方县令的嫡长女许配给了我们家大少爷。"

十一娘很是诧异。三夫人不是一心一意要求高门女为媳,怎么突然又答应上峰保媒,让徐嗣勤娶个县令的女儿呢?她不知道三夫人葫芦里卖的是什么药,不好多评价,笑道:"这下好了,前两天太夫人还问起大少爷的婚事。如今知道婚事定下来了,不知道有多高兴。"又道:"太夫人那里,你快去禀一声吧!也让她老人家安心。"其他的,没有多问。

甘老泉家的想着来时三夫人的嘱咐:"把方家是什么来头跟太夫人、二夫人、四夫人和五夫人都说说,免得有人觉得我们离了他们就活不成了似的,都给我们家勤哥儿说的是些什么样的人家!"她笑着应"是",却并不急着走,道:"那方家,是湖州大户人家。方县令的伯父,就是原都察院御史方随方大人。这位方小姐,是方县令的嫡长女,自幼跟着姑姑读书,不仅写得一手好字,还擅长音律。"说到这里,甘老泉家的脸露骄傲,"四夫人出身江南,应该知道方随方大人吧?就是建安四十六年辞官的那位方大人。而方小姐的姑父,是原礼部侍郎江淮扬江大人。"

十一娘不知道,但见甘老泉家的好像很骄傲似的,想必不是名臣就是名士,她淡淡地笑道:"我在余杭,大门不出二门不迈的,没听说过这两位大人。不过,能与江南大户人家结亲,总是件好事。"

甘老泉家的见十一娘一副不以为意的样子,颇有些失望,可十一娘已经端了茶,她不好多说,只得笑着起身告辞,去了太夫人那里。

晚上徐令宜回来,十一娘把这件事告诉他。

徐令宜听了却皱了眉头:"怎么和这家人定了亲?"

"不好吗?"十一娘道,"我听甘老泉家的那口气,方随和江淮扬好像还是名人。"

"也算是小有名气。"徐令宜道,"建安四十六年,安成公主的驸马贩私盐,就是被方随弹劾的。最后被杖责四十大板,到现在走路腿还一瘸一拐的。至于江淮扬,擅长音律、诗词,是江南名士,受当年'巫蛊案'牵连,辞官归隐……"话说到这里,微微一顿,道:"他们家怎么会同意这门亲事的?"

十一娘轻轻摇头:"妾身也不知道。"

徐令宜想了想,道:"算了,婚事既然定了下来,我们再说什么也枉然。何况这是三哥的事,我们也不好插手。"又道:"好在明年春天三哥要回京,到时候我们兄弟见了面再说吧。"然后坐到了床边,望着熟睡的谨哥儿轻声道:"如今孩子也满了月,我看,你们还是早点搬回正屋去住吧!那边有暖阁,又有净房,不管是你还是孩子都方便一些。"

十一娘也准备搬,这样隔着个屏风睡着顾妈妈,她实在是不习惯,闻言笑道:"要不我们明天就搬过去吧?"

"那就明天吧!"徐令且笑道,"我让临波和照影进来给你帮忙。"

"不用了!"十一娘笑道,"他们来,我还不方便——在耳房住了快一个月,哪没有点私密的东西。"

徐令宜听了不再作声,梳洗一番歇下。屋子里悄无声息,只有放在墙角的小宫灯偶尔发出两声"噼啪"的灯花爆裂声,气氛更显静谧。

徐令宜翻身,手就习惯性地伸进了十一娘的衣襟里,腰肢细得好像略略使劲就会断似的……胸只能盈盈一握……可对比她的消瘦,又显得有些丰满。

"侯爷……"十一娘不安地扭了扭身子,娇嗔着去推徐令宜。

"我知道。"徐令宜低声笑着在她的面颊上亲了一口,没有任何迟疑地放弃了,"快睡吧!"手滑落在她的腰肢上,身体的反应却没办法随心所欲地平复下来。

不知道为什么,十一娘有些难过。她把头埋在了徐令宜的怀里。有些事,她没办法消除,却也不想推波助澜。想说些什么,又不知道说什么好。

半晌,她的手轻轻地探进徐令宜的衣襟里……却被徐令宜擒住。

"别乱来。"他声音里隐隐含笑,"快睡吧!明天还要搬屋子。"

十一娘只觉得脸上滚烫滚烫的,她没有抽出自己的手,而是顺势握了徐令宜的手,轻轻地喊了声"侯爷"。

气氛十分暧昧。徐令宜有片刻的犹豫,他还记得第一次她羞怯之下透出来的僵硬和无奈……他把她的手放了自己的腰上,形成了搂抱的姿势,"快睡吧!"说着,像对待孩子似的,轻轻地拍了拍她的背。

十一娘暗暗松了口气。她总觉得自己很笨拙,特别是当徐令宜亮晶晶的凤眼深沉地注视着她的时候,她简直不知道该怎么办好……不用自然最好……可心里为什么有些不安呢?十一娘咬着唇,肩膀突然被蹬了一下,她转过头去,就看见解了包被换了小袄的谨哥儿小手凑在嘴边,正用一双墨玉般的眼睛望着她。

"谨哥儿!"什么时候孩子醒了也不知道……

十一娘心里有些内疚,正要坐起来,一旁的徐令宜已抱了孩子,叫道:"顾妈妈,顾妈妈……"

顾妈妈披着衣裳,小跑着进来。

"侯爷。"她接过了谨哥儿,很熟练地解了谨哥儿的尿片端了尿,又抱到屏风后面去喂奶了。

屋子里又安静下来。十一娘很是尴尬。

刚才怎么没想到屋里还有顾妈妈……这要是……还好谨哥儿醒了。要不然,岂不让人笑死了!她涨红了脸,翻身背对着徐令宜躺了。

徐令宜有些不解,俯身打量她,只见十一娘面如红霞,长长的睫毛颤巍巍如迎风的花蕊。他想到她娇羞的性子……莫非是他刚才的拒绝让她恼羞成怒?念头一闪,突然有点

想笑。

正寻思着要不要打趣她两句,顾妈妈轻手轻脚地抱了孩子进来。

徐令宜想到这小祖宗有时候拍两下就睡了,有时候却睁着眼睛玩大半夜……起身接了儿子,和往常一样,一面走,一面轻轻拍着儿子哄他睡觉。

听到动静的十一娘扭过头去,昏黄的灯光中,身材高大的徐令宜影子被拉得很长,他动作轻柔地抱着襁褓中的谨哥儿,眉宇间一片祥和。

第二天,十一娘搬回了正屋的内室。中午,徐嗣谆和徐嗣诚跑来看弟弟。

"母亲,您是不是好了?"徐嗣谆拉着谨哥儿的小手,"那我们是不是可以和从前一样,每天中午都在您这里吃饭?"

徐嗣诚也道:"母亲,那我是不是能搬回来了?"

十一娘并没有全好,刘医正如今每隔五天来给她施一次针,汤药也没有间断。

"可以啊!"她不忍心让孩子们失望,何况徐嗣谆和徐嗣诚兄弟身边都有妈妈、丫鬟服侍,"不过,要先得祖母同意才行!"

两个孩子都欢呼起来。

仰面躺在炕上的谨哥儿则努力地弯着手臂,希望能把小拳头送到嘴边,可惜穿得太多,弯了半天也没有成功,索性嘴一瘪,"哇"的一声哭了起来。

徐嗣谆忙哄着谨哥儿:"别哭,你别哭,我帮你去喊乳娘。"

谨哥儿哪里懂这些,哭得更大声了。

徐嗣诚不知道从什么地方摸了粒糖出来:"我拿糖给你吃,你千万别哭了!"

吓得十一娘一身冷汗,正要去抱谨哥儿,红纹已抢先一步抱了谨哥儿:"五少爷,六少爷还小,只能吃顾妈妈的奶水,你们吃的东西六少爷都不能吃。"一面说,还一面轻轻耸着谨哥儿。

十一娘松了口气,对红纹的举动不由暗暗点头。

"那,那弟弟什么时候能吃东西?"徐嗣诚有些失望地道。

红纹张口欲说,徐嗣谆已道:"至少要三岁!"

"为什么要三岁?"徐嗣诚像个好奇宝宝,"三岁就什么东西都能吃了吗?"

徐嗣谆点头:"因为你来我们家的时候,就什么东西都能吃了——我还把皇后娘娘赏的水晶糖全都给了你。"

十一娘有些惊讶,徐嗣诚到徐家的时候,徐嗣谆还不过六岁,没想到他还记得这样清楚。

而徐嗣诚好像对从前的记忆有些糊涂了。他望着徐嗣谆,显得有些困惑。

十一娘忙岔开了话题："谆哥、诫哥，你们不是给谨哥儿做了小红灯笼吗？快去让秋雨找出来哄弟弟玩。"

两人一听，争先恐后地跑了出去，各提了个巴掌大小的红灯笼进来在谨哥儿面前晃来晃去，逗着谨哥儿。

谨哥儿的眼睛随着红灯笼来来去去，暂时忘记了哭。

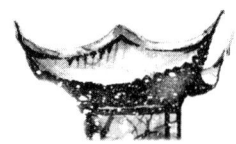

第六十九章　世家事后院亦朝堂

这时,太夫人来了。徐嗣谆和徐嗣诚跑了过来,"祖母,祖母。"两个孩子作揖行着礼。

太夫人望着两个孩子呵呵地笑,又从顾妈妈手中抱过刚哭过的谨哥儿:"这是怎么了?谁欺负我们谨哥儿了?说给祖母听,祖母帮你教训他们。"又道:"我们谨哥儿穿了小衣裳,看着更齐整了。"说着,在谨哥儿的面颊处亲了一口。

谨哥儿就睁着一双被泪水冲洗后如黑宝石般清亮的大眼睛望着太夫人。太夫人看着心里十分喜欢,又在谨哥儿的面颊亲了一口,这才问徐嗣谆和徐嗣诚:"你们怎么又跑来吵母亲了?"

徐嗣谆忙道:"母亲说了,她病好了,我们以后每天中午都可以在这里吃饭了!"

太夫人就朝十一娘望去。

十一娘笑道:"不过是吃个午饭,又有丫鬟、婆子们服侍着,娘不用担心。"

太夫人见自己和十一娘说着话,徐嗣谆和徐嗣诚已一个去拉谨哥儿的手,一个拽了谨哥儿的手,笑着轻轻摇头:"你呀,就是太惯着他们了!"

十一娘笑道:"不惯孩子难道还惯大人不成!何况谆哥儿和诚哥儿这样乖,我就是想惯,只怕也惯不坏。娘,您吃过饭了没有?要是还没有用饭,不如和我们一起吃吧?"十一娘笑着拉了徐嗣诚,又揽了徐嗣谆的肩膀,"我们也都还没有吃午饭呢!"

太夫人见着笑了笑,道:"那好,让你的小厨房给我做道笋干老鸭汤吧!"

这是太夫人最喜欢吃的一道菜。十一娘笑着应诺,吩咐竺香去传膳。

徐嗣谆和徐嗣诚围了过来,一个嚷着要吃"龙井虾仁",一个嚷着要吃"玫瑰酥饼"。太夫人被逗得呵呵笑,对不懂事的谨哥儿道:"你看你五哥,就知道酥饼、酱肉包子。"

徐嗣诚喜欢吃肉包子,全府皆知,他有些不好意思地低了头。

十一娘笑着摸了摸他的头,悄声在他耳边道:"我也很喜欢吃酱肉包子。"

徐嗣诚抬头,脸红红的,眼睛却亮晶晶的。

娴姐儿的婚礼过后,就是十二娘出嫁了。

十一娘怕鞭炮声吓着谨哥儿,没带孩子,和徐令宜回了弓弦胡同。

五娘的儿子鑫哥儿很顽皮,也很好奇,什么地方都要掀开来看一看,灼桃跟在他身后到处跑。相比之下,也很活泼的英娘就安静得多,和照顾自己的小丫鬟在院子里玩。

穿着宽大褙子、看不出怀了身孕的四娘坐在临窗的大炕上,透过玻璃窗户望了一眼像大老爷般无事在院子里到处转悠的罗振声,笑着对十一娘道:"四弟倒是个有福气的——娶了个好媳妇。"

十二娘的婚事,从头到尾全是罗四奶奶在张罗。

"四哥不仅有福气,还会享福。"十一娘听了笑着喝了口茶,"要不然,四哥事事都要指手画脚一番,不管有理无理,四嫂就是再能干,十二妹的婚事只怕也不会这样顺利!"

"你这话有道理。"四娘笑着点头。

帘子一撩,五娘走了进来:"外面忙得不得了,你们两个倒好,躲在这里偷懒。"她笑着挨十一娘坐了。

四娘就笑道:"我们可是姑奶奶,不坐在这里看着,难道还去帮忙不成?"正说着,门外响起了爆竹声。

王家迎嫁妆的人到了。

五娘就拖了十一娘:"四姐正怀着身孕,我们出去看看热闹去。"

十一娘怕爆竹,有些犹豫。五娘却不住地朝着她使眼色。

四娘是个透通之人,见了笑道:"我去看看你们四姐夫,是不是又喝得酩酊大醉的。"说着,就要下炕。

十一娘又怎么会让怀了身孕的四娘避出去。她笑道:"四姐还是在这里歇会儿吧!你要是担心四姐夫,我让琥珀去看看。"又道:"我和五姐去看看热闹,立马就回来。"

四娘也不和她们客气,笑着点头,目送她们离开。

五娘就把十一娘拉到了一旁无人的耳房。

"你知道大哥为什么没来吗?"她开门见山地问。

十一娘想到罗四奶奶的欲言又止,想到罗振声是五娘的胞弟……她笑道:"听四嫂说,大哥有事要办。"

五娘冷笑:"我告诉你吧,大哥是去处置福建的产业去了!"

福建?十一娘心中一动。

五娘已道:"当初父亲在任上的时候,母亲曾与人合伙办了个茶场。后来父亲丁忧,茶场生意一落千丈,合伙人就想和父亲拆伙。还是你嫁到了永平侯府,事情才慢慢有了些起色。如今福建大乱,这些年茶场虽有起色,可到底不比从前。父亲就想将茶场盘给合伙人。要不然,十二妹出嫁,又怎么会有这么多嫁妆?"

十一娘暗惊,却含含糊糊地道:"福建太远了,将茶场盘出去也好。"

五娘听着目光微闪:"你知道不知道,茶场一共盘了多少两银子?"

十一娘心中警铃大响,微微摇头:"不管盘了多少银子,也都是家里的产业,与我们有什么关系?"

"你傻啊!"五娘低呼道,"十二娘出嫁,五千两银子的陪嫁。我们出嫁的时候又是多少两银子?母亲当年不是说,连着嫁三个女儿,手头太紧吗?现在家里有银子,多多少少也要补点给我们才是!"

"补嫁妆?"十一娘目瞪口呆地望着五娘。

"是啊!"五娘理直气壮地道,"我查过了,从前也有这样的先例。娘家发了财,给出了嫁的女儿补嫁妆的。"

十一娘在心里冷笑,她为什么拉了自己来说,不过是想借着自己的名头到时候好和罗振兴开条件罢了。

"我看,这件事五姐还是找大哥说吧。"十一娘道,"我当年出阁的时候母亲是花了银子的。你们谁去要都可,我去,就有点不讲道理了。"不愿意和她多说,打开了槅扇的门,"也不知道是谁捧帐子,今天可有红包拿了。"说罢,也不待五娘有什么表示,径直出了门。

第二天是正期,徐令宜和十一娘留了谨哥儿在家,徐嗣谆、徐嗣诫和贞姐儿都跟着去弓弦胡同喝喜酒。四娘家的成哥儿和立哥儿也都来了。余成今年十三岁,余立今年十一岁。余成大一些,显得有些矜持。余立和徐嗣谆、徐嗣诫很快就玩到了一起。等从婚礼上回来,徐嗣谆还惦记着余立,问能不能去四娘家里串门。

"吃了腊八粥就要过年了。"十一娘劝道,"你们这个时候,家家户户都在忙着过年,别人还要招待你们,岂不是给别人添麻烦?我看,不如等过完年再去好了。"

徐嗣谆勉强地点了点头。

有小丫鬟进来禀道:"派去落叶山的人来回,说二少爷预备二十四日一早回府。"

快过年了,十一娘派人去接徐嗣谕。

十一娘就吩咐琥珀去徐嗣谕住的院子看看:"让他们到时候把地龙烧起来,东西都准备好,该添的就添,该换的就换。"

琥珀笑着应"是",刘医正来了。

"夫人身体恢复得很好。"施完针,他疾步退到了罗帐外,"下官以后每隔十天、半个月来给夫人施一次针就行了。"

徐令宜却要问清楚:"到底是十天还是半个月?"说着,自己先笑起来,"我看,我选十天也是对,选半个月只怕也不错!"

十一娘想到刘医正第一次给她看病时说的"最好歇个七八天,如果能歇个十天半个月就更好了,最不济也要歇个四五天"的话,"扑哧"一声笑出声来。

徐令宜就回头瞪了罗帐里正在穿衣裳的她一眼。十一娘忙低下头去。

刘医正不免讪讪然:"夫人以后当以汤药为主,施针为辅,也就不必拘泥这些。"

徐令宜就送了刘医正出门,待折回来,半边罗帐还没有卷起来,十一娘拥被而眠,白净的脸上有淡淡的粉色,神色恬静,如朵睡莲。

"胆子是越来越大了。"他喃喃着,抚了抚她的额头。

十一娘睡眠被打搅,"嘤咛"一声,皱着眉头侧了侧脸,像要避开他的手。

徐令宜笑着放了手,帮她拉了拉被子,却不忍立刻就走,静静地坐了一会儿,俯下身来在她还没有颜色的唇上轻轻地啄了一下,这才起身去了外院。

十一娘睁开眼睛,有些迷茫地望着如镜的水磨石青砖发起呆来。

很快到了十二月中旬,管事的妈妈、丫鬟、婆子都忙着扫尘、贴桃符、布置应景的陈设,十一娘忙着准备年节的服饰——大年三十要吃团年饭,正月初一要进宫恭贺新禧,初五到十五要随徐令宜到各府去拜年。

贞姐儿抱着谨哥儿坐在临窗的大炕上,不时说着"这件红衣裳好看""我看还是穿紫色,紫色的端庄"之类的话。

十一娘只觉得累,坐到贞姐儿对面喝了口热茶。

"原先盼着过年,有红包得,然后用帕子包了放箱笼里,心里就觉得踏实了一些。"说着,她自己先是一愣。这些日子,在余杭时的记忆越来越清晰,前世的记忆好像越来越模糊了。会不会有一天,前世的记忆会成为一道朦朦胧胧的影子呢?

贞姐儿听了轻笑:"难怪母亲和姨娘最好。姨娘也说过这样的话,说银票放在枕头下,睡觉就睡得安稳一些。"

十一娘并不阻止贞姐儿和文姨娘交往,渐渐地,两人也会说一两句话。她听着忙敛了心绪,抱过贞姐儿手中的谨哥儿,见儿子一双乌黑的大眼睛眨也不眨地望着她。她笑着吻了儿子一下,道:"你怎么还没有睡啊?是不是想偷听娘和姐姐说话?"话音未落,就看见谨哥儿绽开了个小小的笑容。

"贞姐儿,你快看,你快看!"十一娘很是兴奋,"他会笑了。"

贞姐儿忙凑过去,谨哥儿的笑容已经消失,自顾自地使劲弯着胳膊,想把白嫩嫩的小拳头伸到嘴里去。

就是这样,十一娘也觉得儿子可爱极了。她摸了摸儿子的头,帮他戴了用帕子扎起来的小帽子,笑道:"昨天我把他放在炕上帮他穿衣裳,他竟然抬着头要起来的样子。我没把他抱起来,他就大声地哭了起来,一刻也不能忍似的,脾气大得不得了。"

"六弟不喜欢躺着。"贞姐儿点头,"他喜欢让人竖抱着到处看。"

十一娘也发现了："不是说小孩子百天以后脑袋才能竖起来吗？他怎么这么早！"

"要不要问问田妈妈？"贞姐儿也不知道，帮十一娘出主意。

十一娘点头，正要让小丫鬟把田妈妈叫进来，有小丫鬟隔着帘子禀道："夫人，二少爷回来了！"

这才刚过晌午，她以为徐嗣谕下午或是黄昏才会到。

"快请进来！"十一娘笑着，贞姐儿已下了炕。

徐嗣谕穿着件湖绿色的素色杭绸锦袍走了进来。相比半年前，他没有长高，身体却壮实了些，颇有些丰神俊朗之姿了。

"母亲。"他神色恭敬地给十一娘行了礼，笑着喊了一声"大妹"，目光就落在了十一娘怀里的谨哥儿身上。

"得了你一尊笑口常开的菩萨，你却没有见过。"十一娘见了就笑着用臂弯托了谨哥儿给徐嗣谕看，"这是你六弟。"

徐嗣谕笑着打量着谨哥儿："六弟和五弟一样，长着双凤眼。"

谨哥儿眉眼长开了，眼睛的形状渐渐地显现出来。徐嗣谕不说和自己一样，也不曾上前一步。

十一娘知道他的心思重，也不勉强他，笑着望了儿子："我瞧着这眼睛也有点儿像诫哥儿。"话音刚落，徐嗣谆和徐嗣诫来了。

赵先生腊八过后就闭馆回了乡里，徐嗣谆和徐嗣诫就放了假。每天早上两人在徐嗣诫屋里练了大字后就会到十一娘屋里来看谨哥儿，如果谨哥儿睡着了，他们回屋睡了午觉就再来；如果谨哥儿醒着，就逗他一会儿。

看见徐嗣谕，兄弟俩忙拱手行礼，欢乐的表情有所收敛。

徐嗣谕回了礼，温声问两人："听说赵先生回了乡里，给你们留了很多功课？"

徐嗣谆应了声"是"："赵先生说，过了元宵节开馆。到时候要检查功课，没有完成的要在园子里栽十棵树。"说到这里，他不禁有小小的得意，"我和五弟的功课都做得差不多了，只剩下一百页大字没有写了。"

徐嗣诫在一旁不住地点头，像是在为证实徐嗣谆说得不错似的。

徐嗣谕淡淡地笑了笑。

徐嗣诫就跑到了十一娘的身边："母亲，母亲，我和四哥给六弟带了好东西来。"他一面说，一面拉了谨哥儿胖乎乎的小手。

十一娘并没有阻止，而是笑吟吟地望着他："带了什么东西来？"

徐嗣谕看着，眼底闪过一丝惊讶，就看见徐嗣谆从衣袖里掏出了一个小鸡啄米的玩具，一面说着"六弟，你看这是什么"，一面演示着玩具。

谨哥儿立刻被"嘭嘭嘭"的小鸡啄米声吸引,他冲着徐嗣谆就"啊"了一声。

"谨哥儿!"十一娘又惊又喜,她还是第一次听到儿子"说话",忙指了徐嗣谆手中的玩具,"很好玩吗?"

谨哥儿攥着小拳头,睁着乌黑的眼睛聚精会神地望着。

"母亲,母亲,"徐嗣谆也高兴起来,"六弟喜欢小鸡啄米!"

"嗯!"十一娘笑着点头。

徐嗣谆就有些兴奋地拽着提线,小鸡脑袋不停地啄着米槽。

可不过片刻,谨哥儿的注意力就转移了——他的目光落在了徐嗣谕身上。

十一娘就指了徐嗣谕,道:"那是二哥!"声音软软的,显得很亲昵。

徐嗣谕不由走了过去,望着谨哥儿粉嘟嘟的小脸,伸出手想去握谨哥儿的胖乎乎的小手,可伸到一半,又收了回去。

这样简单的一件事,十一娘不知道徐嗣谕为什么表现得这样患得患失。或者,在他身上曾经发生过什么?十一娘无意承担过去的苦涩,她希望孩子们都有一颗善待对方的心。她想了想,把谨哥儿递给徐嗣谕:"想不想抱一抱?"

徐嗣谕惊讶地望着十一娘,然后目光慢慢地落在了目不转睛盯着他的谨哥儿身上:"让我抱?"他瞪大了眼睛,语气中充满了不确定,神色间就流露出几分稚气来。

难道是自己把问题想得太复杂了?徐嗣谕毕竟只是个十三岁的少年,这个社会提倡"君子远庖厨",何况抱孩子。十一娘失笑:"想来你也不会抱!"说着,托着谨哥儿的脑袋,让谨哥儿伏在了自己的肩头,她的表情也随着这个动作变得如春风般柔和恬静起来。

徐嗣谕心头微微一震,记忆深处那个严厉又带着几分厌烦的声音回荡在他的耳边:"别让谕哥儿靠近谆哥儿。谁知道他又野到哪里去过,小心把那些灰啊土啊的东西带了进来,脏了这地界。谆哥儿可是嫡子,千金之躯,不是什么阿猫阿狗,没了再养就是……"

鬼使神差中,他突然伸出了手:"怎么抱?"

十一娘见徐嗣谕的表情有些茫然,反而迟疑起来。

可在贞姐儿眼里,二哥的样子只是显得有些别扭,是因为母亲要他抱六弟而二哥又不知道该怎么抱吧?她思忖着,笑吟吟地走了过去,道:"二哥,我告诉你怎么抱六弟。"说着,去抱谨哥儿。

自己就在旁边,谨哥儿又穿着厚厚的袄衣袄裤。十一娘笑着把孩子给了贞姐儿。

贞姐儿示范给徐嗣谕看:"二哥,你看,要这样抱!特别是脑袋,你一定要托着,六弟的脖子还没有力气。"

"哦!"徐嗣谕有些笨拙地接过了谨哥儿。

粉妆玉琢的小弟弟,穿着大红色杭绸小袄躺在他的怀里,头沉沉的,身子软软的,随着他摆出来的抱姿而改变着身体的姿势……神色安静地躺在他的臂弯里,兴高采烈地挥舞着小手……不担心,也不害怕……相信他不会伤害他……心里突然间变得涩涩的,有湿湿的水汽在眼眶里打着转……他低下头去,眨着眼睛,想让自己的世界重新变得清晰起来,怀里的谨哥儿却"哇"的一声哭了起来。

"怎么了?怎么了?"徐嗣谕再也顾不得什么,求助地望着十一娘和贞姐儿,神色间有些慌张。

贞姐儿看着徐嗣谕有些狼狈的样子,就想到了自己第一次抱谨哥儿时的情景……她正要上前帮徐嗣谕,十一娘已道:"没事,没事!"说着,要上前去接了孩子,"他不喜欢别人这样横着抱,要竖着抱!"

徐嗣谕却没有把孩子交给十一娘,而是学着刚才十一娘抱孩子的样子,竖着抱了谨哥儿:"是不是要这样抱着?"

十一娘有些意外,抬睑仔细打量了徐嗣谕一眼,见他的表情温和,神色安然,心中微定,笑着"嗯"了一声,然后轻轻地拍着谨哥儿的后背。

谨哥儿立刻止住了哭。徐嗣谕长吁了口气,整个人都松懈下来。

十一娘叫小丫鬟拧了温热的帕子帮谨哥儿擦了脸,一面给他抹着油脂,一面叹道:"脾气这么大,长大了可怎么得了!"

"六弟还小嘛!"徐嗣谕小心翼翼地托着谨哥儿的头,有些辩护地道,"等他大一些了,读了书,明了事理,就知道了。"

"等他读书的时候,只怕已经晚了!"十一娘随意地笑了笑,并不想和徐嗣谕讲孩子早教的重要性——因为她讲了徐嗣谕也未必会明白,说不定还认为她匪夷所思。

而贞姐儿见徐嗣谕一动不动地抱着谨哥儿,忙上前指导他:"你要抱着他到处走才行……这样不动,他又会哭起来的。"

徐嗣谕"哦"了一声,抱着谨哥儿在屋里走起来,谨哥儿就乖乖地伏在他的肩头不动。

徐嗣谆见了就拉了十一娘的衣袖,仰着头道:"母亲,我也要抱六弟!"

徐嗣诚见了也跟着有样学样:"母亲,我也要抱六弟!"

十一娘望着两个半大不小的孩子,一个豆芽菜似的身材,一个细胳膊细腿的,笑道:"等你们像二哥这么大的时候才能抱六弟!"

两个孩子都有些失望地低下了头。

有小丫鬟隔着帘子禀道:"侯爷回来了!"

屋里的人一愣,帘子已被高高撩起,徐令宜大步走了进来。

十一娘和贞姐儿屈膝行礼,徐嗣谆和徐嗣诚躬身作揖,都矮了个头。只有徐嗣谕,正抱着谨哥儿,事出突然,行礼也不好,不行礼也不好,显得特别地突兀。而徐令宜见徐嗣谕回来了,还抱着谨哥儿,更是吃惊。但他很快就敛了自己的情绪,表情严肃地说了句:"回来了?"

顾妈妈忙上前抱了谨哥儿。徐嗣谕恭敬地给父亲行了礼。

徐令宜点了点头,由小丫鬟服侍着洗了脸,换了件衣裳,坐到了临窗的大炕上。

十一娘接过丫鬟奉的茶放在了他的面前,侧立在了一旁。

贞姐儿紧挨着母亲站了,几个男孩子则一字并排立在炕前,顾妈妈则抱着谨哥儿挨着贞姐儿立着。

徐令宜不紧不慢地啜了口茶,这才慢条斯理地道:"这些日子在落叶山,都读了些什么书?"眉宇间一派肃然。

徐嗣谕躬身道:"照着姜先生的吩咐,重读了《论语》和《大学》,如今正在读《中庸》。"

徐令宜微微点头,问徐嗣谆:"赵先生留的功课做得怎样了?"

相比徐嗣谕,徐嗣谆有些紧张,道:"大部分都做完了,还余一百张大字没写完。"说着,怕徐令宜责怪似的,急急地道:"不过,先生元宵节过后才回来,还有大半个月的时间,到时候我一定能做完。"又道:"还有先生规定的,每天练习吹半个时辰的笛子,我和五弟每天都在练习,从来没有偷懒。"

徐嗣诫见哥哥提到自己,忙跟着点头。

徐令宜对徐嗣谆的回答很不满意。做完就做完了,没做完就没做完,为自己未完成的事辩护,这是一个态度问题。他眉头微蹙。

一直观察徐令宜表情的十一娘见了就轻轻地"咳"了一声。徐令宜想到十一娘说的"有的人,一教就会,有的人,要教好几遍才会。要是我们做父母的都不能多点耐心,多点时间给孩子,还有谁愿意去包容他"的话,眉头又慢慢舒展开来。

"你能好好听赵先生的话就对了,以后领着弟弟,不可以贪玩,要在赵先生回来之前把功课做完。"

徐嗣谆心中一松,身姿也没有刚才那样僵硬了。他低声应诺,语气里隐隐透着几分欢快。

徐令宜强忍着才没有再次皱眉,又不是什么表扬的话,他怎么这样就满足了?想到这里,一阵气闷,目光就转向了小儿子。谨哥儿正瞪着他看,大大的眼睛,清澈得如山泉般纯净。他表情有所缓和,问:"谨哥儿今天怎样?"

十一娘笑道:"从早上一直睡到晌午,顾妈妈怕他回奶,就抱着在屋里走了走,谁知道竟然不睡了,一直玩到现在。"

徐令宜听着,表情又缓了几分。顾妈妈忙将孩子抱了过去。

徐嗣谕和徐嗣谆就看见自己一向严厉的父亲动作轻柔把小弟弟抱在了怀里,伸出食指碰了碰谨哥儿紧攥成拳的小手。谨哥儿立刻张开手,把父亲的食指紧紧地握在了手心。

徐令宜眉宇间就有了几分笑意。

"这么好的精神?"他问十一娘,"从晌午一直玩到现在,都玩了些什么?连觉也不睡了?"

十一娘笑道:"哥哥、姐姐们都来了,他也跟着凑热闹呗!"

徐令宜的笑意更深了,低了头和谨哥儿说话:"我们谨哥儿还知道凑热闹啊!"

谨哥儿就冲着他打着哈欠。徐令宜就笑着把孩子递给了顾妈妈:"好像困了。"

顾妈妈忙抱着谨哥儿去了暖阁。徐令宜脸上的笑容又渐渐敛去:"快过年了,家里人来人往的,功课却不能落下。"说着,他瞥了徐嗣谕一眼,目光更是在他沾着灰尘的靴子上停了一下,道:"既然回来了,也不急在这一时。你先回去梳洗更衣,然后去给祖母请个安。"说完,看了看徐嗣谆和徐嗣诚,道:"时间不早了,你们各自回屋吧!今天你二哥回来,我们等会儿去祖母那里吃晚饭。"

三个儿子躬身应"是",蹑手蹑脚地退了下去。贞姐儿见了,也起身告辞。

徐令宜对女儿却很温和,吩咐十一娘:"外面刮起了北风,你找件斗篷给她披了。"

贞姐儿愣住。十一娘就笑着应诺,拉着贞姐儿的手去内室。

"这件斗篷怎样?"望着有些发呆的贞姐儿,她把一件大红缂丝镶灰鼠皮的斗篷披在了贞姐儿的身上,"配你这件宝蓝色素面杭绸小袄正好。"

感觉到斗篷压在身上的重量,贞姐儿才回过神来。她拉了十一娘的手,嘴角微翕,却半晌也没有说出一句话来,眼角却渐渐有水光闪烁。

十一娘能明白她的意思,轻轻地拍了拍她的手背:"你是女孩子,应该由母亲管着,你爹爹纵然疼爱你,也不知道该怎么做好。"

贞姐儿重重地点了点头,噙着泪水绽开一个愉悦的笑容来。

十一娘就掏了帕子给她擦着眼角,调侃道:"可别哭了,让你父亲看见了,还以为我欺负你,我可要吃不了兜着走了。"

"不会!"贞姐儿抱着十一娘的胳膊,"爹爹最敬重母亲,不会的。"

十一娘笑着将帕子塞到了她的手里:"那你快把眼泪擦干了。"又道:"今天你二哥回来,你爹爹想给他洗尘。你回去好好梳洗打扮打扮,去祖母那里吃晚饭。打扮得大方得体,也是对别人的一种尊重。"

贞姐儿点头,披着十一娘给的斗篷去给徐令宜行了礼,这才由小鹛服侍着回了屋。

徐令宜就对十一娘道:"贞姐儿那边,邵家又来催婚了吗?我们迟迟不应,邵家会不会觉得我们拿乔——以后对贞姐儿也不太好。"颇有些担心的样子。

"允婚之前就说好了的。"十一娘笑道,"邵家这样,也是尊重徐家,给贞姐儿体面,让别人觉得这个媳妇得之不易。侯爷不用担心,要真有什么变故,会像王家那样,请了中间人跟我们说明白的。"

徐令宜觉得这完全是化简单为复杂,道:"你们这些女人,什么事都要弄得弯弯曲曲的。你既然知道这其中的门道,贞姐儿的事,就多留个心吧!用不着为些琐事惹得亲家不高兴。贞姐儿毕竟是嫁到别人家去,每天低头不见抬头见地过日子。我们就是再强,也不能事事都帮她出头。"说到这里,竟然十分唏嘘。

十一娘很能理解,就好比丈母娘拼命对女婿好,也不过是想女婿能待自己的女儿好一些罢了。尽管如此,她还是觉得徐令宜今天显得有些多愁善感似的。她给徐令宜续了杯热茶,坐到了他的对面,身子微倾,低声地道:"侯爷,可是出了什么事?"

徐令宜抬头,就看见十一娘关切的目光。

"没什么事!"他习惯性地答道。可话一出口,又觉得这样说话有些敷衍,语气略顿,"想起了谆哥儿。"

"谆哥儿?"十一娘奇道,"谆哥儿怎么了?他这些日子我瞧着挺好的。赵先生布置的功课都能一丝不苟地完成,还知道领着诚哥儿玩,帮着看护谨哥儿……莫非还有什么我不知道的事?"

徐令宜摇头:"翻过年,他就十岁了。按府里的规矩,应该分院单过了,还这样天天惦记着和弟弟玩,吹笛子、做花灯的,什么时候才能长大?"说着,口气里有了几分商量的味道,"我的意思,想明年开馆的时候和赵先生说说,看能不能加些人事礼仪、文臣武职方面的功课,免得谆哥儿总这样像个长不大的孩子似的,整天只知道玩。"

赵先生的功课就是从玩入手的吧?不过,他是谆哥儿的先生,对谆哥儿的学习情况肯定是最清楚的。而且他有因材施教的本领,对谆哥儿的未来,多半也有自己的安排和见解。可面对徐令宜这个惯于发号施令的人,直接回绝显然是个很不明智的举动。

"侯爷说得有道理。"十一娘笑道,"这件事,是要好好和赵先生商量商量才是。"说完,口风一变:"不过,赵先生是读书人,侯爷说话的时候,还是多多斟酌斟酌才是。大家都是为了谆哥儿好,免得因此生出罅隙来。"

徐令宜点了点头:"到时候我会看情况的。"

十一娘见话已经传到了,时间也不早了,叫小丫鬟进来服侍梳洗,然后换了栗色皮袄出了内室。

"外面的风太大了,就让谨哥儿在屋里吧!"

徐令宜见她人清瘦,肌肤却细腻如凝脂,又穿了栗色的皮袄,乌黑的发间并插了两枚金刚石的簪子,不仅不见单薄,反而显得雍容华贵。

"行啊!"他笑着站了起来,"要是受了风寒就不好了。"说着,却走到她跟前轻轻搂了她:"打扮好了?"

十一娘望着满屋子低了头的丫鬟,脸色一红:"打扮好了!"没有像往常那样推开他。

望着满屋的孩子,太夫人眼角眉梢全是止不住的笑意。

"照你说的,二月底就能到了?"

"爹爹说过了元宵节就启程。"徐嗣勤刚接到父亲的来信,正禀给太夫人听,"我算着日子,应该能到。"

徐嗣俭忙补充了一句:"爹爹在信里还说了,给大家都带了好些土特产。"

太夫人听着笑起来:"陕西有什么特产?不过是些大枣罢了!"

徐嗣勤陪着笑了笑,徐嗣俭却跑到了太夫人的身边:"祖母,不仅有大枣,还有药材——黄姜、五味子、连翘、金银花、天麻、杜仲。"

太夫人呵呵地笑,拉了徐嗣俭的手:"我可长了见识。"心里却想着,就算是有这些药材,到时候三儿媳的土特产只怕也只有大枣。念头一闪而过,笑容更盛了。她老人家微微颔首,吩咐杜妈妈:"记住了,到时候差人好好把老三住的院子打扫打扫。"

杜妈妈笑着应诺。

太夫人的目光就转到了刚刚进门的徐令宜和十一娘身上:"你们来怎么也不把谨哥儿带过来?"

徐令宜忙笑道:"外面风大,怕他受了风寒,所以留在了家里。"

太夫人听着,扭头对坐在她身边的二夫人调侃着说了句:"这可真是'遍插茱萸少一人'啊!"笑容到底淡了些。

二夫人抿了嘴笑,抬睑朝着十一娘使了个眼色。

把孩子抱过来吗?十一娘正犹豫着,就听见徐令宜道:"这件事,你要自己拿主意,留在御林军,自然闲散很多,去了五城兵马司,三教九流的,什么事都要管,也不如在御林军那样矜贵了。"

太夫人和二夫人一听,都支着耳朵朝徐令宜兄弟望去。

"怎么一回事?"太夫人更是面露焦灼。

"没什么事。"徐令宽眼底闪过一丝诧异。他没有想到哥哥会在这种场合和他商讨这件事,"前几天,五城兵马司的都指挥使和我们统领说,想从我们这边要几个人去。正好我在场,我们统领就问我,想不想去。"说着,看了徐令宜一眼,"去了就是指挥同知。我就回来和四哥商量,四哥让我自己拿主意。"

太夫人听了没有作声,面露沉思。这涉及徐令宽的前程。屋里的人全都屏声静气地望着太夫人。

二夫人则看了太夫人一眼,低声道:"娘,我看这事还是算了吧!现在局势这样动荡,多一事不如少一事。何况五城兵马司接触的人太复杂,一个不小心,就可能被卷进去。要是只想着指挥同知的从三品,我看,等过些日子,再到京卫谋个同知,也是一样的。正如侯爷说的,身份还矜贵些,何必和那些拉炭、卖菜的人天天打交道?"

太夫人微微点头,问坐在自己下首的五夫人:"你的意思呢?"

五夫人笑道:"我自然听娘和二嫂的。"然后对徐令宽道:"家里又不少吃少穿的,五爷何必去那种地方?我听人说,五城兵马司的人常常敲诈那些做小买卖的百姓。五爷,你堂堂贵胄,岂能做出那种事来?要是不做,不免和同僚们生分。我看,还是在营卫好。"

徐令宽有些泄气:"不过,去了五城兵马司升迁快一点……"

"不过是正三品的都指挥使。"五夫人笑着瞥了徐令宜,"我们家又不缺这个!"

徐令宽见了恍然大悟,有些愧疚地看了徐令宜一眼:"是我想糊涂了,我明天就去回了统领。"

太夫人满意地点头,欣慰地望了五夫人一眼,语重心长地叮嘱徐令宽:"妻好一半福。你是有福气的人,要知道惜福。"

徐令宽有些不好意思地"嗯"了一声,抬睑看丹阳,笑得有些傻。

太夫人很是高兴,挪着身子要下炕:"好了,好了,时候不早了,天又冷,用了膳你们也好各自散了。"

二夫人忙起身扶了太夫人,玉版几个蹲下身去服侍太夫人穿了鞋,儿子、媳妇、孙子、孙女、丫鬟婆子簇拥着往东次间去。

没谁再问起谨哥儿的事。

走在最后的十一娘则斜睨了一眼身边神色肃然的徐令宜。

大大的杏眼,黑白分明,娇媚动人地瞥过来,让徐令宜心中怦然一跳,半晌才平静下来。

过了小年,年味就更浓了。

府里上上下下打扫得干干净净,抄手游廊上挂了大红的灯笼,房前屋后摆着枝叶葱郁的花树,厨房里忙着开油锅、做卤菜,过年的赏钱、衣裳也都领到了手,人人脸上洋溢着欢喜的笑容。

十一娘和琥珀商量过年的安排:"正月十五之前,尽量让每个人都能休息两天。"

琥珀笑着点头。

针线房那边送来了十一娘赶做的两条二十四幅湘裙。

"这梅花绣得真不错。"琥珀看了啧啧道,"没想到针线上竟然还有这样好的手艺。"

十一娘点头,问送裙子的婆子:"谁的手艺?"

"藕儿绣的。"那婆子笑着,低声道,"就是原来在秦姨娘身边服侍、后来染病死了的翠儿的妹子。"

十一娘沉默下来。

那婆子不免惶恐,"扑通"一声就跪在了地上:"夫人恕罪,夫人恕罪,只因这活赶得急,天寒地冻,针线上几个又染了风寒。这藕儿虽然刚进府,可针线上却十分出挑,这才让她帮着绣了几朵梅花。全是奴婢们考虑不周,没想到她还是戴孝的人……"

"起来吧!"十一娘知道那婆子误会了,并不想向她解释,示意小丫鬟将她扶起,道,"翠儿是个好姑娘。你跟她妹妹说一声,既然进了府,就要好好当差才是。"然后让琥珀拿了五两银子赏给藕儿,"这花绣得好,我很喜欢。"

那婆子见十一娘没有责怪,欢天喜地接了银子,千恩万谢地退了下去。

十一娘就问起雁容的事来:"她过得怎样?"

琥珀笑道:"厉害得很,我看曹姐夫有些夫纲不振。"

十一娘望着婚后明艳照人的琥珀,不禁打趣:"我看,我们的管姐夫和曹姐夫在一起,应该有说不完的话。"

"夫人!"琥珀羞得满脸通红,转身去收裙子。

徐令宜进来。

"咦,做了新衣裳?"

十一娘起身帮他更衣:"准备拜年的时候穿。"

徐令宜道:"也帮我们谨哥儿做两件缂丝小袄吧!到时候他也要走亲戚。"

"这才刚满月,用缂丝做小袄,浪费不说,还怕划伤了皮肤。"十一娘立刻反对,又道:"到时候也要把谨哥儿带着去拜年吗?"

自从那天太夫人表现出很想见谨哥儿的意思后,十一娘每次去太夫人那里都会抱着谨哥儿。虽然天气寒冷,用狐皮斗篷包着,倒也暖和。可到各家去串门则不一样了,有时候未必遇得到人,而且大多数时候在车上奔波,孩子太小了些。

"皇上、皇后和太子殿下都差了内侍来,说让过年的时候把孩子抱进宫去瞧一瞧。"

"那就更不能做缂丝小袄了。"十一娘笑道,"也太骄奢了些。"

"去宫里拜年,谁不拿了压箱底的衣裳穿在身上,谨哥儿穿件缂丝小袄并不过。"徐令宜觉得十一娘太过担心,"不过,既然怕划伤了皮肤,那就做件小斗篷吧!"

照徐令宜这样下去,谨哥儿不成个纨绔子弟都难!十一娘觉得自己的早教计划一片黑暗,不由嗔道:"侯爷,东西再好,也要用着舒服才行。缂丝虽然漂亮,却太硬,不如太夫人赏了的淞江三梭布,又轻柔,又暖和……"

徐令宜倒没有多想。缂丝虽然名贵,家里也不是穿不起,何况几个孩子都有,就想着也应该给谨哥儿做一件。闻言笑道:"那你拿主意吧!给谨哥儿做身漂亮的新衣裳,我们带他出去拜年。"

做身新衣裳就行了。十一娘思忖着,笑着点了点头。

有小丫鬟进来禀道:"夫人,弓弦胡同那边的四舅奶奶来了!"

自从十二娘三朝回门十一娘和徐令宜回去认亲后,两人就一直没再碰面。

"快请四舅奶奶进来!"十一娘说着,起身去了厅堂迎客。

罗四奶奶穿了件宝蓝色遍地金通袖袄,头发整整齐齐地梳了个圆髻,戴了朵大红色堆纱宫花,虽然显得很干练,眉宇间却带着几分焦灼。看得出来,是有事而来。

"十一姑奶奶,"她笑着给十一娘行礼,"吴孝全家的昨天带了些鱼鲞来,趁着还有几天过年,我一家送一点尝个鲜。"

"让嫂嫂费心了。"十一娘笑着把罗四奶奶迎到东次间临窗的大炕上坐了,琥珀出去接了婆子的东西,"大哥和大嫂还好吧?说了什么时候上京没有?"

罗四奶奶听着笑起来,神色舒缓了不少。

"大哥原准备十一月初进京的。"她接过小丫鬟上的茶啜了一口,"结果大嫂怀了身孕,大哥临时决定过了元宵节启程,怕我们担心,特意差了人来报信。"

"大嫂怀孕了?"十一娘又惊又喜,"麻哥今年也有八岁了……这可真是件大喜事!"

"就是!"罗四奶奶笑道,"要不然大哥也不会推迟行程了。"

"得写封信去恭贺一番才是。"十一娘笑着,两人说了好一会儿闲话,罗四奶奶的话题才渐入正题,"十二姑奶奶出嫁,茂国公也没来喝个喜酒,我也不想热脸贴冷脸。可你大哥说,不管她怎样,我们做我们的,问心无愧就行了。我想想,也有道理,寻思着先把她的东西送了,再到你这里来落脚,我们姑嫂好好说说话。谁知道,在十姑奶奶门前竟然遇见了五姑奶奶……"说到这里,她打住了话题,望着十一娘的目光也有些晦涩不明。

十一娘很是惊讶,拿着杯盏的手微微一顿:"遇到了五姐?"

罗四奶奶点头,斟酌道:"五姑奶奶跟我说,快过年了,她来看看十姑奶奶,知道我是来送鱼鲞的,就陪着我一起去见十姑奶奶。

"银瓶见了我,很是尴尬的样子,说了些十姑奶奶身子骨不好,不能见客,让我见谅之类的话。我丢下东西就要走。十姑奶奶却突然走了出来,高声对我说……"说着,她神色微赧,"'嫁出去的姑娘泼出去的水,罗家钱再多也是罗家的。她如今是王门媳,生是王家的人,死是王家的鬼,和罗家再也没有什么关系,断然没有回罗家要钱的道理。五姑奶奶要是觉得心里不舒服,咽不下这口气,只管和十一姑奶奶一起回罗家去要钱去,就不要打

她的主意了。'"

十一娘简直不知道说什么好。五娘自己钻进了钱眼里不说,还怂恿着她们回去要钱。十娘特意提到她,说不定是五娘在十娘面前说了些什么,十娘这才误会这件事她也有份。要不然,罗四奶奶也不会借着送鱼鲞来探她的口气了。想到这里,她态度明确地道:"我们几姊妹,别人不好说,我出嫁的时候母亲却没有亏待我,是决不会开口让大哥补嫁妆的。四嫂要是担心这个,尽管放心好了。"

"十一姑奶奶误会了。"罗四奶奶听着苦笑,"姑奶奶是怎样的人,别人不清楚,我却是清楚的。只因从十姑奶奶那里出来,我曾责问过五姑奶奶,五姑奶奶却一口咬定说这是她和你商量好了的。因十姑奶奶和你不和,所以才托她做了中间人……我寻思着,这件事怎么也要来跟你说一声,免得到时候姑奶奶背了个名声自己还不知道。"她含蓄地道:"你们姊妹间,还隔着个十二娘呢!"

"多谢嫂嫂!"十一娘很是感激,"我会和五姐好好说说的。十二娘那边,也会去打个招呼的。"

"那倒不用了。"罗四奶奶笑道,"我反正也要去十二姑奶奶那里送鱼鲞,你只管和五姑奶奶说说就是了。"

五娘是罗振声的胞姐,有些话,罗四奶奶的确有些不好说。十一娘道了谢,罗四奶奶给太夫人问了安,回了弓弦胡同。

她在书房里给罗振兴写道贺信。可脑子里总想着五娘的事,越想就越觉得五娘这事太没有道理了,好歹也在大太太屋里长大的。嫁给钱明,虽然经济上吃了点苦头,可比起一般的人又好上很多,怎么就变得这样世俗了!十一娘放下笔就叹了口气。六姨娘只想到为十二娘争取更多的利益,却没有仔细想想十二娘的立场——哪怕是当初她嫁入侯府,嫁妆的规格都和五娘、十娘相差不大,为的就是一碗水端平,免得姐妹之间起争执。这次不管五娘要不要得到钱,她和十二娘之间的疙瘩只怕就此结下了。

盘腿坐在铺了大红云锦坐垫的禅椅上的徐令宜觉得自罗四奶奶走后,妻子就有些心不在焉的,现在更是眉宇带愁,问了句"怎么了",趿鞋走到十一娘身边坐了,柔声道:"是不是弓弦胡同那边遇到了什么为难的事?"

十一娘气闷,徐令宜又神色温和地坐在她身边,她想了想,就把事情的经过告诉了徐令宜:"明天就是大年夜了,总得过了正月十五再去吧?可我又担心她这几天再有什么动静……"很是为难的样子。

徐令宜想了想,道:"我看,这件事还是我去跟子纯说说吧!"

"这样不好吧?"十一娘道,"你们男人一说,就把事情放到了明面上。万一五姐夫不知道这件事呢?岂不让他们两口子有罅隙。"

徐令宜不以为然，道："如若子纯不知道，那就更应该说给子纯听听——她这样背着子纯胡来，哪里把丈夫放在眼里，迟早是要酿出大祸的。与其到时候不能收拾，还不如让子纯好好管管。如若子纯知道……"他目光微闪，"大丈夫有所为有所不为。他这样，纵然入了仕途，只怕也难成大器！"

十一娘想想也觉得有道理，微微点了点头。

徐令宜见了就笑着揉了揉她的头发："时间不早了，快去睡了！明天是除夕，要守夜的。"

十一娘笑着将信给了秋雨，让她交给白总管，想办法送到余杭去，然后和徐令宜回屋歇了。

第二天是除夕，徐府正门大开，门神、对联、挂牌都布置好了。

徐令宜吃过早饭就去了四象胡同，巳正就回来了。

"我跟子纯说了。"他更衣准备去太夫人那里，"看子纯的样子，还真是不知道。这件事，由他们夫妻两人关起门来理论好了，别传到王家去让十二姨不好做人。"

十一娘很是意外，在她的心里，五娘之所以变成现在这个样子，都是因为嫁给了钱明。这样想来，倒是她有些偏颇了……她的脑海里浮现出五娘在余杭的书房——偌大的房间，只摆了一张黑漆大画案，摆着名人法帖，一张黑漆贵妃榻，铺着半新不旧的锦垫……

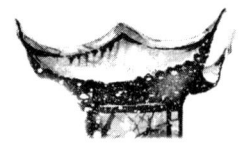

第七十章　合眼缘谨哥得天心

吃过年夜饭,由太夫人领着去祠堂祭祖。谨哥儿还小,由顾妈妈抱着回了正屋,徐嗣勤、徐嗣谕、徐嗣俭、徐嗣谆、徐嗣诫由徐令宽带着,在院子里放烟火,贞姐儿、歆姐儿则和母亲一起,跟着太夫人在屋里吃饺子、守岁。

太夫人上了年纪,勉强撑到了子时,回屋歇了。二夫人回了韶华院,五夫人把睡熟了的歆姐儿交给了石妈妈,拉了贞姐儿去看徐令宽等人放烟火。十一娘和徐令宜惦记着谨哥儿,先回了屋。

"明天怎么办?"十一娘和徐令宜商量着明天具体的行程,"孩子是跟着你,还是跟着我?"

"跟着你吧!"徐令宜道,"我们在丹墀等,孩子要是饿了或是尿了,连个喂奶、换尿片的地方都没有。你们在偏殿,又都是女眷。"又道:"宫里我已经打点好了,如果皇后娘娘在你们进正殿恭贺前召见,那都好说。就怕那天皇后娘娘很忙,待你们正殿恭贺后召见。能进正殿的都是有品阶的,顾妈妈肯定是不能进去的。到时候自有内侍领了顾妈妈和孩子到暖阁歇息,从正殿退出来后和孩子一起待在暖阁等着就是了。"

十一娘应诺,次日凌晨按品着装,抱了谨哥儿,留了杜妈妈在家照看,一行人浩浩荡荡进了宫。

皇后身边的内侍雷公公早在宫门口候着了:"说天气冷,怕六少爷冻着了,让太夫人和永平侯夫人进宫就带着孩子去坤宁宫见娘娘。"

正合了两口子的心意。顾妈妈抱着孩子,十一娘搀扶着太夫人,去见了皇后娘娘。

内命妇正在殿外等着给皇后娘娘恭贺,十一娘带了孩子进来,嫔妃们都朝这边望过来,还有人小声道:"看见没有,那个披着粉红色云锦斗篷的就是永平侯的夫人。"

宫里规矩多,十一娘不敢回头,留了顾妈妈在外面等,抱着孩子和太夫人进了暖阁。

皇后娘娘穿着礼服端坐在宝座上,内侍、宫女们正服侍着她喝燕窝粥。见太夫人和十一娘进来,不待两人行礼,已站了起来。

"快把孩子抱给我看看。"暖阁发出一阵环佩的叮当声。

黄姑姑忙笑着上前抱了用灰鼠皮斗篷包着的谨哥儿,太夫人和十一娘趁机行了礼,旁边自有内侍将两人扶起,端了锦机过来。

"这孩子,和四弟长得真像。"皇后娘娘轻轻地抚着谨哥儿剃了胎头的脑袋,抬头望着太夫人和十一娘笑道,"胆子也大,这样一路行来,竟然一点也不怕,睡得正酣。"

十一娘有些汗颜。昨天晚上她和徐令宜刚躺下,谨哥儿就醒了。她支持不住去睡了,徐令宜和他一直玩到了寅时才歇下。

"有些憨罢了。"她忙恭敬地道,"吃了睡,睡了吃。"

"这才刚满月,正是吃了睡、睡了吃的年纪。"皇后娘娘笑着,有内侍进来禀道:"皇太子妃到了。"

"快让她进来。"皇后娘娘笑着吩咐内侍,然后对太夫人、十一娘道,"芳姐儿如今有六个多月的身孕了。"很是欣慰的样子。

"这是皇后娘娘的福气。"太夫人说着,挺着大肚子的芳姐儿就由宫女扶着走了进来。

她戴着凤冠,穿了宝蓝色绣翟鸟的礼服。可能是怀孕的原因,人丰腴了不少,脸圆圆的,目光安宁,举止沉稳,非常地端庄。

皇后娘娘免了她的礼,让内侍端了锦杌服侍她坐下,她这才朝着十一娘笑了笑——目光一闪,就有了往日的狡黠。

不知道为什么,十一娘看着就松了口气。

皇后娘娘就问起芳姐儿这些日子的衣食起居,知道一切都好,笑着点了点头,正要说什么,雷公公进来:"皇后娘娘,时辰到了!"

十一娘知道这是来催皇后娘娘升座,和太夫人、芳姐儿一齐站了起来。

皇后娘娘略一犹豫,对十一娘道:"让乳娘抱着谨哥儿就歇在暖阁吧!"

十一娘跪下谢恩,扶着太夫人,跟在皇后娘娘和芳姐儿的身后去了大殿。

先是内命妇给皇后娘娘行礼,然后是外命妇朝见,一套仪礼下来,已到了午初,大家都有些疲惫不堪。太夫人年纪大,十一娘身体弱,更觉得吃力。两人的脸色都有些发白,偏偏还要去暖阁抱孩子。

五夫人就搀了太夫人:"我送你们到门口。"

十一娘感激地看了五夫人一眼,一左一右扶着太夫人去了暖阁。谨哥儿刚被贺公公抱去见皇上了。

皇后娘娘笑道:"竟然比我的性子还急。"赏了太夫人、十一娘茶点:"好歹垫垫肚子。"

太夫人连喝了两口热茶才缓过气来,十一娘则不客气地连吃了两块豌豆黄。芳姐儿看了抿着嘴笑。

三皇子和大公主来给皇后娘娘请安。

"这是永平侯府的太夫人,这是永平侯府夫人。"皇后娘娘就抱着公主指了太夫人和十一娘,"太夫人是你外祖母,夫人是你舅母,你可记清楚了。"声音很是轻柔。

三岁大的大公主乖巧地点头，娇声娇气地复述着母亲的话："太夫人是我外祖母,夫人是我舅母。"然后眨着眼睛望着皇后娘娘道："那她们是不是要给我红包？"

大家都笑了起来。皇后娘娘更是笑着拧了拧女儿的面颊："这是跟着谁学的？满身的小家子气！你可是公主！"

大公主呼痛，眼睛却闪闪发亮，一看就是个鬼精灵。

太夫人忙掏出早就准备好、装了金锞子的荷包递给公主："是要给红包的。"又给了一直笑吟吟站在旁边的三皇子一个："是老妇的一点心意。"

三皇子今年已经十四岁了，和徐嗣谕一般高矮，表兄弟长得非常像，只是徐嗣谕看上去文秀，五皇子看上去矜贵。

他笑着接了红包。

十一娘也把打赏荷包拿了出来。

大公主欢呼一声，跑到了芳姐儿身边："嫂嫂，还有您的！"

芳姐儿笑着摸了摸她的头，也拿了一个红包出来。

大公主拿了就跑："我去找父皇——他还没有给我红包呢！"

"福荣。"皇后娘娘喊着大公主的名字，大公主就回头冲着母亲笑了笑，继续朝外跑去。

"母后别担心。"三皇子匆匆行了个礼，追着大公主出了暖阁，"我陪皇妹过去，不会让她闯祸的。"

皇后娘娘无奈地叹了口气，对太夫人道："这孩子，给惯坏了！"语气中却诸多溺爱。

大公主是在五皇子死后得的，承载着皇后娘娘对五皇子的愧疚，自然更多些宠爱。

太夫人笑道："大公主聪明伶俐，活泼可爱，谁见了都喜欢。皇后娘娘多有宠爱，也是人之常情。"

皇后娘娘就和太夫人、十一娘讲起大公主的事来，然后又仔细地问了谨哥儿的事。絮絮叨叨了半天，既没见大公主和三皇子折回来，也没见内侍把谨哥儿抱回来。

大家不免都有些急起来，皇后娘娘更是吩咐黄姑姑："去看看，这都到了吃午饭的时辰。"

黄姑姑应声而去，又很快折了回来："侯爷让皇上身边的内侍过来传话，说他和六少爷已经在东门外等了，让太夫人和永平侯夫人出了坤宁宫就去东门。"

皇后娘娘有些目瞪口呆："怎么也不来打个招呼，就这样把谨哥儿抱走了！"又道："我的见面礼、压岁钱还没有给呢！"

太夫人和十一娘也面面相觑。十一娘更是猜测，难道徐令宜和皇上不欢而散，所以连皇后娘娘也不想见，抱着孩子就出了宫？

太夫人也不知道发生了什么事,她只想早点见到儿子,闻言起身道:"过了元宵节,年才算过去了,过两天让十一娘再带了谨哥儿来给皇后娘娘、皇太子妃拜年。"

宫里礼仪烦琐,谨哥儿又小,进宫是场折腾,万一要是有个什么事……皇后娘娘可不想因小失大。她笑着吩咐黄姑姑:"把我给谨哥儿准备的东西送去吧!"

言下之意是不用再进宫了。太夫人和十一娘都松了口气。

芳姐儿见了也吩咐身边的人:"把我给谨哥儿准备的东西也送过去吧!"

那女官恭敬地应了"是"。

太夫人和十一娘少不得道了一番谢,这才出了坤宁宫。

冬天正午的阳光暖暖洒落在东宫门上,进宫朝见的人大多都已出宫,几个当值的御林军虽然站得笔直,表情却松懈下来,都有些无聊地望着不远处正和几个同僚说得热火朝天的徐令宽。

见有人走过来,几个人神色一敛,恢复了从前的严整。太夫人和十一娘却是满脸的狐疑。

徐令宽满脸笑容地和人寒暄着,五夫人和抱着用灰鼠皮斗篷裹着的谨哥儿的顾妈妈则站在宫门口,却不见徐令宜的影子。

太夫人和十一娘都有些狐疑,太夫人扭了头正想和十一娘说什么,看见了太夫人和十一娘的徐令宽低声和同僚说了几句。

他的同僚朝太夫人望过来,躬身行礼,结伴而去。徐令宽大步走了过来。

五夫人见了,顺着徐令宽的同僚的目光望过去,这才发现太夫人和十一娘出了东门。

"娘!"她忙迎上前。

顾妈妈看着也抱着谨哥儿跟了过来。

五夫人搀了太夫人:"您还好吧?"

太夫人眼底闪过一丝焦灼,抬睑看见跟着她们出来的内侍,舒展着眉头微微一笑,面容慈祥而亲切。

"你四哥呢?"声音不紧不慢,非常地温和。

"皇上赏了谨哥儿很多东西。"走过来的徐令宽笑道,"四哥和内侍去内府签押了。"

十一娘和太夫人的神色一松,太夫人的笑容越发地祥和,十一娘则脚步轻盈地走到了顾妈妈身边,低声道:"谨哥儿还好吧?"

顾妈妈忙应道:"正睡得香呢!"

十一娘撩开斗篷的一角,打量儿子,谨哥儿小脸红扑扑的,神色安逸,她一直惴惴不安的心这才略为平静。

那边内侍已恭恭敬敬地给徐令宽和五夫人行了礼:"徐大人、县主,这可巧了,皇后娘娘和太子妃娘娘也赏了六少爷很多东西……天气虽然冷,可也只好请太夫人、徐大人、永平侯夫人和县主稍等一会儿了。待侯爷来了,和我们去内府签了押再出宫也不迟。"

徐令宽听了就朝那内侍揖了揖:"有劳公公久候了。"说着,从衣袖里掏了两个荷包塞到了两个内侍的手里。

两个内侍的笑容越发恭谦了,其中一个还和他们寒暄起来:"六少爷长得可真是好,皇后娘娘看着不知道有多喜欢。还记得当初府上来报喜,我们娘娘双手合十连念了几声阿弥陀佛呢!还让黄姑姑去佛堂点了三炷香。"

"不敢当公公夸奖。"太夫人呵呵笑着应着那内侍,"还算长得齐整,也还听话,吃饱了睡,睡好了吃,从来不吵夜……"

正说着闲话,另一个内侍突然道:"侯爷过来了!"

大家忙朝宫门内望去,就看见戴着七梁冠、穿着大红色蟒衣的徐令宜大步走了过来。他面容冷峻,目光犀利,没有一点喜气,反而显得很严肃。

"四哥!"徐令宽有些迟疑地喊了一声。

徐令宜的目光就落在了太夫人和十一娘的身上,神色微缓。

两个内侍忙上前行了礼,说了来意。

徐令宜微微颔首,跟太夫人打了声招呼,和两个内侍去了内府。

十一娘几个等了大半个时辰,都饥肠辘辘了,徐令宜这才出来。

太夫人立刻道:"老四和我坐一辆马车!"

徐令宜听着就搀了太夫人出了宫门。

徐府黑漆平顶马车早已在门口候着。太夫人和徐令宜上了第一辆马车,十一娘和顾妈妈坐第二辆马车,徐令宽和五夫人上了最后一辆马车,在护卫的簇拥下,嘚嘚嘚地朝荷花里去。

十一娘低声问顾妈妈:"你抱着六少爷去见皇上,知道皇上都说了些什么吗?"

"不知道。"顾妈妈小腿一直打着战,此刻坐在马车上,人像散了架似的,只觉得全身无力,"宫里的公公让我在殿门口等,六少爷是由一位姓贺的公公抱进去的,又是由这位姓贺的公公抱出来的。"

十一娘沉吟道:"那你们怎么没有去跟皇后娘娘辞别?"

顾妈妈回忆道:"我站在外面等了半天,三皇子和大公主来了。过了大约一炷香的工夫,贺公公抱了六少爷出来了。又过了一会儿,侯爷和五爷出来了,身后还带着两个内侍。"说到这里,她语气微顿,"侯爷当时的脸色很不好,五爷却笑嘻嘻的,还刮了刮六少爷的鼻子,说六少爷是个小富翁之类的话。六少爷正睡着,被五爷吵醒了,皱着眉头就哭了两声。侯爷听着,脸色就更难看了,让五爷去找太夫人。五爷听着一愣,说,太夫人在皇后娘娘那里,要不要去辞个别。侯爷一句话没说,抬脚就往外走。我只好跟着侯爷往外走。两个内侍在后面喊了侯爷两声,见侯爷不理,也跟着我们一起到了东门。侯爷就给我找了个避风的地方,让我抱着六少爷站在那里。两个内侍见侯爷面色不善,唯唯诺诺地在一旁陪我们站着。过了好一会儿,五爷和五夫人来了,说皇后娘娘还在和太夫人、夫人说话,他已差了小内侍去禀。侯爷听了,就让五夫人看着我和六少爷,和两个内侍去了内府。"

十一娘听着越发地糊涂了。到底出了什么事?徐令宜好像连皇后娘娘都责怪上了似的。

好不容易回了府,下了马车,徐令宜还好,反而是太夫人的脸色有些凝重。

十一娘看着暗暗称奇,和五夫人一起搀着太夫人上了青帷小油车,回了太夫人处。

"你们也都累了,回去歇了吧!"太夫人让杜妈妈服侍她更衣,对儿子、媳妇道,"明天你们还要走亲戚呢!"然后吩咐玉版:"去把二夫人叫来!这大过年的,她一个人冷冷清清地待在韶华院……我们两个,也做个伴儿!"

"娘,您这话可不对。"徐令宽听了嬉皮笑脸地坐到了太夫人的身边,"人是越多越热闹。您和二嫂两个人,还不是冷冷清清的。"说着,起劲地道:"要不,我们陪着您打叶子牌吧?"

没待太夫人说话,徐令宜已开口阻止了徐令宽:"娘累了一天了,我们就先散了吧!让她老人家好好歇歇。"

徐令宜不免有些讪讪然。

五夫人拉了徐令宽衣袖:"娘,那我们等会儿再来看您。"

太夫人笑着点头。大家行礼退了下去。

五夫人就问十一娘:"你什么时候走?"

今年罗振声和罗四奶奶在燕京过年,十一娘要带着孩子去弓弦胡同拜年。

十一娘笑道:"给太夫人问了安就启程。"

她自嫁入徐家,不管刮风下雨,都会在辰正差一刻的时候去给太夫人问安。五夫人也就没有问时辰,笑道:"那好,我也早点去给太夫人问安,我们一起回去。"

"好啊!"十一娘笑着点头,和徐令宜回了正屋。

徐令宜进门脸就沉了下来,厉声吩咐琥珀:"去,把谨哥儿抱过来!"

琥珀不知道出了什么事,急匆匆去了暖阁。

十一娘正想帮徐令宜更衣,看这情形不由心中一跳:"侯爷,出了什么事?"心弦紧紧

地绷了起来。

徐令宜没有作声,神色却有些凛冽。十一娘心里着急,正想再问问,顾妈妈已抱着熟睡的谨哥儿走了过来。

徐令宜二话不说,接过谨哥儿就放到了炕上,开始脱谨哥儿的衣裳。

谨哥儿被惊醒,大哭起来。

十一娘忙走了过去:"侯爷,您这是做什么?小心凉了孩子!"

徐令宜却不为所动。他脸绷得紧紧的,三下五除二就把孩子给脱了个精光,然后仔细打量起孩子的身子来。

十一娘忙脱了小袄裹了孩子,厉声道:"侯爷,你有什么话好好说就是。孩子还小,要是受了风寒,可不是闹着玩的……"那边顾妈妈看着,忙将刚才十一娘脱下来的斗篷搭在了十一娘的身上。

徐令宜却捉了谨哥儿露在外面的小腿看,这才罢手。十一娘眉头紧锁,正要问个清楚,抬头却看见徐令宜如释重负般长吁了口气。

想到他在宫里的异常举动,十一娘不禁抓住了他的手臂,肃然地喊了声"侯爷"。

"没事,没事!"徐令宜此刻才回应十一娘,他拍了拍十一娘的手,"刚才在乾清宫,皇上抱着谨哥儿,大公主突然冲了过去,皇上慌手慌脚的,谨哥儿在宝座的扶手上撞了一下……当时就哭起来。贺公公抱到一旁去哄了半天,也不知道有没有伤到哪里!"

十一娘的心也跟着提了起来,把怀里的孩子检查了一遍,发现没有什么外伤,这才作罢。想责怪徐令宜几句,见他也是满脸的担心,把到了嘴边的话强忍了下去。心里不由升起个念头:难道就因为这个原因,所以徐令宜一路行来都板着个脸吗?那太夫人为什么从马车上下来以后就神色凝重呢?她想仔细问问,怀里的谨哥儿哭得肝肠寸断似的,还没有穿衣裳,外面又有小厮隔着帘子来禀,说"内府把皇上、皇后娘娘、太子妃娘娘的赏赐送了过来",徐令宜亲了亲谨哥儿的面颊吩咐她"你快给孩子把衣裳穿了,我去看看,顺便再给谨哥儿请个大夫来仔细瞧瞧"。

十一娘只好"哦"了一声,先和顾妈妈给谨哥儿穿了衣裳,然后换着花样哄着大哭的儿子。

那边太夫人屋里服侍的都避到了屋外,太夫人正斜倚在弹墨大迎枕上,和二夫人低声说着话:"皇上要处置杨家了,听老四的口气,这次只怕牵连不少。"

二夫人并没有惊讶,用美人槌给太夫人捶着小腿,道:"皇上越是放纵杨家,处置起来就越重。何况这些年皇上一心要推行新政。杨家的事,正好给皇上一个借口,要不然,像林阁老这样先帝用过的老臣,不过是反对开海禁罢了,总不能因为这样就把人给罢免了吧？说起来,还是柳阁老眼头亮,自己致了仕,至少落得个晚景安泰。"

太夫人叹了口气:"我是怕这件事牵连太大,到时候京里又要动荡不安了。"

二夫人听着笑了起来:"我看,您是怕有人到您面前求情,您帮也不是,不帮也不是,左右为难吧?"

"就你鬼精灵。"太夫人望着二夫人笑,眼角眉梢带着几分溺爱。

"那也是您惯的。"二夫人放下美人槌,起身给太夫人微凉的茶盅里续了些热水,"您看,要不要我帮您去递个音?"

太夫人有些犹豫。

"黄家的世子爷这两年也赚得盆满钵满。"二夫人坐到了太夫人的身边,轻声道,"要是人没有个知足常乐的心,您就是帮了他这一回,难保他还有下一回。"

太夫人微微颔首:"那你就帮我去趟黄家吧!"

二夫人笑着应诺,帮太夫人搭了薄被:"您就歇歇吧!这些事,别操心了。外面有侯爷,侯爷心里明白着呢!"

太夫人闻言脸上露出欣慰之色。

第二天,十一娘带着孩子们去了弓弦胡同。

钱明夫妻还没有到。罗四奶奶穿着大红底一年景的通袖袄儿,笑吟吟地把他们迎了进去。

王泽和十二娘已经到了,一个穿着宝蓝色的杭绸袍子,气度沉稳;一个穿了大红牡丹穿花的小袄,俏丽可人。一前一后地站着,金童玉女般赏心悦目。

十一娘不由暗暗点头。十二娘则红着脸上前给她行了礼。

那边罗四奶奶已让孩子们喊"四舅舅"、"十二姑父"。

给的给红包,得的得红包,大人、小孩子都喜气洋洋。只是罗振声,在徐令宜面前有些唯唯诺诺,算是小小的不足之处。还好有小小的英娘,活泼又可爱,笑语连珠地和徐嗣谆、徐嗣诫说着话。徐令宜看着也不由露出几分欢欣的笑容来,逗了她问:"夹竹桃和石榴花一样,那什么花和玉簪花一样?"

英娘理直气壮地道:"当然是白鹤花啊!"

白鹤花是玉簪花的别称。徐令宜大笑,王泽也笑容满面。

罗振声却觉得丢脸,涨红了脸训斥英娘:"胡说八道些什么!是谁告诉你的,白鹤花就是玉簪花。"

英娘就有些怯生生地躲到了罗四奶奶的身后。

"小孩子能知道这些就很不错了!"徐令宜好像很喜欢英娘,笑着为她解围,又道,"这

点倒像她十一姑母,都喜欢花花草草的。"然后对英娘说:"我们家有个大暖房,种着很多花,到时候去我们家玩去!"

英娘看了父亲一眼,不敢作声。

罗四奶奶就瞪了罗振声一眼,笑道:"等过些日子,谨哥儿百日礼,诚哥儿的生辰,我们少不得要去热闹热闹的。"

徐嗣诚听到罗四奶奶提到他的生辰,就小声对一旁的徐嗣谆道:"我是三月初三生的哦!"很是得意的样子。

大人在说话,徐嗣谆就小声示意徐嗣诚别作声。

罗四奶奶见孩子们拘谨,笑道:"怎么五姑爷和五姑奶奶还没有来?我做了拿手的水晶肚片,想请大家尝尝我的攒盒做得如何呢!"

盛大的节日里吃攒盒,是江南的习俗。大红描金的匣子,黑漆的里子,横竖摆成十二格,装上各式各样的下佐小菜,然后配着面条,算是早膳。

京里也有专司江南菜的馆子,大家并不陌生。等着钱明两口子的时候,大家的话题就转到江南菜和燕京菜的不同上来。

徐令宜是见多识广的,王泽是谨言慎行的,罗振声对着徐令宜是胆怯心虚的,平时话最少的徐令宜反而成了话题的中心。

十一娘看着不由好笑。钱明和五娘带着鑫哥儿终于来了。

钱明穿了件殷红底五蝠捧寿团花的茧绸袍子,看上去如往昔一样温文尔雅,鑫哥儿穿着大红底葫芦纹小袄,和往常一样好动,进门就拉了英娘的手。只有五娘,虽然穿了件大红底万字不断头纹的褙子,戴了赤金的满池娇分心簪子,脸色却显得有些灰白,看见十一娘的时候,表情也有些讪讪然。

看样子,钱明可能是"说"了她的。十一娘和罗四奶奶不由交换了一个眼神,笑着上前和五娘行了礼。

十二娘却是有些不好意思,行过礼后挽了五娘的胳膊:"五姐这满池娇的分心可真漂亮,不知道是请哪家的师傅打的,我瞧着怎么也有个五六两的样子!"

"什么五六两。"五娘看十二娘的目光有些不屑,"就是空心的,五六两也打不出这样大的满池娇分心来——一共去了十二两。"

"我就说,怎么这么漂亮!"十二娘小心翼翼地奉承着五娘,"我刚嫁到燕京来,什么也不懂,不像五姐,在燕京住得久,哪家的尺头花色多,哪家的鞋子做得好……这些居家过日子的事,以后五姐可要多指点指点我!"

五娘听着嘴角微翕,正要说什么,那边正在给几个孩子派红包的钱明已投过来一道凌厉的目光。五娘抿了抿嘴,甩开十二娘的手臂,去牵了鑫哥儿的手:"怎么也不知道给哥哥们行个礼!"

罗四奶奶就拉了拉十一娘的衣袖,悄声耳语:"我们家姑奶奶,可一个比一个聪明。"

十一娘笑着点头,以十二娘的年纪,如果不是两世为人,换了她,也不可能比十二娘做得更好了。

从弓弦胡同回来,十一娘在家里歇了一天,初四开始跟着徐令宜拜年,先去的红灯胡同孙老侯爷那里,然后去了顺王府,再就是福成公主府、永昌侯府、威北侯府、定国公府、王励府第……除了去永昌侯府的时候永昌侯把徐令宜拉到书房里说了一上午的话以外,其他几家都是去打了招呼,吃了顿饭就回了府。

接着是谨哥儿的百日礼。之后又有周夫人、黄三奶奶、林大奶奶等人来拜年。十一娘在内院设了酒宴招待,徐令宜则在外院招待来拜年的同僚、旧日下属和朋友,有带着女眷同来的,则到内院招待。这样一直忙到元宵节后,才消停下来,府里又开始做春裳。

十一娘和贞姐儿凑在一起讨论着春裳的样式,偶尔会请了简师傅进府讨论,秀莲、玉梅有时候一天跑四五趟针线房传话或是传人。受两人的影响,正院突然热闹起来,一些心灵手巧的丫鬟、婆子也开始在衣裳上下功夫,或在衣襟上绣个花纹,或绑根红头绳……随着风吹在身上没有了寒意,大家的衣裳越来越薄,正院开始弥漫一种盛世太平的悠闲与繁盛。

就在这个时候,琥珀怀孕了。

"我正担心着呢。"十一娘笑道,"要是再没有动静,我就忍不住要去问了!"

带着儿子长安来给十一娘问安的滨菊听了直笑:"寻思着您过年的时候忙,就没有来,没想到进府就听到了这样的好消息。"

十一娘笑着摸了摸乖乖坐在母亲腿上吃酥饼的长安,吩咐秋雨:"让顾妈妈把六少爷抱来给滨菊看看。"

滨菊忙称"不敢",秋雨知道滨菊在十一娘面前是不一样的,笑着去传顾妈妈来。

"六少爷长得可真漂亮。"滨菊小心翼翼地把谨哥儿抱在怀里,不住地称赞。

"刚出生的时候红红的,大家都说像侯爷,我可没看出来。"十一娘笑道,"这些日子渐渐长开了,人也白净了,我瞧着模样儿真的还挺周正的。"

滨菊忍不住大笑,把谨哥儿给惊醒了,睁着圆溜溜的大眼睛看。滨菊忙熟练地给谨哥儿端尿。

"从前吃了睡,睡了吃,我担心他看不看得见,听不听得到。"顾妈妈把谨哥儿抱去喂奶,十一娘道,"现在倒好,醒了就不睡,睡一会儿就醒。我听田妈妈说,像他这么大的孩子,一天至少要睡十一个时辰,也不知道他怎么有这么好的精力。"

"孩子不论胖瘦,要紧的是精力好。"谈起孩子,滨菊比她有经验,"精力好了,做什么都机敏,人也聪明……六少爷以后一定很聪明。"

两人这边说着话,那边有小丫鬟往文姨娘处跑。

"姨娘,姨娘,滨菊来了!"

文姨娘听着精神一振,让冬红赏了几个铜板给小丫鬟,然后喃喃地道:"先是琥珀有了身孕,现在滨菊又来给夫人问安……夫人的心情应该很好吧!"她说着,眉宇间闪过一丝毅色,"没有比这更好的机会了!就今天吧!"然后起身道:"冬红,你从我镜奁里找支赤金的簪子,我们去夫人那里。"

冬红应声而去。

文姨娘到正屋的时候,十一娘和滨菊一个坐在炕上,一个坐在炕边,正逗着谨哥儿玩。

"哎呀!"文姨娘笑道,"今天可真巧!没想到遇到了万大显家的。我们有些日子没见了,你还好吧?"又望着坐在十一娘身边的长安,"这是长安吧?没想到长这么大了!"说着,上前携了孩子的手,"我看看,这都长得像谁?"认真地打量了一眼,笑着对滨菊说:"我瞧着怎么像你啊!"

"文姨娘,"滨菊忙上前行了礼,笑道,"都说长得像我。"

"儿子像娘有饭吃。"文姨娘话一出口就知道自己失言了——谨哥儿就长得像徐令宜。

她忙转移了话题:"今天来得急,没想到你在场。"说着,拔下头上的赤金簪子,"这还在正月里,这个赏你。"

滨菊很是意外,看了十一娘一眼。

自从初一那天徐令宜单独和文姨娘说过话以后,徐令宜虽然再也没有单独见过文姨娘,可文姨娘的不安却一日赛一日。十一娘一直关注着事情的发展,还特意让人去打听初一那天,二夫人去黄家做什么。回来的说,二夫人奉太夫人之命,送了些吃食给黄太夫人。现在并不是问安的时候,文姨娘却突然来访,她心里隐隐觉得文姨娘的到来与初一的事有很大的关系。

十一娘微微颔首。滨菊笑着接了,屈膝行礼道了谢。

十一娘吩咐小丫鬟端进锦杌进来:"坐下来说话吧!"

文姨娘笑着坐了下来,端了小丫鬟奉上的茶,笑道:"我们谨哥儿越长越精神了!"

她说话的时候,谨哥儿一直盯着她瞧。十一娘笑着亲了亲谨哥儿的面颊,把谨哥儿交给了顾妈妈:"今天没有风,你带着谨哥儿到院子里走走——时间坐长了,他又该哭闹了。"

顾妈妈笑着应"是",抱着谨哥儿退了下去,又有秋雨过来把长安哄了出去,屋子里只有十一娘、文姨娘和滨菊,骤然冷清了许多。

十一娘道:"文姨娘可是有什么事?"

文姨娘看了滨菊一眼,起身就跪在了十一娘的面前:"夫人,求您救救我!"

十一娘心中暗惊,忙去携了文姨娘:"到底出了什么事?有什么不能好好说的,非要这样不可!"

滨菊看着悄然起身退了出去,帮她们关了槅扇。

文姨娘知道十一娘不太喜欢别人跪她,顺势站了起来,眼泪却簌簌地落了下来。

"侯爷让我在正月二十四之前把所有的生意都盘了。不然,他就亲自动手帮我把生意盘出去。"她掏出帕子擦着眼角,"我手底下还有三十几个伙计,都是跟着我从文家出来的。这生意要盘出去,这些人谁养活?以后他们又如何营生?我怎么对得起这些跟了我一场的人。"她越说越伤心,"当初,我入股文家的生意,侯爷可是一句话也没说。后来皇上登基,侯爷说徐府成了外戚,再这样与民夺利,于名声不好,让我和文家的人拆伙。我二话没说,立刻同意了。可我毕竟是文家的女儿,哪能说断就断,一断就断得干干净净。况且从前和文家做生意的时候,全靠着这些伙计和文家的管事较真,每年的红利才能算得清清楚楚。拆伙了,文家又怎么会再用这些人?我只好想办法开了间铺子养活他们。可如今,侯爷要我把铺子也盘了……夫人,您帮我跟侯爷说说吧!铺子我不开了,盘给秋红他爹。这样,那些伙计还可以像从前一样在铺子里讨生活。"

如果是这样,的确是徐令宜的不对。不过,徐令宜行事会这样简单、粗糙吗?而且这么多年都过去了,徐令宜怎么突然容不得文姨娘做生意了呢?还急赶急的大年初一说这事。十一娘觉得奇怪。她想了想,和文姨娘并肩坐了:"这些话,你都和侯爷说了吗?"

文姨娘表情微微有些不自然,低声道:"侯爷板着个脸,我当时也没敢多说。事后越想越觉得不妥当,又怕侯爷生气,所以特意来求夫人……"声音显得有些飘忽。

十一娘微微一笑,柔声道:"侯爷也不是那不讲道理的人。这些顾虑,文姨娘完全可以跟侯爷说说。不过,文姨娘既然求到我这里来,我有几句话想问问,还请文姨娘为我解惑才是。"说完,她不待文姨娘点头,径直道:"你说,你当初入股文家的生意,你一个女人家,怎么就想到和文家做生意了?"

文姨娘听着一怔,道:"是我生了贞姐儿以后。父亲说,我是妾室,没有陪嫁,不如入股和文家一起做生意,生意的红利由我父亲帮着保管。以后有什么事,有钱傍身,胆子也大一些。"

十一娘听了又问:"不知道文姨娘拿了多少股金出来。"

文姨娘有些窘迫地道:"当时我也没有多少钱,只记了个本金。后来文家的生意越做越好,当年分红利的时候,我把本金的钱给还上了。"

"那当年姨娘又赚了多少钱呢?"

文姨娘默然。十一娘也不催她,静静地坐在那里喝茶。

过了好一会儿,文姨娘才小声地道:"赚了一百万两银子!"

"赚了这么多银子!"十一娘道,"侯爷知道吗?后来姨娘又把这些银子怎样处置了?是存在了钱庄呢,还是做了本钱,继续和文家做生意?"

文姨娘的表情有些阴晴不定起来。

十一娘就轻声地道:"姨娘,这些话不说清楚,到时候我怎么帮你在侯爷面前说话?"

文姨娘听了,露出一副破釜沉舟的样子,沉声道:"侯爷是知道的。而且当初一百万两银子,除了我入股的一万两本金,侯爷拿走了九十七万两。"

一万两空头的本金,赚了一百万两的银子。文姨娘是不是被钱冲昏了头脑!

"这样的生意,不知道做了几年?"十一娘的表情有些凝重起来,"侯爷又一共拿走了多少银子?"

原来是顾着侯爷的体面,可事到如今,侯爷却一点也不顾及她的体面。而且话已出了口,让夫人知道当年发生了些什么事也好。想到这里,文姨娘道:"生意做了六年,侯爷前前后后拿走了近七百万两银子。"

六年,七百万两银子。徐令宜的外院还缺钱,危险之时二夫人甚至卖了自己压箱的产业。只是不知道二夫人卖产业是做生意之前还是之后。十一娘思忖着,徐徐地道:"听你的口气,皇上登基后,侯爷主动断了生意。那你父亲没有说什么吗?"

文姨娘眼底闪过一丝困惑,回忆道:"我父亲当年还想和侯爷做两年生意,可侯爷意向已定,又去了苗疆打仗,这件事我父亲也就没有强求。"

每年一百万两银子,说不要就不要了……从前的一些猜测渐渐浮出水面。

"是不是从那以后,文家就拿到了江南织造的生意?"她望着文姨娘。

文姨娘没有立刻回答,脸色微变,沉默良久,低声说了句"是"。

十一娘帮着她抽丝剥茧:"从前文家只是个普通的商家,侯爷每年都能获利百万。可侯爷和文家的生意拆伙以后,文家竟然能得到江南织造的生意。我在想,也不知道是侯爷的运气不好呢,还是文家的运气太好了。要是侯爷和文家的生意继续做下去,每年恐怕获利不止百万吧?"

文姨娘心里乱糟糟的。她一直以为父亲是因为已经拿到了江南织造的生意,而侯爷又要拆伙,为了保住家族更大的利益,借驴下坡,趁机和侯爷拆伙的,要不然,又怎么会……想到这里,文姨娘目露惊恐。或者,自己根本就想错了?她抬睑朝十一娘望去,十一娘的目光平静而淡定,有种泰山崩于前而面不改色的强大,她不由抓住了十一娘的手:"我在娘家的时候,父亲念念不忘的就是江南织造的生意。他十一月份和侯爷拆的伙,第二年二月就拿到了江南织造的生意。别人不知道,我是知道的,一年别说一百万两,就是赚个二三百万两也不在话下。父亲是个精明人,和侯爷拆伙后,曾派人来与侯爷说项,侯爷当时也只说了句'我再不适合做生意'的话,父亲就放弃了,与父亲行事做派大相径庭。后来我知道父亲得了江南织造的生意,还以为父亲是为了独霸这门生意,觉得父亲这样做风险太大——要知道,我们这样的人家,一个县令就能让我们倾家荡产,父亲有侯爷这棵大树不靠,竟然会和侯爷拆伙。为这件事,我还曾提醒过父亲。父亲当时笑着说,不会亏待侯爷的。到了六月份,就差人送了二十万两的银票来……"

听到这句话,十一娘才色变,她反握了文姨娘的手:"侯爷收了没有?"

文姨娘怯生生地望着十一娘,讷讷地道:"没、没收。我、我收了。"

十一娘语凝,过了好一会儿才低声斥道:"你怎么这样糊涂!"

"我也是为侯爷抱不平。"文姨娘低声辩了一句,到底心虚,又喃喃地道,"不过,也没有收多少,每年二十万两而已。相比当年,不过是九牛一毛而已……"

事已至此,多说无益。十一娘关心的是其他的事。

"你收钱的事,侯爷知道吗?"

"头几年不在家的时候不知道。"文姨娘小声道,"后来知道了,就对我说,要是实在喜欢做生意,不如自己开个铺子。这样拿干股,文家要是有什么事求到他面前,他未必事事能做到。我、我就自己开了个铺子……"

十一娘脑子飞快地转了起来,问文姨娘:"永昌侯黄家,在做什么生意?"

文姨娘不知道此时十一娘问这有什么用意,不解道:"他们家有个采石场,和工部做生意,一年也能赚个五十来万两的样子。"

十一娘有些意外。她原以为黄家是做军中的生意。

"不是说工部的生意多是由杨家包揽了,那黄家怎么会……"

说起自己擅长的事,文姨娘脸上有了几分神采:"杨家也就是左手进右手出,凭着自己的名头,一面从别家赊货,一面又接工部的生意,实际上是一分本钱也不用的。而且还可以把工部拨的款项暂时不给那些供货的商家结算,拿在手里先用些日子。他们家因此还放印子钱,而且是燕京口碑最好、生意最大的——不仅利钱低,而且不管你要借多少都拿得出来。黄老侯爷这几年把家里的事都交给了世子爷,可黄家毕竟只有个空名在那里了。世子爷开头几年经营得也很艰难,还曾向侯爷借过银子周转。可不知怎的,突然和杨家搭上了,开始给杨家供应石料,这几年日子才宽裕起来。"

十一娘听着沉思了片刻,索性和文姨娘把话挑明了:"大年初一,侯爷从宫里出来后,太夫人立刻差了二夫人去给黄家送吃食,然后侯爷又把你叫去说话。文姨娘是聪明人,也帮我想想,这件事会不会与此有什么关联?我听人说,这几年文家在和杨家争内府的生意。只是不知道进展如何了……还有文家每年给的那二十万两银子,侯爷这些年,应该给文家办了不少事吧?不知道近两年文家是否还和从前一样,有什么事就来求侯爷?……"

　　文姨娘听着鬓角就冒出汗来,声若蚊蚋地道:"我就说……自父亲去世后,三叔为什么屡次拖欠给我的银子,有时候还让我到侯爷面前求侯爷帮着做一两件事才会把银子送过来……这两年更是极少登门了。三婶行事,口气也越来越大。有时候竟然会冒出'不行就给钱'的话来……"说到这里,她突然站了起来,"不行,这个事我得让秋红去打听打听,看文家到底接了内府的哪块生意……"

　　十一娘则想着这件事的前因后果。徐令宜之前就知道皇上要收拾杨家了,大年初一见了皇上后才让文姨娘盘生意,还了她一个期限,是不是因为皇上说了什么话,或者是皇上告诫了徐令宜一番?要不然,怎么会这样急。而且,徐令宜很反感文家的人做内府的生意,文家如果和杨家有什么勾结,以徐令宜的为人,不可能不知道。既然知道了,也不可能不告诫一番。而文姨娘知道了这件事的严重性以后,不是怀疑文家有没有接手内府的生意,而是让秋红去打听接手了内府的哪块生意,也就是说,文家在做内府的生意,而且是不顾徐令宜的反对在做内府的生意。她就拉住了文姨娘的手臂问:"你父亲去世后,是不是你的这个三叔在当家?他和侯爷走得近吗?"

　　文姨娘一愣,想了想,脸色有些发白地道:"不是三叔不想和侯爷走得近,而是侯爷,不大待见文家的人……三叔几次低声下气地来见侯爷,侯爷都把三叔晾在了门房……"

　　十一娘闻言苦笑,道:"如果文家的生意不是做得这么大,你三叔被永平侯晾在了门房,恐怕也不会觉得自己低三下四的吧?"

　　文姨娘的脸色更白了。

　　十一娘望着文姨娘,轻声道:"事已至此,侯爷都管不住了,何况是你。你还是听侯爷的话,赶紧把铺子盘了吧!文家那边,你尽女儿的本分递个音就是了。有些事,你就不要强求了。至于那些伙计怎样安置,不如请了侯爷来好好商量商量……"

　　她的话音未落,文姨娘豆大的泪珠已经落了下来:"我娘……还由哥哥们奉养……还有乳娘,我让她留在燕京,她不肯,非要回去服侍我娘不可……还有我的奶兄,也跟着回了扬州……"说到这里,更是伤心,终于掩面痛哭起来。

　　十一娘无奈地叹了口气,给了她一盏茶的工夫去哭,然后拍了拍文姨娘的肩膀:"事不宜迟,你要早做打算。"

　　文姨娘抬头,无瑕的妆容哭得稀里哗啦。她表情茫然地抽泣道:"那、那我该怎么办?"已是方寸大乱的样子。

十一娘不知道事态到底发展到了怎样一个情况,徐令宜又是怎样打算的,自然不好拿主意,只能道:"要不,我们把侯爷请来?有些事,当面说清楚了,你心里有个底,该怎样行事,也有个打算……"

文姨娘一听,点头如小鸡啄米,如抓住了块浮木似的抓住了十一娘的手:"夫人,全凭您拿主意。"说着,泪如雨下般哭起来:"夫人的大恩大德,我一辈子都不会忘记……"

十一娘汗颜,不由自嘲,被人一辈子惦记着,也不是件轻松愉快的事……她转身喊了滨菊,让滨菊吩咐芳溪去请徐令宜过来。

徐令宜来得比她想象的快,看见文姨娘,开始有些惊讶,但很快就恢复了平静。

看样子,应该猜到了文姨娘的来意。十一娘给徐令宜沏了茶,带了槅扇门准备避开,徐令宜却叫住了她:"有些事,你也听听吧!"

十一娘避之不及,只好坐到了徐令宜的身边。

徐令宜看了一眼双目哭红的文姨娘,很直接地道:"你不说,我也知道你为什么要来找夫人。只是这件事不是你一人之事,还关系到徐家。多的话你也不用说了,这铺子是一定要关的,而且必须在二月初二龙抬头之前把这件事办妥了!"语气斩钉截铁,没有一点回旋的余地,又道:"这几年你手里也有不少私蓄。知足安命。人往往就坏在一个'贪'字上了。"

文姨娘脸涨得通红,求助似的望了十一娘一眼。

这和十一娘猜的差不多。徐令宜既然能忍受文姨娘私吞那二十万两银子,又怎么会忍不下一间小小的铺子?多半是文姨娘的生意会影响到徐家的安危,徐令宜才会态度坚决地要求文姨娘关铺子。只是不知道文姨娘的铺子涉及多深……文姨娘有自己的为难之处,说不定徐令宜面前的困难更多。想到这里,十一娘柔声劝文姨娘:"把侯爷请来,就是为了把事情说清楚。现在侯爷的意思已经很明白了,文姨娘有什么话也要开诚布公地讲出来才是。"

文姨娘愕然。徐令宜已经做了决定,自己还能说吗?可十一娘朝她微微颔首,一副支持她的模样。她又想到徐令宜对十一娘的宠爱,想到她被送到燕京时母亲的泪水,还有七八年没见的乳娘……她鼓足了勇气,道:"侯、侯爷,妾身没别的意思。先前不知道铺子的事还牵扯到朝中大事,后来听夫人一说,这才茅塞顿开,知道侯爷的苦心。铺子的事,妾身会遵从侯爷的意思,在二月初二龙抬头之前把铺子盘出去。"开弓没有回头箭,话已出口,反而容易说一些,文姨娘的话越说越流利,"妾身现在只是担心远在扬州的母亲。她老人家生我养我一回,我总不能够看着……"说到这里,她语气一顿,眼眶里又聚满了泪水,"侯爷你文韬武略,又是见过世面的人,不比我这样的内宅妇人,求你想想办法,能不能救我母亲一命。"说着,她缓缓地跪在了徐令宜的面前,道:"侯爷,救人一命胜造七级浮屠。事到如今,也只有您能想出办法救我母亲了……"

徐令宜看着眉头微蹙,示意十一娘把文姨娘扶起来。

"事情没你想的那么严重。"他神色严肃,"不过,你去给文太夫人报个信也好。这两年文三爷闹得实在是不像话,由文太夫人出面点拨点拨他,想必他也会收敛一些。以后该怎么办,他心里也有个数才好!"

文姨娘感激涕零:"多谢侯爷!"说着,顺势站了起来,竟然一刻也等不得,道:"侯爷、夫人,我这就差人给扬州送信。至于济南府那边的铺子……"说到这里,她不由神色一黯,"我也会想办法盘出去的。"

徐令宜点了点头,端了茶。文姨娘感激地看了十一娘一眼,这才屈膝行礼退了下去。

十一娘却担心徐令宜,她重新给徐令宜沏了杯茶,低声道:"大年初一侯爷去觐见皇上的时候,是皇上给您递了个音,还是您看出了些什么?"

"皇上给我递了个音。"徐令宜端起茶盅来啜了一口,神色渐渐缓和,"要不然我也想不到皇上这次的动静会这么大。"说到这里,他目露担忧,"治大国,如烹小鲜。皇上这次的步子,迈得太大了……我怕到时候他驾驭不了。"

就算驾驭不了,只可能是昏庸之君,不可能是亡国之君。十一娘松了口气。如果皇上存心要收拾文家,又何必给徐令宜递音?可徐令宜既然让文家收敛些,说明皇上对文家也有些不悦了。

"皇上心意已定。"她安慰徐令宜,"侯爷只有见机行事了。"

徐令宜轻"嗯"了一声,打起精神来,反安慰她道:"文家的事,你也别担心。皇上要是存心想处置文家,哪里还会提点我?我看,这次文家受番惩戒是少不了的……"说着,目带歉意地望着她,"本不想让你操心这些乱七八糟的事,没想到文氏胆子这么大,不顾我的告诫来找你……"

"侯爷是为妾身好,妾身也明白,文姨娘也是没有办法了。"十一娘笑着,抓了这个机会不放,笑着用唐四太太对梁阁老家三儿媳杨氏的态度做了例子,"外院和内院唇齿相依,外院的荣辱,也关系到内院生死。"说着,笑道:"侯爷要是真想让妾身少操些心,还不如把事情的经过一五一十地告诉妾身。妾身知道缘由,行事也踏实些。这样猜来猜去,更是心中惴惴不安。"

这已经是十一娘第二次说这样的话了。徐令宜不由认真思考起来,好一会儿,他才缓缓地道:"有些事,关系重大……你知道了,只怕会更不安……"

十一娘可没有想过做徐令宜的幕僚,何况徐令宜也不可能把朝廷上那些隐晦的事全都告诉她。她笑道:"妾身是想侯爷关键的时候给妾身提个醒,免得妾身胡思乱想。像文姨娘的事,她来找妾身,妾身不知道事态发展得怎样了,怕把侯爷请来让侯爷为难,又怕文姨娘闹起来让侯爷心烦……"

徐令宜听着就握了十一娘的手,点头道:"我知道了。"语气很诚恳。

十一娘抿了嘴笑,目若灿星,想起文姨娘的话,问徐令宜:"铺子里的伙计,侯爷怎样安置了?"

徐令宜听着目光闪烁,不回答,反问:"文氏怎么跟你说的?"

"文姨娘没跟我说什么。"十一娘笑道,"可我想侯爷行事一向谨慎,文姨娘又说那些人都是跟着她从文家过来的,当年也为徐家出过力。要是就这样不管,不免有过河拆桥的嫌疑,于侯爷的名声不大好。而且侯爷以后总要纳贤良之人做幕僚的,礼贤下士的名声我们不要,可能够论功行赏,有始有终,也能让那些帮侯爷做事的人安心些。想来侯爷会给那些人一个妥善的安排。"

徐令宜听着,神色渐渐变得严肃起来,望着她的目光非常认真,让十一娘仿若置身聚光灯下似的纤毫毕露。

"妾身也是乱猜的。"她有些不自在地道,"说错了,侯爷别放在心上。"然后端了面前的茶啜了一口,发现茶早就凉了,又放下,"茶有点凉了,妾身去重新沏一杯。"起身下了炕……手臂却被徐令宜紧紧地拽往。

"你没猜错。"徐令宜目光灼灼地望着十一娘,"那些人的确是跟着文氏从文家过来的,可到底那些人是因为帮了徐家不为文家所容过来的,还是受了文家之命过来的,我不好插手管文氏的事,也没办法分辨。就是没有皇上的提点,过些日子我也准备让文氏把铺子盘了。这次不过是恰逢其事,顺势而为罢了!"他向她解释:"我知道,可外面的人未必知道。所以这次我也没去细究,铺子里的伙计每人分二十亩良田,五百两银子,管事再按大小五百两到一百两不等另加一笔银子——全都给我老老实实地种田去。"

这也不失为一个好办法啊。文姨娘为什么会不同意呢?看她的样子,是真心实意为铺子里的伙计担心。

十一娘思忖着,手臂被人一带,人跌到一个温暖的怀抱里。

"默言!"徐令宜偎着十一娘的脸,半晌没有说话。

他热热的呼吸回荡在她的耳边,有些炙热的皮肤贴着她的脸,让她的身体也骤然热了起来。暧昧的气氛让她若有所感,可抬头透过玻璃窗户却看见顾妈妈抱着谨哥儿坐在树下铺着秋香色垫子的石桌上,长安正由两个未留头的小丫鬟扶着在院子里蹒跚学步。她说话就有些结巴起来:"怎、怎么了?"

"没事。"徐令宜用脸摩挲着十一娘的脸,"我就是想抱抱你!"

十一娘"哦"了一声,扑在徐令宜怀里的身子一下子就变得非常柔软起来。

徐令宜的手臂越缩越紧。十一娘渐渐觉得有些呼吸困难起来,想推开他,可不知道为什么,又有点犹豫起来。

滨菊的声音就隔着帘子传了进来:"侯爷、夫人,外院的小厮来禀,三爷身边的小厮来禀,说三爷和三夫人已经进了朝阳门。"

这才正月,怎么这么快就赶了回来?十一娘挣扎着要起身,徐令宜却把她抱得更紧了。

"知道了!"他应了一声,嘴角含笑地望着十一娘,眼睛亮晶晶的。

十一娘觉得脸有点热,垂了眼帘,又觉得自己这样有点小家子气,抬了头,大大方方地任他打量,脸却越发热了起来。

徐令宜大笑,在她脸上"叭"地亲了一下,猛地放开她,转身出了门:"你去跟娘说一声,让人安排洗尘宴。"

十一娘应了声"是",徐令宜已出了厅堂的门。

第七十一章　想富贵三房生妄心

三夫人穿了件大红遍地金的通袖袄,梳着高髻,戴着点翠簪子,翠玉大花,神采奕奕。三年不见,反而更显年轻。

"您看,填的是上好的和田玉,还镶了几颗金刚石。"她说着,将一对赤金双寿簪子交到了玉版的手里,"是三爷特意托人到西安府定制的,虽比不上燕京的东西玲珑,可也是三爷的一片心意。"

太夫人笑着点头,让玉版收到镜奁里,道:"难为他想得周到。"

三夫人听着,脸上的笑容更灿烂了。她拿了几匹色彩绚丽的尺头递给十一娘和五夫人:"这是有名的蜀锦。我们这边用得少,西安府那边用得却多,特意挑了几匹时新的样子,给两位弟媳妇做小袄。"

十一娘和五夫人笑着道了谢。

有小丫鬟进来禀:"侯爷和三爷来了!"

知道三爷和三夫人回来,徐令宜在外院的仪门前等三爷,十一娘则在垂花门迎了三夫人进来。徐氏两兄弟在外院的书房说话,两妯娌则去了太夫人处。三夫人将从山阳带来的礼品送给各人。

"快让进来!"太夫人听着呵呵笑,露出几分期盼来。

葛巾忙去撩了帘子,徐令宜和穿着官绿色七品县令官服的三爷走了进来。

"娘!"三爷跪下去给太夫人磕了三个头,"您的身体还好吧?"

徐令宜上前搀了三爷。

"好,好,好。"太夫人笑吟吟地携了三爷的手,"有你四弟和五弟照顾,我好着呢!"然后问起三爷任上的事来。

有小丫鬟端了太师椅放在炕边,三爷坐下,细细地答着太夫人的话。知道这次考绩三爷得了个"优",太夫人笑容更盛:"这就好,这就好!你是皇后娘娘的兄弟,出去了,就要给她争颜面。"

立在一旁的三夫人听着,脸上就露出几分得意来。

"娘的话,我一直记得呢!"三爷道,"在家处理庶务也好,在外做官也好,当清清白白,本本分分。"

太夫人不住地点头,问:"小五怎么还没有回来?"

五夫人忙道:"已经差人去叫了,看时辰,就要回来了。"

她的话音刚落,有小丫鬟隔着帘子禀着:"五爷回来了!"声音还没有落,帘子一撩,屋里像刮了阵冷风似的,徐令宽一溜烟地跑了进来。

"三哥!"他笑着拍了三爷的肩膀。

三爷肩膀一歪,打趣他:"三年不见,你怎么一点也没长大。"

徐令宽嘿嘿地笑。被乳娘抱在怀里的歆姐儿见了高声地喊着"爹爹"。

徐令宽走过去拉了拉歆姐儿的小手,冲着一旁的五夫人笑了笑。

杜妈妈进来:"侯爷、太夫人,酒宴已经安排好了!"

三爷就扶了太夫人下炕,落后太夫人半步服侍着往东次间去。徐令宜、徐令宽两兄弟紧跟其后,徐嗣勤和徐嗣俭挨着三夫人。十一娘和贞姐儿一道,后面跟着抱了谨哥儿的顾妈妈。徐嗣谆和徐嗣诫一左一右地跟在顾妈妈身边,徐嗣谕过了正月十五就回了落叶山。五夫人和抱着歆姐儿的乳娘走在最后。浩浩荡荡在东次间分主次、尊卑落了座,热热闹闹吃了顿饭,移到西次间喝茶。

"老三两口子风尘仆仆地赶回来,一路奔波,人也累了。"太夫人坐下喝了几口茶,就端了茶,"大家都散了吧!也好让老三和儿子们说说话。有什么事,明天再说。"

众人齐声应"是",鱼贯着退了下去。

徐令宽喊了三爷:"白惜香在听鹂馆唱堂会,三哥这几天要不要去吏部点卯?要是不急,我明天中午在听鹂馆给三哥洗尘。"又笑嘻嘻地望了徐令宜,"四哥作陪!"

三爷就看了三夫人一眼,道:"我特意提早几天回来,就是想兄弟们聚一聚。"

"那好,就这么说定了!"徐令宽说着,带着五夫人回了屋。

徐令宁、徐令宜兄弟笑着就慢慢往东去。

"你在家里的时候,和吏部那些官吏也打过交道——他们虽然官小位卑,却十分精通部里的那些章程。你趁着这两天还没有正式递交文书,私下和他们多多走动一些总有好处。"徐令宜低声给三爷出着主意,"至于陈阁老那里,我会去打个招呼。"

陈阁老是文渊阁大学士兼吏部尚书。

徐令宁点头,却担心别的事:"我怎么听人说,皇上这些日子要整顿吏治……我们这样走陈阁老的路子,会不会……"

"三哥只是想留任,又不是想升迁。"徐令宜淡淡地道,"何况三哥评了'优',顺水人情,没有人会往外推的。"

三夫人和十一娘并肩默默地走在丈夫和小叔子的身后,听了徐令宜这样的话,松了口气。她精神一振,见两个儿子远远地跟在她们身后,悄声和十一娘说起自己关心的话题来:"贞姐儿的婚期可有了眉目?"

"还早着呢!"十一娘笑道,"最早也要等明年。"

"没想到你真把贞姐儿留到十六岁!"三夫人听着笑道,"不过这样也好,免得事情都挤一块儿了。"然后道:"前些日子我让甘老泉家的给你带话,她应该带到了吧?方县令长女只比次女大两岁,因为长女的婚事一直没有定下来,次女的婚事就跟着耽搁了。我们两家商量,今年九月份就把婚事办了,这样一来,方家的次女也好早点议亲。况且我们家勤哥儿也不小了,成了亲,正好一心一意地读书,说不定以后还能中个进士之类的。"她笑道:"这也是我和你三哥这么急匆匆赶回来的原因。"

这么快!不过,勤哥儿也的确不小了……

"九月正是秋高气爽、丹桂飘香的季节。"十一娘笑道,"这日子成亲最好了。刚才娘和五弟妹都在,三嫂怎么也不吭一声,大家也跟着高兴高兴。"

"我不是看着孩子们都在场嘛。"三夫人笑道,"何况原本准备明天一早说给太夫人听。那个时候说,免得太夫人说我小家子气,沉不住气,说了个好媳妇就到处显摆!"

"这样好的事,别说三哥、三嫂你做父母的,就是我这个做婶婶的听了,也为勤哥儿高兴。"十一娘客气地和她寒暄,"娘又怎么会说三嫂'小家子气'呢。"

三夫人听了就笑着携了十一娘的手:"话说到这里,我正好有桩事要和你商量。"

十一娘心生警惕。三夫人这个人,虽然在大事上有些浅薄,可小事上却绝对地精明。徐嗣勤马上要成亲了,家里缺的,不外是财物和名声。她虽然主持中馈,可府里的规矩有定制,不是她能改变的。该给的,一分也不会少,不能给的,一分也不能多。

"不知道三嫂有什么事要和我商量。"

三夫人就道:"我想请你出面帮着我们家勤哥儿说媒。"

"我自生了谨哥儿就元气大伤。"十一娘委婉地道,"连家里的事都由娘在主持。勤哥儿的事,我只怕是有心无力了。"说着,笑道:"不过,我们侯爷常常问起勤哥儿什么时候成亲。三嫂如果能请侯爷给勤哥儿当媒人,侯爷心里定会十分高兴的。"

如果是想借永平侯府的名声,徐令宜去做主婚人,也是一样的。

三夫人听了很是失望。她想了想,道:"要不,我让我娘家的大侄媳妇来帮你?有什么事,让她帮着跑腿就是。你到时候只管跟方家的媒人说说话,把具体的婚期定下来就成。"犹不死心。

十一娘就更不想答应了——谁知道三夫人葫芦里卖的是什么药。

"既然这样,我看不如就请三嫂娘家的大侄媳妇做媒人好了。"她道,"你那大侄媳妇我也见过,是个精明、能干的,交给她,三嫂还有什么不放心的。"

三夫人心中很是不快,说了句"既然四弟妹不方便,那以后再说"的话,快步上前,昂

首走在了十一娘的前面。

十一娘无可奈何地笑了笑，回到屋里，把事情的经过告诉了徐令宜："也不知道三嫂怎么就看中了我，让我这个毫无经验的去给勤哥儿做媒。"她语含笑意，尽量把这件事说得轻松随意。

徐令宜听了笑道："你还没经验？贞姐儿不是你做的媒？你都没经验，还有谁敢说有经验。"

"那不同。"十一娘辩道，"我那是牵线，成与不成，看两人的缘分。三嫂让我说媒——我怎么知道多少茶叶算是重礼？几套衣裳算是厚嫁？我去和方家的媒人说这些事的时候，难道还能把宋妈妈带在身边，方家的媒人说一句，我就回头和宋妈妈私语商量一番不成？"

徐令宜听她说得有趣，忍不住大笑。

小丫鬟端了汤药进来。

十一娘不理他，径直端了青花小碗，一饮而尽，含了颗盐渍的橄榄在嘴里。

徐令宜就问她："你现在好些了没有？"表情很温柔。

"好多了。"十一娘笑着点头。

徐令宜望着她的表情更显温和。

顾妈妈抱着吃饱了的谨哥儿进来。徐令宜看着，嘴角就弯成了一个愉悦的弧度，他小心翼翼地抱了孩子。谨哥儿立刻笑起来，高兴地冲着他直"哦哦"。

徐令宜亲了亲儿子的小脸，坐到了炕上，提醒十一娘："你快去梳洗吧！今天早点歇了，明天早点去娘那里——三嫂既然打了这主意，难保她明天不起个早到娘面前去说。宁拆一座庙，不拆一桩姻缘。偏偏你身体不好，到时候娘答应也不好，不答应也不好……弄得大家都为难。"

这点十一娘早想到了，笑道："我已经嘱咐值夜的婆子帮我注意着三嫂的动静了——无论如何要赶在三嫂之前给娘问安。"

"鬼机灵！"满脸是笑。

十一娘转身去了净房。谨哥儿就在父亲的怀里"啊啊"地乱嚷。

"你也是个鬼机灵！"徐令宜笑着又亲了儿子一口，抱着他下了炕，在屋里随意走动。一会儿停下来看看摆在花几上的文竹，一会儿到厅堂看看挂着的五连珠大红灯笼，一会儿到长案前看看玉石葡萄盆景。

谨哥儿安静下来，睁着圆溜溜的大眼睛好奇地四处张望。

第二天一大早，秋雨服侍十一娘梳洗。

"三夫人还没有出门。"

十一娘点了点头,吃了点粥,亲了亲在床上和徐令宜玩的儿子,去了太夫人那里。

"今天怎么来得这么早?"太夫人让人端了羊奶子给她喝。

十一娘也不瞒太夫人,把三夫人求她给徐嗣勤做媒的事说了:"我这做婶婶的,本应该帮忙,可这时机太不巧了。"

"她就是要面子。"太夫人听了反而安慰她,"你不必放在心上。你虽然不能帮勤哥儿说媒,可老四到时候做媒人,也算是全了她的心思。至于说媒,她要是求到我这里来,我就帮她请黄三奶奶走一趟,那也是个口齿伶俐的。"

十一娘安下心来。

太夫人问了问她的病情,知道她渐渐好起来,嘱咐她好生休养,然后留了她吃早饭。

刚放下碗,三夫人来了,看见十一娘在,她有些惊讶,笑道:"我有三年不在家,没想到家里的规矩都变了,四弟妹也不像往常辰初差一刻来给娘请安了。"

十一娘笑笑没有做回应。

太夫人则笑着问她:"吃过早膳没有?"

"还没有!"三夫人就挨着太夫人坐了,"许久都没有见到娘了,想到娘这里来蹭顿早膳!"

太夫人听了这话,就吩咐玉版重新置了碗筷,上了佐饭的小菜。三夫人这才意识到太夫人和十一娘已吃了早膳,她微微有些不自在起来。在山阳的这几年,家里的大大小小的事都由她做主,就是到别家做客,别人也尊她是县令夫人,以她之意行事。如今回到家里,要互相退让地过日子,骤然间还有些不习惯起来,这也更加坚定了她独立门户过日子的决心。只是蹭饭的话已说出了口,改也来不及了,她只有硬着头皮端了碗,道:"是我来晚了。"

太夫人一向觉得三儿媳不着调,和她较真都是自讨苦吃。因此在别人眼里,待三夫人就特别地宽和。

"不是你来晚了,是我们吃早了!"太夫人笑道,"你慢慢吃,也不用急,时候还早着。"

三夫人哪里敢慢慢吃,也不顾能不能吃得饱,让小丫鬟盛了小半碗粥,匆匆吃了。

徐嗣谆过来给祖母问安,看见母亲和三伯母在,他有点吃惊,行过礼,就偎到了十一娘的身边:"母亲,先生马上就要回来了,我和五弟的笛子还没有练熟……"他用一种略带撒娇的笑容望着十一娘。

因怕吵着谨哥儿,徐嗣诚要练笛子的时候就跑到贞姐儿那里,徐嗣谆这么说,实际上是想和徐嗣诚一起到贞姐儿那里去玩。

太夫人听了呵呵地笑:"暂时先放你一马,等先生回来了,可不能只惦记着吹笛子忘

了功课。"

徐嗣谆忙道:"没有,没有,先生布置的功课我早就做了。"

太夫人微微点头,目光中透着满意,然后朝十一娘望去。十一娘同意徐令宜的意见,徐嗣谆不能总像现在这样一副长不大的样子,可什么事情都不是一蹴而就的。

"记得午初回来吃饭。"她笑着叮嘱徐嗣谆。

徐嗣谆见自己的请求被同意了,小脸发光,连连点头,由丫鬟服侍着去找徐嗣诫了。

三夫人看着目光微转,笑道:"我们谆哥儿一天一个样子,看来还是上学的好!"

说起徐嗣谆这个在自己屋里长大,一天比一天乖巧懂事的孙子,太夫人的脸上全是盈盈笑意:"人从书里乖嘛!"

"可不是。"三夫人顺着太夫人的话道:"从前在家里还不觉得,反正大家都一样。可自从到了山阳以后才知道,这读过书的和没读过书的就是两码事,也不怪我多多一直念念不忘的就是能皇榜题名做个进士。"她说着,把话题转到了徐嗣勤的婚事上,"昨天看着孩子们在场,没跟您仔细说,今天赶了个早来,就是想把这事跟您说说。"

太夫人也一直纳闷这桩婚事——消息来得突然,婚事定得急。老人家倾了身子,关切地道:"到底是怎么一回事,你跟我说说。"

三夫人自然不会像三爷一样,有什么说什么了。她只说方县令的人品如何端方,三爷又是如何仰慕;方夫人不放心丈夫,一年前带了儿女到任上照顾方县令的生活起居,自己又是如何偶尔看到方家大小姐,方家大小姐的相貌、学识又是如何出众,方县令爱若珍宝,结果反把女儿的婚事给耽搁了;方夫人是如何着急,自己又如何求的亲,最后两家又是如何商定婚事的——说给了太夫人听。

太夫人听着就捻了手里的沉香木佛珠:"方县令高堂可还健在?"

这话问得大有讲究:一般的官宦人家,丈夫在外做官,通常都带小妾在身边照料生活起居,主母在家伺候公婆,教养子女。方夫人不放心丈夫去了任上,往浅里想,可以说是善妒,往深里想,可以说是不孝。

三夫人听着一怔。她可不希望长媳以后在太夫人、妯娌面前抬不起头来,忙道:"方大人高堂健在,家里的事,由方大人的那位辞了官的大哥主持。方大人上任的时候,也带了小妾随身服侍。是去年春天,方大人受了风寒后没照顾好,卧病在床好几个月,方夫人这才千里迢迢带了儿女来看方大人。要不是方夫人带了药材从江南赶过来照顾,方大人差点辞官回乡了。"

太夫人听了脸色大霁,笑道:"这样看来,这方夫人倒是个遇事有主见的。"

"可不是!"三夫人松了口气,笑道,"要不然,这婚事也不会定得这样急了——方夫人说,如今方大人已大好,她也可以安心回湖州,一心一意侍候公婆,嫁了大小姐就要回湖州操办二小姐的事了。"

"就是那个成都知府的长子?"太夫人笑道。

"是啊!"三夫人笑吟吟地点头,"方家的二小姐许配给了成都知府的长子。"她觉得方亲家那边都是进士,又都做着官,很有面子,满脸红光,"那成都知府不仅和方县令是同科,还是同乡,四年前就下了小定。要不是方夫人想先嫁长女,方家二小姐早就嫁了。"

"方夫人怎么这么急?"太夫人笑道,"方家二小姐比大小姐小两岁,那今年也只有十四,还没及笄呢!不知道那成都知府的长子有多大了?"

"今年十六岁!"三夫人笑道,"说起来年龄相差也不大,只是知府夫人想早点把媳妇娶进门,儿子也有个知冷知热的。媒人三天两头地来说,加之大小姐的婚事又定了下来,方夫人有些架不住了,只有答应了。不过,方夫人也说了,说是回去就操办二小姐的婚事,这一来一往的,没有个三两年的工夫也办不成。"

"她们江南的规矩大。"太夫人说着,笑着望了十一娘,"有十里红妆的讲究,一家比一家场面大。嫁一个闺女,能把家里给嫁穷了。"话题就转到了各家的嫁婚排场上去了。

十一娘惦记着谨哥儿,想找个机会告辞,偏偏太夫人谈兴正浓,不时和她搭上两句,她只好作陪。

其间,三夫人提到请谁做媒人好,太夫人不待她话说完就推荐了黄三奶奶。三夫人想了想,黄三奶奶是永昌侯世子夫人,她去提亲,也不算辱没了儿子。而且黄三奶奶是有名的泼辣,比十一娘更投她的性子。等太夫人说到时候请徐令宜做媒人的时候,三夫人已经想通了,笑吟吟地应了,又千恩万谢地给太夫人行礼,讨了太夫人的欢喜,然后起身:"既然是请了黄三奶奶去说媒,这媒人礼可不能缺。我这就去准备,下午就去趟永昌侯府。"

太夫人笑着点头,待三夫人走后,让杜妈妈去永昌侯府带信,留了十一娘说话。

"我瞧着这件事只怕是有蹊跷。"太夫人遣了屋里服侍的,悄声道,"你想想,成都知府既然和方县令既是同科又是同乡,长子、长女的岁数相当,为何成都知府求娶二小姐而不是大小姐?还有方夫人,去年春天方县令生病时才带着子女到的方县令的任上,那位大小姐一直养在老家,老三媳妇又是个只知道看热闹的,到底怎样……"说着,眉头锁了起来,"勤哥儿毕竟是长孙,他这里要是出了纰漏,以后谆哥儿的媳妇进了门只怕有为难的时候。"

这些都是猜测。他们连人都没有见到,现在说这些,也早些了。何况婚事已经定下来了,难道还退不成?

"千里姻缘一线牵。"十一娘笑道,"这姻缘成不成,还要看八字合不合。说不定方家大小姐和成都知府的长公子的八字不合呢?要不然,这一个愁嫁,一个愁娶,不早不晚,

就这么巧地碰到了一起。说不定这就是方家大小姐和我们勤哥儿的缘分呢!"

太夫人半晌没有作声,只是轻轻地叹了口气。

十一娘只好劝太夫人:"嫁到我们家,就是我们家的人。您见多识广,她要是有什么不对的,您时时提醒就是了。想当初,您要是不点拨我,我哪有今天!"

一席话说得太夫人笑了起来:"千穿万穿,马屁不穿!"

十一娘抿了嘴笑。

巳正,黄三奶奶来了。

她先去给太夫人请了安,欣然接受了说媒的事,然后越过三夫人,直接到了十一娘屋里。

谨哥儿吃饱喝足了躺在云丝被里睡得正香,十一娘和顾妈妈一个坐在炕上,一个坐在炕边的锦机上正给他做针线。

"还以为你明天才来。"十一娘笑着请黄三奶奶到西次间临窗的大炕坐了,调侃道,"都说请媒请媒,姐姐倒好,不请自来。我们三嫂这个媒人可请对了,只是姐姐到时候可别连媒人礼也不要了!"

黄三奶奶是个爽快人,也喜欢开这样的玩笑,觉得这样才叫亲近。

十一娘以为她会辛辣地回自己几句,没想到她听了讪讪然地笑了笑,问起谨哥儿:"睡着了,还是乳娘抱出去玩了?"语气还有些心不在焉。

"睡着了。"十一娘笑着把小丫鬟奉的茶端到了黄三奶奶的面前,黄三奶奶接过茶盅喝了一口,也没有提出来见见谨哥儿,与平常的机灵大相径庭。

十一娘暗暗称奇,就看见黄三奶奶深深地吸了口气,沉声道:"侯爷可在家?"

醉翁之意不在酒!十一娘立刻意识到了黄三奶奶的来意,而以黄家和徐家的交情,不管黄三奶奶所求何事,只怕徐令宜都不会拒绝见她。

"刚过完年,侯爷这几天正忙着外院的一些庶务。"她笑着,主动问起来:"姐姐问侯爷,可是找侯爷有什么事?"

这件事说不定还要求十一娘在徐令宜面前说项。黄三奶奶脑子里念头一闪,就扫了屋子里的大丫鬟、小媳妇一眼。

十一娘会意,遣了身边服侍的。

"都是我们家那个不成器的!"黄三奶奶见屋里没了旁人,眼眶一湿,眼泪就落了下来,"急功近利,也不和人商量,如今出大事了……"

永昌侯不善管理庶务,常常觉得焦头烂额,索性交给了世子。世子刚接手,想立威,就打起了江南河道的主意。建宁侯可能是从工部官吏那里听说了,主动派了管事来找永昌侯家的大总管，想从永昌侯家的石料场进石料。世子乐见其成。两家就这样含含糊糊地做起了生意。时间一长，不免有些应酬，渐渐熟了起来。前年腊月，有人通过永昌侯的幕僚求到世子爷的面前，以三百两黄金谋求户部福建司郎中之职。世子就试着给建宁侯写了个条子。没想到，翻过年，这人就真的得了户部福建司郎中之职，世子爷就差人送了一百两黄金去杨家……

"太夫人大年初一派二夫人去报信，听了二夫人一席话，世子爷这才知道事态严峻。"黄三奶奶擦着眼角，"那条子，如今还在建宁侯手里，也不知道是存了下来还是随手放在了哪里。"说着，她压低了声音："要真如二夫人所言，杨家被抄了……万一把世子爷写的那条子抄出来，或是有私账上记了世子爷曾送过黄金给建宁侯……就是皇上看在黄家祖上劳苦功高的分上想饶侯爷一命，只怕那些御史也不会放过侯爷。世子爷长吁短叹，日日夜夜睡不着，又不敢跟侯爷说……世子爷思前想后，只有来求侯爷。可一想到自己干的那些事，又没脸来见侯爷。还是我说，我们两家本是通家之好，侯爷和世子爷从小一起长大，情同手足，就是再丢脸的事，在弟弟面前，有什么不好说的？世子爷听了脸涨得通红，就是不说话。我想着这种事宜早不宜迟，正好太夫人又差了婆子来让我给大少爷去说媒，想着太夫人待我没有见外，也就顾不得那些了，就这样闯到了妹妹这里来了。"她说着，携了十一娘的手，道："好妹妹，你可要救救世子爷，他要是有个三长两短的，我也不想活了！"说完，掩面哭了起来。

吏部是陈阁老在管，怎么永昌侯世子的一张条子就让建宁侯帮着谋了个户部福建司郎中的位置？十一娘压了心底的狐疑，安抚着黄三奶奶："姐姐别哭，我这就差人去请侯爷进来。"

黄三奶奶抽泣着点了点头。

十一娘叫秋雨打水进来服侍黄三奶奶梳洗，又差了秀莲去请徐令宜。待徐令宜进来，她又避去了厅堂。

两人在东次间宴息处说了大约一炷香的工夫，黄三奶奶这才神色黯然地走了出来，十一娘忙迎了上去。

"姐姐在我屋里歇一会儿吧！"她暗示道，"既然来了少不得要到三嫂那里走一趟——免得被人看出破绽来。"

黄三奶奶感激地朝十一娘点了点头，随十一娘去了西次间，喝了小丫鬟端上的热茶，精神好了不少。

"侯爷说，要看皇上派什么人去。"她和十一娘耳语，"如果是五城兵马司或西山大营的人还好说，怕就怕是大理寺的人主持——侯爷在大理寺没有体己的人。"

"总算是有一线希望。"十一娘安慰她，"姐姐也别太担心了，说不定世子爷吉人天相，

能逢凶化吉呢!"

黄三奶奶轻轻地叹了口气:"希望如此!"说完,她微微沉思了片刻,然后强露出个笑容,"可不管怎样,妹妹帮我跟侯爷说一声,他的大恩,世子爷一生一世都不会忘记的。"

十一娘忙道:"我们两家,原是从太夫人那一辈就有的交情,姐姐说这些,就太见外了。"

黄三奶奶没有多说,起身告辞:"今天原是为大少爷的事而来,我也要去三夫人那里探探她的口气。"

十一娘送黄三奶奶去了三夫人那里:"我们家勤哥儿的事,就全拜托姐姐了!"

"既然说是几辈人的交情,你也别说这样的话了!"

两人到了三夫人那里。

三夫人早得了信,说黄三奶奶来了,先去了太夫人那里,然后去了十一娘处,她正心里不痛快着,见十一娘亲自把人送了来,这才脸色微霁。而十一娘惦记着屋里的徐令宜,和三夫人寒暄两句,就回了屋。

徐令宜满脸阴郁,背着手在屋子里打转,看见十一娘进来,他停住了脚步。自己此刻的脸色肯定很难看吧?徐令宜思忖着,就想缓和一下气氛,主动和十一娘打招呼:"人送到三嫂那里去了?"谁知道说出来的声音却比平常更冷峻。

这件事,让他很为难吧?十一娘想着,轻手轻脚地走了过去:"侯爷,谋事在人,成事在天。如果皇上真的派大理寺的人去抄建宁侯府,也只能是世子爷没有这运气了。"话是这样说,她心里到底还是担心,怕徐令宜为了救永昌侯世子而让他自己为难。

看着十一娘有些沉重的表情,徐令宜不禁在心里暗暗叹了口气。说了再不让她操心的,结果事情总是落在她身上。徐令宜搂了十一娘:"没事,我就吓唬吓唬他。"他贴着她的脸,叹道:"就算是大理寺的人去抄家,靠大理寺那几个府衙是成不了气候的。从堆积如山的东西里转几样信笺、账册之类的东西出来,也不是不可能的事。只是子琪的胆子这样大,这次不趁机给他点教训,只怕以后会越来越张狂。"

子琪,应该是永昌侯世子爷的字吧?

"侯爷万事小心就是。"十一娘相信他的能力,但叮咛的话还是止不住地说了出来,"要是实在不行,也不必勉强。您不是说了嘛,皇上这次是'欲加之罪'。哪些人被牵连,哪些放过,想必皇上心里都有数。要不然,皇上也不会借着大年初一的机会告诫他了——想必是不想把事情闹大。"

"吏部归陈阁老管,想安置一个人,岂是黄三奶奶所说的一张条子就能办妥的?"徐令宜搂着十一娘的肩膀坐到了临窗的大炕上,"这件事,只怕其中还有蹊跷。"说到这里,他不由沉吟:"我是怕,有些事陈阁老也不知道……皇上这次拔出萝卜带着泥,把陈阁老也给陷了进去!"

"可正如您所说,陈阁老既然管着吏部,如果吏部的官员真的干出了这样的事来,那陈阁老也难辞其咎啊!"十一娘轻声道,"就算皇上指望着陈阁老帮他成就千古明君,也不能就此不管或是包庇纵容啊!长此以往,只会害了陈阁老,说不定还会因此毁了皇上的清誉,坏了皇上的千秋伟业。"

"有些事,你不知道。"徐令宜听了沉吟道,"七位内阁大学士,陈阁老是支持皇上开海禁的,而梁阁老则态度不明,其余五位全都反对开海禁……"

他说着,欲言又止。世人都以为皇权至上,实际上,皇权并不是时时都能达到目的的。他有点不知道该怎么跟十一娘解释这种情况。

十一娘有点明白为什么吏部会有官吏敢卖官了——有人想让陈阁老倒台。如果吏部出了事,陈阁老势必不好交代,只能引咎辞职。唯一支持皇帝的人倒台了,海禁自然也就到此为止了。也明白皇上为什么要告诫徐令宜了——他的目的在内阁的这几位大学士。只要有两三个阁老涉足其中,就可以换上支持自己的人,打破现在的僵局。

无论是陈阁老倒台还是皇上达到目的,大周朝堂都将是一片惊涛骇浪……陈阁老倒台,皇上的新政流产,皇上会因此甘心吗?皇上达到目的了,空出来的阁老之位,不知道有多少人盯着。

"侯爷,那我们怎么办好?"她沉声问。大环境之下,谁也不可能独善其身,包括身为外戚的永平侯徐家。

徐令宜有点惊讶于十一娘的反应,但他此刻心里有些乱,还有更重要的事要做,把心底的困惑压下,表情有些凝重地道:"我在想,怎么把这件事告诉皇帝,又不把黄家给牵扯进去。"

对于这样的事,十一娘无能为力。她起身给徐令宜沏了杯热茶,静静地陪坐在一旁。

徐令宜慢慢地喝完了茶,表情淡然地站了起来:"你别等我吃饭了,我进宫一趟。"平淡的话语,却藏着凶险。

"侯爷!"十一娘惊讶道,"难道您要去死谏?"

本来挺严肃的气氛,被她这句话给破坏了,徐令宜大笑:"我又不是御史!"

十一娘促狭地笑了笑:"侯爷知道就好!"

徐令宜却是一愣。十一娘是想活跃一下气氛吧?那样端庄的一个人,俏皮起来却像小孩子似的。他笑着揉了揉她的头发:"快去叫了小丫鬟进来给我更衣。"

送走了徐令宜,十一娘把有些凌乱的头发重新绾了个纂儿,去了暖阁。谨哥儿躺在软软的被褥上,正两腿朝天地蹬腿玩。十一娘从前曾听人说过,家长应该帮孩子适当地锻炼,这样有助于孩子的身体健康。只是不知道该怎样锻炼——她没结婚,又想着满大街都是育婴、早教的书,需要的时候买一本照做就是。此刻真是书到用时方恨少。她只好想当然地逗谨哥儿抓了自己的手指坐起来,或是把他左右翻滚。谨哥儿玩得不亦乐乎,咯咯地直笑。十一娘亲了左脸亲右脸。

有小丫鬟进来禀道:"大小姐和四少爷、五少爷来了!"

"快请他们进来!"十一娘脸上还洋溢着和谨哥儿玩耍时的喜悦。

小丫鬟忙笑着撩了帘子。

"母亲。"贞姐儿笑着率先走了进来。

徐嗣谆和徐嗣诚从她身后窜出来跑到了炕边,笑着喊了声"母亲",齐齐趴在了炕边,喊道:"六弟,六弟!"

谨哥儿玩得正高兴,闻声转头,冲着徐嗣谆和徐嗣诚笑。

兄弟两个高兴得不得了:"母亲,母亲,您快看,六弟在笑!"

十一娘就笑着抱起谨哥儿。谨哥儿望着满屋子的人,笑得更欢了,咿咿呀呀地把手往嘴里塞。

贞姐儿捉住了谨哥儿的手:"又吃手,小心母亲打屁股。"

谨哥儿就扬了粉嘟嘟的小脸望着贞姐儿,"呜呜"了两声,好像在和贞姐儿说话,又像在辩驳什么,让贞姐儿又惊又喜,直喊"母亲":"您说,六弟是不是要说话了?"

"应该还早吧!"十一娘也不是十分肯定,迟疑道,"我听田妈妈说,周岁以后才会说话。"她的印象里,有同事的孩子好像不到周岁就开始说话了。

"哦!"贞姐儿听了不免有些失望,拉了谨哥儿的手,道:"你要快点说话才好,那时候想要什么跟顾妈妈说一声就行了,多好啊!"

"这种事急也急不来。"十一娘笑着摸了摸儿子的头,然后给儿子戴上用手帕扎的小帽子,道:"都还没有吃饭吧?时候不早了,我让小厨房准备饭菜去。"

徐嗣谆立刻道:"母亲,母亲,我要吃鸡汁香菇。"

"好啊!"十一娘笑着,问徐嗣诚:"你想吃什么?"

徐嗣诚歪了脑袋,表情有些困惑:"南妈妈说,大人给什么就吃什么,不许挑食。"

十一娘忙解释道:"南妈妈说得对,不过赵先生马上就要回来了,以后你们就要像从前一样开始上学了。这是上学前的最后一次聚餐,所以每个人可以点一次。"

徐嗣诚听着跳了起来:"我要吃酱肉包子!"

十一娘忍不住想大笑,耳边却传来徐嗣谆的声音:"可祖母说,想吃什么就吃什么好了,用不着忍着……"语气很犹豫。

徐嗣谆从小身体虚弱,想吃东西,能吃东西,代表身体健康。太夫人当然希望他多吃,吃好。他这样说,也不为过。南永媳妇对徐嗣诚严格要求,更不为错。十一娘想到徐令宜"谆哥儿不能永远像个小孩子似的"的话,想了想,笑着把太夫人对他的期望说了。

"那,那还是南妈妈说得对了?"徐嗣谆低了头,有些难过的样子。

"你也不能就这样简单地说对说错。"十一娘笑道,"我记得你父亲曾经对我说过,等你过了十岁的生辰,就要搬到外院单独住个院子了。也就是说,你长大了,自然就不能像现在这样想干什么就干什么了。"她说着,打趣道:"到时候可别嫌先生管你管得严,你哭起鼻子来。"

徐嗣谆听着笑了起来:"我才不会哭鼻子呢!"

十一娘笑着点头,见贞姐儿和徐嗣诚,还有什么都不懂的谨哥儿都睁着眼睛望着他们,心念一转,道:"今天我们也放一天假,想干什么就干什么好了!"说着,问贞姐儿:"你想吃什么?"

贞姐儿本是个敏感的孩子,知道十一娘这是要把话题岔开,笑着凑趣道:"母亲,上次在您这里吃的佛跳墙好吃,母亲让小厨房再给做一个吧!"

"好啊!"十一娘笑着,问谨哥儿:"我们六少爷想吃什么啊?"

谨哥儿冲着十一娘"喔喔",十一娘笑着亲了亲儿子的脸,让秋雨吩咐小厨房添菜,让竺香去请黄三奶奶过来用膳,然后把谨哥儿放在厚厚的大红底绣五蝠捧云团花的锦褥上,拿了拨浪鼓逗他翻身。

他小胳膊小腿十分有劲,三下两下就侧过身来,十一娘略一用力,就翻了个身,把徐嗣谆看得眼热,拿了拨浪鼓:"母亲,我来,我来!"

也不知道是累了还是厌了,拨浪鼓到了徐嗣谆的手里,谨哥儿却躺在那里不动了,懒洋洋地去吮手指,把个徐嗣谆急得满头大汗:"六弟为什么不翻身了?"

十一娘忙捉了谨哥儿的手,笑道:"你们来之前他已经翻了半天身了。"又道:"看样子还是得听田妈妈的建议——把他的手上涂点辣椒才好,要不然,总要去吮手指!"

贞姐儿听了大惊:"要、要涂辣椒的吗?"

十娘也正为这事拿不定主意,神色间不免有几分迟疑,正好竺香来回话,把这事揭了过去:"三夫人留了黄三奶奶在那边用午膳。"

"那我们就不等黄三奶奶了。"她笑道吩咐竺香,"让婆子们摆饭吧!"

竺香笑着应声而去,十一娘和孩子们去了东次间。徐嗣诚身边的丫鬟双玉交代了四喜几句,自己回了屋。

十一娘回来时,谨哥儿还没有睡,黑溜溜的眼睛四处顾盼,看见母亲进来,就咧了无牙的嘴笑。

"玩性怎么这么大!"十一娘笑着打了一下他的小屁股。

谨哥儿还以为母亲是在和自己玩,冲着十一娘直乐。十一娘有些哭笑不得。

徐令宜从宫里回来了,十一娘忙迎了出去。

"谨哥儿呢?"徐令宜进门就问儿子。

"在内室——顾妈妈看着。"十一娘应着,叫了小丫鬟服侍他更衣洗漱,又仔细打量徐令宜的神色,见他神色如常,心中稍定。

徐令宜知道妻子在担心,忙道:"没事,有些事和皇上说了。黄家少不得要被训斥一番,应该没有什么性命之忧。"

"这就好!"十一娘松了口气。

这件事通了天,就算永昌侯世子爷有什么把柄落在了建宁侯手上,徐令宜行事却是名正言顺的了。

徐令宜进内室抱了谨哥儿,谨哥儿咯咯地笑,徐令宜目光变得十分温和。

十一娘点头,问他进宫的情况:"皇上没有心里不舒服吧?"

徐令宜的回答却很含糊:"皇上正急着找陈阁老议事呢。"说完,把儿子交给顾妈妈,去了净房。

事情毕竟没有定下来,现在唯有等消息了。十一娘思忖着,抱了儿子哄他睡觉。

接下来的几天,黄三奶奶为徐嗣勤的婚事频频出没永平侯府,每次离开时都会到十一娘这里坐坐。

十一娘知道她是想通过自己探探徐令宜的口风,可这件事太过复杂,别说是她,就是徐令宜,心中也没底。而没有实质性进展的安慰又显得很苍白,十一娘只好和她说徐嗣勤的亲事。

方家为嫁长女,准备了一万两银子的嫁妆。三夫人觉得方家陪嫁中远在湖州的二十四亩地虽然价值不菲,可路途遥远,对他们家没有什么实质上的作用。

他们给黄三奶奶答复说,在宛平、大兴置地来不及了,同意在山东置地。

三夫人要求方家陪几房陪房、几个小丫鬟,"三井胡同的宅子没人看管!"

对方问两房陪房、四个小丫鬟够不够。

三夫人要求小丫鬟的年纪在六七岁为好,"正好跟着学学规矩,等大小姐的贴身丫鬟放出去,这些人就直接可以用了"。

"方家也答应了。"黄三奶奶喝了口茶,叹道,"要是我也能结个这样好说话的亲家就好了!"

"三嫂也是一心一意为勤哥儿打算。"十一娘听着也有点咋舌——只听说女方提条件男方全满足的,很少见到男方这样提条件的。不过,她听说方家在湖州不仅是旺族,还是富豪,方家可能觉得三夫人提出的这些要求不是什么大不了的事。也不能完全排除方家想快点把方家大小姐的婚事定下来的因素,但她却只能和稀泥:"方夫人是明理的人,仔细一想,也能体谅。"

"道理大家都知道,可能真正想得通又做得到的,却也未必有几个。"黄三奶奶笑着和十一娘说了会儿话,看着天已黄昏,起身告辞。

二月初四,赵先生回府。徐令宜和赵先生关起门来说了半天的话,然后决定三月六日让徐嗣谆搬到外院去。

太夫人听了不免有些犹豫。

徐嗣谆却跃跃欲试,反劝祖母:"大哥、二哥都是我这般年纪搬到外院去的,何况还有大哥和二哥跟我做伴。"

太夫人听了只好答应,心里还是放不下,让葛巾跟着去外院服侍。太夫人这几天正忙着给徐嗣谆收拾箱笼,过问徐嗣谆即将入住的淡泊斋的家饰陈设,有两天没看见谨哥儿了。

十一娘笑着应了,自己和谨哥儿都重新换了件衣裳,去了太夫人那里。

徐嗣谆已经开了课,下了学去给十一娘匆匆行了个礼,就拉着徐嗣诚去了淡泊斋。十一娘抱着谨哥儿进门的时候,他和徐嗣诚正从淡泊斋回来。

"母亲,母亲,"他拉了十一娘的衣袖,仰着脸望着她,"我在淡泊斋给五弟留了间厢房,休沐的时候,您让五弟去我那里住吧!"

徐嗣诚显然已被徐嗣谆说动,也过去拉了十一娘的衣袖:"母亲,四哥的院子好大,好漂亮。"目光明亮,很是羡慕的样子。

淡泊斋是永平侯世子住的地方。徐嗣谆搬到那里以后,就将正式接受世子的教育,刚开始肯定有个适应的过程。如果性格开朗活泼的徐嗣诚能偶尔去给他做个伴,对他未尝不是一种慰藉。十一娘想着,笑道:"休沐的时候去那里和哥哥玩可以。不过,不能过夜,这样会耽搁哥哥功课的。"那里毕竟是世子居所,在那里过夜显然不太合适,更容易引起流言蜚语。

"不会的,不会的。"徐嗣谆忙保证,"我们都不会耽搁功课的。"

徐嗣诚也道:"哥哥不上学的时候我才去玩!"

"那好!"十一娘笑着揽了两个孩子的肩膀,"你们可要记得答应过母亲什么。"

徐嗣谆和徐嗣诚连连点头。大家笑吟吟进了屋。

三夫人正倚着太夫人坐在临窗的大炕上说话。

十一娘只听见了半句:"就这样分出去单过,我们又不在燕京,到时候长孙媳妇连您

都不认识,岂不让人笑话?"

她看见十一娘进来,忙打住了话题,笑着起身和十一娘见礼。

太夫人看也没看三夫人一眼,而是笑呵呵地朝着谨哥儿拍手:"乖乖,到祖母这里来!"

第二天,十一娘去给太夫人问安,太夫人和十一娘说话。

"想把点春堂旁边的小院修缮一番后给勤哥儿做婚房。"太夫人说着,破天荒地撇了撇嘴,"我没有准,让她把自己的院子收拾收拾给勤哥儿做婚房。至于点春堂旁的小院,原准备给听戏累了的各位夫人歇脚的,这点体面,我们徐家还是要留的。"

十一娘不由汗颜。三夫人,可真是敢提要求啊!

"小院连着点春堂。"她笑道,"平时家里的堂会也多,唱起戏来有点吵人,的确不太适合做婚房。"

十一娘和太夫人说着话,三夫人来了。她穿了件大红万字不断头的妆花褙子,满脸笑容,显得喜气洋洋的:"娘,方家的陪嫁礼单来了。"说着,从衣袖里掏出大红洒金礼柬,有些迫不及待地走到了太夫人的面前打开礼柬请太夫人看:"您看看,您看看,从拔步床到马桶,全是填红漆的。"说完,有些得意地望了十一娘一眼。

十一娘就顺着她的话赞扬了几句"方家可真讲究"之类的话。

三夫人听了,得意之色更浓了,指着礼单的物件跟太夫人喋喋不休地说起来,太夫人心不在焉地听着,十一娘则笑着陪坐在一旁。

有小丫鬟跑了进来:"太夫人,黄三奶奶过来了。"

太夫人听了精神一振,笑道:"让她进来吧!"好像很高兴黄三奶奶的到来能打断三夫人的话似的。

黄三奶奶脸上却没有一丝的喜悦。她匆匆给太夫人行了个礼,声音颤抖地道:"太夫人,杨家被抄了!"神色很是惶恐。

二月温暖的阳光柔柔地透过玻璃窗照进来,空气中洋溢着春天般的明媚。而太夫人和十一娘虽都早有心理准备,可当这件事真的发生,想到前途未明的永昌侯府,却不约而同地打了一个冷战。对此毫无察觉的三夫人更多的是震惊,她紧紧地攥住了黄三奶奶的手:"妹妹听谁说的? 真的? 假的?"

黄三奶奶望着太夫人:"侯爷这几天一直让人看着杨家的动静。今天早上刚吃了早饭就有小厮回来禀,说大理寺的人领着御林军把建宁侯府、寿昌伯府团团围了起来……娘让我来给您报个信!"语气中已有哀求之意。

三夫人满脸困惑,望了望沉默不言的太夫人,又望了望神色黯然的十一娘,高声问黄三奶奶："杨家被抄,关我们家什么事?"她的声音前所未有地尖锐,在落针可闻的屋子里显得十分刺耳。

黄三奶奶脸色更白了,嘴角微翕,最后什么话也没有说。太夫人则朝十一娘使了个眼色。

十一娘会意,低声对三夫人道："事情发生得这样突然,黄三奶奶想必也惊魂未定。我们去给黄三奶奶沏杯茶吧!"说完,也不管她愿意不愿意,拉着她出了门。

别说是黄三奶奶来,就是黄夫人来,也断然没有尊贵到需要两人亲手沏茶的地步。三夫人念头一闪,心里明白过来。黄三奶奶这样急着赶过来,分明是有和杨家被抄相关的事跟太夫人说。她默默地跟着十一娘去了茶房。

而十一娘遣了要上前帮忙的丫鬟,自己守着炉子等水开,又翻了架子上的茶叶和三夫人讨论等会儿泡什么茶好："龙井虽然好,可到底普通了些。武夷味太浓,白茶味太轻……我看,还是铁观音好了……可也不知道黄三奶奶喜欢不喜欢……"

三夫人看着她一副没事找事的样子,又想到她刚才敏锐的反应,猜测她肯定知道黄三奶奶的来意……她上前拿了十一娘手边的一个茶罐,低声道："四弟妹,黄家是不是犯事了?"

黄家的事,事关重大,并不是讨论的时候。

"我也不大清楚。"十一娘道,"只是看着黄三奶奶的样子,像有什么话跟娘说似的。"又道:"我拉你出来的时候,娘不是没作声嘛。"

三夫人听着点头,声音又低了几分："我早就听人说,杨家放印子钱赚了不少银子。你说,黄家会不会是借了杨家的印子钱?现在杨家被抄,到时候大家都知道了,黄家的面子、里子可就全丢光了!"

十一娘装糊涂："应该不会吧?我看黄三奶奶平时的吃穿用度不像是拆了东墙补西墙的样子。三嫂多心了,也许只是看见杨家被抄了,心有戚戚然,大家毕竟认识一场。"

三夫人不以为然："他们家被抄,我们这些人家有什么戚戚然的……"

三夫人噼里啪啦地说着,十一娘的思绪却飞得老远。不知道皇上会不会遵守对徐令宜的诺言,到时候对黄家只是斥责一番……还有杨家,是只抄没家产呢,还是对家里的妇孺老幼都有所惩戒?如果只是流放之类的还好说,就怕是籍没男的为仆,女的为妓……

突然有人在她肩膀上拍了一下,十一娘吓了一大跳。

"在想什么呢?"三夫人表情困惑的面孔映入她的眼帘,"水开了!"

"哦!"十一娘忙把手中的铁观音倒入茶壶,"在想杨家的事。"

三夫人不以为意,道:"反正我们家和他们家是对头,大家都知道的。大理寺的那些人就是摸错了,也不会摸到我们家来的。"说到这里,她附耳对十一娘道:"你说,要是黄家真的牵连进去,勤哥儿的婚事……总不能因此而把他的婚事给拖累了吧?"

言下之意是要换说媒的人。

十一娘强忍着没有露出嗔容,道:"方家陪嫁的礼单已经送过来了,聘金多少也商定好了……我看还是让黄三奶奶一手管到底吧。反正到时候会请了侯爷给勤哥儿主婚,你再请其他人做全福人不就行了。"

通常说媒的人如果没有特殊的情况都会请了做婚礼的全福人。三夫人听了有些犹豫。

十一娘怕她真干出这样的事来,又道:"黄家有没有扯进去我们还不知道,而且就算真的扯进去了,到底是个怎样的情况我们也不知道。要是黄家真有什么事,三嫂这样,别人看着不免说我们落井下石,对勤哥儿的名声有损;要是没什么事,岂不得罪了黄家,白白让人不痛快。"

三夫人有些无奈地点了点头。

文姨娘像热锅上的蚂蚁似的,在屋里团团地转着。没想到皇上的动作这么快,下手这么狠!太后的除服礼都没过,竟然说抄就抄!

秋红推门而入。

"怎么样了?"文姨娘立刻迎了上去。

怀孕六个月的秋红虽然衣裳宽松,却难掩其臃肿的身材:"相公说,文家的铺子都照常开着,可几位大管事都不在铺子里。"

文姨娘听了,一屁股坐在了旁边的太师椅上。

"还有什么消息没有?"她面白如纸。

秋红正要说什么,有小丫鬟跑进来:"秋红姐姐,您身边的丫鬟跑了进来,说有要紧的事和您说。"

"可能是相公有什么话让她递给我。"秋红低声朝文姨娘解释一句,请了那小丫鬟进来。

那小丫鬟见屋里只有秋红和文姨娘,大了胆子道:"文家三奶奶正在我们家做客,太太让奶奶快点回去招待客人。"

秋红就望了望文姨娘。

文姨娘低头沉思了好一会儿,盼咐秋红:"你暂且在我这里歇歇脚,我去见夫人,有什么事,等我回来再说。"

秋红忙应了一声,叫了冬红进来服侍文姨娘更衣。

"人怕对面。"文姨娘和十一娘在暖阁里说着悄悄话,"我去了,怕她狮子大开口;我不去,她这个人我是最了解的,就那水磨功夫就能把人给磨软了。更别说秋红婆婆那种没见过什么世面的人,到时候又怕秋红为难!"一副找十一娘拿主意的样子。

说到底,文姨娘还是有点怕去见文三奶奶吧?要不然,怎么不一口回绝了。那文三奶奶再厉害,水磨功夫再深,秋红的婆婆难道还能替文姨娘当家做主,承诺些什么不成?十一娘反问她:"你是什么意思?"

文姨娘讪讪然地笑了笑:"能不能请侯爷派管事去见我那三婶?"

这样一来,就成了文、徐两家的事了,说不定这正是文三奶奶的目的。

"文姨娘到底怕什么?"十一娘思索着,干脆开门见山地问她,"莫非是有什么把柄落在了文三奶奶手里?就算是担心令堂,可只要你好生生的在徐家一天,文家就不敢有半分的马虎,你怎么怕见文三奶奶呢?"

文姨娘脸涨得通红,却并没有跳起来反驳,而是憋了半天道:"夫人刚进门那年,三婶给了我五万两银子,让我引荐夫人和她认识……"

十一娘听到这里,哪有不明白的,忍不住笑起来:"你收了银子却没有办事?"

"不是,不是。"文姨娘忙道,"我不是没办事,只是没办成!"

如果真是这样,那徐令宜接手最好。文姨娘就可以把责任推到徐令宜的身上,向文家透露自己已无能为力的信号,趁此机会和文家一刀两断。徐令宜虽然吃亏点,可文姨娘是他的妾室,以后出了什么事,别人一样会认为是他指使或是有他的参与,与其到时候说不清道不明,还不如出面帮文姨娘处理好残局,一举两得。只是徐令宜现在正忙着黄家的事,不知道有没有空暇或是心情帮文姨娘处理这档子事。她想了想,差竺香去请徐令宜。

徐令宜没有回来,而是让赵管事来见她。

"侯爷说,夫人有什么事,吩咐我也是一样。"

赵管事是回事处的总管事,是徐令宜得力的左膀右臂。十一娘待他很客气,隔着帘子,让小丫鬟端了锦杌给他坐,低声把这件事说了。

赵管事一听就明白了其中的奥妙,可这件事毕竟关系到徐家和文家的利益,他不好拿主意,笑道:"我去禀侯爷一声。"

十一娘也知道事关重大,笑着端茶,让竺香送赵管事出了门。

不到一盏茶的工夫,有小厮进来回话:"侯爷说,让夫人和文姨娘好生歇着,他已派人去见文三奶奶了。"

两人同时松了口气,文姨娘更是高兴地掏了十几文钱,借十一娘的名头赏了那小厮,这才起身告辞:"秋红还在我房里等我的信,我早点给她个准信,她也能早点回去。"

十一娘让秋雨送她出了门。

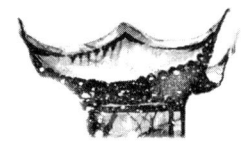

第七十二章 一朝倒猢狲何处散

徐令宜沉着脸大步进了内室。十一娘正拍着谨哥儿哄他睡觉,见了忙朝竺香使眼色。

竺香忙上前服侍徐令宜更衣梳洗,然后领着屋里服侍的退了下去。

"谨哥儿睡了?"徐令宜双手撑在炕上,把妻子和儿子都圈在怀里,望着谨哥儿睡熟后安静的面孔,眼底有了几分暖意。

十一娘点了点头,轻轻地坐了起来,小声道:"刚睡。"

徐令宜就和她坐到了床上说话。

"这个东西你收起来。"他递给她一个公文袋,"明天你给黄三奶奶看看,然后当着黄三奶奶的面把东西烧了。"

这就是永昌侯世子担心的那些东西吧?这样一来,黄家的人也就看到了证据,知道徐令宜受托把东西给弄了出来。

十一娘点头,当着徐令宜的面把东西放在了床头挡板的暗格里。

徐令宜把谨哥儿抱到暖阁交给了顾妈妈,和十一娘歇下。

"文氏那边,你看紧一点,别让她和文家的人接触了。"黑暗中,徐令宜抱了十一娘,手轻轻地抚摸着她背脊,微微突出的骨节有点硌手,让他的心变得很柔软,说话的声音也轻柔起来,"听赵管事的口气,在这种情况下文家不仅没有收敛,反而觉得自己的机会来了……文三爷这样不知道进退,皇上看在从前的情面上忍了这一次,未必就能忍第二次……"

自从她生病以后,徐令宜就很喜欢摸她的背脊,不像从前,最后总带着几分暧昧,现在更多的是怜惜。她把头枕在他的胳膊上,悄声道:"从前侯爷和文家做生意,是奉命行事吧?"要不然,徐家也不可能有这么大的胆子。

徐令宜没有作声,抚着她背的手却顿了顿。

十一娘不再问,转移了话题:"文姨娘那里,我会跟她说清楚的。她不是那种不明白的人,只是有时候少了些点拨。侯爷这次让她盘铺子,她不过用了两三天的工夫就办妥了……"

徐令宜沉默了半晌,道:"这件事,我也仔细想过,如果想文氏安安心心不惹事,最好的办法就是解决文太夫人的事。我看,不如这样,让文氏派个体己的人去扬州,好好跟文太夫人说说。文老太爷已经不在世了,儿孙也都大了,不如让文家给她在郊外盖座寺庙,再买些田亩,搬到寺里做居士,对外就称是出了家,我再帮着打声招呼。如果哪天文家出了事,文太夫人是出家人,也追究不到她那里去。"

十一娘觉得这是个好主意,道:"只怕文家不同意。如果能说通文太夫人,那就最好不过了,但怎么也要试一试。我明天就去跟文姨娘说。"

徐令宜搂了搂她,然后在她面颊亲了一口,道:"快睡吧!明天一早记得差人请黄三奶奶来,这东西不宜长留。"

十一娘"嗯"了一声,觉得几件担心的事都解决了,闭上了眼睛,很快就睡着了。

第二天,黄三奶奶看着那些东西成了灰烬,又被十一娘用茶水一泼,变成了一团黑漆漆的东西,她眼角一湿,携了十一娘的手:"多的话我就不说了,这就回去禀了侯爷。"

对正惴惴不安的黄家来说,这不啻是粒定心丸。十一娘能理解她的心情,送她出了门,然后去了文氏那里。

"侯爷怎么说?"徐令宜虽然出面帮她解决了问题,可并不代表他对她就会同情、宽厚。

十一娘把徐令宜的意思传达给了文姨娘。

文姨娘呆住:"那、那我哥哥他们怎么办?"

这算不算是得陇望蜀?十一娘无奈地道:"如果文家的人能听侯爷的劝阻,又何来今日之灾?"

文姨娘神色有些惊疑不定。

十一娘也不勉强,该帮的都帮了,就看当事人如何取舍了。

乔莲房却是如坐针毡。母亲来找她,说杨家被抄,乔家上上下下慌成一团,乔夫人甚至想过来找徐令宜。母亲告诉她,嫁出去的女儿泼出去的水,何况当初乔家并没有为她出头。如果乔夫人来找她,让她作壁上观好了,千万不要插手。还说,燕京很多功勋贵胄都被牵扯进去,说不定徐家也自身难保,如果这个时候她再为乔家的事找徐令宜,只会让徐令宜不悦,让她无论如何都不要轻举妄动。

可今天绣橼得到的消息却很不好,说大理寺在杨家抄了二三十箱账册,杨家不仅交通外官,倚势凌弱,而且违例取利,重利盘剥⋯⋯不仅有程国公府、中山侯府等公卿之家卷进去,就是朝中的大臣,也人人自危,燕京朝野风声鹤唳。

"要不,我们去见见侯爷?"绣橼见乔莲房坐在那里不作声,低声给她出主意。

乔莲房一愣。

绣橼忙解释："那天您在后门见三太太，路上曾遇到针线房和浆洗房的人，还在守门婆子房里坐着喝了茶。这些人都是惯爱逢高踩低的，只怕话早就传到了夫人耳朵里，我们不如大大方方地去问问侯爷……"说着，她劝乔莲房，"侯爷不来，姨娘不去，这样下去，什么时候是个尽头？难道还等侯爷来给姨娘赔不是不成？夫人刚生了小少爷，侯爷稀罕，每天都要看看心里才舒服。可这日子长着，看了一年，看两年，难道还看上十年、八年不成？姨娘总要为自己打算打算才是！"

乔莲房想到徐令宜冰冷的脸，抿了嘴不说话。

绣橼是知道她脾气的，只好轻轻地叹了口气，服侍她午休后，留了个小丫鬟在一旁守着，自己轻手轻脚地退了下去。

小院四四方方，地面依旧干净整洁，台阶旁的木芙蓉比刚来的时候粗壮了不少，却少了从前的热闹，多了些寂静。这样的日子，一天也是一天，一月也是一月，时光好像凝结成了霜。

门口传来银翘低低的笑声，十分快活，因而显得有些肆无忌惮。

"我们怎么能和夫人身边的姐姐比。"她的声音里带着几分谄媚，"娶了滨菊姐姐的万管事如今是司房的二等管事，娶了琥珀姐姐的管管事在京里最大的粮油铺子里当差，取了雁容姐姐的曹管事如今又去了回事处。就是大姨娘身边的姐姐们，我们也差得远了……"

立刻有人轻声呵斥道："胡说些什么？这'大'字是随便能冠的吗？你进来的时候是跟着谁学的规矩！怎么连这也不懂！"是冬红的声音。

"哎呀！"银翘的笑声里带着明显的奉承，"要不我进府的时候我娘怎么会嘱咐我多跟文姨娘身边的姐姐们学说话、做事呢？看我这嘴，多谢姐姐指点！以后再也不敢了！"然后很快转移了话题："姐姐这是要去哪里？我正闲着，要不，姐姐在我这里坐坐，我帮姐姐走一趟！这里还有些零嘴，姐姐尝尝，看喜欢吃什么。"

绣橼听着，张嘴想把银翘喊回来，可一口气堵在胸口，半天没能出声，就听见冬红道："多谢妹妹好意！我奉了姨娘之命，去看看夫人在不在屋里。如果是别的事，也就承妹妹的情，请妹妹帮着跑一趟。这事却不敢耽搁，妹妹先坐，我去去就来。"

"我送送姐姐！"银翘说着，就响起了轻弱的脚步声。

真是狗眼看人低！姨娘身边服侍的人，一个不如一个了！她走后，姨娘可怎么办好？想到这里，她不由呆呆地立在了屋檐下。走？走到哪里？乔家如今乱糟糟的，就是守寡多年的三太太，上次安慰姨娘的时候竟然提到了乔家还有三百亩的祭田在大兴县……离开了徐家，她又能去哪里？

电光石火中,她突然想到了结香！结香已到中年,不也待在徐家吗？

"夫人不在屋里吗？"文姨娘有些失望。

冬红笑道："说是永昌侯府的黄夫人来了,太夫人特意让玉版请夫人过去,说是商量三月三宴请的事。"

外面人心惶惶的,府里还要过三月三？文姨娘很是意外。可她在床上翻来覆去了好几天,要是不趁着这口气还在把话说出来,只怕以后再也没有这个莽劲了。想到这里,她索性站了起来："走,我们到正屋等夫人！"

冬红应了一声,服侍文姨娘更衣。文姨娘在正屋的屋檐下站了大约两个时辰,十一娘才回来。

"有什么事让小丫鬟去给我禀一声。"她请文姨娘进屋,"好在今天天气不错,要是刮风下雨的,人着了凉怎么办？"

十一娘还是一贯的温和。不知道为什么,文姨娘却鼻头微酸,她笑着坐到了炕边的小杌子上,轻声道："夫人,我这次来,是想求夫人一个恩典！"

不管是为了什么事,徐令宜既然已经定下了一个基点,行事就不可偏了这个范围。

十一娘道："你说说看！"

文姨娘笑容渐敛,正色道："我想派秋红的爹帮我走趟扬州,还请夫人恩准。"

一面是娘亲,一面是哥嫂,就是自己处在她这个位置,也很难做决定……这算不算是壮士断腕呢？十一娘微微有些感慨,低声道："要不要我派人护送他去？"

"不用了！"文姨娘眼角已有些泪光,"这件事,才刚开始,别把侯爷和夫人扯了进去。"

十一娘没有作声。文姨娘低下头来喝茶。两人静坐片刻,都不知道该说些什么好。

过了几天,秋红的爹悄悄起身去了扬州。有两位阁老涉嫌违例取利被关了。

徐令宜闭门谢客,每天中午来看看谨哥儿,晚上则歇在半月泮,身边只留了临波和照影服侍。

十一娘还是问他："今年的三月三,娘想和往年一样,请亲戚朋友来家里玩一天,然后唱场堂会,侯爷觉得妥否？"

徐令宜笑道："别说唱一天堂会了,就是唱上三天,皇上知道了也只有高兴的。"语气中也透着几分欣喜。

十一娘这才放下心来,笑道："慎终如始,则无败事。小心点总是好事。"

徐令宜听着沉默了半晌,笑着亲了亲她的面颊："知道了！"声音温柔又舒缓,竟然有种款款深情的味道,让十一娘心中一跳。

匆匆从半月泮回来,十一娘洗了头,换了件半新不旧的玫瑰红遍地金的小袄去了暖阁。谨哥儿像翻肚的小青蛙似的,一个人仰睡在炕上,神色安稳又恬静。

十一娘笑着把他的小手放被子里,他撇了撇嘴,又举在了脑袋旁。

顾妈妈小声在一旁解释:"小孩子都是这样,大些了,睡姿就好看了。"

十一娘点了点头,怕吵醒孩子,坐到了一旁的太师椅上,低声问跟过来的顾妈妈:"晚上冷不冷?"

这两个月,谨哥儿十分敏感。如果身边有人说话或是翻身,他就会闭着眼睛哭半天。十一娘没有办法,把他放在暖阁,一个人睡了暖阁的炕。在炕边并放了两张贵妃榻,顾妈妈和值夜的丫鬟就睡在贵妃榻上,谨哥儿从此一夜睡到天亮。十一娘却担心顾妈妈不习惯。

"不冷,不冷。"顾妈妈忙笑道,"屋里点了地龙,竺香姑娘给我铺了两床新褥子,又给了一件灰鼠皮的袄子——晚上起来可以披一披,平时搭在被子上,不冷,一点也不冷,动一动有时候还觉得燥热。"

今天值夜的是红纹,她见十一娘的头发还湿着,则笑道:"夫人,我帮您烘头发吧?"

"不用了。"十一娘笑道,"你一心一意照顾好谨哥儿就行了。"

两人屈膝应"是",红纹在炕边守着,顾妈妈送十一娘出了暖阁。

那边竺香已准备好了火盆,无烟无味的银霜炭加了橘皮、柏树枝,头发烘干了不仅没有味道,还有淡淡的橘子、松柏香。

十一娘隔三差五地洗头,小丫鬟们非常娴熟地帮她烘头发。待头发半干,竺香就遣了屋里服侍的丫鬟,拿了杨木梳帮她梳着头发,说闲话。

"夫人的头发真漂亮,又黑,又密。"她的声音不同于琥珀的爽利,有种婉转的轻柔,"我们六少爷,就随了夫人。"说着,轻笑了起来,"夫人,说起来我们六少爷和二少爷、五少爷一样,长着双大大的凤眼,又和四少爷、五少爷一样,有头乌黑的头发……这么一想,我们六少爷和五少爷像得多一些……还真应了那句老话,谁养的孩子像谁!"

她是在告诉自己,没有了徐令宜的宠爱,自己还有两个儿子吧? 十一娘却有些尴尬。

竺香却渐渐敛了笑容,一腿半蹲,一腿跪地,把脸贴在了十一娘的膝头:"夫人,羊有跪乳之恩,鸦有反哺之义。我们待五少爷像六少爷一样好,五少爷长大了,也会和六少爷亲的。"

她是想帮谨哥儿笼络徐嗣诫吧? 十一娘轻轻摸了摸竺香的头:"有你们在我身边,我有什么好担心的!"

竺香抬起头来,眼睛里噙着泪水,不好意思地抿了嘴笑。

有小丫鬟跑进来:"夫人,夫人,侯爷回来了!"

竺香奉了茶,蹑手蹑脚地退了下去,轻轻地带上了槅扇的门。

"侯爷的事办完了吗?"十一娘坐到了徐令宜对面的炕上,和往常一样笑着和徐令宜道,"吃过晚饭没有?要不要叫小丫鬟进来服侍您梳洗?"

徐令宜笑望着镇定自若的十一娘,想到她的性子,突然有点明白,索性道:"我听临波说,你刚才去找我了?"

"想去看看侯爷的。"

徐令宜望着十一娘一副风轻云淡的模样儿,心中暗笑。

"怎么想到去看我?"望着她的目光不由自主含了几分笑意,"我身边有临波照顾,还有粗使的婆子,往日也曾在半月泮一住月旬,换洗衣裳一应俱全。你不用担心,这样半夜跑过去,倒让我担心你崴了脚。"说着,还看了看十一娘穿着的大红绣玉兰花的绣鞋。

十一娘的脚就下意识地缩了缩,人坐得越发端正,笑容越发温和,眼角不经意间瞥过徐令宜身后和田玉盘里的玛瑙雕的樱桃,随口就道:"侯爷中午回来看了看谨哥儿就走了,也没留下来吃饭。丫鬟们采了些香椿,做了香椿酥,因是头芽,又香又嫩,十分爽口,就准备拿些过去,给侯爷明早的早膳添个菜。"

是吗?香椿芽不是要一大早采的吗?中午他虽然没有留下来吃午膳,可逗了谨哥儿半天。要是真做了香椿酥,以十一娘的性格,要么当时就让他身边的小厮带过去,要么明天一大早差丫鬟送过去,怎么也不是那种天黑了还跑去半月泮的人。

徐令宜眼睛深处就飞逝过一道促狭之色,"已经到吃香椿的时候了吗?"他笑道,"这些日子忙东忙西的,倒把这件事给忘了。"然后道:"你没事就好,叫小丫鬟装点香椿酥让临波带过去吧。"

早上的确采了香椿芽,不过,不是做了香椿酥,而是做了香椿面。

"没想到侯爷会过来。"十一娘笑道,"正好杜妈妈奉命来看谨哥儿,看着稀罕,就让她带回去了。"又道:"既然侯爷喜欢,明一早我就差小丫鬟去采香椿芽去。"

徐令宜不置可否,道:"家里还有香椿芽吧。"是肯定句不是疑问句。

十一娘微微地笑。香椿芽要到太阳升起来前后采才嫩,她吩咐厨房明天一早做香椿饼给徐嗣谆和徐嗣诫吃的,等太阳升起来再采来不及,厨房肯定留了春椿芽。她笑得粲然,应了一声"有"。

"我一直忙到现在,还没有吃饭呢,你帮我做碗香椿面吧。"

"好啊!"十一娘笑着下了炕,"这都戌正了,侯爷怎么还没有吃饭?你不是不吃夜宵的吗?等会儿做一大碗,我看你吃还是不吃!"她巧笑嫣然,"侯爷坐一会儿,面马上就来。"

徐令宜却跟着她去了小厨房。

"先是士岬来和我说了半天的话,然后王励来了。"他坐在灶房的外间的四方桌旁看十一娘揉面,"大家说得兴起,一时忘了时间,原来都准备留下来用晚膳的。结果公主府那边有小厮急匆匆地过来,说有要紧的事让士岬快点回去。刚摆了饭,王家的总管又来找王励,说有内侍奉了皇上之命问他几句话……结果到现在肚子还饿着。"

十一娘笑吟吟地听着徐令宜说话,立在一旁服侍的小厨房管事吴妈妈却心里直打鼓,也不知道侯爷和夫人唱的是哪一出。

就算是夫人要下碗面,吩咐小厨房一声就是了,哪里用得着夫人亲自动手?侯爷呢,想吃面坐着喝会儿茶就有了,竟然亲自跑到小厨房来坐着等。她想到十一娘身体不好,又看见十一娘卸了手镯的胳膊细细的,手按在面团上只留个浅浅的印,心里不由暗暗着急。揉面是个力气活,面揉不好,等会儿面条下到锅里就会成面疙瘩。一双眼睛不禁紧紧地盯了十一娘。好不容易等到十一娘的衣袖滑了下来的机会,她忙上前帮十一娘挽了衣袖,趁机在十一娘耳边讷讷地道:"我已吩咐灶上的媳妇在外面揉面了,等会儿您看着我给您使眼色,您就擀了面,去灶房下面吧!"

十一娘不动声色地继续揉面,笑着和徐令宜闲话:"民以食为天。侯爷再遇到这种事还是吃了饭再说吧。"

偏偏那个什么也不懂,只觉得十一娘动作轻柔舒缓,有种从容不迫的美感,让他觉得赏心悦目,靠在太师椅上欣赏:"本以为三言两句就能说完的,谁知道叽里呱啦说了半天。这面什么时候能揉好?"

屋里服侍的都感觉到了徐令宜的用意。吴妈妈忙笑道:"马上就好,马上就好!侯爷要是饿了,灶上还炖着乌鸡人参汤。要不奴婢盛一碗来给侯爷垫垫肚子?"

"不用了。"徐令宜四平八稳地坐在那里,"就等夫人的面好了。"

他说着,吴妈妈就看见灶上的媳妇从灶间探了个头出来。她心里明白,朝着十一娘使眼色:"夫人,我看差不多了,应该擀面了吧?"一面说,一面递了擀面杖过来。

十一娘望着满脸期待的徐令宜,觉得很好笑,刚才一点点不快如云消雾散……接过了吴妈妈手里的擀面杖。

"不错!"徐令宜放下筷子,接过竺香递上的茶水漱了口,"面条筋道,香椿清爽。明天还做香椿面吧!"

吴妈妈等人俱松了一口气,然后交换了一个眼神,还好徐令宜没有跟到灶房去,要不然,肯定会穿帮的。

"哪里还有多的!"十一娘端了秋雨奉的大红袍放在了他的面前,嗔道,"原留着明一早给谆哥儿和诫哥儿做香椿饼的!"没想徐令宜会一口气吃了三大碗。

"那就后天给他们做吧!"徐令宜笑了笑,站起身来,"吃多了,要消消食才好。"然后拉了十一娘,"我们到院子里走两圈。"

抄手游廊挂着大红的灯笼,风吹过,纹丝不动,一片静谧安宁。徐令宜和十一娘并肩而行。

琥珀回家里休息去了,竺香成了主事的大丫鬟。看徐令宜的样子,今晚多半歇在这里了。明天一早竺香还要安排小丫鬟服侍徐令宜洗漱,督促小厨房做早膳,吩咐小丫鬟去采香椿芽,寅时就要起来,不比十一娘,可以睡到卯正。想到这里,十一娘回头看了一眼默默跟在他们身后的丫鬟、婆子,道:"我和侯爷在院子里走走,留了秋雨和两个小丫鬟伺候就可以了,其他的人都回屋歇了吧!"

平日总嫌十一娘身边的丫鬟、婆子少了些,今日却觉得十一娘吩咐得正当时。徐令宜笑着等十一娘把丫鬟、婆子安置好了,和十一娘一边走,一边说着闲话:"前几日收到振兴的来信,说他已经启程。算算日子,他这几天应该到了吧?"

"白总管已经派人去通州码头接了。"十一娘笑道,"四嫂也把正屋收拾出来了,服侍的小丫鬟、跑腿的小厮都安排好了。"

说起罗四奶奶,徐令宜笑道:"这几天怎么不见英娘来玩?"

年后,罗四奶奶来过好几次,或是来看谨哥儿,或是送些吃食衣裳过来,每次来都带着英娘。徐令宜很喜欢。

"这些日子天气好,四嫂带着英娘出去踏青了。"十一娘笑道,"说是等大哥来京他们就回余杭——父亲现在不理庶务,大嫂怀了身孕,鸿哥儿又小,他们得回去帮大嫂料理家务,大嫂也能轻松些。等明年大哥散了馆,不管是留在京里还是外放,家里都不能少人。以后再来趟燕京就难了,趁着这机会把英娘带出去开开眼界。"

徐令宜点头:"那你要准备些丰厚的程仪才是。"

"妾身这两天正在办这件事呢!"十一娘笑道,"父亲的,几位姨娘的,大嫂的,鸿哥儿的,麟哥儿的……到时候只怕要两辆车拉才行。"

徐令宜站定,回过身来望着十一娘,红色的灯光为她的脸庞染上一层霞光,带着温暖的气息扑面而来。他不由携了她的手:"这些日了好些了没有?"

十一娘由他握着,笑吟吟地点头:"每天吃二两燕窝,还不好,可就真没法子了!"

有灯光倒映在她的眸子里,璀璨夺目。徐令宜上前一步,想揽她入怀,眼角瞥见远远跟着他们的秋雨,略一思忖,还是放弃了,只拿了拇指摩挲着她的手背:"有不舒服的就说,千万不要忍着。人参、燕窝都不是什么稀罕东西,只要大夫说吃了好,就是不喜欢,当是药,也要天天吃着。"

十一娘笑着点头,大大的杏眼微眯,有种孩子般率真的欢快洋溢在眉宇间,让徐令宜看着暖意丛生,眼底就忍不住有了几分笑意。

"过两天刘医正要来复诊了吧?"心有所触,徐令宜的语气如春天的晓风,轻柔又温和,"我听说三七吃了好。你问问他,要是能用,我让人从云南弄些三七来。"

"吃燕窝就很好。"十一娘语气微顿,上前一步挽了徐令宜的手臂,笑吟吟地道,"用鸡汤加香菇炖,做成冬瓜盅,都很好吃。"

今晚的十一娘,和平常很不一样,好像显得特别高兴,特别活泼,而且还颇为大胆。徐令宜有些诧异,可更多的,是喜欢。他喜欢这种连空气都轻松了起来的氛围,手轻轻地覆在了十一娘挽着他胳膊的手上。

"我倒忘了,"他轻笑道,"你生于福建,长于余杭,是喜欢吃海味的。如今马佐文在福建,我写信让他给我们捎点鲍鱼来。到时候你做了佛跳墙,让娘也尝一尝。"

太夫人在北方长大,不喜欢吃海味。十一娘没有吱声,把头靠在了徐令宜的胳膊上。

夜风吹过,墙角一从绿竹沙沙作响。徐令宜低头,就看见十一娘耳朵上垂着的赤金丁香花坠子闪烁着金黄色的光芒,静静地停在她腮边,映着那脸庞像白梨花的花瓣似的白净、细腻……仿佛能闻到春天馥郁的花香。他心跳得有些快,看了一眼低了头站在抄手游廊拐角装作什么也没有看见的秋雨,徐令宜低下头,在她耳边低声道:"我们回屋去!"醇厚的声音,带着几分暧昧的情怀。

十一娘抬了头斜睇着徐令宜,目光如波光粼粼的春水,道:"好!"

徐令宜觉得心中一滞,愣了片刻,这才牵了她的手大步朝正屋去。

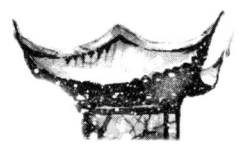

第七十三章 心不安虚惊终过去

十一娘迷迷糊糊地,却听见竺香有些焦急的声音:"侯爷、夫人,宫里有贵人奉了皇上之命召侯爷进宫!"

徐令宜身子一紧。

"侯爷!"十一娘清醒过来,忙抱住了徐令宜,不同于刚才的柔情蜜意,此刻却是紧张与不安。这个时候,怎么突然会宣徐令宜进宫?建宁侯、寿昌伯还有两个阁老可都关在诏狱里,而韩信就是被吕后在宫中刺杀的!

感觉到她身子僵直,徐令宜忙温柔抱着她:"没事,没事,这些日子皇上忙着整顿吏治呢!"

十一娘想了想,觉得徐令宜的话有道理。突然动了两位阁老,庙堂之上正乱着,皇上不可能在这个时候再去动徐令宜,何况徐令宜在宫里也安置了不少眼线。如果皇上有什么想法,徐令宜又时时关注朝中大小事情,多多少少会听到些风声。

徐令宜知道她担心自己,打趣她:"怎么,舍不得我走?"

十一娘红了脸,还好没有进入主题,要不然,真是件尴尬的事。

"是舍不得!"她知道他捉弄她,用水洗了般清澈的杏眼望着他,娇嗔道,"怎样了?"

徐令宜很是意外,忍不住大笑。

"舍不得……"他用额头抵了她的额头,声音渐渐低下去,就有了几分含情脉脉的味道,"那我就在家里陪着你!"

十一娘自然不认为这是真话。她搂了徐令宜笑,片刻后挣扎着起来:"妾身服侍侯爷更衣吧!"

徐令宜没有动,反把她半压在身下,目光清亮地望着她,高声问罗帐外的人:"宫里来的是什么人?"

"说是从乾清宫来。"竺香躬身道,"奉了皇上的特旨来见侯爷。"

"知道了!"他全神贯注地望着她,轻轻地抚着她的额头,"跟赵管事说一声,让他陪着到正厅后面的暖阁喝茶。"

竺香应声而去。徐令宜吻着她的鬓角,竟然一副不打算起身的样子。十一娘犹豫:"侯爷,您是不是知道皇上找您去是什么事?"

徐令宜的手流连在她的单薄却玲珑的曲线间:"既然不是皇后娘娘有什么事,我一个赋闲在家的侯爷,庙堂上的那些事,还是少掺和为妙。"说着,含了她胸前的那抹艳丽,细细地品尝起来。

十一娘倒吸了口冷气。她可没他这样的定力,知道有人在外面等着还能……

"侯爷!"十一娘推了他,"您还是去看看吧。"话音刚落,外面传来竺香的声音:"侯爷,赵管事求见。"

十一娘整个人都僵直了。

徐令宜不由轻轻叹气,知道今天这事是不成了!心里暗道可惜,难得十一娘有这样的兴致……实在是煞风景!翻身靠坐在床头,高声道:"什么事?"

"侯爷,"虽然隔着门帘子,赵管事的声音并不大,却能很清晰地传到罗帐内,他语言简练,"内侍来传旨之前,陈阁老、王大人都在乾清宫。待陈阁老、王大人出宫后,皇上立刻让内侍来传口谕。之前有福建八百里加急送往内阁,具体是什么内容,现在还不知道,寅时应该有消息传过来。"

"区家那边有什么动静?"

"区家四爷和六爷依旧分庭抗礼,嫡出的七爷和庶出的五爷、八爷站在四爷那边,二爷和区皇贵妃之父三爷、九爷站在六爷那边。"

徐令宜露出满意的神色,应了句"知道了"。

赵管事退了下去。

"侯爷,您还是去看看吧!"十一娘也拥被而坐,"这些日子朝廷正是多事之秋,说不定皇上真有很急的事要找您了。"

虽然说内侍从宫里出来手续繁多,会耽搁些时间,晚些去皇上也不可能追究。可毕竟还有来传旨的内侍,要是有个什么闲言碎语传出去了,徐令宜不免背上狂妄自大之名,有怠慢圣意之嫌。何必因小失大。她也不等徐令宜开口,披了小袄下床叫竺香:"让小丫鬟打水进来服侍侯爷更衣!"

竺香轻快地应着,声音里透着几分欢欣。她也怕徐令宜贪念温柔乡,让十一娘背上不贤之名。

徐令宜看着十一娘一副肃然的样子,不由笑着拧了拧十一娘的鼻子:"看样子我想当奸臣都有点不容易!"

十一娘抿了嘴笑:"因为佞臣活着的时候比较吃香!"

徐令宜哈哈地笑,捋了捋她落在腮边的一缕青丝,想着刚才它散落在自己胸膛时的香艳,心中悸动,捧了她的脸,亲着她的面颊,低声吩咐她:"等我回来!"

十一娘的脸"腾"的一下通红。

徐令宜回来的时候，梳了纂儿、穿着湖绿色妆花素面小袄的十一娘正抱着谨哥儿喂他吃粥。

听到动静，她回过头来："侯爷回来了？"

嫣然一笑，却让徐令宜微愣。

十一娘已回头放了调羹，一面将孩子交给顾妈妈，一面吩咐小丫鬟打水进来服侍徐令宜梳洗，自己则过去帮他更衣："侯爷还好吧？是先吃点东西去睡，还是先睡会儿再起来吃东西？"

到了宫里他们都是下人，怎么可能吃好睡好。

"没事。"徐令宜知道她担心，展开双臂由她帮着脱了衣裳，低声道，"皇上拉着我说了一夜的话，他去上早朝，我先回来了。"又见炕桌上摆了早膳，道："吃了再睡吧！"

十一娘点头，吩咐小丫鬟重新摆了早膳，继续抱了谨哥儿喂他吃粥。小家伙像刚才一样，嘴巴闭得紧紧的，任十一娘怎样哄，就是不吃一口，咿咿呀呀地，身子扭得像麻花。

十一娘不由气馁。

顾妈妈看着就在一旁小声地道："夫人，这么大的孩子，又有奶吃……用不着吃糊糊。"

正说着，徐令宜梳洗出来，听了半句话："怎么，奶不够吃要吃糊糊了？"

"不是。"十一娘刚答了一句，怀里的谨哥儿已手舞足蹈地冲着徐令宜呀呀直嚷，好像在跟徐令宜打招呼似的，差点把桌旁的粥碗给打翻了。

旁边服侍的或去扶粥碗，或挡在十一娘身边，显得有些慌手慌脚的。

徐令宜看着却有趣，抱了谨哥儿："是不是想爹爹了？"

谨哥儿就冲着徐令宜傻笑，把徐令宜的心都笑软了，回过头来问十一娘："刚才怎么一回事呢？"

十一娘让小丫鬟把粥碗收了，起身道："想喂点加了青菜汤的米糊糊，他不吃！"

徐令宜朝顾妈妈望去，顾妈妈忙道："侯爷，我每天吃一只老母鸡、两副猪蹄、两对鸽子……奶水足得很，六少爷吃都吃不完！"

"既然奶水足得很，吃什么糊糊啊？"徐令宜立刻道，"何况孩子不喜欢吃糊糊。"

小孩子到了一定的月份不是都要吃些辅食以补充营养吗？可古时候的人认为最养人的是人奶，有些孩子吃到七八岁。她只好含含糊糊地应了。

徐令宜就抱着谨哥儿坐到了炕上。十一娘盛了碗粥，又递了筷子过去。谨哥儿就开始不耐烦了，扭着身子冲着门帘子直啊啊。

天气暖和了，十一娘看着天气好的时候就会带孩子去后花园走走，不过几天的工夫，孩子就不愿意待在家里了。

徐令宜知道他这是想出去了,笑着拍了拍谨哥儿的小屁股,把孩子交给了顾妈妈:"带他出去玩会儿吧。"

顾妈妈屈膝应"是",接过谨哥儿,由七八个丫鬟、婆子簇拥着出了门。

"谆哥儿和诚哥儿上学去了?"

十一娘笑着帮徐令宜布菜:"前脚刚走,后脚您就回来了。"

徐令宜"嗯"了一声,不再说话,专心吃早膳。饭后,十一娘服侍他到内室歇息。

徐令宜靠在床头,这才和十一娘说起进宫的事:"福建那边八百里加急,有个叫大安的村落,全村一百多户人家,被倭寇掠杀一空。"

"啊!"十一娘惊骇地望着徐令宜,"全部吗?"

"全部!"徐令宜的表情也有点凝重,"黄昏的时候才得的消息。皇上把陈阁老和王励都召进宫去商量对策。两人走后,皇上有些心烦,所以召了我去说话。"

十一娘有点惊讶,更多的却是如释重负,她迟疑道:"这样说来,福建又要打仗了?"

徐令宜奇道:"这与打仗不打仗有什么关系?"

"有倭寇上岸屠村,难道就这样不管不成?"十一娘更奇怪。

"当务之急不是打仗。"徐令宜明白过来,道,"是怎样应付朝中那些反对之声。"

十一娘不解。

徐令宜解释道:"你想想,诏狱里还关着两位反对开海禁的阁老。出了这样大的事,那些人还不抓住机会纷纷上书要求皇上禁海!皇上就是担心今天的早朝,所以才召了陈阁老和王励进宫商议的。"

"那屠村的事……"十一娘更关心这个。

"就算是要剿倭寇,也不能在这个时候!"徐令宜道,"屠村的消息一旦传来,就给了那些反对开海禁之人最好的借口。一句'犯我国民者,虽远必诛',就能引起朝野上下的激愤,然后再提出闭关锁国。大势所趋,皇上再坚持下去就是犯了众怒。这样一来,皇上的一片苦心就全付诸东流了。"

十一娘知道他们的顾忌都是对的,可就这样放弃……十一娘还是感觉有些愤愤然。

"难道皇上想把消息压下来吗?"她犹豫道。

"把消息压下来也是不可能的。"徐令宜淡淡地道,眼底深处闪过一丝锋利,"最好的办法莫过于证明那些倭寇是人假扮的。如果能拉上区家,再牵扯上朝中其他的阁老,那就再好不过了。"

十一娘突然发现自己在徐令宜面前只有孩子的智商。她欲言又止,毕竟是女人……

徐令宜看着攥了十一娘的手,柔声道:"没事的,不管那些屠村的人是真是假,朝廷都会给百姓一个交代。皇上心中也有些不安,所以想让我去福建……"

十一娘大惊,反握了徐令宜的手,喊了声"侯爷",神色间已有几分惶恐。好不容易脱身,现在岂能再卷进去?

还没等她开口,徐令宜已抱了她:"我已婉言辞了皇上,推了蒋飞云。"

十一娘松了口气。

"放心!"看着这样的十一娘,徐令宜心里暖暖的,"我既然退了出来,就不会再涉足。"说着,他迟疑了片刻,低声道:"何况还有皇太子……别以为是亲外甥,就忘记了君臣之礼……过了这一关,才算是真正的过关……"

这些,都是埋在徐令宜心底的话吧?十一娘微微颔首:"侯爷放心,妾身会好好管教孩子们的。"

徐令宜见妻子理解了自己的意图,露出欣慰的笑容。

十一娘就帮他摆正了枕头,柔声道:"侯爷昨天一夜未眠,还是早点歇了吧!有什么事,等会儿再说也不迟。"

徐令宜"嗯"了一声,躺了下去,很快沉沉睡去。

十一娘在床边坐了一会儿,望着神色安详的徐令宜,突然发现谨哥儿睡着了和他睡着了的神色非常相似。明明知道被角已经掖好了,她还是帮着掖了掖被子,这才轻手轻脚地走了出去。

竺香悄声走了进来。

"夫人!"她低声道,"文姨娘来了!"

十一娘也想见见文姨娘,她去了东次间宴息之处。

"太宗皇帝为何会在交泰殿立下'内宫不得干政'的牌子,就是因为我们这些内宅女人常常不知道外面的事,又要强出头,结果坏了大事,甚至断送了祖宗的基业。"十一娘若有所指地道,"姨娘以后行事,也要多想想才是。"然后转移了话题:"听说秋红的父亲回了燕京,可有什么好消息传来?"

文姨娘又羞又愧,低声道:"母亲已知道这件事的始末了,让秋红的父亲给我带话,说让我别管家里的事,安心服侍侯爷和夫人就是。至于到起庵堂做居士的事,得慢慢和三叔商量——三叔对家母素来尊敬,家母突然要搬到庙里做居士,只怕会被世人耻笑,还需要慢慢来。"又道:"反正铺子已经盘出去了,秋红的父亲也没什么事做。我让他到扬州去,暂时在家母身边服侍,有什么事,他也好帮着应对。"

文家别说在扬州,就是在大周也是颇有名望的人家,寡居的大嫂突然要搬到庙里去住,没有个合理的解释,的确于家族清誉有损。十一娘安慰她:"既然太夫人心里有数,必然会做个妥当的安排。"

文姨娘连连点头。两人说了些闲话才散。

玉版过来:"太夫人问,三月三是请德音班、长生班还是结香社,她老人家也好请五爷去说一声。"

十一娘闻言笑道:"太夫人可说了喜欢哪个戏班没有?"

太夫人差人来问她一声,也是尊重她这个当家的主母,她却不可不顾老人家的喜好。

玉版眼睛亮晶晶的:"太夫人说,不知道白惜香唱得怎样。"

十一娘笑着点头,去了太夫人那里。

"不是长生班就是德音班,您看,今年要不要换一换,请结香社来唱堂会,也可以图个新鲜?"

太夫人笑着点头,跟十一娘商量:"鲥鱼是清蒸还是红烧的好?花厅里摆丁香还是海棠好?"

两人嘀咕了一下午,把三月三的事定了下来。

到了晚上,三爷徐令宁那边又有消息传过来,说三爷得了山阳县的连任。

太夫人很是高兴,三夫人趁机与太夫人商量:"吏部文选司的主事帮了大忙,我想请他的夫人三月三来家里喝杯水酒。"

太夫人笑着端起茶盅啜了口茶,慢悠悠地道:"我们不过添双筷子而已,只怕主事夫人要为难了。到时候穿什么、戴什么、拿什么做礼品……都要费一番心思。你要是有心,我看,不如到春熙楼订一桌席面送过去更实惠些。"

三夫人脸上挂不住,有些讪讪然。

五夫人就似笑非笑地瞥了三夫人一眼,笑吟吟地挽了太夫人的胳膊:"娘,您跟五爷说说,三月三我也要去点春堂听戏!"

按古时候的育儿经,怀了身孕的人要在家里静养。太夫人知道她这是在帮三夫人下台,望着她微微隆起的腹部,笑着点了点她的额头:"你给我在屋里好好待着。"

"娘!"五夫人摇着太夫人的胳膊撒着娇儿,"您就答应了吧。"

徐嗣俭和徐嗣谆都抿了嘴笑,歆姐儿却跑去抱太夫人的另一只胳膊,没抱着,就拉了太夫人的衣袖,学着母亲的样子娇滴滴地道:"娘,您就答应了吧。"

满屋子的人都哄堂大笑。太夫人更是爱怜地拧了拧五夫人的面颊:"看你还这样没大没小不!"

徐嗣诫嘻嘻地笑。徐嗣勤则为母亲的不知所谓羞得满脸通红,低下头去。

到了三月三那天,黄夫人和黄三奶奶依旧是第一个到。黄夫人陪太夫人坐了,黄三奶奶拉着十一娘到一旁说话:"世子爷前两天得了一对红珊瑚,瞧着稀罕,让我今天带过来给你,屋里换摆设的时候也图个吉利。"

古代珊瑚是很珍贵的东西,何况是红珊瑚,是为答谢在杨家抄家事件中徐令宜帮忙特意寻的谢礼吧?十一娘客气了一番,笑着收下了。

林夫人和林大奶奶来了。

"你们家贞姐儿什么时候嫁啊?"林大奶奶精神抖擞,红光满面,"我们家慧姐儿如今都有三个月的身孕了。"

"恭喜!恭喜!"十一娘和黄三奶奶给林大奶奶道贺。

林夫人就和黄夫人、太夫人笑媳妇:"你们看,一点也沉不住气。"

"这样好的事,换我们也一样沉不住气!"太夫人笑着,唤了林大奶奶过去问详情。

待晚上送走了客人,十一娘服侍太夫人歇息,太夫人不免有些犹豫:"要不让贞姐儿早点嫁过去?"

"快也不过是今年年底,慢也不过是明年开春。"十一娘笑道,"慧姐儿在沧州熟悉了,我们贞姐儿再去,也有个指路的人,岂不更好?"

太夫人点头,笑道:"许是人老了,就想早点看着子孙团圆。"说得十一娘心惊肉跳的。

"娘可不能这样想。"她帮太夫人换了歇息的衣服,"我们家谨哥儿的媳妇还等着您的红包呢!"

太夫人呵呵笑:"放心,放心,一早就准备好了,不会少了你们谨哥儿的。"然后和十一娘说起乔夫人来:"有两年没有来参加三月三的春宴,那时候程国公正任宣同总兵,老四刚从老家守孝回来,不知道这次又是为什么不来。"

"可能是家里的事多吧。"十一娘听徐令宜说过这件事,"拿了二十几万两银子出来和杨家的人放印子钱,如今杨家的账册被皇上命人在午门外一把火烧了,乔家血本无归不说,有些钱还是借的,债主听说了一窝蜂地涌到乔家要乔家还钱。乔家没钱,有人冲到正厅把祖传的一只青绿古铜鼎都给搬走了,要不是顺天府尹的人来得快,那张三尺长、两尺宽的紫檀木香案都差点给人抬了去。这几天程国公正应酬着这些事,乔夫人哪有心情来我们家喝酒、听戏。"

因为杨家高利贷很大一部分是借给了六部的官吏,建宁侯和寿昌伯被关押后,大理司的官员都有些不敢去审讯,皇上索性让人贴了告示,定了个日子在午门把账册全烧了。

太夫人也听说过,只是没有十一娘知道的详细,听着叹了口气,道:"兵败如山倒。这治家管事何尝不是如此。我看这次乔家只怕是要元气大伤了,偏偏子孙里面又没有出类拔萃的人物……"说着,忆起往事来:"我记得程国公有个庶弟,和老四差不多的年纪。小的时候,不记得是为什么和老四起了争执,纠了几个玩伴给老四下套子,竟然把老四给套了进去,赔了五两银子才算完事,是个极聪明、机敏的。可惜后来被乔老夫人差了人引诱

着入了烟花之地,后来为了个戏子被逐出了家门。要是当初好好教导,送到兵营里历练一番,说不定这时候能用得上了。"

这事有些复杂,十一娘不好说什么。

"是啊!"她应付两句,说起徐嗣谆的事来,"也不知道淡泊斋收拾得怎样了,明天得去看看才好。"

"这件事你不用担心。"太夫人笑道,"我让杜妈妈盯着,有什么事,她会跟我说的。"

十一娘回到屋里,竺香把黄三奶奶送的一对珊瑚拿给她过目,是粉红色,一尺来高,灯光下有晶体熠熠生辉,十分漂亮。

丫鬟们个个啧啧称奇,秋雨还小心翼翼地摸了一下:"夫人,听说这东西是海龙王头上的角变成的,可以驱凶辟邪,是真的吗?"

十一娘自然不会相信,却也不会戳穿,笑道:"可能吧。"

竺香虽然沉稳,毕竟只是个十五六岁的小姑娘,此时也有些兴奋,笑道:"我小的时候,看见有人家把它放在祠堂的香案上,应该是真的。"

正说着,徐令宜进来:"咦,是谁送的?"

"黄三奶奶送来的。"十一娘笑着起身帮他更衣。

徐令宜打量了一番:"两株一样高,样子也差不多,倒也十分难得。"然后道:"一株摆到你窗台上,和那金鱼一起,也凑个趣;另一株摆到谨哥儿的炕头好了。"

看样子,他也相信珊瑚有驱凶辟邪的功能。十一娘笑着应了。四月初八佛生日,让人送了只象牙雕的五百罗汉过去,算是还了黄三奶奶的礼,这已是后话。

第二天,十一娘去了淡泊斋。葛巾已经住进去了,陪着十一娘在淡泊斋走了一趟。

说是"斋",却是个五间三进的院子,台阶旁都是合抱粗的香椿树。墙重新粉过,家具上了新漆,幔帐、坐垫全都是新的。花瓶、茶具却是古董,显得古朴自然,舒适雅致,颇适合徐嗣谆的身份。

十一娘很满意,花了几天工夫把徐嗣谆安顿好,皇上对杨家的处置结果也出来了。

"没收家产,流放岭南?"

徐令宜点头:"皇上总算还念着昔日的情分,留了杨家人的性命。"

"那两位阁老?"

"多半是活不成了!"徐令宜低声道,"但家里的人不会牵连进去。"

十一娘微微叹了口气。

十一娘去看甘太夫人。

一见面,甘太夫人就问起谨哥儿:"初十谨哥儿满五个月了吧?长得像你还是像侯爷?我是孀居,他又小,可惜见不着。"又道:"我虽然有的是空暇,却是福薄之人,怕谨哥儿沾了晦气,托兰亭帮谨哥儿做了几件衣裳让她带过去。"语气很平静。

十一娘却听着难过,笑道:"我们之间不讲究这些。只是孩子太小,春天的天气又变化快,太夫人、侯爷都不让带出来,怕受了风寒。等他大一些了,我带他来看您。"

甘太夫人听了直笑:"父母爱幺儿。怎么,我们侯爷也没能免俗?"

十一娘不想徐令宜被人议论为父不尊、教子不严,笑道:"主要还是侯爷子嗣艰难。"然后说起谨哥儿的趣事来:"也不知道像谁,天天待在后花园里玩就好,不是吃饭、睡觉不落屋。略有不如意,就要发脾气。我怕他乳娘惯着他,多半时间都自己带在身边。"

"我们这样的人家,不愁吃不愁穿,最怕孩子被那些下人惯坏了。"甘太夫人很是赞同,"到时候有多少家业都要败下去。"又问起徐嗣谆:"上次来送花树,听说要搬到外院去住,他可还习惯?"

"不用听杜妈妈的絮叨了,正高兴着呢!"十一娘笑道,"下了学匆匆到我这里来问个安就回了屋,指挥着小丫鬟搬弄这、搬弄那。我来的时候还跟我说,要在院子里种植海棠树。"

甘太夫人呵呵地笑起来:"还是孩子心性!"

十一娘颔首:"他人倒也淳厚……"

正说着话,看见有小丫鬟在帘子外面探头探脑的。十一娘打住了话题,甘太夫人顺着她的目光望过去,皱了皱眉头。

"别管她!"甘太夫人低声道,"是甘夫人身边的小丫鬟。"语气颇有些不耐烦。

十一娘很是诧异。甘太夫人为人谦和温顺,很少有这样的情绪流露,不禁关切地道:"出了什么事?"

甘太夫人脸色一红:"说是外院的钱都拿去和龚家做生意了,寻思着让我拿些体己的银子救救急。"

"怎么会这样?"十一娘的眉头也蹙了起来。

"你难得来一趟,我们别说这些乱七八糟的事了。"甘太夫人不想多说,"当初我从正屋搬出来的时候,她可是抄了我的箱笼的。如今让我拿体己银子出来,我还想反问她一句,我从哪里来的体己银子。说来说去,不过是打我喜铺份子钱的主意。"

"您和甘夫人低头不见抬头见,犯不着为了几两银子和她翻脸。"十一娘沉吟道,"要是实在推不过,就让她来找我。说铺子里的事由我当家,我看她有这个脸没这个脸!"

甘太夫人很不好意思,携了十一娘的手:"让你为难,我心里到底过意不去。我已经

跟她说了,喜铺当初是我大哥帮着拿的主意,这算账分红的事也一并由我大哥拿主意。她要是不相信,让她去问我大嫂去。"

甘太夫人的大哥是当朝三品的官员,有他帮着撑腰,甘家不敢太过分。

两人的话题就渐渐转到了甘太夫人侄女和四娘儿子的婚事上,气氛渐渐变得欢快起来,十一娘在甘家吃了午饭才回去。

下午,兰亭来了,抱了会儿谨哥儿,才和十一娘在宴息处坐下。

"力气可真大!"她笑着端了茶盅,"我记得我们彤哥儿像他这么大的时候刚刚能站起来,哪像谨哥儿,抱在怀里又蹦又跳,没个安静的时候。"

十一娘让竺香收了兰亭送来的小衣裳,笑道:"怀他的时候怀象不好,还怕他身子骨弱,没想到他能吃能睡,长得还行。"然后道:"这可真是巧了,我上午刚去见了甘太夫人,你下午就来了——要是你上午来,我还不在家呢!"

兰亭听了笑道:"我原准备上午过来的,结果收到了三姐的信,让我给她带点东西去。我要差人把东西快点带到福建去……要不然,就上午来了。"

十一娘"哦"了一声,道:"曹娥有信来?她现在怎样了?"

"怀了身孕。"兰亭苦笑,"借口怀象不好,搬到了庄子上去住,所以才让我给她带些上好的人参、燕窝过去补身子。"

主母避到了庄子里去……十一娘只好道:"眼不见心不烦,去庄子里住些日子也好。"

兰亭苦涩地笑了笑,坐了一会儿就起身告辞了。

十一娘送了她出门,周夫人来了。

"出了什么事?"十一娘大吃一惊。

周夫人按品着装,显然是从宫里来,却脸色灰败,一副备受打击的模样儿。她摇了摇头,越过十一娘直接进了内室,趴在临窗的大炕上就哭了起来。

十一娘忙遣了身边服侍的人,拿了帕子给她擦眼泪:"到底出了什么事?"

这些日子又是阁老秋后要被处决,又是谁家升了官谁家贬了官的,大家心里都有些没底,遇事不免比平常惊慌。

周夫人没有理睬十一娘,嘤嘤地哭了好半天才抬头:"芳姐儿生了,又生了个女儿!"说完,又伏在大迎枕上哭了起来。

十一娘默然。这是最让人无可奈何的事!她无言地陪着坐了一会儿。

周夫人好好地哭了一番,这才抽泣着坐直了身子:"回去还要做出一副高高兴兴的样子……"

公主府耳目众多,还有叔伯兄弟、妯娌姑子,被人看了不免有流言蜚语传了去。

她让竺香打水进来，亲自拧了帕子给她擦脸，道："我是个不出门的人，姐姐只管来。"委婉地告诉周夫人自己不会说出去。

周夫人却没和她客气，按过她手里的帕子擦了脸，道："我要是和你见外，就不会来了！"说着，想起了芳姐儿，"别人都说再尊贵的人，命里都有凶险的时候。我们芳姐儿从出生到现在，小的时候得公主的青眼，待她就与其他孙女不同，就是孙子，也比不上；长大后又聪明伶俐，活泼孝顺，再后来，又嫁了皇长子，做了太子妃……偏偏在女人最重要的子嗣上艰难起来。你说，这是不是富贵走在了前头？"

也就是先甜后苦，而好命是讲究先苦后甜的。十一娘只好安慰她："大难过后必是大福。姐姐就当是老天爷见芳姐儿事事顺当，让她过几天苦日子，知道这世间艰难好了。"

周夫人缓缓地点头："也只能这样想了。"然后拉了十一娘的手，"郡主洗三礼的时候，妹妹见到了皇后娘娘，可要给我们芳姐儿说几句好话才是。"说完，眼泪又落下来，"也不知道会不会办洗三礼。皇上听说又生了个郡主，只应了句'知道了'，不像上一次，立刻赐了名字……"

"看姐姐说的，龙子凤孙，怎么会不办洗三礼？"十一娘端了杯热茶给她喝，"上次是嫡长孙女，自然不一样。别说是郡主，就是皇子，也没有谁一出生就赏了名字的。姐姐先要稳住才是，要不然，芳姐儿也该慌了。这人一慌，就容易出错；出了错，再想改就没那么容易了。"

周夫人不住地点头。

十一娘又劝了半天，还问了芳姐儿的情况，知道大人小孩都平安，放下心来。周夫人和十一娘这么说了一通，也心绪渐宁，知道芳姐儿生了女儿的事避是避不了的，深深吸了口气，重新梳洗打扮了一番，去给太夫人请了安，回了公主府。

太夫人不免叹息："就算是皇后娘娘等得了，只怕那些朝臣也等不得。"

"有皇后娘娘帮着看顾些，情况总好一些。"

太夫人没有说话。

晚上十一娘和徐令宜说起这件事来，徐令宜的神色却有些凝重。

十一娘打趣道："你也不会是嫌弃芳姐儿生了个女儿吧？我瞧着女儿挺好，我还准备生个女儿呢！"

徐令宜脸色微霁，咬了她的耳朵问："真的？真准备给我生个女儿？"语气极其暧昧。

十一娘想到这些日子他像开了禁似的，一日比一日荒唐，红着脸推开了他："和你说正经的呢！"忍不住横他一眼。

却不知道看在他眼里多妩媚，抱着她，手就伸进了衣襟里。十一娘喘息着任他所为，

他却只是留恋半晌后帮她整了衣襟。

十一娘咬了唇,眼睛有些湿起来,裹着被子翻过身去,闭了眼睛独自睡去。

"傻瓜!"徐令宜只好又把她搂在怀里,"刘太医说了,你要养几年,等过几年你再给我生个女儿!"

她的小日子刚过。十一娘把头埋在他的怀里,修长的秀腿却缠了上去。

徐令宜大笑:"好,好,好,全是我不对还不行!"声音渐渐低下来,眸子里全是溺爱的笑,身体的反应却背叛了语言,做出了自己的选择。

十一娘抿了嘴笑,手却一点点地探下去。

玩火自焚了!徐令宜在心里无声地笑。十一娘胆子越来越大了,不过,这也是他自己惯的,心里却是喜欢……却不是时候。他笑着抓了她的手,道:"这次周家的日子不好过了!"

十一娘一愣。

徐令宜就正色地道:"太子乃国之储君,社稷之所望,不仅要镇抚海内,还要供奉祖宗祭祀。太子妃进门三年,连育两女,皇上虽然不说什么,但心里肯定有些不高兴。周家如果以岳家的名义劝皇太子广纳嫔妃,生下长子就麻烦了。如若不闻不问,皇上想起来不免会觉得周家不明事理,没有大家风范,对太子妃心生不满……倒是个两难的境地!"

十一娘的注意力被转移,她望着帐顶长长地吁了口气:"所以说,有女儿的还是别送进宫好!"神色颇为怅然。

徐令宜说这话可不是让她伤心的。他是怕她继续胡闹下去自己丢盔弃甲,到时候十一娘吃苦头。念头闪过,手就贴在了她的小腹上。

"太子刚刚册封。"他换了个姿势,下巴顶在十一娘的头顶,亲昵地搂了十一娘,低声道,"对皇上、皇后,要孝顺体贴;对兄弟姊妹要宽和忍让;在授业师父面前要聪慧睿智;在群臣百官面前要沉稳持重……要做的事多着,怎么能惦记着广纳嫔妃?过两天郡主的洗三礼,你遇到皇后娘娘,记得跟她说一声。心里纵然再不满,也不可就这样贸贸然地给太子纳妃,总要给芳姐儿几年时间。周家知道了,也只有感激的份。如果还是不行,到时候再商量怎样纳妃也不迟,请皇后娘娘在皇上面前多担待些才是。"

男女有别,虽然是亲姐弟,徐令宜也不方便常去看望皇后娘娘,何况一个是外臣,一个是内命妇,就更要避嫌了。如果有什么事,十一娘以外命妇的身份进宫朝贺的时候给皇后娘娘递个话,算是比较不引人注目的安排了。十一娘明白,枕了徐令宜肩膀:"侯爷放心,我会把侯爷的意思传达给皇后娘娘的。"

徐令宜"嗯"了一声,然后打了个哈欠:"快点睡吧!明天还要和娘商量进宫的事。"声音有些含糊,显然人很疲惫了。

十一娘轻轻应了声"是",闭了眼睛也准备歇了,徐令宜却像想起什么似的又道:"如果宫里有旨意让谨哥儿进宫,你就找个理由推了——进了宫,你又不能把谨哥儿带在身边时时照顾,要是磕到哪里或是碰到哪里就不好了!"

是担心儿子去了被人轻怠吧?十一娘揽了他的腰,贴着他胸口清脆地应了一声"好"。

徐令宜这才摸了摸十一娘的头发睡着了。

十一娘仰了头,只看见徐令宜的下巴,颌骨骨线优美,因为抿着嘴巴,绷得有点紧,却有种端穆的沉稳。十一娘失笑,轻轻地凑上前去吻了一下……

为母则刚,还是十一娘之前和皇后娘娘接触得太少,对皇后娘娘不了解。洗三礼的时候,十一娘给皇后娘娘问安,刚说了句"郡主长得可真漂亮,和大公主像一个模子里印出来的",皇后娘娘就笑着招了她过去,携了她的手,先是低声地问谨哥儿:"有没有长牙?应该可以扶着人坐一会儿了吧?吃得可好?有多重?有多高?"

十一娘一一应答。

就听见皇后娘娘声若蚊蚋地道:"你跟周夫人说一声,该做什么就做什么好了,不必担心。宫里的事,有我呢!"

十一娘微微颔首,继续说着谨哥儿的事,好像刚才皇后娘娘什么也没有说似的。

皇后娘娘看着,眼睛里闪过一道满意的笑容。

十一娘决定回去以后把见到的皇后娘娘的一言一行都告诉徐令宜,也免得徐令宜总把皇后娘娘当成不谙世事的小姑娘似的。

思忖间,看见大公主由一群内侍、宫女簇拥着走了进来,看见十一娘立在母后身边说话,她小跑过去,拉了十一娘的衣袖:"永平侯夫人,永平侯夫人,你为什么没带谨哥儿来?"

有教习嬷嬷在大公主身边低声提醒大公主:"大公主,等永平侯夫人给您行了礼,您再开口说话。"

大公主却理也不理那嬷嬷,自顾自地对十一娘道:"谨哥儿好有趣啊!上次父皇抱着他,我用手戳他的脸,结果他脸一歪,把我的手指含在了嘴里用力吮吸起来!"说着,还伸出右手的食指给十一娘看。

大公主的手指白皙细腻,指甲剪得整整齐齐,不见一丝污垢,小小的指甲闪烁着粉色的珠光。难怪那次徐令宜回去脸色不太好看……谁知道谨哥儿还遇到了些什么事。想到这里,十一娘虽然在笑,心里却有些不快,觉得徐令宜不让她把孩子带进宫来是个再正确不过的决定。

而此刻眼中心中全是大公主的皇后娘娘根本没注意十一娘,也没有呵斥大公主的无礼,反而笑吟吟地道:"福荣,你很喜欢谨哥儿吗?"

大公主重重地点头:"他长得好看!又不像八弟,动他一下就哇哇大哭。"

前些日子,宋美人为皇上诞下了八皇子。满殿的夫人都笑了起来,那些宫女、内侍也个个强忍着笑意低下了头。

大公主觉得大家都在嘲笑她,很不高兴,大声辩道:"我说的是真的嘛,谨哥儿长得最好看了!他是我见过的最好看的人!"

教习嬷嬷脸皮涨得紫红,恨不得有个地缝钻进去才好,急得额头直冒汗。

皇后娘娘见大公主生气,笑着抱了她:"好了,好了,我们没有嘲笑你的意思。只是觉得你小小年纪就已经知道丑妍,十分难得而已!"

众人听了忙七嘴八舌地道:"大公主,见过永平侯六少爷的人都知道六少爷长得漂亮。不是笑话您,是觉得您很聪明!"

大公主这才脸色微霁。

"这就是缘分!"突然有人笑道,"宫里这么多孩子,三皇子、四皇子、六皇子身边还有伴读,可也没见大公主觉得哪个好看。我看,皇后娘娘和永平侯不如亲上加亲,让六少爷尚了我们大公主好了。"

大家不由惊讶地循声望去,说话的人是李霁的岳母安成公主。

十一娘心中大怒。这个安成公主,说话怎么这么不搭调。先不说两人是表姐弟,只有那些家贫之人才会给孩子定娃娃亲。要知道,古代婴儿的存活率都很低,亲定得太早,女方夭折,男方不免背上克妻的名声;如果男方夭折,女方是守节好还是改嫁好……略有些家底的人都会在孩子十一二岁的时候开始说亲,孩子到了这个年纪,通常已有了个雏形,男女双方也好量媒说媒。她飞快地睃了皇后娘娘一眼,皇后娘娘神色温和,和刚才没有什么两样,却没有答话。看样子,也不喜欢安成公主的话。

她又朝身边的太夫人望去,太夫人低头喝茶,好像没有听见似的。十一娘松了口气。她希望儿子能找个自己喜欢的人……如果他长大了喜欢大公主要去做驸马,她是不会反对的,所有的前提必须是儿子自己做的决定!

念头一闪而过,十一娘嘴角微翕,正准备说几句俏皮话把这事揭过,已有人抢在她前面道:"我看,安成公主得了乘龙快婿之后,但凡看着一对金童玉女就想着要撮合撮合。"说着,大笑了两声,问道:"说起来,你们家盛萍成亲也三四个月了,可有梦熊之喜?"

十一娘望过去,说话的是任昆之母常宁公主。

安成公主听着眉宇间闪过一丝与有荣焉的傲然:"霁儿为国分忧,成亲没几天就回了福建……"

"这就是你的不对了!"常宁公主没等安成公主说完就插嘴道,"他们少年夫妻,一个在燕京,一个在福建……虽说李家的规矩是不纳妾,可你做岳母的,也不能因为这个就把孩子留在身边。嫁出去的女儿泼出去的水。我看,你还是早点送盛萍去福建的好。"说着,目光一转,道:"莫非是李夫人要媳妇在身边立规矩,所以不愿意送媳妇去福建?"

大周律令,从三品以上的武将家眷才会留在燕京。这屋里坐的全是皇亲国戚、公卿贵胄,官员的妻子都在殿外。

有人听了笑道:"安成,要是你不好说,今天当着皇后娘娘的面,我们叫了李夫人来帮你劝劝。你看如何?"

没待安成公主说话,立刻有人同仇敌忾地道:"是啊!虽说媳妇在婆婆面前立规矩是应该,可我们盛萍一不是长媳,二来还有县主的封诰,三来年轻夫妇新婚燕尔……李夫人也太不通人情了!"

都是多年的媳妇熬成的婆,说别人家的闲话都是看戏不怕台高的,如一石激起千层浪,大家七嘴八舌地议论起来。而投石头的常宁公主却坐在锦杌上笑吟吟地望着屋里的人,作壁上观,退出了八卦的圈子。

十一娘看着心中一动。这位常宁公主能得皇上的喜欢,恐怕不仅仅是因为她的生母曾经抚育过皇上的原因吧?

之后的发展就有点戏剧性了。皇后娘娘宣了李夫人进来问话。

李夫人连声解释,说自己绝没有这个意思,是因为福建不安稳,怕县主去了生活不习惯,所以才留她在燕京的。

安成公主也不停地解释,不是李夫人要把媳妇留在身边,而是她怕女儿年纪小不懂事,让李夫人留女儿在身边教导两年。

正说得热闹,黄姑姑进来禀告,说太子妃那边都准备好了。大家簇拥着皇后娘娘往芳姐儿那边去。

路上,安成公主沉着脸,显得很不高兴;李夫人则端庄穆然地走在外命妇的行列里,看也没看安成公主一眼。

十一娘觉得有些好笑,眉目流转间看见扶着福成公主的周夫人。两人在殿外等待皇后娘娘召见时还和大家有说有笑的,进了殿,就一直沉默到现在。想必心里不好受吧?她想了想,找了个机会拉了拉周夫人的衣袖。

周夫人知道十一娘有话对她说,并不回头,不动声色,待大家去洗三礼的时候才趁着热闹站在了十一娘的身边。

十一娘悄声把徐令宜和皇后娘娘的意思都说了,周夫人的表情明显松懈了很多。待从芳姐儿那里出来时,福成公主甚至朝着十一娘微笑着点了点头。

一直没有作声的太夫人眼底就有了深深的笑意,拍了拍十一娘搀扶着自己的手,和五夫人、黄夫人说说笑笑地去了偏殿。

回到荷花里,已是酉初,来迎接她们的不仅有徐令宜,还有罗振兴。

"大哥!"十一娘高兴极了。

罗振兴眼角眉梢都是笑意,冲着妹妹点了点头,上前给太夫人行了礼。

"可把您给盼来了!"五夫人笑着和罗振兴打招呼,"四嫂天天在家里念叨着您怎么还没有来呢!"

太夫人也笑道:"怎么这个时候才到?"

"让太夫人、县主、妹妹挂念了!"罗振兴笑着回着太夫人的话,却像解释什么似的,目光落在了十一娘的身上,"路上有点事耽搁了,比原定的时候晚了大半个月启程。"

太夫人、五夫人看着不好多问,垂花门前也不是说话的地方。太夫人一面往里走,一面笑着和罗振兴拉家常:"平平安安地到了就好,让老四给你接风,你等会儿可要好好喝两盅。"又问:"家里还好吧?听说你媳妇怀了身孕,她还好吧?"

"托您的福,"罗振兴恭敬地道,"家里都挺好的,内人身边有五姨娘照看,也没什么不放心的。"

六姨娘来燕京后一直没有回去。十一娘想着五姨娘那副唯唯诺诺的样子,不知道罗振兴说的是客气话还是真心话。

一行人在太夫人那里略坐了一会儿,太夫人见一个兄妹重逢,一个怀着身孕,也不留媳妇在身边服侍,端茶送了客。

五夫人回了自己屋里,十一娘则和徐令宜一起陪着罗振兴到书房坐了。

没等十一娘开口,罗振兴主动道:"你别担心,家里没什么事,是原先和我们家一起做茶叶生意的那个富商,突然携家带口到杭州来,求我帮他在杭州落籍。"

十一娘听着心中一跳:"福建的形势很糟糕吗?"

这种事,不是女人应该关心的事。罗振兴不由看了徐令宜一眼。

徐令宜却道:"比我们想象的都要糟糕。福建那边报喜不报忧,大安村被屠之事是掩盖不了,这才报上来的。"一副见怪不怪的淡定模样。

"也就是说,李总兵在那里,并不像之前以为的那样,福建的局势渐渐得到了控制。"十一娘沉吟道。如果真是这样,那李霁的军功……她隐隐有种不好的感觉。

徐令宜"嗯"了一声,侧身和罗振兴道:"你来得正好——我正要写信给飞云,你把那茶商的事好好和我说说。"

十一娘正想支了耳朵听听,却看见罗振兴又看了她一眼,她这才惊觉自己的失态,忙站了起来:"妾身去给侯爷和哥哥倒杯茶来。"

徐令宜不以为意:"让小丫鬟去倒吧!你要是不耐烦听这些,就回屋歇会儿。"

谨哥儿越来越沉手,十一娘却常常抱着,偏偏谨哥儿又不是个安分的,他总担心十一娘抱谨哥儿时一时力竭把谨哥儿落在了地上。

"妾身知道了!"十一娘笑了笑,还是起身回避了。

罗振兴很是震惊,翰林院的人说起徐令宜,都说他虽然内敛寡言,却机智过人,行事缜密,没想到却任十一娘在一旁听他们谈论朝廷大事。他低头喝茶,掩饰着自己的表情,目光却忍不住朝十一娘瞥了瞥。她侧着身子,正吩咐小丫鬟什么,纤细的身子如杨柳般婀娜多姿,面孔粉白,如刚绽的玉兰花,这样清丽的人,却从骨子里透出几分潋滟来,让人看了不由惊艳。

罗振兴不禁朝徐令宜望去。

徐令宜正在说话:"成也萧何,败也萧何。李总兵善于揣摩上意,却曲解了皇上的意思。要知道,普天之下,莫非王土。皇上要的,是能帮他镇守福建的帅才,他屡次和区家在小事上纠结,眼孔还是小了些!"并没有多看十一娘一眼。

不知道为什么,罗振兴暗暗松了口气,忙敛了心思和徐令宜说话:"确实本末倒置了!"

十一娘听着走了出去,让小丫鬟吩咐小厨房的吴妈妈给两人置办酒宴,自己回屋梳洗一番,换了家常穿的夹衫休息了一会儿。

再醒来,已是晚霞满天。

外间传来徐嗣诚的声音:"这个东西不能吃,是拿着玩的!"然后就听见几声拨浪鼓的声音。

谨哥儿这些日子抓住什么都往嘴里塞,十一娘生怕他吞了扣子之类的东西,吩咐丫鬟把家里的小东西全都收了起来,还特别嘱咐阿金好好注意。

知道这是徐嗣诚下了学在外面逗谨哥儿玩,她露出笑脸。

徐嗣谆搬到外院后,兄弟俩还像从前一样,每天早上给太夫人和十一娘问过安后就一起去双芙院上课。中午或到太夫人那里,或到十一娘这里来吃饭睡午觉。但下学后,南永媳妇就会婉言拒绝徐嗣谆的邀请领徐嗣诚回正屋,赵先生也会留了徐嗣谆单独给他讲半个时辰的功课。一来二去,两人不像从前那样每时每刻搅在一起。好在徐嗣谆的功课加重,要花更多的时间在功课上,徐嗣诚每天都要和谨哥儿玩一会儿,也不觉得寂寞。

十一娘梳洗整齐到西次间的时候,徐嗣诚正吹笛子给谨哥儿听。

虽然不十分懂民乐,但她从徐嗣诚那悠扬婉转而流畅圆润的笛声中可以听出来,徐嗣诚在笛子上的造诣已远远超过了比他长三岁、同时学笛子的徐嗣谆。

徐嗣诚吹得很投入，谨哥儿也一改平时的活泼，睁着圆溜溜的大眼睛望着哥哥。

十一娘就站在了门口，听徐嗣诚把一曲吹完，拍了拍手："诚哥儿的笛子越吹越好了！"

"母亲！"徐嗣诚跑过来抱了十一娘的腰，眼角眉梢全是笑意，有些不好意思地道，"先生说还要多练习才行！"

十一娘摸了摸他的头，抱了在顾妈妈怀里直蹦的谨哥儿："快去做功课，然后我们吃饭，去给祖母请安！"

徐嗣诚恭敬地应"是"，上炕端坐在炕桌前背起《幼学》来。今年开馆，赵先生正式给徐嗣诚启蒙。

谨哥儿听着自然有些不耐烦，咿咿呀呀地抓了十一娘的耳环。

十一娘笑着拍了下儿子的屁股，待阿金几个把谨哥儿的小手拔出来，十一娘把谨哥儿交给了顾妈妈："五少爷要背书，别让六少爷吵着他。"

顾妈妈笑着应"是"，抱着谨哥儿去了暖阁。

检查了徐嗣诚的功课，十一娘吩咐小丫鬟摆了晚膳，待给太夫人问过安，又陪着徐嗣诚在西次间的炕桌上描红。

徐令宜回来的时候，天色已晚，院子里静悄悄的，已换上了值夜的丫鬟、婆子。

灯火明亮的西次间窗户上映着十一娘正做着针线的优美剪影和徐嗣诚练字的小小身影。

徐令宜阻止了小丫鬟的通传，站在那里静静地看了他们一会儿，放轻脚步进了屋。

"侯爷回来了？"十一娘下了炕。

徐嗣诚扭头喊了一声"父亲"，放下了笔，上前给徐令宜行礼。

徐令宜笑着点了点头，目光却落在了炕桌旁的一个大红锦被上——谨哥儿小脸蛋红扑扑正睡得香。

"功课做完了没有？"他笑着问徐嗣诚，坐到了谨哥儿身边，帮谨哥儿掖了掖被角。

"还有一个字！"徐嗣诚红着脸道。他怕父亲责怪。

徐令宜却温和地笑了笑，道："那就快点写完，写完了好去睡觉。"

徐嗣诚高兴起来，"嗯"了一声，欢快地爬上了炕。

十一娘端了茶进来。徐令宜啜了一口，眼角掠过放在一旁的小藤筐，笑道："在做什么呢？"

十一娘坐到了徐嗣诚的身边，收拾小藤筐："想给侯爷做双暑袜。"

徐令宜有些意外，这还是十一娘第一次给他做东西，何况她还有一幅《谷风》的屏风没有绣完……继而大感兴趣:"给我看看!"

十一娘笑着将袜子递了过去。姜黄色的细葛布,袜子口绣了黑色的云纹,庄重大方。徐令宜很喜欢,拿在手里细细地摩挲了一会儿才把袜子递了回去。

十一娘问起罗振兴来:"大哥走了?"

"没。"徐令宜道,"喝得有点多,我留了宿。"又道:"振兴纳了个小妾,你准备些簪环,明天给新姨娘做见面礼。"

十一娘大吃一惊:"怎么会这样?"又觉得自己话来得太急,缓了口气,道:"什么时候的事?大哥前些日子来信怎么一字未提?"

"就这几天的事。"徐令宜笑道,"这种事,他怎么好提。"

十一娘没有作声。大太太去世了,以后罗大奶奶就是当家人了。要在家里伺候罗大老爷、主持中馈、管理庶务、抚育子女,不可能随着罗振兴到燕京,而罗振兴身边也不可能没有人照顾……最初的惊讶过去,她虽然能够明白这种安排,心里却有些不快。

屋子里就沉默下来。

徐令宜望着刚才神色恬静而此刻却眼神一黯的十一娘,想了想,道:"你别担心,人是你大嫂做主纳的,而且是你大嫂娘家的一个远房亲戚,祖上也曾中过秀才,是清清白白好人家的姑娘。"

这与清白不清白、是不是好人家的姑娘有什么关系?十一娘在心里腹诽,有点小小的郁闷,不由嘟囔了一句:"自怨愁容长照镜,悔教征戍觅封侯。"

如果罗振兴没有中进士,以罗振兴的性格,不管大太太是在世还是不在世,可能都不会纳妾吧?

她的声音虽然小,注意她的徐令宜却听得很清楚。他有些意外,十一娘,好像特别羡慕那些能彼此相守的夫妻,甚至对自己能辞官赋闲在家挺高兴的。心念一转,他不由抬头仔细地打量妻子,她正低头整理藤筐里的东西,修长纤细的手指,指甲剪得整整齐齐。她细心地把袜子叠好,把针线一一摆放整齐,动作优雅从容,神色淡定温和。他突然忆起小时候,半夜醒来,乳娘坐在床边,也是这样不紧不慢地摆弄着针线,温和地笑,端了温茶给他喝,拍了他入睡。待再睁开眼睛,乳娘还坐在那里,拿着烘好了的衣裳,正笑吟吟地等他起床……日子过得平静,却是那样安稳……一如此刻的感觉!很多年,他都没有这种感受了。徐令宜就握了十一娘的手,望着她投过来的狐疑目光,语塞。很多话涌出来,有点不知道该先说哪一句的好。

十一娘却笑道:"侯爷放心,明一早妾身就会准备好给新姨娘的见面礼让大哥带过去的。"不能改变的事实,抱怨过了,就要学着放下,免得在心里腐烂成蛆。何况甲之蜜糖,乙之砒霜。

徐令宜点头，欲言又止。

还有什么是自己不知道的？十一娘想问个仔细，一旁埋头认真描红的徐嗣诚抬起头来，道："父亲、母亲，我写完了！"然后把宣纸拎起来给徐令宜和十一娘看。

两人脸上不约而同露出笑容来，徐令宜甚至还表扬了徐嗣诚两句："写得不错，要是多花些时间，会写得更好。"

徐嗣诚望着十一娘，笑得像夏日下的一朵太阳花。

南永媳妇忙过来抱了孩子："侯爷和夫人也早点歇了吧！"

十一娘点头，待徐嗣诚行过礼后，让秋雨送他们出门。

徐令宜把谨哥儿抱到暖阁歇下，这才去洗漱歇息。

半夜，十一娘感觉呼吸有点困难，迷迷糊糊地醒过来，感觉他的手在自己身体里温柔地探索。睁开眼睛，这才发现自己被徐令宜紧紧地搂在怀里，脸贴在他的胸膛上，难怪会有窒息感。

"侯爷！"她有些不适地动了动，身体里升起股酥酥麻麻的感觉。十一娘"嘤咛"一声，闭上了眼睛，搂了徐令宜的脖子，随他去。

徐令宜却不让她把脸埋在他的怀里，捧了她的脸仔细打量。她身体不好，对夫妻之间的事几乎没有什么要求。徐令宜会打量她的神色，如果她眉宇间有倦意，他通常会立刻收手，让他的身体慢慢平复下来。如果她只是面红耳赤，就会继续细细地摩挲她的身体，直到她被那种暧昧的气氛撩拨，不能自已地投入他的怀抱……让欢爱变成一场盛宴……

这一次，十一娘却躲在徐令宜的怀里不愿意抬头。

"怎么了？"徐令宜只好亲着她的鬓角低声地哄她。

徐令宜对罗振兴纳小妾的态度，让十一娘心中微动。她很早就知道江山易改本性难移的道理，特别是男女之间，以爱的名义让对方妥协让步，大多数人都会以失败告终，何况是从小受封建士大夫教育的徐令宜。你想去说服他违背他所受的教育，那简直是痴人说梦。她也知道，当感情凌驾于理智之上时，人可以一味地妥协、让步，甚至到卑微的地步。要不然，怎么会有那么多人在遇到那个心动的人时，所有的条件都形同虚设？不过是看你对这个人的感情有多深而已！

十一娘想试着留住眼前的这个人，以体贴、包容的心，就像他在她生病时能放下男女大防让刘医正给她扎针，在她生谨哥儿的生死关头放下家族责任让稳婆先救她的性命一样……想到这些，她鼻子有点发酸，头埋得更深了，她不想他再看自己的脸色行事。

"你，总是欺负我！"她紧紧地贴着他的身子。

徐令宜喜欢十一娘遇事时的理智，说话时的风趣，不一味地顺从，也不咄咄逼人的辩驳,甚至是她在坚持自己想法时在他面前玩弄的那些透着狡黠的小伎俩……闲暇时就喜欢和她厮混,喜欢看她在他面前或嗔怒或娇羞或气急败坏的模样儿。闻言不由低声地笑,问她:"我怎么欺负你了?你可不能冤枉我!"手却探了花溪间的那颗珍珠轻柔地捻搓起来。

如果是平时,十一娘就会娇嗔地推搡着他,又气又急地喊着"徐令宜"……可这一次,她娇吟一声,身子虽然紧紧地绷了起来,却喘息急促地吻了他胸前的茱萸。温柔的唇,软软地贴着他炙热的肌肤,如油倒在了火苗上,身体"嘭"的一声烧了起来。他的手穿过如云般洒落在大红迎枕上的青丝捧了她的脑袋,她如染了红霞般的脸仰起来,闭着的眼睛睫毛轻轻颤抖着。

"默言!"他把额头抵在她的额头上。

十一娘没有作声,只是脸更红,敞开身体,主动地接纳了他……

天色刚刚泛白,徐令宜就醒了。

十一娘赤裸着身子蜷在他怀里,手下的肌肤如凝脂般细腻,他不由轻柔地摩挲了片刻。感觉到有动静,她眼皮轻轻地动了动,眼睛到底没有睁开,嘟囔着喊了声"徐令宜",声音又细又小,像刚出声的小猫的叫声,和在自己身下无力的呻吟一个声调。

徐令宜的嘴角翘成了一个愉悦的弧度,在她耳边低低地应了一声。十一娘就朝着他怀里挪了挪,酣酣地睡了。

徐令宜起身半靠在床头,手有一搭没一搭地拂着她如云般洒落在大红底鲤鱼菊花锦枕上的青丝。就这样,十一娘都没有醒,徐令宜就俯身亲了亲她的额头。

十一娘每次倦极了或是突然被吵醒,都会喊他的名字,得到他的应诺,又会沉沉地睡去,好像只要他在,她就能安心地睡觉,能把身边的所有事都托付给他。想到这些,徐令宜不由望着她熟睡后表情安详的脸发起呆来,好像很久以前,她已经这样了……仔细想想就是刚成亲的那会儿,她虽然不舒服,可从来没有害怕过自己……就是害怕,也只是害怕他要对她做的事,而不是害怕他……

心念转动间,他微微一愣,十一娘并不是那种只知道一味顺从的女子,可她却从来没有怀疑过他。要知道,他们第一次见面,是在小院,他被元娘捉奸……在她的眼里,他是个怎样的人呢?徐令宜的手柔柔地抚着她的脸。

睡眠被打扰,十一娘秀眉微蹙,侧了侧脸。徐令宜停止了抚摸。

十一娘的黛眉缓缓地舒展开来,嘴角绽出一个春花般娇柔的笑。

徐令宜不知道自己也跟着笑了起来,他很喜欢昨天的十一娘。突然间,她待他多了一分亲昵和信赖……不管他怎么做,做什么,她都只是颤巍巍地承受着……不像从前,一定要弄明白了,才会任他为所欲为。

念头闪过,他不由为她掖了掖本就掖得严严实实的被角,目光无意间就落在了她锁骨上他留下的紫红色烙印。昨晚那淋漓尽致的欢愉如走马灯般,毫无征兆地在他脑海里转起来。他口干舌燥,喉结上下滑了滑,手开始顺着她优美的曲线游走……心里却想着家里有几本秘藏的春宫图不知道收哪里了……有几幅图他小时候看了血脉偾张……拿来和十一娘试一试……不知道会不会一脚把他给踹下床去……要是外面的丫鬟听到动静,只怕又会粉饰太平似的把他拉上床去……十一娘粉脸带怒却又无可奈何的模样儿就浮现在他的脑海,忍不住就笑出声来,心里的执意更深。

徐嗣谆来给母亲请安的时候,觉得屋里的气氛有些异样。

父亲和母亲虽然脸上都带着笑,可母亲的笑容却显得有些僵硬,不像父亲的笑容,从眼角眉梢透出来,温和得像三月的春光。

徐嗣诫就拉了拉徐嗣谆的衣袖,徐嗣谆很机灵地什么也没有问,回了父亲的话,就和徐嗣诫一起出了门。

"母亲病了!"徐嗣诫立刻对徐嗣谆道,"今天早上我去请安的时候还没有起来。"

徐嗣谆听着吓了一大跳:"那要不要紧?去请了大夫吗?"

徐嗣诫有些郁闷:"宋妈妈说不用请大夫,休息半天就好了!"又道:"你说,怎么有人病了不请大夫的?"

徐嗣谆想了半天,道:"要不我们下了学去告诉祖母?母亲不好意思请大夫,祖母同意了,自然就没有什么顾忌了!"

徐嗣诫听着高兴起来:"对啊,我们去告诉祖母!"

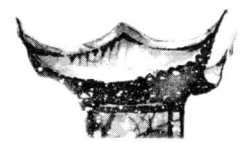

第七十四章　戏财迷妯娌送重礼

送走了两个孩子,十一娘打了个哈欠。

"给娘问了安回来睡个回笼觉好了。"徐令宜的表情淡淡的,听在十一娘的耳朵里却隐隐透着些许的促狭之意。

她权当没听懂,大大方方地"嗯"了一声,懒懒地倚在了大迎枕上,却不知道自己的脸上飞起一道红云。

"大哥可决定了什么时候去吏部报备回翰林院了吗?"十一娘做出一副很随意的样子问道,"侯爷和大哥今天还有什么安排?我也好吩咐厨房里准备饭菜。"

徐令宜眼中的笑意更浓,不敢再撩她,怕她恼羞成怒。

"说明天就去吏部报备。"他正色地道,"本来准备和振兴一起去王励那里坐坐的,结果振兴邀了金翰林,想问问翰林院的情况,只有改天再说了。"

这样说来,罗振兴不准备在徐家吃午饭了。十一娘笑道:"我还特意让人留了新麦,准备做荷叶饼吃。"

话音刚落,罗振兴来了。十一娘笑着起身将之前准备好的荷包递给了罗振兴:"听说哥哥房里进了新人,这是我的一点小意思。"里面装了一对赤金一点滴的簪子和一对东珠珠花。

罗振兴笑着接了,和徐令宜、十一娘一起去了太夫人那里请了安,回了弓弦胡同。徐令宜去了王励那里,十一娘则回去歇息。

刚躺下,黄三奶奶来了。十一娘只得穿衣起床。

黄三奶奶从三夫人那边来,她显得有些无奈:"你们家三夫人真是……看着方家好说话,方家派人来量房子,她竟然让我把人领到三井胡同那边的院子去。"

女方来量了新房的尺寸后,就要开始请师傅打陪嫁的家具。把人领到三井胡同那边去量尺寸,方家的人只怕以为三井胡同那边是新房……前前后后几进院子,把屋子填满,方家大小姐的那一万两陪嫁肯定是不够的。可要是不填满,不免让人觉得方家大小姐的陪嫁有些寒酸。

十一娘也觉得有些过分,想了想,道:"要不和管这事的刘侍郎的夫人说说?"

黄三奶奶轻轻地摇了摇头:"刘夫人说过,方大小姐自幼在方家太夫人身边长大。太

夫人仙逝时,曾留下一笔丰厚的财产给大小姐做嫁妆。所以钱财方面,方家也不多计较,只怕这位刘夫人也没个主意。"

"可这样做总归是不妥当,传出去人家还以为徐家在诈媳妇的嫁妆。"

"我看不如把这话跟方家说明了,三井胡同那边是给勤哥儿的产业,新房则设在永平侯府,让他们自己拿主意,看到哪边量尺寸。"

黄三奶奶叹气:"我也是这样想的——让我把方家的人领到三井胡同去,我可做不出来。"

十一娘只好笑着安抚她:"要不然太夫人怎么会想着请姐姐出面,除了姐姐,还真没有人能担得起。"

虽然知道是恭维话,黄三奶奶还是脸色微霁。

"你少给我打马虎眼。"说着,话题就转到周夫人身上:"她可是有名的会做媒,喜欢做媒……"又说到了芳姐儿生女儿的事上:"听说周家上了折子,请皇上为太子纳妃。皇上没说什么,皇后娘娘却驳了,说两人成亲不久,太子又刚刚册封,应该以国事为重,把这件事推了。"

为这件事,周家送了新上市的樱桃来。十一娘却不好多说,笑着和她说些闲话:"三年生两个,放眼整个大周,也是少见的。"

黄三奶奶掩了嘴笑:"我看,是少见的恩爱吧?"

十一娘也笑。两人说了半天的话,黄三奶奶这才告辞。

下午,罗四奶奶领了新姨娘王氏来给十一娘问安。

十一娘请她们屋里坐,趁着丫鬟们上茶点的时候仔细地打量王氏,她不过十四五岁的年纪,长得白净秀气,梳着圆髻,插一支桃花银簪,穿着粉红色的杭绸小袄,蓝绿色的杭绸月华裙,纤细苗条。她微垂着眼睑坐在那里,非常文静。

看见丫鬟给她端茶,她忙站了起来,见罗四奶奶稳稳当当地坐在那里,这才红着脸坐了下来,显得有些拘谨。

罗四奶奶正和十一娘说着英娘:"受了凉,就把她留在了家里。"眼角瞥见王姨娘的举动,笑着对她道:"十一姑奶奶是皇亲贵胄,最讲规矩。你虽然是妾室,可也是半个主子,何况是来姑奶奶这里做客,不比在家里。有小丫鬟敬茶,你欠欠身即可,用不着站起来。"竟然一副教她规矩的模样。

王姨娘脸红得更厉害,低低地应了一声"是"。

罗四奶奶笑着对十一娘解释道:"和我一样,在乡下长大的,只能多提点些,好在姑奶奶不是外人。"

十一娘笑了笑,对王姨娘说了句"你随意",然后接了罗四奶奶之前的话道:"英娘受了凉?严重不严重?请了大夫没有?大夫都开了些什么药?"一句接着一句,很是关切。

罗四奶奶忙道:"不严重。请太医院的吴太医帮着仔细瞧了瞧,说是吃两服药就好了。"

"那就好。"

大家说了会儿话,罗四奶奶就带着王姨娘起身告辞了。

到了晚上去给太夫人问安,太夫人携了她的手上上下下地打量了一番,又问十一娘这些日子身子骨怎样,是不是照着太医说的每天吃二两燕窝,还问库里的燕窝够不够,要是不够,她那边还有些,让她拿去吃,把身体快点调理好之类的话。背了十一娘却训斥徐令宜:"她性子温顺,你就应该拿主意才是。你看十一娘,眼睑都是青的……她现在是年轻,经得起,等再过几年,身体就要败了下来!你难道真想背克妻的名声不成?"

徐令宜多少年没被母亲这样劈头盖脸地教训了,很不自在。回到屋里怕十一娘盯着他问,谁知道宋妈妈说十一娘早就歇下了。

他上了床,十一娘睡得连身子也没有动一下。徐令宜讶然,仔细地打量着她,没看见眼睑下有青色,却感觉她好像瘦了一点似的,忙把十一娘抱在怀里。

十一娘轻轻地"嗯"一声,眼睛也没有睁开,把头枕在他肩上继续睡。

徐令宜觉得太夫人有些言过其实,可连着几天十一娘都倒头就睡,他不由后悔起来。早知道这样,当初就不应该那样放纵自己,这等于是把自己的存粮都吃了,还不如细水长流,每天和十一娘逗闹一番。

十一娘却没有太多的感觉。她休息了几天,渐渐觉得自己又神清气爽起来,每天听着黄三奶奶抱怨三夫人,顺便也听听徐嗣勤婚事的进度如何,很快就到了四月底。

四娘那边有喜讯过来:"我们夫人又生了位小少爷,白白胖胖,有八斤重。"

十一娘打赏来报信的人,参加洗三礼,喝满月酒,带孩子,给徐令宜做暑袜……忙着,很快就要过端午了。各家的端午礼一送,转眼间到了六月中旬。

五夫人顺顺利利地生下了一个儿子。太夫人高兴得合不拢嘴,抱着如今稍不留神就会从炕上翻下来的谨哥儿亲了又亲,道:"这都是我们谨哥儿带来的福气——他自己来了不说,还带了个弟弟来!"目光在十一娘的腹部扫了一眼。

十一娘脸色微红,好在大家的注意力都集中在了抱着孩子呵呵直笑的徐令宽身上,议论着新生儿的模样。

躺在床上的五夫人勒着额帕,望着丈夫的目光中就透着几分骄傲。

"正好!"为了儿子的婚事留在燕京的三夫人笑道,"等办完了孩子的满月酒,正好办

勤哥儿的婚事,忙完了勤哥儿的婚事,又到了孩子做百日的时候。这孩子,可真是选着日子出生的。"

十一娘却想着小小身子挺得笔直、正一丝不苟地端坐在炕桌前描红的徐嗣诚。

五夫人听了笑弯了眉,柔声对徐令宽道:"五爷,您给孩子取个名字吧!"

五爷听着露出沉思的表情来。

三夫人笑道:"刚出生的孩子,那么急做什么,等我们家勤哥儿成了亲再取也不迟。"

刚出生的孩子一般先取小名,然后等孩子大一些了再取大名,怕福禄太过,小孩子受不起。只是被三夫人这么一说,五夫人很不高兴。她的孩子出身名门贵胄,有什么受不起的!何况十一娘家的谨哥儿也是一出生就取了名字。

徐令宽听着也不太舒服,但仔细想想也有道理,正想和妻子说笑两句,却见妻子满脸的委屈,立刻改变了心意,道:"我看不如叫'诜',言先'诜'。他是兄弟中的一人,以后还会带来更多的兄弟……"

诜,有众多的意思。太夫人看了三夫人一眼,笑道:"这名字好。"又问五夫人:"你说呢?"

堂兄弟中孩子排第七,可他们房头的孩子却是嫡长子。五夫人觉得徐令宽应该给孩子取个更响亮的名字,但太夫人点了头,五爷言下之意又有让她再添丁加口的意思,也就笑着点了点头,接过孩子,亲了亲孩子的面颊,柔柔地道:"我们诜哥儿有名字了!"

石妈妈忙在一旁道:"恭喜七少爷有名字了!"

五夫人扬着脸笑起来。满屋的丫鬟、婆子都叫着"诜大爷"。

三夫人不由挑了挑眉,她生了两个儿子也没有这样的轻狂。

得了孙子的太夫人却不觉这是轻狂,笑吟吟地嘱咐五夫人:"好好调养,屋里的事有石妈妈。天气虽然热,却不可由着性子开了窗户吹冷风……"

太夫人说一句,五夫人应一声,直到太夫人看着五夫人面露倦意,这才打住了话,笑着说了句"明天再来看你",然后由十一娘和三夫人服侍着回了屋。

到了洗三礼那天,红灯胡同那边来了一大群人。

屋子里自然是莺莺燕燕好不热闹,五夫人、十一娘都忙着招呼客人。

那边有小丫鬟打了帘子,三夫人由一群丫鬟、婆子簇拥着走了进来,道:"那边的酒宴已经布置好了,大家移步过去坐了吧!"她昨天主动向太夫人和五夫人提出帮着置办诜哥儿的洗三礼。

自有熟识的人笑道:"哎呀,你什么时候回的京?"

"正月间就回来了。"三夫人笑道,"我们家勤哥儿要成亲了,日子定在九月十六,要把这件大事办了才去山阳,到时候要来喝杯薄酒才是。"

"那是自然,那是自然。"

她又请林大奶奶、黄三奶奶、唐四太太等人:"到时候可一定要来。"又叮嘱唐四太太:"姐姐遇到西院的唐九奶奶也跟我知会一声。过几天,我再亲自去家里请。"

唐四太太笑道:"一定把话带到。"

黄三奶奶低声问十一娘:"你们家和唐家西院那边有来往?"

唐家西院住着中山侯家出了五服的旁支。

十一娘想了想,道:"可能是三嫂和那边有私交吧。"

事后写请帖的时候才知道,原来有一次三夫人去唐家喝喜酒,正好西院的唐九奶奶女儿过百日礼,她曾送过两匹缎子做贺礼。

五夫人气得脸皮发紫:"我就说,她怎么突然这么热心,诜哥儿的洗三礼、满月礼抢着帮忙,原来是为了给他们家勤哥儿请客。"又对十一娘道:"四嫂可能还不知道吧?她还请了我娘家远房的两位嫂嫂……到时候她把两个孩子往家里一丢,自己去了山阳。我那两位嫂嫂家里有什么红白喜事,我难道还逼着侄儿媳妇拿钱出来还情不成!做出这样一副没见过世面的样子,让我的脸往哪里搁!"

诜哥儿有些拉肚子,十一娘来探病,没想到五夫人会和她说这些。这种事五夫人做不出来,她也做不出来。十一娘轻轻地拍着诜哥儿,笑道:"有时羡慕那些市井妇人,一哭二闹三上吊的,反比我们这样痛快!"

五夫人微微一愣,然后"扑哧"一笑,望着十一娘的目光就多了些柔和。襁褓中的诜哥儿就皱了皱眉。

十一娘忙收了笑声:"差点把我们诜哥儿给惊醒了!"

五夫人见她望着诜哥儿的目光温和中带着几分溺爱,就像看谨哥儿时一样,嘴角不由弯了起来:"四嫂身子骨不好,你还是把他给乳娘吧!"

五夫人对孩子一向看得重,十一娘没有客气,笑着把孩子交给了乳娘,趁机告了辞,回屋里给徐令宜收拾箱笼。

她这才发现徐令宜衣裳很多,而且到处都是,不仅半月泮,就是太夫人那里,也有几箱笼。常常是穿了件新衣裳到那边去过夜,第二天换了件旧衣裳回来,又连着几天歇在这边,那新衣裳渐渐忘了,再拿出来,又成了新衣裳。十一娘索性把他的衣裳全部都整理了一遍,哪几件衣裳放在半月泮,哪几件衣裳放在太夫人那里,哪几件衣裳放在正屋,还放了几件衣裳在文姨娘和乔莲房那里,派了细心的玉梅专司徐令宜的衣物。这样一忙,就到了八月头,送中秋节礼的时候了。

过了中秋节,弓弦胡同那边有消息过来,说罗大奶奶七月十一生了个儿子,母子平安。

来送信的是罗大奶奶的乳兄杭六的媳妇。

罗振兴来燕京,罗大奶奶把乳兄杭六和杭九给罗振兴使唤。罗振声夫妻和六姨娘、英娘回余杭后,杭六就接管了弓弦胡同的庶务。

"大哥派谁回余杭送信?"十一娘招了杭六媳妇问话,"我也好给未谋面的侄儿带些东西过去。"

杭六媳妇半坐在了炕前的小杌子上,闻言立刻站了起来:"回十一姑奶奶的话,大奶奶写信来让给二少爷取个名字。大爷说,等他把名字想好了就让我家小叔子回趟余杭,具体的时日还没有定。十一姑奶奶要是想带东西回去,您把东西准备好了,我来拿就是。"

很会说话的一个妇人。十一娘就让竺香把准备好的多赤金长命锁之类的东西拿给杭六媳妇——之前她算过日子,东西早就准备好了。想问问孩子的情况,可惜杭六媳妇也只是听说;想问问罗振兴这些日子怎样,想着他有小妾照顾,问这些又显得有些多余。

正想让杭六媳妇退下,黄三奶奶来了,十一娘忙迎了上去,请她到屋里喝冰镇的绿豆汤。

黄三奶奶端了青花瓷小碗苦笑:"方家那边送嫁的船已经启程——真正的十里红妆。这次你们家三夫人可省了一大笔钱。不过,进进出出,抬眼望去全是媳妇的嫁妆,我也不知道你的这位三嫂怎么就能安得下心来享用。"

方家比三夫人想的还大方。三井胡同那边的家具全量了去,听说新房设在永平侯府,也派人来量了尺寸。

十一娘自然也不好说什么,只好道:"姐姐是来和三嫂商量接婚船的事吗?"

黄三奶奶也知道十一娘不便议论这事,只是想找个人抱怨一下——这门亲事虽然成了,可要是哪天别人议论起来,还以为是他们这些媒人从中要的嫁妆,她的脸可就丢光了。她不过是到十一娘这里来抱怨抱怨罢了。

"方家的意思是想让新娘子直接抬进府。"黄三奶奶也就不再提这件事,笑道,"我觉得这样也好。那么多的嫁妆,如果照先前说的先落刘侍郎别院,次日送嫁,来来回回,抬杠的红包要给两次不说,而且还容易把东西遗落或是被人随手给顺去了。"

"姐姐办这事有经验。"十一娘笑道,"听姐姐的自然不会有错。"

黄三奶奶叹了口气,笑道:"可惜不是你做婆婆,要不然,我这媒人可轻松了。"

十一娘笑了笑。

黄三奶奶说起徐嗣谕来:"除了服,应该要说亲了吧?"

"嗯!"十一娘道,"只是谕哥儿没个功名在身,亲事不好说。"

黄三奶奶点头:"的确有些为难,是长子,偏偏世子只和他隔几岁。家底寒酸些的,你们看不上;家底丰厚的,又觉得谕哥儿的处境艰难了些。如果有了功名在身,说话就容易多了。"

两人说了会儿闲话,黄三奶奶去了三夫人那里。

三夫人不同意——送嫁不能走重路,先落刘侍郎的别院。到时候这满燕京城的走一趟,大家都知道她家长媳的嫁妆有多丰厚,到时候次子说亲,腰板也硬一些。

黄三奶奶不由皱眉:"你们以后是亲家,互相要体谅些才是。方家嫁这个姑娘,说的是准备用一万两银子,如今只怕两万两银子出头了……"

没等她说完,三夫人笑道:"一百步都走到了九十九步,也不差这一步。"语气里颇有几分得意。

黄三奶奶气结,去给太夫人辞行的时候略略提了提。

送走黄三奶奶,太夫人就叫了三夫人去:"勤哥儿的婚事不到一个月了,你那边准备得怎样了?"

太夫人一直不闻不问,三夫人心里正嘀咕着,如今见太夫人开了口,忙笑道:"三井胡同那边墙也粉了,漆也上了,一年四季的幔帐、帘子也都备齐全了。没想到我几年不在家,工钱、料钱全都涨了,两千两银子就这么丢下去响也没响一声,把我手里的体己钱都贴了进去还不够。这不,正等着三爷拿钱回来粉这边的新房呢。"

听了三夫人的话,太夫人淡淡地笑了笑:"钱多米多,不如日子多,总不能为了勤哥儿的婚事把家里都掏空了吧?何况俭哥儿也马上要说亲了。我看,不如就把新房设在三井胡同好了,这样你们也可以省一笔开销。你要是怕新媳年纪轻不能主持中馈,不如留在京里好好指导指导新媳妇,至于老三那边,"太夫人沉吟道,"易姨娘死了也快有一年了吧?不行就抬个姨娘跟着老三去任上。我看你身边那个叫秋绫的不错,就那孩子好了!"

三夫人先是目瞪口呆,然后是大惊失色——太夫人的主意句句都戳在了她的心上。

"娘!"三夫人忙拉了太夫子的衣袖,"我们就是再没有钱,给孩子成亲的钱是有的,只是家里的事都由三爷说了算,所以才等着三爷送钱来。细水长流的道理我还是懂的,断然不会为了虚名把家底掏空的。"她一面说,一面眼珠子溜溜地转,"方家的家私都打了,送嫁的船也在路上了,到时候新房设在了三井胡同……那,那多出来的那些家私怎么办?让方家送嫁的人知道了,我们永平侯府岂不成了骗媳妇嫁妆的人了?"

太夫人没有作声。

三夫人一看有戏,匆匆地道:"娘,我早就打算好了,孩子成亲是大事,三爷知道,断然

不会不送钱来。只是山阳离这里有些远,等三爷送钱来只怕时间上来不及。我先回娘家借一点,然后把这边的院子收拾收拾,等三爷的钱到了再还也不迟。"

"借钱?"太夫人端起茶盅啜了一口,轻声道,"你也是当过家的人。孩子成亲,可不是把院子收拾收拾就能完事的。这酒席的钱、开门的红包、抬嫁妆的打发……一桩桩,一件件,哪样不用钱?"

虽然颇不以为然,却没有把担子揽过去,让她别回娘家借钱。三夫人急起来。太夫人要是真下了决心让勤哥儿到三井胡同去成亲,她可里子、面子全没了。又后悔不该在三井胡同买宅子的,也就不会被太夫人逼到墙角了。再一想,如果没在三井胡同买宅子,又怎么能得了方家六千多两银子的家私……一时间,她心里乱麻似的,只想着怎样让太夫人打消这些念头。

"我也算过了,"她立刻道,"到时候各家都会送贺礼来,足够婚事的开销了,向我娘家借个一两千两银子足够了。"

太夫人听着微微点头:"既然你都算好了,那我就不多说什么了。"然后端了茶,"我也累了,你也有事要忙,下去歇了吧!"

三夫人不敢多停留,忙起身退下,等走到屋外,白花花的太阳一晒,这才惊觉得自己吃了亏。

"我怎么没有提公中的钱?"她喃喃地道,"我们可是住在一起的。按惯例,应该有三百两银子的! 想当初,小五成亲、老四续弦,公中可都是拿了钱出来的。太夫人一句也不提,难道是不想出这三百两银子? 凭什么勤哥儿成亲公中就不拿钱出来,到时候岂不全是我自己出?"可话已经说出了口……她肠子都要悔青了,抬头看见绿树丛中翘起的飞檐,她脚步一顿,吩咐身边的人:"我们去四夫人那里!"

有人低低地应"是"。

三夫人眼角瞥去,看见一张温顺柔和的面孔——秋绫……她抿了抿嘴,转身去了正屋。

"支勤哥儿成亲的钱?"十一娘有些惊讶地望着三夫人。

三夫人点了点头,肘支在炕桌上向前倾了倾身子,"四弟妹不是外人,我也不怕你笑话。这些年,我们两口子一直靠着月例过日子,这几年你三哥外放,手里才活络了些。偏生结了方家这门亲事,嫁妆就装了两船。为了勤哥儿的体面,我这边也不能寒酸,只好踮起脚来做长子,把私藏多年的体己银子拿出来贴了进去也不够,还准备回娘家借些银子把这边的新房粉了……"

却提也没提之前分家得的财产。十一娘不由庆幸家里的中馈现在不是自己主持。

"这件事得和娘商量。"她笑道,"如今家里的事……"

她的话还没有说完,三夫人已道:"我也知道,可这话实际不好意思向娘开口——这么多年我没办什么大事,长子成亲都说没钱,只怕是钱没有支到,先被娘训斥一番。我是想向四弟妹借点银子,等贺礼的钱一到,立刻就还上。"

"勤哥儿成亲是大事。"十一娘道,"我现在没有当家,喜铺那边要到年终才分红,不知道三嫂想借多少?"

要是借多了,只怕会惊动徐令宜,到时候太夫人肯定也就知道了。三夫人想了想,道:"油漆大概要个一百多两银子,粉墙大概要个一百多两银子,还有幔帐、工钱……我看,最少要二百两银子。"

十一娘松了口气,笑道:"三嫂像是看着我的钱匣子开的口——前几天侯爷正好给了我二百两银子过中秋节,三嫂先拿去用吧!"说着,让竺香去开了箱笼:"记得把笔墨纸砚一并带来,三嫂也好给我立个字据!"

"立字据?"三夫人惊愕地望着十一娘,不禁为之气结。早知道这样,就应该去找二夫人了,她一向慷慨大方……要是白纸黑字地立了字据,那这笔钱就非还不可了!绕了这么大一圈,最后自己岂不是白忙活了!

"我看,立字据就不必了吧?"三夫人目光闪烁,"莫非你还信不过我?"

的确信不过。十一娘笑着。竺香拿了银票和笔墨纸砚来,她就将纸摊在了三夫人的面前。

"不是我信不过三嫂,而是俗话说得好,亲兄弟明算账。没了这利益的瓜葛,人也就亲热多了。我也不催着三嫂一定要还这笔钱,只是有个凭证,我也好给侯爷一个交代。"

"那、那就算了吧!"三夫人道,"你的钱既然还要给侯爷一个交代,我也不好让你为难,我还是回娘家再借点吧!"

"在娘家帮婆家争气,在婆家帮娘家争气。三嫂与其回娘家去借银子,还不如我们妯娌之间互相周转周转。"十娘笑道,"难道三嫂是怕我以后向三嫂借银子不成?何况这银子我又不等着用,三嫂什么时候还都是一样。"

三夫人听着目光闪烁,还好自己跟着三爷出去见了一番世面,要不然就和十一娘一样,以为这银子自己拿在手里也没什么用处,借出去别人总是要还的,还是个人情。却不知道这钱能生钱,借给那些急需用钱的人收利息,几年下来,也有几百两银子。想到这里,她不免有几分犹豫,谁知道竺香却把蘸了墨的笔递到了她的手边……先借来使使也成啊!三夫人接过了笔,立了一张字据。

十一娘飞快地瞥了一眼,让竺香收下了。

秋雨奉十一娘之命给快要生产的琥珀送了些细布,说起屋里发生的事,不免提到三夫人借钱的事:"既然已经立字据,不如让三夫人把还钱的时间写清楚一点。要不然,这银子只怕是肉包子打狗,有去无回了。"

琥珀扶着腰站了起来,从箱笼时摸出一个橘子递给了秋雨:"夫人根本就没打算她还,这样做,也是为了怕她以后再向夫人借钱罢了。"

秋雨想想,也有道理,前债还没有还,总不能再借吧?只是二百两银子……也太多了些……不过,夫人手里一向宽裕……过中秋节的时候,侯爷就给了夫人一千两银子……也不差这点银子……这样一想,倒是她小家子气了。她笑着把这事抛到了脑后,笑吟吟地拿了个半黄的橘子:"这是夫人赏的吗?前两天宫里赏了一篓给夫人!"

还没有到橘子上市的季节。

"不是!"琥珀笑容里有少见的腼腆,"是你姐夫托人买的。"

秋雨望着手上的橘子,不由掩了嘴笑:"好姐姐,你拿出来给我吃了,管姐夫知道了,岂不要找我算账?"

琥珀脸一红:"有东西吃还塞不住你那张嘴!"

秋雨笑得更厉害了,回去讲给十一娘听,十一娘也笑。

晚上,徐令宜隔着净房的槅扇和十一娘说话。

"明天窦阁老请我去登山,我准备带谆哥儿一起去,你明天帮着看看他的穿着打扮。"

窦阁老是新晋的一位阁老,据说刚过不惑之年,为人正直刚毅,敢言敢谏。十一娘不由轻笑:"他刚上台就请你去登山?"

徐令宜笑道:"要不然,他怎么能做阁老!"

也是。十一娘道:"明天去的都是些什么人?带谆哥儿去合适不合适?"

"登山而已,不是什么隆重的场合。到时候小厮、随从一大群,就当是带他出去散散心吧。"

待十一娘出来,徐令宜搂过她躺在床上。十一娘在他怀里找了一个舒服的位置,说起琥珀的事。

徐令宜看着喜滋滋的十一娘忍不住打趣道:"一个橘子而已,虽然稀罕,可也用不着乐成这样!"

明明知道她在说什么,却偏偏要和她抬抬杠才舒服。十一娘横了他一眼,徐令宜侧过脸去,她粉粉的唇离他不过咫尺。

十一娘神色间就有几分难掩的慌张,接受,心里还有隐隐的不安;不接受,好像……心里也很不安似的!

"我是觉得夫妻在一起才是最重要的……"她仓促地说着,好像这样,就能暂时阻止徐令宜的举动般,"父母会先自己而去,孩子会后自己而去……只有夫妻,才能相伴相知,一路走到最后……"

徐令宜的唇停在了与她不过一指的距离,他含笑望着面红耳赤的十一娘,从毫不犹豫地推开到借故躲避……这一次,有的只是手足无措。他喜欢这样的十一娘,从来不曾违背自己的心意……接受的时候接受,拒绝的时候拒绝……让他能清楚地感受到她的真诚。

念头闪过,他心中悸动。她会不会有一天主动地吻他的唇,就像她现在渐渐对他放开的身体一样呢?突然间,他不想再进一步。他想知道,十一娘依偎过来时的感觉……

徐令宜含了她圆润的耳垂,有些气息微乱地吸吮了片刻,就在十一娘以为他会有所为时,他却翻身仰躺在了一旁,长长地吁了口气:"快睡吧!"语气有些沮丧。

十一娘有些啼笑皆非。这个误会,得解开才行。要不然,前后的日子徐令宜有顾忌,中间的日子她有顾忌,两人情投意合的日子并不多。想到这里,她依偎了过去,徐令宜虽然没有推开她,却闭了眼睛,示意自己要睡了。

十一娘不由咬了牙。这个徐令宜,就不能有妥协的时候……心里又明白,她最欣赏他的就是自律,有原则。脸上烧得通红,趴在他的肩头:"我怀谨哥儿的时候……是月中!"

她的话音未落,徐令宜就睁开了眼,目光灼热地落在她的脸上,灼热得让她有点刺痛。她知道自己的脸此刻肯定已经红得能滴出血来,有些慌乱地在徐令宜耳边嘀咕:"每个人都不一样的……"

徐令宜沉默了片刻,好像在考虑她话里的真假似的。时间好像一下子被拉长了。

单方面搂着他脖子的十一娘好生不自在,好像是她欲求不满一样。

念头闪过,徐令宜已轻轻地"嗯"了一声,然后拍了拍她的背:"睡吧!"

被拒绝了吗?十一娘身体一僵,错愕地抬头,就看见徐令宜重新闭了眼睛。

真的被拒绝了!十一娘又羞又恼,觉得徐令宜身上突然长了刺似的,让她百般不舒服。又不好此刻就翻身睡了,如坐实了自己的不满一样,又不好就这样趴在他身上,少了他强有力臂膀的拥抱,就少了那种被人呵护的甜蜜。

半响,她轻手轻脚地翻身下了床,走到临窗大炕旁给自己倒了杯温水,望着窗外西厢房屋檐下摇曳的大红灯笼,啜了几口茶水,心情就慢慢平复下来。以后再也不做这种丢脸的事了……念头闪过,身子骤然腾空而起。她不由惊呼一声,已有人贴着她的耳边轻声地笑。

外面传来值夜丫鬟秋雨略带惺忪的声音:"夫人,什么事?"

熟悉的眸子，温暖的怀抱……除了徐令宜还有谁？十一娘瞪了他一眼，道："没事，没事，你睡去吧！"

没等帘子外响起秋雨离去的脚步声，徐令宜已抱着她绕过屏风进了内间："怎么这么大的气性？我不过是想先歇会儿……你就等不及了……"含笑的声音里透着些许的促狭。

徐令宜竟然这样调侃她！十一娘赧然："侯爷说得好奇怪，妾身不过是口渴，起身喝杯茶而已，侯爷就等不及追了过来……"到底不习惯和他这样耍花枪，说到最后有点说不下去了。

徐令宜把她丢在软软的被褥间，站在床边脱衣，露出宽阔的肩膀、精壮的胸膛。

十一娘心里一团麻似的，还未来得及说什么，已被徐令宜压在身下。

他凝视着她的容颜，缓缓地抚摸着她的身子，心不在焉地道："万一你跑回娘家哭诉，振兴来找我算账，我岂不麻烦了！"

"原来，侯爷怕我回娘家哭诉！"她扭动着身子，轻轻喘息着，语不能成段。

徐令宜在她耳边低声地笑，"所以要把你留下来……"徐徐地进入她的身体，"免得你回去告我的状……"

十一娘眉头微蹙，好一会儿才舒展开来，却已说不出话。屋子里响起浅浅的呻吟声。

十一娘的小日子如期而至，徐令宜松了口气，之后果然把时间调整了一下。十一娘也放下心来，待徐令宜比从前又多了几分亲昵。只要徐令宜在家里吃饭，必问一下菜单。

翌日一早，两个儿子来问安的时候，十一娘说了爬山的事。

徐嗣诚听了很羡慕。

徐嗣谆就拉了十一娘的衣袖："母亲，你跟爹爹说一声，让五弟和我一起去吧！五弟比我还有腿劲，不会拖大家后腿的！"

这不是拖不拖后腿的问题，这是永平侯带着永平侯世子出现在社交场合。童年时光是最单纯快乐的，这样的日子并不多。十一娘笑着摸了摸徐嗣诚的头："你们都去了，谁帮我带谨哥儿呢？"

十个月大的谨哥儿活泼好动，稍不留神就爬到了炕几旁，拿着个什么东西都在嘴里啃两下，抱在怀里三下两下就不耐烦了。小腿往你肚子上一蹬，人就要射出去，谁抱着他都要打起三分的精神。只是还不会说话，冲谁都"哦哦哦"的，十一娘很担心，太夫人却觉得她大惊小怪："老四一岁半才开口说话，他这才十个月呢！"

十一娘也吃不准十个月的孩子应该不应该开口说话，空闲的时候就抱着他认家里的东西。

徐嗣诚闻言眼睛一亮，笑道："那我在家里陪谨哥儿玩。"

徐嗣谆有些失望，道："那，那我带好吃的东西给你们吃吧！"

"好啊！"十一娘忙笑道，"回来也给我讲讲你们登山都遇到了些什么事，我还从来没有去登过山！"是指在这个时空里，一个人在前面走，若干个人拿着凳子、羽扇，甚至是马桶跟在后面的那种场面。

徐嗣谆高兴地应了。十一娘送兄弟俩出了门。

宋妈妈过来："马上就是秦姨娘的除服礼了……"

"按惯例办吧！"十一娘点了点头。

宋妈妈应声而去。

到了那天，请了道士、尼姑做了七天的道场，徐嗣谕换了衣裳回来给徐令宜、太夫人和十一娘问安。

徐令宜问了问他的功课，太夫人则问了他的身体，就到了十一娘这里。

十一娘和谨哥儿都坐在西次间临窗的大炕上。炕桌搬走了，十一娘坐在炕边，谨哥儿坐在炕中央，手里拿着个敲木鱼用的棒槌，身边摆着几个大小不一的碗、碟子，还有木鱼、小鼓之类的东西，谨哥儿拿着棒槌正敲得欢。

看见徐嗣谕进来，他抬头就冲徐嗣谕笑了笑，露出两颗大门牙。那种不含任何杂质的纯粹笑容，让徐嗣谕很受冲击。

"六弟都长这么大了！"他望着谨哥儿愣了愣，才说出这句话来。

十一娘把谨哥儿抱在怀里，笑道："你回来了？一路上可还平安？"

徐嗣谕这才想起给十一娘行礼："让母亲挂念，我一切都好！"

不过是短短的两句话，谨哥儿在十一娘怀里又是跳，又是蹦的，拧着身子要去敲那些碗碟。

十一娘不想打扰孩子的兴致，有些抱歉地对徐嗣谕笑了笑："他有点调皮！"然后把谨哥儿放在了炕上。

谨哥儿立刻爬到了小鼓旁，却发现自己手里的棒槌不见了，东张西望了一会儿，又爬过去把棒槌抓在了手里，再往小鼓那边爬，又丢了棒槌。他犯起愁来，望了望十一娘，又望了望徐嗣谕，见两人都不为所动，"哇"的一声哭了起来。

徐嗣谕觉得他十分有趣，没多想就过去捡了棒槌递给了谨哥儿。谨哥儿立刻不哭了，脸上挂着两行泪冲他笑。

徐嗣谕情不自禁地摸了摸他的头，谨哥儿不理他，低下头去敲小鼓，屋子里响起时强时弱的"咚咚"声，单调得有点吵人。

徐嗣谕这才发现谨哥儿手里拿的红色棒槌被磨得圆润光滑,顶端刻着莲花的纹样。他有些吃惊地望向十一娘。

十一娘歉意地对他笑道:"有点吵人!"又解释道:"你不让敲,他哭起来,比这个还要吵!"

"可能是我听得少,没觉得吵。"徐嗣谕笑着,望了玩得正欢的谨哥儿一眼。

神色温和,语气舒缓,温文尔雅的公子形象。十一娘笑了笑,说起徐嗣勤的婚事来:"我们家人丁单薄,你回来了,正好带着管事去通州帮勤哥儿迎嫁妆。"

徐嗣谕笑着应"是":"前两天去落叶山的时候就跟我说了。"

这样说来,徐嗣勤去参加秦姨娘的除服礼了。十一娘若有所指地道:"既然你们兄弟都商量好了,我也不多说了。成亲三日无大小,放松了心情玩几天。"

徐嗣谕笑着应诺,谨哥儿丢了棒槌爬到了十一娘的怀里。

十一娘知道他这是吵着要自己抱,正要叫顾妈妈,徐嗣谕见状站了起来:"母亲这边还有事,那我就先去二伯母那边给二伯母问个安。"

"等会儿一起到太夫人那里吃饭。"再留下来也没什么话说,十一娘笑着叮嘱徐嗣谕,让秋雨帮着送客。

徐嗣谕起身行礼,眼角的余光在被谨哥儿随手丢在炕角的红色棒槌上停了停,这才转身出门。

十一娘不由拿了那个棒槌。真是太细心了!连徐嗣谆都没有发现。这是太夫人惯用的,那天被谨哥儿抓在手里不放,太夫人怕他哭,就给了谨哥儿……

她笑着让人把东西都收起来,五夫人来了。

"真是只愁生不愁养。"她笑着牵了谨哥儿的手象征性地在屋里走了两下,然后把孩子交给顾妈妈,和十一娘坐在了大炕上,"那几年天天盼,这都能下地走了。再过几天,能开口叫爹、娘了。"

十一娘笑着陪她坐了,道:"我听石妈妈说,诜哥儿的头都能立起来了?"

说起儿子,五夫人眼角眉梢全是笑:"只能偶尔立一下,时间长了就不行了,我也不敢让他立……"然后说了来意:"勤哥儿那边,你准备怎么办?"

十一娘笑道:"我听侯爷的。"

五夫人却目光微转:"那是账面上的。我的意思是,第二天认亲的时候,四嫂准备给新娘子什么见面礼?"

"这要看娘的意思。"她们不能送得太贵重,越过太夫人。

"娘是长辈。"五夫人道,"自然不能和我们一样坐到厅堂里等着新娘子去认亲。他们要去娘屋里给娘问安。"她说着,朝十一娘眨了眨眼睛,"我们却不一样,不仅在大厅里和新娘子见面,给见面礼的时候,还有三嫂娘家的那一群亲戚。四嫂也是知道的,要是给少了,还不知道甘家的人怎样排揎我们,我这才来找四嫂商量。"

十一娘听出点意思来,她笑道:"那五弟妹的意思是?"

五夫人就凑在十一娘耳边一阵低语,十一娘忍不住笑起来。

五夫人却反复叮嘱:"就这样说定了,到时候你可别出什么岔子……"

十一娘不住地点头。

到了九月十五日那天,十一娘等人都装扮一新迎了嫁妆进门。

全是上好的黑漆家私,漆面光滑发亮,瓷器锡皿全是成套成套的,床帐被褥有经久不衰的老样式,也有这两年的新花样,装衣裳的箱笼更是连手都插不进去。可以看得出来,方大小姐的陪嫁不仅丰厚,而且还很实在。

女眷们都啧啧称赞。

三夫人满面红光,大声地招呼来客。

十一娘见方家跟过来送嫁妆的两个妈妈穿着朴素不失喜庆,言谈热情而不失沉稳,不由暗暗点头。

有人过来给十一娘行礼:"这位是大姑爷的四婶婶吧?我是您侄媳妇的大堂嫂!"

十一娘不由循声望过去,有个中等身材的花信少妇正笑吟吟地望着她。

"原来是我们家勤哥儿铺床的全福人。"十一娘笑着和她打招呼,"初次见面,面生得很,失礼之处还请多多原谅!"

开口就称她是"大姑爷的四婶婶",她在心里暗赞方家这位大堂嫂厉害。

大堂嫂忙道:"您是长辈,原该我前来拜见,您这样说,倒是我失礼了。"又笑着把目光投在了五夫人的身上:"这位是五婶婶吧?"说着,屈膝朝两人行了个礼,道:"我们家大小姐以后还要请两位夫人多多教导!"

进门就先找上了十一娘,然后找上了她……五夫人就看十一娘一眼,笑道:"哪里的话!方家是名门望族,世代书香,不像我们家,是草莽出身,要是有什么不周到的地方,还请大堂嫂在方亲家面前多多美言两句。"

"不敢当五夫人的夸奖。"大堂嫂笑道,"祖宗几辈子的名声,我们做晚辈的不敢怠慢罢了……"并没有否认五夫人的自谦之词。

五夫人又看了十一娘一眼,见她笑吟吟地站在一旁,强忍着没有接腔。

那边有人摸着箱笼里的大红丹凤朝阳的锦被笑道:"二十四铺二十四盖,我看,连孙子的被褥都准备好了。"

那大堂嫂就笑道:"我们江南大户人家嫁女儿,家家都是这样,讲究的是十里红

妆——女儿虽然进了别人家的门,可这一生的吃穿嚼用都是娘家的,需要的时候,还能拿出来救济夫家的亲戚。这样才能在夫家站得住脚,才能挺直了身板做人!"

一席话说得满院子鸦雀无声。

五夫人再次朝十一娘望去。这一次,她们的目光在空中撞了个正着,并且都在对方的眼神中看到了一丝错愕。

那大堂嫂已呵呵地笑:"要不然,我也不会这时候就开始给女儿攒嫁妆了。"

有女眷跟着笑起来,沉寂下来的气氛又重新热闹起来。

晚上徐令宜回来,十一娘正和谨哥儿玩找东西的游戏。

"我们谨哥儿的拨浪鼓去哪里了?"她逗着谨哥儿,"快找来给娘。"

谨哥儿就撅着屁股爬到炕角抓了拨浪鼓给十一娘看。

十一娘就在谨哥儿的面颊上大大地亲了一口,叹道:"你这么聪明,怎么就不说话?"

谨哥儿摇着拨浪鼓朝母亲笑,十一娘不免有些沮丧。

徐令宜过去抱了儿子,"要么早说话干什么?"他不以为然地道,"叽叽喳喳的,不稳重。"

"侯爷回来了?"十一娘下了炕,闻着徐令宜身上有酒味,去抱孩子,"今天很多客人吧?侯爷累了一天,快去洗漱吧!"

徐令宜抱着儿子不放手:"等会儿再去,先和谨哥儿玩一会儿!"然后把谨哥儿抛到了半空中又接住。

谨哥儿咯咯直笑,不知道有多高兴。十一娘明知道徐令宜手稳,心弦却绷得紧紧的。

"侯爷快去洗漱吧!"她紧张地站在一旁,"谨哥儿玩兴奋了,又该不睡觉了!"

徐令宜听着这才作罢,把儿子交给了十一娘。

谨哥儿冲着徐令宜直嚷嚷,徐令宜只好摸了摸他的头:"我们明天再玩。"

"明天侯爷还要待客。"因为是永平侯府办婚事,公中有人情来往的都送了贺礼来,三爷又不在家,徐令宜主持大局,招待来往的宾客,"可不能随意许了小孩子。这时候他听不懂,长大以后,会不信任我们做父母的。"

"知道了!"可能是喝了酒,徐令宜没有平常那样严肃,笑着拧了拧十一娘的鼻子,"你怎么话这么多——家里的事自有管事们,我明天一早陪谨哥儿玩一会儿再出去会客,反正婚礼定在了亥初。倒是你,找个借口好好歇歇,新人进门,一个不小心就会闹到天亮,第二天还要认亲。"

十一娘"嗯"了一声。徐令宜就去了净房,出来的时候十一娘和谨哥儿都不在屋里了。

秋雨忙道:"夫人哄六少爷睡觉去了。"

徐令宜点了点头,自顾自地上了床,看了大半本游记,十一娘才满脸倦容地走了过来。

"谨哥儿睡着了?"他有些心虚,掀了被角示意十一娘快点休息。

十一娘却指了一旁貔貅搭脑黑漆衣架上挂着的宝蓝色错金云纹团花直裰道:"那是侯爷明天要穿的衣裳。"

徐令宜的目光不由落在了衣架下的小机子上,上面放着一双白绫袜子,用宝蓝色和金色的丝线绣了几道细细的云纹,奢华中透着几分高雅,让人看着眼前一亮,就知道不是凡品。

"别再动针线了。"他握了十一娘的手,"不过是双袜子,别人也看不见。"如锦衣夜行,实在是糟蹋了她的好手艺,自己穿着也觉得可惜。

可也不是没有人注意到,昨天周士峥拉着他问袜子谁做的,愿意出一千两银子,让他把那绣娘让给他,还道:"反正你也不讲究这些。"

徐令宜不好意思说是十一娘做的,只好说这绣娘是给十一娘做衣裳的,顺道给他做两双袜子。

周士峥听了不免大失所望,撬人家的绣娘,等于是撬人家的红颜知己一样不地道。

"侯爷不是说穿着挺舒服的吗?"十一娘笑道,"那不就行了!"

这倒是,十一娘给他做的袜子不仅合脚,还符合他的心意——既不过分地精致,也不很随意,让他觉得很满意。

而十一娘见到他没有作声,也沉默地上了床。

徐令宜见到她没有和自己絮叨,关心地问:"是不是累了?"

"是三房的事,我又不主持中馈,只管在一旁看热闹,不累。"语气有几分犹豫。

"怎么了?"徐令宜靠坐在床头,摆出一副长谈的姿势。

十一娘翻了个身,侧卧着望着徐令宜:"你说,我把中馈的事重新接过来怎样?"

徐令宜想了想,道:"是不是看着娘忙里忙外的,心里有些不踏实?"

十一娘点了点头:"我想过了,谆哥儿今年十岁了,姜家九小姐比他只小月份。过个五六年,就是我们不急,姜家也要着急了。到时候,让姜家九小姐来主持中馈,你说怎样?"

从前她虽然没有积极地去争取,但也很用心地投入,这还是她第一次流露出不想当家的意思。

徐令宜没有作声。

十一娘也坐了起来:"侯爷觉得不妥吗?"

徐令宜想了想,道:"前些日子我不是带着谆哥儿去登山了嘛!他……"欲言又止。

徐嗣谆回来很高兴,很有兴趣地和她讲起去了哪些地方,见了哪些人,吃了什么东西……徐令宜回来也没有说什么。十一娘还以为事情进行得很顺利,没想到两人的感知截然不同。

"出了什么事?"十一娘不由蹙了蹙眉。

徐令宜沉思一会儿才低声道:"窦阁老的孙子比谆哥儿大两岁,我就不说了。王励的儿子比谆哥儿还小一岁,却知道'有事弟子服其劳'的道理。他倒好……"徐令宜苦笑,"跟着那些小厮们搅在一起的时候倒说说笑笑的,让他见见窦阁老、王励,他就开始畏首畏尾……"声音渐不可闻,却难掩失望。

"慢慢来吧!"十一娘只好这样安慰徐令宜,"说不定王励的儿子是例外呢!"

徐令宜一生从未输过人,就是偶在下风,也觉得自己有一天会爬起来,只有遇到谆哥儿,心里始终没有把握。

他叹一口气:"睡吧!明天还要忙。"

十一娘把脸贴在了他的背上,环抱了他的腰。

第二天,开席宴客,放炮起轿,一切有条不紊地进行着。待新娘子进了门,吃了交杯酒,五夫人拉了十一娘去看新娘子。

有头有脸的管事妈妈、小丫鬟都站在新房的屋檐下,甘家的几个舅母、姨母早就在新房了,红彤彤的,到处都是人,喜庆的气氛迎面扑来。

十一娘和五夫人刚迈进院子门,就有机灵的管事妈妈高声禀着:"四夫人和五夫人来了!"

"四夫人""五夫人"的招呼声、屈膝行礼的声音络绎不绝,堵得水泄不通的新房门也让出一条道来。

十一娘和五夫人微微颔首,并肩进了新房的门。

甘家那边有相熟的人过来打招呼,也有不熟的站在那里或矜持地笑,或畏缩到了墙角,或主动上前打招呼。

十一娘、五夫人和甘家的这些亲戚见了礼,这才得了空闲的机会打量新娘子。难怪三夫人应了这门亲事。新娘子豆蔻年华,像朵刚绽的白玉兰不说,眉宇间那种温顺婉约的大家闺秀气质,决不是一般人家能养得出来的。看得出来,方家对这个女儿曾精心教导过。从气质而言,徐嗣勤配方氏有点高攀了。

见十一娘和五夫人打量着她,新婚子脸红得像朝霞,强忍着羞怯低低地道:"两位姊姊毋怪,明天一早定给两位姊姊多磕两个头。"

坐床是不能下地的。五夫人和十一娘不由交换了一个眼神，然后笑着上前携了新娘子的手："侄媳妇可真是漂亮，难怪我那三嫂急着要把媳妇娶进门了才安心！"

新娘子脸色更红了，客气地应了句："多谢五姊姊抬爱，方氏不敢当。"

从陌生的湖州嫁到燕京来，人生地不熟，马上又面临新的生活，任谁也会有几分不安。

十一娘就笑道："我是余杭人，只是出嫁之前从来没有出过门，也不知道离湖州有多远。"

新娘子眼睛骤然一亮，熠熠如水，为她的脸庞平添了两分明丽，她轻声道："妾身曾随着祖母去过一次杭州府，再就是跟着父亲在任上住了两年，不曾去过余杭。不过，好像在哪本书里看过，说苕溪自余杭流入乌程县东北，注入太湖，我们湖州……"说到这里，自觉失言，眼底有了一份愧意，重新道："湖州却北濒太湖，想来离余杭不远。"说完，她神色果然轻松了些。

十一娘笑道："我还是第一次听说，可惜今天是你的大喜日子，要不然，拿了书来和你仔细查看，定能算出余杭离湖州到底有多远！"

方氏抿了嘴笑，有大家之女的优雅。

五夫人就在一旁打趣："这下好了，我们家的鱼鲞可就吃不完了！"

方氏和十一娘相视而笑，屋里的气氛很融洽。

有人端了太师椅过来给两人坐。十一娘抬头，正是昨天送嫁的那两个妈妈。

方氏就介绍："这位是程妈妈，这位是李妈妈，都是跟我一起过来的。"

十一娘朝着两人点了点头，两人忙跪下给十一娘和五夫人磕头。

秋雨和五夫人身边的大丫鬟荷香忙上前搀了两位妈妈。

"今天是大少奶奶的好日子，想给我们磕头，可不是时候！"五夫人笑着。

外面就传来三夫人愉悦的笑声："大嫂慢点，这院子里的青石砖我重新翻修了一遍，匆匆忙忙的，我的事也多，也不知道砌得平不平整——小心崴了脚。"

甘家那边的亲戚都拥了过去。

十一娘向方氏解释道："这是忠勤伯夫人到了。"

方氏微微点头，显然知道这位忠勤伯夫人。

五夫人则轻声对十一娘道："新房这么小，我们还是先回去吧！"

十一娘也不想和忠勤伯夫人多说什么，笑着点了点头。

很快，屋里又拥满了人，忠勤伯夫人更是殷勤地和十一娘打招呼，十一娘、五夫人和她客气地寒暄了几句，就借口有事出了新房。

已到了子初，两人都有些累了，说了几句话，就各自回了屋。

只是十一娘刚踏进正院的台阶，太夫人那边的玉版就疾步走了过来。

"四夫人，"她微微有点喘，"太夫人让你过去，说有两句话要说。"

十一娘和她去了太夫人处。太夫人屋里还灯火通明，灯光下，倦怠之色一览无遗。

十一娘上前行了礼，太夫人已遣了身边服侍的，低声问十一娘："新娘子怎样？"

原来是在担心这个。十一娘望着太夫人眼角刻上去般的鱼尾纹，觉得太夫人比她刚见的时候老了很多。她不由携了太夫人的手，低声道："目前还可以。"然后把所见所闻跟太夫人细细地说了："相貌很好，也读过很多书，行事大方稳重。"想起两个陪房，"也不是那种没见过世面的人家，"又想到大堂嫂，"只怕也不是那种忍气吞声的亲家。"

太夫人却不以为然："老三媳妇不管是和谁家结亲，再好脾气的人都要变得有几分脾气。"但到底心里的一块大石头落地，长长地吁了口气，"那就只有看后天早上有没有什么变故了！"

吉时定得迟，等送走宾客，都快天亮了，明天一早还要认亲，洞房花烛夜只有安排在明天的晚上了。如果后天早上没有什么意外的插曲，这倒是门好亲事。

十一娘点头，安慰太夫人："您放心，不会有什么事的。"又道："我看您神色疲惫。要不，您明天早上好好歇歇。我反正要早起到厅堂去认亲，有什么事，让管事的妈妈到我那里示下吧！"

"不用！"太夫人笑着，笑容里带着几分狡黠的味道，"你镇不住她，还是我来！你快去歇了吧，把我的谨哥儿带好了才是正理。"

太夫人虽然对谆哥儿好，可总带着两分怜惜的味道，对谨哥儿少了些许怜惜，却多了几分由衷的喜欢。

徐嗣勤成亲的开支家里是怎样安排的，十一娘并不知道——徐令宜不会在意这些，太夫人没提过，她更不好贸然问起来，不免有人误会她捏着一尺不放五寸。现在听太夫人这口气，好像和三夫人杠上了，那她就更不好开口询问了。

她想服侍太夫人歇下，太夫人却挥了挥手："我和杜妈妈还有话说，你回去吧，别让老四喝那么多的酒，他年纪不小了，酒喝多了伤身体。"

十一娘躬身应"是"，退了下去，然后吩咐竺香："打听打听大少爷婚事的费用都是怎么算的。"

次日，徐嗣谕、徐嗣谆、徐嗣诫、贞姐儿和文姨娘、乔姨娘天刚刚亮就来问安，十一娘穿戴一新，受了他们的礼，由一大群丫鬟、婆子簇拥着，领着孩子去了正厅旁的小花厅——徐嗣勤和方氏在这里认亲。

她刚站定，五夫人带着歆姐儿、诜哥儿来了。

正热闹着,三夫人笑嘻嘻地陪着忠勤伯夫人及甘家的几位舅母、姑奶奶和姨母走了进来。

甘夫人笑吟吟地和十一娘几个妯娌站在一起说话,反把本家的妯娌、姑奶奶撇在了一旁。三夫人嫡亲的几位嫂嫂不由撇了撇嘴,就看见忠勤伯、徐令宽和甘家的几位舅爷、姑爷、徐嗣俭簇拥着徐令宜走了进来。

花厅里就喧闹起来。大家分男女左右在偏厅坐下,甘老泉家的领了徐嗣勤和方氏过来。

新人先给徐令宜等人行了礼,除了徐令宜代三爷送了一对赤金龙凤手镯作为见面礼,其余的人都说了些"夫妻要相敬如宾"之类的话,然后到右边坐满了女眷、孩童的偏厅行礼。

三夫人望着给她磕头的儿子和媳妇,不由泪盈于睫,接过了方氏做的鞋袜,不住地称好,把方氏说得脸都红了。秋绫忙递了大红描金匣子过去,方氏双手接了,大家的目光就落在了这屋里身份最高的十一娘身上。

十一娘望着三夫人头上戴的那支赤金镶祖母绿、红宝石、猫眼石衔莲子米大小珍珠的凤钗,她微微点头,接过秋雨手中的大红描金匣子正要递过去,五夫人却笑道:"慢着,慢着,今天既然是认亲,我们还跑了不成,一个一个地来。"

众人都朝五夫人望去。十一娘递匣子的手微微一滞,又收了回来。

"三嫂娶了这样一个如花似玉的媳妇,也不知道是真喜欢还是假喜欢。"五夫人掩袖而笑,"嘴上说的都不算数,只看今天的见面礼都给了些什么。"说着,示意秋绫打开匣子,"眼见为实,耳听为虚。"

三夫人听了微微一笑,笑容里有三分矜持,七分得意。

秋绫就笑着打开了匣子,里面是一套赤金满池娇的分心,样子虽然有些陈旧,但也有五六两的样子。

三夫人的大嫂觉得这见面礼还看得过去,看着就笑道:"怎样,五夫人可满意?"

"这还差不多!"五夫人笑着。

方氏有些不好意思地低下了头。三夫人脸上的得意之色更盛了。

大家的目光又重新落到了十一娘的身上,十一娘露出几分犹豫之色来。

三夫人的大嫂见了眼珠子一转,笑道:"四夫人,我们娘家的人都等着呢!"

十一娘听了笑了笑,将匣子递给方氏:"小小意思,侄儿媳妇不要嫌弃!"

三夫人的大嫂见她不打开匣子,不在众人面前显露,定是东西不好。想着他们家做什么好事,徐家除了惯例并不多添一点银子,心里冷冷一笑,立刻道:"永平侯夫人的见面礼,怎么也要让我们开开眼界才是!"

方氏听了眼底就闪过一丝焦虑，她忙求助似的朝徐嗣勤望去。

徐嗣勤只是笑着站在一旁，四婶婶待人一向真诚，就算东西不贵重，通常也会以巧取胜，十分出彩，他并不担心。

方氏没有办法，眼神微黯地打开了匣子。紫红色的姑绒毡垫上静静地躺着一枚赤金花簪，簪头有碗口那么大，雕着凤凰于飞的样式。凤凰栩栩如生，雕工精湛，展翅飞翔，在云中交尾互望。云彩层层叠叠，变幻莫测，环形地围绕着凤凰，又因为是新金做的，切面金光闪闪，刺得人有些睁不开眼睛。

有人失声道"真漂亮"，也有人思量道"这有十来两重吧"。

"这、这可太贵重了些。"方氏如被烫了一下似的抬头望着十一娘。

"凤凰于飞，翙翙其羽。"十一娘朝着她温和地笑，"四婶祝你们白头偕老，永结同心。"

方氏有些激动。这句话出自《诗经·大雅·卷阿》，通常用于祝福夫妻相亲相爱，婚姻美满。正是她出嫁前常常在心里吟诵的那一首。

"谢谢四婶婶！"她深深地屈膝行了个福礼。

方家是诗书世家，徐嗣勤听说了送嫁大堂嫂的话，又见方氏一副饱读诗书的样子，就一直有些担心方氏会因此居高自傲。十一娘的见面礼，方氏真诚的谢意，让他高悬的心不由落了下来……却听见五姐姐调侃地笑道："三嫂，这可不行，你是做婆婆的，怎么能被四嫂比下去，怎么也要加一点才是。快，快给侄儿媳妇加两件东西才是。"

三夫人脸色不由一僵，心里欢喜十一娘给了自己脸面，又恼火五夫人太不知趣。正要回两句，五夫人已打开了自己带来的匣子："我的在这里，等三嫂给侄儿媳妇添了见面礼，立刻送出去。"

屋子里立刻浮动着珠光宝气。有人倒吸凉气，有人看得眼睛发直，也有人失声称赞："真是一个比一个大方。"

紫红色的姑绒毡垫上静静地躺着一枚鬓花，酒盅大小，赤金的托，指甲盖大小的红宝石做花瓣，闪烁着刺眼的熠熠光辉。

三夫人看着面庞都亮了起来，心里不由盘算起来。既然拿了出来，这样的场合，难道还收回去不成？只要自己想办法拖过去，这东西就是自家的了。想到这里，她眼珠一转，笑道："五弟妹怎么还一副孩子气！你这不是让诸位亲戚为难嘛！"说着，笑吟吟地把屋里的女眷扫了一眼。

甘夫人坐在一旁喝茶，她今天的见面礼是一串碧玺的手串，虽然有杂质，但雕成了莲花式样，看得不太明显，又颗粒大，也不算失礼。

三夫人的大嫂却暗暗皱眉，东西她不是拿不出来，只是她儿子成亲的时候三夫人也不过送了一套二十几两重的银头面，礼尚往来，她总不能双倍地还吧？就算她双倍地还了，见面礼是不上礼单的。她如果有什么喜庆事的时候,三夫人还不还她这个人情还是两说!

念头闪过,她上前一步,正要帮着三夫人说两句话,已有人抢在她前面开了口:"这喜酒喜酒,就是为了个喜庆,难得我们五弟妹有这样的兴趣,我也来凑个趣好了!"

屋里人的目光都落在了说话人身上。三夫人的大嫂一看,竟然是南京来的宏大奶奶。

只见宏大奶奶拿出了大红底绣双喜纹杭缎荷包,倒出一对珠花,然后又褪了手上绿汪汪的一只玉镯子加在了一块儿:"这是我添的。"说着,朝方氏递了过去。

方氏早看出三夫人的为难之色来。接吧,怕婆婆觉得她不懂事;不接吧,五夫人也好,宏大奶奶也好,是在抬举自己,坏了两位长辈的兴趣。她真是左右为难,不禁朝徐嗣勤望去。

徐嗣勤也不知道该怎样好,他帮了母亲,破坏了气氛,不帮着母亲,又怕母亲不悦。

十一娘看在眼里,笑着出面为他们解围,笑着对宏大奶奶道:"嫂嫂且慢,让我们的丹阳县主先显摆显摆再说。她可是好不容易找到这样的机会,您可别抢了她的风头,让她平白记恨您一场。"

宏大奶奶听了哈哈大笑:"全是我的不是,全是我的不是。"说着,把东西收了回去,"那我就在这里等着好了。"

神色悠闲地坐在一旁喝茶的甘夫人听着几不可闻地"咦"了一声,然后坐直了身子,一双精明的眼睛盯着十一娘不放,就看见十一娘和五夫人交换了个眼神。她心里明镜似的,想必徐家的这两妯娌都对三夫人不满,借着这个机会要三夫人出出丑,又想到前几日忠勤伯在她耳边抱怨:"我们都盯着福建,徐令宜却不声不响地在保定那边养马赚了大钱。说起来永平侯的继室常来看太夫人,你怎么也不想办法和她走近点?"

甘夫人就放下了手里的茶盅,理了理鬓角,以一种十分亲昵的口吻喊了一声"丹阳"。

大家又朝甘夫人望去,甘夫人这才不紧不慢地道:"可别欺负我们忠勤伯家没有人。"说着,示意身后跟着的婆子把自己的见面礼拿了出来,然后又拔了头上戴的一支赤金镶了羊脂玉桃子的簪子放在了碧玺的手串上,傲然道:"这是给我外甥媳妇添的。"然后笑吟吟地望了十一娘:"四夫人,您添些什么好呢?"

西厅的空气中就透着几分紧张。甘家有几个亲戚已轻手轻脚地退到了墙角的花几前。

十一娘想了想,取下头上赤金点翠镶红宝石石榴花的簪子笑道:"正好和五弟妹的鬓花凑成一对!"

点翠是十分珍贵的工艺,那红宝石也有指甲盖大小,和五夫人那鬓花放在一起,交相辉映,绚丽夺目,华丽异常。

有人忍不住发出啧啧的羡慕声。

方氏十分不安,忙道:"四姊姊,实在是不敢当……"

只是她声音太细,被甘夫人的声音压了下去:"姑奶奶,你就添几件吧——说到底,这些东西也没有给旁人!"说着,目光在南京来的徐氏三妯娌的身上溜了一圈,道:"何况还有人在后面排着队呢!"然后四平八稳地端起茶盅来啜了一口,露出和徐家几位妯娌打擂台的样子来。

定三奶奶看着嘴角微撇,他们家虽然是旁支,可在南京开了六家当铺、十四家米铺、三家生药铺子,虽然比不上嫡支日子富贵,可在南京也是有头有脸人家。她们远道而来,别说这些东西不过是些金银饰物完全拿得出来,就是拿不出来,此刻也要踮着脚做回长子,难道丢脸还丢到燕京来不成?想到这里,她立刻笑道:"甘家的舅母放心,我们这些做伯母、婶婶的一个也不会歪肩膀。"说着,目光一转,拉了站在外围的甘夫人大嫂的衣袖,朝着站在花几旁的甘家亲戚笑道:"甘家的舅母、姨母别往外站啊!快,给过了见面礼,新人还要去给太夫人行礼,我们也好早点到花厅吃酒去!"

有避开了定三奶奶目光装没听见的,也有嘻嘻笑着不作声的,还有人高声道:"我们不是在这里等着嘛!"

定三奶奶一阵笑,催三夫人:"三嫂,我们可都瞧着您呢!"

三夫人看了看十一娘和五夫人的匣子、甘夫人等人的匣子,又望了望自己的匣子,八两八钱的满池娇分心孤零零地躺在那里,显得既陈旧又孤单、瘦小,连她自己都有点看不下去。可要她加一点,她根本没有准备。可不加……望着十一娘那支簪子——点翠的,这还是十一娘第一次戴,肯定是为了在勤哥儿的婚礼上出风头才拿出来的,错过了这机会,只怕没有了。

她想了又想,忍痛拔了头上赤金葫芦簪子放在了满池娇的分心旁,呵呵地笑道:"你们这些做伯母的、做婶婶的都出手这样大方,我做婆婆的有什么舍不得的!"

两件不到十两金子的饰品,在五夫人、十一娘手中珠光宝气的饰品映衬之下,透着寒酸。

有人不敢搭腔,怕站在风口浪尖被卷了进去,白白丢了银子进去,有人觉得三夫人太小气,不知道该说什么好。

屋子里就突然安静下来。东厅那边原低声说着话的男宾有人注意到这边的异样,伸着脖子望了过来。

五夫人笑道:"我原是想为侄儿媳妇争个满堂彩,既然三嫂觉得我们多事,我也不讨这个嫌了。"说完,望着十一娘叹了口气:"四嫂也把那簪子收起来吧——平日你都舍不得戴,谁知道有人还看不上!"

甘夫人就皱着眉头望了三夫人一眼:"姑奶奶也真是,自己的媳妇,有什么好计较的,我们都跟着抬举,你倒拆台子。"表现得十分不满。

气氛就有些僵起来。方氏不由手足无措。

十一娘忙笑道："好不容易盼到勤哥儿娶媳妇,我既然送出去了,也不会收回来。三嫂,"她望着三夫人,表情十分真挚,"你就再添一件吧,不过是个彩头!"

三夫人也不希望儿子的婚事就这样不欢而散,更不希望在媳妇面前落了面子,闻言褪了手上的金戒指放在了匣子里。

五夫人就"扑哧"笑了一声,讽刺的味道十分浓烈。

三夫人脸上不由红一阵、紫一阵的。和三夫人一向交好的富二奶奶看不下去了,忙帮三夫人解围,笑道："好事成双!三嫂,我看,你就把头上那枚凤钗赏了侄儿媳妇吧!五夫人也添一件金饰,图个吉祥。你们看如何?"

五夫人就等着有人搭话,立刻褪了手上戴的赤金山茶花的镯子放在了宝石鬓花旁边:"二堂嫂,你看这件可还拿得出手?"

那镯子看上去也有三四两重的样子。就有人笑道："我们新娘子可发大财了!"

三夫人神色有些复杂地朝富二奶奶望去,富二奶奶朝着她点了点头,眼中露出焦急的神色,示意她不要再犹豫了。

三夫人看着满屋子望着她的女眷,又看了看红着脸低头垂目的方氏,咬了咬牙,把那枚赤金镶祖母绿、红宝石、猫眼石衔莲子米大小珍珠的凤钗放在了匣子里。

富二奶奶忙道："好了,好了,婆婆的见面礼给了,下面轮到你们这些做伯母、做妯娌的了!"

十一娘笑着把匣子递给了方氏,笑着说了声:"祝你们百年好合,早生贵子。"

方氏羞赧地接了。

五夫人也笑着把见面礼递了过去:"快,给我敬杯茶——我可为你喊了这么半天的嗓子,不仅把你四姐姐的好东西给要了出来,把自己的东西也搭了进去,还把你南京来的婶婶、舅母、姨母的东西也都给要了出来。"说完,咯咯地笑,屋子里平添了几分喜庆。

方氏听了忙跪下去给五夫人敬了杯茶。五夫人大大方方地受了,又领方氏到富大奶奶身边:"这是南京的大奶奶!"

方氏忙敬了茶。五夫人就做了那引荐的事,敲完了这个敲那个,不依不饶的,有人躲,也有人求饶,大家笑嘻嘻的,场面十分热闹。

富二奶奶就趁机劝三夫人:"你怎么能在这个时候犯糊涂?要知道,你那媳妇可是带了两万两银子陪嫁过来的。她又不吃你的,又不喝你的。这个时候给她瞧不起了,你以后还怎么做婆婆?你可别忘了,你们家俭哥儿还没有娶媳妇呢!要是俭哥儿的媳妇进了门,跟着有样学样的,你以后的日子可怎么过!"

三夫人一惊,握了富二奶奶的手:"还好你提醒我,要不然,可就真让刚进门的媳妇给轻瞧了!"

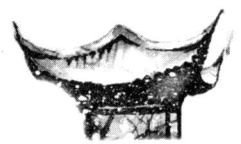

第七十五章 抓周礼谨哥惹人爱

晚上回到屋里,徐令宜拧了十一娘的鼻子:"搞什么鬼?"

十一娘侧脸避过,笑道:"被侯爷看出来了?"

"丹阳笑得那样张扬,我想装不知道也装不下去。"

十一娘嘻嘻地笑:"就是觉得三嫂太抠门了,想让三嫂心痛一下。可又不想让三嫂伤了元气,就想了这个法子,既做了面子,又把东西给了勤哥儿和侄媳妇——也没有让三嫂吃亏!"

徐令宜略一思忖,笑道:"是丹阳的主意吧?"

这么肯定!十一娘嗔道:"侯爷怎么知道不是我的主意呢?"

"你?"徐令宜笑着点了点她的鼻子,"你哪里想得出这样促狭的主意。"

十一娘笑:"侯爷可别小瞧我!"

徐令宜抱了抱她:"跟着丹阳学个几年可能有两分长进!"又低声道:"少了支点翠的簪子,明我补给你!"然后笑着进了净房。

十一娘望着徐令宜的背影不知道是该哭好还是该笑好,原来自己在徐令宜的心目中这样的敦厚。不过,想想今天的事,她还挺佩服五夫人的。之前她还担心会弄巧成拙,五夫人向她拍胸:"三嫂看着东西定会心动的,甘夫人听到四嫂说话定会跳出来相帮。你放心好了,准能成!"

一丝一扣,硬把这件事做成了,只是不知道宏大奶奶有没有和五夫人联手。想到这里,她不由淡淡地笑了笑。

顾妈妈抱了谨哥儿过来:"夫人,您看,这是大少奶奶给六少爷的见面礼。"

谨哥儿头上戴了一顶虎头帽,做工精细,色彩艳丽,戴着十分合适不说,后面还拖了个翘翘的虎尾巴,算是比较有创意的了。

可能是天气还并没有冷到要戴帽子的程度,谨哥儿不停地去揪帽子,偏偏又揪不下来,气得小脸涨得通红。十一娘笑着把帽子取了,谨哥儿立刻扑到了十一娘的怀里,委屈地嘟了嘴。

"把帽子收起来吧!"十一娘笑着摸了摸儿子的头,低头看见谨哥儿脚上还穿了双虎头鞋,老虎的胡须又黑又直,仔细一看,竟然是用铜丝缠了黑丝绒做成的。

"大少奶奶可动了心思的！"顾妈妈又夸了一句，这才把鞋脱了，重新给谨哥儿换了福字黑色姑绒鞋。

十一娘突然有些羡慕三夫人起来，如果以后谨哥儿也能娶个这样的媳妇就好了。念头闪过，又觉得自己有点可笑，这么早就想起娶媳妇的事来，徐嗣谕的婚事还没影子呢！

她哄着谨哥儿去睡了。

那边五夫人却和宏大奶奶在谈心。

"每次都是一副腌臜样子，我要不这样闹一下，徐家可丢大脸了。"五夫人端了新上市的柿饼和橙子招待宏大奶奶，"我真不知道三嫂是怎么想的！"又道："只是让三位堂嫂破费了！"

"难得有这样出风头的时候！"宏大奶奶用牙箸挑了块柿饼，笑道，"说什么破费不破费的，你大堂嫂这点东西还是拿得出来的。只是没想到四弟妹会和你一唱一和，要不然，我看你怎么收场——说不定还白丢了朵鬓花！"

"大堂嫂可别看走了眼，四嫂才是最会算账的那个。"五夫人不以为然，闲闲地剥了个橙子，"您可别忘了，她可有四个儿子，怎么也能把送出去的东西赚回来。"

宏大奶奶大笑："我怎么听着像吃不到葡萄说葡萄酸呢？"

五夫人讪讪然地笑。

荷香进来禀道："夫人，五爷说，今天晚上和定三爷喝酒，让你别等门了！"

五夫人应了一声"知道了"，留宏大奶奶："您今天就在我这里歇了吧！"

"我还是先回去了！"宏大奶奶起身告辞，"这次勤哥儿成亲，你大堂哥和二堂哥都有事，三叔送我们过来，如今又在外院喝酒。我这个做大嫂的怎么也不能让两位弟妹撇了单，何况还有你侄儿媳妇在。"

五夫人不好多留，笑着送宏大奶奶去客房。

第二天一大早，王夫人去客房那边接宏大奶奶等人去花厅用早膳，谁知道十一娘已经到了，正和富大奶奶等人轻言慢语地说着话。见她进来，定三奶奶拉了五夫人："真没想到，你竟然是个泼辣子。我告诉你，等我们家二小子成亲的时候，你可给我小心了！"

"放心，放心。"五夫人笑道，"我怎么也要去趟南京，到时候凭三堂嫂处置。"

大家听着笑了一阵子，一起去给太夫人问安。

太夫人拉着南京来的两个孙媳妇说了半天的话，又赏了些东西。三夫人带着儿媳妇来给太夫人问安，还带了方氏的元帕过来给太夫人过目。

太夫人看着欢喜，携着羞得一直没敢抬头的方氏去花厅吃了早膳，然后由徐令宜带

着徐嗣勤和方氏去祠堂行了庙见礼,安排送新人回门。太夫人则和宏大奶奶等人说话聊天,打牌喝酒,好好地玩了一天,直到徐嗣勤和方氏从方家借嫁的刘侍郎家别院回来这才歇下。

竺香趁着给十一娘卸妆的时候轻声道:"因婚事是在府里办的,帮衬的都是回事处的管事和小厮,各家的贺礼也都由回事处的收册登记。听说大少爷和大少奶奶前脚走,那甘老泉就去回事处问账簿,见是赵管事在那里坐镇,没敢开口相问,打了个转就回去了。三夫人生了好一会儿的闷气。"

十一娘有点明白太夫人的意思了,既然婚事在府里办的,自然该公中出钱,可这样一来,各家的贺礼也该公中收着了,自然没有拿出来的道理。

办过红白喜事的人都知道,这白喜事要设仪礼,要请和尚、道士做水陆道场,要置办墓地、请人出丧等等,全是花钱的事,场面越大越亏。不像红喜事,花销最大的是宴面,人来得越多就越有落成,再不济,新媳妇也能得了各家的见面礼。这次徐嗣勤成亲,徐家席开三百多桌,只有赚的没有亏的,也不怪三夫人着急。

可听太夫人口气,好像不打算和三夫人算这笔账似的。

"你继续留意一下,"十一娘吩咐竺香,"看三夫人那边有什么动静。"

竺香应了一声。待过几日宏大奶奶等人回了南京,她悄悄地告诉十一娘:"三夫人为秋绫的事去见了太夫人。"

关于太夫人那天说的话,府里多半都知道了,有人还戏称秋绫为"姨娘",秋绫这些日子都不大在府里走动了。

十一娘想到当初她对自己的善意,有点担心,很关心她的未来,闻言不由"哦"了一声,道:"怎样说了?"

竺香低声道:"三夫人说,她早就把秋绫许配给了三爷身边的一个随从,一来秋绫身份寒微,不曾禀告;二来那天太夫人的话来得急,她不敢回驳。如今大少爷的婚事忙完了,特意跟太夫人说一声。自古忠孝难两全,免得三爷为难,她也做了个蠢妻。"

十一娘松了半口气,沉吟道:"秋绫这桩婚事是临时定下来的,还是真如三夫人所说,是早就定下来的?"

竺香道:"之前没有听说过。"

也就是说,可能是为推托太夫人而找的借口了。也不知道这随从的为人怎样,十一娘皱了皱眉,道:"太夫人只是威慑一下三夫人,三夫人这么一说,太夫人肯定不会再提这件事了。"

"嗯!"竺香笑着点头,"太夫人只嘱咐了三夫人几句'别让三爷在任上没个照应的人',就没再说什么。三夫人好像怕夜长梦多似的,请太夫人帮秋绫定日子。太夫人翻了皇历,定在了十月十八。"

"这么快!"十一娘沉吟道,"到时候你记得帮我拿十两银子给秋绫添箱。"

竺香应了一声,有小丫鬟进来禀道:"夫人,太夫人请您过去说话。"

不知道是什么事。十一娘和竺香不由交换了一个眼神。

太夫人正倚在临窗大炕的迎枕上和杜妈妈、玉版,另一个二等丫鬟脂红在打叶子牌,见十一娘进来,立刻丢了牌,拍了拍身边的猩猩红锦缎坐褥:"来,过来坐。"

杜妈妈等人立刻站了起来,十一娘笑着给太夫人行了礼,坐到了太夫人的身边,太夫人携了她的手,脂红已手脚轻快地收了牌,玉版奉了茶。

太夫人就遣了屋里的人,沉吟道:"谕哥儿今年也有十五岁了吧?"

难道因为徐嗣勤成了亲,所以想起了徐嗣谕的婚事?十一娘思量着,笑着应了声"是",道:"十月二十五日就该满十五岁,进十六岁了。"

太夫人微微点头,眼底露出满意的神色,轻声道:"他年纪也不小了,又除了服。屋里的事,你也要多关心关心了,给他挑两个样子清秀、人品忠厚的人放在屋里吧!"

十一娘怔了怔才反应过来,不由冒汗。徐嗣谕初中还没有毕业呢!不过,这是这个时代的常态,她不好反对,笑着应"是",回去和徐令宜商量。

"用不着这么早吧?小心败坏了身子。"

"也不小了。"徐令宜不以为然,"现在都九月下旬了,回乐安的话,这一去一来,时间全耽搁在了路上。我给姜先生写了封信,等明年开春谕哥儿再回乐安,正好把这事办了!"

十一娘只好道:"这也不是一时半会儿就能办成的。总不能放个搅事的在屋里,那还不如不放人。"

徐令宜听了笑道:"这有什么不好办的!等媳妇进了门,听话,谕哥儿又想留下来,就留下来好了;不听话,打发出去就行了。"

徐令宜说得不知道有多轻松,十一娘却不知道该如何回答好。什么叫听话?什么叫不听话?一个人命运也许就会从此改变。

而徐令宜见她半晌无语,以为她是不知道选谁好,笑道:"这件事也不急,慢慢来就是。"

十一娘应诺,在心里盘算了好几天,决定先问问徐嗣谕本人的意思。

徐嗣谕压根就没有想到十一娘会问他这个问题,任他再沉稳内敛,也只是个十五岁的小伙子,脸涨得通红,讷讷地说不出一句话来。

十一娘看着淡淡一笑，若有所指地道："少年夫妻最恩爱，多半因为那是最初的感动。你父亲也说，这件事不急，慢慢来。你想好了，到时候差人回我一声就是。"然后端茶送了客。

徐嗣谕脑子乱糟糟地出了院子门，迎面看见贞姐儿和丫鬟小鹂笑吟吟地说着话过来，他忙打起精神和贞姐儿打了个招呼。

贞姐儿显得有些羞怯："听母亲说，二哥过完年才回乐安，是吗？"

徐嗣谕笑着点头："怎么了？难道有什么东西让我捎去乐安不成？"

自姜家九小姐来家里做过客后，十一娘每年都会送些衣物吃食过去。姜家九小姐也会送些自己亲手做的鞋袜过来，十一娘把还礼的差事交给了贞姐儿。两人一来二去，又随着姜家九小姐年纪渐长，有了书信来往。

贞姐儿脸色微红，一旁的小鹂就笑道："十月初十是六少爷的周岁，二十五是二少爷的生辰，到了十一月，我们家小姐就该及笄了。如果二少爷也在家，小姐说，比中秋节还热闹。"

及笄礼后，贞姐儿就出嫁了，这可能是她在徐家过的最后一个生辰了。因为服丧，徐嗣谕留在了燕京，加上从山阳回来的徐嗣勤、徐嗣俭兄弟，对于他们兄弟姐妹来说，是真正的团圆。

徐嗣谕颇有些怅然，却笑着点头："到时候我一定会送份大礼给妹妹！"

"谁要二哥的大礼？"贞姐儿望着徐嗣谕，眼神很认真，"我只希望二哥别忘了我这个妹妹，有机会的时候来看看我。"

徐嗣谕重重地点了点头。

有一群穿绸戴银的管事妈妈说说笑笑地朝这边走来，偶有人声音高上一两分，就听见她们在议论："六少爷的洗三、满月、百日礼都只是请了亲朋故旧，这次周岁礼只怕也不会大办。"

"四夫人性情淡泊，最怕家里弹竹吹笙，自然不愿意大办，可也得侯爷同意才是！"

"侯爷一向不管家里的事，自然听四夫人的！"

有人笑道："四夫人说了，六少爷年纪小，穿得干净整洁、保暖透气就行了。结果怎样，大少爷成亲，侯爷说六少爷不可能穿得寒酸，缂丝的鹤氅一做就是四件，件件不同颜色。四夫人虽然什么也没说，可做爹的心疼儿子，做娘的哪有不高兴的。"

徐嗣谕和贞姐儿不由交换了一个眼神。那群管事的妈妈已看见了两人，纷纷上前行礼。贞姐儿这两年代十一娘管事，那些妈妈们又多了一分尊敬。

"大小姐是去见四夫人，还是从四夫人那里出来？"

"我去见母亲。"贞姐儿的笑容矜持中带着居高临下的威严，这是徐嗣谕所不熟悉的。

他眼神微黯,和贞姐儿说了几句话,看着贞姐儿由那些比她年长很多的妈妈面带谄媚地簇拥着进了正院。

"二少爷,"丫鬟湘竹见他站在那里踌躇,笑道,"我刚才看见大少奶奶陪着三夫人去了太夫人那里。"

徐嗣勤就住在正屋后面,言下之意他要是没地方去,可以去徐嗣勤那里坐坐。

徐嗣谕想到方氏看徐嗣勤那缠绵的目光,突然觉得自己再贸贸然去徐嗣勤那里已经有些不合适了,可他又不想回屋里。

收人……可如果他的妻子进了门,人又该怎样处置?像他的生母一样,还是像五叔身边的两个通房一样被打发到庄子上配了人?他心里乱糟糟的,望着婆娑起舞的竹林发起呆来。

那边竺香送了管事妈妈出门。贞姐儿和十一娘到内室坐下。

"母亲,六弟的周岁礼……"

"依如百日礼。"十一娘笑着接了话茬。

贞姐儿想到刚才那些管事的妈妈个个怂恿着十一娘大操大办,不由抿了抿嘴。

十一娘嘴里这样说,心里却担心徐令宜不会赞同,也就不大喜欢谈论这个话题,笑着说起贞姐儿的及笄礼来:"我请了简师傅帮你做礼服,要到十月下旬才能完工,到时候你再瞧瞧,看有没有什么改动的。"

贞姐儿知道十一娘在为她的事做准备,甚至隐隐听说十一娘这几天递了牌子想进宫为她讨皇后娘娘的一个恩赐。她有些不安,低声道:"母亲做主就是了!"

"我做主,也要你喜欢才是。"

两人说着,有小丫鬟进来禀道:"大少奶奶来了!"

方氏成亲以后,多半时间都在三夫人身边服侍,偶尔遇到,也是在去给太夫人问安的时候。这样单独来,还是第一次。

十一娘忙请她到西次间宴息处坐下,让丫鬟上了茶点招待她。方氏和贞姐儿见过礼,在炕前的太师椅上坐下。

"娘有事和祖母商量,我一个人就来四婶婶这里坐坐。"她腼腆地笑着望了贞姐儿一眼,"我没有打扰四婶婶和人妹妹吧?"

"我们也是闲着无事说说话。"十一娘笑道,"你来了又热闹几分,哪里谈得上打扰。"然后亲切地问她过得可习惯,平日都做些什么消遣。

方氏对前一个问题只答了一个"还习惯",和十一娘说起后一个话题来:"在家里的时候也就做些针线,读书写字,养花弄草,只是性子毛躁,都做得不好。早听说四婶婶的女红出类拔萃,花草也养得好,就想着有机会请四婶婶指导指导,也不知道四婶婶会不会嫌我笨拙。"

摆出一副睦邻友好的姿态来。大家本是亲戚,就应该有来有往、亲亲热热才是。

"勤哥儿媳妇太谦逊了!"十一娘笑道,"你要是喜欢,只管来就是,就怕到时候见我这个做婶婶的女红平常,花草养得也一般,会大大地失望。"

"是婶婶太谦逊了!"方氏笑道,"我娘屋里摆两盆君子兰,听丫鬟们说,是从暖房里搬过来的,就知道婶婶是个爱花惜草之人。我正好喜欢养兰花,婶婶这样说,倒让我不好开口了。"

古时养兰不仅是高雅之事,而且还需要花费大量的精力、物力和财力。方家让这个女儿养成了这样的爱好……十一娘不免有些意外,仔细地打量了方氏一眼。

方氏大方地任她打量,笑道:"只可惜这次来得匆忙,来不及带几盆兰花来给四婶婶看看。只有等来年家里有人来燕京的时候,我让人带几盆过来。"

看过她的花房还敢说这样的话,想必有稀世之品收入囊中。十一娘笑着道了谢,和方氏又说了几句闲话,有陌生的小丫鬟在帘子外面一晃而过,方氏就笑着起身告辞了。

贞姐儿代十一娘送客。

十一娘问起秋雨:"是大少奶奶的丫鬟在外面吗?"

"是!"秋雨笑道,"说是怕三夫人回去大奶奶不知道,怠慢了三夫人,所以让她在外面看着,三夫人回来了给大少奶奶报个信。"

十一娘点了点头,吩咐以后方氏过来,如果方氏的小丫鬟要进来报信,不必拦着。

到了晚上徐令宜回来,和她说起三房的事来。

"三哥给我来了信。"他靠着床头坐了,懒洋洋地摸着十一娘的头发,"说他身边没个照顾的人,等谨哥儿周岁礼以后,就让我派人送三嫂去山阳。至于勤哥儿和俭哥儿,他已请了一位曾在翰林院任学士的老先生在三井胡同坐馆,到时候让他们哥俩搬到那边去。内院的事由方氏主持,兄弟两人也有个照应的人。"

这不是等于分了家吗?事情来得这样快,倒让十一娘有不真实的感觉:"那三嫂知道吗?"

"不知道三哥跟三嫂是怎样商量的。"徐令宜道,"给我写信,是想让我跟娘说说。"

十一娘想到之前的约定,说好了等几年,慢慢地分。没想到三房这样的急!

"那侯爷的意思?"她问徐令宜。

"算了,强扭的瓜不甜。"徐令宜语气很干脆,但面色微有不悦,"三哥和三嫂既然一心一意想过自己的小日子。我们不同意,以后只怕还会闹腾。原只是关了门三嫂在家里嘀咕几句,如今娶了侄儿媳妇,再闹下去,岂不让小辈们看笑话,甚至是有样学样?况且不管他们出不出去,勤哥儿和俭哥儿有个什么事,我们也一样要管。不如就这样依了三哥的意思,离家不分家,让勤哥儿和俭哥儿去三井胡同闭门读书,内院的事由方氏主持。如果孩子们能支应门庭,那还有什么好说的——三哥那边也就能自立门户了。如果孩子们有什么事,三哥和三嫂不在家,我们这些做叔叔的出面也是名正言顺的,不会有什么大事。"

这倒是!十一娘想到方氏刚进门,想到她这里来坐坐还要趁着三夫人不在家的时候,心里隐隐地觉得三夫人对方氏和她亲近好像有点抵触情绪,就更不愿意掺和到三房的家务事里去了。生活能简单一点还是简单一点的好。

"既然侯爷已经有了主意,"她笑道,"那就和娘提一提吧!这些话三爷怎么好意思开口。"

徐令宜点头:"待谨哥儿的周岁礼过了再说吧。到时候勤哥儿他们成亲也快一个月了!"

成亲的头一个月不能空房那就更不能搬家。两人的话题也就很自然地转到了谨哥儿的周岁礼上去了。

"娘的年纪大了,刚操劳完勤哥儿的婚事又操劳谨哥儿的周岁礼,我怕她老人家身体吃不消。"十一娘低声道,"我看,谨哥儿的周岁礼不如简单些办的好。"

徐令宜有些犹豫。

十一娘忙道:"何况我们谨哥儿还要抓周。要那么多看热闹的人做什么?要紧的是谨哥儿到时候抓了些什么!"

徐令宜的注意力被转移到了对谨哥儿抓周的憧憬上。

"那就简单地办吧!"他躺下搂了十一娘,"你说,到时候谨哥儿会抓什么?抓把刀好了,到时候送到西山大营去,怎么也能做个正三品的指挥使。"语气十分自信。

十一娘却不由冒汗。送去西山大营?然后和那些靠荫恩进西山大营的人一般,每天走马章台、猎鹰遛狗地过一生?

"西山大营有什么好去的!"她不由道,"我倒希望他能抓本书或是抓把葱之类的。读书做人,长大以后到处游历见识一番,也不枉在这世上走了一遭!"

徐令宜听着一笑:"我可想不出谨哥儿穿着长衫,手持书卷对江长吟的酸样儿!"

十一娘气结:"我也想不出谨哥儿整日昏昏碌碌,只知道吃喝玩乐的样子!"

"怎么会?"徐令宜笑道,"西山大营的指挥使可不是什么人都能做的,除了出身背景,还要有实力、有手腕才行。"

既然到那红尘堆里滚,那还不如入仕,修桥铺路治水,做些改善民生的事去。可不管是去西山大营还是读书游历,到时候都要尊重孩子的喜好才是。现在说什么也不过是父母强加给孩子的愿望,如空中画饼,随手画画罢了。想到这里,十一娘决定结束这个话题——何必为不存在的事去争论不休。

"先把眼前的周岁礼过了再说吧。"她笑道,"说不定我们谨哥儿抓了一盒胭脂呢!"

抓周的东西都是事先准备好的,寓意福禄寿喜之类的吉祥物,有谁会放盒胭脂在上面!知道十一娘在开玩笑,徐令宜想想也觉得有趣,笑道:"要不,到时候我们放盒胭脂到案上吧?说不定真抓了盒胭脂呢!"

"要放侯爷放吧!"十一娘笑道,"免得谨哥儿长大了觉得我们做父母的没个正经样儿!"

"这不是你说的嘛。"

徐令宜侧身望着十一娘,灯光下,肤光如雪,莹莹生辉。他心中大动,咬了她的耳朵不说话,手却伸进衣襟里握了她胸前的温香软玉摩挲起来……

十一娘倒吸了口凉气,磕磕巴巴地嘱咐他:"吹、吹了灯吧!"

徐令宜低声地笑,依她的意思去吹了灯。不一会儿,黑暗中就响起细细的呻吟声。

早上起来,十一娘不由望着镜台里那个端坐如松都没办法掩饰眉宇间一抹艳冶的自己皱了皱眉头。顾妈妈抱着谨哥儿走了进来。

十一娘叹了口气,掩耳盗铃似的把刚才那幅景象压在了心底,起身抱了孩子。

"谨哥儿,你醒了?"她亲了亲儿子的面颊,"你昨天睡得好不好?"

孩子望着她咧了嘴笑,却并不作声。她不由神色微黯,也不知道为什么,这孩子就是不说话。

旁边的顾妈妈看了忙道:"六少爷睡得香,夜里只翻了两次身,一觉到了天亮。"

十一娘点了点头,抱着谨哥儿去了临窗的大炕上坐下。谨哥儿立刻从母亲的身上爬了下去,从炕几下面摸出了那个从太夫人手里夺过来的小棒槌,有些得意洋洋地拿在手里晃给十一娘看。

十一娘啼笑皆非,亲昵地摸了摸儿子的头:"难怪昨天大家都找不到,原来是你藏在了这里!"

谨哥儿咯咯咯地笑,爬到了母亲怀里。徐令宜神采飞扬地走了进来,他刚练了剑,额头还有汗。

谨哥儿见到徐令宜眼睛都亮了起来,张开手臂冲着他"啊啊"叫唤。徐令宜看着眉眼里全是笑,伸手抱了谨哥儿。谨哥儿就像屁股上有刺似的,在他怀里"咿咿呀呀"地扭着身子。

徐令宜会意，笑着把他轻轻地抛在了空中。屋子里就响起谨哥儿天真无邪的欢笑声。

十一娘不由抚额，谨哥儿见到徐令宜就要玩这个游戏。她上前拦了："大清早的，侯爷一身汗，孩子刚刚吃了奶，小心不舒服。"

徐令宜很喜欢和谨哥儿这样玩，闻言又抛了两下，转身要把孩子交给顾妈妈。

十一娘却伸手接了。徐令宜迟疑了一下，低声道："你还是歇会儿吧！"

十一娘脸色一红，强作正色道："侯爷还是快去洗漱吧！等会儿孩子们都要来问安了。"

徐令宜眼底含笑地望了她一眼，这才转身去了净房。

玩得正高兴的谨哥儿突然落了单，很是不满，在母亲的怀里又蹦又蹬，要不是十一娘早知道他会这样，恐怕要落到地上去。

一旁的顾妈妈就奉承道："我们六少爷长得可真壮实。"

十一娘笑着看了她一眼，和谨哥儿到炕上坐了。

竺香走了进来，表情若有所思。

十一娘吩咐屋里服侍的："去摆饭吧！"

众人蹑手蹑脚地退了下去。

竺香就低声道："三夫人带了大少奶奶去给太夫人问安，开始只说些太夫人高兴的话，后来就问起这次婚事的贺礼来。"

三夫人到底还是忍不住了。十一娘想到三爷"离家不分家"的主张，也难怪她要急。如果不能在离开燕京前把贺礼拿到手，以后肯定是没有机会了。

"太夫人怎么说？"

"太夫人就问三夫人，是不是以后红白喜事各房随各房的礼？"竺香声音里就有了几分笑意，"还说，如果这样，那就把您和五夫人都叫去说清楚了。您这边是嫡支，像永昌侯府、中山侯府、忠勤伯府这样的贺礼自然就要归您这一房。红灯胡同那边的贺礼就要归了五夫人那一房。除了甘夫人的贺礼，甘家其他人的贺礼就归三夫人那房。谁收了贺礼谁就要负责宴席的开支，到时候按人头一算就知道各家的开销是多少了。"

各府公中送的都是重礼，不像个人，随的都是小礼。这样算下去，五房和三房肯定是亏的。可这次是徐嗣勤成亲，红灯胡同那边只有一桌客，再怎么亏也无伤大雅，而甘家却有十几桌客……

十一娘笑道："三夫人肯定不敢搭腔！"

"三夫人听着就含含糊糊地应了过去。"竺香笑着点了点头，"然后太夫人就说起大少奶奶来。"

十一娘有些意外。

竺香笑道:"太夫人说,路隔十里,乡风不同,何况大少奶奶是在江南长大的。如今做了新媳妇,肯定有很多不习惯的地方,让三夫人好好教教大少奶奶规矩,免得大少奶奶不知道该怎么办好!"

教媳妇规矩,自然要把媳妇带在身边见事遇事地说教。而三夫人把徐嗣勤留在了永平侯府,她想要教导新媳妇,当然也只能留在永平侯府里。这样一来,三夫人就又回到了上有婆婆、下有妯娌的时候了,需要忍气吞声地过日子……不,甚至比从前更糟糕。这次是上有婆婆,下有媳妇,旁边是妯娌,三爷远在山阳……

三夫人好不容易过上了梦寐以求的舒心小日子,又怎么愿意回来?可太夫人开了口,她就是心里再不愿意,当面肯定不敢驳太夫人的话。十一娘笑道:"看样子三嫂这几天还要有一番折腾!"

竺香听了抿着嘴笑了笑,悄声道:"听说三夫人昨天一回到屋里,就因为小丫鬟的茶沏得太浓发了好大一通脾气。今天一早又叫了甘老泉家的去,让甘老泉给山阳的三爷送信。"

可能是和三爷商量这件事该怎么办吧?十一娘思忖着,看见徐令宜从净房出来。她打住了话题,吩咐竺香:"去看看早膳好了没有。"

这样在背后议论三夫人的长短毕竟有些不太好。竺香屈膝应"是",轻手轻脚地退了下去。

徐令宜笑着坐到了炕边,握了谨哥儿胖乎乎的小手。谨哥儿立刻爬到了徐令宜怀里坐下,小模样儿逗得徐令宜哈哈大笑。

徐嗣谕过来问安。十一娘没想到他今天这么早,忙去抱谨哥儿。谨哥儿却拽着父亲的衣襟不放,"咿咿呀呀"地和十一娘较着劲。

儿子喜欢和他在一起,徐令宜心里有淡淡的喜悦,"就让他坐这吧!"出面给谨哥儿解围。

等一会儿徐令宜板着脸和徐嗣谕说话,谨哥儿在他怀里上蹦下跳的,被训话的徐嗣谕心里会怎么想?十一娘笑吟吟地去掰谨哥儿的小指头:"侯爷和谕哥儿有正经事谈呢!"

谨哥儿憋红了脸,就是不放手。十一娘还没有遇到如此尴尬的事,脸涨得通红。母子俩你瞪着我,我瞪着你。

徐令宜看着有趣。徐嗣谕的嘴角也翘了起来。

"母亲,就让六弟坐那里吧!"他不想让十一娘难堪,"六弟年纪还小,大些就不会这样了。"

徐令宜也打发十一娘:"你去看看早膳好了没有。"又问徐嗣谕:"吃过早膳没有?等会儿一起用早膳吧。"

徐嗣谕已经吃过了,但父亲问起,还是躬身应了声"是"。

而十一娘望着满脸毫不妥协的谨哥儿,知道她再坚持下去只会让事情变得更不可收拾,低声应诺,趁机下台,转身去传早膳。

谨哥儿就咯咯笑着扑到了徐令宜的怀里。徐令宜半是无奈半是欢喜地抱了小儿子,然后轻轻地给他屁股一巴掌:"以后可不能这样了!"

一点也不痛,谨哥儿只当父亲在和他玩,扭了头冲着徐令宜笑,又挣脱了徐令宜的手,扶着徐令宜的胳膊绕到了徐令宜的背后,拽着徐令宜的衣裳要爬到背上去。

徐嗣谕吓了一大跳,谨哥儿的胆子也太大了些。他忙过去拉了谨哥儿的小手,又不敢明着说"不能爬到父亲背上",只好牵着他:"小心点,别摔着了!"

徐令宜知道这是他把谨哥儿架在脖子上玩"骑马"游戏留下的后遗症。当着长子,有些不自在,干脆吩咐徐嗣谕:"把他交给乳娘吧!"

徐嗣谕躬身应"是",把谨哥儿交给了顾妈妈。

徐令宜就指了一旁的太师椅:"坐下来说话吧!"

顾妈妈忙抱着谨哥儿退了下去,迎面碰见十一娘,道:"侯爷在和二少爷说话。"

十一娘没有打扰,笑着抱了谨哥儿,和他在宴息处临窗的大炕上玩。过了大约一炷香的工夫,内室才有了动静。

十一娘吩咐小丫鬟端了炕桌进去,服侍父子俩吃早膳。徐令宜的表情一贯端肃,徐嗣谕的表情一贯恭敬,两人静悄悄地吃着东西,偶尔发出一两声撞瓷的声响,场面显得很严肃。

十一娘不由莞尔。

之后姨娘和孩子们陆陆续续来问安。徐令宜淡淡地说了几句话,就和十一娘去了太夫人那里。

谨哥儿越大越有意思,每次十一娘带着他去给太夫人请安,太夫人都要抱在怀里亲昵半天。这次也不例外,立刻让顾妈妈把孩子抱了过去,从头到脚摸了一遍。见衣裳穿得厚薄适中,孩子神色愉悦,这才微微点头,抱了谨哥儿和徐令宜、十一娘两口子说话:"谨哥儿的周岁礼,你们准备怎么办?"

在这种场合下,发言权当然是徐令宜的。十一娘没有作声。

徐令宜按照两人商量好的道:"想照着百日礼办,请亲戚朋友来热闹一番。"

"也行!"太夫人听了沉吟道,"孩子太小,太过奢侈未必是件好事。"

十一娘此时才松了口气。

太夫人兴致勃勃地说起抓周的事来:"到时候把库里的那张紫檀木长案拿出来……我们家是行伍出身,除了诸子百家,还要摆上刀、剑才是。我看小五那天挂的那个小刀不错,说是专用来装饰的,到时候就用那个好了……算盘也摆一个,应应景罢了……"正说得高兴,有小厮急匆匆跑了进来:"侯爷、太夫人、夫人,雷公公来了!"

雷公公是坤宁宫的总管太监,自太后娘娘薨后,他常奉皇后娘娘之命来问太夫人的身体,或送赏赐。

"请雷公公到花厅里坐吧!"徐令宜说着站起身来,"娘,我去看看来!"

太夫人点头,由杜妈妈服侍着更衣,十一娘搀着去了花厅。

走到屋檐下就听到雷公公爽朗的声音:"这是我的一点小意思,侯爷切莫再推辞了!"显然是送了什么东西给徐令宜。

太夫人和十一娘不由交换了个眼神,这才进了花厅。雷公公上前给太夫人行礼。

十一娘看见花厅的桌子上摆了个小小的大红描金匣子。她不动声色地随着太夫人和雷公公见了礼,就听见雷公公笑道:"恭喜太夫人,六公子要做周岁礼了。"

太夫人客套了几句。

雷公公说明了来意:"皇后娘娘说,六公子的周岁礼她不能来,想夫人把六公子抱到宫里去给她老人家看看!"

要见谨哥儿?十一娘很是吃惊,朝徐令宜望去,就看见徐令宜微微蹙了蹙眉头,显然对这件事并不热衷。十一娘却不敢怠慢——这对别人说来是无上的恩典。她笑着谢了恩,和太夫人一起送雷公公出了门。

"皇后娘娘到底还是惦记着你!"回去的路上,太夫人笑着对徐令宜道,"明天一早给谨哥儿换件漂亮的新衣裳,你送他们娘俩进宫去。"显得很高兴。

徐令宜只是很简单地应了一声"是",回到屋里嘱咐十一娘:"到时候你抱着谨哥儿,别让人碰他,请了安就找个借口回来,别多作逗留。"然后将那个红漆描金的匣子给了十一娘,"雷公公送给谨哥儿的周岁礼。"

里面装着一块金锁。从来都是他们给内侍送礼,这还是第一次收到内侍的礼。十一娘笑着收了东西,道:"侯爷放心,就算是我想在宫里多逗留,只怕宫规森严,也没有办法逗留。"她也无意让孩子去受那个罪。

徐令宜并没有因为她的说辞而神色微霁,神色有些沉重地点了点头,去了书房。十一娘觉得徐令宜的反应太过,劝他:"不会有事的,妾身一定照侯爷的吩咐,亲自抱着孩子,不假他人之手。"

徐令宜见十一娘满脸担忧,轻轻地叹了口气,揽了她的肩膀,"进宫的事,我会吩咐相熟的内侍照顾你们的。"说着,语气一顿,神色间露出少有的犹豫之色,"我不是为这件事担心……"

十一娘有些意外:"那侯爷是为什么事?"

徐令宜沉默了好一会儿才低声道:"今天谕哥儿来跟我说,他年纪还小,当以举业为重,想一心用功读书,暂时不收房里人。"

虽然心里隐隐希望,可这么短的时间就听到徐嗣谕这样的回复,十一娘还是感到十分吃惊。她坐直了身子,急声道:"那侯爷的意思?"声音里透着几分紧张。

徐令宜没有作声。十一娘突然有点同情徐令宜,他做梦也没有想到徐嗣谕会作出这样的决定吧?她轻轻地抚了他的手臂。徐令宜就叹了口气。

"我答应他了!"他仰望着帐顶,喃喃地道,"他的心思,我多多少少都有些明白。既然他有心结,我也不想勉强他。"到底还有几分不快。

十一娘长长地吁了口气,偎了徐令宜,柔声道:"谕哥儿大了,又来往于燕京和安乐之间,比寻常的孩子有见识。有些事,我们也要听听他的意思才是,何况收房里人也是希望谕哥儿过得好。可这好与不好,像喝水,只有喝水的人才知道水温合不合适。只要他觉得好,我们就别管了!"希望能因此让徐令宜心里少些芥蒂。

徐令宜点头:"我也是这样想的。"然后沉默了一会儿,道:"他敢跟我说这番话,已不是昔日阿蒙了!"语气有淡淡的怅然。

是因为发现从前那个在他面前永远恭敬应"是"的孩子突然间有了自己的想法吗?好像孩子大了,父母都要经历这样的失落。只是徐嗣谕给徐令宜的失落来得早了些!

十一娘笑道:"我们这样为孩子操心,不过是指望他没有了父母的庇护也能过上好日子,支应门庭。如今谕哥儿遇事有主张,行事又有胆量。谆哥儿有这样的哥哥帮衬,以后定能管好永平侯府。侯爷应该高兴才是。"

徐令宜想了想,笑起来:"是啊!"又感慨道:"孩子好像眨眼就长大了似的!"

徐令宜的感慨也不过一个晚上。第二天早上起来,又恢复了原来的冷静与自若。他塞了很多装着银锞子的荷包给十一娘:"不用手软,该打赏的时候就打赏,别让自己和孩子为难。"

十一娘连连点头,抱着谨哥儿进了宫。皇后娘娘身边的女官黄姑姑在东门迎他们。看见虎头虎脑又眉目机敏的谨哥儿,忍不住摸了摸孩子的头:"六少爷长得可真好!"

"姑姑过奖了!"十一娘和她寒暄着往坤宁宫去。

刚进宫门,迎面碰到个脚步匆匆的小宫女,看见他们,给黄姑姑行了个礼就匆匆往皇后娘娘住的后殿去。

这是很失礼的举动！十一娘有些惊讶。

黄姑姑忙笑着解释道："那是大公主身边的宫女。"然后解释道："大公主听说六少爷今天要来，昨天晚上就歇在坤宁宫，想必等得急，特意差了身边的人来打探的。"

十一娘不由暗暗叫苦。宫里规矩大，循规蹈矩，意外情况少，相对也就比较安全。可要是遇到了不懂事、又不守规矩的大公主，到底会发生些什么事，还真不好说！

她打起精神和黄姑姑去了暖房。皇后娘娘穿着家常的葱绿色的妆花通袖袄坐在宝座上，身边坐着穿了大红色缂丝小袄的大公主——她身姿笔直，双手叠放在膝上，嘴角轻翘，眉宇间流淌着亲切的笑意，说有多端庄就有多端庄，说有多雍容就有多雍容。让十一娘很是意外。可这种意外并没有维持很长的时间，她给皇后娘娘行礼的时候，发现大公主藏在百褶裙下的双脚正百无聊赖般地晃动着。

看样子，大公主虽然年幼，但在宫里耳濡目染，已经学会了隐藏自己的情绪。

十一娘不由微微地笑起来，然后听见皇后娘娘柔和的声音："给永平侯夫人赐座！"

她忙收敛了心绪，屈膝行礼谢赏，半坐在了锦杌上。

皇后娘娘就吩咐黄姑姑："把六少爷抱过来我看看！"声音里隐隐透着几分期待。

就算是贵为皇后，她此刻也只是个心疼侄儿的姑姑。十一娘心中大定，笑着把谨哥儿给了黄姑姑。

黄姑姑把谨哥儿抱到了皇后娘娘跟前，皇后娘娘却伸手抱过谨哥儿，仔细地打量起来。谨哥儿不怕生，歪着脑袋，张大了一双乌溜溜的大眼睛定定地望着皇后娘娘，好像在奇怪眼前的人到底是谁一般。皇后娘娘看着，心都化了。

"瞧这小家伙，"她笑着摸着谨哥儿的头顶，动作十分轻柔，"长得可真好！"语气十分地真诚，看得出来，是极喜欢谨哥儿。

大公主就伸长了脖子瞅着看。黄姑姑则不着痕迹地奉承着皇后娘娘："可不是！第一次见到的时候还不觉得。如今眉眼全长开了，看上去像和永平侯一个模子印出来的，就是和我们三皇子，也有几分相似。"

皇后娘娘听着表情又柔和了几分，笑着点头："姑舅老表骨肉亲，打断了骨头还连着筋。自然像！"说着，又摸了摸谨哥儿的头顶。

眼睛亮晶晶地望着谨哥儿的大公主就拉了拉皇后娘娘的衣袖，小声喊着"母后，母后"，好像在央求皇后娘娘什么。

十一娘看着心里咯噔一下。皇后娘娘不会是应大公主的请求让谨哥儿进宫的吧？

念头一闪而过，就看见皇后娘娘轻轻地摇了摇头，轻声道："你年纪还小，抱不动谨哥儿。"

十一娘心中微松。

大公主却并不死心，依旧拉着皇后娘娘的衣袖："母后，母后……"

皇后娘娘温柔地摇头："福荣，不可以。要知道，谨哥儿是你舅舅的儿子，可不是旁的什么人，你要好好地爱护他才是。"

"母后，母亲……"大公主嘟囔着嘴，可怜兮兮地望着皇后娘娘。

皇后娘娘眼底闪过一丝犹豫。

十一娘看着不妙，正要起身，站在皇后娘娘身边的黄姑姑已道："皇后娘娘，大公主也是喜欢表弟甚深。您就让大公主抱一下六少爷吧。我们都在旁边看着，不会有什么事的！"又回头笑着问十一娘："永平侯夫人，您说呢？"

"黄姑姑说的是。"十一娘淡淡地笑道，"只是大公主年纪小，力气小，谨哥儿又是个胖墩，万一让大公主伤了元气可就不好了。"

屋里的人听着都微微一愣，眼角朝皇后娘娘瞥去。

皇后娘娘却微微颔首，眼底闪过一丝欣慰的笑意，把谨哥儿递给黄姑姑，示意她把孩子抱给十一娘。

十一娘悬着的心落了下来。黄姑姑微笑着上前，弯腰去抱谨哥儿……大公主却腾地跳下了锦杌，冲过去就箍了谨哥儿的腰："我抱给永平侯夫人。"说着，就要把谨哥儿从皇后娘娘的怀里拖下来。

谨哥儿身子向前一倾，就扑在了大公主的肩上。皇后娘娘忙抱住了谨哥儿，轻声地呵斥大公主："福荣，不可如此顽皮！"

谨哥儿身子向后一仰，依偎在了皇后娘娘的怀里，就听见大公主"哇"的一声哭了起来，一面哭，一面捂着耳朵把脸贴在了谨哥儿的身上："母后，好疼，好疼！"

满屋的人齐齐变色。站在皇后娘娘身边的黄姑姑已蹲了下去："公主，您哪里疼？"

皇后娘娘也焦急地问："福荣，你这是怎么了？"

而十一娘见大公主喊疼却倒在谨哥儿的身上，十分担心，顾不得许多，三步并作两步，和大公主的乳嬷嬷一前一后赶到了皇后娘娘身边……就看见谨哥儿小小的指头套在大公主的赤金弦月耳坠里。

"谨哥儿！"十一娘忙抓住了谨哥儿的手，怕他动来动去把大公主的耳朵拽破了。

黄姑姑等人也发现了。

皇后娘娘摸着大主公的头安抚着她："福荣乖，别动，谨哥儿拽着你的耳环了。"

大公主不敢再动，抽泣着伏在皇后娘娘的膝头。黄姑姑则小心翼翼地把谨哥儿的手指从耳环上拔出来。

结果她刚一使劲，谨哥儿"哇"的一声大哭起来，白嫩嫩的小指头立刻红了起来。

十一娘心痛如绞："黄姑姑，得想其他办法，谨哥儿的手指卡在耳环里了！"

这下子黄姑姑拔也不是，不拔也不是，手一顿，左右为难地停在了那里。

皇后娘娘也慌起来："这、这可怎么办好？"

或者是关心则乱，一时间大家竟然没了个主意。大人的情绪感染了两个孩子，大公主和谨哥儿都大哭起来。

还是大公主的乳嬷嬷在一旁怯生生地出主意："要不把耳环取下来吧？"

黄姑姑听着精神一振，忙小心翼翼地取下了耳环。

大公主"哇"地扑到了皇后娘娘的怀里，谨哥儿则"哇"的一声扑到了十一娘的怀里。暖阁里就响起了此起彼伏的响亮哭声。

皇后娘娘抱着大公主，十一娘边走边拍着谨哥儿，两人各自哄着各自的孩子。

芳姐儿来了，她望了望在皇后娘娘怀里低泣的大公主，又望了望含着眼泪、瘪着小嘴伏在十一娘肩头的谨哥儿，惊讶道："这、这是怎么了？"

"没事，没事。"黄姑姑大事化小，小事化了，"六少爷一不小心把手指头套进了大公主的耳环里，虚惊一场。"

芳姐儿早学会了不去追问，她笑着上前去哄大公主。大公主别过脸去，只要皇后娘娘抱。皇后娘娘一心一意安抚着女儿，也没有多说什么。

芳姐儿笑了笑，转身走到了十一娘面前。谨哥儿就侧过头来望了她一眼，又闷闷不乐地趴在了十一娘肩头。

泪水洗过的眸子清澈透明，她的身影仿佛都倒映其间。芳姐儿忍不住摸了摸谨哥儿的头。

十一娘朝她笑了笑。黄姑姑就给芳姐儿端了个锦杌过来。

十一娘有些诧异。

芳姐儿悄声道："我又有了！"

十一娘片刻后才反应过来，又见她脸上没有喜色，反而有几分苦涩，不由目光微沉，伸出手去捏了她的手一下。

芳姐儿会意，轻轻地摇了摇头，强露出一个笑容，示意十一娘不必为她担心。

十一娘想了想，轻声道："你帮我抱抱谨哥儿吧！"

芳姐儿愕然。

十一娘笑道："他帮五弟妹带了个浇哥儿来，也希望给你带个哥儿来！"

芳姐儿眼角微湿，轻轻地抱过了谨哥儿。

回家的路上徐令宜说十一娘："这些事你别管了。"

十一娘帮睡着了的谨哥儿掖了掖被角，低声道："我也不过是安安她的心罢了——怀孕十个月,要是她总像今天这样郁郁寡欢,我怕她没生下儿子,自己先病倒了。"

徐令宜没再说话,马车驶进荷花里的时候却突然喃喃地说了句:"三皇子年纪不小了,也该议亲了!"

十一娘怔住,总觉得他这个时候说出这样的话来有些意味深长。想问问他,又有点近乡情怯般地不敢问,怕听到一个冷酷的答案。

这样踌躇了几天,周夫人来访。

"你已经知道了?"她妆容精致,穿着华丽,却难掩落寞之色,"不知道这一胎是男是女,我们家的人也不敢声张。"

十一娘只好安慰她:"姐姐放心,太子妃是有福气的人,自然会否极泰来的!"

周夫人却没有这样的自信了,她苦笑:"但愿如此!"

这可不是什么让人愉悦的话题。十一娘笑着指了炕桌上做成海棠花样式的豌豆黄:"姐姐尝尝,今年新鲜的豌豆粉做的。"又道:"过两天姐姐可要早点来才是。"

过两天是谨哥儿的周岁礼。

"一定,一定。"周夫人说着,见那豌豆黄色泽金黄,晶莹剔透,食欲大开,尝了一块,香甜清爽,心情好了不少,脸上有了淡淡的笑意,"我这次来,还给谨哥儿带了点东西来。"然后从衣袖里掏了个大红底绣白鹤展翅的荷包出来,"给谨哥儿抓周用。"

当着周夫人的面,十一娘不好打开,只觉得接过来沉甸甸的,笑着道了谢,和周夫人说起这些日子的天气来:"竟然还有迟桂花开,天气暖和得像阳春三月,今年也不知道有没有雪。"

"也有没雪的时候。"周夫人是燕京人,笑道,"我听老一辈的人说,建武三年的冬天就没有下雪。"

"那庄稼岂不是歉收了?"十一娘笑着,和周夫人说着闲话,方氏过来。

十一娘忙让小丫鬟请了进来,又向周夫人引荐。

"你们家的媳妇,可真是一个赛一个地漂亮。"周夫人携了方氏的手不住地夸奖。方氏有些不好意思,却也能落落大方地向周夫人道谢,看得周夫人不住地点头,细细地问方氏平时读些什么书,有什么消遣,两人谈得十分投机。

其中几次方氏的贴身丫鬟在帘子外面晃过,方氏都不为所动。十一娘也只当没看见。

周夫人看着自己出来的时间不短了,起身告辞。十一娘陪着她去给太夫人辞行。

方氏也在一旁作陪,待送走了周夫人,方氏又陪十一娘回了正屋。

"婆婆这几年都不在府里,事情多,我也走不开。六叔马上要过周岁礼,这才有空过来婶婶这边坐坐。"她笑让贴身的小丫鬟拿了个冷杉木没有做漆的匣子过来,道:"这是我和相公的一点心意,还望婶婶不要嫌弃才是。"

十一娘笑着接了过来:"自家的人,用不着这样客气。"

"不过是给六叔锦上添花罢了。"方氏谦虚了几句,起身告辞。

十一娘让竺香送她出门,叫了秋雨来问:"刚才大少奶奶身边的丫鬟找大少奶奶有什么事?"

"说三夫人差人来问,怎么送个礼要这么长的时间。"

十一娘听着有些意外,没想到三夫人对方氏这样苛刻。可从方氏刚才的举动来看,只怕也不是那种任三夫人随意拿捏没有主见的人。这对婆媳之间,只怕还有一番磨合。她以后还是离三房远一点的好。

拿定主意,打开了方氏送来的匣子,里面装了本《幼学》,蓝色的封皮,发黄的书页,微微卷起的书角,看上去有些陈旧。翻开,通篇的隶书,体方笔圆,端庄大方,显得拙朴、意趣,一看就出自名家之手。

十一娘动容,这分明是本古籍。金钱有价,古籍无价!三夫人知不知道这本书的价值呢?如果知道,她怎么舍得送?如果不知道,方氏又是怎么跟三夫人说的呢?

而秋雨见十一娘拿着书沉思良久,还以为她是对方氏送的东西有些不满意,就轻声笑道:"夫人,您看周夫人送来的东西……"

十一娘"哦"了一声,精神一振,道:"给我看看吧!"

秋雨笑着把荷包递了过去,里面装着个赤金财神爷,难怪觉得沉手,看着也有二十几两的样子。

十一娘失笑,让秋雨收了:"给六少爷抓周的时候用吧!"然后低声吩咐了秋雨几句。

秋雨应声而去,黄昏的时候来回话:"三夫人说,六少爷的周岁礼她会送贺礼过来,大少奶奶是新进门的媳妇,用不着再送贺礼,到时候跟着她一起参加宴请就行了。大少奶奶却说,大少爷如今成了家,是大人了,他们和您又同在一个屋檐下住着,就这样跟着三夫人参加宴请,让别人知道只怕会说大少爷不懂事。三夫人想了想,说,要送礼也可以,按旧例,孩子百日礼送金、银锁片之类的器物,周岁礼则送些吃食玩物即可,你到时候把那拨浪鼓之类的东西送些过去就行了。大少奶奶听了就说,平日看六少爷的玩物多,送这些东西只怕会被嫌弃。既然是周岁,肯定要抓周,不如送些抓周的东西过去。太夫人知道了,心里也喜欢些。然后又和三夫人商量,是到多宝阁买套文房四宝送过来呢,还是在大少奶奶的陪嫁里选两本书送过来。三夫人一听,立刻说,就在大少奶奶的陪嫁里选两本书送过来。大少奶奶就送了本书过来。"

十一娘听得有些目瞪口呆。这算不算是婆媳斗法呢?

晚上去给太夫人问安遇到了方氏，十一娘含蓄地向方氏道谢："本想用来给谨哥儿抓周，又怕孩子不懂事，不知道轻重地弄坏了，准备放着等谨哥儿大些了，有了书房再给他。抓周的时候就在侯爷的书房里随便找一本好了。"

三夫人听着有些不悦，道："不过是本书，弄坏了让谨哥儿去大嫂那里再挑一本就是了。我看，也不用那么麻烦，就用勤哥儿送的书抓周好了！这也是勤哥儿这个做大哥的手足之情。"

抓周的东西越精致越好，如果能用上亲戚朋友送的东西来抓周，说明亲戚朋友送的东西比自家准备的东西还要贵重，对那些送东西的亲戚朋友来说，是件极长脸的事。三夫人这么说，也是希望大家都知道谨哥儿的周岁礼自己的儿子是送了大礼的。

太夫人自然希望兄弟和睦，闻言"哦"了一声，道："勤哥儿送了东西给谨哥儿抓周？"十分感兴趣的样子。

十一娘神色间闪过一丝犹豫，万一三夫人知道了这本书的价值，会不会迁怒于方氏呢？她迟疑道："送了一本书。"并没有多说。

太夫人是个精明人，没再问，把话题转到了宴请的事上，吩咐三夫人："你既然在家，到时候就帮着出面招呼一下客人——你四弟妹身子骨不好，五弟妹家的诜哥儿还小，一时丢不开。"又道："勤哥儿媳妇也跟着你婆婆一起，认认人。"然后说起宴请的菜单来。

三夫人还想好好说说这些，见太夫人不再提，又有事嘱咐下来，只好作罢，打起精神来回太夫人的话。

而五夫人见太夫人和三夫人说得热闹，拉了十一娘的衣袖悄声地问她："你们搞什么鬼呢？"

十一娘不解。

"那书是怎么回事？"五夫人狡黠地笑，"你可别告诉我你是怕勤哥儿两口子出了风头，有意把这件事压下去的？"

十一娘看着她一副看戏不怕台高的样子，不敢告诉她，只抿了嘴笑。

五夫人眼珠子直转，私下怂恿太夫人去问。

太夫人笑道："我早问过了，十一娘说大少奶奶送了本古籍给谨哥儿，太珍贵了，怕弄坏了。"

"兄弟既翕，花萼相辉。"五夫人腻到太夫人身边，"这样好的事，就应该拿出来显摆显摆才是。怎么能锦衣夜行呢？难怪那天三嫂不高兴，要是我，我也会不高兴的。"

太夫人才不上她的当，笑道："你四嫂说了，你三嫂未必知道这古籍的珍贵之处。她们婆媳生隙，自关了门去斗，可不能让旁人看笑话。"

五夫人听着掩了嘴笑。太夫人既然知道婆媳生隙，却说出了"关了门去斗"的话，显

然只要三房不闹到外面去,就要看三房的热闹了。想到这里,她不由精神一振,觉得未来的日子好像突然有趣了不少。

第二天,五夫人特意约上十一娘去给太夫人问安。待一起问了安出来,迎面走来了三夫人和方氏。

"来给娘问安?"三夫人打着招呼,大家见了礼。

五夫人笑着点头,道:"我听娘说,三嫂觉得大少奶奶知书达理、孝顺贤淑,根本不用你教规矩。那三嫂岂不是可以回山阳了?如果三嫂回山阳,大少奶奶可跟着一起去?"

三夫人一愣,含含糊糊地道:"这要看娘的意思。"

五夫人就"哎呀"一声,半是调侃,半是正经地道:"我可不管这些。总而言之,谨哥儿周岁礼,大少奶奶送了本价值连城的古籍给谨哥儿做贺礼。我们诜哥儿周岁礼的时候,大少奶奶也得送本一样的古籍给我们诜哥儿才行,要不然,小心我追到山阳去讨!"

三夫人、方氏和十一娘闻言都微微神色一变。

"价值连城的古籍?"三夫人望着方氏,嘴里喃喃地道。

方氏显得有些拘束,低声道:"是大伯父给的陪嫁,正好用得着而已。"

十一娘眉头直皱,拉了五夫人:"一天没落屋了,三嫂她们还要去给太夫人问安呢。"然后催促三夫人:"小丫鬟已经进去禀了,你们再不进去,太夫人要差人来问了。"然后拉着五夫人走了。

三夫人盯着十一娘和五夫人的背影良久,这才回眸深深地望了方氏一眼,然后转身进了正厅。

方氏眼神一黯,轻轻地叹了口气,蹑手蹑脚地跟了进去。

十一娘不由劝五夫人:"我们做长辈的,何必为难小辈?"

"先人栽树,后人乘凉。"五夫人不以为然,"谁要三嫂待人苛刻?要不然我也不会专挑她的刺了。"又道:"不过,话又说回来了,我这样,也是为了大少奶奶好——三嫂当着别人的面猛地夸大少奶奶,可平日里对大少奶奶却十分严厉。别说是晨昏定省了,就是一日三餐,大少奶奶也要在一旁立规矩。我们也是做媳妇的,娘可曾这样对待我们?她真是想当婆婆想疯了!要不然娘也不会这样一回两回地压着她。

"我这次索性把话挑明了,以三嫂的性子,如果搁在平时,肯定会惩戒大少奶奶一番。可她如今想去山阳,就只能把脾气忍着。不仅要忍着,还要继续在太夫人面前夸方氏。更何况,这礼是媳妇的嫁妆,和她一个当婆婆的有什么关系?这样方氏知道怎样拿捏她,以后也不至于像个小媳妇似的,唯唯诺诺地看她的眼色行事。而且就算哪天大少奶奶有个什么不是的地方,三嫂先前把媳妇夸成了一朵花,之后也不好明着发落。"又道:"方家毕竟是湖州望族,在士林里又享有清誉。要是有个什么刻薄媳妇的话传出去,我们这些做长辈的也脸上无光。四嫂可别忘了,我们家的歆姐儿、洗哥儿,还有你们家的……"她说着,语气一滞,"诚哥儿、谨哥儿还没有说亲呢!"

十一娘无奈地笑。明明是自己要和三夫人打擂台,偏偏还理直气壮的。而且话已经说出了口,再责怪也没有用了,只能以后瞅着机会帮三夫人和方氏弥补一下关系了。

到了谨哥儿周岁礼那天,十一娘起了个大早,给谨哥儿换了身大红五蝠捧云的缂丝小袄,然后由太夫人领着给三神上了香,这才去了花厅。

刚刚站定,周夫人来了,后脚黄三奶奶搀着黄夫人也到了。大家上前行礼,杜妈妈陪着唐夫人、唐四太太说说笑笑地走了进来。

众人少不得一阵喧闹。然后林夫人、林大奶奶、甘夫人等人陆陆续续都来了。

管事的妈妈看着吉时快到,从库里抬了太夫人指的那张紫檀木雕花大案出来,又在大案四周摆了文房四宝、算盘、食盒、将军盔、陀螺、酒令筹筒等物。

众人说话间,太夫人和黄夫人已经走到了大案前站定,准备看谨哥儿抓周了。

十一娘就抱着谨哥儿去了大案上。被围得里三层外三层的大案传来一阵哄堂大笑,有人道:"我们谨哥儿抓了将军盔。"

只穿了大红缂丝小袄,挂了赤金万事如意锁片项圈的谨哥儿丢了将军盔,扭着身子就抓了一旁筹筒里的酒令。

"哎呀,抓的是酒令。"有人笑着,立刻有人说着吉祥话,"长袖善舞,友遍天下。"

说话间,太夫人笑呵呵地抱了谨哥儿:"好,好,好,我们谨哥儿以后就做个孟尝君好了!"

众人纷纷祝贺。

三夫人就高声笑道:"诸位夫人请入席,吃我们寿星翁的寿面!"

大家笑嘻嘻地散了。管事的妈妈忙将抓周的东西收起来。

三夫人看着身姿挺得更直了,低声对方氏道:"谨哥儿抓了个酒令!"话语里隐隐透着几分幸灾乐祸的味道。

方氏微微皱了皱眉,没有回答。

三夫人觉得自己这个媳妇什么都好,就是话太少了,说什么也没反应,让人如一记重拳打在了棉花上似的,总有几分不畅快。想到这里,她决定不和儿媳妇多计较——说话少有说话少的好处,至少不会把她房里的事叽叽喳喳一股脑儿地说给十一娘或是丹阳听。

笑容重新回到她的脸上,甚至是更灿烂了,三夫人吩咐身边的管事妈妈:"让那些丫鬟、媳妇子的手脚利索些,这边宴席一完,就会移到点春堂听戏、喝茶。"

管事妈妈忙道:"您放心,等上第八道菜的时候,我就会安排一部分小丫鬟、媳妇子到那边去收拾。"

三夫人傲慢地点了点头,目光落在了坐在一起交头接耳的女眷们身上,对方氏道:"你看见那个穿宝蓝色葫芦宝瓶遍地金通袖袄、坐在东西面席面上的妇人没有?那是中山侯府家里的四太太。他们家最是势利,而且逢人说人话,逢鬼说鬼话,你以后遇到了,要小心再小心才是,知道了吗?"

方氏躬身应"是",在三夫人和人说闲话的时候指挥着小丫鬟们上茶上点心,帮着黄夫人等人安排打牌的地方,查看晚宴的菜式。

十一娘则怕戏开了锣吓着谨哥儿,抱着他转了一圈就带着他回了正屋。

晚上,徐令宜搂了十一娘的肩膀安慰她:"世事洞明皆学问,人情练达即文章。军中不知道有多少武艺高超之人最终不过做到参将,不知道有多少手无缚鸡之力的人做到了将军,关键还是看这个人行事是否练达。我们谨哥儿既然抓了酒令,以后肯定是个喜欢结朋交友的人。一个有朋友相帮的人,做什么事都不怕!"他还以为十一娘会为了谨哥儿抓周的事情而情绪低落。

黑暗中,她窸窸窣窣地依偎了过去,和他说起家长里短来:"晚上去给娘请安的时候,遇到了三嫂。侯爷把三爷的意思跟娘说了没有?"

徐令宜笑着帮她掖了掖被角,把她裹得更严实了,顺着她的话道:"说了,娘的意思,他们既然起了这个心,我们再勉强,只会让他们记恨,要搬就搬吧!"语气淡淡的,明显地对这件事还有些不高兴。

十一娘不免有些后悔提这个话题,就拿手环了他的腰。春柳般纤细柔软的身子贴着他,他突然睡意全无。

"不会是想着我吧?"一面说,手一面就探了下去。

"什么啊!"十一娘娇嗔道。

她前几天小日子来了,昨天刚走。徐令宜没有摸到印象中的东西,低声笑起来,然后捉了她的手朝自己身下去。

"我想你了,怎么办?"在她耳边吹着气。

十一娘全身发烫,顺势拧了他一下:"那就继续想!"

徐令宜咬着她的耳朵笑,把她压在了身下……

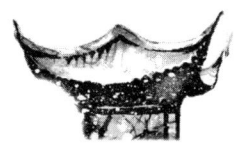

第七十六章 婆刁钻方氏巧解难

重新躺下,天色已经有些发白。徐令宜去了后花园练剑,十一娘在床上赖了一会儿也起来了。

到了快吃午饭的时候,十一娘抱了孩子去给太夫人问安,正遇上五夫人立在屋檐下。

玉版朝着五夫人使眼色:"三夫人在内室。"

十一娘脚步一顿,隐隐听到一阵哭声。五夫人眼底不由就浮上了一层笑意。

她低声问玉版:"怎么一回事?"

玉版看了一眼十一娘,见十一娘也露出侧耳倾听的样子,这才悄声道:"昨天晚上,三夫人和丫鬟打了半宿的叶子牌,大少奶奶一直在旁边服侍。可能是站的时间长了点,腿麻了,出门的时候跌了一跤,把手给扭了。又是新媳妇,不敢作声,今天早上起来,手肿得像馒头似的。太夫人知道了气得直哆嗦,正在训话呢!"

五夫人就示威似的看了十一娘一眼,低声道:"怎么样?我早说过,她这个人,待人太苛刻,迟早要出事的!"说着,抿嘴一笑,"我们这位大少奶奶的手扭得正是时候。"

十一娘也觉得三夫人做得有些过火了,想了想,问玉版:"大少爷怎么说?"

玉版一愣,笑道:"还是大少爷禀了三夫人,三夫人这才着去请的大夫。"

十一娘在心里叹了口气,带了孩子在屋檐下玩,和五夫人商量去看看方氏。

"那是自然。"五夫人说着,两眼闪闪发亮,"她刚嫁进来就扭了手,我们怎么能坐视不理?"

十一娘看着心里不由发毛。

谨哥儿走两步,回头看看十一娘,见十一娘跟在他身后,就又走两步,然后再回头看看十一娘,一副想走又害怕的样子,十分可爱。引得太夫人屋里的小丫鬟、媳妇子个个笑吟吟的,也有小丫鬟忍不住笑出声来,惊动了内室的人。

不一会儿,人夫人就让玉版传她们进去。

三夫人两眼红肿,神色萎靡地站在一旁,看见十一娘和五夫人一前一后地走了进来,眼中不由流露出几分怨怼之色。

五夫人看着,笑容就更甜蜜了,她坐到太夫人身边拉了太夫人的衣袖:"娘,您刚才没有看见,谨哥儿那样子真是招人喜爱。走两步就回头看看四嫂,抱他,他又不让;撒了手

让他走,又害怕。"

"正学走路的小孩子都是这样的。"太夫人听了呵呵笑,朝着谨哥儿招手,"来,谨哥儿,到祖母这里来。"然后让人撤了炕桌,把谨哥儿放在了炕上。

一开始,谨哥儿站在那里不敢动,扭了头找十一娘,见十一娘笑吟吟地站在炕边,立刻扑到了十一娘的怀里。十一娘抱了他一会儿,指了太夫人:"去找祖母。"

谨哥儿黏在母亲的身边。太夫人四处张望了一下,拿了炕桌下的宝蓝色掐丝珐琅的镜盒哄谨哥儿:"来,到祖母这里来。"

谨哥儿盯着那镜盒半晌,蹒跚地走了过去。太夫人没等他走到自己怀里,就一把抱住了谨哥儿,在谨哥儿的面颊上连亲了两下。谨哥儿则一把抓住了太夫人手里的镜盒。

太夫人就指了十一娘:"到你母亲那里去。"

谨哥儿可没有犹豫,跌跌撞撞地扑到了十一娘的怀里,还咿咿呀呀地扬着手里的镜盒,好像在对母亲说"我得了个好东西"似的。

十一娘笑着摸了摸儿子的头顶,指了太夫人:"把镜盒给祖母。"

谨哥儿闻言把镜盒捏得紧紧的,望着十一娘就是不迈脚。

"娘,这下子您可知道谁最厉害了吧?"五夫人在一旁笑得花枝乱颤,"我们歆姐儿不过想摸摸您的瓷器锡壶罢了,我们谨哥儿却是到了手的东西就不放了。"她娇嗔道:"您以后可再也不能说我们家歆姐儿是'碰不得了'!"

太夫人哈哈大笑:"再不说了,再不说了。"又去抱了谨哥儿:"这可是个'雁过拔毛'。"

谨哥儿坐在太夫人怀里,很认真地摆弄着镜盒。大家都笑起来,没有谁多看三夫人一眼,三夫人孤零零地站在一旁,想笑,又笑不出来的样子,更显几分颓然。

既然太夫人答应了,三房迟早要搬出去的,这么多年都忍了,何必在这个时候和三夫人结下梁子。可五夫人这个时候正和三夫人打擂台,十一娘如果主动和三夫人搭腔,岂不是踩着五夫人做好人?她只好朝着五夫人使眼色,示意她和三夫人打个招呼。

五夫人只当没看见:"娘,要怪就怪您的东西都太招人稀罕了。别说这些孙子、孙女一来就两眼发光,就是我们,也在心里暗暗惦记着,弄得我们都像没见过世面的破落户似的。"又亲亲热热地搂了太夫人的胳膊,"娘,过几天就立冬,要戴暖耳了,您把库房开了,赏我们几张皮子吧?"

"看见没有?"太夫人佯装出一副无可奈何的样子,对笑吟吟立在一旁的杜妈妈道,"无事献殷勤,一准没好事。"

杜妈妈掩袖而笑。大家簇拥着太夫人去了东次间。

三夫人灰溜溜地跟在最后。

待太夫人坐定,五夫人又故作奇怪地道:"咦,怎么没见大少奶奶?"

三夫人没有作声,低了头,脸色十分难看。

太夫人看也没看三夫人一眼,道:"她昨天扭了手,早上请了大夫来瞧,正在家里养着呢!"

"哎呀!"五夫人惊道,"怎么就扭了手的。这伤筋动骨一百天,岂不是过年也不得安生?这可是大少奶奶嫁到我们家的第一个新年。"然后对三夫人道:"三嫂,我听说三七治损伤是最好的,不如用三七熬了鸡汤给我们大少奶奶补补身子。"又对十一娘道:"四嫂,等会儿吃了饭,我们去看看大少奶奶吧?"

北人参,南三七,都是非常贵重的药材。燕京位于北方,富裕人家有两支人参不稀奇,却少有珍藏三七的。五夫人这样说,分明是为难三夫人。

三夫人鬓角的青筋都暴了出来:"不过是扭了手,又不是折断了。消了肿,养几天就好了,哪用得着一百天?"

五夫人眼角一挑,还欲说什么,太夫人就轻轻地瞥了五夫人一眼。她不由胆战心惊,哪里还敢搭腔,忙低了头帮着太夫人摆箸。

十一娘则笑着道:"正好我那里还有点三七,只是不多,等会儿带去看大少奶奶。"

太夫人微微点头,拿了箸。

食不言,睡不语。大家不声不响地吃了饭,太夫人吩咐杜妈妈:"去库房里拿支人参,包一包三七,我也去看看大少奶奶。"

语气淡淡地,却让三夫人很不自在,小声道:"怎么敢劳驾娘……"

太夫人没等她说完就起身去了宴息的西次间,丫鬟、婆子忙跟过去服侍,五夫人不甘示弱,也带了身边的人跟了过去。十一娘觉得三夫人有些过分,也没理睬,抱着谨哥儿去了太夫人处。

三夫人脸上白一阵、红一阵的,独自在那里站了一会儿,耷拉着脑袋,还是去了西次间。

太医已经来看过了,方氏扭了的手用汗巾吊在胸前,小丫鬟正在喂她午饭。知道太夫人来看她,她一阵错愕,忙让小丫鬟服侍她穿鞋,准备出去迎接。谁知道太夫人已快步走了进来,她忙屈膝行礼。

太夫人携了她好的那只手:"怎么这么不小心?"痛惜的语气让方氏眼泪在眼眶里直转。

"都是孙媳妇不小心。"她引太夫人到临窗的大炕上坐下,丫鬟机敏地去收炕桌。

"不用,不用。"太夫人忙道,"你吃你的,我来看看你就好。"然后端详了她一会儿,"气色还不错,我这也就放心了。"然后让杜妈妈拿了药材给方氏,"我拿了些人参、三七过来。"

身边有没有懂药理的妈妈？要是没有，就去问杜妈妈怎么用。"

方氏连声道谢。

太夫人笑着点头，亲昵地拍了拍方氏的手："过两天你婆婆就回山阳了，你有什么事，就问你四姆。可别因为是新媳妇进门，就像这次似的藏着掖着，那可是要吃苦头的！"

就在昨天，太夫人佯装听不懂三夫人回山阳的请求，今天却突然说出让三夫人回山阳的话来……三夫人不由暗暗叫苦。昨天自己刚刚给了方氏一点颜色看，今天就被太夫人送回了山阳，岂不让那些丫鬟、婆子觉得太夫人这是在为方氏撑腰。可如果自己不去，还不知道有没有这个机会。

十一娘有些意外，没想到太夫人对方氏这样重视。

五夫人心中微定，刚才自己挑事，太夫人很是不悦，她正想着等会儿怎么哄太夫人高兴。现在看来，太夫人只是不想让她们姒娌的矛盾表面化了。以后自己只要把握住一个度，想必太夫人也乐见三夫人吃瘪的。想到这里，她如释重负地轻轻吁了口气。

方氏的表情则有些复杂。昨天她扭了手，婆婆话里话外都透着她是有意而为的意思，她委屈得不行。早上勉强喝了半碗粥，和往常一样准备跟着去给太夫人问安，婆婆又阴阳怪气地道："都肿成这样了，还跑到太夫人面前去，岂不是让太夫人伤心！"

她解释了半天，婆婆只是冷笑，甩着袖子就出了门，她一口气哽在胸前。嫁的时候母亲曾说过，这个婆婆行事虽然没有个章法，可喜怒哀乐都在脸上，比那些笑里藏刀的要好相处多了。加上婆婆上有长辈，下有姒娌，待人小气，姒娌间肯定是面和心不和，让她好好伺候太夫人，好好孝顺永平侯夫人和丹阳县主，遇到两位姆姆那边的红白喜事，只管拿出大手面来做人，逢年过节更是要做鞋做袜地奉承，想办法讨两位姆姆的欢心。如果遇到了什么事，别人想着你的好，只会说婆婆的不是。到时候你再一味地装弱，永平侯是皇亲贵胄，世代功勋之家，不是那些小门小户，你婆婆就是心里不满，也只能在规矩里寻你的错。只要你守了规矩，你婆婆就拿你没有办法。

可成了亲，相公待她温柔体贴，婆婆虽然心直口快，却也没向她要过陪嫁，认亲那天的见面礼也都由她收着……她还以为母亲小题大做了，却没想到，是自己想得太简单。

婆婆能听五姆姆一句话，问也没问她一声，回来就当着丫鬟甩脸给她看，如果以后她再拿自己的嫁妆做人情，只怕婆婆就不只是甩脸给她看了。

婆婆负气去了太夫人那里，大半天也没有回来，也不知和太夫人说了些什么。要是太夫人因此而误会她，她以后又该如何？一想到这些，她不免有些惶恐，哪里还吃得下饭。

丫鬟只好苦口婆心地劝，她又怕婆婆知道她没有吃午饭又说出些什么难听的话来，这才勉勉强强地端了碗。

万万没想到,她等到的却是太夫人的这句话。

"太夫人……"方氏有些不安地望着太夫人,不知道该说什么好。

婆婆担心公公一个人在任上,念想的就是怎样让太夫人同意婆婆去山阳,现在太夫人同意了,她如果拦了,婆婆肯定要怨恨她多事。她要是不拦,这过错岂不是自己背了?相公知道了又该怎样想?

为难之中,太夫人笑着站起身来,伸手让五夫人扶了,道:"你吃饭吧!我年纪大了,要回去歇午觉了。"

径直出了门。

方氏和三夫人不敢怠慢,忙恭敬地送了太夫人出门。

回到屋里,太夫人留了十一娘说话。

"家和万事兴,妻好一半福。"老人家懒懒地倚在临窗大炕的弹墨大迎枕上,"你三嫂原也是个聪明伶俐的人,要不然,我也不会让她做媳妇。可这人总是随着日子变,有时候,变一变是好事;有时候,还不如不变。"说着,神色一正,望着她的目光突然变得很锐利,"你三嫂糊涂,方氏却是个聪明的。三房想要平安,有些事,就不能让你三嫂为所欲为。你既然是永平侯夫人,心里就应该有个数才是。"然后坐直了身子,"我说的,你可明白?"

听了太夫人一席话,再联想到之前太夫人的举动,十一娘有点明白。三夫人是个鸡毛蒜皮的事都斤斤计较,反在大事上看不清楚的人。和这样的人在一起过日子,你比她势弱,她要占便宜踩你两脚;你比她强势,她又要起嫉妒之心。你让着她,她会得寸进尺,你不让她,她又怨怼生事,怎么也免不了磕磕碰碰的。

有太夫人在的时候,三夫人是媳妇,自然得听太夫人的。可要是太夫人不在了,作为妯娌,又是弟妹,却不好约束她。所以太夫人要抬举方氏,让方氏去牵制三夫人。又因为三夫人是做婆婆的,不能违反了伦常,一味地抑制三夫人,让方氏目下无尘。

"我明白娘的意思。"十一娘微笑道,"我会把握这个尺度的。"

太夫人微微颔首,眼底露出欣慰之色:"去歇了吧!我也累了。"

十一娘屈膝行礼退了下去。

回到屋里,十一娘让秋雨拿了一包燕窝、一包三七送给方氏,哄着谨哥儿,一起睡了个午觉。待午觉起来,秋雨过来回话:"大少奶奶说,多谢夫人的药材,等夫人午觉醒了,她再来道谢。"

十一娘笑着点了点头,抱了谨哥儿到炕上玩。

秋雨踌躇了一下。

十一娘道:"还有什么事?"

秋雨略一思忖,道:"我刚才去的时候,三夫人在屋里又是叫又是嚷的,发好大的脾气。满院子的丫鬟、婆子都战战兢兢的,大气都不敢吭一声。听说我找大少奶奶,小丫鬟还朝着我使眼色。后来大少奶奶从三夫人的屋里出来,眼睛红红的,像是哭过了的。我见情况不对,没有给三夫人请安就回来了。"

十一娘不由眉头微蹙,看样子,太夫人走后三夫人朝方氏发火了。

太夫人虽然给了方氏颜面,又何尝不是给三夫人颜面,欢欢喜喜地对方氏说一句"你看太夫人多心疼你,我走后,你再代我好好地孝敬太夫人"之类的话混淆一下众人的视线,还有谁敢那么肯定地说太夫人这是在打压她!现在这样一闹,如同此地无银三百两,府里的人看热闹是看定了。想到这里,她不由叹了口气。

秋雨的心不由揪了起来。她之所以把这件事告诉十一娘,是因为三夫人这人最讲礼数,她进了院子没去给三夫人问安,事后想起来不免怕三夫人责怪。

秋雨忙道:"夫人,要不,我过去给三夫人赔个不是吧?当时我也是怕自己进屋让大少奶奶脸上无光……"

"没事!"十一娘安慰她,"那种情况下你进屋的确不合适。"然后让她退了下去。

三夫人这个时候的怒火都冲着方氏去了,恐怕没有精力去和丫鬟计较这些。想到这里,她抱了谨哥儿,吩咐芳溪:"我们去三夫人那边看看去。"

"三嫂回燕京已经有八九个月了吧?"十一娘和脸上还带着几分余怒的三夫人一左一右地坐在宴息处的大炕上,谨哥儿则由大少奶奶和丫鬟们领着在大厅里玩,"三爷一个人在山阳,也着实让人担心。"

三夫人听着神色一振,急急地道:"可不是!我一心挂两头,觉都睡不安生。"

十一娘笑着点头:"还好大少奶奶是个乖巧能干的,要不然,三嫂还真不能放心走。"

三夫人闻言哽了哽,道:"她年纪还轻,以后少不得要你们这些做姊姊的多多照看。"说得有些勉强。

"三嫂放心。"十一娘笑道,"大家一个屋檐下住着,我和五弟妹都受过三嫂的照顾,看在三嫂的分上,怎么也不会跟大少奶奶见外的。"

三夫人表情缓和了不少,十一娘就趁机起身告辞了:"三嫂这几天就要回山阳了,只怕有一阵子忙,我就不打扰了。待三嫂定了日子,我再为三嫂送行。"

三夫人点了点头,送十一娘和谨哥儿出了门,回屋只说担心三爷没人照顾,安排人收拾自己的箱笼。方氏去问安,只说让她快回屋去休息,关于自己离开后家里的事该怎么办,一句话也没有提。

方氏心里不由犯嘀咕,相公虽然年纪不大,可也是成了家的人,总不能像三弟似的,跟着赵先生混日子。不学些管理庶务的事,也要请了先生到家里坐馆读书求个功名才是。可这样的话,她一个新媳妇怎么说得出口。

丫鬟端了用三七炖的鸡汤:"大少奶奶快趁热喝了吧!"

方氏的肿已经消了很多,她看着那鸡汤心中一动,去了十一娘处。

十一娘正和五夫人说话。小丫鬟来禀,说方氏过来了。

"她不帮着婆婆收拾箱笼,来你这里做什么?"五夫人笑道。

"见了自然知道了。"十一娘吩咐小丫鬟:"快请大少奶奶进来。"

看见十一娘和五夫人在一起,而且气氛轻松愉快,方氏有些意外。她笑着给两位姊姊行了礼,坐在炕边的太师椅上说话。

"蒙两位姊姊挂念,前些日子都送了药材过去。"她温柔地道,"因婆婆要回山阳,家里事多,一直没有登门道谢。趁着今天有些闲暇过来,没想到五姊姊也在。"

"我就是来坐坐!"五夫人看了十一娘一眼,拿了匣子起来,"你们说话吧,我先回去了!"

方氏忙留五夫人:"我只是来向四姊姊道声谢,五姊姊在这里,我正好陪两位姊姊说说话。"

在这种情况下,方氏当然只能这样说。谁知道五夫人眼睛一转,竟然就坐了下来:"既然这样,那我就不客气了。"

方氏本想十一娘是永平侯夫人,太夫人让三夫人走,肯定也有安排,所以过来探探口风。五夫人这么一坐,她自然不能开口了。但和两位姊姊在这种轻松愉悦的气氛下说说家常,她觉得也是个难得的机会,表情就更显得温婉了。

几个人就说起了贞姐儿的及笄礼,又有林大奶奶差了贴身的妈妈送了红蛋过来:"我们家人小姐生了个千金。"

"哎呀,"五夫人笑道,"林大奶奶都做外婆了。"

方氏就问:"是嫁到沧州的那位大小姐吗?"

五夫人点头,低声向她说起慧姐儿的情况来。

那边十一娘让秋雨拿了一两碎银子打发那妈妈,又问些"生产顺不顺""孩子有多重"之类的事,然后和五夫人、方氏一起去了太夫人那里禀告,方氏的话也就没有问成。

那边甘老泉家的正悄声问三夫人:"大少爷那边也不交代一声吗?"

三夫人就有些犹豫。甘老泉家的劝道："大少奶奶不懂事，您教训就是了，大少爷可是您身上掉下来的一块肉，您怎么能让他也跟着一起受气了？不知道有多少人娶了媳妇就忘了娘，可您看我们大少爷，晨昏定省风雨无阻且不说，就说那天大少奶奶扭了手，没能先到您这里禀一声，可是连大夫都不敢请的。这才是新婚呢！您怎么就忍心让大少爷心里也是糊涂的？"

三夫人听着就叹了口气，喃喃地道："那你去把大少爷请进来吧！"

"嗯！"甘老泉家的笑吟吟应诺，去喊了徐嗣勤进来。

"你爹的意思，我走后，你们兄弟搬到三井胡同去住。一来那是自己的产业，长久不住人，屋子容易坏。二来荷花里人情应酬多，赵先生如今的精力全放在谆哥儿的身上，对你们兄弟有些照顾不过来，想给你们兄弟俩请个先生到家里坐馆，你们在那边，也可以安心读书。"三夫人低声嘱咐儿子，"我走后，你们听你四叔的安排就是了。到了三井胡同那边，逢初一、十五要记得过来给太夫人、侯爷请安问好。"

徐嗣勤一直羡慕徐嗣谕能去乐安读书，听说父亲早为自己安排好了，任他再沉稳，此刻也不禁喜上眉梢，欢喜地道："我一定牢记母亲的教诲。"

三夫人见儿子由衷的高兴，也高兴起来，说了些"要好好照顾弟弟""弟弟年幼这些事暂时不要跟他说"之类的话，徐嗣勤一一应了。三夫人这才让人去叫了徐嗣俭进来吩咐了一番，看着天色不早，又留了两个儿子在自己屋里吃饭。

徐嗣俭一愣，道："大嫂还没有回来呢？"

三夫人冷笑："她去你四婶婶那里了，说是一会儿就回来的，没想到她的'一会儿'这么长。"

徐嗣勤神色微沉。

三夫人在心里暗暗地笑，儿子是我十月怀胎生下来的，孝顺听话，你方氏能抱着十一娘的大腿过一辈子不成？想到这里，她笑着叫丫鬟摆膳："你四婶婶最是好客，既然没有差丫鬟来禀一声，想必留了她在那里吃饭，我们也不用等了……"

话音未落，方氏回来，见母子三人亲亲热热坐在炕上，婆婆看她的目光有些森冷，相公看她的表情有点阴霾，小叔子看她的目光有些着急，知道是为了自己迟归的事。她只能佯装不知道，大事化小、小事化了地笑道："娘，威北侯家的大小姐生了个千金……"

方氏笑语盈盈，直到看见徐嗣勤神色一松，悬着的心这才落定。三夫人眉宇间闪过一丝不屑。

去给太夫人问安的时候请太夫人给选个启程日子。太夫人连皇历也没有翻，笑道："择日不如撞日。我看，就后天吧！你早点过去，我也早些放心，也免得耽搁了过年的日子。"

三夫人一哽,强笑着应了声"是",回去就吩咐甘老泉家的收拾箱笼。

第二天,十一娘和五夫人做东,请二夫人作陪,给三夫人送行。三夫人上桌给三个妯娌敬酒,请她们多多关照徐嗣勤兄弟,五夫人满口答应,大家说说笑笑,十分亲热。

到了启程那天,十一娘等人或是送了些药丸,或是送些吃食,一起送三夫人到了大门口,看着马车渐渐远去,这才去太夫人那里禀告。

没有了婆婆管着,从此以后方氏每天给太夫人晨昏定省,平时在家做些针线,或读书,或到十一娘、五夫人处去串门,过起了内院妇人的悠闲生活。

转眼间到了徐嗣谕的生辰。十一娘依旧例亲自下厨做了什锦面请大家和徐嗣谕一起吃,徐令宜则把徐嗣谕叫到了书房。

徐嗣谆看着露出同情的目光来。十一娘觉得好笑,让小丫鬟沏了西湖龙井招待他:"这是你大舅舅拿过来的,你尝尝!"

徐嗣谆听着眉眼都笑了起来:"大舅舅这些日子在做什么?怎么不见他来家里串门了?"

"说是在福建的蒋大人马上要班师回朝了。"十一娘笑着从炕几上拿了针线筐,随手打着络子,"这些日子和礼部的人一起忙着班师回朝的庆典,要到腊月头才有空闲。"

贞姐儿挨着十一娘坐着,帮十一娘捋着线。

"母亲,我认得蒋大人。"徐嗣谆听了立刻兴奋地道,"他叫蒋飞云,留了这么长的胡须。"说着,在胸前比画了一下,"大家私底下都称他'美髯公'。"

徐嗣诚正拿着谨哥儿前些日子从太夫人那里顺来的镜盒逼谨哥儿走路,丫鬟阿金紧紧地跟在谨哥儿的身后。他闻言朝徐嗣谆望去。

"四哥,没想到你还认识这么厉害的人。"他语带艳羡,感觉哥哥到了外院以后有了很大的不同。不仅认识了自己不认识的人,而且说起话来也渐渐有了大人的样子,"我听赵先生说,蒋大人是大器晚成,以后前途不可限量,是仅次于父亲的名将。"

说话间,谨哥儿已把拽住了徐嗣诚的衣襟,踮了脚去抓他手里的镜盒,徐嗣诚忙高高举起手臂来。

徐嗣谆点头:"大家都说爹最厉害!"

仅仅知道这些是不够的。十一娘试着把徐嗣谆往一些深层次的思路上引,笑道:"我也没想到谆哥儿还认识蒋大人。"然后露出好奇的样子,问:"那蒋大人为人如何?"

"板着脸,待人很严厉。"徐嗣谆回忆着,露出浅浅的笑容来,"不过,待我很好,还问我累不累。王允很羡慕我。"

徐嗣诚被徐嗣谆的话吸引,站直了身子和徐嗣谆说话:"王允是谁?是四哥新交的朋

友吗?"

"是啊。"徐嗣谆笑道,"他是王励王大人的儿子,书读得很好,待人也很好,会骑射,还会弹琴。上次王大人来我们家的时候,带了他来,父亲让我好好跟他学学。"说到最后,语气里已有了几分沮丧。但他很快振作起来,略略拔高了声音,做出一副欢快的样子,道:"我向王允说起你,他很感兴趣,还说下次再来,让我帮他引见。他要是下次再来,我让小丫鬟叫了你去,我们肯定能玩到一块儿去。"

谨哥儿紧紧攥住徐嗣诚的衣袖,一会儿踮脚,一会儿蹦跳,就是抓不到徐嗣诚手里的镜盒,急得咿咿呀呀地直嚷嚷。

徐嗣诚听说能认识新朋友,哪里还顾得上小不点的谨哥儿,眼睛都笑弯了,连声应着"好",道:"那要等我休沐的时候才行!"

话音刚落,得不到回应的谨哥儿"哇"的一声,大哭了起来。声音洪亮,石破天惊般地动人心魄。徐嗣谆和徐嗣诚吓了一大跳,两人的表情都有些呆滞。

十一娘和贞姐儿则忙趿鞋下炕,就看见一个人从门帘子外蹿了进来,一把抱住了谨哥儿:"别哭,别哭!"又柔声问他:"怎么了?谁欺负我们谨哥儿了?"

十一娘定睛一看,竟然是徐嗣谕。他表情温和,低声地哄着谨哥儿,谨哥儿立刻不哭了,抽抽泣泣地指了徐嗣诚。

徐嗣诚已满脸通红:"二哥,我、我和六弟玩呢!"忙将镜盒递给了谨哥儿。

谨哥儿立刻把镜盒抱在怀里,破涕为笑。

徐嗣谕迟疑了片刻,低声道:"六弟还小,不懂事。你是做哥哥的,有什么事要让着他一些。"

徐嗣诚低下头,喃喃地应了声"是",又拿眼睛睃十一娘,见十一娘望着他微微地笑,嘴角一翘,表情轻快起来,高声又应了一声"是"。

徐嗣谕眼底就有了淡淡的笑意。

"侯爷问完话了?"十一娘笑着去抱谨哥儿,"怎么不见侯爷回来?"

可能是徐嗣谕为谨哥儿解了围,谨哥儿身子一扭,依在了徐嗣谕的怀里。十一娘和徐嗣谕都有些意外,两人的目光在空中撞到了一起。

徐嗣谕的表情就有了些许的紧张,忙道:"王大人来了,父亲去了外院。"好像在掩饰什么似的,又急急地道:"父亲送了我一套多宝阁的文房四宝,祝我明年能顺利通过院试!"说着,轻轻地拍了拍谨哥儿的背。

谨哥儿就抬了头,扬着手里的镜盒冲着母亲"咿咿呀呀",好像在说"你看我的镜盒"。

十一娘笑着摸了摸儿子的头。

"那挺好啊!"她望着徐嗣谕,"这些日子你一直闭门苦读,一定能顺利通过院试的。"

徐嗣谕重重地点了点头。

有小丫鬟进来禀道："大少爷和大少奶奶、三少爷过来了！"

"四婶婶，"徐嗣勤进门就道，"我们是来讨一碗长寿面吃的。"

"欢迎，欢迎。"十一娘笑着，请他们到太师椅上坐了，让丫鬟吩咐厨房里去煮面。

徐嗣勤忙拦了道："四婶婶，我是和您说笑的，我们都吃了早膳。"然后笑道："我们是来给二弟祝生的。"

十一娘猜也是，留他们："等会儿到这里吃午饭！"

徐嗣勤一愣，笑着应道："好啊，那就打扰婶婶了。"眼睛却朝着徐嗣谕望去。

徐嗣谕轻轻地摇了摇头，徐嗣勤面露急色，朝着徐嗣谕使眼色。徐嗣谕却垂下了眼睑，摆出了一副拒绝的姿态。

十一娘看得明白，十五六岁的大男孩，早有自己的世界。她暗暗好笑，索性放手，打趣道："好了，好了，你们也别你挤眉我弄眼的。要是约了要去哪里，只管去。只是我中午让厨房做了寿桃，到时候可别嚷着没吃到就是了。"

"没有！"徐嗣谕忙道。

徐嗣勤却喜上眉梢，说了声"多谢四婶"。两人不由对视一眼。

徐嗣谕就望着徐嗣勤道："我们没有什么安排，中午就留在母亲这里吃寿桃。"排除一些个人的感观，徐嗣谕还是个懂事、体贴、细心的大男孩。

"寿桃还没有上锅，"十一娘笑道，"我让厨房晚上做了当夜宵好了，晚上也不用过来问安了。你父亲那里，我会跟他说的。今天是你生辰，好好出去玩一天吧！"

徐嗣谕还想说什么，徐嗣勤已解释道："婶婶，我们也不出门，只是邀了二弟到我那里去小酌一番。我刚成亲，又遇到了二弟的生辰……"

"明白，明白。"十一娘笑着打断了他的话，"有我们这些做长辈的在，你们不自在。"然后叮嘱："酒伤身，只是记得别喝多了。"

徐嗣谕没想到十一娘这样通透，话说到这个份上，再推辞，就有些矫情了。他忙保证："母亲放心，我们不会胡来的。"

"我知道，你们兄弟两个都是有分寸的人。"十一娘笑着点头，托了方氏："可别让他们喝醉了！"然后让贞姐儿送他们出门。

徐嗣谆和徐嗣诚都面露向往。十一娘微微地笑。只是徐嗣勤没有邀请两个小的，她也不好放这两个一起去，让谨哥儿在炕上玩，继续和徐嗣谆说话："你是登山那天认识蒋大人的吗？除了蒋大人，还有谁？"

徐嗣谆并不是那种任性的孩子，见十一娘问他话，也就渐渐收敛了心思，认真地回答十一娘："还有窦阁老、王大人、李大人、陈大人……"

十一娘问各位大人都任什么职务,长什么样子,待人如何。

"窦阁老是文华殿大学士,个子高高的,总是笑容满面的……"徐嗣谆一一地回答。

徐嗣诫静静地坐在炕前的太师椅上听着,谨哥儿则拖了弹墨的大迎枕,一会儿走到炕头,一会儿走到炕尾,又从炕几底下摸出了拨浪鼓给贞姐儿看,还"咚咚咚"摇着拨浪鼓,丢了拨浪鼓,又去拔窗台上锡壶瓶里插着的大红色山茶花,没有片刻安静的时候。

自从谨哥儿会走了,十一娘屋里的陈设就全变了,胆瓶花觚之类的,能不摆就尽量不摆,就是要摆,也用了锡壶,就是怕谨哥儿打破了瓷器被划伤。

贞姐儿怕他把锡壶给弄翻了,忙扶了锡壶。谨哥儿顺利地把花给拔了出来,立刻跑到十一娘的面前,把花往十一娘的头上插。

贞姐儿笑得不行。徐嗣谆、徐嗣诫也被他吸引,一个说起话来有些心不在焉的,一个抿了嘴笑。

十一娘看着这不是个事,干脆就停止了提问,笑道:"我天天待在内院,从来不知道外面还这样有趣。谆哥儿,你以后要是再出去应酬,记得回来跟我讲讲,让我也跟着开开眼界才是。"

徐嗣谆恭敬地应了"是"。徐嗣诫就笑嘻嘻地跑到了炕边,"六弟,六弟"地喊着,去握谨哥儿的小手。

谨哥儿还以为徐嗣诫是要他手里的花,身子一扭,把花放在了一旁的炕几底下,然后朝着徐嗣诫摊了摊手,示意花没了。

大家都笑得前仰后合的,偏偏谨哥儿满脸狐疑地站在那里,不知所措地望着他们……几个人笑得腰都直不起来。

徐令宜突然走了进来:"这是怎么了?"

"侯爷回来了?"十一娘带着几个子女给徐令宜行了礼,夫妻两人分主次坐下,贞姐儿接过小丫鬟捧着的茶盅给父亲敬上,十一娘这才将事情的经过讲了一遍。

徐令宜听着也不禁大笑起来,抱了谨哥儿:"你可真成了祖母说的'雁过拔毛'了——只是经了你手的东西,别人就休想再要回去!"

慈爱的笑容,溺爱的表情……好像对谨哥儿有无限的耐心,无限的欢喜般,让徐嗣谆微微一怔,然后听见父亲问起二哥:"怎么不在屋里?"

"勤哥儿特意设宴款待他。"十一娘笑着接过谨哥儿,"过去玩了。"

徐令宜"嗯"了一声,并没有追问其他,而是亲了亲谨哥儿的面颊,把他交给了顾妈妈:"今天天气好,把六少爷抱到院子里晒晒太阳。"

谨哥儿却攥了徐令宜的衣袖不放,徐令宜就摸了摸谨哥儿头,笑道:"乖,和顾妈妈玩去!我要教你四哥骑马!"

自入了秋，徐令宜找了一个师傅教徐嗣谆骑射，每隔五天上两个时辰的课。偶尔，他也会客串一下老师。

徐嗣谆毕竟是男孩子，身体虽然瘦弱，只能骑在马上让人牵着马在马场里走几圈，拿个特制的小弓拉拉弦，可有骑射课的时候，他还是表现得很兴奋。

徐嗣诫听说父亲要亲自教哥哥骑马，满脸羡慕地望着徐嗣谆和徐令宜。而谨哥儿见父亲站起来要走，嘟了嘴，眼眶里立刻噙了泪水。

徐令宜眼底闪过一丝犹豫。十一娘立刻道："侯爷慢走，那我就带孩子们去太夫人那里了！"

徐令宜知道太夫人很喜欢十一娘带着谨哥儿去玩。他狠了狠心，带着徐嗣谆去了前院。谨哥儿追着父亲的背影大哭。

十一娘和贞姐儿、诫哥儿哄了半天，他才气呼呼地止住了哭。

孩子的脾气越来越大，与孩子的年纪越来越大，懂事了有关系，也与众人对他的宠爱有关系。十一娘不禁感觉到头痛。

皇后娘娘宣十一娘进宫，赏了一枚鎏银镶南珠珠花的簪子，说是给贞姐儿及笄用。有了皇后娘娘的赏赐，及笄礼就算是完美了。

十一娘谢了谢，待出了坤宁宫，又遇到芳姐儿身边的内侍，递了个红漆描金的匣子，道："太子妃娘娘说永平侯长女及笄，不能前去庆祝，这把牙梳是太子妃娘娘最喜欢的，送给徐大小姐做贺礼。"

十一娘恭敬地接了，赏了那内侍，问能不能当面给太子妃道谢。

内侍笑道："太子爷正在太子妃那里吃午膳，永平侯夫人改天再来吧！"

十一娘笑着应诺，回了永平侯府。

太夫人知道皇后娘娘和芳姐儿都赏了东西，自然是很高兴，和十一娘商量着请了周夫人为正宾，四娘为有司，林家的三小姐为赞者——担任赞者的，通常都是及笄之人的姊妹。

十一娘点头，又去了一趟林家。

林大奶奶满口答应，还笑道："我们娘家嫂嫂日盼夜盼，就等着这一天呢！"

到了贞姐儿及笄的那天，不仅弓弦胡同的人来了，红灯胡同和忠勤伯府的人也都来了。十一娘还请了文姨娘观礼。

徐令宜主持了及笄的仪式。林家三小姐将皇后娘娘赏的簪子插在了贞姐儿的发间。那一瞬间，贞姐儿微笑着流下了眼泪。

礼成后,众人移到点春堂旁的花厅用午膳。

十一娘这才有机会问兰亭:"三姑奶奶应该生了吧?不知道生了千金还是少爷。"

兰亭低声笑道:"昨天晚上才得到的消息,说生了个五斤多重的麟儿!"

"真是恭喜她了。"十一娘由衷地道,"以后也有个相伴的人了!"

兰亭颔首:"我也这样劝三姐——现在有了穗哥儿,随姐夫怎么闹腾好了!难道他还敢宠妾灭妻不成?"

宴席另一边,五娘正和甘夫人说笑道:"开春就要下场了。相公闭门苦读三年,想来应该能金榜题名。"

甘夫人就笑道:"那我就提前恭喜钱太太了。明年三月,可别忘了请我们喝喜酒。"

"一定,一定。"五娘脸红红的,笑得眉飞色舞。

有人拉五娘的衣袖,五娘回首,是四娘。

四娘不动声色地走到了五娘身边:"说什么这样高兴?"又道:"我们姊妹好些日子没见了,鑫哥儿还好吧?"

"好着呢!"五娘目光有些迷离,显然喝得有点多,"相公用心读书,儿子长得又壮又结实。四姐,我以后的日子只会越来越好!"

"那就好!"四娘说着,挽她到了罗氏姊妹坐的那一席,"我们姊妹难得在一起,坐下来说说话儿。"

正说着,林大奶奶那桌有人说了句什么话,传来一阵哄堂大笑,把大家的目光吸引了过去。

四娘松了口气,就听见五娘喃喃地道:"四姐,明明看着赚钱的生意,你说,我为什么就偏偏亏了呢?"

四娘不由皱眉。

五娘已自顾自地斟满了酒,一饮而尽。

过了冬至,马上就是新年了。蒋飞云班师回朝,升了兵部尚书。燕京街头巷尾都在议论这件事。

十一娘重新接手了府里的事务,忙着清点庄子上送来的年货,置办过年的东西。徐嗣谆过来问安的时候偶尔提起,也只是笑着听听。就在这个时候,福建总兵李忠的夫人突然来访。

李夫人通常无事不登三宝殿。

十一娘想到徐令宜进宫去了,让小丫鬟请李夫人到花厅坐了,叫了回事处的赵管事来:"福建李总兵家里可出了什么事?"

赵管事恭敬地道:"听说李总兵把平民当成倭寇围剿,然后往兵部报军功,被蒋大人发现了。皇上震怒,前日子已着钦差悄悄南下,将李总兵押解回京。算日子,钦差应该已到了福建。"

李总兵的胆子也太大了些。十一娘不由皱眉,看样子,只怕李霁的前途堪忧。心里有了底,她去花厅见了李夫人。

李夫人提也没有提李总兵的事,只说快过年了,知道十一娘从小在福建长大,所以带了些福建的特产过来,然后问起徐嗣谕的婚事来:"人品出众,又有您这样的婆婆,我看这上门说媒的人把门槛都要踏破了!"

李家一直强调自己家里不允许纳妾,做母亲的自然愿意把女儿嫁到这样的家里去,而做婆婆的却未必愿意娶了这样的媳妇进门。所以李家的长子在李霁成亲前就很快挑了个殷实人家的姑娘做媳妇,李家大小姐左挑右选的,到现在还没有说亲。

十一娘想到这些,又想到刚才赵管事的话,立刻起了戒心,先就把她的话给堵了:"是有很多人说亲,而且都是平日来往密切的好友,所以也不急,想从中慢慢地挑一下。"

李夫人笑着点头:"也是,二少爷毕竟是侯爷的长子,马虎不得。"说着,笑道:"说起来我和夫人也是相熟,我的性子夫人也应该知道,喜欢直来直去,不会拐弯抹角,不知道你们家二少爷的婚事定下来了没有?"

"还没有。"这种事是瞒不了的,十一娘承认了,却道,"主要是有三家人选,要等侯爷仔细看看了才能决定。"

李夫人听了就倾了身子笑望着她:"既然还没有决定,我毛遂自荐——您看,我的长女如何?"

果然打着联姻的主意!十一娘在心里暗暗叹了口气,笑道:"李小姐相貌出众,性格活泼,如果能和我们家谕哥儿说话,还有什么话说。不过,你也知道,我们家里的这些事都是由侯爷决定的。李夫人说的话,我得和侯爷好好商量商量才行。"

"这是大事,自然得和侯爷好生商量。"李夫人知道这件事不是一时半会儿能成的,呵呵笑了两声,说了句"那我就等夫人的消息了"的话,然后起身告辞了。

待徐令宜从宫里回来,十一娘把李夫人的来意告诉了徐令宜。

"不行!"徐令宜想也没想,立刻道,"当了总兵就想着当侍郎,当了侍郎就想着当尚书……有这样的亲戚,我们这辈子别想安宁了,说不定最终还要受他们的拖累。"

"妾身何尝不明白。"十一娘笑着帮徐令宜换了衣裳,"只是跟侯爷说一声,让侯爷心里也有个数。"

第二天李夫人来,十一娘借口给谕哥儿算过命,说谕哥儿不能娶比自己大的姑娘做

媳妇,一口回绝了李夫人。

李家大小姐比谕哥儿大一两岁。

李夫人很是失望的样子,拉着十一娘的手就哭了起来:"实话对您说吧,我是怕我们家老爷的事传到京里,女儿的婚事就更没个着落了。"然后哭着把李总兵的事告诉了十一娘,又道:"当初是侯爷举荐的,如今还请侯爷帮着出面跟兵部打个招呼才好。"泪眼婆婆地望着十一娘。

十一娘觉得李总兵这样,根本不值得帮他,她很直接地拒绝了:"侯爷最烦女人管这些事,只怕我帮不上什么忙。"

李夫人这些日子到处求人,到处碰壁,但像十一娘这样直接拒绝的,却是第一个。她微微一怔,哭得更大声了。

十一娘始终咬着牙没有答应,最后李夫人眼底略带几分怨恨之色地走了。

她有些心惊,和徐令宜感叹:"就算帮了她千次万次,一次没有相帮,就惦记上了不说,还要记恨上。"

"别把这些事放在心上。"徐令宜宽慰她,"她想记恨就记恨吧,只是可惜了李霁,受了父亲的拖累。"

十一娘不以为然:"到底是拖累,还是他参与了,只怕还两说!"

"父辈的行为对孩子的影响还是很大的。"徐令宜解释着他所说的"连累","要不然,怎么有'上梁不正下梁歪'的说法。"

这倒也是。十一娘叹了口气。

没几日,李总兵犯事的事渐渐传开了,说什么的都有,却共同地嘲笑李总兵家"不纳妾"的家规:"原来是惺惺作态,好为自己博取名声。"

转眼间就到了大年三十。吃过年夜饭,徐令宜、徐令宽、徐嗣勤、徐嗣谕在屋里说话,二夫人、方氏则陪着太夫人,十一娘和五夫人抱了谨哥儿和涴哥儿在屋檐下看徐嗣俭、徐嗣谆和徐嗣诚带着各自贴身的小厮在院子里放烟火。

大红的灯笼照得一片红光,火树银花在夜里绽放,徐府的日子如这世间景象,富足,安宁,平和。

大年初一进宫给皇上、皇后恭贺新禧,下午就开始到各家拜年,一直到初十才消停下来。

徐嗣勤的舅舅突然来访。

"孩子大了,也该为前程打算了。"他四平八稳地坐在太师椅上,吹着茶盅上浮着的茶叶末子道,"妹夫的意思,让我给孩子们找个好先生,到三井胡同闭门读书,以后也考个举人、进士的,为徐家光耀门楣。之前一直没找先生,后来托到了先生,又到了快过年的时候,这才拖到了今天。我特意来和侯爷商量一声,看孩子们什么时候搬家好,到时候我这个做舅舅的少不得要带几个小厮过来帮帮忙。"

徐嗣勤要搬出去可以,却不能由徐令宜提出来,免得被人误会徐嗣勤是被他赶出去的。徐令宜一直在等个台阶下,现在甘家搬了梯子,他自然顺势而下。

"既然是为了读书,搬出去也行。"他思忖着,"要不,等过了正月十五的元宵节再商量也不迟。"

不过是走个过场罢了。徐嗣勤的舅舅有些不以为然,交了差事,商量正月十九再说,说了一会儿闲话,就起身告辞了。

方氏这才知道婆婆的打算,她备感狼狈,却只能苦笑,开始收拾箱笼。好在她刚进门,大部分箱笼都没有打开,事情并不多。

慢慢收拾,很快到了正月初十,她的大堂兄方冀突然从江南来了燕京。徐令宜亲自出面招待了他。

方冀二十七八岁的年纪,和方氏十分相像,并肩站着,一看就是兄妹。

他举止大方,说起话来不卑不亢:"来参加今年的春闱。想着读万卷书不如行千里路,就提前进京,想看看燕京的风土人情。"然后让人捧上从湖州带来的特产,"婶婶惦记着从妹,亲手做了些她喜欢吃的吃食让我带过来。"

徐令宜觉得方冀玉树临风,很喜欢,引荐徐嗣谆和他认识,并让徐嗣谕带了方冀去见方氏。

方氏喜出望外,把前些日子宫里赏给太夫人、太夫人又赏给她的京八样拿出来招待方冀,又亲自去沏了十一娘给的大红袍。

方冀见她比成亲前开朗了不少,室内的陈设看上去没什么稀奇的,却处处透着雅致,上的茶点也都很名贵,这才安下心来:"看样子婶婶力排众议把你嫁到徐家来是嫁对了!"

方氏脸一红,嗔道:"大哥就知道说我,怎么不说说自己?上次来信不是说二月中旬才到燕京吗?怎么这么早就到了?莫非是老毛病又犯了,所以提前跑了出来?"

离任的御史方老爷只活下了方冀这一个儿子,其他的孩子都是方县令的,有些溺爱,养成了喜欢收集金石之物的爱好。看到好东西,常常把身上的玉佩什么的拿来换物,不免被母亲叨唠。

方冀被妹妹说中,有些不自在,左顾右盼道:"燕京的天气可真是冷,吃的东西又粗糙。我看,我还是一考完就回江南好了!"

图书在版编目(CIP)数据

庶女攻略.伍／吱吱著.—2版.—杭州：浙江文艺出版社，2018.1(2021.2重印)
ISBN 978-7-5339-4843-6

Ⅰ.①庶… Ⅱ.①吱… Ⅲ.①长篇小说—中国—当代
Ⅳ.①I247.5

中国版本图书馆CIP数据核字(2017)第059818号

策划统筹　柳明晔　王晶琳
责任编辑　王晶琳
封面题字　天　勤
插　　画　唐　卡
装帧设计　荆棘设计
责任校对　许龙桃
责任印制　张丽敏

庶女攻略　伍
吱吱　著

出版　浙江文艺出版社
网址　www.zjwycbs.cn
经销　浙江省新华书店集团有限公司
印刷　浙江海虹彩色印务有限公司
制版　浙江新华图文制作有限公司
开本　700毫米×980毫米　1/16
字数　393千字
印张　20.75
插页　2
版次　2013年1月第1版
　　　2018年1月第2版
　　　2021年2月第2次印刷
书号　ISBN 978-7-5339-4843-6
定价　39.80元

版权所有　违者必究
(如有印、装质量问题，请寄承印单位调换)